SCIENCE FICTION

Herausgegeben
von Wolfgang Jeschke

Von **Robert Silverberg** erschienen in der Reihe
SCIENCE FICTION & FANTASY:

Gast aus der Zukunft · 0603193
Das heilige Atom · 0603224
Die Sterne rücken näher · 0603248; auch in 0601001
Die Seelenbank · 0603256
Exil im Kosmos · 0603269
Schwingen der Nacht · 0603274; erneut 0603929
Macht über Leben und Tod · 0603282; auch in 0601006
Dimension 12 · 0603309
Die Mysterien von Belzagor · 0603345; auch in 0604337
Der Gesang der Neuronen · 0603392; auch in 0601005
Kinder der Retorte · 0603441; auch in 0601003
Es stirbt in mir · 0603445
Ein glücklicher Tag im Jahr 2381 · 0603477; auch in 0601007
Der Seher · 0603590; auch in 0604354
Schadrach im Feuerofen · 0603626; auch in 0604337
Mit den Toten geboren · 0603644; auch in 0604337
Drei Romane in einem Band · 0604337
(Die Mysterien von Belzagor/Schadrach im Feuerofen/Mit den Toten geboren)
König Gilgamesch · 0604420
Tom O'Bedlam · 0604456
Zigeunerstern · 0604541

NACH DER DUNKELHEIT (Zyklus):
Am Ende des Winters · 0604585
Der neue Frühling · 0604894

Über den Wassern · 0604973
Das Land der Lebenden · 0605542
Der heiße Himmel um Mitternacht · 0605665 (in Vorb.)

Als Herausgeber:
Die Mörder Mohammeds · 0603264
Menschen und andere Ungeheuer · 0603378
Das neue Atlantis · 0603755

ROBERT SILVERBERG

DAS LAND DER LEBENDEN

Roman

Aus dem Amerikanischen übersetzt von
ROLAND FLEISSNER

Deutsche Erstausgabe

WILHELM HEYNE VERLAG
MÜNCHEN

HEYNE SCIENCE FICTION & FANTASY
Band 0605542

Titel der amerikanischen Originalausgabe
TO THE LAND OF THE LIVING
Deutsche Übersetzung von Roland Fleissner
Das Umschlagbild malte Boros Attila

Umwelthinweis:
Dieses Buch wurde auf
chlor- und säurefreiem Papier gedruckt

Redaktion: Wolfgang Jeschke

Erstveröffentlichung by
Popular Library/Warner Books, New York
Mit freundlicher Genehmigung des Autors
und Paul & Peter Fritz, Literarische Agentur, Zürich
(# 18802)

Printed in Germany 1996
Umschlaggestaltung: Atelier Ingrid Schütz, München
Technische Betreuung: M. Spinola
Satz: Schaber Satz- und Datentechnik, Wels
Druck und Bindung: Elsnerdruck, Berlin

ISBN 3-453-11886-3

FÜR RALPH

der alles im Auge behält,
von Antigua bis Zimbabwe –
den lieben Freund, den getreuen Ratgeber

Per me si va ne la cittá dolente.
Per me si va ne l'etterno dolore,
Per me si va tra la perduta gente.
Giustizia mosse il mio alto fattore;
Fecemi la divina podestate,
La somma sapienza ed il primo amore.
Dinanzi a me non fuor cose create
Se non etterne, ed io etterno duro.
LASCIATE OGNI SPERANZA, VOI CH'ENTRATE.*

– DANTE, *Göttliche Komödie* (»Inferno«, 3, 1–9)
Deutsche Übersetzung von Otto Gildemeister.
Phaidon Verlag, Essen

* Ich führe zu der Stadt voll Schmerz und Grausen,
Ich führe zu dem wandellosen Leid,
Ich führe hin, wo die Verlornen hausen.
Ihn, der mich schuf, bewog Gerechtigkeit;
Mich gründete die Macht des Unsichtbaren,
Die erste Lieb' und die Allwissenheit.
Geschöpfe gibt es nicht, die vor mir waren,
Als ewige, die selbst ich ewig bin
Laßt, die ihr eingeht, alle Hoffnung fahren –

Ich bin der Mann, den ihr Gilgamesch
nennt. Ich bin der suchende Pilger,
der alles gesehen hat, was es
zu sehen gibt, in den Grenzen des LANDES
und darüber hinaus. Ich bin der Mann,
dem alles geoffenbart wurde, was
da ist, die geheimen und verborgenen Dinge,
die Wahrheit über Leben und Tod,
ganz besonders das Geheimnis des Todes.
Ich bettete mich mit der
Inanna auf das Lager der Heiligen
Hochzeit; ich zerschmetterte Dämonen und
sprach mit den Göttern; ich bin
zu zwei Teilen meiner Wesenheit selber
göttlich, und nur ein Teil von
mir ist sterblich. Hier, in dieser Stadt
Uruk, bin ich der König, und
wenn ich durch meine Straßen schreite,
bleibe ich allein, denn keiner wagt es,
sich mir zu nähern.

1

Über dem Horizont tanzten wetterleuchtend grünliche Zackenblitze, und der Wind wehte messerscharf aus dem Osten, fegte das flache Land kahl und wirbelte graubraune Wolken von Staub auf. Gilgamesch lächelte breit. Bei Enlil, das war ein Prachtwind. Ein Löwentöterwind war das, ein Wind, der die Luft austrocknete und zum Knistern brachte. Die Jagd auf die wilden Tiere des Feldes bereitete die größte Lust, wenn der Wind so stand, so stark und scharf und grausam.

Er kniff die Augen zusammen und spähte in die Ferne, um seine Beute für diesen Tag auszumachen. Sein Bogen aus siebenerlei Hölzern, der Bogen, den kein Mann außer ihm zu spannen stark genug war – keiner außer ihm und Enkidu, dem geliebten und dreifach verlorenen Freund – hing locker von seiner Hand. Sein Leib war gespannt und bereit. Kommt schon, ihr Bestien! Kommt heran, auf daß ihr erschlagen werdet! Hier steht Gilgamesch, der König in Uruk, der heute mit euch seinen Spaß haben möchte!

Andere Männer in diesem seltsamen Land, wenn sie sich auf die Jagd begaben, benutzten Gewehre, diese schmutzigen Maschinen, welche die Später Toten gebracht hatten, die den Tod aus großer Entfernung schleudern, verbunden mit viel Lärmen und Feuer und Rauch; oder sie verwendeten die noch tödlicheren Laserwaffen, aus deren häßlichen Mäulern weißblaue Flammen spritzen. Sachen für Feiglinge, alle diese Tötungsmaschinen! Gilgamesch verabscheute sie, ebenso wie er die meisten Instrumente der Später Toten haßte, dieser geleckten, aufdringlichen lauten Spätlinge der Nachwelt. Er nahm so etwas nie in die Hände, wenn er es vermeiden konnte. In all den Tausenden Jahren in dieser niederen Welt, diesem Land der Träume und Geister, in einem Leben jenseits des Lebens, hatte er niemals andere Waffen benutzt als jene, die ihm seit seinem ersten Leben vertraut waren: den Wurfspieß, den Speer, die Doppelaxt, den Jagdbogen, das gute Bronzeschwert. Mit solchen Waffen zu jagen, das erforderte einiges Können. Und es verlangte einem Mann körperliche Anstrengung ab und war mehr als nur ein bißchen riskant. Die Jagd war ein Wettkampf, oder nicht? Gut, dann mußte es dabei auch einige Ansprüche und Mühen geben. Denn wenn es nur darauf ankam, die Beute auf möglichst rasche, einfache und ungefährliche Art zu töten, dann wäre ja wohl die am besten geeignete Methode, hoch über den Jagdgründen in einer Fliegenden Festung zu schweben, ein kleines Atombömbchen abzuwerfen und mit einem Streich gleich die ganze Wildtierfauna von fünf Königreichen auszurotten, sagte Gilgamesch sich. Und er lachte und schritt weiter.

»Wenn du mal in Texas gewesen wärst, H. P., das hier ist so ziemlich genau so wie das, was du da zu sehen gekriegt hättest«, sagte der große breitschultrige Mann mit den mächtigen Armen und der dunklen sonnenverbrannten Haut. Mit einem Arm machte er schweifende Gesten, mit drei Fingern der anderen Hand, leicht auf das Lenkrad gelegt, steuerte er den Landrover in wildem Zickzack wie nebenbei über das flache unwegsame Gelände. Graugrünes knorziges Krüppelholz wuchs hier und da auf dem sandigen Boden. Der Himmel war von wirbelndem Staub geschwärzt. In weiter Ferne ragten kahle Bergzacken auf wie dunkle kariöse Zähne. »Wundervoll. Wundervoll. Fast wie Texas, sieht das aus, da merkste beinah' fast keinen Unterschied, so wie das Land da aussieht.«

»Wundervoll?« sagte der andere Mann unsicher. »Die Nachwelt?«

»Also, das Stück da isses bestimmt. Aber wenn du die Nachwelt schön findest, dann hättste mal das echte Texas sehen sollen!«

Der Brocken am Steuer lachte und jagte den Motor hoch, und der Landrover raste und hüpfte mit atemberaubendem Tempo weiter.

Der Beifahrer, ein hagerer Mann mit hohlwangigem Gesicht und ebenso bleich, wie der andere sonnenverbrannt war, kauerte sehr still daneben, die Knie zusammengedrückt, die Ellbogen in die Rippen gepreßt, als rechne er jeden Augenblick damit, daß der Wagen gegen etwas prallen könnte. Die beiden waren gemeinsam nun seit vielen Tagen quer durch die endlos scheinenden verbrannten Wüsten des Outback gezogen – seit wie vielen Tagen hätten nicht einmal die Alten Götter sagen können. Sie waren Gesandte, alle beide. Ihre Exzellenzen Robert E. Howard und H. P. Lovecraft aus dem Königreich des Neuen Heiligen Auferstandenen England, Botschafter Seiner Britannischen Majestät des VIIIten Henry an den Hof des Priesterkönigs Johannes.

In einem früheren Leben waren Lovecraft und Howard Schreibarbeiter gewesen, Verfasser phantastischer Fabeln, doch jetzt sahen sie sich auf einmal verfangen in etwas, das weit phantastischer war als irgend etwas, das in ihren Fabeln vorkam, denn das hier war eben kein Märchen. Dies war die harte brutale Realität in der Nachwelt.

Der Landrover hüpfte, schlitterte und sprang weiter.

»Robert bitte«, sagte der blasse Mann ein wenig nervös.

Gilgamesch wußte, daß ein paar Leute ihn wegen seiner konservativen Einstellung für einen Trottel hielten. Caesar zum Beispiel. Der kaltschnäuzige Kotzbrocken Julius mit seinem Gurt von Splittergranaten um den Bauch und der Uzi über der Schulter – Caesar, der all das repräsentierte, was Gilgamesch am meisten verachtete. »Wieso gibst du's nicht zu?« hatte Caesar ihn vor ziemlich langer Zeit gefragt, aus seinem Jeep heraus, als Gilgamesch seinen Abgang aus Nova Roma vorbereitete, der Stadt, in der er viel zu lange gelebt hatte, um in die offene Wildnis der Nachwelt, das gottverlassene Outback zu ziehen. »Das ist doch reine Affektiertheit, Gilgamesch, dieses ganze hartnäckige Beharren auf Pfeilen und Wurfspießen und Speeren. Du lebst eben nicht mehr im alten Sumer derzeit.«

Gilgamesch spuckte aus. »Jagen mit Neunmillimeter-Automatik? Jagen mit Granaten und Splitterbomben und Lasern? Sowas nennst du Sport, Caesar?«

»Ich nenn' das die Realität akzeptieren. Lehnst du die technischen Errungenschaften ab? Was besteht für ein Unterschied zwischen dem Einsatz von Pfeil und Bogen und dem von einem Gewehr? Beides ist Technik, Gilgamesch. Und schließlich tötest ja auch du die Tiere nicht mit den bloßen Händen.«

»Auch das habe ich schon getan«, entgegnete Gilgamesch.

»Pah! Ich hab' dich durchschaut. Der große Wonnebrocken Gilgamesch, der naive, schlichte übergroße Heros der Bronzezeit! Auch das ist nichts weiter als Affektiertheit, mein Freund. Du tust, als wärst du ein blöder, sturer und dickschädliger Barbar, weil es dir so paßt, daß man dich bei deiner Jagd und deinen Wanderungen in Ruhe läßt, und das ist alles, behauptest du, was du wirklich willst. Aber insgeheim hältst du dich allen überlegen, die in einer Ära leben, die leichter und bequemer ist als deine Welt. Du beabsichtigst, die schlechten alten dreckigen Methoden der Ururalten wieder einzuführen, stimmt's nicht? Wenn ich dich richtig durchschaue, dann wartest du bloß deine Zeit ab und treibst dich derweil mit Pfeil und Bogen im trostlosen Outback herum, bis du den richtigen Moment für gekommen hältst, den *Putsch* zu starten, der dir hier die höchste Machtposition verschaffen soll. Stimmt's nicht, Gilgamesch? Du hängst einer verrückten Wunschvorstellung nach, daß du uns alle beherrschen willst, als höchster Alleinherrscher und absoluter Diktator. Und dann leben wir wieder in Städten aus Lehmziegeln und kritzeln kleine Hühnerkrakeleien auf Tontäfelchen, so wie du denkst, daß Menschen das tun müssen. Was sagst du dazu?«

»Ich sage, du redest großen Quatsch, Caesar.«

»Ah, ja? Es wimmelt hier nur so von Königen und Kaisern und Sultanen und Pharaonen und Schahs und Präsidenten und Diktatoren, und jeder von denen möchte wieder die Nummer Eins sein. Ich vermute, du bist da auch keine Ausnahme.«

»Darin irrst du dich gewaltig. Es ist jedermann wohlbekannt, daß mich nicht danach gelüstet, ein zweites Mal über Menschen zu herrschen.«

»Das bezweifle ich eben. Ich hege den Verdacht, daß du dich für den Nobelsten von uns allen hältst: Du, der kühne Krieger, der große Jäger, der Ziegelmacher, der Erbauer weiter Tempel und erhabener Wallmauern, der strahlende Musterknabe des antiken Heldentums.« Caesar lachte. »Ehe es Rom gab, da warst du und dein erbärmliches kleines von der Sonne versengtes Mesopotamien, das Land zwischen den Flüssen, tatsächlich eine große Show, und das kannst du uns einfach nicht vergessen lassen, wie? Du hältst uns alle für degenerierte verkommene miese Schufte und dich für den einzigen echten tugendhaften Mann. Dabei bist du genauso stolz und überheblich und ehrsüchtig wie nur einer von uns. Trifft das nicht zu? Diese Sache, daß du deine Königsmacht abgelegt hast, wofür du so gepriesen wurdest, das ist doch nur Pose. Du bist ein Schwindler, Gilgamesch, ein gewaltiger muskelbepackter Schwindler!«

»Wenigstens bin ich aber keine glatte heimtückische Schlange wie du, Caesar, der sich seine Freunde kauft und zum jeweils günstigsten Preis wieder verkauft.«

Caesar schien der Anwurf nicht zu beunruhigen. »Und du verbringst also zwei Drittel deiner Zeit damit, stumpfsinnige schwerfällige Ungeheuer im Outback zu killen, und du sorgst dafür, alle wissen zu lassen, daß du zu gottesfürchtig bist, als daß du dabei etwas mit modernen Waffen zu tun haben möchtest. Aber mich täuschst du nicht. Es ist nicht männliche Tugend, was dich davon abhält, deine Abschüsse mit einer anständigen doppelläufigen 470er Springfield zu erledigen. Es ist geistiger Hochmut, vielleicht auch schlichte geistige Trägheit. Der Bogen ist zufällig die Waffe, mit der du aufgewachsen bist, vor wer weiß wievielen tausend Jahren. Und du liebst ihn, weil er dir vertraut ist. Aber welche Sprache redest du denn jetzt, heh? Dein schwerfälliges plumpes Kauderwelsch vom Euphrat? Nein, anscheinend doch Englisch, oder? Hast du damals auch diese Sprache gesprochen, Gilgamesch? Bist du als Junge in Jeeps herumgefahren oder in Hubschraubern herumgeflogen? Offenbar sind ein paar der modernen Annehmlichkeiten für dich *doch* akzeptabel.«

Gilgamesch zuckte die Achseln. »Ich spreche englisch mit dir, weil das hier die hauptsächliche gängige Sprache ist. Aber in meinem Herzen, Caesar, rede ich immer noch in der alten Zunge. In meinem Herzen bin ich noch immer der Gilgamesch aus Uruk, und ich gedenke zu jagen, wie ich es will.«

»Dein Uruk ist vor langer Zeit zu Staub zerfallen. Das hier ist das Leben nach dem Leben, mein Freund, der kleine Scherz, den sich die Götter mit uns allen erlaubt haben. Wir sind schon recht lange hier. Und wir werden für alle künftige Zeit hier sein, wenn ich mich nicht irre. Neue Leute bringen andauernd neue Vorstellungen hierher, und man kann sie unmöglich einfach ignorieren. Nicht einmal du kannst das. Neuerungen setzen sich fest und verändern dich, wie sehr du auch vorzugeben versuchst, daß es unmöglich ist.«

»Ich will jagen, wie *ich* es will«, sagte Gilgamesch. »Es ist unsportlich, wenn man es mit Gewehren tut. Es hat keine Würde, keine Eleganz.«

Caesar schüttelte den Kopf. »Ich habe ja sowieso nie verstanden, was an der Jagd sportlich sein soll. Ein paar Hirsche töten, ja, oder ein, zwei Wildschweine, wenn du in irgendeinem gräßlichen Wald in Gallien das Lager aufgeschlagen hast und deine Männer Fleisch haben wollen. Aber Jagen aus Lust, als Sport? Gräßliche Tiere abschlachten, die noch nicht einmal eßbar sind? Bei Apollo, mir kommt das völlig unsinnig vor!«

»Genau, was ich behaupte.«

»Aber wenn du jagen mußt, dann ist es doch ziemlich blöd, ein anständiges Jagdgewehr abzulehnen als ...«

»Du wirst mich niemals dazu bringen.«

»Nein.« Caesar seufzte. »Wahrscheinlich nicht. Ich sollte eigentlich gescheiter sein und nicht mit einem Reaktionär zu argumentieren versuchen.«

»Reaktionär! In meinen Tagen galt ich als Radikaler«, sagte Gilgamesch. »Als ich noch König war in Uruk ...«

»Eben«, sagte Caesar und grinste. »König in Uruk! Hat es je einen König gegeben, der nicht reaktionär gewesen wäre? Du stülpst dir eine Krone auf den Kopf, und sofort fängt dein Hirn an zu verfaulen. Dreimal hat Antonius mir die Krone angeboten, Gilgamesch, dreimal, und ...«

»... du hast sie dreimal zurückgewiesen, sicher. Das ist mir alles bekannt. ›War dies Herrschsucht?‹ Du dachtest einfach, du kannst die Macht bekommen, ohne das Symbol der Macht. Wen wolltest du damit hinters Licht führen, Caesar? Brutus jedenfalls nicht, wie ich höre. Brutus sagte, du steckst voller Ehrsucht. Und Brutus ...«

Dies traf tiefer als alles andere zuvor Gesagte. Caesar ballte drohend die Faust. »Verdammt, sprich es nicht aus!«

»... war ein ehrenwerter Mann«, schloß Gilgamesch dennoch. Er genoß Caesars deutliches Unbehagen.

Der Römer stöhnte: »Wenn ich diese Zeile noch einmal zu hören kriege ...«

»Einige sagen, hier ist ein Ort der Peinigung«, sagte

Gilgamesch gelassen. »Und wenn dies wahrhaftig so ist, dann besteht deine Pein darin, daß du von der Dichtung eines anderen Mannes aufgesogen und zum Verschwinden gebracht bist. Laß mich also mit meinem Bogen und meinen Pfeilen allein, Caesar, und wende du dich deinem Jeep zu und deinen kleinen Intrigen. Ich bin ein Narr und ein Reaktionär, möglich. Aber du hast keine Ahnung von der Jagd. Und du hast auch keine Ahnung, wer ich bin.«

All das war vor einem Jahr geschehen, oder auch vor zwei Jahren, oder möglicherweise fünf – sogar die Leute, die sich Uhren und Armbanduhren leisteten, besaßen keine Möglichkeit der genauen Zeitbestimmung in der Nachwelt, über der das rötliche niemals schlafende Sonnenauge willkürlich kreisend über den Himmel zog – und nun war Gilgamesch weit fort von Caesar und all seinen Gehilfen, weit weg von Nova Roma, der lästig turbulenten Hauptstadt der Nachwelt, weit fort von den lächerlichen Querelen solcher Leute wie Caesar und Bismarck und Cromwell und diesem kleinen Dreckskerl Lenin, die sich an diesem Ort um die Macht stritten. Er war mitten unter diesen Leuten gelandet, weil – er konnte sich kaum noch erinnern, weshalb – weil er einem von denen begegnet war, oder Enkidu war einem begegnet, und fast ohne zu merken, was passierte, waren sie da hineingezogen und in die Intrigen und Gegenintrigen verwickelt worden, in ihre Träume von einem Reich, der erhofften Revolution, dem Umsturz und Umbruch und der Umgestaltung. Bis es ihn schließlich gelangweilt hatte, wie töricht diese Leute waren, und er sich von ihnen entfernt hatte, für immer. Wie lange her war das? Ein Jahr? Ein Jahrhundert? Er wußte es nicht.

Sollten sie doch soviel herummanövrieren, wie es ihnen Spaß machte, diese langweiligen Neulinge aus den jüngeren aufgeblähten Spätzeiten. Ihr ganzes Tun und Treiben war hohl, leer und eitel, aber sie erkannten es nicht. Doch eines Tages mochten sie lernen, was Weisheit ist, und war nicht dies der Zweck dieses Ortes, sofern er überhaupt einen Zweck erfüllte?

Gilgamesch zog es jedenfalls vor, sich aus dem Mittelpunkt des Kampfplatzes zu entfernen. Das Streben nach Macht ödete ihn an. Das hatte er lange schon hinter sich gelassen, hatte es zurückgelassen in jener anderen Welt, in der seine erste fleischliche Existenz empfangen worden und zu Staub und Asche geworden war. Und anders als die übrigen gestürzten Potentaten, die Kaiser und Könige und Pharaonen und Schahs, verspürte er keinerlei Verlangen danach, die Nachwelt nach seinem Wunsch und Bild neuzugestalten, oder hier die Pracht und den Glanz zurückzugewinnen, die er einst gekannt hatte. Caesar irrte sich, was Gilgameschs Ehrgeiz und Herrschaftsstreben betraf, ebenso wie er in der Beurteilung seiner Jagdausrüstung falsch lag. Hier draußen, in dem kahlen, vertrockneten, kalten Hinterland der Nachwelt, hoffte er, Gilgamesch, nur seinen Frieden zu finden, sonst nichts. Einst hatte er sehr viel mehr gewünscht, doch das war lange her und an einem ganz anderen Ort.

In dem dürren Unterholz bewegte sich etwas.

Vielleicht ein Löwe?

Nein, sagte er sich. In der Nachwelt gab es keine Löwen mehr, nur diese fremdartigen Unterwelttiere, von Dämonen gezeugt, in Alpträumen gelaicht, die in den toten Zonen zwischen den Städten lauerten – scheußliche behaarte Wesen mit flachen Nasen, zahlreichen Beinen und trüben bösartigen Augen und glatte schimmernde Geschöpfe mit den Gesichtern von Weibern und den Körpern mißgebildeter Hunde, und Schlimmeres, viel Übleres noch. Manche besaßen schlaffe lederartige Schwingen, und manche waren mit stacheligen Schwänzen bewehrt, die emporragten wie die von Skorpionen, und manche hatten Mäuler, die so groß waren, daß sie einen ganzen Elefanten auf einmal verschlingen konnten. Gilgamesch wußte, sie alle waren Dämonen der einen oder der anderen Art. Doch das spielte keine Rolle. Jagd war Jagd, die Beute war die Beute, und auf dem weiten Kampffeld der Bewährung waren alle gleich. Und das würde dieser Geck von einem Caesar niemals auch nur ahnen.

Gilgamesch zog einen Pfeil aus seinem Köcher, setzte ihn sacht an den Bogen und wartete.

»Ziemlich ähnlich wie Texas, ja«, sprach Howard weiter, »nur daß diese Nachwelt nur eine bläßliche Kohlekopie der Wirklichkeit ist. Bloß ein unbeholfener erster Entwurf, weiter nichts. Siehst du den Sandsturm, der sich da drüben zusammenbraut? Die Sandstürme, die *wir* hatten, die bedeckten ganze Bezirke! Du siehst das Wetterleuchten da? In Texas wäre sowas als unbedeutendes Flimmern angesehen worden!«

»Wenn du nur einfach ein bißchen langsamer fahren könntest, Bob ...«

»Langsamer? Bei Chthulus Schnurrhaaren, Mann, ich *fahre* doch *langsam*!«

»Ja, mir ist durchaus bewußt, daß du das denkst.«

»Und wie ich immer gehört habe, H. P., konnten dich die Leute für deinen Geschmack nie schnell genug rumkutschieren, immer Topgeschwindigkeit, siebzig, achtzig Stundenmeilen, das hatteste doch am liebsten, erzählt man sich jedenfalls.«

»Im anderen Leben stirbt man nur einmal, und damit endet jeglicher Schmerz«, erwiderte Lovecraft. »Aber hier, wo man sein Leben immer und immer wieder verlieren kann, wo man jedesmal aus der Finsternis wieder zurückkehrt, und wenn du zurückkehrst, erinnerst du dich höchst farbig und lebhaft an jede einzelne Todesagonie – hier, mein lieber Freund Bob, hier ist der Tod viel erschreckender, denn der Schmerz des Sterbens bleibt dir ewig erhalten, und du kannst tausend Tode sterben.« Lovecraft brachte ein blasses giftiges Lächeln zustande. »Rede darüber mal mit einem Profikämpfer, Bob, einem der Krieger von Troja, oder mit einem Hunnen, einem Assyrer – oder mit einem der Gladiatoren vielleicht, mit Leuten, die wieder und wieder und immer wieder gestorben sind. Frage die danach, wie das ist, das Sterben und die Wiedergeburt, wie schmerzlich es ist, was für eine grauenhafte Folter, jede Einzelheit aufs neue zu durchleben. Es ist schrecklich, wenn man in der Nachwelt sterben muß. Ich fürchte mich hier vor dem Tod viel mehr, als ich das je im Leben tat. Hier will ich keine unnötigen Risiken eingehen.«

Howard schniefte durch die Nase. »Allmächtiger, dich soll mal einer zu begreifen versuchen! Damals, als du dachtest, daß du nur einmal lebst, hast du die Leute über den Highway gehetzt, mit einer Meile pro Minute. Und hier, wo keiner sehr lange tot bleibt, verlangst du von mir, ich soll fahren wie ein altes Weib! Schön, ich will's versuchen, H. P., aber alles in mir schreit danach, loszubrausen wie der Wind. Wenn du in einem weiten Land lebst, lernst du eben, Entfernungen zu durchfahren, wie es nötig ist. Und Texas ist das größte Land, das es gibt. Es ist nicht bloß eine Gegend, es ist ein Geisteszustand.«

»Genau wie die Nachwelt«, sagte Lovecraft. »Allerdings gebe ich dir gern zu, daß die Nachwelt nicht Texas ist.«

»Texas!« röhrte Howard. »Also, das war noch was! Verdammt, ich wollte, du hättest das sehen können! Bei Gott, H. P., was wir für einen Spaß gehabt hätten, wir beide, wenn du nach Texas gekommen wärst. Zwei literarische Gentlemen wie wir, und wir fahren zusammen bis in die Hölle und zurück, von Corpus Christi nach El Paso und umgekehrt, und wir schauen uns das alles an und erzählen uns gegenseitig die ganze Zeit wundervolle Geschichten! Ich schwör's dir, H. P., das hätte dir das Herz weit gemacht. Soviel Schönheit, wie nicht einmal du sie dir hättest vorstellen können. Der riesige weite Himmel. Diese flammende Sonne. Und diese Weite! Ganze Reiche hätten da Platz gehabt in Texas und hätten spurlos verschwinden können! Dieses Rhode Island von dir, H. P., also – das könnten wir einfach da gleich hinter Cross Plains absetzen, und es würde sofort hinter einem mittelgroßen Feigenkaktus verschwinden! Aber was du jetzt hier siehst, das gibt dir bloß einen schwachen Eindruck von der grandiosen Schönheit. Aber ich gebe zu, auch das hier ist schon an sich massig schön, so wie es hier ist.«

»Ich wünschte, ich könnte deine Begeisterung für die Landschaft teilen, Robert«, sagte Lovecraft ruhig, als es den Anschein hatte, daß Howard alles gesagt hatte, was er zu sagen hatte.

»Es gefällt dir nicht besonders?« fragte Howard überrascht und in leicht verletztem Ton.

»Ein Gutes hat es immerhin – es ist weit weg vom Meer.«

»Ah! Immerhin das findest du gut, ja?«

»Du weißt doch, wie ich das Meer verabscheue und alles, was sich im Meer tummelt! Diese abscheulichen Kreaturen – der salzige Gestank, der darüber liegt …« Lovecraft schüttelte sich geziert. »Aber dieses Land hier, diese bittere Wüste – findest du die nicht trostlos? Findest du nicht, es ist ziemlich abstoßend, dieses Outback?«

»Es ist die schönste Gegend, die ich gesehen habe, seit ich in der Nachwelt gelandet bin.«

»Möglicherweise ist das, was du als schön bezeichnest, meinem groben Blick nicht so recht erkenntlich und entgeht mir völlig. Ich selbst war stets ein Städter.«

»Was du mir zu sagen versuchst, nehme ich an, ist, daß du das alles hier scheußlich findest. Stimmt's? So gräßlich und gespenstisch wie das Plateau von Leng, was, H. P.?« Howard lachte. »›Unfruchtbare graue Granitberge … verschwommene Wüsten aus Stein und Eis und Schnee...‹« Als er sich so zitiert hörte, lachte Lovecraft ebenfalls, wenn auch nicht überschwenglich. Howard redete weiter: »Ich schaue mich um im Outback der Nachwelt und sehe etwas, das in vielem Texas ähnelt, und ich liebe es. Für dich ist es so unheimlich wie das dunkle frostige Leng, wo die Bewohner Hörner tragen und Hufe haben und an Leichen knabbern und Hymnen zu Nyarlathotep singen. Ach, H. P., H. P., über Geschmäcker läßt sich halt nicht streiten, oder? Es soll ja sogar Leute geben, die – holla! Ja, schau dir das an!«

Er trat plötzlich auf die Bremse und brachte den Landrover scharf zum Stehen. Ein kleines bösartig aussehendes Etwas mit funkelnden Augen und schuppigem Leib war aus der Deckung hervorgekommen und dicht vor ihnen über den Pfad geglitten. Jetzt hatte es sich umgewandt funkelte sie von der Straße herauf knurrend und flammenspeiend an.

»Höllenkatze!« rief Howard. »Höllencojote! *Schau* dir das Mistvieh an, H. P.! Hast du schon mal soviel Scheußlichkeit in so 'nem kleinen Päckchen gesehen? Das Ding da könnte einen Shoggoth dazu bringen, vor Schreck die Zehennägel zu verlieren!«

»Könntest du daran vorbeifahren?« bat Lovecraft angewidert.

»Zuerst möchte ich mir das mal näher anschauen.« Howard kramte zwischen seinen Stiefeln auf dem Boden herum und brachte eine Pistole zum Vorschein. »Läuft's dir da nicht kalt über'n Rücken, Mann, so durch eine Gegend zu fahren, in der es von Scheusalen wimmelt, die direkt aus einer von deinen Geschichten entsprungen sein könnten – oder aus einer von meinen? Ich möchte die kleine Ghoulkatze mal aus der Nähe in Augenschein nehmen.«

»Robert...«

»Du wartest hier. Es dauert bloß 'ne Minute.«

Howard hievte sich aus dem Wagen und marschierte stur auf das fauchende kleine Ungeheuer zu, das sich zum Kampf stellte. Lovecraft beobachtete das nervös. Jeden Augenblick konnte das Geschöpf Bob Howard anspringen und ihm mit einem Hieb der gräßlichen gelben Krallen den Hals zerfetzen, vielleicht – oder sich tief in seine Brust verbeißen, um das warme pulsende Herz des Texaners zu finden...

Da standen sie und starrten sich gegenseitig an, Howard und das kleine Ungeheuer, nicht mehr als vier Meter voneinander entfernt. Lange bewegte sich keiner von beiden. Howard hatte die Waffe gezogen und beugte sich vor, um das Tier zu betrachten, wie man vielleicht eine verwilderte Katze betrachtet, die den Eingang zu einer Hintergasse bewacht. Hatte er vor, das Tier zu töten? Nein, dachte Lovecraft, unter seinem aufgeplusterten Gehabe schien der robuste Howard erstaunlich zimperlich, wo es um Blutvergießen und irgendwie geartete Gewalt ging.

Und dann geschah alles sehr schnell. Aus einem Dickicht links brach plötzlich ein viel größeres Tier hervor: ein monströses wütendes Geschöpf mit Krokodilskopf und mächtigen dickschenkligen Beinen, die in schrecklichen Sichelkrallen endeten. Quer durch die bebende Wamme der breiten Kehle steckte ein Pfeil, und aus der Wunde triefte scheußlicher dunkler Ichor in den abstoßenden blaugrauen Pelz des Tieres. Als das kleinere Tier das größere, so schwer verwundete erblickte, sprang es ihm sofort auf die Schulter und verbiß sich dort genüßlich mit den Fangzähnen. Doch unmittelbar darauf brach aus dem selben Dickicht ein Mann von verblüffender Größe hervor, ein großer dunkelhaariger Mann mit blauschwarzem Bart, der nur mit einem Fetzen Stoff um die Hüften bekleidet war. Das war unzweifelhaft der Jäger, der das größere Tier angeschossen hatte, denn er hielt einen erstaunlich großen Bogen in der Hand, und auf dem Rücken hing ihm ein Köcher mit Pfeilen. Völlig furchtlos packte der Riese das bösartige kleine Geschöpf, riß es vom Rücken des verwundeten Tiers und schleuderte es gewaltig außer Sichtweite; dann wirbelte der Mann herum, zückte einen schimmernden Bronzedolch und trieb ihn mit einem einzigen heftigen Stoß in die Brust seiner Beute, der *Coup de grâce*, der das Tier dann schwer niederbrechen ließ.

Das alles hatte nur Augenblicke gedauert. Lovecraft spähte durch die Windschutzscheibe und war bestürzt, wie stark und wie schnell die Tötung erfolgte, und er war tief beeindruckt von der körperlichen Größe und Gewandtheit des halbnackten Jägers. Dann blickte er zu Howard, der daneben stand und der, trotz seiner beachtlichen Körperlichkeit, neben dem Schwarzbärtigen wie ein lächerlicher Zwerg wirkte.

Einen Moment lang wirkte Howard wie vom Blitz getroffen, wie gelähmt vor bestürztem Staunen. Aber dann fand er doch zuerst die Sprache wieder.

»Bei Crom«, stammelte er und starrte den Riesen an. »Das ist bestimmt Conan von Aquilonia und kein anderer!« Er zitterte. Er trat unsicher einen Schritt auf den Riesen zu, reckte ihm in einer seltsamen Geste beide Hände entgegen – war es eine Geste der Unterwerfung? – und murmelte: »Lord Conan? Großer König, bist du es? Conan? Conan?« Und vor den verblüfften Augen Lovecrafts fiel Howard neben dem verröchelnden Tier auf die Knie und schaute bestürzt und irgendwie gleichzeitig hingerissen zu dem gewaltigen Jäger empor.

2

DIE JAGD an diesem Tag war bisher recht befriedigend gewesen. Drei Tiere nach langer erfüllender Pirsch erlegt; jeder Schuß gut plaziert; jede Beute waidgerecht ausgenommen und gehäutet, das Fleisch als Köder für andere Dämonenbestien ausgelegt, Decke und Schädel sorgsam seitab versteckt, um sie bei Einbruch der Nacht regelgerecht zu säubern. Ein so gut getanes Werk brachte doch wahrlich echtes Vergnügen.

Und dennoch war in dem allem eine Leere, und er blieb freudlos und bleischwer, wie sauber auch seine Pfeile getroffen hatten. Er erlebte die wahre Erfüllung nicht mehr, dieses saubere Gefühl der Vollendung, die Lust an der Leistung, die letzten Endes alles waren, was er erstrebte.

Wie kam dies? War es – wie manche von den christlichen Toten so trostlos behaupteten –, weil die Nachwelt die ›Hölle‹ war, ein Ort der Bestrafung, an dem es *per definitionem* keine Freude geben konnte?

Für Gilgamesch war so etwas reine Torheit. Manche Bereiche der Nachwelt waren höchst widerwärtig, gewiß. Viele sogar. Es gab hier Höllisches, das ließ sich nicht bestreiten. Aber zweifellos konnte man auch hier seinen Spaß finden.

Er nahm an, daß das von den eigenen Erwartungen abhängen müsse. Wer hierher kam und damit rechnete, ewige Bestrafung zu finden, der bekam tatsächlich seine ewige Strafe, und die war dann sogar noch weit scheußlicher als alles, was diese Leute sich vorher ausgedacht hatten. Und es geschah ihnen nur recht, diesen Wahren Gläubigen, diesen verführbaren Spät-Toten, diesem Heer von leichtgläubigen Christianern.

Er war erstaunt gewesen, als diese Leute erstmals in Herden in die Nachwelt hereingetrampelt kamen, nur Enki wußte, vor wievielen tausend Jahren das war. Und was die für Unsinn schwatzten! Ströme von siedendem Öl! Seen voller Pech! Dämonen mit Mistgabeln! Das erwarteten diese Leute sich hier, und es gab hier auch clevere Leute, die bereit und willens waren, ihnen zu besorgen, was sie sich erwarteten. Also wurden Folterstädte für jene errichtet, die so etwas haben wollten. Es fiel Gilgamesch schwer zu verstehen, wie jemand sich so etwas wünschen konnte. Keiner unter den Früh-Toten konnte richtig schlau werden aus ihnen, diesen absurden Spät-Toten mit ihrem krankhaften Bestrafungswahn. Wie nannte Imhotep sie? Masochisten, ja, das war das Wort. Bemitleidenswerte Masochisten. Aber dann hatte der kleine schlaue Aristoteles bescheiden seine Einwände angebracht und gesagt: »Nein, Herr, es würde eine Verletzung der Naturgesetze der Nachwelt sein, einen echten Masochisten in die Folter zu senden. Dahin gehen nur die Starken, die Unterdrücker, die Angeber, jene, die in ihrem Innersten Feiglinge sind.« Und dann mußte auch noch Belsazar seinen Senf dazugeben, und dann Tiberius und diese palästinensische Hexe Dalilah mit ihren verwirrenden Augen, und dann hatten alle gleichzeitig durcheinander losgeplappert und einen Sinn in dem Verhalten dieser Später Toten Christianer zu finden versucht. Bis Gilgamesch schließlich – ehe er einfach aus dem Zimmer ging – sagte: »Das Ärgerliche an euch allen ist, daß ihr dauernd weiter versucht, einen Sinn herauszufinden, den dieser Ort hier haben soll. Aber wenn ihr erst einmal so lange hier sein werdet wie ich…«

Schön, vielleicht war ja hier eine Strafkolonie. Es stand außer Frage, daß einiges hier recht unangenehm war. Das Klima war stets scheußlich, zu heiß oder zu kalt, zu naß oder zu trocken. Das Essen war selten zufriedenstellend, und der Wein war dünn und gewöhnlich sauer. Wenn du auf deinem Bett ein Weib umarmtest, konntest du im allgemeinen den ganzen Tag und die ganze Nacht lang herumpumpen, ohne dabei ein besonderes Vergnügen zu finden, jedenfalls nicht die lustige, lustvolle Freude, wie er sie aus uralter Zeit in Erinnerung hatte. Aber er neigte dann immer zu der Überzeugung, daß dies nur die beiläufigen Folgeerscheinungen des Totseins waren: Immerhin, dieser Ort hier war ja nicht das Land der Lebenden, und es wäre unsinnig gewesen zu erwarten, daß hier alles so sein sollte wie damals drüben.

Auf jeden Fall hatte sich die Wirklichkeit der Nachwelt als völlig anders erwiesen, als es einem die Priester versprochen hatten. Das ›Haus des Staubes und der Finsternis‹ hatten sie das vor langer Zeit in Uruk genannt. Ein Ort, an dem die Toten in ewiger Nacht und Trübsal hausten, gekleidet wie Vögel, mit Vogelschwingen als Kleidung. Wo die Bewohner Staub als Brot zur Nahrung erhielten und Lehm statt Fleisch. Wo die Könige der Erde, die Herren, die hohen Gesetzgeber, erniedrigt und ohne ihre Kronen verweilen mußten und den Dämonen wie Sklaven zu Diensten sein. Es war also nicht erstaunlich, daß er damals den Tod so gefürchtet hatte, solange er glaubte, daß dies ihn für alle künftige Zeit erwartete.

Nun, dann aber hatte sich erwiesen, daß dies alles nichts weiter war als Märchen und Torheit.

An die frühesten Tage in der Nachwelt konnte Gilgamesch sich nicht mehr deutlich erinnern. Sie waren ihm zu nebelhafter Unwirklichkeit verblichen. Erinnerung war hier eine trügerische Sache, so unstet wie die Sände der Wüste: Nur zu oft hatte er immer wieder entdecken müssen, daß er sich an viele Ereignisse aus seiner Nachweltzeit erinnerte, die in Wirklichkeit niemals stattgefunden hatten, und daß er vieles vergessen hatte, was geschehen war. Dennoch bewahrte er sich durch alle Dünste und Unklarheiten seines Geistes einen scharfen Eindruck von der Nachwelt, wie sie gewesen war, als er zum ersten Mal in ihr erwacht war: ein Ort, ganz ähnlich wie Uruk, so schien es, mit niederen Häusern mit flachem Dach aus weißgekalkten Lehmziegeln, und Tempel, die sich über vielgestuften Plattformen erhoben. Dort hatte er die Helden der altvergangenen Zeit gefunden, die lebten, wie sie stets gelebt hatten, Männer, die in seiner Knabenzeit große Krieger waren, und andere, die kaum mehr waren als Legenden im Land seiner Vorväter, in der Frühdämmerung der Zeit. So jedenfalls war es an dem Ort, an dem Gilgamesch sich zum erstenmal befand; später entdeckte er, daß es andere Bereiche gab, die ganz verschieden waren, Orte, wo die Menschen in Höhlen lebten, oder in Gruben in der Erde, oder in flachen Häusern aus Schilfrohr, und aber andere Orte, wo die Behaarten Männer lebten, die gar keine Häuser hatten. Das meiste davon war nun verschwunden, war von jenen stark verwandelt worden, die in späteren Tagen in die Nachwelt kamen, und in der Tat hatten die Später Toten eine ganz beträchtliche Bürde an verrückter Häßlichkeit und törichter spekulativer Theorien mit sich hereingeschleppt. Aber dennoch, die Vorstellung, daß dieses ganze weite Reich – unendlich viel größer als sein eigenes geliebtes Land Zwischen den Zwei Strömen – nur existieren sollte, um die Gestorbenen für ihre Sünden zu bestrafen, erschien Gilgamesch denn doch als zu dümmlich, als daß man ernsthaft darüber nachzudenken brauchte.

Aber wieso war dann die Lust und Freude an der Jagd für ihn so schal und leer geworden? Wieso fand er nicht mehr die alte Begeisterung, wenn er die Beute belauerte, wenn er den großen Bogen spannte, wenn er den Pfeil genau ins Ziel schoß?

Er glaubte zu wissen, weshalb, aber es hatte nichts mit Bestrafung zu tun. In den vielen tausend Jahren seines Lebens in der Nachwelt hatte es reichlich lustvolle Jagden gegeben. Und wenn dies jetzt nicht mehr so war, dann deshalb, weil er in diesen späteren Tagen einsam jagte. Enkidu war nicht an seiner Seite, sein Freund, sein getreuer Bruder, sein anderes Selbst. Dies war es und sonst nichts: Denn er hatte sich ohne Enkidu niemals mehr als vollkommen gefühlt, seit sie einander erstmals begegneten, als sie miteinander rangen und einander lieben lernten, wie Brüder sich lieben… vor langer Zeit… in der Großen Stadt Uruk. Dieser gewaltige ungeschlachte Mann, diese zottige wilde Kreatur von den Berghöhen: Gilgamesch hatte nie einen Menschen so geliebt, wie er Enkidu liebte.

Aber es war das Schicksal Gilgameschs, so schien es, daß er ihn wieder und immer wieder verlieren mußte.

Zum erstenmal war ihm Enkidu vor langer, langer Zeit entrissen worden, als sie beide noch gemeinsam in Uruk lebten, in der fröhlich-frechen prahlerischen Fülle kräftiger königlicher Männlichkeit. An einem Tag der Düsternis nahmen die Götter Rache an Gilgamesch und Enkidu für deren stolze Überheblichkeit und ihre Befriedigung über die eigenen zügellosen Großtaten und sandten ein Fieber, das Enkidu aus dem Leben riß und Gilgamesch in die schreckliche Einsamkeit des Alleinherrschers versetzte.

Und als die Zeit da war, war auch Gilgamesch dem Tod anheimgefallen, um viele Jahre später und um große Weisheitserfahrung reicher, und war in diese Nachwelt gebracht worden; und er suchte nach seinem Enkidu, und an einem herrlichen Tag der Wunder fand er ihn wieder. Die Nachwelt war zu jener Zeit noch viel kleiner, und jeder Mann schien den anderen zu kennen; aber dennoch hatte Gilgamesch eine Ewigkeit gebraucht, ihn aufzuspüren. Ach, was war das für ein wonnevoller Tag! Und wie sie sangen und tanzten bei dem gewaltigen Fest, das kein Ende nehmen wollte! In jenen Zeiten herrschte unter den Bewohnern der Nachwelt eine große Freundlichkeit, und so freuten sich alle und jeglicher, daß Gilgamesch und Enkidu einander wiedergegeben waren. Minos von Kreta schmiß die erste große Party zu Ehren ihres Wiederfindens, danach war Amenhotep an der Reihe, dann Agamemnon. Und am vierten Tag war der Gastgeber der dunkle schlanke Varuna, der Meluhhan-König, und dann, am fünften Tag, versammelten sich die Helden in der uralten Festhalle des Eisjägervolks, wo Vy-otin-der-Einäugige Häuptling war und der Boden bedeckt von Mammutstoßzähnen, und danach …

Also, so ging es ziemlich sehr lange weiter mit den Festivitäten anläßlich ihrer Wiedervereinigung.

Unzählige Jahre, erinnerte sich Gilgamesch, lebte er dann mit Enkidu in seinem, Gilgameschs, Palast in der Nachwelt, ganz wie sie dies in den alten Tagen im Land der Zwei Flüsse getan hatten. Und alles stand wohl bei ihnen, und sie jagten viel und feierten Feste. Die Nachwelt war ein fröhlicher, glücklicher Ort. Damals.

Dann begannen die Scharen der Später Toten einzutreffen, alle diese kleinen schmuddeligen unheldenhaften Leute aus unheldischen Zeiten, und sie brachten ihre ganzen abscheulichen Veränderungen mit sich.

Sie waren einfach schäbig, diese Später Toten, verwirrt in ihren Seelen und von schwächlicher Einsicht, und ihre erbärmlichen unwichtigen Rivalitäten und Eitelkeitsposen waren ein rechtes Ärgernis. Aber Gilgamesch und Enkidu hielten sich von ihnen fern, während diese Leute alle die Torheiten ihres Lebens neu auflegten, ihre unsinnigen Kreuzzüge und ihre hirnlosen Handelskriege und ihre empörenden theologischen Zänkereien.

Das wirklich Ärgerliche war, daß sie nicht nur ihre mondsüchtigen absurden Ideen mit in die Nachwelt brachten, sondern auch ihre verfluchten teuflischen modernen Spielzeuge, und darunter waren die übelsten die Dinge, die sie als Schußwaffen bezeichneten. Die auf höchst feige, schamlos unwaidmännische Art mit viel Getöse aus der Ferne die Jagdbeute abschlachten. Ein Held hat gelernt, den Hieb eines Schlachtbeils zu parieren, oder den Stoß eines Schwertes, aber was kann sogar ein Held tun gegen eine Kugel aus der Ferne? Und Enkidu hatte das Mißgeschick, zwischen zwei verfeindete Banden dieser Kanonenschwengel zu geraten: eine Schar schnatternder Spanier und einen miesen Haufen arroganter Englischer, und er versuchte zwischen beiden Frieden zu stiften. Natürlich wollten die keinen Frieden, und bald flogen die Kugeln, und Gilgamesch traf gerade in dem Augenblick auf dem Kampffeld ein, als der Bolzen aus einer Arkebuse seinem geliebten Enkidu das Herz zerriß.

Keiner stirbt in der Nachwelt auf immer, doch manche bleiben lange Zeit tot, und so kam es mit Enkidu. Es gefiel den unbekannten Mächten, die in diesem Lande herrschten, dem Land der nicht mehr Lebenden, ihn etliche hundert Jahre in den Limbus zu verbannen, ins Abseits zu stellen, dachte Gilgamesch, sofern man die Schwierigkeiten in Erwägung zieht, die derlei Buchführungssachen in der Nachwelt mit sich bringen. Auf jeden Fall aber war es eine schrecklich lange Zeit, und wieder einmal fühlte Gilgamesch, wie diese entsetzliche Vereinsamung über ihn hereinbrach, für die einzig Enkidus Nähe Heilung bringen konnte.

Indessen veränderte sich die Nachwelt immer weiter, und inzwischen traten diese Veränderungen bestürzend immer rascher auf. Es schien in der Welt weitaus mehr Menschen zu geben als jemals in den alten Tagen, und jeden Tag kamen gewaltige Heerscharen von ihnen in die Nachwelt gezogen, eine wimmelnde Masse von ungeschliffenen Fremdlingen, die sich, nach einer kurzen Zwischenzeit der Verblüffung und Desorientiertheit, rasch anschickten, den gesamten Ort zu etwas ebenso Mißlichem und Abstoßendem umzugestalten wie es die Welt gewesen war, die sie hinter sich gelassen hatten. Es kam die Dampfmaschine, mit ihrem Gestöhne und Getöse und Gestampfe, dann etwas namens Dynamo, dann diese scharfen glitzernden elektrischen Leuchten, die in allen Straßen grell erstrahlten, wo früher die freundlichen goldenen Lampen geglüht hatten, und Fabriken wuchsen aus dem Boden und begannen alle möglichen seltsamen Dinge auszuspucken. Und immer mehr und mehr und mehr, erbarmungslos und ohne Unterlaß. Schienenbahnen. Fernsprechgeräte. Selbstfahrende Wagen. Lärm, Gestank, Ruß überall, und nirgends konnte man dem entrinnen. Sie nannten es die Industrielle Revolution. Aber es war weiter nichts als ein unendlicher Angriff der Abscheulichkeiten. Seltsamerweise aber schien jedermann diese neuen Dinge und diese neue Art zu bewundern, ja sogar zu lieben – außer Gilgamesch und einigen wenigen anderen kaputten Konservativen. »Was haben die vor?« fragte Rabelais eines Tages. »Wollen sie das hier zur Hölle machen?« Die Später Toten brachten Maschinen wie Radios und Fernseher und Computer in die Nachwelt, und alle quäkten englisch, so daß Gilgamesch, der vor langer Zeit dieses neumodische Latein erlernt hatte, als Caesar und seine Leute darauf bestanden hatten, nun schon wieder gezwungen war, sich einer neuen zungenbrecherischen Sprache zu bemächtigen. Es war eine schlimme, eine betrübliche Zeit für ihn. Und dann tauchte endlich Enkidu wieder auf, weit droben in einer der kalten nördlichen Regionen; und er kam südwärts gezogen, und für eine Weile waren sie wieder vereint, und zum zweitenmal stand alles gut für Gilgamesch von Uruk in der Nachwelt.

Doch nun waren Enkidu und er schon wieder getrennt, und diesmal durch etwas, das kälter war und grausamer als selbst der Tod. Was zwischen sie getreten war, überstieg jegliches Vorstellungsvermögen: Sie hatten sich zerstritten. Es hatte zwischen ihnen Worte gegeben, häßliche Worte von beiden Seiten. Ein Streit, wie sie ihn in tausend Jahren nicht zwischen sich gehabt hatten, nicht im Land der Lebenden und nicht im Land der Nachwelt, und am Ende hatte Enkidu zu ihm das gesagt, was Gilgamesch nie von ihm zu hören erwartet hatte, und das war: »Ich will mit dir weiter nichts zu schaffen haben, du König von Uruk. Wenn sich unsere Pfade je wieder kreuzen, werde ich dich töten.« Konnte dies Enkidu sein, der dieses sagte, fragte sich Gilgamesch, oder sprach da einer der Dämonen der Nachwelt in der Gestalt von Enkidu?

Jedenfalls, Enkidu war fort. Er verschwand in dem Durcheinander und der unendlichen Kompliziertheit der Nachwelt und entzog sich den Möglichkeiten Gilgameschs, ihn zu finden, und als Gilgamesch ausschickte, um Nachforschungen anzustellen, brachte man ihm nur diesen Bericht zurück: »Er will nicht mehr mit dir sprechen. Er hat keine Liebe mehr für dich, Gilgamesch.«

Das konnte nicht sein. Es mußte ein böser Zauber sein, dachte Gilgamesch. Bestimmt irgendeine finstere Machenschaft der Später Toten, nur dies konnte den Bruder gegen den Bruder erzürnen und Enkidu dazu bewegen, in seinem Grimm zu verharren. Mit der Zeit, da war er sicher, würde Enkidu den bösen Bann triumphierend durchbrechen, der sein Herz gefangen hielt, und er würde es der Liebe Gilgameschs wieder öffnen. Aber die Zeit verstrich auf die seltsam umschweifige Weise der Nachwelt, und Enkidu kehrte nicht zurück in seines Bruders Arme.

Was blieb also, außer der Jagd? Und dem Warten und der Hoffnung?

So jagte an diesem Tage Gilgamesch im Outback, der verdorrten Buschwildnis der Nachwelt. Er tötete und tötete und tötete wieder, und nun, so spät am Tag, hatte er seinen Pfeil einem Tier durch die Wamme geschossen, das ein noch übleres Ungeheuer war, als man sie gewöhnlich unter den Geschöpfen der Nachwelt fand, aber die Bestie besaß eine erschreckende Vitalität, und sie donnerte davon, und das schwarze Blut troff ihr aus dem durchbohrten Hals.

Gilgamesch machte sich an die Verfolgung. Es ist sündhaft, zu schießen und zu verwunden und die angeschossene Beute nicht zu töten. Eine lange mühsame Stunde lang rannte er kreuz und quer durch dieses rauhe Land. Dornenpflanzen peitschten mit koboldhafter Bosheit auf ihn ein, der scharfe Wind geißelte ihn mit peitschenden scharfen Staubwolken. Doch die scheußliche Bestie war ihm stets voraus, obschon ihr Blut in Strömen in die ausgetrocknete Erde rann.

Gilgamesch erlaubte sich keine Müdigkeit, denn in ihm war Götterstärke, dank seiner Abstammung von dem göttlichen Lugalbanda, seinem großen Vater, der König und Gott zugleich gewesen. Dennoch bereitete es ihm große Mühe, nicht aufzugeben. Dreimal verlor er seine Beute aus den Augen und spürte sie nur durch die blutige Fährte wieder auf. Das fahle rote Auge der Sonne der Nachwelt schien ihn zu verhöhnen, denn es hing unablässig vor ihm, als wollte es ihn zwingen, ohne Unterlaß weiter zu laufen.

Dann sah er das Tier, das noch immer stark wirkte, jedoch bereits sichtlich schwankte, um den Rand eines Dickichts von kleinen verkrüppelten fettblätterigen Bäumen schwanken. Ohne zu zögern lief er darauf zu. Die Bäume streichelten ihn lüstern, bedeckten ihn mit ihrem Schleim, versuchten wie ungezogene Höflinge ihn mit ihren Blättern zwischen den Beinen zu kitzeln; doch er schlug sie beiseite und kam schließlich auf eine Lichtung, wo er seine Beute stellen konnte.

Doch auf deren Nacken klammerte sich eine abstoßende kleine Bestie von Tierdämon, riß blutige Fleischfetzen heraus und ruinierte so die Haut. Daneben hielt ein Landrover, und durch das Fenster spähte ein blasser fremd aussehender Mann mit langen Kinnbacken. Ein zweiter Mann, rot im Gesicht, massig, stand dicht neben der röhrenden, schnaubenden Beute Gilgameschs.

Das Wichtige zuerst. Gilgamesch packte zu, riß den

fauchenden kleinen Aasfresser vom Rücken des größeren Tieres und schleuderte ihn weit fort. Dann rammte er mit aller Kraft den Dolch an die Stelle, wo sich hoffentlich das Herz des waidwunden Tieres befand. Und im gleichen Augenblick fühlte Gilgamesch ein heftiges Zucken in der Brust des Ungeheuers, und der faulige Lebensatem entwich sofort aus ihm.

Das Werk war getan. Aber wiederum – kein Hochgefühl, keine Erfüllung, sondern nur eine Art trübe aschene Erleichterung, daß etwas Unbeendetes erledigt war. Gilgamesch holte Luft und blickte sich um.

Was war denn das? Der rotgesichtige Mann schien von einem Wahnsinnsanfall gepackt zu sein. Zitternd und bebend, schweißgebadet sank er auf die Knie – und seine Augen blitzten irre …

»Lord Conan?« rief der Mann, »Großer König?«

»Conan gehört nicht zu meinen Titeln«, erwiderte Gilgamesch verwirrt. »Und ich war einst König in Uruk, doch an diesem Ort hier herrsche ich über niemanden. Also, Mann, komm und erhebe dich von deinen Knien!«

»Aber du bist Conan, wie er leibt und lebt!« stöhnte der Rotgesichtige heiser. »Absolut leibhaftig!«

Gilgamesch verspürte plötzlich eine heftige Abneigung gegen diesen Kerl in sich aufsteigen. Im nächsten Augenblick würde der zu sabbern beginnen. Conan? Conan? Der Name sagte ihm überhaupt nichts. Nein, warte – er hatte einst einen Conan gekannt, einen kleinen keltischen Burschen, dem er in einer Kneipe begegnet war, ein Kerl mit stumpfer Nase und breiten Wangenknochen und dunklen Haaren, die ihm ins Gesicht hingen, ein betrunkenes zappeliges Kerlchen, das unentwegt vergessene bedeutungslose Kleingötter anrief – ja, das Männchen hatte gesagt, sein Name sei Conan. Jetzt erinnerte sich Gilgamesch wieder. Er trank zu viel, machte der Bardame Ärger, hob sogar die Hand gegen sie, das war – dieser Typ. Gilgamesch hatte ihn in eine offene Jauchegrube geworfen, um ihm Manieren beizubringen. Aber wie kommt der aufgeregte Blasebalg hier dazu, mich mit dem zu verwechseln? Und der brabbelte auch immer noch weiter, etwas von Ländern, deren Namen Gilgamesch nichts sagten: Cimmeria, Aquilonia, Hyrkania, Zamora. Völliger Unsinn. Solche Orte gab es nicht.

Und dieses Glühen in den Augen des Burschen – was bedeutete dieser Ausdruck? Dieser Ausdruck von Anbetung, beinahe wie im Gesicht einer Frau einem Mann gegenüber, wenn sie entschlossen ist, sich völlig seinem Willen preiszugeben.

Zu seiner Zeit hatte Gilgamesch diesen Ausdruck oft genug erlebt, von Weibern wie von Männern, und er war ihm willkommen gewesen – zumindest von den Frauen. Er verzog finster das Gesicht. Wofür hält der mich? Glaubt er, wie so viele das fälschlich taten, daß ich, da ich Enkidu mit solch großer Liebe liebte, einer bin, der einem Mann beiliegt wie einer Frau? Denn dem ist nicht so. Nicht einmal hier in der Nachwelt ist es so, sagte sich Gilgamesch.

»Sag mir alles!« flehte der rotgesichtige Mensch. »Alle diese Großtaten, Conan, die ich mir in deinem Namen erträumt habe, sag mir, wie sie in Wirklichkeit waren! Das Abenteuer in den Schneefeldern, als du die Tochter des Frostriesen trafst – und als du auf der *Tigress* mit der Königen der Schwarzen Küste segeltest – und dann das andere Abenteuer, als du die Hauptstadt Aquiloniens erstürmtest und den König Numedides auf seinem Thron erschlugst ...«

Gilgamesch starrte den Mann zu seinen Füßen angewidert an.

»Also, Mann, jetzt hör auf mit diesem verrückten Gequatsche«, sagte er scharf. »Hoch mit dir! Du irrst dich gewaltig. Verwechselst mich mit jemand, glaube ich.«

Der andere Mann war inzwischen aus dem Landrover

gestiegen und kam zu ihnen herüber. Auch dieser war eine sonderbare Gestalt, knochendürr und leichenblaß, mit einem Hals wie ein Watvogel, der kaum kräftig genug aussah, den langen Schädel mit dem breiten Kinn zu tragen. Auch sein Anzug war seltsam, gänzlich schwarz und mehrere Schichten übereinander, als ängstigte er sich vor dem leisesten Windhauch. Aber es umgab ihn eine nachdenkliche Sanftheit, die ganz im Gegensatz stand zu dem wildäugigen fieberhaften Gehabe seines Freundes. Er könnte ein Schriftkundiger sein, dachte Gilgamesch, oder ein Priester, aber was der andere sein mochte, das wußten wohl nur die Götter allein.

Der hagere Mann berührte den anderen an der Schulter und sagte: »Reiß dich zusammen, Mann. Der da ist ganz bestimmt nicht dein Conan.«

»Er ist's leibhaftig! Ganz und gar sein Ebenbild! Seine Größe – seine Erhabenheit – wie er dieses Tier getötet hat...«

»Bob! Bob – Conan ist eine Kunstfigur! Eine Phantasiegestalt! Du selber hast ihn dir aus festem Material zusammengesponnen. Komm jetzt. Hoch mit dir!« Und zu Gilgamesch sagte er: »Tausendmal Entschuldigung, guter Herr. Mein Freund da ist manchmal – leicht übererregbar...«

Gilgamesch zuckte die Achseln und wandte sich ab. Er besah sich sein Wild. Ihn verlangte nicht danach, sich weiter mit den beiden zu beschäftigen. Das gewaltige Tier abzuhäuten, wie es sich gehört, konnte den restlichen Tag beanspruchen; danach mußte er die mächtige Decke in sein Lager zurück schleppen, und dann mußte er entscheiden, was davon er als Trophäe behalten wollte...

In seinem Rücken hörte er die dröhnende Stimme des Rotgesichtigen. »Eine erfundene Kunstfigur, H. P.? Wie kannst du dir da sicher sein? Ich habe auch immer geglaubt, daß ich Conan erfunden hätte, aber was ist, wenn er wirklich gelebt hat, wenn ich einen urtümlichen mächtigen Archetypus angezapft habe und der authentische Conan jetzt in diesem Augenblick hier vor uns steht ...«

»Lieber Bob, dein Conan hatte blaue Augen, nicht? Und die Augen dieses Mannes da sind schwarz wie die Nacht.«

»Also ...« Es klang widerborstig.

»Du warst dermaßen aufgeregt, daß es dir nicht aufgefallen ist, mir schon. Dieser da ist irgendein kriegerischer Barbar, sicher, über allen Zweifel hinaus ein gewaltiger Jäger, ein Nimrod, ein Ajax. Aber bestimmt kein Conan, Bob! Gestatte ihm seine eigene Identität. Er ist keine von deinen Erfindungen.« Der Mann mit dem langen Gesicht trat zu Gilgamesch und sprach gemessen und höflich: »Guter Herr, ich heiße Howard Phillips Lovecraft, ehemals aus Providence, Rhode Island, und mein Begleiter ist Robert E. Howard aus Texas, dessen anderes Leben wie das meine im zwanzigsten Jahrhundert nach Christus gelebt wurde. In jener Zeit betrieben wir das Gewerbe des Geschichtenerzählers, und ich fürchte, er verwechselt dich mit einem Helden, den er selbst geschaffen hat. Beruhige sein Gemüt, ich bitte dich, und laß uns auch deinen Namen wissen.«

Gilgamesch richtete sich auf. Er fuhr sich mit dem Unterarm über die Stirn, um einen Streifen gerinnenden Blutes von seiner Beute fortzuwischen, und blickte den zweiten Mann gelassen an. Dieser war jedenfalls kein Wahnsinniger, so sonderbar er auch aussah.

Ruhig sagte Gilgamesch: »Ich glaube, sein Gemüt ist so gestört, daß es nicht zu beruhigen sein wird. Aber wisse, man nennt mich Gilgamesch, Sohn des Lugalbanda.«

»Gilgamesch aus Sumer?« flüsterte Lovecraft. »Gilgamesch, der das Ewige Leben suchte?«

»Ja, Gilgamesch bin ich und war König in Uruk, als

es die Größte der Städte war im Land der Zwei Ströme, und der sich in seiner Torheit dazu verstieg zu glauben, es könnte einen Weg geben, den Tod zu betrügen.«

»Hörst du das, Bob?«

»Unglaublich. Nicht zu fassen!« stammelte der andere.

Gilgamesch richtete sich nun auf, bis er beide turmhoch überragte, holte tief Luft und sprach mit furchterregender dröhnender Stimme: »Ich bin Gilgamesch, dem alle Dinge kundgetan wurden, die verborgenen Dinge, die Wahrheiten über Leben und Tod, ganz besonders jene des Todes. Ich vermählte mich mit Inanna, der Göttin, auf dem Lager der Heiligen Hochzeit. Ich habe Dämonen zerschmettert und mit den Göttern gesprochen. Ich bin zu zwei Teilen selber göttlich und nur zu einem Teil sterblich.« Er starrte sie an und ließ die Worte in sie sinken, die er so oft und unter ähnlichen Umständen wie jetzt aufgesagt hatte. Dann sprach er leiser weiter: »Als mich der Tod ereilte, gelangte ich in dieses Untere Reich, das sie die Nachwelt nennen, und hier verbringe ich meine Zeit und jage, und nun bitte ich euch, mich zu entschuldigen, denn, wie ihr seht, habe ich zu tun.«

Wieder wandte er sich ab.

»Gilgamesch!« wiederholte Lovecraft erstaunt. Und der andere sagte: »Also, wenn ich hier bis ans Ende der Zeit leben muß, H. P., daran werde ich mich nie gewöhnen. Das ist ja noch unglaublicher, als meinem Conan zu begegnen! Stell dir das vor: Gilgamesch! *Gilgamesch*!«

Was für eine eklig-öde Sache, dachte Gilgamesch, diese ganze Ehrerbietung, diese Anbetung.

Schuld daran war dieses verdammte Epos, natürlich! Er verstand jetzt, weshalb Caesar so gereizt wurde, wenn sich Leute an ihn heranzuschmeißen versuchten, indem sie ihm Shakespearezitate entgegensäuselten. »Mann, er besteigt die enge Welt wie ein Koloß«, und derlei Zeug. Caesar wurde bei der dritten Silbe fuchsteufelswild. Sobald sie einen erst einmal dichterisch verarbeiten, das hatte Gilgamesch herausgefunden, wie dies nach ihm dem Odysseus und dem Achilles und Caesar passiert war und manch einem anderen, konnte es passieren, daß das eigene Selbst immer mehr zu schwinden begann und die Gestalt des Dichtwerks einen mehr und mehr gänzlich aufzusaugen begann, bis man zu einem wandelnden Gemeinplatz geworden war. Und dieser Shakespeare war in dieser Hinsicht besonders schurkisch verfahren, fand Gilgamesch. Man brauchte nur Richard III. zu fragen, oder Macbeth, oder Owen Glendower. Man sah sie in der Nachwelt herumschleichen, andauernd komplexbeladen, weil jedesmal, wenn sie das Maul aufmachten, die Leute von ihnen bedeutende Sätze erwarteten, wie: »Mein Königreich für ein Pferd!« oder »Ist dies ein Dolch, den ich da vor mir sehe?« oder »Ich kann die Geister aus den wüsten Tiefen rufen«. Damit hatte Gilgamesch leben müssen, beinahe vom ersten Tag seines ersten Aufenthalts in der Nachwelt; denn sie hatten diese Gedichte über ihn bald danach verfaßt, dieses ganze pompös-tiefsinnige Zeug, eine ganze Latte von Gilgameschgeschichten, von denen manche wahre Erfährnisse und Taten berichteten, andere nur abenteuerliche Erfindungen waren, und dann hatten die Babylonier und die Assyrer und diese stinkenden Knoblauch verschlingenden Hethiter sich daran gemacht und das alles noch einmal tausend Jahre lang weiter übersetzt und ausgeschmückt, bis jeder in der bekannten Welt von einem Ende bis zum anderen die Geschichten auswendig konnte, und sogar als diese ganzen Völker dahingegangen waren und ihre Sprachen vergessen, gab es kein Erbarmen, denn die Leute im zwanzigsten Jahrhundert hatten das alles aufgefunden und den Text irgendwie entziffert und wieder berühmt gemacht. Und über die Jahrhunderte hinweg hatte man ihn zum Allzweckhelden für alle gemacht, was eine verdammt schwere Last war: Da gab es Fetzelchen von ihm in den Prometheuslegenden und in dem ganzen Zeug über Herkules und in dieser Geschichte über die Irrfahrten des Odysseus, und sogar in den Mythen der Kelten, und das mochte vielleicht der Grund sein, weshalb dieser schauerliche Kerl Howard ihn so hartnäckig Conan nannte. Aber dieser andere Conan, dieser kleine, miese, besoffene Kotzbrocken, war ein Kelte gewesen. Bei Enlil, aber es war schon ermüdend, wenn alle von einem erwarteten, daß man den mythologischen Erwartungen an die Großtaten von zwanzig, dreißig verschiedenen Heroen der Menschenkultur gerecht werden sollte! Herkules und Odysseus und ein paar von den anderen nicht-mythischen Helden hausten höchstpersönlich im Original peinlicherweise ebenfalls hier, und sie hatten die Neigung, ziemlich besitzträchtig auf den Mythen zu beharren, die irgend jemand *ihnen* zugeschrieben hatte, auch wenn diese Mythen nichts weiter waren als Ab- und Umwandlungen seiner eigenen, viel älteren.

Gewiß, die Erzählungen über ihn, Gilgamesch, hatten einen wahren Kern, besonders die Teile über ihn und Enkidu, aber der Dichter hatte die Geschichte mit reichlich hochgestochenen, zusätzlichen, künstlerisch unnötigen, dummen Schnörkeln hochgewürzt, wie das die Poeten eben stets so tun, und auf jeden Fall wurde man es doch sehr leid zu sehen, daß alle und jeder einem das eigene lange und vielfältige Leben zu den stets gleichen zwölf Hauptstücken mit stets den gleichen kleinen Phrasen zusammenköchelte. Es war sogar dahin gekommen, daß Gilgamesch sich dabei ertappte, wie er selbst aus dem zentralen Teil des Gilgamesch-Epos zitierte, dem über seine Suche nach dem Ewigen Leben – nun, dieser Gesang entfernte sich nicht allzu weit von der Wahrheit – obwohl sie viele Einzelheiten durch kleine ›köstliche‹ Erfindungseinfälle verkorkst hatten –, indem er sich anderen vorstellte: »Ich bin der

Mann, dem alle Dinge kundgetan wurden … die Wahrheiten über Leben und Tod …« Direkt aus dem Munde des Dichters, diese Zeilen. Es war ärgerlich. Es war langweilig. Grimmig stieß er sein Messer unter die Haut des toten Ungeheuers und machte sich daran, die Decke abzulösen, während die beiden kleinen Männer hinter seinem Rücken weiter erstaunt miteinander brabbelten.

3

SELTSAME EMPFINDUNGEN durchströmten Robert Howards Seele, und sie waren ihm ganz und gar nicht angenehm. Er konnte sich verzeihen, daß er hingerissen einen Augenblick lang geglaubt hatte, dieser Gilgamesch sei sein Conan. Da war nur sein Künstlertemperament am Werk und hatte ihn zu einem kurzen fieberhaften Begeisterungsanfall hochgepeitscht. Sich so plötzlich einem gewaltigen nackten muskulösen Mannsriesen mit einem Lendenschurz gegenüber zu sehen, der mit einem kleinen Bronzedolch auf ein gräßliches Ungeheuer loshackt, und sich dann einzubilden, daß dies bestimmt der gewaltige cimmerische Held sein müsse – nun, das war doch wohl nur zu verzeihlich. Hier in der Nachwelt begriff man sehr rasch, daß einem fast jeder über den Weg laufen konnte. Es konnte passieren, daß man mit Lord Byron würfelte oder mit Menelaos eine Kanne Würzwein teilte, oder daß man mit Platon über Nietzsches Ideen diskutierte, der gleich daneben stand und säuerliche Grimassen schneidend auf seinem Bart herumkaute … nach einiger Zeit nahm man das meiste dann mehr oder weniger als selbstverständlich hin.

Weshalb also sollte er nicht glauben, daß dieser Kerl Conan sei? Es spielte doch keine Rolle, daß Conan eine andere Augenfarbe gehabt hatte. Das war doch nebensächlich. In allen wichtigen Punkten sah er aus wie Conan. Er besaß die körperliche Größe und Kraft Conans. Und königlich war er nicht nur der Gestalt nach. Er schien auch Conans kühle Intelligenz und seine psychische Komplexität, seinen königlichen Mut und seine Unbezähmbarkeit zu besitzen.

Das Problem aber war, daß Conan, der wundersame cimmerische Kriegsheld aus dem Jahre 19000 vor der Zeitrechnung, niemals irgendwo gelebt hatte, außer in Howards eigener Vorstellungswelt. Und in der Nachwelt gab es eben keine fiktiven Charaktere. Sofern einer nicht in dieser anderen Welt der ersten Fleischwerdung gelebt hatte, wirklich gelebt, konnte er unmöglich hier wieder leben. Man konnte hier möglicherweise Richard Wagner begegnen, aber es war ziemlich unwahrscheinlich, daß man Siegfried traf. Theseus hielt sich ebenfalls hier irgendwo auf, nicht aber der Minotauros. Wilhelm der Eroberer, ja – aber kein Wilhelm Tell.

Das war auch ganz in Ordnung, sagte sich Howard. Seine kleine Wunschvorstellung, daß er hier in der Nachwelt seinem Conan begegnet sei, war nichts weiter als ein Anfall von degoutanter Eigenliebe; es wäre besser für ihn, das abzustreifen. Aber dem echten authentischen Gilgamesch zu begegnen – ach, wie viel erregender war das! Einem echten sumerischen König – einem realen Titanen aus der Morgendämmerung der Menschheitsgeschichte, nicht eine aus den Fingern gesogene Gestalt aus Pappe und schweißigen, keuchenden Wunscherfüllungsträumen; ein Sterblicher aus Fleisch und Blut, der voller Lebenslust gewesen war und große Kämpfe gekämpft hatte, der Aug' in Auge mit den uralten Göttern wandelte und sich gegen die Unausweichlichkeit des Todes zur Wehr setzte, und der in seinem Tod die Unsterblichkeit des mythischen Archetypus erlangt hatte... Ja, das war wirklich jemand, den es sich lohnte kennenzulernen! Und Howard mußte eingestehen, daß er aus einem Gespräch mit Conan nicht mehr profitieren würde, als wenn er sein eigenes Spiegelbild befragen würde. Oder aber eine Begegnung mit dem ›realen‹ Conan, sofern denn so etwas überhaupt irgendwie möglich wäre, würde ihn bestimmt in schrecklichen seelischen Zwiespalt und Verwirrung stürzen, aus denen er sich nicht wieder würde befreien können.

Nein, dachte Howard, es ist schon besser, wenn dieser Mann Gilgamesch wäre, nicht Conan, um Himmels willen! Also fand er sich damit ab.

Aber diese andere Geschichte – dieses plötzliche bestürzende zwanghafte Bedürfnis, vor dem Riesen niederzuknien, von seinen Armen emporgerissen und in einer glühenden Umarmung an seine Brust gedrückt zu werden…

Was sollte denn das? Woher kam *das* denn? Beim flammenden Herzen Ahrimans, was konnte das bedeuten?

Er erinnerte sich an einen Tag aus seinem früheren Leben, an dem er zum Cisco-Damm gefahren war und zugesehen hatte, wie die Bauarbeiter sich auszogen und hineintauchten: Gutgebaute Männer, selbstsicher, anmutig, im Einklang mit ihrem Körper. Einige Zeitlang hatte er ihnen zugesehen und ihre körperliche Vollkommenheit bewundert. Sie hatten nackte griechische Statuen sein können, die zum Leben erwacht waren, ein ganzer Trupp von kräftigen saftstrotzenden Appolls und Zeusen. Und dann, als er hörte, wie sie sich ihre üblen zotigen Witze zubrüllten, wurde er zornig und sah in ihnen nur denkunfähige hirnlose Tiere, die die natürlichen Feinde von Träumern sind, wie er es war. Er haßte sie, wie Schwache stets die Starken verabscheuen müssen, diese glanzumstrahlten Schweine, die einen Träumer und seine Träume jederzeit in den Boden stampfen konnten, wenn sie wollten. Und dann war ihm eingefallen, daß er selbst ja auch nicht gerade ein Schwächling sei, daß er – der früher spillerig und kränklich gewesen war – sich durch harte Mühe und Training zu einem großen, breiten beeindruckenden Kerl gemacht hatte. Nicht so körperlich schön und perfekt, wie diese Männer es waren – dafür war er zu untersetzt, zu grob, zu ungeschlacht –, aber trotzdem, sagte er sich, unter diesen ganzen Männern war keiner, dem er nicht die Rippen zerquetschen konnte, wenn es zu einer Auseinandersetzung kam. Und er war damals dort weggegangen, erfüllt von Wut und rasenden Vorstellungen blutrünstiger Gewalttätigkeit.

Was steckte hinter dem allem? Diese kaum zu bändigende Wut – war das eine versteckte dunkle Lust, ein zutiefst bestialisches Verlangen nach Sünde? Sollte die in ihm aufgestiegene Wut nur jene andere kaschieren, die er gegen sich selbst hatte richten müssen, weil er diese nackten Männer heimlich beobachtete und weil ihm das Vergnügen bereitete?

Nein. Nein, Nein. Er war schließlich kein Abartiger. Dessen war er sich ganz sicher.

Er war überzeugt davon, daß es ein Anzeichen von Dekadenz sei, des Niedergangs der Zivilisation, wenn Männer nach Männern verlangten. Er selbst war ein Pionier und kein schwächlicher, gezierter Sodomit, der sich in Schmutz und eitler Sünde suhlt. Und wenn er in seinem kurzen Leben auch nie die Liebe einer Frau gekannt hatte, dann aus Mangel an Gelegenheit, und nicht etwa, weil er jene andere schändliche Form der Liebe bevorzugte. Er lebte bis ans Ende seiner Tage in dieser kleinen abgeschiedenen Präriestadt, ganz der Sorge für seine Mutter und seiner Schriftstellerei hingegeben, er hatte es vorgezogen, sich nicht mit Prostituierten und leichten Weibern abzugeben, aber er war sicher, wenn er ein paar Jahre länger gelebt hätte und die Frau, die ihm die wahre Gefährtin hatte sein können, sich ihm eröffnet hätte, dann hätte er gewißlich leidenschaftlich und hingebungsvoll zugegriffen.

Und doch – und trotzdem –, als er diesen Prachtriesen Gilgamesch erspäht hatte und ihn für Conan hielt …

Dieser elektrische Stoß, der ihm durch den ganzen Leib fuhr, ganz besonders in seinen Lenden – was sonst hatte es sein können als Verlangen, urplötzlich und heftig und überwältigend? Sexuelle Sehnsucht nach einem *Mann*? Es war undenkbar! Nicht einmal bei diesem von Ruhm umstrahlten Helden – diesem grandiosen königlichen Geschöpf …

Nein. Nein und nein und nein!

Ich befinde mich in der Nachwelt, und das ist möglicherweise so eine Abart der Hölle, und wenn hier die Hölle ist, dann ist dies meine Strafe, dachte Howard.

Zornig stapfte er am Landrover auf und ab. Verzweifelt wehrte er sich gegen die dunkle Angst, die ihn nun zu überschatten drohte, wie dies schon so oft in diesem Leben nach dem Leben geschehen war. Diese plötzlichen verderbten und lasterhaften Gefühle, dachte Howard, sie sind nichts weiter als die teuflische Verdrehung meiner natürlichen Seele und sollen mich in Verzweiflung und Selbsthaß stürzen! Bei Crom, ich will mich dagegen wehren! Bei den Brüsten der Ischtar, ich will mich solcher Verdorbenheit nicht preisgeben!

Und dennoch ertappte er sich immer wieder dabei, wie seine Augen hinüber zum Rand des Dickichts abirrten, wo Gilgamesch noch immer über dem Tier kniete, das er erlegt hatte.

Was für erstaunliche Muskeln spielten über diesen breiten Rücken, in diesen eisenstarken Schenkeln! Mit welcher hingebungsvoller Sorglosigkeit er dem Tier die zottige Haut abzog, obwohl er dabei über und über mit dunklem gerinnenden Blut besudelt wurde! Diese Kaskade üppiger schwarzer Haare; die locker von einem edelsteinbesetzten Stirnband gefaßt waren, dieser dichte schwarze Kräuselbart…

Howards Hals wurde trocken. Etwas tief unten in seinem Leib verkrampfte sich zu einem festen Ball.

Lovecraft sagte: »Du möchtest also gern mit ihm reden?«

Howard fuhr herum. Er spürte, wie ihm die tiefe Röte in die Wangen schoß. Er war ganz sicher, daß man ihm sein Schuldbewußtsein unbedingt von seinem brennenden Gesicht ablesen konnte.

»Was meinst du damit, verdammt?« knurrte er. Unwillkürlich ballten sich seine Hände zu Fäusten. Um seine Stirn zwängte sich etwas wie ein glühendes Band. »Wozu und worüber soll ich denn mit dem reden wollen?«

Lovecraft schien verblüfft, weil Howard in seiner Stimme und seiner Haltung so heftig reagierte. Er trat einen Schritt zurück und hob den Arm, als wollte er sich schützen. »Was für eine merkwürdige Äußerung! Ausgerechnet von dir, bei deiner Vorliebe für die Antike, deiner tiefen anhaltenden Leidenschaft für diese dumpf-schweißigen Reiche im Orient, die schon so lange verschwunden sind? Mann, gibt es denn wirklich nichts, was du über die sumerischen Königreiche erfahren möchtest? Über Uruk, Nippur, über das Ur der Chaldäer? Die geheimen Riten der Göttin Inanna in den finsteren unterirdischen Gängen unter dem Ziggurat? Die Beschwörungen, die die Tore zur Unterwelt öffneten, die Trankopfer, durch die bis in die Welten jenseits der Sterne die Dämonen freisetzen und binden konnten? Wer weiß, was er uns alles erzählen könnte? Dort steht ein Mann, der sechstausend Jahre alt ist, ein Held aus der Frühdämmerung unserer Zeit, Bob!«

Howard schnaubte: »Ich kann mir nicht vorstellen, daß dieser übderdimensionierte Mistbrocken bereit sein könnte, uns irgendwas zu erzählen. Der hat doch nichts andres im Sinn, als dem verdammten Biest, das er erlegt hat, die Haut abzuziehen.«

»Damit ist er beinahe fertig. Warum warten wir nicht ab, Bob? Und bitten ihn dann, sich eine Weile zu uns zu setzen. Und dann können wir ihn aushorchen, ihn dazu bringen, uns Geschichten preiszugeben über das Leben, wie es sich vor langer Zeit am Euphrat abspielte!« Und jetzt glühten auch Lovecrafts dunkle Augen, als verspürte auch er ein seltsames Lustgefühl, und seine Stirn glänzte von bei ihm ungewohntem Schweiß, aber Howard wußte, daß es sich bei seiner Begeisterung nur um die Begierde nach Wissen handelte, einen Hunger nach den geheimen Weisheitsschätzen der hohen Frühzeit, die seiner Vorstellung nach aus dem Mund dieses Zweiströmehelden sprudeln müßten. In ihm selbst brannte ebenfalls diese Begierde. Mit diesem Mann zu sprechen, der gelebt hatte, ehe es Babylon gab, der durch die Straßen von Ur schritt, als Abraham noch nicht geboren war…

Aber es gab andere Gelüste neben diesem Hunger nach Erkenntnis und Wissen, ein dunkles unheimliches Verlangen, das man verleugnen mußte, koste es, was es wolle…

»Nein«, sagte Howard abweisend. »Verschwinden wir von hier, und zwar jetzt und verdammt schnell, H.P.! Diese verdammte öde Gegend geht mir auf den Keks.«

Lovecraft sah ihn seltsam an. »Hast du mir nicht gerade vorhin erklärt, wie wunderschön es hier…«

»Zur Hölle mit allem, was ich dir möglicherweise gesagt habe! König Henry erwartet von uns, daß wir für ihn ein Bündnis aushandeln. Und das werden wir nicht hinkriegen, wenn wir hier draußen am Arsch der Welt…«

»Dem *was*?«

»Am hintersten Ende der Welt. In einem wilden unzivilisierten Land. Ein Begriff, der nach unserer Zeit in Mode kam, H.P. Hinterwäldlerisch, weißt du, provinziell. Aber du hast dich ja nie besonders um Lokalkolorit gekümmert, nicht war.« Er zog Lovecraft am Ärmel. »Also, komm schon! Dieser große verdammte Affe da drüben erzählt uns bestimmt nichts von seinem Leben und seiner Zeit, garantiere ich dir. Wahrscheinlich erinnert er sich an nichts, was sich irgendwie lohnt. Und er geht mir auf den Keks. Entschuldige schon, H.P., aber ich finde ihn einfach furchtbar eklig, ja? Und ich habe nicht den Wunsch, seine Gesellschaft noch länger zu ertragen. Was dagegen, H.P.? Glaubst du, wir könnten jetzt endlich hier abfahren?«

»Ich muß gestehen, daß du mir manchmal Rätsel aufgibst, Bob. Aber selbstverständlich, wenn du...« Plötzlich riß Lovecraft erstaunt die Augen weit auf. »Runter, Bob! Hinter den Wagen! Schnell!«

»Was...?«

Ein Pfeil schwirrte durch die Luft und flog knapp an Howards linkem Ohr vorbei. Dann noch einer und noch einer. Ein Geschoß prallte widerlich dumpf von der Seite des Wagens ab. Und ein weiterer Pfeil traf direkt und steckte zentimetertief zitternd im Metall.

Howard wirbelte herum. Er sah Reiter, ein Dutzend, vielleicht auch anderthalb Dutzend, die aus der Finsternis im Osten herangeprescht kamen und ihre Pfeile auf sie abschossen.

Es waren magere kräftige Männer von irgendwie orientalischem Typ in karmesinrotem Lederwams, die ritten wie die Teufel. Ihre Reittiere waren kleine flachnasige glutäugige graue Dämonenpferde, die dahinpreschten, als könnten die kurzen stampfenden Beine sie ohne einen Augenblick der Rast bis ans Ende der Niederwelt tragen.

Die gelbhäutigen Krieger sangen und johlten, wie von wilder Wut gepackt. Mongolen? Türken? Was immer sie sein mochten, sie donnerten wie die Sendboten des Todes selbst auf den Landrover zu. Einige schwangen lange bösartig gekrümmte Klingen, doch die meisten hatten kleine seltsam geformte Bogen, von denen sie mit erstaunlicher Schnelligkeit ganze Schauer von Pfeilen verschossen.

Neben Lovecraft hinter dem Landrover kauernd, starrte Howard den Angreifern verblüfft und wie gelähmt entgegen. Wie oft hatte er solche Szenen beschrieben? Wehende Federn, starrende Lanzen, eine fauchende pfeifende Wolke von ellenlangen Lanzenschäften! Donnernde Pferdehufe, wildes Kriegsgeschrei, das Prasseln der Pfeilspitzen der Barbaren gegen die Schilde Aquiloniens! Sich bäumende Rösser, die ihre Reiter abwarfen... Ritter in blutbedeckter Rüstung, die auf den

Boden geworfen wurden... stahlgepanzerte Gestalten über das wellige Schlachtfeld verteilt...

Aber was sich jetzt hier abspielte, das war keine Saga von ›hyboreanischen‹ Nordlandkriegern, die einen Ringelreihentanz veranstalten. Hier handelte es sich um reale Reiter – so wirklich wie alles andere an diesem Ort – und sie kamen über die kalte windgepeitschte Ebene am Rand der Nachwelt herangeprescht. Und die Pfeile waren echte Pfeile, und sie würden sich wirklich tief in sein Fleisch bohren und echte Schmerzen bereiten, höchst schrecklich qualvolle.

Er blickte zu Gilgamesch hinüber. Der sumerische Riesenkerl kauerte hinter dem umgedrehten Rumpf seiner Jagdbeute. Den Riesenbogen hielt er in den Händen. Howard starrte beklommen und voll Ehrfurcht hinüber, und dann schoß Gilgamesch. Der Pfeil traf den ersten Reiter und drang durch das Wams und den Brustkorb und ragte aus seinem Rücken hervor. Dennoch gelang es ihm, während er heranstürmte, noch einen letzten Pfeil abzuschießen, ehe er stürzte. Das Geschoß schwirrte in unsicherem Bogen rasch und schwankend und zischend auf Gilgamesch zu und durchbohrte das Fleisch des linken Unterarmes.

Kalt blickte der Sumerer auf den Pfeil in seinem Arm. Dann runzelte er die Stirn und schüttelte den Kopf, etwa so, als hätte ihn eine Wespe gestochen. Dann – genau wie Conan es getan haben könnte, Himmel, wie sehr das an Conan erinnerte! – legte Gilgamesch den Kopf schief gegen die Schulter und *biß* den Pfeil dicht über den Federn entzwei. Helles Blut spritzte aus der Wunde, als er die zwei Stücke herauszog.

Und als wäre weiter nichts von Wichtigkeit geschehen, hob Gilgamesch seinen Bogen und griff nach einem zweiten Pfeil. Das Blut floß in kleinen Bächen den Arm hinab, doch er schien es nicht einmal zu bemerken.

Howard schaute wie gelähmt zu. Er vermochte sich nicht zu bewegen, er konnte sogar kaum richtig atmen.

Eine dumpfe Übelkeit drohte ihn zu überwältigen. Es hatte ihm gar nichts ausgemacht, abgeschlagene Köpfe und Arme und Beine fröhlich unbekümmert in seinen Geschichten zu gewaltigen blutigen Haufen aufzutürmen, aber in Wirklichkeit hatten ihm Blutvergießen und jegliche Art von Gewalt Entsetzen eingeflößt, wo immer er auch nur den flüchtigsten Blick darauf erhascht hatte.

»Die Kanone, Bob!« rief Lovecraft drängend an seiner Seite. »Nimm doch deine *Kanone*!«

»Was?«

»Da. *Da unten.*«

Howard blickte nach unten. In seinem Gürtel steckte die Pistole, die er mit aus dem Wagen genommen hatte, als er sich das kleine Ungetier auf dem Weg näher ansehen wollte. Jetzt zog er die Waffe heraus und starrte sie stumpfäugig an, als wäre sie das Ei eines Basilisken in seiner Handfläche.

»Worauf wartest du denn?« fragte Lovecraft. »Aha. Ach so. Gib sie schon her!« Ungeduldig entriß er die Waffe den starren Fingern Howards und betrachtete sie kurz, als hätte er nie zuvor so etwas in der Hand gehabt. Wahrscheinlich hatte er das auch nicht. Dann aber packte er die Pistole mit beiden Händen, schaute vorsichtig über das Dach des Landrovers und gab einen Schuß ab.

Der laute Knall durchbrach die schrillen Schreie der Reiter. Lovecraft lachte. »Ich hab' einen erwischt! Wer hätte je gedacht…«

Er feuerte erneut. Und im gleichen Augenblick erledigte Gilgamesch wieder einen von den Angreifern mit seinem Bogen.

»Sie ziehen sich zurück!« rief Lovecraft. »Bei Alhazred, ich wette, damit haben sie nicht gerechnet!« Und er lachte wieder und hob zielend sein Schießeisen. *»Ja!«* brüllte er mit einer Stimme, wie Howard sie noch nie aus dem Mund des zurückhaltenden oberlehrerhaften Lovecraft gehört hatte. *»Shub-Niggurath!«* Lovecraft feuerte einen dritten Schuß ab. *»Ph'nglui mglw'nafh Cthulhu R'lyeh wgah'nagl fhtagn!«*

Howard spürte, wie ihm der Schweiß über den ganzen Körper rann. Diese seine Aktionsunfähigkeit – diese Gelähmtheit! – diese Schmach! – was hätte Conan in dieser Situation gemacht? Was Gilgamesch? Und Lovecraft, dieser scheue spießige Schulmeister, der sich vor den Fischen im Meer gefürchtet hatte, vor den kalten Winden in seinen Neu-England-Wintern und vor so vielen anderen Dingen, der stand da und lachte und grölte in seinem wundersamen Kauderwelsch und ballerte um sich wie irgendein Gangster, der sich einen Heidenspaß gönnt ...

Ein Jammer! Eine Schande!

Howard achtete nicht auf die Gefahr, sondern kletterte auf den Wagen und tastete nach der zweiten Waffe, die da irgendwo auf dem Boden liegen mußte. Er fand sie und kniete sich hinter das Fenster. Sieben, acht der asiatischen Reiter lagen in einem Radius von etwa hundert Metern verstreut tot oder sterbend um den Wagen herum. Die übrigen hatten sich auf beträchtliche Entfernung zurückgezogen und kanterten unruhig im Kreis um sie herum. Offensichtlich waren sie von dem unerwartet heftigen Widerstand verwirrt, dem sie da begegnet waren, bei etwas, das sie wahrscheinlich für ein hübsches kleines Schlachtfest in diesen unerforschten Grenzbezirken gehalten hatten.

Und was taten sie jetzt? Sie zogen sich zu einem kleinen engen Trupp zusammen, die Pferde Nase an Nase. Sie hielten Beratung ab. Und dann zogen zwei von ihnen aus der Satteltasche etwas, das aussah wie eine Art Kriegsbanner und hoben es zwischen sich an Bambusstangen in die Höhe: eine lange gelbe Fahne mit flatternden blutroten Fransen, auf der in kantigen schwarzen asiatischen Lettern etwas stand. Die Sache wurde offensichtlich ernst. Und nun formierten sie sich zu einer Reihe gegenüber dem Landrover. Sie machten sich zu einem verzweifelten selbstmörderischen Sturm bereit – so sah das aus.

Gilgamesch stand nun aufrecht und allen sichtbar da und setzte gelassen einen neuen Pfeil auf die Bogensehne. Er hob den Bogen und zielte und wartete ab. Lovecraft, der ganz rot vor Erregung aussah und völlig verwandelt durch die ihm fremden Wonnen eines Kampfes mit Waffen, beugte sich weit nach vorn, spähte gespannt hinaus und hatte die Pistole schußbereit im Anschlag.

Howard zitterte. Scham trieb ihm schmerzhaft die Sporen in die Flanken. Wie konnte er nur so feige hier kauern, während die anderen zwei die Last des Kampfes allein trugen? Obwohl seine Hand zitterte, richtete er die Waffe aus dem Fenster und zielte auf den ihm nächsten Reiter. Sein Finger krümmte sich am Abzug. War es möglich, auf die Entfernung zu treffen? Ja. Ja. Los! Du weißt doch, wie man mit Schußwaffen umgeht. Höchste Zeit, daß du etwas davon praktisch anwendest. Putz den miesen kleinen gelben Hund dort aus dem Sattel! Mit einem Huster aus deinem .38er Colt, ja! Schick ihn direkt in die nächste Welt – nein, geht nicht, er ist ja bereits in der nächsten Welt – also schick ihn ins Vergessen, bis er wieder an der Reihe ist, wieder hervorgezerrt zu werden, ja, so war's richtig – fertig – zielen ...

»Warte«, sagte Lovecraft. »Schieß nicht!«

Was war das? Während Howard, es kostete ihn einige Mühe, die Waffe sinken ließ und seine bebende steife Hand entspannte, starrte Lovecraft, die Augen mit der Hand gegen den geisterhaften Glast der geschwollenen roten Sonne schirmend, lange auf die feindlichen Krieger. Dann wandte er sich um und suchte im Fond des Wagens herum und brachte schließlich den braunen Umschlag zutage, in dem sich ihre Ernennungsurkunde von King Henry befand.

Und dann ... aber was tat er denn?

Lovecraft trat mit hocherhobenen Armen aus der Deckung und schwenkte das Portefeuille durch die Luft und ging auf die Feinde zu?

»Die bringen dich um, H. P.! Runter, geh in Deckung!«

Ohne sich umzudrehen, bedeutete Lovecraft mit einer scharfen Geste, Howard solle den Mund halten, und schritt weiter stetig auf die Reiter in der Ferne zu. Sie schieben ebenso erstaunt wie Howard. Sie saßen bewegungslos, die Bogen gespannt, ein Dutzend Pfeile auf Lovecrafts Körpermitte gerichtet.

Jetzt ist er ganz durchgedreht, dachte Howard bestürzt. Aber eigentlich war er ja nie so ganz ausgeglichen, nicht wahr? Hat immer halb das Zeug geglaubt, das er über die Alten Götter und über Schleusen zwischen den Dimensionen und gotteslästerliche Riten in den dunklen Hügeln Neu-Englands schrieb. Und jetzt, bei der ganzen Schießerei – die Aufregung ...

»Laßt eure Waffen sinken, ihr alle!« rief Lovecraft mit einer erstaunlich lauten und gebieterischen Stimme. »Im Namen des Priesters Johannes gebiete ich euch Einhalt! Senkt die Waffen! Wir sind nicht eure Feinde! Wir sind Abgesandte an euren Herrscher!«

Howard blieb die Luft weg. Er begann zu begreifen. Nein, Lovecraft war nicht wahnsinnig geworden!

Er betrachtete sich das lange Kriegsbanner erneut. Ja, natürlich, natürlich! Diese Wirbel und Schnörkel auf der Fahne: Das waren die Wappen des Priesterkönigs Johannes! Und diese blutrünstigen Reiter mußten zur Grenztruppe eben jenes Landes gehören, zu dessen Herrscher sie schon so lange unterwegs waren. Howard fühlte sich beschämt; er begriff, daß Lovecraft mitten in dem tobenden Kampf genug Vernunft gezeigt und sich die Zeit genommen hatte, sich das Banner genauer anzusehen und zu entziffern – und den Mut besessen hatte, vorzutreten und die diplomatische Legitimation hochzuhalten. Er hatte nun die Pergamentrolle mit ihrer Akkreditierung in der Hand und zeigte mit der anderen auf das schmale rote Band und das Sigill König Heinrichs.

Die Reiter spähten herüber, sie berieten sich untereinander und senkten die Bogen. Auch Gilgamesch ließ seinen Großbogen sinken und blickte erstaunt drein. »Seht ihr dies?« rief Lovecraft. »Wir sind Herolde von King Henry! Und wir verlangen den Schutz eures Herrn, des Erhabenen Herrschers Yeh-lu Ta-shth!« Mit einem Blick über die Schulter bedeutete er Howard, er solle an seine Seite treten, und nach nur ganz kurzem Zögern sprang der vom Landrover und trabte nach vorn. Ihm war recht unbehaglich dabei, als er sich diesen finsteren gelben Bogenschützen so preisgab. Es war beinahe so, als stünde man am Rand eines riesigen Abgrunds.

Lovecraft lächelte. »Alles wird gutgehen, Bob! Das Banner, das die da entrollten – es trägt die Zeichen des Priesterkönigs Johannes ...«

»Ja. Ich erkenne es, ja.«

»Und siehst du? Sie geben das Zeichen für sicheres Geleit. Sie haben verstanden, was ich sagte, Bob! Sie glauben mir!«

Howard nickte. Eine große Erleichterung wallte in ihm hoch, ja sogar so etwas wie Freude. Herzhaft schlug er Lovecraft auf den Rücken. »Gute Arbeit, H. P.! Ich hätte nicht gedacht, daß das in dir steckt!« Und nun, da er seine Scheißangst zu überwinden begann, fühlte er, wie eine geradezu manische Hochstimmung sich seiner bemächtigte. Er winkte den Reitern zu, fuchtelte wild mit den Armen herum. »Holla! Wir sind Königliche Gesandte!« brüllte er. »Sendboten Seiner Britannischen Majestät des Achten Königs Heinrich! Bringt uns vor euren Herrscher!« Dann blickte er zu Gilgamesch hinüber, der mit zusammengezogenen Brauen dastand, den Bogen noch immer schußbereit. »Holla, auch du dort, König von Uruk! Laß auch du die Waffe sinken! Es ist jetzt alles in Ordnung! Man geleitet uns jetzt an den Hof des Priesterkönigs Johannes!«

4

GILGAMESCH war gar nicht sicher, weshalb er sich bereitgefunden hatte mitzugehen. Ein Besuch am Hof des Priesterkönigs Johannes oder an einem sonstigen Hof interessierte ihn nicht im geringsten. Er wollte nichts weiter, als daß man ihn in Ruhe lasse, damit er durch die Wildnis streifen und jagen könne, um dabei ein wenig Linderung seines Kummers zu finden.

Doch dieser hagere Langhals und sein Freund, dieser rotgesichtige Prahlhans, hatten ihn höflich eingeladen, mit ihnen in ihrem Landrover zu fahren, und während er noch so dastand und stirnrunzelnd über das Angebot nachdachte, hatten die häßlichen flachgesichtigen kleinen gelben Krieger ihm mit ungeduldigen Gesten bedeutet, daß er besser in das Fahrzeug steigen solle. Und das tat er denn auch. Es sah so aus, als würden sie ihn durchaus gewaltsam dazu bringen, falls er sich weigerte, und wenn er auch keinerlei Furcht vor ihnen empfand, nicht die geringste Furcht, hatte etwas in ihm, das er noch nicht zu begreifen vermochte, ihn dazu veranlaßt, einem erneuten Kampf möglichst aus dem Weg zu gehen, und er war statt dessen lieber in dieses Fahrzeug gestiegen. Möglich auch, daß er für eine Weile genug davon hatte, allein zu jagen. Oder aber weil die Wunde in seinem Arm schmerzhaft zu toben begann, nachdem nun die Erregung wegen der Rangelei abgeklungen war, und es erschien ihm als eine vernünftige Verfahrensweise, einen Wundarzt die Sache ansehen zu lassen. Um die Verletzung herum war das ganze Fleisch schlimm geschwollen und verfärbt. Dieser Pfeil hatte ihn glatt durchschlagen. Er würde den Einschuß säubern und verbinden lassen; dann würde er weiterziehen.

Also schön, er reiste jetzt an den Hof des Priesters Johannes. Er hockte stumm und düster auf dem Rücksitz des dumpf riechenden von Schimmelflecken bedeckten Fahrzeugs und fuhr mit diesen zwei sehr drolligen Vertretern der Später Toten, diesen Schreibern oder Geschichtenerzählern oder was immer zu sein sie behaupteten, unter dem Geleit des Reitertrupps zum Lager ihres Herrschers, dieses Priesters Johannes.

Der Mann, der Howard hieß, der es nicht über sich bringen konnte, ihm ab und zu scheue flüchtige Blicke zuzuwerfen wie ein verliebtes Dienstmädchen, saß am Steuer. Wieder blickte er nach hinten und sagte: »Sag mir, Gilgamesch, hattest du früher schon einmal mit dem Priester Johannes zu tun?«

»Den Namen habe ich schon gehört, soweit ich mich erinnere«, antwortete der Sumerer. »Aber eigentlich bedeutet er mir nicht viel.«

»Ein berühmter legendärer christlicher Herrscher«, sagte der andere, der hagere Mann, der Lovecraft hieß. »Von dem es heißt, daß er irgendwo in nebelhaften Fernen mitten in Zentralasien über ein verborgenes Königreich herrschte – obwohl es ja eigentlich in Afrika hätte sein müssen, wenn man gewissen anderen Quellen...«

Asien – Afrika – Namen, bloße Namen, dachte Gilgamesch düster. Orte irgendwo in dieser anderen Welt, der Schattenwelt, aus der er schon so lange fortgegangen war. Er hatte keine Ahnung, wo diese Länder liegen mochten.

Was für ein Übermaß von Gegenden und Namen dafür! Kein Vernünftiger konnte das alles noch überschauen. Es war sinnlos. Die Welt – seine Erste Welt, die im ›Land‹ – war begrenzt gewesen von den Zwei Strömen, Idigna und Buranunu, welche die Griechen später als Tigris und Euphrates bezeichnet hatten. Aber wer waren die Griechen, und mit welchem Recht benannten sie die Ströme um? Alle benutzten jetzt diese neuen

Namen, sogar er, Gilgamesch, selbst – außer ganz tief in seinem Herzen.

Und über die zwei Ströme hinaus? Nun, dort lag weit im Osten der Vasallenstaat Haratta, erinnerte er sich, und da lag auch das Zedernland, wo der feueratmende Dämon Huwawa herumfauchte und brüllte, und in den östlichen Bergen lag das Königreich der elamitischen Barbaren. Im Norden lag das Uri genannte Land, und in der Wüste im Westen hausten die unzivilisierten Martustämme, und im Süden lag die gesegnete Insel Dilmun, die wie das Paradies war. Hatte es da eine Welt jenseits dieser Welt gegeben? Gewiß, da war noch Meluhha, in weiter Ferne, jenseits von Elam, wo das Volk eine schwarze Haut hat und feine, noble Gesichter: und dann im Süden das Land Punt, wo sie ebenfalls dunkelhäutig waren, mit platten Nasen und dicken Lippen; und dann gab es da noch ein Land weit hinter Meluhha, wo Leute mit gelber Haut lebten, die einen kostbaren grünen Stein aus der Erde gruben. Und dies war die Welt, die er gekannt hatte, als er noch in der Welt lebte, dieser anderen Welt, die er so kurz nur durchwanderte, ehe er in diese Welt des Ewigen Lebens kam. Aber offenbar hatte es in jener anderen Welt andere Gegenden gegeben, Orte, von denen er keine Ahnung hatte oder die nach seiner Zeit entstanden waren. Wo mochten sie liegen, diese anderen Orte aus den Letzten Tagen der Anderen Welt, dieses Afrika, dieses Asien, dieses Europa und der Rest, Rom, Griechenland, England? Vielleicht waren das ja teilweise nur neue Namen für alte Orte. Das Land hatte ja auch eine Vielzahl von Namen getragen, seit seiner Zeit – Babylonien, Mesopotamien, Irak und andere. Wieso brauchte es diese ganzen Namen? Er wußte es nicht. Neue Männer erfanden oft neue Namen; es schien der Lauf der Welt zu sein. Dieses Afrika, dieses Asien – Amerika, China, Rußland – ein kleiner Grieche namens Herodot hatte einst versucht, es ihm zu erklären, wie die Welt gestaltet sei und die

Namen der Orte auf ihr, indem er auf einem Stück alten Pergaments eine Zeichnung anfertigte, und viel später hatte ein Starrkopf namens Mercator das ebenfalls getan, und später hatte er sich dann darüber mit einem Engländer namens Cook unterhalten; aber was diese Leute ihm sagten, war in sich alles widersprüchlich und ergab für ihn überhaupt keinen Sinn. Es war allerdings auch etwas viel verlangt, da einen Sinn zu sehen. Diese Tausende von Nationen, die nach seiner Zeit aufgetaucht waren, diese Großreiche, die entstanden und wieder zerfallen und vergessen waren, all diese verschwundenen Herrschergeschlechter, die Häuptlinge und Könige – hin und wieder hatte er sich bemüht, ihre Reihenfolge zu merken, aber vergeblich. Einst, in seinem früheren Leben, ja, da hatte er danach gestrebt, Meisterschaft in allen Wissensgebieten zu erlangen. Sein Appetit war grenzenlos gewesen, sein Hunger: nach Wissen, nach Reichtum, nach Macht, nach Weibern, nach dem Leben an sich. Jetzt erschien ihm das alles als reinste Torheit. Und das Gewirr verwirrter und verwirrender Namen von Orten, die großen Reiche und fernen Königtümer, sie gehörten in eine andere Welt, was konnten sie ihm jetzt bedeuten?

»Asien?« fragte er sich. »Afrika?« Er zuckte die Achseln. »Der Priesterkönig Johannes?« Er suchte in den untersten trägen vollbeladenen Strudeln seiner Erinnerung. »Aha. Da haben wir einen Priester Johannes. Ich glaube, er lebt in Roma Nova. Ein dunkelhäutiger Mann, ein Freund von diesem frechen alten Lügner Sir John Mandeville.« Nun kam es ihm wieder ins Gedächtnis. »Ja, ich habe sie oft beisammen gesehen, in der dreckigen verkommenen Taverne, in der man den Mandeville immer antreffen kann. Und die zwei erzählen sich gegenseitig absonderliche Geschichten, wobei der eine ein noch größerer Schwindler ist als der andere.«

»Ein anderer Priester Johannes«, sagte Lovecraft.

»Dieser da ist Susenyos der Äthiopier, glaube ich«,

sagte Howard. »Ein ehemaliger afrikanischer Tyrann, er liebte die Jesuiten, und jetzt ist er ein schwerer Whiskeysäufer. Er ist nur einer von vielen. Meiner sicheren Kenntnis nach treiben sich in der Nachwelt hier sieben, neun oder ein Dutzend Priester Johannesse herum. Vielleicht sogar noch mehr.«

Gilgamesch betrachtete diese Bemerkung ohne Aufmerksamkeit und Interesse. Ihm lief der Schmerz von seiner Pfeilwunde jetzt brennend den Arm auf und nieder.

Lovecraft sagte: »... gar kein echter Name, sondern nur ein Titel, und außerdem noch ein verderbter. Es hat nie einen *wirklichen* Priester Johannes gegeben, sondern nur verschiedene Herrscher in verschiedenen fernen Ländern, und es gefiel den Geschichtenspinnern in Europa sie jeweils Priester Johannes zu nennen, den Christenkaiser, den großen geheimnisvollen unbekannten Monarchen eines sagenhaften Reiches. Und so gibt es hier in der Nachwelt viele, die sich diesen Namen zulegten. Er bringt Macht mit sich, verstehst du?«

»Macht und Majestät!« rief Howard laut. »Und Poesie, bei Gott!«

»Also ist dieser Priester John, zu dem wir jetzt fahren«, fragte Gilgamesch, »in Wirklichkeit gar nicht der Priesterkönig?«

»Yeh-lu Ta-shih ist sein richtiger Name«, sagte Howard. »Chinesisch. Eigentlich mandschurisch, aus dem zwölften Jahrhundert der Neuen Zeitrechnung. Der erste Herrscher des Großreichs Kara-Khitai mit der Kaiserstadt Samarkand. Herrschte hauptsächlich über Horden von Mongolen- und Turkstämmen, und sie nannten ihn Gur-Khan, was ›Höchster Herrscher‹ bedeutet, und das hat sich irgendwie auf dem Weg nach Europa damals zu ›Johann‹ gemausert. Und man behauptete auch, daß er ein christlicher Priester gewesen sei, *Presbyter Johannes.*« Howard lachte. »Diese verdammten blöden Kerle. Der war genauso wenig ein Christ wie du. Buddhist war er, ein verfluchter schamanistischer Buddhist.«

»Aber wieso dann …?«

»Mythen und Verworrenheit!« sagte Howard. »Die gewaltige Unsinnsfabrik der Menschheitsgeschichte in Betrieb! Und wie hätte es anders sein können, als er hierher in die Nachwelt kam, dieser Yeh-lu Ta-shih, verschaffte er sich prompt wieder ein Großreich auf einem vergleichbaren Territorium wie seinerzeit drüben, und als Richard Burton in diese Gegend kam und ihm vom Priester Johannes erzählte, daß die Europäer ihn vor langer Zeit bei diesem Namen nannten und ihm alle erdenklichen sagenhaften Großtaten zuschrieben, sagte er: Ja, ich bin wahrlich der Priesterkönig Johannes. Und jetzt stilisiert er sich als das, er und ein Dutzend andere, die meisten davon Äthiopier wie dieser Freund deines Freundes Mandeville.«

»Sie sind nicht meine Freunde«, sagte Gilgamesch steif. Er lehnte sich zurück und knetete seinen schmerzenden Arm. Die Landschaft draußen veränderte sich: Sie wurde hügeliger, bestanden von unattraktiven dickstämmigen kleinen Bäumen, die seltsam schief aus dem roten Boden wuchsen. Seine scharfen Augen machten hier und dort verstreute Gruppen schwarzer Zelte an den Hängen aus und Herden dieser kleinen Dämonenpferde, die in ihrer Nähe weideten. Gilgamesch wünschte inzwischen, er hätte sich nicht zu dieser Expedition überreden lassen. Wozu brauchte er einen Priester Johann? Einen der ärgerlichsten Parvenüs unter den Potentaten der Späten Toten, einen von diesen unzähligen Kleinfürstchen, die sich hier in den endlosen Wüstengebieten des Outback unbedeutende Domänen errichtet hatten – und der regierte noch dazu unter falschem Namen –, ein schäbiger Schuft mehr, einer mehr von diesen aufgeblasenen kleinen Niemands, die vor unverdientem Stolz fast platzen …

Aber was machte das schon für einen Unterschied?

Er würde sich eine Weile im Land dieses Johannes aufhalten, dann würde er weiterziehen, allein und getrennt von den anderen, und einsam ohne Zweck und ziellos seinen Pfad suchen und seinen verlorenen Enkidu betrauern. Er schien diesem Verhängnis, das auf ihm lastete, nie entrinnen zu können, dieser bitteren Einsamkeit, ob er nun in Glanz und Pracht im Uruk seines alten Lebens regierte oder durch die verlassenen Wüsten dieser Nachwelt wanderte.

»Ihre Exzellenzen P.E. Lovecraft und Howard E. Robert!« rief der Haushofmeister pompös, wenn auch inkorrekt, und stieß dreimal mit der Goldspitze seines Zeremonialstabes aus fahlgrüner Jade auf den schwarzen Marmorboden des Throngemachs. »Gesandte mit Generalvollmacht von Seiner Britannischen Majestät dem Achten König Heinrich aus dem Königreich des Neuen Heiligen Auferstandenen England.«

Lovecraft und Howard traten einige Schritte vor. Yehlu Ta-shih nickte knapp und wedelte elegant mit der Hand, an der zentimeterlange Nägel prangten, beiläufig seine formelle Zurkenntnisnahme. Die Generalbevollmächtigten schienen ihn nicht besonders zu interessieren, ebenso wenig anscheinend, zu welchem Zweck Seine Britannische Majestät König Heinrich sie hierher geschickt hatte.

Dann wandte sich der kühle hoheitsvolle Blick des Herrschers Gilgamesch zu, der sich Mühe geben mußte, auf den Füßen zu bleiben. Allmählich fühlte er sich fieberisch und benommen, und er fragte sich, ob er nicht bescheiden darauf hinweisen sollte, daß er an seinem Arm eine eitertriefende Wunde hatte. Schließlich hatte ja sogar seine Toleranz ihre Grenzen, auch wenn er diese Tatsache gewöhnlich zu verbergen trachtete. Er wußte nicht, wie viel länger er es noch durchstehen können würde. Es gab Zeiten, da war der Zwang, sich wie ein Held betragen zu müssen, ein rechter Furunkel am Hintern, und dies war ein solcher Moment.

»... und Seine Verstorbene Erhabenheit Gilgamesch von Uruk, Sohn des Lugalbanda, Großkönig, König von Uruk, König der Könige, Beherrscher des Landes zwischen den Zwei Strömen durch die Gnade Enlils und Ans«, röhrte der Haushofmeister ebenso pompös, wobei er nur einmal auf die Karte in seiner Hand niederzublicken brauchte.

»Großkönig?« fragte Yeh-lu Ta-shih und blickte Gilgamesch so bohrend an, wie es dem Sumerer nur selten einmal geschehen war. »König der Könige? Das sind sehr hochgestochene Titel, Gilgamesch von Uruk.«

»Nichts als eine Floskel«, erwiderte Gilgamesch, »die mir als passend erscheint für die Vorstellung an deinem Hof. Tatsächlich bin ich derzeit König von gar nichts.«

»Aha«, sagte Teh-lu Ta-shih. »Ein König Garnichts.«

Und was bist du, mein Lord Priester Johannes? Gilgamesch sprach es nicht aus, obwohl ihm die Worte an den Gaumen sprudelten und laut gesagt werden wollten. *Und Garnichtse sind auch alle die übrigen selbsternannten Lords und Herren der unzähligen Reiche der Nachwelt.*

Der schlanke bernsteinhäutige Mann auf dem Thron neigte sich vor. »Und wo, ich bitte, liegt dieses Garnichts?«

Einige Höflinge begannen höhnisch zu kichern. Doch der Priesterkönig schien in allem Ernst zu fragen, obwohl man sich da natürlich unmöglich völlig sicher sein konnte. Gilgamesch hatte rasch begriffen, daß er es hier mit einem ernstzunehmenden Mann zu tun hatte: Einem schlauen, selbstbeherrschten Fuchs mit scharfem, elastischem Verstand. Keineswegs der eitle kleine Lokalgockel, den Gilgamesch in diesem trostlosen hinteren Winkel des Outback zu finden erwartet hatte. So klein und unbedeutend das Fürstentum sein mochte, der Priester Johannes beherrschte es offenbar mit fester Hand. Der großartige schimmernde Palast, den ihm seine schmuddeligen Untertanen am Rand von Nirgendwo errichtet hatten, die klare Struktur der kleinen, aber gutgeplanten Stadt um den Palast legten dafür Zeugnis ab. Gilgamesch verstand einiges vom Bau von Städten und Palästen. Und die Hauptstadt des Priesters Johannes trug die Merkmale jahrhundertelanger unablässiger Anstrengungen.

Der feste lange starre Blick ließ ihn nicht los. Gilgamesch kämpfte gegen den flammenden Schmerz in seinem Arm an und erwiderte den Blick des Kaisers mit einem ebenso festen und ernsthaften Blick seinerseits. Er sagte:

»Garnichts? Es ist ein Land, das es niemals gab und immer geben wird, mein Lord. Es hat keine Grenzen, und seine Hauptstadt ist überall, und keiner von uns verläßt das Land jemals.«

»Ah. Ah. Wirklich, ganz hübsch ausgedrückt. Du bist ein Früher Toter, ja?«

»Ein sehr früher, mein Lord.«

»Früher als Ch'in Shih Huang Ti? Früher als die Herrscher von Shang und Hsia?«

Gilgamesch wandte sich verwirrt an Lovecraft, der ihm zuflüsterte: »Uralte Herrscher in China. Deine Zeit lag noch vor ihnen.«

Gilgamesch zuckte eine Achsel. »Sie sind mir nicht bekannt, mein Lord, aber du hörst ja, was der Gesandte aus Britannien sagt. Er ist ein gelehrter Mann, also muß es wohl so sein. Ich will dir also sagen, daß ich viel älter bin als Caesar, älter als Amenhotep, älter als Belshazzar. Viel älter.«

Yeh-lu Ta-shih überdachte dies kurz. Dann machte er wieder diese knappe Geste der Entlassung, als wischte er die ganze Konzeption der Altersprioritäten in der Nachwelt beiseite. Er lachte trocken. »Also bist du sehr alt, König Gilgamesch. Ich beglückwünsche dich dazu. Trotzdem würde uns das Eisjägervolk versichern, daß du und ich und deine Belshazzars und Amenhoteps, wer immer die sein sollen, allesamt erst gestern hier eingetroffen sind, und aus der Sicht der Haarmenschen sind sogar die Eisjäger selbst einfach Neulinge. Und so weiter und so fort. Es hat keinen Anfang, oder? Ebenso wenig wie es ein Ende gibt.«

Und ohne seine Antwort abzuwarten, fragte er danach Gilgamesch: »Woher hast du diese scheußlich aussehende Wunde, König von Garnichts?«

»Ein Mißverständnis, mein Lord. Es könnte sein, daß deine Grenzsoldaten zuweilen etwas zu großen Eifer zeigen.«

Einer der Höflinge beugte sich zu dem Herrscher und murmelte etwas. Dessen glatte Stirn runzelte sich, und er hob eine makellos geschwungene Braue kaum merklich.

»Du hast neun von ihnen getötet, ja?«

»Sie griffen uns an, ehe wir die Möglichkeit hatten, ihnen unsere Diplomatenpässe zu zeigen«, warf Lovecraft hastig ein. »Es war reine Selbstverteidigung, mein Lord.«

»Daran zweifle ich nicht.« Der Kaiser schien einen Augenblick über das Scharmützel nachzudenken, das neun seiner Reiter das Leben gekostet hatte, aber kurz darauf entließ er auch diese Erwägungen aus dem Fokus seines Interesses.

»Und nun, meine Herren Gesandten …«

Plötzlich schwankte Gilgamesch, taumelte, begann zu fallen. Er fing sich gerade noch rechtzeitig, griff nach einer dicken Porphyrsäule und hielt sich fest, bis er sich wieder sicherer fühlte. Schweiß rann ihm über die Stirn und in die Augen. Ein Frösteln überlief ihn. Der gewaltige Steinpfeiler schien sich zu dehnen und wieder zu schrumpfen. Übelkeit schwoll in ihm auf und ab, plötzlich sah er alles doppelt. Alles verschwamm und wurde vielfach. Er holte tief Luft, wieder und wieder und wieder, und zwang sich, es durchzuhalten. Er fragte sich, ob dieser Priester Johannes irgendein Spiel mit ihm treiben wollte, oder er sehen wollte, wie lange er durchhalten konnte. Nun, wenn es sein mußte, schwor er sich, dann würde er ewig weiter vor diesem Priesterkaiser stehen, ohne sich ein Zeichen von Schwäche anmerken zu lassen.

Doch nun schien Yeh-lu Ta-shih endlich bereit, Mitgefühl zu erweisen. Mit einem Blick zu einem der Pagen sagte er: »Holt meinen Leibarzt und sagt ihm, er soll seine Instrumente und seine Tränke mitbringen. Diese Wunde hätte schon vor einer Stunde versorgt werden müssen.«

»Ich danke dir, mein Lord«, murmelte Gilgamesch, bemüht, nicht zu stark ironisch zu klingen.

Der Arzt erschien beinahe sogleich, als hätte er schon im Antechambre gewartet. Wieder eines von den kleinen Spielchen, die sich der Priester Johannes gönnte? Vielleicht. Der Arzt war ein grobschlächtiger, breitschultriger Wuschelkopf von nicht mehr sehr jungen Jahren, und seine Art war knapp und scharf und geschäftsmäßig, aber dennoch warm, besorgt und vertraueneinflößend. Er zog Gilgamesch neben sich auf einen niederen Diwan, der von der graugrünlichen Haut eines schuppigen Höllendrachens bedeckt war, er spähte in die Wunde, brummte etwas Unverständliches in einer unbekannten Sprache vor sich hin und drückte mit seinen dicken Fingern auf das zerfetzte Fleisch, bis frisches Blut herausfloß. Gilgamesch holte scharf Luft, zuckte aber nicht zusammen.

»Ach, mein lieber Freund, leider muß ich Ihnen noch einmal weh tun, aber es ist zu Ihrem eigenen Besten. Verstehen Sie das?«

Die Finger des Arztes gruben tiefer. Er zog nun die Wunde auseinander, tupfte sie aus und reinigte sie mit einer hellen Flüssigkeit, die wie ein glühendes Eisen sengte. Der Schmerz war derart scharf, daß er schon beinahe wieder lustvoll war; es war ein reinigender Schmerz, eine Säuberung der Seele.

Der Priester Johannes fragte: »Wie schlimm ist es denn, Dr. Schweitzer?«

»Gott sei Dank, es ist zwar tief, aber ein sauberer Durchschuß. Das heilt ohne Folgeschäden.«

Er sondierte und reinigte die Wunde weiter und redete dabei leise auf Gilgamesch ein: »Bitte noch einen Augenblick, mein Freund.« Zum Priesterkönig sagte er: »Der Mann ist aus Stahl. Überhaupt keine Nerven, enormen Widerstand gegen Schmerz. Hier haben wir einen der Großen Helden, nicht wahr? Du bist Roland, ja? Oder vielleicht Achilles?«

»Gilgamesch ist sein Name«, sagte Yeh-lu Ta-shih.

Die Augen des Arztes begannen zu leuchten. »Gilgamesch! Gilgamesch aus Sumer? Wunderbar! Wunderbar! Der wahre Mann schlechthin. Der Sucher nach dem Ewigen Leben. Oh, wir müssen uns unterhalten, mein Freund, du und ich, wenn es dir wieder besser geht.« Dann zog er aus seinem Arztkoffer eine schrecklich wirkende Injektionsspritze. Gilgamesch sah zu wie aus weiter Ferne, als gehörte der geschwollene schmerzpochende Arm einem anderen. »Jaja, wir müssen uns ganz bestimmt unterhalten, über das Leben, über den Tod, über Philosophie, mein Freund, über die Philosophie! Wir haben so viele Dinge zu besprechen!« Er stach Gilgamesch die Nadel unter die Haut. »Also. Genug. Bleib still und ruh dich aus. Jetzt setzt der Heilungsprozeß ein.«

Robert Howard hatte nie etwas Vergleichbares gesehen. Es hätte direkt den Seiten einer seiner Conan-Geschichten entsprungen sein können. Dieser große Ochse hatte einen glatten Pfeildurchschuß im Armmuskel abbekommen, hatte das Geschoß einfach herausgerissen und unbeirrt weitergekämpft. Und hinterher hatte er sich betragen, als sei die entzündete Wunde nur ein Kratzer, während sie Stunde um Stunde zur Residenzstadt des Priesterkönigs Johannes gefahren waren, und dann hatte er die langwierigen Befragungen durch die Hofbeamten über sich ergehen lassen und hatte diese ganze endlose Empfangszeremonie standhaft und auf den Beinen durchgehalten – Allmächtiger, was für eine Demonstration von Ausdauer und Durchhaltevermögen! Gewiß, am Ende war Gilgamesch ein wenig wackelig geworden, und es hatte so ausgesehen, als könnte er ohnmächtig werden. Aber jeder gewöhnliche Sterbliche wäre dabei längst zusammengebrochen. Aber *Helden* waren eben wirklich *anders*. Sie gehörten einer völlig anderen Rasse an. Sieh ihn dir doch nur an, wie gelassen er dasitzt, während dieser alte elsässische Doktor ihm die Wunde ausputzt und ihn so beiläufig grob zusammenflickt, und er gibt keinen Laut von sich! Kein Stöhnen!

Howard verspürte plötzlich das Verlangen, zu Gilgamesch hinüberzugehen, um ihn zu trösten, ihm den Kopf an seine Brust zu ziehen, während der Doktor Schweitzer ihn verarztete, ihm den Schweiß von der Stirn zu wischen...

Ja doch, ihm offen, auf linkisch-männliche Weise Trost und Beistand zu leisten...

Nein. Nein. Nein.

Da war es wieder, das Entsetzen, das Unaussprechliche. Häßlich. Kriechend. Dieser der Hölle entschlüpfte, aus der Kloake seiner Seele kommende Drang...

Howard kämpfte dagegen an. Er löschte ihn aus, verdrängte ihn außer Sichtweite. Leugnete vor sich selbst, daß ihm je so etwas in den Sinn gekommen sei.

Zu Lovecraft sagte er: »Na, das ist aber ein Arzt! Ich nehme an, der hat seinen Doktor sicher in den Schlachthäusern von Chicago gemacht!«

»Weißt du denn nicht, wer das ist, Bob?«

»Irgend so'n alter Holländer, nehme ich an, den ein Sandsturm hier hereingeweht hat und der sich seither nicht die Mühe gemacht hat, abzuhauen.«

»Sagt dir der Name Dr. Schweitzer überhaupt nichts?«

Howard sah Lovecraft dumpf an. »Ich vermute, ich hab' in Texas da nicht viel von dem gehört.«

»Ach, Bob, Bob, wieso mußt du immer so tun, als wärst, du so ein stupider Cowboy? Willst du wirklich behaupten, du hättest noch nie etwas von Albert Schweitzer gehört? Dem großen Philosophen, Theologen, Musiker? Es hat nie einen besseren Bach-Interpreten gegeben, und sag mir jetzt bloß nicht, daß du auch nicht weißt, wer Bach ist...«

»Philosoph? Musiker? Sprichst du von dem alten Landarzt da drüben?«

»Der in Afrika, in Lambarene, die Leprakolonie gründete, ja. Der sein Leben der Hilfe und Fürsorge für Kranke widmete, unter höchst primitiven Umständen, im hintersten Urwald von...«

»Warte mal, H. P., das kann nicht wahr sein.«

»Daß ein einzelner Mensch so viel erreichen kann? Ich versichere dir, Bob, in unserer Zeit war er ziemlich bekannt – vielleicht nicht gerade in Texas, nehme ich an, aber trotzdem...«

»Nein. Nicht, daß er das alles gemacht haben soll. Sondern daß er *hier* sein soll, in der Nachwelt! Wenn dieser komische alte Knabe all das ist, was du sagst, dann ist er doch, verdammt noch mal, ein *Heiliger*. Außer daß er vielleicht seine Frau verprügelt hat, wenn keiner in der Nähe war, oder sowas in der Richtung. Und was hat ein Heiliger in der Nachwelt zu suchen, H. P.?«

»Was haben *wir* hier zu suchen?« fragte Lovecraft.

Howard wurde rot und wandte sich ab. »Also – ich nehme an, es hat in unserem Leben Dinge gegeben – Dinge, die jemand vielleicht für sündhaft halten könnte, im engsten Sinn...«

»Was hat denn Sünde mit irgendwas hier zu tun?«

»Ja, aber ist dies hier nicht die Hölle?«

»Ist sie es?«

»Ich bin sicher, daß es nicht der Himmel ist, H. P. Auch wenn es Texas ziemlich ähnlich sieht hier.«

Lovecraft schüttelte den Kopf. »Himmel – Hölle – wer weiß das schon? Es gibt Leute, die glauben, daß der Ort, den wir uns geschaffen haben, die Hölle ist, das gebe ich zu. Aber ich gehöre nicht zu diesen Leuten. Das einzige, was wir wissen, ist, daß es sich um die Nachwelt handelt, um ein Leben nach dem Leben. Siehst du hier irgendwo einen Teufel mit Schuppenflügeln und einem langen Schwanz? Leben wir in ständiger Pein?«

»Also ...«

»Nein«, sagte Lovecraft. »Es gibt keinen Grund, das hier für die Hölle zu halten, auch wenn das ein paar Leute tun. Es gibt keinen Grund, anders darüber zu denken, als daß es eben die Nachwelt ist, Bob«, sagte Lovecraft sanft. »Alles hier ist zufällig und vollkommen unvorherbestimmbar. Und Sünde hat möglicherweise überhaupt nichts damit zu tun. Auch Gandhi ist hier, ist dir das klar? Und Konfuzius. Waren *die* Sünder? Oder Moses? Abraham? Die Leute, die das hier die Hölle nennen, haben versucht, ihre eigenen erbärmlich flachen Glaubensvorstellungen, ihre kläglichen Grundschulideen über Strafen für schlechtes Betragen, auf diesen unglaublich bizarren Ort zu übertragen, an dem wir uns nun befinden. Aber mit welcher Berechtigung tun sie das? Wir fangen ja noch nicht einmal an zu verstehen, was die Nachwelt wirklich ist. Wir wissen nur, daß sie voll ist von heroischen Schurken und verbrecherischen Helden – und natürlich Leuten wie du und ich – und anscheinend ist auch Albert Schweitzer hier. Ein großes Geheimnis. Aber eines Tages vielleicht ...«

»Pscht!« sagte Howard. »Der Priester Johannes spricht zu uns.«

»Meine Herren Gesandten ...«

Hastig wandten sie sich ihm zu. »Eure Majestät?« sagte Howard.

»Diese Mission, die euch zu uns geführt hat: Euer König wünscht offensichtlich ein Bündnis mit uns? Zu welchem Zweck? Hat er wieder einmal Streit mit irgendeinem Papst?«

»Mit seiner Tochter, so leid es mir tut, das zu sagen«, erklärte Howard.

Der Priesterkönig wirkte angewidert Er spielte an seinem smaragdenen Zepter herum. »Du meinst diese Mary?«

»Nein, Elizabeth, Eure Majestät«, sagte Lovecraft.

»Euer König ist ein höchst streitlüsterner Mann. Ich hätte gedacht, daß es in der Nachwelt eine hinlängliche Zahl von Päpsten gäbe, ihn einigermaßen beschäftigt zu halten, so daß er sich nicht mit seinen Töchtern anzulegen brauchte.«

»Sie sind aber die zänkischsten Weiber der Nachwelt«, sagte Lovecraft. »Aus seinem eigenen Fleisch und Blut immerhin, und beide Königinnen in ihrem jeweiligen eigenen unruhigen händelsüchtigen Reich. Elisabeth, mein Hoher Herr, entsendet ein Rudel ihrer Erforscher ins Outback. Und König Heinrich behagt dies gar nicht.«

»Ach, wirklich«, sagte Yeh-lu Ta-shih, auf einmal wieder interessiert. »Mir ebenfalls nicht! Sie hat im Outback nichts zu suchen. Das gehört nicht zu ihrem Territorium. Die übrige Nachwelt sollte doch dieser Elizabeth eigentlich genug sein. Was erhofft sie sich von hier?«

»Der Magier John Dee hat ihr gesagt, daß hier in dieser Gegend der Weg aus der Nachwelt zu finden sei«, sagte Lovecraft.

»Es gibt keinen Weg, der aus der Nachwelt hinausführt«, sagte Yeh-lu Ta-shih gelassen.

Lovecraft lächelte. »Dies entzieht sich meinem Urteilsvermögen, Majestät. Aber Queen Elizabeth jedenfalls schenkte dieser Vorstellung Glauben. Walter Raleigh leitet ihre Expedition, und der Geograph Hakluyt ist bei ihm und eine Mannschaft von fünfhundert Soldaten. Sie bewegen sich quer durch das Outback, direkt südlich von deinem Reich, und folgen einer Karte, die

Dr. Dee ihnen zur Verfügung gestellt hat. Man sagt, er hätte sie von Cagliostro, der sie von einem der Medicis kaufte, dem Nero sie verpfändet hatte.«

Der Priesterkaiser schien nicht beeindruckt zu sein. »Sagen wir also diskussionshalber, es gäbe *wirklich* einen Ausgang aus der Nachwelt. Warum aber sollte es dann der Wunsch der Queen Elizabeth sein, von hier fortzugehen? Die Nachwelt ist nicht so übel. Gewiß, es gibt da kleinere Unannehmlichkeiten, aber man lernt doch rasch, damit zurechtzukommen. Hofft sie denn, sie könnte ins Land der Lebenden zurückgelangen und dort Anspruch auf ihren Thron erheben? Sie ist tot, lieber Freund. Wir alle hier sind Tote, auch wenn es den Anschein erweckt, als lebten wir. Aber wir können nirgendwo hin, an keinen anderen Ort. Und auch auf sie wartet in keiner anderen Sphäre ein Thron.«

Howard trat vor. »Elizabeth ist nicht wirklich daran interessiert, in eigener Person aus der Nachwelt zu gelangen, Eure Majestät. Was König Heinrich fürchtet, das ist, daß sie – sollte sie einen Ausweg finden –, daß sie diesen Ausweg für sich allein beanspruchen wird, dort eine Kolonie gründen und Passagezoll für den Weg verlangen würde. Und der König glaubt, daß unabhängig davon, wohin es die Leute führen mag, Millionen Menschen willens sein werden, dieses Risiko einzugehen, und dann würde Elizabeth am Ende alles Geld der Nachwelt einscheffeln. Und diese Idee verträgt er ganz und gar nicht, falls es dir genehm ist, das zu verstehen. Er hält sie bereits jetzt für übermäßig schlau und machtgierig, und der Gedanke, daß sie noch mächtiger werden könnte, verursacht ihm schwarze Gallenflüsse. Irgendwie hängt das auch mit der Mutter von Elizabeth zusammen – mit Anne Boleyn, der zweiten Frau Heinrichs –, die war wild und zügellos, und so ließ er ihr den Kopf abhauen, und nun glaubt er, daß hinter Elizabeths Machenschaften Anne steckt, die versucht, es ihm so heimzuzahlen …«

»Erspart mir diese langweiligen Einzelheiten«, sagte Yeh-lu Ta-shih leicht verärgert. »Was erwartet Heinrich von mir?«

»Daß du Truppen aussendest, um die Raleigh-Expedition zurückzuwerfen, bevor sie etwas für Elizabeth Nützliches herausfinden können.«

»Und in welcher Weise würde ich davon etwas gewinnen?«

»Falls der Ausgang aus der Nachwelt sich an deiner Grenze finden sollte, Majestät, würdest du dann wirklich wünschen wollen, daß ein Haufen elisabethanischer Engländer direkt vor deiner Tür eine Kolonie gründet?«

»Es gibt keinen Ausgang aus der Nachwelt«, sagte der Kaiserpriester selbstzufrieden noch einmal.

»Aber wenn sie dennoch hier eine Kolonie gründen?«

Der Monarch schwieg eine Weile. »Ich verstehe«, sagte er schließlich.

»Als Gegenleistung für deine Unterstützung«, sagte Howard, »sind wir ermächtigt, dir ein Handelsabkommen zu äußerst günstigen Konditionen anzubieten.«

»Aha.«

»Und eine militärische Schutzgarantie für den Fall einer Invasion einer feindlichen Macht in dein Reich.«

»Wenn die Streitkräfte König Henrys so gewaltig sind, wieso befaßt er sich nicht selbst mit dieser Raleigh-Expedition?«

»Es blieb nicht genug Zeit, ein Heer aufzustellen und über eine so große Entfernung in Bewegung zu setzen«, sagte Lovecraft. »Elizabeths Männer waren bereits aufgebrochen, bevor irgend etwas von dem Plan durchsickern konnte.«

»Aha.«

Lovecraft sprach weiter: »Natürlich hätte es auch andere Fürsten im Outback gegeben, an die sich König Henry hätte wenden können. Ibn Sauds Name fiel dabei und auch einer von den Assyrerkönigen – Assurnasirpal, glaube ich –, und jemand erwähnte Mao Tse-tung.

Nein, sagte König Henry, wir wollen den Priester Johannes um Hilfe ersuchen, denn er ist ein hochmögender Monarch von großem Glanz und seine Edikte sind oberstes Gesetz bis in die fernsten Winkel der Nachwelt. Und so ist es in der Tat der Priester Johannes, dessen Beistand wir suchen müssen!«

In Yeh-lu Ta-shihs Augen blitzte nun ein seltsames anderes Funkeln. »Ihr hattet an ein Bündnis mit dem Mao Tse-tung gedacht?«

»Es war nur einer der Vorschläge, Majestät.«

»Aha. Ich verstehe.« Der Priesterkönig erhob sich von seinem Thron. »Nun, wir werden diese Dinge sorgsam bedenken müssen, nicht wahr? Wir dürfen da keine überstürzten Entscheidungen treffen.« Er blickte durch den weiten Thronsaal zu dem Diwan hinüber, wo Dr. Schweitzer noch immer an der Wunde Gilgameschs herumhantierte. »Dein Patient, Doktor – wie lautet dein Befund?«

»Ein Mann wie aus Stahl, Majestät, ein Mann aus Stahl. Gott sei Dank, er heilt direkt unter meinen Augen.«

»Ist das so. Nun, dann kommt. Ihre alle werdet euch etwas ausruhen wollen, denke ich. Und dann sollt ihr die Gastfreundschaft des Priesters Johannes in ihrer Fülle genießen dürfen.

5

Die Gastfreundschaft des Priesterkönigs, fand Gilgamesch bald heraus, war in der Tat keine unbedeutende Sache.

Man geleitete ihn zu einem Privatgemach, dessen Wände mit schwarzem Filz bedeckt waren – eine Art Zelt im Hause –, wo drei Sklavenmädchen, die ihm kaum bis zur Hüfte reichten, sich glucksend und kichernd um ihn drängten und ihm den Lendenschurz auszogen. Sanft drängten sie ihn dann in eine große marmorne Zisterne voll warmer Milch, wo sie ihn liebevoll badeten und seinen schmerzenden Leib auf höchst intime Art massierten. Und danach hüllten sie ihn in kostbare Gewänder aus gelber Seide.

Dann geleitete man ihn in den Großen Kaisersaal, in dem bereits der ganze Hof versammelt war, eine glänzende, prachtvolle Menge Menschen. Es war irgendeine Art Konzert im Gange, sieben feierlich-ernste Musiker produzierten eine kreischende, schrille und näselnde Musik. Gongs schepperten, eine Fanfare schmetterte, Trompeten tröteten, Pfeifen gaben gespenstische durchdringende Töne von sich. Diener geleiteten Gilgamesch zu einem Ehrenplatz auf einem Berg von pelzigen Decken, die mit Samtkissen übersät waren.

Lovecraft und Howard waren bereits anwesend, wie Gilgamesch in prächtige Seidenroben gekleidet. Beide wirkten ein wenig verwirrt, ja sogar außer sich. Howard war hochrot und übertrieben agil, er konnte kaum stillsitzen; er lachte und fuchtelte mit den Armen und trommelte mit den Fersen auf die Pelzdecken, ganz wie ein kleiner Junge, der etwas ganz Schlimmes angestellt hat und jetzt davon abzulenken versucht, indem er sich hyperaktiv aufführt. Lovecraft hingegen wirkte benommen und verwirrt und hatte den glasäugigen Blick wie einer, der gerade auf den Kopf geschlagen worden ist.

Die beiden sind wirklich sehr seltsame Männer, dachte Gilgamesch.

Der eine gibt sich riesige Mühe, laut und lustig zu wirken, und dann kriegst du plötzlich einen flüchtigen Einblick in eine Seele, die von wüsten Phantasieträumen mit zuckenden Schwertern und Strömen von Blut übersprudelt. Aber in Wirklichkeit hat er schreckliche Angst vor allem. Der andere dagegen, der ist so unheimlich abweisend und nüchtern und anscheinend nicht ganz so verrückt, doch auch er macht den Eindruck, als liege er im Krieg mit sich selber, als fürchte er sich entsetzlich davor, daß ein wirkliches echtes menschliches Gefühl die wohlkalkulierte Oberfläche seiner Manierismen durchbrechen könnte. Diese armen Narren müssen zu Tode erschrocken sein, als die Sklavenmädchen anfingen, sie auszuziehen, sie mit warmer Milch zu übergießen und ihre Körper zu streicheln. Bestimmt haben sie sich von dieser zweifelhaften Lustempfindung noch nicht wieder erholt, dachte Gilgamesch. Er konnte sich gut vorstellen, was für Entsetzensschreie sie ausstießen, als die kleinen Mongolenmädchen sich an sie heranzumachen begannen. *Was machst du denn da? Laß die Finger von meiner Hose! Faß mich da nicht an! Bitte – oh, nein – oh, oh – ah – oh! Ohhh!*

Der Priesterkönig saß auf einem hohen Thron aus Elfenbein und Onyx und winkte Gilgamesch mit ausladender Geste zu, eben wie ein König zu einem anderen. Gilgamesch nickte fast unmerklich betätigend zurück. Der ganze Pomp und die Zeremonien langweilten ihn gräßlich. Davon hatte er schließlich in seinem früheren Leben reichlich genug abbekommen. Damals hatte *er* auf dem hohen Thron gesessen, aber dennoch war ihm das einfach alles langweilig gewesen. Und nun...

Doch dies hier war auch nicht langweiliger als sonst

etwas. Gilgamesch war schon lange zu der Überzeugung gelangt, daß dies der wahre Fluch sei, der über der Nachwelt lag: Alles Mühen war hier bedeutungslos, bloßes Wetterleuchten ohne reinigende Gewitter. Es war unmöglich, hier etwas Dauerhaftes zu errichten. Bloße Sandburgen waren das hier, und die Auslöschung kam mit den Gezeiten herangerollt, so sehr einer auch dagegen ankämpfen mochte. Man konnte keine Söhne zeugen, die den Namen des Vaters preisen und die Mauern seiner Stadt stärken würden; die Freunde und Bundesgenossen tauchten auf und verschwanden wieder wie spukhafte Traumgestalten; und du selbst lebtest die halbe Zeit in einem fieberigen Traum, ohne zu wissen, was du wirklich willst. Und das nahm kein Ende. Du konntest jetzt wieder sterben, früher oder später, wenn du unachtsam warst oder Pech hattest, aber trotzdem, früher oder später, warst du wieder da für eine neue Drehung des Rades. Es gab kein Aussteigen aus dem Kontinuum. Er, er hatte einst verzweifelt das ewige Leben gesucht, und er hatte schmerzhaft lernen müssen, daß ihm das nicht gegeben war, zumindest nicht in der Welt der sterblichen Menschen. Doch nun war er tatsächlich an einem Ort gelandet, wo er ewig leben würde, jedenfalls sah es so aus, aber dennoch brachte ihm das keine Freude. Seine derzeitige liebste Wunschvorstellung – ein Traum – war es einfach, seine Zeit hier in der Nachwelt abzudienen und danach vielleicht in Frieden ewig schlafen zu dürfen. Doch er sah bisher noch keine Möglichkeit, dies zu erreichen. Das Leben hier – oder was hier so als Leben galt – ging einfach weiter und immer weiter ... ziemlich genau so wie dieses Hofkonzert mit den nicht enden wollenden Strängen von dröhnendem, zirpendem und kreischendem Lärm.

Jemand mit dem weichen bartlosen Gesicht eines Eunuchen trat zu ihm heran und bot ihm ein Stück gegrilltes Fleisch an. Nun, da der stechende Schmerz in seiner Wunde mehr und mehr verebbte, verspürte er Hunger, und er aß das Fleischstück, und danach ein zweites und noch eins, und dazu trank er einen ganzen Krug fermentierter Stutenmilch.

Eine Tanzgruppe erschien, Männer und Weiber in weiten durchsichtigen Gewändern. Sie vollführten Kunststücke mit Schwertern und lodernden Fackeln. Ein anderer Beschnittener brachte Gilgamesch eine Schale mit geheimnisvollen süßen Köstlichkeiten, und er griff mit beiden Händen zu. Er hatte rasenden Appetit. Sein Körper, der zu heilen begann, verlangte energisch nach Energiezufuhr. An seiner Seite schüttete der Mann Howard die Stutenmilch in sich hinein wie Wasser und wurde zusehends betrunkener, und der andere, der Lovecraft hieß, saß kränklich-trübsinnig da, sah den Gauklern zu und rührte nichts an. Es sah aus, als schüttelte es ihn, wie wenn er mitten in einem Schneesturm wäre.

Gilgamesch winkte ein zweites Gemäß vergorener Stutenmilch heran. Und in diesem Augenblick kam der Arzt an und ließ sich fröhlich auf dem Fellberg neben ihm nieder. Dr. Schweitzer lächelte breit und zustimmend, als Gilgamesch einen kräftigen Schluck trank. »Fühlst du dich jetzt besser? Der Arm, er schmerzt nicht mehr, ja? Die Wunde, sie schließt sich bereits. So rasch heilst du! Was für eine Stärke, was für ein Heilungspotential! Lieber Gilgamesch, du bist ein echtes Gotteswunder! Der Segen des Allmächtigen ruht auf dir.« Er ergriff ein Trinkgefäß von einem vorbeikommenden Diener, trank und verzog das Gesicht. »Ach! Dieses Milchbier, das sie hier als Wein servieren! Und ach, ach, dieses entsetzliche Getöse, ihre verfluchte Musik! Was würde ich nicht dafür geben, einen Schluck anständigen Moselweins auf der Zunge zergehen zu lassen, ja, und wenn ich die D-moll-Tokkata und Fuge noch einmal hören könnte! Von Bach – kennst du ihn?«

»Wen?«

»Bach. Johann Sebastian Bach. Der gewaltigste Musiker, Gottes höchst eigener Klangdichter. Ich habe ihn gesehen, nur einmal, vor Jahren.« Die Augen Albert Schweitzers leuchteten. »Ich war hier neu. Noch keine zwei Wochen hier. Es war im Landhaus von König Friedrich – Friedrich II., von Preußen, weißt du, den sie den Großen nennen. Du kennst ihn? Nein? *Der Alte Fritz?* Na, macht nichts, macht nichts. Jedenfalls kam ein Mann in den Saal, ganz gewöhnlich, er wäre einem unter anderen nie aufgefallen, verstehst du? Und er fängt an, auf dem Cembalo zu spielen, und er hat noch keine drei Takte gespielt, da sage ich: Das ist Bach, das muß der echte Bach sein. Und ich wäre gern auf die Knie gesunken vor ihm, hätte ich mich nicht so geschämt. Aber er war es. Ich sagte mir: Wieso ist Bach hier in der Nachwelt, wenn die Nachwelt die Hölle ist, wie einige uns glauben machen wollen? Doch dann sagte ich mir, wie du vielleicht dir selber auch und wie jeder das hier früher oder später wird tun müssen: Wie kommt es, daß ich, Albert Schweitzer, hier in der Hölle bin? Und ich begriff, daß Gott ein unendliches Rätsel ist. Vielleicht wurde ich hier hergesandt, um die Verdammten ärztlich zu versorgen. Und Bach vielleicht ebenfalls, um unseren Seelen Linderung zu bringen. Oder vielleicht sind wir ja auch Verdammte. Oder vielleicht ist keiner hier verdammt. Und das ist es, was ich schließlich glaube, daß jene, die diesen Ort hier die Hölle nennen, einfach Narren sind. Wer weiß denn, was dies für ein Ort ist, oder weshalb wir hier sind, heh? Sie führen zu nichts, diese ganzen Spekulationen. Es ist ein Fehler oder *peut-être* eine Sünde, sich einzubilden, wir könnten verstehen, was Gott denkt! Wir sind hier. Wir haben unsere Aufgaben. Mehr brauchen wir nicht zu wissen.«

»So dachte auch ich einst«, sagte Gilgamesch. »Als ich noch König war in Uruk, in der anderen Welt, als mir endlich bewußt wurde, daß ich sterben mußte und daß es unmöglich ist, sich vor dieser Tatsache zu verstecken. Aber wozu denn das Ganze, fragte ich mich. Und ich sagte mir: Die Götter haben uns hierher gesetzt, damit wir unsere Aufgaben erfüllen, und darin liegt der ganze Sinn. Und so lebte ich danach, tat, wozu ich bestimmt war, so gut ich verstand, was die Götter von mir erwarteten, bis ich schließlich starb.« Gilgameschs Gesicht umdüsterte sich. »Aber hier … hier …«

»Auch hier haben wir unsere Aufgaben und Pflichten«, sagte Dr. Schweitzer.

»Du, vielleicht ja. Mir bleibt hier nichts anderes, als mir die Zeit zu vertreiben. Einst hatte ich einen Freund, der diese Bürde gemeinsam mit mir trug …«

»Enkidu.«

Gilgamesch ergriff mit plötzlicher Wildheit das kräftige Handgelenk des Arztes. »Du weißt von Enkidu?«

»Aus dem Epos, ja. Das Gedicht ist sehr berühmt.«

»Ach. Ach! Dieses Gedicht … Aber der Mann, der echte wirkliche Mann …«

»Von dem weiß ich nichts, nein.«

»Er ist von meiner Gestalt, sehr breit. Sein Bart ist dicht, sein Haupthaar zottig, seine Schultern sind sogar noch breiter als meine. Wir zogen überallhin gemeinsam. Doch dann zerstritten wir uns, und er verließ mich im Zorn und sagte: Komm mir nie wieder in die Quere. Und sagte: In mir ist keine Liebe mehr für dich, Gilgamesch. Und er sagte: Sollten wir einander wieder begegnen, will ich dich töten. Und seitdem habe ich nie wieder von ihm gehört.«

Dr. Schweitzer wandte sich ihm zu und sah ihn nachdenklich und forschend an. »Wie ist so etwas möglich? Alle Welt weiß doch von der Liebe Enkidus für Gilgamesch!«

Gilgamesch winkte einen weiteren Krug heran. Dieses Gespräch erweckte eine Pein in seiner Brust zum Leben, einen Schmerz, neben dem der Schmerz seiner Armverletzung nicht mehr war als ein leichtes Jucken. Und das Getränk half auch nicht, das wußte er, aber er würde dennoch trinken.

Nach einem tiefen Schluck sagte er düster: »Wir haben

uns zerstritten. Es fielen hitzige Worte zwischen uns. Er hat gesagt, in ihm sei keine Liebe mehr für mich.«

»Das kann nicht wahr sein.«

Gilgamesch zuckte die Achseln, sagte aber nichts.

»Und du sehnst dich danach, ihn wiederzufinden?« fragte Dr. Schweitzer.

»Ja, nichts anderes.«

»Weißt du, wo er ist?«

»Die Nachwelt ist viel größer als die Welt, und diese ist schon so weit, daß ich Kopfschmerzen bekomme, wenn ich darüber nachdenke. Er könnte überall sein.«

»Du wirst ihn finden.«

»Wenn du wüßtest, wie sehr ich nach ihm gesucht habe…«

»Du wirst ihn wiederfinden. Ich weiß es.«

Gilgamesch schüttelte den Kopf. »Wenn die Nachwelt ein Ort der Strafe und Qualen ist, dann ist dies meine Strafe, daß ich ihn nie wiederfinden kann. Oder wenn ich es doch tue, wird er mir mit Verachtung begegnen. Oder die Hand wider mich erheben.«

»Nein, so ist das nicht«, erwiderte Dr. Schweitzer. »Ich denke, du fehlst ihm ebenso sehr wie er dir.«

»Warum hält er sich dann fern von mir?«

»Hier ist die Nachwelt«, sagte der Arzt sanft. »Ich vermute, wir sollen hier geprüft werden. Und so wirst vielleicht jetzt du geprüft, mein Freund; aber keine Prüfung dauert ewig. Nicht einmal in der Nachwelt. Nicht einmal hier. Selbst wenn du jetzt in der Nachwelt bist, vertraue auf die Güte des Herrn. Du wirst deinen Enkidu früh genug wiederfinden, um Himmels willen!« Dr. Schweitzer lächelte und sagte: »Der Kaiser wünscht dich zu sprechen. Geh zu ihm. Ich glaube, er hat dir etwas zu sagen, was du hören mußt.«

Der Priester Johannes sagte zu ihm: »Du bist doch ein Krieger, nehme ich an?«

»Das war ich«, antwortete Gilgamesch gleichgültig.

»Ein General? Ein Führer von Männern?«

»All dies habe ich weit hinter mir gelassen«, sagte Gilgamesch. »Hier ist das Leben danach. Ich gehe jetzt meiner Wege und übernehme keine Verantwortung mehr für andere. Es laufen hier genug Generäle herum!«

»Man hat mir gesagt, du warst ein alle überragender Heerführer. Man hat mir gesagt, du kämpftest wie der Gott des Krieges selbst. Wenn du auf dem Schlachtfeld erschienst, legten ganze Nationen die Waffen nieder und warfen sich vor dir in den Staub.«

Gilgamesch wartete und sagte nichts.

»Aber dir fehlt die Glorie des Schlachtfeldes, Gilgamesch, nicht wahr?«

»Fehlt sie mir?«

»Was würdest du sagen, wenn ich dir den Befehl über meine Streitkräfte anbieten würde?«

»Weshalb solltest du das tun? Was bedeute ich dir schon? Und was bedeutet mir dein Volk?«

»In der Nachwelt nehmen wir jede beliebige Nationalität an, die uns genehm ist. Mein Volk könnte das deine werden. Was würdest du dazu sagen, wenn ich dir das Oberkommando übertragen würde?«

»Ich würde sagen, du machst einen gewaltigen Fehler.«

»Aber es ist keine kleine Streitmacht. Zehntausend Mann. Entsprechende Luftunterstützung. Taktische Nuklearwaffen. Das stärkste Waffenpotential im Outback!«

»Du verstehst mich nicht«, sagte Gilgamesch. »Krieg interessiert mich nicht. Ich verstehe gar nichts von modernen Waffen, und ich will auch gar nichts darüber lernen. Und ich wünsche auch nicht zu irgendeines Mannes Nation zu gehören. Du hast den falschen Mann ausgesucht, Priester Johannes. Wenn du unbedingt einen General brauchst, warum schickst du nicht nach Wellington. Oder Malborough, Rommel. Tiglath-Pileser.«

»Oder nach Enkidu?«

Der Name kam ihm unerwartet und traf Gilgamesch wie ein Rammbock. Bei dem Namen schoß ihm die Röte ins Gesicht, und sein Leib begann krampfhaft zu zukken.

»Was weißt du von Enkidu?«

Der Priesterkönig hob eine seiner wundervoll manikürten Hände. »Gestatte mir doch das Vorrecht, die Fragen zu stellen, Großer König.«

»Du hast den Namen Enkidu ausgesprochen. Was weißt du von Enkidu?«

»Laß uns zunächst die anderen Punkte abhandeln, die von größerer Bedeu...«

»Enkidu!« fiel Gilgamesch ihm starrsinnig ins Wort. »Weshalb hast du seinen Namen genannt?«

»Ich weiß, er war dein Freund.«

»Er *ist* mein Freund.«

»Schön, also, er *ist* dein Freund. Und ein Mann von hohem Wert und großer Kraft. Der zu dieser Stunde als Gast am Hofe des größten Feindes meines Reiches weilt. Und der, wie ich erfahre, sich soeben anschickt, mich zu bekriegen.«

»*Was?*« Gilgamesch sah ihn wie erstarrt an. »Enkidu in den Diensten der Queen Elizabeth?«

»Ich erinnere mich nicht, dies gesagt zu haben.«

»Ja hat denn nicht diese Königin gerade eine Armee gegen dein Reich ausgeschickt?«

Yeh-lu Ta-shih lachte. »Raleigh und seine fünfhundert Narren? Diese Expedition ist absurd. Um die kümmere ich mich an einem Nachmittag nach dem Mittagsschläfchen. Nein, ich spreche von einem ganz anderen Feind. Sag mir eins: Weißt du von Mao Tse-tung?«

»Diese Fürsten unter den Später Toten – es gibt dermaßen viele davon, und ihre Namen bedeuten mir nichts.«

»Ein Chinese, ein Han. Kaiser der Marx-Dynastie, lange nach meiner Zeit. Ein geschickter, hartnäckiger und zäher Mann. Mehr als nur leicht verrückt. Er herrscht über ein Ding, das sich Himmlische Volksrepublik nennt. Direkt nördlich von hier. Und er redet seinen Untertanen ein, man könnte die Nachwelt zum Himmel machen, indem man sie kollektiviert.«

»*Kollektiviert?*« fragte Gilgamesch verständnislos.

»Indem man alle Bauern zu Königen macht und die Könige zu Bauern. Wie ich bereits sagte, er ist mehr als nur leicht verrückt. Doch er hat Myriaden loyaler Anhänger, die alles tun, was er befiehlt. Er gedenkt das ganze Outback zu erobern, und damit beginnen will er hier bei mir. Und danach soll die gesamte Nachwelt, Provinz nach Provinz, seinen verrückten Ideen unterworfen werden. Ich fürchte, diese Elizabeth ist im Bündnis mit ihm – daß diese absurde Unternehmung, angeblich einen Weg aus der Nachwelt finden zu wollen, weiter nichts ist als ein trickreicher Vorwand, daß ihr Raleigh meine Schwachstellen für sie ausspionieren soll, damit sie dann diese Informationen an Mao weitergeben kann.«

»Aber wenn dieser Mao der Feind aller Könige ist, weshalb sollte Elizabeth ein Bündnis mit ...?«

»Beide wollen sich offenbar gegenseitig benutzen. Elizabeth hilft Mao, mich zu stürzen, Mao hilft Elizabeth, ihren Vater vom Thron zu vertreiben. Und was danach kommt, wer weiß? Ich jedenfalls gedenke zuzuschlagen, ehe die beiden mir Schaden zufügen können.«

»Aber was ist mit Enkidu«, sagte Gilgamesch. »Sag mir etwas über Enkidu.«

Der Priesterkönig entrollte einen Computerausdruck. Er überflog den Inhalt und las dann laut: »Der Kriegsheld Enkidu von Sumer aus den Reihen der Frühtoten – Sumer, so heißt doch dein Reich, nicht wahr? – langte an dem und dem Tag am Hofe Mao Tse-tungs an – offiziell angegebener Grund des Besuchs: ein Jagdausflug ins Outback – in Begleitung eines amerikanischen Spions, der sich als Journalist und Jäger tarnt, eines gewissen Ernest Hemingway – Geheime Treffen mit Kublai Khan, dem Kriegsminister der Himmlischen Volksrepublik – derzeit damit beauftragt, die kommunistische Armee auszubilden und für die Invasion in New Kara-Hitai vorzubereiten ...« Der Kaiser blickte auf. »Erweckt das deine Aufmerksamkeit, Gilgamesch?«

»Was erwartest du dir von mir?«

»Dieser Mann ist dein berühmter Freund. Du kennst seine Gedanken wie deine eigenen. Beschütze uns vor ihm, und ich werde dir alles geben, was du dir wünschst.«

»Was ich mir wünsche«, sagte Gilgamesch, »ist nur die Freundschaft Enkidus.«

»Dann werde ich dir Enkidu auf einem silbernen Tablett servieren. Zieh für mich ins Feld gegen die Truppen Maos. Hilf mir, den Strategien, die dein Enkidu ihnen beigebracht hat, zuvorzukommen. Wenn wir diese Marxistenhunde wegfegen und ihre Generäle gefangennehmen, und dann gehört Enkidu dir. Ich kann dir natürlich nicht garantieren, daß er wieder dein Freund sein will, aber er wird dir gehören. Was sagst du dazu? Was sagst du, Gilgamesch?«

Von einem Horizont zum anderen breiteten sich die Legionen des Priesters Johannes über die grauen Ebenen der Nachwelt. Vor dem düsteren Firmament zuckten scharlachrot und gelb die Feldbanner. Im Zentrum der Formation stand ein Keil von Berittenen in Lederrüstung; an beiden Flanken eine Abteilung Schwerer Infanterie; die Panzerspitze des Kaisers bildete die Vorhut und rollte gemächlich über das unebene zerklüftete Terrain vorwärts. Eine Phalanx von transatmosphärischen Waffenträgern sorgte hoch droben für Deckung aus der Höhe.

Eine Staubwolke in der Ferne verriet das Anrücken der Armee der Himmlischen Volksrepublik.

»Bei allen stygischen Dämonen!« rief Robert Howard laut. »Hast du jemals sowas Verrücktes gesehen?« Lovecraft und er genossen einen speziellen Ausblick auf das Geschehen von ihren Plätzen im kaiserlichen Kommandoposten, einer von einem glühenden Kraftfeld abgeschirmten großartigen Pagode. Auch Gilgamesch war da, gleich nebenan, mit dem Priester Johannes und den Generalstabsoffizieren von Kara-Khitai. Der Kaiser klebte vor einer Batterie von Fernsehmonitoren, und einer seiner Adjutanten hämmerte fieberhaft Befehle in die Tastatur eines Computerterminals. »Das ergibt doch keinen Sinn, verdammt«, sagte Howard. »Kavallerie, Panzer, fliegende Festungen, alles gleichzeitig – ist das die Vorstellung von diesen Hundesöhnen, wie man einen Krieg führt?«

Lovecraft legte den Zeigefinger über die Lippen. »Brüll hier nicht so rum, Bob! Oder willst du, daß der Priester dich hört? Wir sind hier Gäste, vergiß das nicht. Und Gesandte von König Heinrich.«

»Also, mir ist das egal, wenn er mich hört, soll er mich doch hören. Schau dir dieses irrsinnige Durcheinander an! Kapiert denn dieser Priester Johannes nicht, daß da ein chinesischer Bolschewik aus dem zwanzigsten Jahrhundert zum Angriff anrückt, mit Waffen aus dem zwanzigsten Jahrhundert? Was könnten Reiterformationen dagegen ausrichten, um Himmels willen? Eine Kavallerieattacke gegen schwere Geschütze? Pfeil und Bogen gegen Haubitzen?« Howard keckerte höhnisch. »Pfeile mit nuklearen Spitzen, ja? Ist das der Trick?«

Leise sagte Lovecraft: »Soweit wir das wissen können, ist es genau das.«

»Aber du weißt doch, daß das unmöglich ist, H. P. Ich bin erstaunt über dich. Ein Mann mit deinem wissenschaftlichen Rüstzeug. Mir ist klar, daß dieses ganze Atomzeug nach unserer Zeit kam, aber du hast dich ja bestimmt theoretisch auf dem laufenden gehalten. Eine kritische Masse auf einer Pfeilspitze? Nein, H. P., du weißt so gut wie ich, daß das nicht funktionieren kann. Und selbst wenn es möglich wäre …«

Höchst ärgerlich winkte Lovecraft ihm zu, er solle den Mund halten. Er zeigte durch den Raum zum Hauptmonitor vor dem Priester Johannes. Auf dem Bildschirm war das blühende Gesicht eines untersetzten Mannes mit dichtem weißen Backenbart zu sehen.

»Ist das nicht Hemingway?« fragte Lovecraft.

»Wer?«

»Ernest Hemingway. Ein Schriftstellerkollege. *A Farewell to Arms – The Sun Also Rises ...«*

»Hab' sein Zeug noch nie gemocht«, sagte Howard. »Angekränkelte Scheiße über einen Haufen besoffener Schwächlinge. Bist du sicher, er ist es?«

»Schwächlinge, Bob?« fragte Lovecraft erstaunt.

»Also, ich habe bloß dies eine Buch von ihm gelesen, über diese Amerikaner in Europa, die zum Stierkampf rennen und sich besaufen und mit den Weibern der anderen herumhuren – und das reichte mir an Erfahrungen mit Mr. Hemingway. Ich sage dir, H. P., es war mir widerlich. Und wie das Zeug geschrieben war! Ständig diese kurzen, knappen Sätze. Kein Zauber, keine Poesie, H. P., nichts.«

»Diskutieren wir ein andermal darüber, Bob.«

»Keinerlei Vision von Heldentum – kein Gespür für die erhabeneren Leidenschaften, die uns edler machen und ...«

»Bob, ich bitte dich!«

»Fixiert auf das Gemeine, das Schleimige, das Verwerfliche ...«

»Du liegst völlig daneben, Bob. Du interpretierst seine Lebensauffassung vollkommen falsch. Wenn du dir nur die Mühe gemacht hättest, *A Farewell to Arms* zu lesen ...« Lovecraft schüttelte empört den Kopf. »Aber jetzt ist nicht die Zeit für ein literarisches Colloquium. Da, sieh lieber dorthin!« Er machte eine Kopfbewegung zur anderen Seite des Raums. »Einer der Adjutanten des Kaisers winkt uns, daß wir hinüberkommen sollen. Etwas tut sich da.«

Tatsächlich hatte es eine Entwicklung gegeben, sozusagen. Yeh-lu Ta-shih schien sich mit drei, vier Adjutanten gleichzeitig zu besprechen. Gilgamesch stampfte mit hochrotem Gesicht erregt vor der Computerbank auf und ab. Hemingways Gesicht war noch auf dem Schirm, und auch er wirkte aufgeregt.

Howard und Lovecraft eilten hinüber. Der Herrscher wandte sich zu ihnen um. »Es kam das Angebot einer Unterhandlung auf dem Kampffeld«, sagte er. »Kublai Khan ist auf dem Weg herüber. Dr. Schweitzer wird als mein Parlamentär fungieren. Ein Mr. Hemingway übernimmt die Rolle des neutralen Beobachters – *ihres* Unparteiischen. Auch ich benötige einen Unparteiischen. Würdet ihr zwei ebenfalls hingehen und als Diplomaten einer neutralen Macht ein Auge auf die Dinge haben?«

»Es ist uns eine Ehre, Euch zu Diensten zu sein, Majestät«, verkündete Howard großspurig.

»Und zu welchem Zweck, mein Lord, wurde die Unterhandlung vorgeschlagen?« fragte Lovecraft.

Yeh-lu Ta-shih wies auf den Bildschirm. »Dieser Mr. Hemingway hatte die brillante Idee, wir könnten die Angelegenheit durch einen Zweikampf entscheiden – Gilgamesch gegen Enkidu. Es würde eine Menge Munition sparen und einer Menge Kriegern die Mühe ersparen, sterben und wieder auferstehen zu müssen. Aber es gibt noch Meinungsverschiedenheiten über die Einzelheiten.« Geziert unterdrückte er ein Gähnen. »Vielleicht läßt sich das alles ja bis zum Mittagessen erledigen.«

Es war eine seltsame Gruppierung. Mao Tse-tungs Chefunterhändler war der kurzbeinige Kublai Khan in prachtvoller Robe, dessen dunkle schlaue Augen großen Scharfsinn und Willenskraft verrieten. In seinem früheren Leben war er selbst ein bedeutender Herrscher gewesen, hatte jedoch anscheinend für hier weniger mühsame Aufgaben vorgezogen. Neben ihm stand Hemingway, massig und schwer von Gestalt, mit tiefer Stimme und von einer unbekümmerten, beinahe überheblichen Art. Mao hatte auch vier Männchen in identischen blauen Uniformen mit einem roten Sternabzeichen auf der Brust mitgeschickt – »Parteibonzen«, murmelte jemand –, und merkwürdigerweise einen Haarmenschen, einen kurzbeinigen Mann mit breiter Stirn, kinnlos, eines dieser kuriosen Geschöpfe aus den frühesten Urzeiten der anderen Welt. Auch der Haarmensch trug das Kommunistenemblem auf der Uniform.

Und noch einer gehörte zu der Gruppe – der mächtige breitbrüstige Mann mit der umdüsterten Stirn und den wilden glühenden Augen, der allein und beiseite stand...

Gilgamesch konnte sich kaum dazu bewegen, ihn anzuschauen. Auch er stand ein wenig entfernt von der Gruppe und genoß den scharfen Wind, der über das Kampffeld wehte. Er sehnte sich danach, zu dem Mann – zu Enkidu hinüberzugehen, ihn in die Arme zu reißen, um mit dieser einen heftigen jubelnden Umarmung die ganze Bitterkeit wegzuschleudern, die sich trennend zwischen sie gestellt hatte...

Ach, wenn es nur so einfach hätte sein können!

Die Stimmen der Unterhändler von Mao und der fünf Personen, die der Priester Johannes ins Feld geschickt hatte – Dr. Schweitzer, Lovecraft, Howard und zwei Offiziere aus Kara-Khitai – wehten über dem heulenden Wind zu Gilgamesch herüber.

Hemingway schien das große Wort zu führen. »Ah, Schriftsteller seid ihr? Mr. Howard? Mr. Lovecraft? Ich bedaure, aber ich hatte nicht das Vergnügen, euren Arbeiten zu begegnen.«

»Es handelte sich um sogenannte Fantasy«, sagte Lovecraft. »Um Märchen. Visionen.«

»Ach so? Ihr veröffentlicht in *Argosy? The Post?*«

»Fünf in *Argosy*, aber das waren Westerngeschichten«, sagte Howard. »Hauptsächlich schreiben wir für *Weird*

Tales. Und H.P. hat ein paar in *Astounding Stories* untergebracht.«

»*Weird Tales*«, sagte Hemingway. »*Astounding Stories*.« Der Schatten von Ekel zuckte über Hemingways Gesicht. »Hmmm. Glaube nicht, daß ich diese Zeitschriften kenne. Aber ihr habt anständig gearbeitet, Gentlemen, ja? Ihr habt aufs Papier gebracht, was ihr wirklich gesehen habt, die wirkliche Wahrheit, und ihr habt die Wahrheit sauber gesagt? Gewiß habt ihr das. Ich weiß, daß es so ist. Ihr wart anständige Schreiber. Das versteht sich fast von selbst. Man muß selber schreiben können, um einen anderen Schriftsteller erkennen zu können, meint ihr nicht auch? Möglicherweise hatte auch ich Zeiten, wo ich nicht in Bestform war, aber ich versuchte trotzdem immer, mein Bestes zu geben, würdet ihr nicht auch sagen? Ich habe mich immer um mein Bestes bemüht!« Er lachte, rieb sich fröhlich die Hände und legte den beiden die Arme auf die Schultern. Howard wirkte etwas bestürzt dabei, und Lovecraft sah aus, als würde er am liebsten im Boden versinken. »Well, Gentlemen«, röhrte Hemingway, »wie wollen wir die Geschichte hier anpacken? Wir haben ein kleines Problem. Der eine Held wünscht mit den bloßen Händen zu kämpfen, der andere mit – wie hat er das genannt? – einer Disruptionspistole. Ihr dürftet mehr darüber wissen als ich; irgend so eine Waffe aus *Astounding Stories* nehme ich an. Aber das können wir nicht gestatten, oder? Nackte Fäuste gegen phantastische Zukunftstechnologie? Es gibt eine anständige Art zu kämpfen, und die ist von Gleich zu Gleich, und alle anderen Arten sind einfach Mist.«

»Er möge zu mir mit seinen Fäusten kommen!« rief Gilgamesch aus der Ferne. »So, wie wir uns beim erstenmal im Kampf begegnet sind, auf dem Markt-des-Landes, in Uruk, als mein Weg den seinigen kreuzte.«

»Er schreckt vor den neuen Waffen zurück«, rief Enkidu und warf einen bösen Blick in Gilgameschs Richtung.

»Er *fürchtet* sich?«

»Ich brachte ihm ein Gewehr, eine wundervolle zwölfkalibrige Waffe, ein Geschenk für meinen Bruder Gilgamesch, und er fuhr davor zurück, als hätte ich ihm eine Giftschlange gegeben.«

»Lüge!« brüllte Gilgamesch. »Ich hatte keine Angst davor! Ich verachtete das Ding, weil es eine Waffe für Feiglinge ist!«

»Er schreckt vor allem zurück, was neu ist«, erklärte Enkidu. »Ich hätte es nie für möglich gehalten, daß Gilgamesch von Uruk Furcht kennen könnte, doch er fürchtet sich vor dem, was ihm unvertraut ist. Er nannte mich einen Feigling, weil ich mit einem Gewehr auf die Jagd ging. Doch ich denke, er war feige. Und jetzt fürchtet er sich auch wieder vor dem Unbekannten. Er weiß, daß ich ihn schlagen werde. Sogar hier noch fürchtet er den Tod, das sollt ihr wissen! Der Tod war für ihn schon immer der größte Schrecken. Und warum? Weil das seinen Stolz beleidigt? Ja, ich denke, das ist es. Er ist zu stolz zu sterben – zu sehr voller hochmütigem Stolz, um den Beschluß der Götter hinzunehmen ...«

»Ich werde dich mit meinen bloßen Händen zerreißen!« brüllte Gilgamesch.

»Man gebe uns Disruptoren«, rief Enkidu. »Dann wollen wir sehen, ob er sich zutraut, eine solche Waffe in die Hand zu nehmen.«

»Die Waffe von Feiglingen!«

»Nennst du mich noch einmal feige? Du, Gilgamesch, du bist es, der vor Furcht bebt ...«

»Meine Herren, bitte! Gentlemen!«

»Du fürchtest dich vor meiner Kraft, Enkidu!«

»Du fürchtest dich vor meiner Geschicklichkeit. Du – mit deinem kläglichen alten Schwert, mit deinem erbärmlichen alten Bogen ...«

»Ist das der Enkidu, den ich liebte, der mich jetzt so verhöhnt?«

»Du hast mich zuerst verhöhnt, als du mir die Waffe

hingeworfen hast, mein Geschenk verächtlich verschmäht hast und mich feige nanntest!«

»Die Waffe, sagte ich, ist feige. Nicht du, Enkidu.«

»Es war ein und dasselbe.«

»Bitte, bitte, so geht das nicht«, sagte Dr. Schweitzer.

Und von Hemingway wieder: *»Gentlemen, please!«*

Sie achteten nicht darauf.

»Ich meinte nur ...«

»Du sagtest ...«

»Schmach ...«

»Furcht ...«

»Ein dreifacher Feigling!«

»Ein fünffacher Verräter!«

»Treuloser Freund!«

»Eitler Prahlkropf!«

»Meine Herren, ich muß doch sehr bitten!«

Aber so laut und kräftig die Stimme von Ernest Hemingway sein mochte, das Brüllen, das aus der Kehle Gilgameschs wütend hervorbrach, übertönte ihn. In Gilgameschs Brust, in seiner Kehle, in seinen Schläfen hämmerte es laut und betäubend. Es war mehr, als er ertragen konnte. Es war genau wie damals, als ihr erster Zwist ausgebrochen war, als Enkidu mit diesem Schießgewehr zu ihm gekommen war, und er hatte es zurückgewiesen, und sie hatten zu zanken begonnen. Zu Beginn war es nur eine Meinungsverschiedenheit gewesen, dann wurde es ein heißer Streit, dann ein zänkisches Zerwürfnis voller scharfer ätzender gegenseitiger Beschuldigungen. Und dann waren Worte voll Wut zwischen ihnen gewechselt worden wie niemals zuvor zwischen ihnen, die doch intimer waren miteinander als Brüder.

Sie hatten sich nicht zu Handgreiflichkeiten hinreißen lassen, damals. Enkidu war einfach stolz davongestapft, hatte ihre Freundschaft für beendet erklärt. Aber jetzt – die gleichen Worte wieder zu hören – in die Enge getrieben wegen der Wahl der Waffen, mit denen sie gegeneinander kämpfen sollten –, vermochte Gilgamesch sich nicht länger in Zaum zu halten. Von Zorn und Enttäuschung übermannt, stürzte er vorwärts.

Enkidu erwartete ihn mit funkelnden Augen.

Hemingway machte den Versuch, zwischen sie zu treten. Doch so massiv er auch war, neben Gilgamesch und Enkidu wirkte er wie ein Kind, und sie schoben ihn mühelos beiseite. Mit einem Satz, der den Boden erzittern ließ, sprang Gilgamesch auf Enkidu zu und packte ihn mit beiden Händen.

Enkidu lachte. »Es soll also doch wieder nach deinem Kopf gehen, König Gilgamesch! Also mit bloßen Fäusten!«

»Es ist die einzige anständige Art. Bist du zum Kampf bereit?«

»Ich brenne darauf zu kämpfen, König Gilgamesch!«

Gilgamesch nickte. Endlich! Endlich! Die Wut, die schäumend in ihm tobte, würde ins Freie brechen können. Es gab in dieser und auch in der anderen Welt keinen Ringer, der sich mit Gilgamesch von Uruk messen konnte. Ich will ihn entzweibrechen, so wie er unsere Freundschaft zerbrochen hat. Ich werde ihm das Rückgrat zerreißen. Ich werde ihm die Brust zerquetschen. Er sammelte alle seine Kräfte und drückte und fühlte Enkidus Widerstreben wie von einer Mauer in der Hand, und er preßte erneut. Und wieder stieß er auf diesen Widerstand. Und erneut nahm er seine Kräfte zusammen.

Wie einst vor langer Zeit kämpften sie wie rasende Stiere. Sie glosten sich mit wütenden Augen an. Sie grunzten, schnaubten, brüllten. Gilgamesch schrie in der Sprache von Uruk und allen anderen Sprachen, die ihm einfielen, scharfe Herausforderungen; und Enkidu knurrte und fauchte ihm in der Sprache der Tiere ins Gesicht zurück, die einst sein Ausdrucksmittel gewesen war, als er noch ein Wilder war, mit dem heiseren Brüllen des Steppenlöwen.

Rasende Wut beherrschte nun beide. Gilgamesch verlangte es nach Enkidus Leben. Er liebte diesen Mann mehr als das Leben selbst, und dennoch betete er darum, daß es ihm vergönnt sein möge, Enkidus Rücken zu zerbrechen, das scharfe Knacken hören zu dürfen, wenn ihm die Wirbel zersplitterten, den Leib von sich zu schleudern wie einen alten abgetragenen Mantel. So stark war seine Liebe, daß sie sich in den glühendsten Haß verwandeln konnte. Ich werde ihn in die Finsternis und das Vergessen stürzen, dachte Gilgamesch. Ich werde ihn aus der Nachwelt hinausschleudern.

Doch obwohl er kämpfte wie nie zuvor in einem Zweikampf, er vermochte Enkidu nicht zu bewegen. Die Adern auf seiner Stirn schwollen an, die Nähte an seiner Armwunde barsten und das Blut floß ihm den Arm hinab; aber er rang weiter und wollte Enkidu zu Boden werfen, aber Enkidu hielt ihm immer noch stand. Und war ihm an Stärke gewachsen und konterte jeden Griff mit gleicher Kraft. Und so standen sie lange ineinander verschlungen da, starrten einander in die Augen, verfangen in einem nicht zu durchbrechenden Patt.

Und dann, viel, viel später, grinste Enkidu wild, und der harte Ringergriff verwandelte sich – behutsam, aber unmißverständlich in die warme Umarmung eines unverbrüchlichen Freundes. Und Enkidu sagte, wie er dies einst vor langer Zeit gesagt hatte: »Ach, mein Gilgamesch! Es gibt nicht einen deinesgleichen auf der ganzen Welt! Preis der Mutter, die dich getragen hat!«

Es war, als wäre ein Damm gebrochen, als stürzten die lebenspendenden Wasser wieder über die von der Sommerglut ausgebrannten Gefilde des Landes.

Auch Gilgamesch lockerte und veränderte seinen Griff. Und auch aus ihm kamen in diesem gesegneten Augenblick der Preisgabe und Erlösung Worte, wie sie schon zweimal gesprochen worden waren:

»Es gibt einen, der mir gleicht. Aber nur einen.«

»Nein. Denn dir hat Enlil das Königtum gegeben.«

»Doch du bist mein Bruder«, sagte Gilgamesch, und sie lachten und gaben einander frei aus ihrer Umarmung und traten zurück, als betrachteten sie sich zum erstenmal, und dann lachten sie erneut laut, und jene, die im Kreis um sie herumstanden, schienen sich in Dunst aufzulösen und aus ihrer Sicht zu verschwinden, so daß es in der ganzen Welt nur Gilgamesch und Enkidu und Enkidu und Gilgamesch gab.

»Das ist eine große Torheit«, sagte Enkidu leise, »dieser Kampf zwischen uns.«

»Wahrhaftig, eine ganz gewaltige Torheit, Bruder.«

»Wozu braucht man schon Waffen und Disruptoren.«

»Und warum sollte es mich ärgern, wenn es dir Spaß macht, mit derlei Spielzeug herumzuhantieren?«

»Wahrhaftig, Bruder.«

»Ja, wahrhaftig.«

Gilgamesch blickte sich um. Alle waren verstummt und starrten zu ihnen herüber – die vier Parteibonzen, Lovecraft, Howard, der Haarmensch, Kublai Khan, Hemingway ... alle verblüfft und mit offenen Mäulern, wie in einer Betäubungsstarre gefangen. Nur dieser Dr. Schweitzer schien die Bedeutung dieses Moments begriffen zu haben. Er strahlte sie herzlich an. Er kam zu ihnen herüber, spähte zu ihnen herauf und sagte gelassen: »Ihr habt einander nicht verletzt? *Gut, sehr gut.* Aber dann müßt ihr jetzt gehen. Geht von hier fort, ihr zwei. Gemeinsam! Jetzt! Ihr habt einander gefunden – ihr müßt einander festhalten. Was geht euch der Priester Johannes an und seine Kriege? Oder Mao und seine? Das ist nicht eure Sache. Geht schon. Geht!«

Enkidu grinste. »Was hältst du davon, Bruder? Ziehen wir los und jagen zusammen?«

»Bis ans Ende des Outback und wieder zurück! Du und ich, und sonst keiner!«

»Und wir jagen nur mit unseren Bogen und den Speeren?«

Gilgamesch zuckte die Achseln. »Mit Disruptoren, wenn du es so haben willst. Mit Kanonen. Mit Nuklearsprengköpfen, wenn du das so haben willst. Ach, Enkidu, Enkidu …«

»Gilgamesch!«

»Geht schon!« flüsterte Schweitzer. »Los jetzt! Verschwindet von hier und seht euch nicht um! *Auf Wiedersehen! Glückliche Fahrt! In Gottes Namen, geht! Verschwindet jetzt!*«

Während er ihnen nachsah, wie sie Seite an Seite durch die wirbelnden Sturmwinde ins Outback stapften, verspürte Robert Howard auf einmal ein Gefühl von schmerzlichem Verlust und Bedauern. Wie wundervoll hatten sie ausgesehen, diese beiden Helden, diese zwei Giganten, als sie miteinander rangen und sich maßen! Und dann, dieser urplötzliche Augenblick, als sie begriffen, wie wahnsinnig ihr Zwist war, und sie nicht länger Feinde waren, sondern wieder Brüder …

… Und nun waren sie fort. Und er stand da inmitten all dieser anderen, dieser Fremdlinge …

Er hatte sich so gewünscht, Gilgamesch ein *Bruder* zu sein, oder vielleicht – aber das begriff er nicht so ganz – etwas anderes und mehr als ein Bruder. Doch so etwas war natürlich vollkommen ausgeschlossen … Und da er wußte, daß es völlig unmöglich war, und weil er erkannte, daß der Mann, der seinem Conan so ähnlich war, ihm für immer verloren sein würde, spürte Howard, wie ihm unkontrollierbar die Tränen in die Augen stiegen.

»Bob?« fragte Lovecraft. »He, Bob. Ist was?«

Schei-heiße, dachte Howard. *Ein Mann darf doch nicht weinen. Besonders nicht vor anderen Männern.*

Er wandte sich ab, das Gesicht dem Wind zu, so daß Lovecraft es nicht sehen konnte.

»Bob? Bob!?«

Oh, Scheiße, dachte Howard. Und dann ließ er seinen Tränen freien Lauf.

6

KEINER VON BEIDEN sprach ein Wort, als sie sich westwärts wandten, oder in die Richtung, die sie für Westen hielten. Gilgamesch wünschte sich innig, daß Enkidu zuerst zu sprechen beginnen möge, und Enkidu erwartete das gleiche offensichtlich von ihm. Das Land hier war geisterhaft, voll Feuer und Frost, voller Berge mit Dämonengestalt und voll von Dämonen, die geformt waren wie Berge. Über dem fernen Horizont schwebte niedrig die Sonne, doch sie brannte in einer kalten Mittagsschärfe und war wie ein Gewürm, das sich ein Loch durch den Himmel fraß. Gilgamesch sah hin und wieder fremdartige Geschöpfe vor ihnen herlaufen, und er hob den Bogen und ließ ihn wieder sinken, ohne zu schießen; oder es war Enkidu, der zielte, aber es nicht über sich brachte, den Pfeil zu entsenden. Es war, als sei diese Entfremdung zwischen ihnen noch nicht völlig überwunden und als lähmte dies den Wunsch zu jagen in beiden.

Aber als schließlich das Schweigen zwischen ihnen so lastend geworden war, daß es wie eine schwere eiserne Kugel auf Gilgameschs Nacken drückte, holte er tief Luft in die Lungen, so tief er konnte, und weil er es nicht länger aushalten konnte, sprach er plötzlich: »Also, willst du mir eins sagen, Bruder?«

»Ja?« sprudelte Enkidu eifrig hervor. »Was immer es ist, mein Bruder, frage nur.«

Die erste Frage, die ihm in den Sinn kam, sprach er ungestüm aus und nur, um das Schweigen zwischen ihnen zu durchbrechen. »In der Zeit, die du allein verbracht hast, wie lang das auch sein mag – was war das Merkwürdigste, was du sahst, und wo hast du es gesehen?«

»Ach, das Merkwürdigste, was ich sah?« sagte Enkidu und versank erneut in ein Schweigen, das so lang und lastend wurde, daß Gilgamesch zu fürchten begann, es würde sie beide wieder verschlingen, wie es vordem gewesen war, und sie für die künftigen Tage wieder in diese düstere Eiseskälte des Herzens hüllen. Aber dann sagte Enkidu: »Es war an einem Ort im Norden, jenseits von Cibola, jenseits sogar noch vom kalten Sargassomeer. Es war das Tor zum Land der Lebenden, wonach ich damals suchte, und man hatte mir gesagt, daß ich es dort finden könnte.«

»Das Land der Lebenden?« sagte Gilgamesch. »Also hast auch du danach gesucht? Ich habe gehört, daß auch diese englische Königin, die Queen Elizabeth, Männer ausgesandt hat, die danach forschen sollen, hier im Outback.«

»Alle suchen danach, Bruder.«

»Nicht ich! Ich nicht! Für mich ist das Ganze bloßer hirnrissiger Humbug.«

»Das mag so sein«, erwiderte Enkidu. »Ich jedenfalls war auf der Suche danach. Vielleicht glaubte ich, daß ich dich dort finden könnte, jenseits dieses Durchgangs im Norden. Aber wie es sich zeigte, es gab dort kein solches Tor, jedenfalls soweit ich es feststellen konnte. Aber was ich entdeckte, was merkwürdig genug. Ich durchquerte ein unfruchtbares flaches Land, recht ähnlich wie dieses hier, nur daß dort überall helle blaue Schneewirbel durch die Luft tanzten, und wenn du auf den Boden tratest, jagtest du Wolken von Kristallen auf, die wie Diamanten blitzten und Musik von sich gaben. Und ich sah vor mir ein Weib, eine feine zierliche Frau mit weichem Goldhaar und prächtigen Brüsten, und sie stand vor mir da auf meiner Straße und rief meinen Namen und lächelte mich an.«

Und damit verstummte er wieder, als sei damit seine Geschichte zu Ende.

Gilgamesch wartete, denn er wußte, da mußte noch

etliches mehr kommen, auch weil er wußte, daß Enkidu so seine eigene Art hatte, Geschichten zu erzählen. Doch die Zeit verging, und es kam nichts weiter von ihm. Sie schritten aus und folgten ihrem Weg. Nach längerer Zeit wandte er sich Enkidu zu und fragte: »Und? Hast du sie umarmt?«

»Umarmt? Oh. Ja. Ja, das tat ich. Ich trat vor sie hin und griff nach ihr und zog sie in die Arme, und sie fügte sich ganz bereitwillig.« Er lachte. »Warum hätte ich es nicht tun sollen? Sie war sehr schön, Bruder.«

»Und was war daran so merkwürdig?«

»Das Merkwürdige, ja...« Enkidu sprach wie aus weiter Ferne. »Ich will dir davon berichten. Als sie in meinen Armen lag, machte ich mich daran, ihren weichen glatten Rücken zu streicheln, wie Weiber das oft gern von dir erwarten. Doch da war nichts Weiches und Sanftes, Bruder! Von vorne war sie eine wunderschöne Frau, doch von hinten war sie wie ein hohler Baum mit einer groben Borke.«

»Eine Dämonin!« sagte Gilgamesch und machte das Zeichen, um den Schutz Enlils des Vaters anzurufen.

»Eine Dämonin, ja, vielleicht«, sagte Enkidu. »Aber auch eine ziemliche Enttäuschung. Und vergeudete Schönheit, als ich entdeckte, daß sie nur zur Hälfte schön war und die andere Hälfte war die eines Ungeheuers.«

»Aber sie hat dir doch keinen Schaden zugefügt?« fragte Gilgamesch besorgt.

»Nur meinem Gefühl für das, was angemessen und sauber ist. Eine schöne Frau sollte eben durch und durch schön sein, sonst sollte es an ihr überhaupt nichts Schönes geben. Das ist es, was ich denke.« Und nach einer Weile sprach er weiter: »Es kommt noch mehr.«

»Dann sprich dich aus.«

»Ich machte mich von ihr frei und ging fort von ihr, und eine kleine Zeit später stieß ich auf eine zweite Frau am Rand der Straße, und ihre Haare waren rot wie

Scharlach und die Haut weiß, und ihr Gesicht war wie das einer Göttin. Sie streckte mir die Arme entgegen, und ich zog sie an mich, und ihre Rückseite waren nur Knochen, hart und kalt und nackt, kein Fetzchen Fleisch bedeckte sie.«

»Wie betrüblich.«

»Ja, sehr betrüblich. Und das nächste Weib …«

»Die nächste? – Ja, wie viele waren es denn?«

»Die nächste hatte schwarze Haare und eine goldene Haut, und Brüstchen, die so bezaubernd waren, daß ich hätte weinen mögen. Und ich drehte sie um, und ihr Rücken war nichts als Seetang und Muscheln. Und die nächste, die dann kam …«

»Die nächste, ja?«

»Schlangen und Kröten auf dem Rücken und die Zeichen des Aussatzes. Doch von vorn strahlend wie ein jungfräuliches Mädchen, und ihre Augen waren blau, und ihr Haar war wie der Aufgang der Sonne. Ihre Schönheit, Bruder, sie hätte dich weinen gemacht, und ebenso das Übel, das hinter ihr lauerte.«

»Und nach ihr kamen weitere«, sagte Gilgamesch, »und jede war noch übler als die zuvor, ja?«

»Ja. Alle paar hundert Schritt stand da eine weitere. Sie schienen wie Blumen aus dem Boden zu wachsen. Und ich zog weiter und weiter, und am Ende rannte ich, und sie winkten mir mit ihren Armen zu, mit Bewegungen wie die der Bäume, die tief im Meer wachsen, und ich lief und rannte, floh, bis ich bei der letzten von ihnen anlangte, und sie war sogar noch schöner als die anderen und sagte zu mir: Hier bin ich, Enkidu. Ich bin es, die Eine, die Wahre. Doch ich schüttelte den Kopf. Und ich sagte ihr, sie solle mir fernbleiben. Ich bin das, was du suchst, sagte sie, ich bin es. Und als sie mir nahe kam, hob ich den Bogen und legte einen Pfeil auf die Sehne und sagte zu ihr, daß ich sie in ihr nächstes Leben befördern würde, wenn sie mir noch einen Schritt näher käme.«

»Und? Kam sie dennoch näher?«

»Nein«, antwortete Enkidu tief bekümmert. »Sie wandte sich um und ging dann mit hängenden Schultern ganz langsam davon und drehte sich kein einziges Mal zu mir um. Aber von hinten war sie noch liebreizender als von vorn. Sie war vollkommen. Makellos. Ich sah ihr nach, bis sie meinem Blick entschwand. Und dann lief ich in die andere Richtung und hielt nicht inne, bis die Dunkelheit hereinbrach. Denn da schien mir gewiß zu sein, daß die Tür zum Land der Lebenden dort nicht zu finden sein würde. Und, Bruder, ich wußte, wäre ich diesem Weib gefolgt und hätte sie umarmt, sie hätte sich in meinen Armen verändert und wäre zu etwas noch Scheußlicherem geworden als alle die anderen, die ich vor ihr sah, und der Schmerz würde mich dann nie wieder loslassen. So geht das doch? Meinst du nicht auch?«

»Wer kann das schon sagen, wo Dämonen im Spiel sind? Aber vielleicht hattest du recht, vor ihnen zu fliehen. Auf jeden Fall ist das eine sehr seltsame Geschichte, eine sehr seltsame, Enkidu.«

»Es ist die seltsamste Sache, die ich dir erzählen kann, von allem, was mir widerfuhr, während ich einsam wanderte.«

Gilgamesch nickte. »Eine sehr seltsame Geschichte«, wiederholte er.

»Und du, Bruder? Was hast du getan in der Zeit, die wir voneinander getrennt waren?«

»Ich habe gejagt«, sagte Gilgamesch. »Allein. Mir war nicht nach Gesellschaft, auch wenn ich gelegentlich jemand fand, oder sie mich fanden, eigentlich. Es war eine kalte Zeit für mich. Bruder.«

»Wir hätten uns nie trennen dürfen.«

»Ja«, sagte Gilgamesch. »Niemals. Aber wir wurden auseinandergerissen. Doch jetzt ist diese Zeit vorbei.«

»Es waren die bösen Dämonen, die sich zwischen uns drängten«, sagte Enkidu. »Die Dämonen verleiteten uns zum Zerwürfnis.«

»Ja, das denke ich auch«, sagte Gilgamesch.

Und danach schwiegen sie wieder. Schließlich sagte Enkidu: »Also, Bruder, wohin sollen wir uns jetzt wenden? Verfolgst du einen bestimmten Weg hier durch dieses Outback?«

»Nur den Weg, wie ihn meine Sohlen finden, Schritt für Schritt.«

»Ah. Ich verstehe. Nun, dann soll dies auch mein Weg sein«, sagte Enkidu.

Sie lagerten für die Nacht an einer Stelle im Flachland, an der sich zwei ausgetrocknete Flußläufe vereinigten und gezackte Felsspitzen vor ihnen direkt aus dem Wüstenboden sich zu bestürzender Höhe erhoben. Enkidu jagte ein Tier, das war wie eine Schwarzgazelle, doch zopfartige grüne Zotteln entlang des Rückenkamms besaß und beunruhigende rote Hörner, gebogen wie Krummsäbel, und fing es ein und rang es zu Boden und erlegte es. Sie enthäuteten es gemeinsam, und sie brieten es über dem Feuer, das Gilgamesch mittels der merkwürdigen grauen Kohlen entzündet hatte, die sich im Wadi türmten. Und danach saßen sie still beieinander, schliefen nicht, waren aber auch nicht gänzlich wach, und sprachen sehr wenig. Es genügte ihnen, wieder beisammenzusein. Von Beginn an, seit den Zeiten im verlorenen uralten Uruk in der anderen Welt, als sie einander begegneten, miteinander rangen und sogleich in heftige Freundschaft fielen, hatten sie beide im anderen einen Gleichen gesehen, eine ergänzende zweite Hälfte. Außer an körperlicher Größe und Stärke waren sie sich nicht ähnlich, denn in jenem anderen Leben war Gilgamesch ein Königssohn, aufgewachsen und erzogen im Überfluß, um das Erbe der Macht anzutreten; und der starke Zottelriese Enkidu war in der Wildnis geboren, war selbst nur ein Wildling, der mit den Tieren der Wildnis lebte und keine Sprache kannte als die der Tiere, bis er mannbar geworden war; doch sie hatten vom ersten Augenschein an erkannt, daß sie zueinander paßten, einander ergänzten wie die zwei Teile eines Ganzen; und so war es dann stets zwischen ihnen geblieben – außer in der Zeit ihres Zerwürfnisses und der Entfremdung, und diese war nun vorbei.

Und in dem Augenblick kurz vor dem ersten Morgenlicht, wenn die Seelen ausgespannt zwischen Ewigkeit und Vergessen schweben, richtete Gilgamesch sich plötzlich auf, denn er hatte das bedrückende Gefühl, daß das Meer mit tödlicher Gewalt über ihn hereinbrechen werde. Aber sie waren hier weitab vom Meer, so weit man es sich nur vorstellen konnte.

»Bruder?« fragte er.

»Horch!« sagte Enkidu, der bereits hellwach war.

Gilgamesch nickte. Er vernahm gemeine, spöttische, schmatzende, keckernde Laute wie von Mistvögeln oder von Grabschakalen. Seine Hand fuhr zur Waffe, er sprang auf und tanzte einen Schritt nach vorn und wirbelte dabei herum. Und in diesem Augenblick zitterten die ersten dünnen Strahlen der Morgensonne über den niederen Bergkamm hinter ihnen, und mit der Sonne kam ein Dutzend Geschöpfe der Dunkelheit, Wesen in Mannsgestalt, aber scheußlich verzerrt, verkrümmte, dickliche, kurzbeinige Geschöpfe mit großen baumelnden Armen, die im fahlroten Licht der aufsteigenden Sonne unendlich lang aussahen.

»Enki! Enlil!« brüllte Gilgamesch, und dann stürzten Enkidu und er sich ohne Zögern den Wesen entgegen.

Mit seinem ersten Hieb zerschnitt er zwei davon halb durch, und Enkidu einen dritten Unhold. Die zerstückelten Leiber fielen nieder und verströmten eine dunkle goldene Flüssigkeit. Gilgamesch wirbelte herum, bereit für den nächsten Angreifer, doch sie zogen sich mit feigen leisen Schnüffellauten zurück. Hatte das Gemetzel sie in die Flucht geschlagen? Nein, es war ein Täuschungsmanöver! Sechs weitere kamen seitlich heran, und mindestens ebenso viele von der anderen Seite und stürzten sich furchtlos den beiden Sumerern entgegen. Gilgamesch pflückte einen von Enkidus Schulter und schleuderte ihn weit fort, und Enkidu, der herumfuhr, säbelte einen Angreifer von Gilgameschs Bein, an dem das Ding zerrte, um ihn zu Boden zu werfen.

»Rücken an Rücken, Bruder!« rief Enkidu.

Gilgamesch nickte. Sie gingen in Position und drückten sich eng aneinander, bildeten einen einzigen Leib mit acht Gliedmaßen und zwei wütenden Schwertern. Sie brauchten einander keine weiteren Hinweise zu geben, sie bewegten sich im Einklang, hierhin und dann dorthin, sie hieben zu, stießen, zerschlitzten, schlachteten. Kurz darauf lag ein Halbdutzend der gräßlichen Angreifer tot da, und die übrigen umkreisten sie unruhig, kläffend und zischend, und suchten auf irgendeine Weise die Abwehr der beiden Männer zu durchbrechen.

Dann war die Sonne ganz über den Kamm gestiegen, und ihr volles Licht brach über den Kampfplatz herein; und die Überlebenden unternahmen nicht den Versuch, ihre Gefallenen zu bergen, sondern wandten sich zur Flucht und eilten nach Westen, als fürchteten sie, von der frischgeborenen Tageshelle versengt zu werden. Einer von ihnen wandte sich zu ihnen um, und Gilgamesch erblickte eine grausam höhnende Parodie von Menschengestalt: eine breite niedere dunkle Stirn, zwei funkelnde rote Augen, weitgespreizte Klauenhände. Gilgamesch hob drohend die Faust, und in der alten Sprache des Landes gebot er dem Unhold und allen seiner Art, sich davonzumachen. Schnaubend und fauchend floh das Untier. Die übrigen rannten noch schneller davon, überholten es und verschwanden eines nach dem anderen in Spalten und Höhleneingängen im zerklüfteten Boden.

Enkidu sah starr auf die umherliegenden Leichen. Mit einem leichten Schaudern sagte er: »Bei Enlil, Bruder, das ist wahrhaft ein verrottetes Land, das so scheußliche Geschöpfe hervorbringt.«

»Sind's Dämonen, meinst du?«

»Nein, bloße Affen, scheint mir.«

Gilgamesch zuckte die Achseln. »Affen oder Dämonen, was macht das für einen Unterschied. Aber ich bin viel lieber in ihrer Gesellschaft als in der von Narren.«

»Und was für Narren meinst du, Bruder?«

Gilgamesch wies mit dem Daumen heftig nach rückwärts, über die Schulter. »Narren, wie sie in den Städten hausen, die hinter uns liegen.«

»Aha. Ja. Du meinst, wie dieser Priester Johannes?«

»Der ist weit weniger ein Narr als die meisten anderen. Nein, ich meine Städte wie Nova Roma und die anderen weit drüben fern im Osten…«

»Elektrograd, ja? Guillotine? Die Städte der Spät-Toten?«

Gilgamesch nickte. »Ja, die meine ich. Und mein einziges Ziel ist es jetzt, mich möglichst weit von Orten entfernt aufzuhalten, in denen diese kleinen, keifenden, gierigen Kläglinge hausen, die König von diesem oder jenem zu sein trachten, und – wie lautet das Wort? – Präsident? Ja, Präsident. Sultan, Kaiser, Zar, Schah… Ich beabsichtige, die halbe Nachwelt oder ein Stückchen mehr zwischen mich und all diese Leute und alle derartigen Städte zu legen.«

Enkidu lachte. »Das muß man sich mal vorstellen, daß ich mir die ganze Zeit, während ich einsam durch die Hinterwäldlerwelt streifte, ausmalte, wie du immer noch in Nova Roma in fauler Bequemlichkeit dich herumsuhltest, an einem Abend mit Bismarck speistest, am nächsten mit Cromwell und dann mit Esarhaddon oder Nefertiti…«

»Nova Roma!« brummte Gilgamesch. »Ich konnte es nicht ausstehen. Ich konnte nicht schnell genug weg von da. Und wenn ich Nova Roma nie wieder sehen muß – oder Bismarck oder Cromwell oder Lenin – oder jemals diese Namen hören muß…« Er schüttelte den Kopf. »Nein, Bruder, das ist eine Lebensphase, die für mich vorbei und abgetan ist. Mich verlangt es nur noch sehnlich danach, als einfacher schlichter Jäger zu leben. Ich werde mich fernhalten von allen diesen wichtigen Hauptstädten, wo sich die Später Toten herumtreiben könnten. Elektrograd, Guillotine, Smoketown, Hypoluxo, Hoch-Versailles – mir sind schon die Namen ein Abscheu und Greuel! Nein, Enkidu, für mich heißt es das Outback, die Wildnis. Jetzt und für immer!«

»Und so ist es auch für mich«, sagte Enkidu. Und sie beschworen es und umarmten einander.

Es hätte Gigamesch sehr gefallen, anderthalb Ewigkeiten und noch eine dazu damit zu verbringen, mit Enkidu als einzigem Gefährten diese wilden abweisenden Landstriche zu durchstreifen. Sie paßten zusammen wie die Hand in den Handschuh, und sie brauchten auch kaum miteinander zu sprechen, weil jeder wußte, was der andere dachte. Vereint weiter zu wandern, Tag um Tag unter der scharfen roten Sonne, gemeinsam gegen die gespenstischen Alptraumgeschöpfe dieser feindseligen Gegend ankämpfend, Auge und Hand und Stärke zu erproben gegen die teuflische Stärke und Hartnäckigkeit der höllischen Wesen, die in den Ödnissen des Outback lauerten – ach, das war die einzige echte Wonne, dachte Gilgamesch. Das einzige im Leben, was wirklich Lust und Erfüllung brachte! Gilgamesch und Enkidu – Enkidu und Gilgamesch – nur sie zwei beide allein, weit fort von den Eitelkeiten und Torheiten und dem fehlgeleiteten Streben der schnatternden Stadtleute!

Aber es sollte nicht sein.

So kahl und leer das Land großenteils war, es war nicht gänzlich leer. Kein Teil der Nachwelt konnte noch leer sein, nicht die unter Eis begrabenen Polarregionen, nicht die kochende Zone der Weltmitte, und auch nicht dieses öde versengte Land im Outback; denn es gab hier Milliarden und Abermilliarden Seelen unterzubringen – Seelen, so entschieden die Leute, die es sich zur Aufgabe gemacht hatten, derartige Dinge zu erforschen, von jedem Menschen, der einstmals auf der früheren Erde gelebt hatte. Und obschon die Nachwelt die Dimensionsbegriffe sogar der gescheitesten Geographen überstieg, gab es auch hier kaum einen Winkel, in dem nicht etliche verstreute Siedler hausten oder es doch zumindest wild umherschweifende Nomadenhorden gab. Gilgamesch und Enkidu hatten es recht schwer, als sie kreuz und quer und auf gut Glück durch das Land zogen, ihre einsame Zweisamkeit länger als einige Tage ohne äußere Störungen aufrechtzuerhalten.

Einmal war es eine klägliche Farm, auf die sie stießen, mit Scheuern und Ställen aus rohen ungestrichenen Brettern und Krähen und Geiern, die auf den krummen Ästen der Bäume dahinter hockten, und ein Grüppchen ausgemergelter graugesichtiger Leute, die gegen den elenden Boden ankämpften. Und ein andermal war es eine Karawane, die sich von da nach dort zwischen den weit entfernt liegenden Siedlungen der weiten Ebene sich dahinschleppte. Und ab und zu war es ein Pilger, allein unterwegs wie sie. Soweit es möglich war, vermieden die beiden Sumerer Begegnungen mit anderen. Manchmal aber war dies nicht möglich, wenn sie nicht unnötig Anlaß zu Feindseligkeit bieten oder sich unnötig in Gefahr bringen wollten; oder aber der einzige Weg führte durch besiedeltes Gebiet. Und manchmal – von Hunger und Durst bedrängt oder dem schlichten Bedürfnis, hin und wieder andere menschliche Stimmen zu hören – entschieden sie sich ganz spontan, ihren Zölibat zu durchbrechen und sich etliche Stunden in der Gesellschaft anderer Menschen zu gönnen, bevor sie weiterzogen.

Und so kam es, fast gegen ihren Willen, daß sie sich mit diesen Leuten einließen, oder mit jenen, oder jenen, und daß sie bei ihnen am Feuer saßen und Tratsch und Gerüchte mit ihnen austauschten und die Namen der Fürsten und der Völker erfuhren, die es im Outback gab, und von den eitlen Bestrebungen und Süchten und schalen Träumen erfuhren, von denen sie getrieben wurden, von den Kriegen, die hier gekämpft wurden, von den Intrigen, den idiotischen Plänen, dem Irrsinn. Und so lernten die beiden wandernden Sumerer, die länger in den übervölkerten Städten an der östlichen Küste der großen Landmasse gelebt hatten, welche die Nachwelt war, daß sogar hier in dieser wilderen Gegend, dem Outback, die gleichen aberwitzigen Irrsinnsvorstellungen im Schwange waren, die gleichen verrückten Versuche, in diesem Leben die Fehler des anderen zu wiederholen. Und so senkte sich die Überzeugung in ihre Herzen, die Wahrheit: Menschen sind eben Menschen, überall, und es gibt kein Ausweichen vor ihrer Schwachheit und ihrem Schwachsinn, alle sind gleich, überall, gleichgültig, welche Art Kleider sie tragen oder was für eine Sprache sie reden. Es war eine betrübliche Wahrheit, die sie da erfuhren, und Gilgamesch suchte in den nebelhaften Tiefen seiner von Zeitgeschichte überlagerten Erinnerung umher und hatte auf einmal das traurige Gefühl, dies alles nicht zum erstenmal zu erfahren.

Obwohl sie selten länger als drei Tage in die selbe Richtung zogen, entdeckten sie, daß sie überwiegend westwärts vorangekommen waren und sich nun fast am äußersten Rand des Outback befanden. Dies erfuhren sie in einem Ort namens Vectis Minima, der aus einer Wegkreuzung und einer Raststätte mit fünf Kabinen bestand, über die ein fahläugiger alter Mann wachte, dessen Gesicht zernarbter und kummervoller wirkte als das Antlitz des Mondes. Sie suchten hier Unterschlupf vor einem kalten schwarzen Regen, der in flachen Bahnen über das Land fegte, ohne den Boden zu treffen, der sie aber dennoch bis in die Knochen frieren ließ. Dort fragte Gilgamesch aus einer launigen Neugier, wo sie sich befänden und was vor ihnen liege.

»Ihr seid hier an die zwölf Tagesreisen von der

See entfernt«, unterrichtete sie der alte runzelige Gastwirt.

»Der See? Welcher See?« Gilgamesch war überrascht.

»Na, dem Weißen Meer, dem Dämonenmeer. Was sonst? Mit was für einem anderen Meer habt ihr denn gerechnet?«

»Das mußte ja so kommen«, brummte Gilgamesch. »Wir sind Fremde aus dem Osten.«

»Aha, dem Osten«, sagte der Wirt. »Dem Vulking-Land, ja? Oder aus Lord Wolframs Domäne?«

»Nein, noch weiter im Osten«, sagte Gilgamesch. »Tausend Tripelmeilen, vielleicht auch zehntausend. Zuletzt waren wir in Nova Roma zu Hause.«

»In Nova Roma«, sagte der Alte leise, als hätte Gilgamesch von einem fremden Stern gesprochen. »Ja, dann seid ihr also aus Nova Roma? Aber dann seid ihr weit weg von dort. Seht her!« Und er tunkte die Fingerspitze in den herben grauen Hauswein und zog eine Linie über das splitternde Holz der Tischplatte. »Also, das Meer liegt da, und wir sind hier drüben. Das ist der Weg nach Lo-yang und das da der Weg nach Cabuldidiri. Ihr kennt diese Orte? Nein? Nun, verpaßt habt ihr dabei nicht viel. Und das da führt direkt weiter zur Brasil-Insel, von der ihr sicherlich gehört habt.«

»Brasil?« sagte Gilgamesch. »Was ist das?«

»Ich kenne es«, sagte Enkidu plötzlich. »Wenigstens vom Hörensagen. Die berühmte Insel der Weisen und der Magier, nicht wahr?«

»So ist es. Die Zauberinsel. Die Spukinsel«, sagte der Wirt. »Wo Simon der Magus als König herrscht, und mögen euch alle Dämonen davor bewahren, *dem* zu begegnen. Nun, und diese Berge hier, das sind die Mottenberge« – er zeichnete sie mit weiteren Weinspuren auf das dürre Holz – »und hinter denen liegen fünf Städte, und sie heißen Torfaeus, Gardilone, Pizigani, Camerata und – also, es gibt da noch eine fünfte Stadt, aber ihr Name fällt mir momentan nicht ein. Und wenn man von hier aus nordwärts geht ...«

»Es reicht«, unterbrach ihn Gilgamesch. »Du sagst mir mehr, als ich wissen möchte.«

Seine Stimmung war mit jedem Namen düsterer geworden, den der Alte über die Lippen gerollt hatte. Er hatte nicht erwartet, schon so bald ans Ende der Wüste zu gelangen, doch es wurde ihm klar, daß es vielleicht überhaupt nicht ›so bald‹ war, sondern daß er und Enkidu Jahre, vielleicht Jahrhunderte in der Ödnis verbracht hatten, seit sie vom Hof des Priesterkönigs Johannes aufbrachen, während sie doch geglaubt hatten, es seien nur etliche Monate gewesen. Der Ablauf der Zeit war höchst unbestimmt hier. Und nun lag direkt vor ihm eine Küstenregion, die er noch nicht kannte, die aber allem Anschein nach derjenigen recht ähnlich war, die er hinter sich gelassen hatte: weitere Städte, weitere Könige, wieder neue Ränke und wieder die gleiche Torheit. Am besten wäre es wohl kehrtzumachen und wieder ins Kernland zurück zu ziehen. Das hatten sie doch gewiß noch nicht gänzlich durchstreift.

Doch auch dies sollte nicht sein. Denn sie schlugen die Straße nach Norden ein, zu dem Ort namens Cabuldidiri, denn sie gedachten von dort auf einer passablen Wüstenroute wieder ins Landesinnere zurückkehren. Doch sie waren kaum etliche Meilen weit gekommen, als der Weg sich ärgerlich erneut westwärts zu winden begann, als wollte er ihnen nicht erlauben, Cabuldidiri zu erreichen. Sie konnten in weiter Ferne vor sich ein Tal sehen und eine mittelgroße Stadt, die auf einem Einschnitt zwischen zwei senkrechten Bergflanken lagerte. Dies war gewiß die Stadt Cabuldidiri. Aber die Straße erlaubte ihnen nicht, sie zu erreichen. Beständig bog sie zur Seite ab und fort. Selbst als sie die Route verließen und durch das wilde Land ostwärts vorantreckten, fanden sie nach kurzem, daß sie wieder in die entgegengesetzte Richtung zogen.

»Was soll das?« fragte Enkidu. »Wieso entwischt uns die Stadt immer wieder, Bruder?«

»Enlil allein mag es wissen. Vielleicht liegt dort ja gar keine Stadt. Vielleicht gibt es auch keine Straße. Oder die Zauberer verlegen die Straße jede Nacht anders, um sich zu belustigen.«

»Was sollen wir tun?«

»Unseren Füßen folgen«, sagte Gilgamesch. »Und unsere Füße werden ihrem Schicksal nachgehen, und auf diese Weise erfahren wir, was uns bestimmt ist.«

Das Schicksal ihrer Füße schien sie in einen immer enger werdenden Canyon zu führen, der – soweit sie dies feststellen konnten – von Osten nach Westen verlief. Obwohl das die entgegengesetzte Richtung war, die sie hatten einschlagen wollen, blieb ihnen nichts anderes übrig, als zu gehorchen, denn zu beiden Seiten ragten die Wände der Kluft empor wie glattes Glas, und so wurden sie in die Schlucht hineingezwungen wie Tiere, die in eine Falle tappen. Gilgamesch empfand dies als ärgerlich, und er wanderte mürrisch dahin und suchte beständig die Felsenbollwerke zur Rechten und zur Linken nach irgendeiner Öffnung ab. Doch da war nichts. Die Wände waren inzwischen so dicht zusammengerückt, daß er sie fast mit den ausgestreckten Armen berühren konnte, und sie schimmerten hell wie polierter rosa Marmor, und der schmale Pfad unter ihren Füßen war von roter Erde und Kolonnen emsiger grün-schwarzer Insekten krochen darauf herum. Um den Himmel zu sehen, mußte man den Kopf weit in den Nacken legen und gerade nach oben blicken.

Nach etlicher Zeit tauchten vor ihnen Wagenspuren auf.

»Wir sind hinter einer Karawane«, bemerkte Enkidu. »Da? Siehst du den frischen Dung? Was werden wir tun, Bruder? Warten wir, bis sie fortgezogen sind?«

»Ich denke, nein«, antwortete Gilgamesch. »Hier ist

ein Ort des Todes, sehr beklemmend für die Seele, und es gibt außer Käfern nichts zu essen. Wir ziehen weiter und holen sie ein, und vielleicht reisen wir ein Stück weit mit ihnen, sofern sie sich als freundlich erweisen.«

»Wie du sagst, Bruder.«

Nach drei Tagen und drei Nächten holten sie die Karawane ein: Ein Dutzend wackeliger schäbiger trauriger Karren, ein paar mit Landsegeln bestückt, andere gezogen von hageren erschöpft wirkenden Lasttieren. Sobald sie auftauchten, begann ein Hund wie wild zu kläffen, und der Zug hielt sogleich an. Männer und etliche Frauen, die mit Pistolen und Schnellfeuerwaffen ausgerüstet waren, sprangen herab und kauerten sich auf den roten Boden, als erwarteten sie einen Angriff.

Es waren allesamt Später Tote, sah Gilgamesch angewidert. »Komm«, sagte er zu Enkidu. »Gehen wir friedlich auf sie zu. Die halten uns wahrscheinlich für Späher, für die Vorhut eines größeren Trupps, oder aber sie sind außergewöhnlich ängstlich.«

Mit hoch erhobenen Händen trat er vor.

Die Reisenden gaben ihre Vorsicht nicht so rasch auf. Der Anführer, ein stämmiger dickbäuchiger Mann namens van der Heyden, hatte zwei Patronengurte um seine Mitte geschlungen und hielt unter beiden Armen eine Waffe, und er forschte sie ziemlich lange aus, fragte, woher sie kämen und wohin sie zu ziehen beabsichtigten, ob sie noch weitere Gefährten weiter hinten hätten. »Wir sind nur zwei umherziehende Jäger«, gab Gilgamesch Auskunft, »und wir sind nicht mehr, als was du hier siehst.«

»Jäger? Hier draußen? Was gibt es denn hier zu jagen?«

»Wir hätten gern eine mehr östliche Route eingeschlagen, aber durch die Natur der Straße wurden wir in diese Schlucht gezwungen.«

»Also ist nicht Brasil euer Ziel?«

»Kaum«, sagte Gilgamesch. »Wir würden es ganz gern vermeiden.«

Van der Heyden lachte glucksend. »Kaum eine Chance dafür jetzt. Dieser Canyon endet direkt an der Festlandküste gegenüber von Brasil. Jetzt kommt ihr da nicht mehr daran vorbei.«

»Und wenn wir umkehren?« sagte Enkidu.

»Dann findet ihr euch genau da wieder, wo ihr vorher wart. Und es ist ein langer hungriger Fußmarsch bis dorthin.« Die Augen des stämmigen Mannes wurden schmal. »Aber ihr seht mir beide nicht aus wie Trottel. Also, warum sollte jemand so wie ihr durch eine Gegend wie die hier reisen? Da steckt doch mehr dahinter.«

»Was du siehst«, sagte Gilgamesch, »sind zwei Männer, denen nichts am Leben in den Städten liegt und die nur die Einsamkeit suchen – die sogar in dieser Gegend schwerer zu finden ist, als wir erwarteten. Wir sind keine Späher, und wir haben nichts Hinterhältiges im Sinn. Wenn es euch gefällt, schließen wir uns euch an und leisten euch jede Art von Hilfe, die ihr braucht, bis wir aus dieser Schlucht herauskommen, gegen Essen und eine Decke für die Nacht. Wenn nicht, nun, dann werden wir weiterziehen und uns allein durchschlagen.«

Van der Heyden überdachte das Angebot eine Weile.

»Könnt ihr kämpfen?« fragte er schließlich.

»Was glaubst du denn?« Enkidu grinste aus seiner großen Höhe zu ihm hinab.

»Damit? Mit Schwertern? Mit Pfeil und Bogen?«

»Wir kommen recht gut damit zurecht«, sagte Gilgamesch. »Aber wir sind auch mit euren Waffen vertraut. Aber wenn ihr keine Verwendung für uns habt …«

»Halt!« sagte van der Heyden. »Kommt mit uns. Ich denke, wir können zwei Burschen von eurem Kaliber brauchen.«

»In diesem Fall«, sagte Gilgamesch, »sollst du wissen,

daß es bereits etliche Tage her ist, seit wir zuletzt etwas gegessen haben.«

»Das habe ich mir doch fast gedacht«, sagte van der Heyden.

Die Karawane kam aus der Stadt Lo-yang im Outback und brachte Waren zum Verkauf in Brasil, wo Simon der Magier herrschte. Van der Heyden vermied es sorgfältig, Genaueres über die Art seiner Waren zu sagen, und man bekam auch sonst keinerlei Hinweise darauf. Aus der Wortkargheit des Dicken und der Ängstlichkeit, mit der die Kauffahrer die beiden Sumerer empfangen hatten, war zu schließen, daß es sich um eine kostbare Fracht handeln müsse und daß man fürchtete, in dieser Region von Briganten überfallen zu werden. Doch Gilgamesch stellte keine Fragen. Er wollte nur mit van der Heyden bis zum Ausgang aus der Schlucht ziehen und sich dann dort von der Karawane trennen und entweder gen Norden oder südwärts ziehen, er wußte noch nicht recht, wohin, in der Hoffnung, dort eine Route zurück in unbesiedelte Landstriche zu finden.

Der Zug kam nur langsam voran. Die Schlucht war kaum weit genug, die Wagen durchzulassen, und an einigen Stellen sah es so aus, als würden sie steckenbleiben; doch van der Heyden verfügte über einen Trick, indem er die Wagen zunächst auf die linken, dann auf die rechten Räder kanten ließ, und irgendwie gelang es ihm, die Fuhrwerke um die Felsvorsprünge herumzumanövrieren, die an den engsten Stellen den Pfad blockierten. Dann wurde die Schlucht allmählich weiter; der Wind war nun weicher und feuchter, ein sicheres Anzeichen dafür, daß sie sich der Küste näherten. Die Wände der Schlucht öffneten sich und ragten nicht mehr steil und senkrecht empor, und sie zeigten auch einigen Pflanzenbewuchs. Und es gab wieder Wild, das man jagen konnte. Die Karawane führte zwar genug eigenen Proviant mit, doch van der Heyden schien geplant zu haben, die Versorgung durch unterwegs erlegte Beutetiere zu ergänzen, und so verdienten sich die beiden Sumerer den Transport, indem sie oben in den Hängen Fleisch jagten.

In der Regel jagten Gilgamesch und Enkidu gemeinsam. Doch einmal zog Gilgamesch allein aus, und dies stellte sich als ein schwerer Fehler heraus.

Der Leitwagen hatte an dem Tag eines seiner Räder verloren. Er krängte stark über, lag fast auf der Seite, und die radlose Achse hatte eine tiefe Furche in den roten staubigen Boden gegraben. Van der Heyden trommelte sich grimmig in die Flanken, dann wandte er sich den kräftigen sumerischen Helden zu und rief: »He! Ihr zwei, kommt doch mal und helft uns!«

»Wir gehen auf die Jagd«, sagte Gilgamesch. »Die Hänge da oben wimmeln von Wild.«

»Also, dann soll einer von euch auf Jagd gehen, und der andere soll uns hier helfen. Wir müssen den verdammten Wagen da wieder aufstellen, kapiert ihr?«

Gilgamesch zögerte. Ärger wallte in ihm hoch. Lastwagen aus dem Graben zu hieven, das war keine Arbeit für einen ehemaligen König; außerdem wartete auf ihn eine gute Jagd. Und er hätte van der Heyden hitzig abfahren lassen, doch Enkidu, der fühlte, was da gleich geschehen würde, legte ihm rasch die Hand auf den Arm und sagte zu dem Kerl: »Ich will euch bei eurem Wagen helfen. Und mein Bruder Gilgamesch wird sich auf die Spur des Wildes machen.«

»Enkidu …«

»Es ist schon recht, Bruder. Ich bringe ihren Wagen in Ordnung, und wenn ich damit fertig bin und es ist genug Licht, folge ich deiner Spur und komme dir nach in die Berge. Und nun geh schon, solange du noch Beute findest.«

»Aber …«

»Geh nur«, wiederholte Enkidu.

Immer noch zornig sah Gilgamesch zu, wie Enkidu

zu der Gruppe trat, die sich um den Wagen abmühte. Enkidu stemmte die Schulter gegen die Seite des Karren und winkte Gilgamesch zu, er solle endlich losziehen; und nachdem er noch einen Augenblick finster zugesehen hatte, nickte der sumerische Held und stapfte davon. Es war eigentlich schon recht spät am Tag für die Jagd. Rasch erklomm er den Hang, indem er sich an den verkrüppelten Stämmen der fast blattlosen Büsche festhielt, die dort wurzelten. Ein weißfelliges Geschöpf, nicht viel größer als eine Ziege kam plötzlich aus der Deckung gestürmt, besah ihn bestürzt und floh in wilden Sprüngen hangaufwärts. Gilgamesch machte sich sofort an die Verfolgung, und er verlor beim Aufstieg keinen Augenblick die flimmernde Weißheit des Tieres aus dem Blick. Das Fleisch würde wahrscheinlich gut schmecken; die Decke würde zweifellos einen wundervollen Umhang ergeben. Und so stieg er weiter und höher und weiter, und dann durch einen Spalt in der Felswand des Canyons und weiter, ohne zu ermüden weiter, hinter dem leuchtenden Weiß her.

Am Ende hatte er seine Beute verloren. Das verdroß ihn sehr. Aber er stöberte doch tiefer in den Nebencanyon, in den er geraten war, weil er dachte, er würde vielleicht ein ähnliches Tier aufspüren. Aber auch dies erwies sich als ergebnislos, und so mußte er sich mit kleinerem, weniger erfreulichem Wild begnügen. Als die Schatten wuchsen, kehrte Gilgamesch auf seinem Weg zurück, stieg von dem kleinen Seitental zurück in die große Schlucht und begann den Abstieg zu dem Ort, an dem die Karawane gehalten hatte.

Er konnte den Zug wegen eines Vorsprungs in der Felswand zunächst nicht sehen. Erst als er bis auf halbe Höhe hinabgestiegen war und bevor er die ersten Wagen sah, erblickte er eine schwarze Rauchwolke, die irgendwie nicht wie der Rauch von einem Lagerfeuer aussah. Er rannte hastig an den Rand des Vorsprungs und blickte hinab.

»Götter!« schrie er.

Drunten im Tal lagen die Wagen umgekippt und verstreut umher, als hätte die Hand des Beherrschers der Dämonen sie durcheinandergeworfen. Einige Wagen brannten. Alle waren aufgeschlitzt und ausgeraubt worden. Und darum herum verstreut lagen die Kaufleute in ihrem eigenen Blut. Gilgamesch sah van der Heyden, der auf dem Rücken lag und mit glasigen Augen nach oben starrte. In seiner Brust war eine tiefe Wunde. Andere lagen bäuchlings tot da, oder es war ihnen gelungen, unter einen der Wagen zu kriechen. Niemand bewegte sich mehr.

»Enkidu?« schrie Gilgamesch,

Er ließ die Jagdbeute fallen und raste in wilden Sprüngen, halb schlitternd zum Talgrund hinab. Aus der Nähe sah die Szene des Gemetzels noch furchtbarer und wüster aus, als er befürchtet hatte. Sie waren alle tot, die Männer, die Weiber, die Kinder, sogar die Zugtiere – alle außer einem großen scheckigen Hund namens Ajax, der wild bellend umherrannte. Und alle waren mit einer Raserei und Wut getötet worden, die sogar dem schlachtengehärteten Gilgamesch Ekel erregten: ein gräßliches Hinschlachten, ein abscheuliches Gemetzel. Die Wagen waren wüst geplündert und zerstört worden.

Und Enkidu? Wo war Enkidu?

Das Gefühl, daß er fort sei, dröhnte in Gilgameschs Kopf wie eine schauerliche Glocke.

Verzweifelt suchte er hinter diesem Wagen und unter diesem, und mit seiner gesammelten gewaltigen Stärke brüllte er den Namen seines Freundes: Aber von Enkidu war nirgendwo etwas zu sehen, nicht von ihm und auch nichts von seinen Waffen. Das war verwirrend. Hatten die Angreifer ihn mit sich fortgeschleppt? So sah es aus – es sei denn, daß Enkidu während des Überfalls gar nicht da war, daß er sich in die Berge aufgemacht hatte, um Gilgamesch zu suchen, und daß sie sich irgendwie verpaßt hatten …

Nein, in diesem engen Tal war es ausgeschlossen, daß Enkidu Gilgameschs Fährte nicht gefunden und ihr hätte folgen können! Und Gilgameschs widerhallende Rufe – Enkidu hätte sie doch gewiß hören müssen, wie weit er auch gewandert wäre …

»Enkidu! Enkidu!«

Gilgamesch rief weiter den Namen seines Freundes, bis ihm die Stimme versagte. Doch es half nichts. Die Nacht kam näher. Sicher würde Enkidu aus den Bergen herabkommen, sobald es dunkel wurde. Sofern er überhaupt dort oben war. Ist er denn schon wieder fort von mir? Tot? In die Sklaverei verschleppt?

Verwirrt und tief beunruhigt schleifte Gilgamesch die noch rauchenden Wagentrümmer zusammen und baute aus ihnen einen Scheiterhaufen, und er legte die verstümmelten Leiber der Toten darauf und trat beiseite und sprach die rituellen Worte, während die Flammen aufloderten. Dann wandte er sich ab und schritt davon und zog rasch in den wachsenden Schatten nach Westen. Er wollte die Nacht nicht an diesem Ort des Todes zubringen. Seine Seele war leer. Es war ihnen so wenig Zeit gegeben, bei dieser jüngsten Wiedervereinigung, ehe ihm Enkidu wieder entrissen wurde. Ihr Götter, dachte Gilgamesch, soll es uns denn nie erlaubt sein, beisammen zu bleiben?

Der Hund Ajax trottete hinter ihm drein. Gilgamesch scheuchte ihn fort, doch der Hund bellte und kläffte so verzweifelt, als versuchte er, ihm etwas in Worten zu sagen, und ließ sich nicht abschütteln. Gilgamesch hatte kein Verlangen nach einem Hund; aber er begriff, daß er es kaum über sich bringen konnte, das Tier hier zum Sterben zurückzulassen. Und außerdem sah es so aus, als wäre es unmöglich, den Hund fortzujagen. »Na, dann komm schon«, sagte Gilgamesch zu dem Tier. Und dann zogen sie Seite an Seite weiter durch die Nacht.

Als es wieder hell genug war, daß er etwas sehen konnte, erkannte Gilgamesch, daß er ans Ende der

Schlucht gelangt war. Die Felswände öffneten sich hier und sanken zu bloßen Böschungen weitab zu beiden Seiten ab. Nördlich und südlich erhoben sich gewaltige Berge, die Flammen und Rauch ausrülpsten, der das Firmament verdüsterte. Vor ihm lag eine weite Ebene, auf der seltsame verstreute geisterhaft verdrehte rosafarbene Steinmassen standen, ähnlich wie die Stalagmiten, die man zuweilen in Höhlen sehen kann, sie standen da zu Hunderten und sie sahen wahrhaftig aus wie eine Menge versteinerte Seelen, die sich eng aneinander drängten. Dahinter sah er ein Zeltlager, in dem sich Leute umherbewegten, und noch weiter hinten lag eine schimmernde Wasserfläche und darauf, dicht an der Küste, ankerte ein Schiff mit scharlachrotem Segel. Gilgamesch hatte das Weiße Meer im Fernen Westen erreicht.

In gleichmäßigen weiten Sätzen begann er durch die Reihen der merkwürdigen Steine auf das Zeltlager zuzulaufen. Männer in, wie ihm schien, römischer Kleidung blickten ihm entgegen.

»Wer bist du?« wollte ein Posten wissen.

»Ich bin Gilgamesch von Uruk. Ich suche nach meinem Freunde Enkidu, der…«

»Komm mit mir!«

»Weißt du, wo Enkidu ist?«

»Komm mit!« wiederholte die Wache gleichmütig.

Erschöpft ließ er sich durch das Lager zu einem Zelt bringen, das größer war als die übrigen und aus prachtvoll üppigem bunten Gewebe. Auf einer Art hölzernem Thron lümmelte ein Mann in mittleren Jahren, zur Kahlheit neigend, stattlich von Gestalt und mit einem fleischigen Gesicht voll roter Flecken und Augen, die gerötet waren von zu viel Wein und zu wenig Schlaf.

Der Posten sagte: »Wir entdeckten ihn, wie er draußen zwischen den Erstarrten Seelen umherwanderte, Majestät. Er sagt, er heißt Gilgamesch von Uruk und daß er auf der Suche ist nach einem…«

Der Mann auf dem Thron gebot ihm mit einer Handbewegung Schweigen. Er neigte sich vor und betrachtete Gilgamesch scharf und neugierig.

»Uruk?« sagte er. »Du kommst aus Uruk?«

»Es ist die Stadt meiner Geburt.«

»Wahrhaftig! Gilgamesch von Uruk ... *Uruk*, ehrlich?«

»Aus Uruk, ja«, erwiderte Gilgamesch ein bißchen ärgerlich.

»Der Stadt gewaltiger Schätze«, sagte der auf dem Thron, und ein unwägbarer Ausdruck trat in seinen Blick. »Eine mir so sehr liebe Stadt. Wie erstaunlich, einem Mann zu begegnen, der aus Uruk kommt! Und warst du kürzlich dort, mein Freund?«

Gilgamesch sah ihn verdutzt an. »Wie könnte ich? Uruk ist lange dahin und fast vergessen.«

»Ist es das? Nein, das glaube ich nicht. Weder dahin noch vergessen, sondern nur schwer aufzuspüren, lauten jedenfalls die mir vorliegenden Berichte.« Der Mann sah ihn lange eindringlich an. »Doch vielleicht könnten wir es gemeinsam finden, du und ich.«

»Uruk war eine Stadt in der anderen Welt.«

»Und es ist auch in dieser Welt eine Stadt. Und viele Menschen deiner Art leben da.«

»Wirklich?« Gilgamesch war benommen. »Sie leben?« Das war unmöglich. In all seinen Jahren in der Nachwelt hatte er noch nie davon gehört. »Ein neues Uruk also? Wer sagt das? Wo ist es? Was erzählst du mir da?«

»Wo es liegt? Ach, das hoffe ich herauszufinden. Denn ich würde diesen Ort Uruk nur zu gern finden, verstehst du. Sein Reichtum übersteigt jede Berechnung. Sein Staatsschatz füllt zahllose Lagerhäuser. Wir könnten gemeinsam die Stadt finden, glaube ich. Wir haben ein großes Abenteuer nötig, wir Brasilier, und was könnte grandioser sein, als uns auf die Suche nach Uruk zu machen, wie? Gefällt dir der Gedanke, Freund Gilgamesch, mit mir zu ziehen und Uruk zu suchen?«

Mit wachsendem Unmut, der in Zorn überzugehen

drohte, rief Gilgamesch laut: »Wer bist du? Was soll das alles? Ich suche Enkidu – nicht Uruk!«

»Wer ich bin? Hat es dir keiner gesagt?« Das Fleckengesicht lachte. »Ich bin der Herr der Insel Brasil. Mein Name ist Simon Magus. Da im Hafen ankert mein Schiff. Wir werden bald in meine Stadt aufbrechen, sie liegt gleich dort drüben in der Bucht. Willst du mit uns kommen? Ja, Gilgamesch, fahr mit uns nach Brasil.« Er winkte einem Diener. »Wein für Gilgamesch! Für Gilgamesch von Uruk!« Und erneut lachte er. »Fahr mit mir nach Brasil, ja. Und reden wir davon, wie wir die Schätze des lange versunkenen Uruk finden. Was hältst du davon, Gilgamesch? Eh?«

7

ÜBERALL WAR FEUER. Rotes Feuer am Himmel, blaues Feuer im Wasser, grünes Feuer tanzte am Gestade hinter dem rasch davongleitenden Schiff. Die Luft roch stechend nach Schwefel und nach noch Unangenehmerem. Die Wolken hier waren dicht und schwer und hatten graue Bäuche, die sich an den nahen Bergen rieben. Und die Berge selbst waren steinerne Dämonen: ein Dutzend zorniger Vulkane, die Dünste und Flammen über die Küstenebene spuckten, soweit Gilgameschs Auge reichte. Hier draußen am westlichen Rand der Nachwelt, jenseits der kahlen Steppenwüsten des Outback, gewann er den Eindruck, als verbrennte die ganze Welt bis zu ihren tiefsten Wurzeln.

Das Schiff mit dem Delphin am Bug und dem Scharlachsegel stach weiter und tiefer in die von Riffen übersäte phosphoreszierende See auf die Insel Brasil zu. Es war die königliche Yacht Simons des Magiers, des Diktators, der irgendwo unter Deck weilte, stark vom Wein berauscht.

Es hörte sich an wie Wahnsinn, dieses ganze Gerede davon, daß man Uruk finden wollte. Vielleicht aber war es doch nicht so verrückt. Es lohnte sich vielleicht, wenigstens zu hören, was Simon zu sagen hatte. Warum also nicht? Gilgamesch überlegte. Er wußte nichts von diesem angeblichen Uruk; doch falls es wahr sein sollte, daß seine Heimatstadt in der Nachwelt wieder gegründet worden war, und wenn diese Brasilier irgendeine Mär vernommen hatten, die ihm helfen konnte, ihren jetzigen Ort zu entdecken, weshalb sollte er dann nicht mit Simon einen Handel machen? Was war schließlich das Leben anderes in diesem endlosen Leben nach dem

Tod, wenn nicht ein langes endloses *Warum nicht?* Er war wieder von seinem Enkidu getrennt. Also spielte sonst fast nichts eine Rolle. Warum sollte er diese Forschungsfahrt also nicht mitmachen? Warum nicht?

Der dunkelhaarige sumerische Riese sah starren Blicks nach Brasil hinüber. In der Ferne schimmerte die Zauberinsel im Halbdunkel in ihrem eigenen seltsamen Licht.

»Warst du schon mal da?« fragte eine Stimme.

Gilgamesch sah nach links und nach unten, sehr weit nach unten. »Sprichst du zu mir?«

»Nein, zu meinem Schatten«, sagte der Mann, der neben ihm an der Reling stand. Klein mit scharfer Nase, dichtes gelocktes Haar, dunkle ölige Haut. »Ich versuche ein Gespräch zu führen. Das ist eine alte Sitte an Bord von Schiffen. Hast du was dagegen?«

Gilgamesch streifte den Kleinen mit einem drohenden Blick. Der Mann hatte etwas Weiches, Glattes, Verwöhntes an sich. Er war gut gekleidet, eine römisch geschnittene Toga und glänzend polierte italienische Lederschuhe, und auf dem Hinterkopf hockte keß ein kleines Brokatkäppchen. Ein schlaues Gesicht. Funkelnde Knopfaugen von unleugbarer Intelligenz. Dennoch, etwas an ihm war grundsätzlich abstoßend, fand Gilgamesch. Und er war aufdringlich. Er war doch bestimmt auf einen Blick hin in der Lage zu erkennen, daß Gilgamesch nicht zu der Sorte gehörte, die von Fremden angesprochen werden möchten.

Ajax, der große gescheckte Hund, der neben Gilgamesch schlief, erwachte, spähte nach oben und knurrte. Wie es aussah, hatte auch Ajax nicht viel für diesen kleinen Mann übrig.

Gilgamesch sagte finster: »Ich kenne dich nicht.«

»Wer kennt schon jemand an diesem gottverlassenen Ort? Ich heiße Herodes. Herodes Agrippa, um genau zu sein. Und ich fragte dich soeben, ob du früher schon einmal in Brasil warst.«

»Kann sein.« Gilgamesch zuckte die Achseln.

»Kann sein? Du weißt es nicht sicher?«

Gilgamesch dachte daran, den zudringlichen kleinen Plagegeist über Bord zu werfen.

»Vielleicht, vielleicht nicht. Wenn du lange genug hin und her über die Nachwelt gewandert bist, sehen allmählich alle Orte ziemlich gleich aus.«

»Also, für mich nicht«, sagte Herodes. »Und ich bin auch ganz schön viel herumgewandert. Mehr als mir lieb ist. Ein richtiger Ewiger Jude, das bin ich. Aber Brasil, das ist anders. Ich weiß, ich weiß, Erinnerung ist hier manchmal problematisch, doch wenn du einmal in Brasil gewesen wärest, dann würdest du dich daran erinnern. Es ist unvergeßlich. Du kannst es mir glauben.«

»Ein ewig wandernder Jude?« sagte Gilgamesch unbestimmt. »Ich glaube, ich habe so eine Geschichte einmal gehört.«

»Wer hätte nicht? Aber ich bin nicht *der* ewig wandernde Jude, weißt du? Der heißt Ahasver. Der zockelt immer noch kreuz und quer herum, *droben*, so wie es damals mit seiner Verfluchung bestimmt war. Muß über die Erde ziehen, bis das Ende der Welt gekommen ist, was anscheinend bisher noch nicht der Fall ist. Nein, ich bin einfach nur ein Jude, der umherwandert. Ein anderer. Und ich heiße Herodes.«

»Das hast du mir bereits gesagt.« Aufdringlicher kleiner Köter, wahrhaftig, dachte Gilgamesch. Nach seinen impertinenten Manieren allein müßte man ihn für einen der Späten Toten halten. Dennoch strahlte der Mann auch etwas wie eine Aura der Frühen Toten aus. Ein Grenzfall vielleicht. Aus der Zeit, die die Später Toten ungenau als die Periode ›vor Chr.‹, beziehungsweise den Übergang in die Zeit ›nach Chr.‹ bezeichneten. Gilgamesch grub in den etlichen tausend Jahren seiner Erinnerungen. »Einmal bin ich einem Herodes begegnet. Der war so eine Art kleinerer Wüstenfürst, denke ich.«

»Also eigentlich war er ja König von Judäa.«

»Wenn du es sagst.«

»Ein Mann mit feistem Gesicht, kahlem Schädel, blutgeröteten Augen?«

»Könnte sein. Er sah irgendwie halb verwest aus, so weit kann ich mich noch erinnern. Wie eine Frucht, die man zu lange im Regen hat liegen lassen.«

»Du meinst Herodes den Großen. Meinen Großvater. Ein höchst ekelhafter Mann, dieser Herodes. Nein, wirklich, ein sehr übler Typ. Zehn Weiber! – daraus allein kannst du schon sehen, wie unsolid er war. Und dazu noch andere Charakterschwächen. Im Grunde ein völlig paranoider Typ. Obwohl, diese ganzen häßlichen blöden Sachen mit Salomé und dem Täufer Johannes, dem Tanz der Sieben Schleier und das mit dem silbernen Tablett – das war gar nicht er, mußt du wissen. Das war sein Sohn Herodes Antipas; aber der war genauso verrückt. Und in Wahrheit ist das alles auch überhaupt nicht so passiert. Das mit dem Silbertablett und dem Kopf darauf, das war eine bloße Erfindung, und was diese Salomé angeht …«

»Silbertablett? Salomé? Kleiner Mann, wovon schnatterst du denn da?«

»Andererseits«, fuhr Herodes fort, als hätte Gilgamesch nichts gesagt, »hat mein Großvater *tatsächlich* die Abschlachtung der Erstgeborenen befohlen, einschließlich seines eigenen Sohnes. Der Mann war verrückt. Es wundert mich nicht, daß du ihn nicht mochtest. Aber er hat sich persönlich mit Augustus ganz hübsch arrangiert. Augustus war immer bereit, Geschäfte mit Verrückten zu machen, wenn er dabei politische Vorteile für sich selber herausspringen sah. Und das dürfte die einzige vernünftige Erklärung dafür sein, wieso mein Großvater sich unter den Römern so lange auf dem Thron halten konnte. Aber wie ich höre, mag Augustus derzeit überhaupt nichts mehr mit ihm zu tun haben. Da steckt Cleopatra dahinter. Denn Cleopatra haßt ihn noch immer – der alte Knabe hat sie abfahren lassen, als sie ihm Avancen machte, mochte ihre Nase nicht oder so etwas in der Richtung, aber das muß man sich mal vorstellen, über weiß Gott wie viele Jahrhunderte so einen dummen kleinen Groll mitzuschleppen ...«

»Du summst wie eine Wespe«, murrte Gilgamesch. »Hörst du nie auf zu reden?«

»Also ja, ich rede gern. Du anscheinend nicht, vermute ich. Der große starke Schweigsame. Bloße Stilvarianten, kein Grund sich deswegen zu ärgern. Oh, also wirklich, da sieh hin – da kommt unser Vesuv wieder!«

»Wer ist Vesuv?«

Herodes deutete auf die Inselstadt. »Unser Hausvulkan. Benannt nach dem, den sie damals in der anderen Welt über Pompeji hatten. Unsrer liegt mitten im Zentrum. Hast du je sowas Großartiges gesehen?«

Gilgamesch blickte über den Sund zu dem fernen Brasil hinüber. Im Firmament hing nun ein neues Feuer, ein einzelner hellscharlachroter Lichtpunkt, der durch die trübe rauchgeschwängerte Luft flammte wie eine Fackel, fünfzigmal heller als die Flammen, die aus den Vulkanschloten auf dem Festland züngelten. Wie von einem riesenhaften Blasebalg angefacht, stieg die Flammenfackel höher und höher bis ans Dach des Kosmos. Und die Türme und Wälle der Stadt erstrahlten in der blendenden Helle sinnverwirrend wie leuchtende Spiegel.

»Aber die Stadt?« fragte Gilgamesch. »Wird sie zerstört werden?«

Herodes lachte. »So einen Ausbruch wie den gibt es fast jede Woche einmal. Manchmal auch öfter. Die Brasilier möchten das nicht missen. Aber es wird dabei kein Schaden angerichtet. Bloße Lichtspiele und keine Hitze, so lautet die Vertragsklausel. Und nie jemals irgendwelche feste Materieteilchen. Du hast doch von Pompeji gehört, ja? Das gehörte zu Rom. Ich meine, zu dem *echten* alten Rom, dem Original. Und wir haben eine Menge ehemaliger Pompejaner, die jetzt hier in Brasil leben. Und so wie seinerzeit im neunundsiebziger Jahr Pompeji niedergewalzt worden ist, kann es einen ja nicht sehr erstaunen, daß die Brasilier hier nicht unbedingt scharf sind auf eine Wiederholung. Ich spreche vom Jahr 79 n. Chr., verstehst du? Also nach der Jahresberechnung der Später Toten. Falls dir überhaupt daran liegt, deine Jahre zu berechnen. Jedenfalls war es nach meiner eigenen Zeit, wahrscheinlich auch nach der deinigen. Aber wenn du mit einem sprichst, der damals dabei war und jetzt in Brasil lebt, dann sagt der dir, es war ein absoluter Horror, aber er wird dir ebenfalls sagen, er kann nachts nicht richtig schlafen, wenn nicht in der Nähe ein mittelprächtiger Vulkan vor sich hingrummelt. Verblüffend, wie sich manche Leute nicht nur an Gefahr gewöhnen, sondern geradezu davon abhängig werden, ständig bedroht ...«

Gilgamesch hörte ihm kaum zu. Er starrte in den vom Vulkanfeuer zerfetzten Nachthimmel. Durch die plötzliche glühende Illumination waren Scharen von Ungeheuern und Dämonen der Luft sichtbar geworden. Wesen, die nur Maul waren, ohne Leib; Wesen, die nur kopflose Flügel waren; Wesen, die nichts waren als Krallen und Klauen; Wesen, die aus riesigen gelben, rotgeäderten Augen bestanden, die auf grünen Gasschwaden trieben, und alles wirbelte durcheinander und kreischte hoch über der See. Ajax knurrte und bellte und rannte über das Deck hin und her, sprang wild in die Luft, als wollte er die Ungeheuer angreifen, die sich am Himmel tummelten.

Herodes lachte. »Simons Schoßtierchen. Ich habe es dir ja gesagt, wenn du Brasil einmal erlebt hast, vergißt du es nie wieder. Wohin du schaust, Dämonen. Und Genies. Zauberer. Magier, Traumdeuter. Wahrsager. Simon sammelt sie, verstehst du? Du kannst keine neun Schritte tun, ohne daß einer von denen versucht, dich mit seinen Tricks umzukrempeln.«

»Sie mögen es versuchen«, sagte Gilgamesch.

Er zielte mit einem imaginären Bogen und schoß einen imaginären Pfeil in die Gurgel eines der widerlichsten Ungeheuer in der Höhe.

»Oh, *dich* würden sie in Frieden lassen, glaube ich. Ein Mann von deiner Größe, wer würde es wagen, sich mit dem anzulegen? Außerdem siehst du mir so aus, als verfügtest du selbst über ein Quantum magischer Kräfte. Simon hat dich als seinen Leibwächter engagiert, ja?«

»Ich bin kein Söldner«, erwiderte Gilgamesch scharf.

»Nein? Du siehst aber aus wie ein Kämpfer.«

»Ein Kämpfer, das ja. Aber niemals für Geldeslohn. Außer einmal, als ich noch ein Junge war und im Exil. Ich war ein König.«

»Ach. Ein König! Dann haben wir ja etwas gemeinsam. Ich war nämlich auch König, weißt du.«

»Wirklich?« fragte Gilgamesch desinteressiert.

»Ja, so vier, fünf Jahre lang, nachdem Caligula meinen elenden Onkel Antipas endlich aus Judäa verjagt hatte und mir die Herrschaft übergab. Bei meinen Untertanen war ich ziemlich beliebt, wenn es dich nicht stört, daß ich das sage. Ich denke, ich habe meine Arbeit recht gut gemacht, und wenn ich nur ein wenig länger gelebt hätte, ich glaube, es wäre mir gelungen, die Christenbrut auszulöschen, bevor sie richtig in Fahrt kam, und damit hätte ich der ganzen Welt sechs Scheffel voll Ärger erspart, aber ...« Herodes brach ab. »Du bist nicht etwa selber zufällig einer von denen, oder? Nein, nein, so siehst du wirklich nicht aus. Aber du sagst, du warst ein König. Wo denn, wenn ich fragen darf? Irgendwo draußen, Richtung Armenien vielleicht? Kilikien?«

Der Mann wurde allmählich ätzend.

Gilgamesch richtete sich zu seiner vollen stolzen Größe auf und rezitierte: »So wisse denn, ich bin Gilgamesch von Uruk, Großkönig, König von Uruk, König der Könige, Herrscher des Landes Zwischen den Zwei Flüssen.«

»König der Könige?« wiederholte Herodes. »Herrscher des Landes zwischen zwei Flüssen?« Er nickte, als wäre er höchst beeindruckt. »Aha. Wahrhaftig. Und was für zwei Flüsse wären das, bitteschön?«

»Das weißt du nicht?«

»Du mußt mir vergeben, mein Freund. Ich bin bloß ein Provinzler aus Judäa, obwohl ich das große Glück hatte, am kaiserlichen Hof in Rom erzogen zu werden. Und obwohl man mir wahrscheinlich etwas von deinen zwei Flüssen beigebracht hat, es scheint mir durch eines der verflixten zahlreichen Löcher in meinem Gedächtnis entschlüpft zu sein, und darum ...«

Derartige Rederei hatte Gilgamesch schon vielmals vorher gehört. Die Nachwelt steckte voll von solchen Spätlingen.

Kühl sagte er. »Mein Land war euch Römern als Mesopotamien bekannt.«

»Ach, *diese* Flüsse!« rief Herodes. »Warum sagst du das nicht gleich? König von Mesopotamien! Also ein Parther. Irgendwie mit Mithridates verwandt?«

Gleich werfe ich den Kerl *doch* noch über die Reling, dachte Gilgamesch, der jetzt richtig wütend wurde.

Mit großer Beherrschung sagte er: »Nein, kein Parther. Ein Sumerer! Wir waren vor den Parthern da. Vor den Babyloniern und Akkadiern. Und lange vor den Römern natürlich. *Lange* vor den Römern.«

»Bitte tausendmal um Vergebung«, sagte Herodes.

Gilgamesch funkelte ihn an, dann wandte er sich ab. Er starrte düster in die flammendurchzuckte Nacht. Die Eruption über Brasil wurde schwächer. Er überlegte, wie lange sie noch bis zur Insel brauchen würden. Es konnte nicht schnell genug gehen, wenn er sich das nervtötende Geplapper dieses Herodes während der ganzen Überfahrt anhören mußte!

Nach einiger Zeit sagte Herodes: »Gedenkst du erneut König zu sein?«

»Was? Weshalb sollte ich?«

»Nun, die meisten Könige, die hierher kommen, wollen das.«

»Und bist *du* wieder König geworden?« fragte Gilgamesch, ohne sich umzuwenden.

»Ich ziehe es vor, darauf zu verzichten. Um dir die Wahrheit zu sagen, ich fand den Job nie besonders faszinierend. Und mir gefällt das Leben in Brasil viel zu gut. Seit meinem Tod ist das der erste Ort, an dem ich mich fast wie daheim fühle. Aber Brasil ist die Stadt Simons, und ich verspüre kein Verlangen nach einem Versuch, sie ihm wegzunehmen, ganz abgesehen davon, daß ich das gar nicht könnte. Wenn es ihm Spaß macht, hier den Boss zu spielen, soll er doch. Sage ich.«

»Ich verstehe. Du bist über solcherlei Ehrgeiz hinaus.«

»Also, du kennst sicher den alten Spruch, daß es besser ist, König am Arsch der Welt zu sein, als Sklave im Himmel. Das mag ja stimmen, allerdings weiß ich wirklich nicht viel über den Himmel. Angenommen, es gibt solch einen Ort, was ich sehr stark bezweifle. Jedenfalls, was mich betrifft, mir ist es angenehmer, einen anderen hier regieren zu lassen. Mein Wunsch ist es, weder zu herrschen, noch zu dienen, sondern mich nur um meine eigenen Angelegenheiten zu kümmern. Aber vermutlich findest du das nicht besonders klug, ja? Wenn du so ähnlich bist wie alle die anderen gewaltigen säbelschwingenden *Gojim*, die ich hier kennengelernt habe, dann juckt's dich mächtig, dich wieder auf den Thron zu setzen, egal welchen, wenn es nur ein Thron ist.«

»Nein!« sagte Gilgamesch.

»Nein?«

»Was sagtest du? Sich nur um seine eigenen Angelegenheiten kümmern? Das gefällt mir. *Mich um meinen Kram scheren, ja?* Für mich war das – wie für dich auch – die Aufgabe, König zu sein, doch das ist lange her und war in einem anderen Leben. Jetzt und hier interessiert mich das nicht mehr. Worüber könnte man hier herrschen? In diesem Land der Betrüger und Schwindler, wo Orte auftauchen und verschwinden wie in Träumen, und wo die Zeit selbst schnell verfliegt oder langsam schleicht, wie es die Laune irgendeines Dämons will?« Gilgamesch spuckte über die Reling. »Nein, Herodes, du verkennst mich, wenn du denkst, ich würde je wieder König sein wollen! Laßt mich frei umherschweifen, jagen, wo ich will. Und laßt mich meinen einzig geliebten Gefährten wiederfinden, den ich hier in diesem Land der Nachwelt verloren habe, wie schon einmal im Land der Lebenden. Ich will nur wieder mit Enkidu vereint sein, meinem wahren Bruder, dem Freund meines Herzens, den ich als einzigen je geliebt habe. Mehr ersehne ich nicht. Sollen andere hier König spielen. Und Männer wie du und ich, wir kümmern uns um unsere eigenen Angelegenheiten, ja?« Gilgamesch lächelte breit und schlug Herodes freundschaftlich mit der flachen Hand auf den Rücken, wobei er den kleinen Mann heftig gegen die Reling schleuderte. »Was, Herodes? Ich glaube, du und ich, wir zwei, wir haben mehr gemeinsam, als es zunächst den Anschein hatte. Ist es nicht so, König Herodes?«

Das Festland und die bedrohliche Raserei der dortigen rülpsenden brüllenden Vulkane verschwanden achtern, und die königliche Jacht schnitt graziös durch das schimmernde Wasser auf Brasil zu. Und nun erhob sich vor ihnen breit die Inselstadt. Grüne Elmsfeuer tanzten flackernd auf den vieltürmigen Wällen.

Gilgamesch spürte eine leise Erregung. Nichts weiter als den Schatten seiner früheren Neugier, dieses Welten in sich hineinschlingenden Hungers nach Erfahrung und Erlebnissen, der ihn in seinem ersten Leben überall hin durch das LAND und über die Grenzen des LANDES weit hinaus getrieben hatte. Einst hatten die Sänger von Sumer und Akkad ihn besungen als den Mann, dem alle Dinge geoffenbart worden waren, die Geheimnisse und die Wahrheiten über das Leben und den Tod.

So ganz falsch hatten die Barden damals in uralter Zeit nicht gelegen. Er hatte alles erfahren und wissen wollen, alles sehen, alles schmecken, alles ausprobieren.

Das war zum großen Teil inzwischen von ihm abgefallen, war in den Tausenden Jahren seiner Streifzüge durch diese unermeßliche und unverständliche Nachwelt aus seinem Herzen ausgebrannt worden. Aber dennoch mußte da noch ein Rest von dem alten verschwundenen Gilgamesch in ihm lebendig geblieben sein; weshalb sonst hatte er so gebannt zu der bizarren Inselstadt hinüberstarren sollen, die aus der leuchtenden See vor ihm auftauchte?

»Bereitmachen zur Landung!« rief eine Stimme. »Alle Mann bereitmachen!«

Herodes verschwand unter Deck. Matrosen tauchten aus dem Nichts auf, eine halbes Dutzend kleiner, ölig wirkender Levantiner, und liefen umher und werkten eifrig an Spills und Tauen herum. Verblüffenderweise tauchte aus den Tiefen des Schiffsrumpfes ein Haarmensch auf, ein untersetzter dickleibiger Mann mit gewaltigen Kiefern und fast keinem Kinn, aber dicken vorgewölbten Brauen. Er trug römische Kleidung. Man stieß an den unwahrscheinlichsten Orten auf diese grobstimmigen Geschöpfe aus der Zeitendämmerung, aus der veschwundenen, vergessenen Welt vor der Großen Flut. Dieser hier schien in Simons Diensten zu stehen, nach seiner Kleidung zu urteilen und den prunkvollen Orden, die er trug.

Simon der Magier selbst erschien danach, schleppenden Schritts, auf den Arm des Herodes gestützt. Es war offensichtlich, daß der Beherrscher Brasils sehr zu körperlichen Ausschweifungen neigte; dennoch war die Stärke seines Geistes hinter der schwammigen Aufgeschwemmtheit erkennbar; spürte man den eisernen Willen, die unersättliche Gier nach Macht. Dieser Machthunger hatte seinen Tod überdauert. Wie bedauerlich, dachte Gilgamesch, daß ein Mann von seinem Format nicht fähig war, seine Gelüste unter Kontrolle zu bekommen. Gilgamesch selbst wußte einigermaßen Bescheid über Gelüste und über Gier und Ausschweifung; doch er hatte nie zugelassen, daß dies äußerlich sichtbar wurde, wie dieser Mann hier das getan hatte. Sein Leib war für ihn sein Heiligtum, und sein ganzes Leben lang hatte er ihn in Ehren und Würde heilig gehalten. Und während seines langen Lebens als Toter ebenso.

»Ah«, sagte Simon. »Unser König von Uruk. Nun, das da vorn, ein paar hundert Yards vor dem Bug ist Brasil. Dein erster Eindruck von meiner kleinen Stadt? Wie gefällt sie dir, Gilgamesch?«

»Sie hat gewisse Reize«, sagte Gilgamesch.

»Gewisse Reize? Mehr fällt dir nicht dazu ein, König von Uruk? Gewisse Reize!« Die roten Gesichtsflecken färbten sich zu einem dunkleren zornigen Scharlachrot. Dann sagte er mit geschmeidigerem, diplomatischerem Ton: »Aber natürlich, mein kleines Brasil ist ein Nichts im Vergleich mit deiner grandiosen Hauptstadt. Das verstehe ich durchaus.«

»Deine Stadt ist höchst beeindruckend«, gab Gilgamesch zu.

In Wahrheit hatte er schon fast vergessen, wie sein Uruk ausgesehen hatte. Nach all der verstrichenen Zeit. Einzelheiten der Anlage und der Gebäude entfielen ihm mehr und mehr; er erinnerte sich fast nur noch an allgemeine Umrisse, an niedere Ziegelbauten mit flachem Dach, an enge Straßen, an einen hohen Tempel über einem Fundament aus weißgetünchten Ziegeln.

Dieses Brasil da wies schlanke Türme auf, die mit Schmuckbändern aus kostbaren Steinen verziert waren, Mauerkronen in unglaublichen Schrägungen, Straßen, die in verwirrenden scharfen Windungen in die Hänge des lavabedeckten Berges, der die Insel überragte, gebaut waren. Wirklich ein befremdlicher Ort, zweifellos im Laufe der Zeiten beträchtlichen Veränderungen unterworfen gegenüber dem alten Städtchen aus römischen Tagen, nach dem das ursprünglich erbaut worden war. Aber nichts in der Nachwelt blieb ja lange, wie es vorher war. Nicht einmal die Berge und die Flüsse.

Der Magier Simon sagte: »Unser Premierminister, der Jude Herodes.«

»Wir sind uns bereits begegnet«, sagte Gilgamesch.

Also war Herodes, dieser Biedermann, der behauptete, an Macht nicht interessiert zu sein, trotz allem Premierminister in Brasil? Nun, vielleicht war das ja seine Art – wie hatte er das ausgedrückt? –, sich um seinen persönlichen Kram zu kümmern. Sollen andere König spielen, und dennoch war es ihm gelungen, sich unter diesen Römern bis in eine ziemlich hohe Position hinaufzuarbeiten. Gilgamesch fühlte sich an diesen Mongolenfürsten erinnert, an Kublai Khan, dem er auf seinen Streifzügen durch die Reiche im Outback begegnet war. Von dem ging die Sage, daß dieser Khan in seinem Erdenleben einer der grandiosesten Herrscher gewesen war, aber hier behauptete er, keinerlei Machtambitionen zu haben, und gab an, völlig damit zufrieden zu sein, als Kriegsminister für die Himmlische Volksrepublik dieses Mao Tse-tung seines Amtes zu walten. Zweifellos war das ein leichterer Job als der eines Kaisers – aber dennoch war es eine Position in der Machtspitze.

Anscheinend bestimmte also das Leben auf der Erde auch den Lebensmodus hier. Ja, vielleicht. Berge und Flüsse mochten sich hier beständig verändern und umformen, doch die Seelen der Menschen, so schien es, veränderten sich nie grundsätzlich. Man betrachte sich nur alle diese Römer und Karthager, die da draußen irgendwo immer wieder und wieder ihre grotesken Punischen Kriege ausfochten. Oder dieser kleine Mann Lenin, wie er fieberhaft Umstürze und Gegenumstürze plante in seiner unablässigen, fruchtlosen Auflehnung gegen jeden, der gerade von sich behauptete, Regierungschef in Nova Roma zu sein. Und alle diese Könige und Kaiser, die versuchten, hier in der Anderen Welt ihre alten Reiche wieder zu etablieren: Caesar und Mao und Elizabeth und der Priester Johannes und all die übrigen. Und sogar jene, die von sich behaupteten, ihr Machtstreben abgelegt zu haben, hatten die Tendenz, immer irgendwie unter denen aufzutauchen, die die Befehle erteilten, und nicht unter jenen, die Befehlen gehorchen mußten.

Nein, dachte Gilgamesch, auch in der Nachwelt ändert niemand sich wirklich von Grund auf. Außer mir. Außer mir. Ich war der König über das gesamte Land, und ich gefiel mir in meiner Pracht und Herrschaft und brachte alle Männer dazu, sich vor mir zu neigen. Ich eroberte Städte. Ich baute Tempel. Ich baute Mauern und Kanäle. Aber hier habe ich seit etlichen Jahrtausenden nichts getan, als umherzuziehen, zu jagen und zu wandern, und das war mir genug. Und ob man es mir nun glaubt oder nicht – es war mir genug.

»Und dies«, sagte Simon nun, »ist mein Großmagier und Oberweiser, dessen Namen ich dir natürlich nicht preisgeben kann.«

Er wies auf den Haarigen Mann.

»Frieden und Freude dir, König von Uruk«, sagte der Haarige. Zumindest verstand ihn Gilgamesch so. Es war ihm noch nie leichtgefallen, die Redeweise dieser seltsamen Leute zu verstehen. Hier sprachen sie, wie nahezu jedermann, eine Art Englisch; früher war es Lateinisch gewesen, als dies die Hauptsprache der Nachwelt war; doch welche Sprache sie auch benutzten, es klang tief, rauh, pelzig und nahezu unverständlich, wie durch einen dicken Ballen von Ochsenhäuten und als lägen die Zungen irgendwie falsch im Mund. Möglicherweise klang ja auch ihre ureigene Sprache so.

Für Gilgamesch waren die Haarmänner ein Rätsel. Sie trugen keinen Namen, oder doch jedenfalls keinen Namen, den sie irgend jemandem, außer ihresgleichen, preisgeben wollten. Und sie verehrten auch namenlose Götter. Sie sahen beinahe aus wie Tiere, bewachsen wie sie waren von dichten, rauhen, pelzigen Zottelhaaren, einem braunen, oder häufiger rötlichen Fell. Enkidu war berühmt unter den Männern für seinen dichtbehaarten Leib, doch sogar er, so behaart er war, würde neben einem Haarmenschen beinahe so glatt gewirkt haben wie eine Frau. Aber obwohl sie wie Tiere aussahen und sprachen, betrugen sie sich doch wie Menschen unter anderen Menschen, und wenn du dich eine Weile mit ihnen beschäftigt hattest, mußtest du bald begreifen, daß sie klug waren und weise und sehr geschickt in der Meisterschaft vieler verborgener Fähigkeiten.

Es wurde erzählt, daß sie von den Anfängen der Zeit herkamen, jenen frühen Tagen vor der Großen Flut, als das Menschenkönigtum erstmals von Himmel herabstieg. Vielleicht war es so. Doch als Gilgamesch einst einen von ihnen darüber befragt hatte, was er über Alulim wisse, den ersten König, der im heiligen Eridu herrschte, oder seinen Nachfolger, Alalgar, oder über En-men-lu-Anna, der danach König war in seiner Hauptstadt Bab-tibira, schüttelte der Haarmensch nur den Kopf.

»Das sind nur Namen«, hatte der Haarmensch gesagt. »Namen bedeuten nichts.«

»Es sind Könige! Alulims Herrschaft währte 28800 Jahre! Alalgars 36000! In Bad-tibira herrschte En-men-lu-Anna 43200 Jahre lang! Das lernt doch jeder Schulknabe. Und du, der du vor der Flut lebtest, der aus der tiefsten alten Ferne kommt – wieso kanntest du die Namen der Könige nicht?«

»Für mich waren sie keine Könige«, hatte der Haarmensch gleichgültig geantwortet. »Sie waren es nie. Sie waren nichts!« So ähnlich jedenfalls hatte das schwerzüngige, undeutliche Gerede geklungen. Und als Gilgamesch andere Haarmenschen in dieser Richtung befragte, waren auch da die Antworten stets die gleichen.

Nun, vielleicht hatten sie alles vergessen. Schließlich war es ja schon sehr lange her. Vor der Großen Flut. Oder war es denkbar, daß die Haarmenschen vielleicht gar keine Menschen waren, sondern heimische Dämonen von hier aus der Anderen Welt? In keiner der Schriften, die er studierte, als er König war in Uruk, hatte er einen Hinweis darauf gefunden, daß in den Zeiten vor der Flut die Menschen ausgesehen hätten wie die Tiere. Es war ein Rätsel, ja. Vielleicht würde er während seines Aufenthalts in Brasil versuchen, von Simons weisem Haarmenschen etwas mehr darüber zu erfahren.

Er wandte sich dem Gestade zu und sah die Pier von Sklaven wimmeln; einige winkten mit Flaggen die königliche Jacht in ihren Slip, andere entrollten einen beachtlich langen magentaroten Teppich für Simon. Ein Trio von Kanonieren ließ helle Rauchbomben detonieren, vielleicht als Salut für den heimkehrenden Monarchen, vielleicht auch, um diese bösartig aussehenden Fluggeschöpfe mit den langen gelben Schuppenhälsen und den langen blitzenden Greifklauen zu vertreiben, die kreischend und wild mit den Schwingen schlagend über dem Hafen kreisten.

Simon sagte: »Grandios, nicht wahr?«

»Ja, wirklich.«

»Du hast natürlich von mir gehört, ja?«

»Um ehrlich zu sein, Simon, ganz und gar nichts«, erwiderte Gilgamesch.

Simon der Magier blickte ärgerlich drein, aber nur einen flüchtigen Moment lang. »Jedenfalls bist du ehrlich. Und außerdem spielt das weiter keine Rolle. Das meiste, was du über mich hättest hören können, sind sowie lauter Lügen.«

»Wirklich?« sagte Gilgamesch noch einmal.

»Daß ich der Erzvater aller Häresie sein soll. Daß ich nach Rom reiste, um vor dem Kaiser Claudius Wundertaten zu vollbringen. Daß ich gesagt haben soll, ich sei

Vater, Sohn und Heiliger Geist in einer Person und hätte verkündigt, daß ich zum Himmel aufsteigen würde, ja daß ich bereits in halber Höhe schwebte, als die Heiligen Peter und Paul niederknieten und beteten und mich so mit einem Knall aufs Pflaster sausen ließen. Nichts als Lügen, weißt du. Genau wie die Geschichte, daß ich mich lebendig begraben ließ und ankündigte, ich würde am dritten Tag aus dem Grab auferstehen, genau wie *Er*. Pure Lügen!«

»Ich zweifle nicht daran.«

Simon gluckste. »Zauberei, das ja, dazu bekenne ich mich. Ich vollführte exzellente Zauberkunststückchen. Aber Wunder? Aber Ketzerei? Nein, mein Gilgamesch, das niemals. Ich begriff sofort, daß Jesus aus Nazareth stärkere Magie besaß als ich, eine Zauberkraft von erschreckender Gewalt, also lief ich sofort auf seine Seite über. Ich verhielt mich ihm gegenüber stets loyal – es war einfach vernünftig, verstehst du, absolut und von Grund auf vernünftig, sich mit dem besten Zauberer zusammenzutun, statt mit ihm in Wettbewerb zu treten. Das war in Samaria damals, weißt du – warst du schon mal dort? Wunderschöner Ort, nicht weit von Jerusalem. Aber ich war niemals in Rom, kein einziges Mal. Pompeji, ja, dort war ich, deshalb habe ich Brasil ja nach dem Vorbild von Pompeji gestaltet. Aber Rom, nein. Und Claudius kannte ich auch nicht. Und er hat auch nie zu meinen Ehren eine Statue im Tiberfluß aufstellen lassen und was derlei Legenden sonst noch sind.« Simon schüttelte den Kopf. »Sie sagten mir auch nach, ich hätte in einem römischen Bordell die reinkarnierte Helena von Troja entdeckt und ihr die Rettung ihres Seelenheils versprochen, wenn sie meine Geliebte würde. Völlig aus der Luft gegriffen! Kennst du Helena, Gilgamesch? Bist du ihr jemals begegenet?«

»Nie«, antwortete Gilgamesch.

»Ich schon, einmal vor langer Zeit in Theleme. Und

wir lachten herzlich über diese Geschichte. Ich würde sie sehr gern eines Tages wiederfinden. Aber ich möchte, daß du verstehst, mein Freund, daß es ein ganz anderer Simon war, der all diese Spielchen mit den falschen Wundern abzog. Lange nach meinem Tod. Ich war nur an Macht interessiert – und deshalb auch an Zauberei und Religion, weil sie Mittel zur Erlangung der Macht darstellen. Der Jesus aber – der war der beste Zauberer von allen. Neben ihm war ich ein Nichts.« Simon lächelte und wies mit ausholender Geste auf die näherrückende Inselstadt hin. »Brasil! Hier ist sie! Und wir wollen uns einige Ruhetage gönnen, die Bäder genießen, ja, König von Uruk? Ein Fest feiern, eine Theatervorstellung, einen Zirkus zu deinen Ehren mit hundert Gladiatoren. Und danach müssen wir uns an die Arbeit machen und über die Expedition reden, die wir unternehmen wollen, um das Königreich zu finden, das rechtmäßig dir gehört.«

Gilgamesch runzelte die Stirn. »Aber mich gelüstet nicht nach …«

Herodes stieß ihn hastig an, er solle still sein.

»Was sagtest du gerade, großer König?« fragte Simon.

Er hatte keine weitere Warnung seitens Herodes nötig. »Ich sagte, wie angenehm es sein wird, deine Bäder zu genießen, Simon. Und das Fest, das Theater, die Gladiatoren.«

»Und danach machen wir uns auf die Suche nach deiner Stadt Uruk, was?«

Gilgamesch antwortete nicht. Beschwingt glitt die Königsjacht an ihren Ankerplatz. Ganze Schwärme von Sklaven und Speichelleckern stürmten jubelnd zu Simons Begrüßung vorwärts.

Die Suche nach Uruk, dachte Gilgamesch. *Welches* Uruk? Und wo? Uruk war in den Nebelschwaden der Zeit untergegangen. Und es würde nie wieder ein zweites Uruk geben. Er, er wollte nur nach Enkidu suchen; Enkidu, der fortgeschleppt worden war, der vielleicht sogar von den Leuten getötet worden war, die die Karawane van der Heydens überfallen hatten. Er würde Simons Hilfe bei der Suche nach Enkidu annehmen, ja. Aber Uruk? Uruk? Das alles war Irrsinn.

»Unser Zirkus wird dir gefallen«, sagte Herodes an seiner Seite. »Wir werden zu deinen Ehren die hundert stärksten Gladiatoren von Brasil in ihr künftiges Leben schicken.«

Gilgamesch warf ihm einen grimmigen Blick zu. »Das bedeutet mir nicht viel. Weshalb sollten hundert Männer für meinen Spaß sterben? Ihr Römer mit euren blutigen Spielen …«

»Bitte«, sagte Herodes. »Du nennst mich dauernd einen Römer, aber ich ziehe es vor, mich als Juden zu betrachten, weißt du. Obwohl, technisch gesehen könnte man mich als Römer bezeichnen – Julius Caesar machte meinen Urgroßvater Antipater zum römischen Bürger –, aber wir Juden können schließlich unsere Herkunft viel weiter in die Vergangenheit zurückverfolgen als die Römer, und …«

»Hörst du eigentlich niemals auf zu plaudern? Nicht einmal für eine Minute?« brach es aus Gilgamesch hervor.

»Habe ich dich erzürnt, großer König?«

»Dieses Geschnatter über Juden und Römer. Wen kümmert schon ein Dämonenfurz, wer du bist und wieviele Ahnen du hast? Ich war König zu einer Zeit, da euer Land nichts war als ein Sumpf!«

Herodes lächelte. »Ach, Gilgamesch, Gilgamesch, vergib mir! Natürlich ist dein Land viel älter als Rom, sogar als Judäa. Aber andererseits sind hier Leute, für die sogar das grandiose ruhmreiche Sumerische Reich nichts weiter ist als eine Episode ziemlich jungen Datums.« Er blickte verstohlen zu dem Haarmenschen. »Angesichts der Ewigkeit, Gilgamesch, befinden sich die meisten von uns erst seit ein, zwei Stunden in der

Nachwelt. Im Vergleich zu *dem da*, meine ich. Doch vergib mir. Vergib mir. Ich rede wirklich zu viel. Dennoch beschwöre ich dich, die Wettkämpfe in unserem Stadium zu besuchen. Und ich heiße dich hiermit in Brasil, meiner Wahlheimat willkommen, König Gilgamesch. Als Römer und als Jude heiße ich dich hier herzlich willkommen.«

8

In Simons Palast, einem gewaltigen Gebäudekomplex, der um einen Hof herum angelegt war und inmitten eines riesigen ummauerten Gartens lag. In seinen Gemächern gab es ein Römisches Bad, ein gewaltiges Rundbett, das irgendwie in der Luft zu schweben schien, und er hatte seine persönliche Entourage, Diener, Butler. Kurtisanen und Läufer, die alle auf jeden seiner Winke bereitstanden. Doch eben jetzt hatte er eigentlich kaum sehr große Bedürfnisse, denn seit mehr Jahren, als er noch im Gedächtnis behalten hatte, hatte er sich eine umfassende Kargheit und Nüchternheit zur Regel gemacht. Dennoch, es war wohl ganz angenehm zu wissen, daß ihm derlei Annehmlichkeiten zur Verfügung standen.

Herodes stellte sich bei ihm ein, als am frühen Abend die trübe rötliche Sonne die Gärten in tiefviolette Schatten zu tauchen begann. Herodes hockte sich bequem in eine Fensterbank. Er sagte: »Erzähl mir doch ein wenig von deinem Uruk.«

»Was kann ich davon schon erzählen? Es war vor langer Zeit eine Stadt, in der ich geboren wurde, in der ich lebte und König war – und in der ich starb. Der Fluß Buranunu floß an ihr vorbei. Enlil war der Stadtgott und Inanna die Göttin der Stadt und …«

»Nein. Ich rede von dem *neuen* Uruk, dem hier in der Nachwelt.«

»Ich weiß nichts von einer solchen Stadt«, sagte Gilgamesch.

Herodes sah ihn eindringlich an. »Aber Simon glaubt, du weißt etwas.«

»Wirklich? Das Wenige, was ich über das neue Uruk weiß, habe ich von Simon erfahren.«

»Ach so. Ich beginne zu begreifen.«

»Zum erstenmal hörte ich etwas davon«, fuhr Gilgamesch fort, »als ich Simon drüben in der Bucht der Flammenden Berge traf. Es gibt in der Nachwelt eine Stadt namens Uruk, sagte er zu mir. Und er sagte, dieses Uruk ist der Stadt aus meinen Lebenstagen ziemlich ähnlich, und es leben dort Menschen meines Volkes. Es ist eine Stadt, sagte er, voll sagenhaften Reichtums und Wohlstand.«

»Aha. Jetzt beginnt sich das wahre Bild abzuzeichnen«, sagte Herodes.

»Er fragte, ob ich mich an einer Expedition nach diesem Uruk beteiligen möchte. Seine Soldaten langweilen sich und brauchen Abenteuer, sagte er.«

»Ja, und er sehnt sich nach Schätzen.«

»Den Schätzen dieses Uruk?«

»Irgendwelchen Schätzen«, sagte Herodes. »Hast du dir nicht die Mauern und Türme dieser Stadt angesehen? Er hat alles mit Smaragden, Rubinen, Saphiren und Diamanten vollgepflastert. Mit Edelsteinen, deren Namen niemand kennt, weil man sie auf der Erde nie sah, da sie nur hier in der Nachwelt gefunden werden. Seine Gier nach auffallenden Klunkern ist unersättlich. Fünf Alchimisten sind den ganzen Tag hindurch damit beschäftigt, neue Steine für ihn herzuzaubern, und die ganze Nacht dazu, aber natürlich halten ihre Steine nicht lange. Er giert nach dem echten Zeug. Und wenn dieses Uruk große Schätze hat, dann lechzt Simon nach ihnen.«

»Ich hätte ihn für weiser gehalten.«

»Oh, er besitzt große Weisheit. Doch hier ist die Nachwelt, Gilgamesch, und hier verleitet der Zerfall der Zeit auch kluge Männer zur Torheit. Und er liebt nun einmal funkelnde Steine.«

»In Uruk gab es überhaupt keine Steine«, sagte Gilgamesch betont. »Wir errichteten unsere Stadt aus Lehmziegeln. Wir hatten weder Smaragde noch Rubine.«

»Ja, aber das war *dein* Uruk. Simon dagegen will das Nachwelt-Uruk finden. Und er glaubt, du kennst den Weg dorthin.«

»Ich sagte ihm aber, ich weiß ihn nicht.«

»Er glaubt, du lügst«, sagte Herodes freundlich.

»Dann ist er ein noch größerer Narr. Ich bin zweimal so lange wie dein Simon hier in der Nachwelt, oder noch länger. Kommt ihm denn nicht der Gedanke, daß ich in dieser ganzen Zeit etwas davon gehört haben müßte, wenn meine Landsleute sich hier ein neues Uruk erbaut hätten?«

Herodes schaukelte auf der Fensterbank langsam vor und zurück und lächelte in sich hinein. »Ihr zwei habt euch gegenseitig ganz schön verarscht, nicht?«

»Was?«

»Der hehre Held Gilgamesch und das schlaue Schlitzohr Simon haben sich gegenseitig bis zum Hintern ausgetrickst. Er glaubt, du kannst Uruk für ihn finden. Du glaubst, er findet es für dich. Und ihr glaubt alle beide, daß der andere das Geheimnis weiß, wo Uruk liegt. Aber in Wahrheit hat keiner von euch eine Ahnung, wo der Ort liegt.«

»Also, ich jedenfalls nicht.«

»Simon ebenfalls nicht, versichere ich dir.«

»Also, wie ...?«

»Vor einiger Zeit stellte sich ein betrügerischer Herumtreiber bei Simon ein. Ein gewisser Hanno, ein Karthager, der vorgab, ein Kartograph zu sein. Du weißt, wie zuverlässig Landkarten in der Nachwelt sind, Gilgamesch? Also, dieser Hanno begann Geschichten über die Schätze von Uruk zu erzählen, und Simons Augen begannen zu leuchten wie die Edelsteine, nach denen er so sehr giert. Wo finde ich dieses Uruk? fragte Simon. Und Hanno drehte ihm eine Landkarte an. Dann verschwand er. Also, ich sage es ja immer, wenn Römer anfangen, Landkarten von Karthagern zu kaufen, dann kann dabei nichts Gutes herauskommen. Einen Tag nach dem Verschwinden Hannos aus Brasil brachte mir Simon voller Stolz die Karte an und erzählte mir das Ganze. Wir wollen einen Eroberungszug planen, sagte er. Und er rollte die Karte vor mir auf. Und die Linien liefen alle kreuz und quer durcheinander, so daß man Augenschmerzen bekam, wenn man ihnen zu folgen versuchte, und noch während wir hinsahen, veränderten sie sich und zerflossen. Und fünf Minuten später war die Karte leer, nichts weiter als ein blankes Stück Dämonenhaut. Ich dachte schon, Simon trifft der Schlag. Uruk! Uruk! Mehr konnte er nicht stammeln. Wieder und immer wieder. Und er grunzte dabei wie dieser Haarmensch, den er um sich hat. Und daraufhin segelten wir aufs Festland hinüber, wo aus dem Outback eine Karawane erwartet wurde, irgendwelche Schurken und Gauner, die mit gestohlenen Edelsteinen handeln. Mit ihnen trieb Simon Handel. Er hat seine dicken Finger in allen möglichen Geschäften dieser Art. Ich darf mich da nicht einmischen. Und was erfahren wir? Daß zwei riesenhafte Sumerer mit dem Zug reisen, und der eine von ihnen ist Gilgamesch, der König von Uruk! Schon wieder Uruk! Die Karawane kommt nicht, man hört, sie ist von Räubern im Paß überfallen worden. Aber Gilgamesch erscheint. Und das kann Simon dem Magier nur recht sein. Was bedeutet ihm schon der Verlust von ein paar Kästchen voller Edelsteine, wenn er die Aussicht bekommt, ganz Uruk zu plündern? Verstehst du, Gilgamesch? Er möchte, daß du ihn nach Uruk führst, damit er es ausrauben kann!«

»Ich wäre besser in der Lage, ihm das Paradies zu zeigen, als das. Hier in der Nachwelt gibt es kein Uruk, Herodes.«

»Bist du dir da ganz sicher?«

»Wer könnte hier schon in irgendeinem Ding sicher sein? Aber wieso habe ich noch nie etwas davon gehört, wenn es tatsächlich existiert?«

»Die Nachwelt ist ziemlich groß, Gilgamesch. Keiner

kann von sich sagen, er hätte sie gänzlich erforscht. Vielleicht wächst sie ja von Tag zu Tag weiter, so daß niemand jemals alles von ihr sehen kann, auch wenn er keinen Augenblick lang rastete und ruhte. Ich reise seit zweimal tausend Jahren hier umher – und ich habe noch nicht ein Zehntel davon gesehen, vermute ich mal. Und du, der du so viel älter bist als ich – sogar du, möchte ich wetten, bist fremd in vielen Bereichen der Nachwelt. Du selbst hast mir doch gesagt, daß du nie zuvor in Brasil warst.«

»Zugegeben. Aber Uruk – eine von uns Sumerern erbaute Stadt, bewohnt von Sumerern –, nein. Nein, es ist nicht möglich, daß es so etwas gibt, ohne daß ich davon wüßte.«

»Außer du wußtest es einst und hast es vergessen.«

»Ebenfalls unmöglich!«

»Wirklich? Du weißt doch, wie das hier mit dem Erinnerungsvermögen geht.«

»Nun …«

»Du *weißt* es, Gilgamesch!«

»Aber wie könnte ich denn je meiner eigenen Stadt vergessen! Nein. Nein, es gibt in der Nachwelt kein Uruk«, sagte Gilgamesch mürrisch. »Nimm es als die Wahrheit hin, oder laß es, wie du magst, König Herodes. *Ich* weiß, was da wahr ist und was falsch.«

»Also ist das Ganze nichts als Erfindung?«

»Völlig! Eine Ausgeburt der Phantasie dieses Hanno.«

»Aber weshalb sollte er sein Phantasieprodukt Uruk nennen? Nach einer Stadt, die von der Zeit selbst vergessen wurde, wenn das, was du behauptest, wahr ist?«

»Wer kann das wissen? Vielleicht ist der Mann mir einst begegnet und ich sagte ihm, woher ich komme, und der Name hakte sich in seinem Gedächtnis fest. Ich bin in der Nachwelt nicht gerade ein Unbekannter, Herodes.«

»Ja, wahrhaftig, das ist so.«

»Es gibt kein neues Uruk. Simon gibt sich da einem

Hirngespinst hin. Und wenn er glaubt, ich wüßte den Weg, wie er dorthin gelangen kann, dann täuscht er sich doppelt.«

Herodes schwieg eine ganze Weile.

Dann sagte er: »Dann beantworte mir doch diese Frage, Gilgamesch: Wenn dieses Uruk nicht wirklich existiert, weshalb hast du dann deine Bereitschaft erklärt, dich mit Simon zusammenzutun, um diesen nichtexistierenden Ort mit einer Expedition zu suchen?«

»Weil ...«, sagte Gilgamesch ganz zögerlich, »mir der Gedanke kam, daß ich mich möglicherweise irren könnte, daß es vielleicht doch einen Ort namens Uruk gibt und mir das nur aus der Erinnerung entschlüpft ist.«

Herodes Augen weiteten sich vor Erstaunen. »Was? Es ist keine zwei Augenblicke her, daß du mir genau das Gegenteil sagtest!«

»Hab' ich das?« sagte Gilgamesch. »Schön, dann sei's so.«

»Du hast eine sehr kuriose Art zu scherzen, lieber Freund.«

Gilgamesch lächelte. »Herodes, aus ehrlichstem Herzen bin ich davon überzeugt, daß dieses Uruk, das sich Simon da erträumt, ein bloßes Hirngespinst ist, ein Mythos. Aber schließlich sind wir hier in der Nachwelt. Hier ist nichts, wie wir es uns erwarten. Da war dein Simon und sagte mir, er hat wundersame Geschichten über Uruk gehört. Mir kam das recht verrückt vor, aber was, wenn ich mich geirrt haben sollte? Ich muß doch zumindest die *Möglichkeit* einräumen, daß ich mich geirrt haben könnte. Wie du sagst, die Nachwelt ist so weitläufig und jenseits des menschlichen Begriffsvermögens groß. Was weiß denn ich, vielleicht gibt es ja ein Uruk irgendwo weit hinten an diesem unbegreiflichen Ort, und durch einen üblen Zufall habe ich nichts davon erfahren. Und nun bietet mir der mächtige Herrscher Simon die Chance an, danach zu suchen. Weshalb sollte ich das ablehnen? Was kann ich dabei schon verlieren?«

»Die einzige Information, die Simon über Uruk hat, ist absoluter Unsinn. Er setzt darauf, daß du ihm die Leerstellen auf seiner Karte ausfüllst.«

»Dessen war ich mir nicht bewußt.«

»Er gedenkt dich zu benutzen. Er will sich von dir nach Uruk führen lassen, falls es einen solchen Ort gibt, und er will sich von dir dabei helfen lassen, diese ganzen Schatztruhen voller kostbarer Steine in die Finger zu bekommen, von denen Hanno schwafelte. Und als Gegenleistung will er dich als König von Uruk einsetzen.«

»Du weißt genau, daß ich nicht den Wunsch hege, König über irgendeine Stadt zu sein. Ganz besonders nicht über eine, die gar nicht existiert.«

»Aber das weiß Simon nicht. Er glaubt, du wirst gierig nach dieser Chance greifen.«

»Ich sagte dir bereits, ich will nur Enkidu finden.«

»Deinen verlorenen Freund?«

»Meinen Freund. Meinen Jagdgefährten. Meinen wahren Bruder, der mir näher ist als ein leiblicher Bruder.«

»Und wo könnte er sein?«

»Er ist verschwunden. Auf rätselhafte Weise. Er hat sich in Luft aufgelöst. Oder er verschwand in den Eingeweiden der Erde. Man muß ihn verschleppt haben.«

»Wer?«

»Ich weiß es nicht. Die Räuber, die van der Heydens Wagenzug überfielen, vermute ich. Aber ich werde ihn suchen.«

»Selbst wenn die Chance ihn zu finden ungefähr so gering ist wie die, Uruk zu entdecken?«

»Immerhin weiß ich, daß Enkidu existiert.«

»Aber er könnte doch überall sein. Millionen Meilen weit weg. Zehn Millionen. Er könnte tot sein. Wer kann es wissen. Du suchst vielleicht tausend Jahre nach ihm und findest ihn doch nie wieder.«

Achselzuckend sagte Gilgamesch: »Ich habe ihn bereits früher verloren und doch wiedergefunden. Ich werde ihn auch diesmal finden, selbst wenn es mich tausend Jahre kosten sollte, Herodes, soll es mir auch recht sein. Was bedeuten mir schon tausend Jahre? Was zehntausend?«

»Und inzwischen?«

»Inzwischen, was?«

»Uruk«, sagte Herodes. »Was gedenkst du in der Sache zu tun, jetzt wo du weißt, daß Simon dich austricksen will? Ziehst du trotzdem mit ihm auf diese verrückte Expedition? Wobei er hofft, du kennst wirklich den Weg oder kannst ihn wenigstens irgendwie finden – und du bist absolut sicher, daß es den Ort nicht gibt, betest aber, daß du ihn trotzdem irgendwie finden wirst?«

Das Wespengesumm von Herodes begann Gilgamesch wieder lästig zu werden. Der kleine Kerl bohrte und nagte und drängte und manövrierte unablässig herum. Was verfolgte er damit?

Gilgamesch trat zu der Fensterbank und baute sich drohend über ihm auf. »Weshalb machst du dir derart große Sorgen wegen dieser Uruk-Expedition, Herodes?«

»Weil das für mich nur einen Berg von Unannehmlichkeiten bedeutet.«

»Unannehmlichkeiten? Für dich? Wieso?«

»Wenn Simon mit dir gottweißwohin auf einen Kreuzzug auszieht, dann sitze ich hier fest und muß mich um den Laden kümmern, bis er wieder da ist. Und das kann ein paar Jahrhunderte dauern. Und dann muß ich versuchen, dieses ganze Irrenhaus hier zu verwalten. Als sein Vizekönig, verstehst du? Als Regent, während er weg ist. Du glaubst doch nicht, daß ich darauf scharf bin? Brasil steckt bis unter die Dachkammern voll von verrückten Militärs, von denen die meisten unterbelichtete Kotzbrocken sind, die mich am liebsten abmurksen möchten, oder dich, oder sich gegenseitig, und wenn die nicht schon genug Ärger bedeuten, dann gibt es da noch alle diese Zauberer, die die Luft mit ihren Anrufungen blau verfärben, und eine ganze Menge von denen sind leider ziemlich wirksame Beschwörungen. Ich würde hier den Verstand verlieren, wenn Simon nicht da ist, um seine Pranke auf allem zu halten.«

»Wenn es dir eine so große Last ist, Regent in Brasil zu sein, König Herodes, könntest du doch leicht mit uns auf die Suche nach Uruk gehen.«

»Na, wunderbar! Was für eine Alternative! Hundert Jahre lang Tag und Nacht durch eine gottverlassene Wildnis zu marschieren und einen Ort zu suchen, den es gar nicht gibt!« Herodes schüttelte den Kopf. »*Meschuggene*, das ist es, was ihr alle seid. Aber ich bin bei klarem Verstand.«

»Und falls es Uruk doch gibt?«

»Und falls es es *nicht* gibt?«

Gilgamesch spürte, wie ihm der Rest seiner Geduld zu entgleiten drohte. »Ja, dann zieh doch an einen anderen Ort! Du brauchst doch nicht in Brasil zu bleiben. Besorg dir ein Landhäuschen in Nova Roma, oder laß dich von einem der Fürsten im Outback aufnehmen. Du könntest dich bei den Israelis niederlassen, beispielsweise. Die sind doch auch Juden wie du, oder?«

»Juden, ja«, sagte Herodes verdrießlich. »Aber nicht meinesgleichen. Ich verstehe sie ganz und gar nicht. Nein, Gilgamesch, all das will ich nicht. Mir gefällt es hier. Brasil ist mein Zuhause. Ich habe mich hier ganz hübsch eingerichtet, habe eine angenehme bequeme Position, und ich habe kein Verlangen danach, irgendwo anders zu leben. Aber wenn Simon ...«

Auf einmal bebte der Boden unter ihren Füßen, als brächen Ungeheuer durch die Mosaikböden in Simons Palast.

»Was ist denn das?« fragte Gilgamesch.

»Der Vesuv!« rief Herodes. Er fuhr zum Fenster herum und starrte in die Dämmerung hinaus. Wieder wankte der Boden, heftiger als zuvor, und dann erklang ein schreckliches Grollen. Gilgamesch schob den Kleinen beiseite und beugte sich aus dem Fenster. Ein roter Flammenspeer durchschnitt sinnverwirrend die Dunkelheit. Und dann ein erneutes Brüllen und noch eins und noch eins, zornig wie das Röhren eines gewaltigen Tiers, das ausbrechen will. Vom Rand des mächtigen Vulkans in der Mitte der Inselstadt stürzten Bäche brodelnder Lava herab, Schauer von Bimsstein hagelten nieder, erstickende dicke schwarze Rauchwolken wälzten sich herab, und durch all dies hindurch stach diese scharlachrote Feuerlanze höher und immer höher hinauf. Und so furchtlos Gilgamesch war, er mußte den instinktiven Wunsch unterdrücken, fortzulaufen und sich zu verkriechen.

Verkriechen? Aber wo? Hier an den Abhängen des gräßlichen Feuerberges gab es nirgend Sicherheit und Schutz.

»Laß mich mal sehen!« Herodes zerrte an Gilgameschs Arm. Er keuchte. Das Gesicht war von Schweißbächen überströmt. Er zwängte sich an Gilgameschs Ellbogen vorbei und streckte den Kopf vor, um besser sehen zu können. Wieder erbebte der Boden unter ihren Füßen. »Grandios!« flüsterte Herodes. »Unglaublich! Der beste Ausbruch, den es je gab!« In seiner Stimme schwangen gleichermaßen Furcht und Ehrfurcht mit. Langsam begann Gilgamesch zu begreifen, daß dieser besondere Vulkanausbruch Herodes einen außerordentlichen Lustgewinn bereitete. Er sah völlig umgewandelt aus. Seine Augen glühten und funkelten, ja es war, als pulsierten in ihm eine Art sexueller Erregung. Er war beinahe außer sich vor Wonne. »Zweimal in zwei Nächten! Es ist phantastisch! Grandios! Begreifst du, warum ich nie von hier fortgehen möchte, Gilgamesch? Ich könnte es nicht! Du mußt es Simon ausreden, diesen Kreuzzug und die Suche nach Uruk. Ich flehe dich an!«

Im trübroten Licht der umwölkten Sonne zog Gilgamesch am Tag danach durch die Straßen von Brasil. Bei Enlil, hatte es in der Welt jemals solch eine Stadt gegeben? Hexerei und Teufelswerk an allen Ecken und Enden!

Straßen, die sich in engen Spiralen wieder in sich selbst zurückwanden, wie die Schleimspur einer betrunkenen Schnecke. Schmale hochgewölbte Gebäude, die ihrerseits ebenfalls wie Schnecken aussahen, die sich gleich anschicken würden fortzukriechen. Schwarzbelaubte Bäume mit trauertriefenden Zweigen, von denen seltsame Seufzer kamen, wenn man ihnen nahekam. Und allüberall der Staubgeruch von der Vulkaneruption der verflossenen Nacht, flockige Staubteilchen tanzten dunkel in der Luft und knisternde feurige Funken, die flüchtig brannten, wenn sie die Haut berührten.

Hände zupften an ihm, während er rasch seiner Wege ging. Aus Türen und Toreingängen winkten ihm Augen unter halbgesenkten Lidern zu. Einmal rief jemand seinen Namen, doch er sah den Menschen nicht. Ajax, der hinter ihm dreintrottete, hielt immer wieder an und knurrte und jaulte und sträubte sogar das Rückenfell und spuckte, als wäre er kein Hund, sondern eine Katze, aber die Feinde, die Ajax sich einbildete, blieben für Gilgamesch unsichtbar.

Ab und zu schweiften über den Dächern feueräugige Flugdämonen durch die Stadt, aber niemand schenkte ihnen Beachtung. Häufig ließen sie sich irgendwo nieder, ruhten, putzten sich das Gefieder wie lebendig gewordene Wasserspeier, schlugen mit den starken Schwingen die Luft und fächelten den unter ihnen Vorbeigehenden dumpfen Aasgeruch zu. Gilgamesch sah, wie eines der aufgebaumten Flugwesen plötzlich schwankte und abstürzte, als hätte eine plötzliche tödliche Starre es befallen. Kleine wieselnde schimmernde Tierchen tauchten aus irgendwelchen Spalten in den Abflußrinnen der Straße auf und stürzten sich darauf. Sie fraßen es auf, noch ehe Gilgamesch ans Ende der

Straße gelangt war, und ließen nur Fetzchen ledriger Sehnen zurück.

Wenn er in die Ferne blickte, glaubte er dort am Himmel jenseits der Stadt eine durchscheinende Wand zu sehen, die Brasil von der übrigen Nachwelt trennte. Sie schimmerte in weißbläulicher kühler Schärfe, und ihm schien, als befänden sich außerhalb von ihr monströse Geschöpfe, nicht die gewöhnlichen Tierdämonen, sondern andere, noch scheußlichere, ganz rote Schnäbel und Schlangenhälse und weite Schwingen, mit denen sie gegen die Mauer schlugen, die sie fernhielt. Doch wenn Gilgamesch dann blinzelte und erneut hinsah, war da nichts Ungewöhnliches mehr, außer den schweren Wolken und dem düsteren Schimmer des Sonnenlichts, das durch sie hindurchzudringen versuchte.

Dann vernahm er einen Ton, einen Klang wie von einer Glocke. Aber der Klang war irgendwie verkehrt. Zuerst kam das ersterbende Verklingen, dann das Anschwellen des Volumens, dann der erste dröhnende Anschlag des Klöppels, dann Stille, dann erneut das Verhallen bis zurück zum Aufprall des Klöppels und dem anschwellenden Getöse: *mmmmmmmmmuuuuuMMMMMMNGB! mmmmmmmmmuuuuuMMMMMMMMNGB!*

Der Lärm war betäubend. Gilgamesch stand ganz still da und überließ sich dem Gefühl der Zeit, die wie eine ungeheure Bürde davonglitt, bei jedem schweren Glockenschlag schälten sich Jahrhunderte von ihm ab. Und wie auf einem Wandschirm in der Luft vor sich sah er sein ganzes Leben in der Nachwelt in umgekehrter Abfolge verlaufen, die vieltausendjährigen ziellosen Wanderungen verkürzten sich zu einer wilden, rasend schnellen verrückten Bilderflucht, alles überstürzt, verschwommen, ineinander geschoben, als wäre es an ein und demselben Tag geschehen: Gilgamesch hier, Gilgamesch da, sein Schwert schwingend, den Bogen spannend, diese und jene Teufelsbestie erschlagend, unmögliche Felsberge ersteigend, glitzernde Seen durchschwimmend, durch glutheiße Sandwüsten trabend, in Orte und Städte tretend, die schief und krumm und verdreht waren wie die Orte, an die man in Träumen gerät, wie er in die fernsten Regionen voller Fremdartigkeit vordrang, im Norden, wo gewaltige elfenbeinfarbene walzenförmige Riesentiere einer unbekannten Art rätselhafte Dinge trieben. Gerade rang er fröhlich mit Enkidu, gleich darauf beobachtete er die hereinbrandenden lauten Horden der Später Toten, die alles mit ihren gräßlichen lauten Maschinen und ihren Waffen und ihren ekelhaft stinkenden Fahrzeugen überschwemmten. Und dann war er in Lenins Villa in Nova Roma, mitten unter seine wenig appetitliche Gruppe von eisäugigen Verschwörern und boshaften, zickigen Königinnen. Und dann saß er in der Festhalle des Königs der Eisjäger Vy-otin, grölend und saufend, und Enkidu an seiner Seite lachte und scherzte, und Agamemnon war da und Amenhotep und der Minos aus Kreta und Varuna, der Melukkerkönig, alle seine Gefährten aus den frühen Tagen der Nachwelt. Wie lange war das schon her! Und nun ...

»Sei gegrüßt!« kreischte ein Weib, stürzte sich auf ihn und umklammerte sein Handgelenk. »Errete uns vom Untergang, großer König!«

Gilgamesch starrte die Frau verblüfft an. Eigentlich noch keine Frau, ein Mädchen war sie. Und er kannte sie. Er hatte sie einst gekannt. Hatte sie sogar geliebt. In einem anderen Leben und weiter Zeitenferne, auf der anderen Seite der großen Grenze von Leben und Tod. Denn es war das Gesicht der mädchenhaften Priesterin Inanna, die er so hastig und so leidenschaftlich im alten Uruk umarmt hatte, in jenem Leben vor diesem Leben! In den vielen Jahren in der Nachwelt hatte er mehr als einmal an eine Wiederbegegnung mit der Inanna gedacht, ja sogar erwogen, sie zu suchen, doch er hatte das nie in die Tat umgesetzt. Aber daß er jetzt hier in Brasil ihr so einfach zufällig wieder begegnen sollte ...

Aber war er überhaupt noch auf der Insel? Noch in der Nachwelt?

Um ihn herum wirbelte alles. Dichter Nebeldunst sammelte sich um ihn. Die Erde dampfte ihre Feuchte aus. Ihm war, als sähe er die Wallmauern von Uruk am Ende der Straße auftauchen, die gewaltige weiße Treppenplattform der Tempel, die ehrfurchtgebietenden Statuen der Götter. Und tausendmal tausend Zungen, die seinen Namen brüllten. *Gilgamesch! Gilgamesch!* Und am Firmament strahlte statt der trüben roten Glut die helle gelbe Sonne des LANDES, die er so unvorstellbar lange nicht mehr gesehen hatte, und verströmte ihre ganze mittsommerliche Kraft.

Was bedeutete dies? Hatte ihn die Glocke ganz aus dieser Welt hinausgehoben und in jene andere zurückversetzt, in die Welt seiner Geburt und seines Todes? Oder erfuhr er hier nur einen Wachtraum?

»Inanna?« fragte er verwundert. Wie schlank und schmal sie war! Wie jung! Blaue Perlenschnüre umschlangen ihre Mitte, rosafarbene Muschelamulette waren in die Spitzen ihrer Haare geflochten. Ihr Körper war nackt, an den Flanken und vorn mit dem Schlangenmuster bemalt. Und die dunkel gefärbten Spitzen der Brüste ... ihr scharfes aufreizendes Parfüm ...

Dann sprach sie erneut, diesmal rief sie ihn beim Namen seiner Namen, dem geheimen persönlichen Namen, mit dem ihn niemand seit Tausenden von Jahren angesprochen hatte, seit der Zeit, da er selbst noch ein halber Knabe gewesen war und ihm der Mantel der Königswürde auf die Schultern gelegt wurde und er zum ersten Mal seinen Königsnamen, brausend wie einen Fluß, in den Ohren vernahm: *Gilgamesch, Gilgamesch, Gilgamesch.* Den anderen Namen hatte er selbst schon lange vergessen, seinen Geburtsnamen, aber als sie ihn nun aussprach, barst ein Damm in seiner Seele und die Erinnerung flutete über ihn hinweg. Was war dies für Zauberei, daß er sich auf einmal wieder dem Mädchen Inanna gegenüber sah?

»Ich bin Ninpa, die Herrin des Zepters«, murmelte sie. »Ich bin Ninmenna, die Herrin der Krone.«

Sie streckte ihm die Hand entgegen. Und als er sie berührte, veränderte sie sich. Sie war nun älter, ihr Leib voller. Die dunklen Augen glitzerten buhldirnenhaft wissend. Die dunkle Haut schimmerte ölig. »Komm«, flüsterte sie. »Ich bin Inanna. Du mußt mit mir gehen. Du bist der einzige, der uns retten kann.«

Vor ihm ein dunkler unterirdischer Gang – ein Surren in seinen Ohren wie von tausend Wespen, die um sein Haupt schwirren – vor seinen Augen ein helles purpurnes Licht, das aufflammt –, ein gewaltiges Brüllen, als hätte Enlil, der Herr der Stürme, alle seine Winde auf die Nachwelt losgelassen ...

Und dann ein beißender Schmerz in seinem Unterschenkel. Der Hund Ajax hatte seine Fänge tief in sein Bein vergraben! Verblüfft sah er zu dem Hund hinab.

»Vorsicht, Gilgamesch!« bellte Ajax. »Das Verhexung!«

»Wie? Was?«

Die Frau hielt ihn an der Hand fest. Hitze floß zu ihm herüber, überwältigend wie aus einem Backofen. Und schon wieder veränderte sie sich: Nun trug sie das Gesicht seiner Mutter. Und gleich darauf war sie die rundbrüstige Hierodoule Abisimti, die ihm im Tempel seine erste Lektion in den Liebeskünsten erteilt hatte. Und dann war sie wieder die kindhafte Inanna. Und dann wieder die reife Frau. Und dann etwas mit hundert Köpfen und tausend Augen und suchte ihn in die tiefen Suhlgruben der Nachwelt hinabzuzerren, in die gähnende Schwärze tief unter dem glutlodernden Kern des Vulkans Vesuv.

»Ich bin Ereshkigal aus der Hölle«, flüsterte sie, »und ich will deine bräutliche Geliebte sein.«

Und hinab und hinunter – tiefer über eine Lichterleiter – ringsum blendend weiße Helligkeit, und im Wind wehte aus der Grube ein leuchtend kupferroter Mantel empor und drunten tanzten Dämonen. Auf allen Seiten – Löwen. Aus großer Höhe ergoß sich aus zwei umgedrehten Weinschalen ein goldener Wein, und er war dick und feurig und brannte ihn auf der Haut, wo ihn die Tropfen berührten.

Er hörte, wie sein Hund wütend heulte. Er fühlte den schrecklichen Sog aus der schwarzen Tiefe.

»Es ist Verhexung, Gilgamesch«, sagte sein Hund Ajax noch einmal. »Wehr dich – kämpfe – ich hole Hilfe.«

Der Hund rannte mit einem gräßlichen Wolfsgeheul fort.

Gilgamesch wich nicht von der Stelle. Verwirrt schüttelte er den Kopf, langsam, benommen wie ein verwundeter Stier. Wäre doch nur Enkidu bei ihm! Enkidu würde ihn von dem Abgrund zurückreißen, genau wie vor langer Zeit Gilgamesch versucht hatte, Enkidu aus diesem Stollen voller alter vertrockneter Gebeine herauszuholen, der ins Totenland führte. Ihm war es mißlungen, damals, und Enkidu war zugrunde gegangen und unter die Erde gefahren. Aber mittlerweile waren sie ja beide ein Stückchen älter geworden, und auch klüger, sie wußten, wie sie mit den Dämonen umgehen mußten, die einen hier von allen Seiten umgaben...

Enkidu! Ach, Enkidu!

»Du hättest nicht allein in diese Straße kommen sollen«, sagte eine andere Stimme. »Es könnte hier gefährlich werden.«

Ja, Enkidu! Endlich! Der Hund Ajax war zurückgekehrt und hatte Enkidu an Gilgameschs Seite geholt. Gilgamesch fühlte, wie seiner Seele Flügel wuchsen. Er war gerettet! War gerettet!

Mit getrübtem Blick erkannte er die mächtige Gestalt seines Freundes: die massiven Muskeln, den dichten dunklen Haarpelz, die dunkel brennenden Augen. Enkidu rang nun mit der Ereshkigal-Inanna. Er zerrte ihre kalten Finger von Gilgameschs Handgelenk weg und stieß die Höllengöttin zurück zu ihrer Grube. Gilgamesch zitterte. Er konnte sich nicht rühren. Er war unfähig, sich selbst zu helfen. In allen seinen Jahren in der Nachwelt war er keiner vergleichbaren Gefahr begegnet, war er noch nie so tief in die Gewalt der Dunkelwesen aus der Welt des Unsichtbaren geraten. Doch Enkidu war bei ihm – Enkidu würde ihn erretten.

Und Enkidu befreite ihn. Ja. Die furchtbare Kälte des Abgrunds, die ihn erfaßt hatte, begann zu weichen. Die blendende Höllenhelle begann zu schwinden. Die Tempel und die Straßen und die Sonne Uruks waren nicht länger vor seinen Augen. Gilgamesch trat einen Schritt zurück. Er blinzelte. Ihn fröstelte. Sein Herz pochte schwer und in dumpfen Schlägen, fast wie das Schlagen jener umgekehrt tönenden Glocke. Tränen strömten ihm über die Wangen. Er blickte suchend nach seinem Freund.

»Enkidu?«

Durch die tränengetrübten Augen erblickte er die zottige Gestalt. Enkidu? Nein. Das war nicht Enkidu. Das dichte Fell war wie das eines Tieres. Rötlich, dicht und rauh, und es schimmerte keine Haut hindurch. Und das Gesicht – das zurückweichende Kinn und diese starken tiefhängenden Brauenwülste über den Augen – nein, das war ganz und gar nicht Enkidu, das war viel eher schon dieser Haarmensch, Simons weiser Mann. Vielleicht aber auch nicht, vielleicht ein ganz anderer aus diesem Volk – es war so schwer, diese Behaarten voneinander zu unterscheiden.

Aber die Häßlichkeit des Haarigen Mannes allein wirkte bereits tröstlich. Die massige untersetzte Gestalt. Dieses Geschöpf, das gelebt hatte, als selbst die Götter noch jung waren, das lange vor der Großen Flut über die Erde geschritten war, das fünfzigtausend oder hunderttausend oder hundertmal hunderttausend Jahre, bevor Gilgamesch von Uruk hier erschienen war, in der Nachwelt gelebt hatte. Uraltes Wissen floß tief verborgen in ihm. Daneben fühlte Gilgamesch sich beinahe wieder wie ein Kind.

»Komm mit«, sagte der Behaarte mit gutturaler rauher Stimme. »Hier hinein. Hier bist du sicher. Hier bist du beschützt.«

9

Es hätte recht gut eine Art Lagerschuppen sein können. Ein langer großer dunkler Raum, weißvergipste Wände, hoch oben eine gewölbte Holzdecke. Ein einzelner Lichtkegel von oben beleuchtete das komplizierte Sparrenwerk und den von Sägemehl bedeckten Boden, die Reihen nackter Holztische und die gebückten düsteren Gestalten, die auf einfachen Bänken hinter den Tischen hockten. Sie blickten starr vor sich hin, und alle schrien sie laut, jeder mitten in einem ganz persönlichen litaneihaften Singsang gefangen, jeder stur gegen alle die anderen Stimmen ansingend.

»Ich bin Wulfgeat. Bei chronischen Störungen des Kopfes oder der Ohren oder der Zähne durch Fäulnis oder Dickfluß entferne man, was da Pein macht, man brühe Kerbel in Wasser und gebe das zu trinken, und das wird die üblen Säfte entweder durch Mund oder Nase herausziehen.«

»Ich bin Aethelbald. Sucht im Magen junger Schwalben nach etlichen kleinen Steinchen und achtet darauf, daß sie weder mit Erde noch mit Wasser in Berührung kommen und nicht mit anderen Steinen; suchet euch deren dreie aus; die legt ihr dem Mann auf, über dem ihr waltet, dem, der der Hilfe bedarf, und er wird bald genesen sein.«

»Ich bin Eadfrith. Wir haben hier Raute, Hysop, Fenchel, Sennep, Elecampanum, Südholz, Celandinum, Rettich, Kumim, Zwiebel, Lupinum, Kerbel, Flör-dö-Liszt, Flachs, Rosemarin, Saturai, Liebstöckel, Persilium, Olusatrum, Krüppelwacholder.«

Verwundert und etwas bestürzt fragte Gilgamesch: »Ja, was sind denn das für Typen – und was brabbeln die da?«

»... und wiederum, du sollst die üblen verdrängten Säfte durch Speichelfluß und Erbrechen entfernen. Mische Pfeffer mit Mastix und gib es deinem Kranken, auf daß er es kaue, und bringe ihn so zum Gurgeln und Ausfluß aus dem Rachen ...«

»... sind nützlich bei Hauptweh und bei der Augenarbeit, und bei Anfechtungen durch den Bösen Feind, und gegen nächtliche Besuche von Spukgespenstern, und gegen den Alptraum, für Verknotung und für Anziehung und bei Verzauberung durch bösen Sang. Es sollen große Nestlinge sein, bei denen du sie suchen sollst. Und wenn ein Mensch an der Hälfte seines Hauptes Weh leidet, so zerstoße Raute gründlich, setze sie an in starkem Essig ...«

Der Haarmensch sagte: »Das sind Verkäufer von Arzneien und Zaubermitteln, und hier ist der Basar, wo man in Brasil diese Dinge verkauft.«

»... und Mastix, Pfeffer, Galbanum, Skammonium, Gutta Ammoniaka, Zimmet, Zinnober, Aloe, Bimsstein, Quecksilber, Schwefelblüte, Myrrhe, Weihrauch, Petroleum, Ingwer ...«

»... so daß er dadurch angenehm das üble Phlegma ausbreche. Bewirke damit eine Spülung oder Lotion zur Reinigung des Hauptes, sodann nimm erneut ein Quentchen Sennepsamen und Samen von Nabelkraut und Kressesamen, und zwanzig Pfefferkörner und mische alles gut in Essig und Honig ...«

»... und bestreiche damit direkt die obere Seite des Hauptes. Grabe Breitwegerich vor Sonnenaufgang ohne ein Eisen aus, binde die Wurzeln mit Kreuzwurz durch ein rotes Netz auf das Haupt ...«

Gilgamesch schauderte es. »Ich fürchte, hier ist es nicht sicherer als draußen auf der Straße. Ein Basar von Zauberern? Hunderte Wunderwirker, die ihre Beschwörungen schreien?«

»Hier kann dir nichts Böses widerfahren«, sagte der Haarmensch. »Hier drinnen werden andauernd so viele

Zauber durcheinander gebrüllt, daß der eine den anderen aufhebt, also ist es ganz und gar ungefährlich.«

»... der Absud dieser Wurzel, in Wein gereicht, ist von großem Nutzen gegen alle Arten von Schlangen, gegen den Stich des Skorpions, in so hohem Grade, daß wenn einer auf Skorpione gebettet würde, sie von Ohnmächtigkeit oder Kraftlosigkeit oder Schwäche befallen würden ...«

»... bei Lendenpein und schmerzenden Schenkeln nimmst du eben diese Wurzel Pulegium, siedest sie in Essig ...«

»Ich bin Aethelbald.«

»Ich bin Eadfrith.«

»Ich bin Wulfgeat.«

»... diese Wurzel, welche Priapiscus heißt und mit anderem Namen Vinca pervinca, ist für viele Anwendungen nützlich, so etwa erstens gegen teuflische Krankheit oder Dämonenbesessenheit, sowie gegen Schlangen und gegen wilde Tiere und gegen Gifte ...«

»Guter Herr! Lieber Herr!« Es war der Zauberer, der sich Aethelbald nannte. Er winkte Gilgamesch heftig zu.

»Was will er von mir?«

»Dir etwas verkaufen, zweifellos«, antwortete der Haarmensch. »Weshalb bist du allein durch die Straßen gewandert?«

»Ich hatte Kopfschmerzen, als ich erwachte. Von dem Getöse der Eruptionen die ganze Nacht hindurch, und ich glaube auch von dem ständigen Geschwätz des Hebräers Herodes gestern abend. Also begab ich mich hinaus, um ein wenig herumzulaufen. Einen klaren Kopf zu bekommen, mir die Stadt anzusehen. Ich fand nichts Schlimmes dabei.«

»... und für die verschiedensten Wünsche«, schrie der Mann, der sich Eadfrith nannte, »und gegen Neider, und um Schrecken zu erregen, und auf daß dir Anmut zuwachse, und wenn du dies Schicksalsamulett bei dir trägst, so wirst du gedeihen und stets angenehm sein ...«

»Guter Herr! Hierher, lieber Herr! Ich bitte dich!«

»Nichts Schlimmes? Nichts Böses?« Der Behaarte lachte laut und zeigte gewaltige hauerartige Zähne. »Nichts weiter dabei, heh, mit einem Mastodon Haschmich zu spielen, mein Freund? Sofern man dafür groß genug ist, nehme ich an. Du gehst ganz einfach darauf zu, zupfst es am Rüssel, ziehst an seinen Ohren? Ja?«

»Mastodon?« sagte Gilgamesch verdutzt. Ein seltsames Wort. Hatte er es auch richtig gehört?

»Spielt keine Rolle. Du würdest es sowieso nicht kennen. Es war vor deiner Zeit. Mach dir nichts draus. Aber ich will dir sagen, daß dies hier keine Stadt ist, in der einer unbeschützt herumstreunen kann. Hat dich denn keiner davor gewarnt?«

»Herodes hat etwas von Zauberern und Magiern geschwätzt, aber ...«

»Guter Herr! Lieber Herr!«

»... aber du hast nicht auf ihn gehört. Herodes! Der Narr!« Die tiefliegenden Äuglein des Haarmenschen funkelten vor Verachtung. »Aber manchmal kann sogar Herodes dir etwas Nützliches sagen. Du hättest seine Warnung beachten sollen. Brasil birgt zahlreiche Gefahren.«

»Ich habe keine Furcht vor dem Tod«, sagte Gilgamesch.

»Sterben ist das am wenigsten Scheußliche, was dir hier widerfahren könnte.« Der Haarige legte Gilgamesch eine schrumpelige ledrige Hand auf den Arm. »Komm mit! Hier herüber! Geh mit mir ein Weilchen auf und nieder.«

»Hast du einen Namen?«

»Namen bedeuten gar nichts«, erwiderte der Haarmensch. »Es hat dich erschreckt, ja, was draußen geschah?«

Gilgamesch zuckte die Achseln.

Der Mann rückte nahe an ihn heran. Von seinem pelzigen Körper ging ein seltsam süßlicher Duft aus. »Es gibt hier Straßen, in denen die anderen Welten durchbrechen. Es besteht immer die Gefahr, daß das Gewebe nicht standhält, daß fremde Welten hereinbrechen. Begreifst du, was ich dir sage?«

»Ja«, sagte Gilgamesch. »Auch in Uruk gab es einen solchen Ort. Einen Übergang, der aus unserer Welt hinab in diese hier führte. Die Göttin Inanna stieg durch diesen Gang, wenn sie ihre Schwester Ereshkigal in der Hölle besuchte. Und beim Ritual der Schließung des Tores warf ich meine Trommel und den Schlegel in den Gang, als ein Mädchen mich aufschreckte, indem es den Namen eines Gottes rief.« Jahrhundertelang hatte er nicht mehr an all das gedacht. Nun überflutete ihn die Erinnerung mit unkontrollierbarer emotionaler Heftigkeit. »Es war die Heilige Trommel, die der Kunstwerker Ur-mangar für mich aus dem Holz des Huluppu-Baumes geschnitzt hatte, durch die ich in meine Trancen geriet und Dinge schaute, die sterbliche Augen sonst nicht sehen können. Und so verlor ich zum erstenmal meinen Freund Enkidu, als ich die Trommel und den Trommelschlegel in dieses furchtbare Loch voll Staub und Asche warf und er in die dunkle Niederwelt hinabstieg, um sie mir wiederzubringen.«

»Dann weißt du ja Bescheid«, sagte der Haarige Mann. »Aber du mußt lernen, wo diese Stellen sind, und dich von ihnen fernhalten.«

Gilgamesch zitterte nun. Alte Erinnerungen brachen lebendig wieder in ihm auf.

Enkidu! Enkidu!

Wieder sah er Enkidu vor sich, grau von Staub, gefangen in dicken Strängen wirren Spinngewebes, und er stieg aus dieser Grube in Uruk, die in die Welt der Toten hinabführte; und Enkidu, wie er da heraufstieg, war auch ein Toter, von all seiner Lebenskraft entblößt, und er würde innerhalb von zwölf Tagen für immer und ewig hinweggeschafft werden in das Haus des Staubes und der Finsternis. Was für eine unendliche Trauer für Gilgamesch! Wie hatte er den Todesgöttern geflucht, daß sie ihm Enkidu fortgenommen hatten! Und dann, nachdem seine eigene Zeit abgelaufen war und er seinen Enkidu in der Nachwelt wiedergefunden hatte, mußte er ihn erneut verlieren – was für eine Qual dies alles, wieder mit dem Freund vereint zu sein und ihn zum zweitenmal zu verlieren, als Enkidu sich zwischen die kampfgeilen Spanier und Engländer stellte und eine Kugel abbekam, die einem anderen bestimmt gewesen war …

»Und so habe ich ihn denn schon wieder einmal verloren«, sagte Gilgamesch laut. »Als verfolgte uns der Fluch der Inanna bis hierher in die Nachwelt, und wir müssen einander finden und wieder auseinandergerissen werden, und immer und immer so fort und so fort …«

»Was sprichst du da?« fragte der Haarmensch.

»Wir waren drüben am anderen Ufer, Enkidu und ich, mitten unter einem Troß von Fremdlingen, von jämmerlichen feigen Später Toten. Und während ich fern vom Lager war und jagte, gab es einen Überfall, und als ich ins Lager zurückkehrte, fand ich alle tot vor, außer dem Zottelhund Ajax, und von Enkidu keine Spur. Räuber müssen ihn fortgeschleppt haben, oder Dämonen, die mich quälen wollen, indem sie uns schon wieder einmal voneinander trennen. Aber ich werde ihn finden, und sollte ich suchen müssen, bis die Götter alt und grau werden!«

»In der Nachwelt kann man niemanden auffinden«, sagte der Behaarte, »höchstens zufällig, oder wenn es gerade die Laune der dunklen Gottheiten ist, die hier herrschen. Das mußt du doch eigentlich wissen.«

»Ich will ihn wiederfinden.«

»Und wenn er tot ist?«

»Dann wird er zurückkehren. Wie das hier alle Toten früher oder später tun. Ich sage dir, ich werde ihn wiederfinden!«

»Komm jetzt«, sagte der Haarige Mann. »Komm mit mir, und wir gehen ein bißchen, bis dein Kopf wieder klar ist.«

»Moment!« Gilgamesch schob die Hand des Mannes beiseite. »Meinst du, diese gelehrten Doktoren da hätten vielleicht ein Mittel, das mir helfen könnte, ihn aufzuspüren?«

»Sie werden dir gewiß sagen, daß sie das haben. Aber in der Nachwelt, Gilgamesch, findet man niemanden mehr.«

»Das wollen wir doch mal sehen.«

Und er ging zu den aufgestellten hölzernen Tischen und Bänken zurück.

»Lieber Herr, ich bin Aethelbald«, sagte einer der Zaubertränkleinbrauer drängend.

»Ich bin Eadfrith«, nölte der neben ihm und winkte.

»Ich bin Wulfgeat, und ich habe hier einen Trank, der gegen Schwindel und Hirnfieber wirkt, und gut beim Gallenfluß und der Gelben Krankheit, bei Stimmen im Ohr und Hörschwäche ...«

Ungeduldig winkte Gilgamesch sie beiseite und brachte sie zum Schweigen. »Wer seid ihr Leute denn überhaupt?«

»Wir sind alles Angeln hier«, sagte Wulfgeat, »abgesehen von diesem Saxonen da neben mir, und Meister der Kräuterkunde sind wir und der Kunst, Blutegel zu setzen, und auch der Sternenkunde. Unser Wirken ist gediegen! Unser Können grenzenlos!«

»Kräuertkunde? Sternkunde?« fragte Gilgamesch.

»So ist es, und es mag sein, daß wir auch einen Zauber haben für dich! Was fehlt dir, lieber Herr? Was brauchst du?«

»Ein Mann ist es, nach dem ich suche«, sagte Gilgamesch nach einer Pause. »Ein Freund, den ich verloren habe.«

»Ein verlorener Freund? Ein verlorener Freund?« Die Zauberhöker begannen zu murmeln und sich zu beraten. »Vipernbouglossum«, schlug einer vor. »Die Asche toter Bienen in Leinöl?« meinte ein anderer. »Krummwurz und Thung, Balgwurz und Erlwurz in starkem Met oder ungetrübtem Ale.« Doch der dritte Zauberer schüttelte heftig den Kopf und sprach: »Es muß durch Träume geschehen. Die Zeichen müssen unbedingt aufgerufen werden. Man muß eine Quelle aufbrechen sehen neben seinem Haus, oder eine Glucke mit ihren Küken, oder träumen, daß man ein neu Paar Schuh anzieht – wahrlich, so lauten die Zeichen, und wir müssen ihm den Trank geben, der ihm diese nützlichen Visionen bringt, und in der folgenden Nacht ...«

»Was ist denn hier los?« mischte sich eine bekannte säuselnde Stimme ein. »Was treibt ihr denn da?«

Herodes drängte sich heftig durch das Gewühl und erschien plötzlich an Gilgameschs Seite. Der Behaarte Mann schnitt eine Grimasse und brummte etwas Unverständliches. Die Zauberhöker blickten bestürzt drein, kehrten ihnen den Rücken zu und riefen ihre Anpreisungen in die andere Richtung den dort Versammelten entgegen.

»Wo hast du denn gesteckt?« wollte Herodes wissen. »Simon hat überall Sucher nach dir ausgeschickt.«

»Ich dachte, ich schaue mir ein bißchen die Stadt an.«

»*Oh, Gewalt!* Und dann bist du hier gelandet? Aha. Aha. Ich glaube, ich weiß, warum. Du willst einen Zauber kaufen, der dich nach Uruk führt, ja? Das also. Trotz all dem, was ich dir gestern abend gesagt habe?«

Aus der Ferne hörte man eine gewaltige Stimme röhren: »Das Buch der Fünfzig Namen! Wer kauft das Buch der Fünfzig Namen?«

»Der Behaarte hat mich hierher geführt«, sagte Gilgamesch. »Ich bin einfach von einer Straße in die andere gewandert, und dann passierte mir etwas Merkwürdiges, vielleicht war es ein Anfall – in meinen Erdentagen neigte ich dazu, mußt du wissen, aber ich dachte, ich wäre das hier in der Nachwelt jetzt los – jedenfalls wurde mir schwindlig – ich sah Gesichter – ich sah uralte Straßen …« Verärgert schüttelte er den Kopf. »Nein, ich will keinen Zauber kaufen, um Uruk zu finden. Ich suche nur nach Enkidu. Und wenn diese weisen Gelehrten …«

»Marduk! Marukka! Marutukku!« dröhnte die gewaltige Stimme.

»Diese weisen Gelehrten sind Fischhöker und Abschaum«, sagte Herodes verächtlich und machte das Hörnerzeichen gegen Aethelbald und Eadfrith und Wulfgeat. Und sie wichen vor ihm zurück. »Bauerntölpel sind die. Bestenfalls Kleinkrämer.« Und er zeichnete den sechszackigen Stern vor ihnen in die Luft, und sie wandten sich bleich und bebend von ihm ab. »Siehst du? Siehst du es, Gilgamesch? Was könnten die schon bewirken? Dir vielleicht ein Wehwehchen lindern? Dir den Nasenfluß austrocknen? Das sind törichte kleine Leute hier. Sie werden dir deinen Enkidu nicht finden.«

»Wie kannst du da so sicher sein, Herodes?«

Herodes hatte ein schlaues Glitzern in den Augen, als er nun zu Gilgamesch heraufblickte.

»König von Uruk, wenn ich dich mit einem wahren Weisen zusammenführe, der dir die Antwort geben kann, nach der du suchst, würdest du dann den Plan aufgeben, Simon auf diese unsinnige Expedition zu führen?«

Die gelbgeränderten Augen des Haarmenschen weiteten sich erstaunt. »Du sprichst von Calandola?« fragte er scharf und mit sehr belegter Stimme.

»Ja, von Calandola«, sagte Herodes.

Der Behaarte verkniff das Gesicht, mahlte mit dem affenartigen Kiefer und senkte die Brauen, daß es beinahe aussah, als nickte er, und dann stieß er aus tiefer hohler Brust einen brummenden Seufzer hervor. »Das ist nicht klug«, sagte er nach einem Augenblick. »Das ist höchst unklug.«

Herodes funkelte ihn an. »Laß das doch Gilgamesch gefälligst selbst entscheiden!«

»Asaraludu!« brüllte der Ausrufer der Fünzig Namen. »Namtillaku! Narilugaldimmerankia!«

»Und wer ist dieser große Weise, zu dem du mich bringen möchtest?« fragte Gilgamesch.

»Sein Name lautet Imbe Calandola«, sagte Herodes. »Er ist ein Maure, ein … äh … nein, ein Nubier, oder irgendwas dazwischen. Dunkel wie die Nacht, ein scheußlicher Anblick. Er betreibt einen Tempel in den finsteren Tunnelgängen unter den Straßen von Brasil und dort herrscht er und gibt Visionen. Es gibt welche, die glauben, er sei der Herr der Finsternis in Person, der Fürst der Höllen, der Große Gegenspieler, der gewaltige Lucifer, der Phosphoros der Abgründe: Satanas, Beelzebub, Mephistopheles, der Erzfeind, der Herr des Bösen. Möglich, daß er das ist; ich aber glaube, er ist in Wahrheit nichts als ein prächtiger Wilder, der die Weisheit der Dschungel kennt. Jedenfalls aber wird er dir sagen können, was du erfahren willst. Soweit ich weiß, befragen ihn die Haarmenschen beständig.«

Gilgamesch blickte zu dem Uralten.

»Ist das wahr?«

Der Behaarte verzog erneut das Gesicht noch schrecklicher als zuvor.

»Er blickt in die anderen Welten, dieser Calandola, ja. Und er kann andere sehen lassen, was er sieht.«

»Dann gedenke ich ihn aufzusuchen«, sagte Gilgamesch.

»Es ist gefährlich«, warnte der Behaarte.

»Das sagst du mir immer wieder. Aber was sollte ich fürchten? den Tod? Du weißt doch, der Tod ist eine lächerliche Witzfigur für den, der ihm bereits begegnet ist!«

»Und habe ich dir nicht auch bereits gesagt, daß der Tod das am wenigsten Schreckliche hier in Brasil ist?«

»So sagtest du, ja. Aber es macht mir nichts aus.«

»Dann geh und besuche Calandola.«

»Das will ich tun.« Gilgamesch wandte sich zu Herodes. »Wann kannst du mich zu ihm bringen?«

»Wir sind also im Geschäft? Ich bringe dich zu Calandola, und du überredest Simon, seine absurde Wahnidee aufzugeben, nach Uruk zu suchen?«

Es war empörend, daß man ihn in ein derartiges Gefeilsche zu zwingen versuchte, als wären er und Herodes Markthändler, die ein Geschäft tätigen. Mühsam unterdrückte Gilgamesch den Drang, den kleinen Hebräer zu packen und ans andere Ende der Halle zu schleudern.

»Wir wollen doch nicht von einem Austausch von Gefälligkeiten reden, ja«, sagte Gilgamesch eisig. »Ich bin ein Mann von Ehre. Das sollte dir genügen. Also, bring mich zu deinem Weisen!«

Und dann stiegen sie hinab. Hinunter in die Tiefen, in das Dämonenland, in die Gänge der Teufel, wohin das Licht der Sonne niemals drang, zu dem Wohnsitz des schwarzen schrecklichen Imbe Calandola.

Als er ein Junge war in Uruk, hatte sich ihm ein Sklave mit dem Abzeichen der Göttin Inanna eines Tages genähert und zu ihn gesagt, als er sich gerade im Speerwurf übte: »Du mußt jetzt mit mir in den Tempel der Göttin kommen.« Und der Sklave hatte ihn zu dem Tempel geführt, den sein Großvater Enmerkar einst auf der Hügelplattform aus weißen Ziegeln erbaut hatte, und dann hinab und abwärts durch gewundene Gänge, die Gilgamesch nie zuvor gesehen hatte, in unheimliche Stollengänge, die tief unter dem Tempelfundament lagen und bis in die Gründe der Erde hinabführten. Durch Hallengänge, in denen im unterirdischen Dunkel ferne Lampen glühten, und vorbei an Orten, wo Magier im Kerzenschimmer ihr Werk vollführten, und durch Kreuzgänge, wo er flüchtige Blicke auf bocksbeinige Dämonen erhaschte, die stumm irgendwelchen Arbeiten nachgingen, bis er am Ende zu dem Geheimen Gemach der Inanna selbst gelangte, tief, tief unter den sonnversengten Straßen Uruks, wo die schlanke Priesterin ihn erwartete, mit ockergelb gefärbten Wangen und von Kohle schwarzgeschminkten Augenlidern.

Aber das war vor langer Zeit gewesen, in seinem ersten Leben. Und es war das erstemal, daß er einen flüchtigen Eindruck von den Welten gewann, die unterhalb der Welt lagen, wo unsichtbare Flügel flattern und der Widerhall rauhen Gelächters durch stauberfüllte Gänge schallt. An jenem Tage hatte der junge Gilgamesch erfahren, daß die Welt mehr war, als die ihm vertraute Oberfläche ihm sagen wollte, daß es Schichten um Schichten von Rätselhaftigkeit gibt, die weitab außerhalb der Erkenntnis gewöhnlicher Sterblicher liegt. Und während der Zeit seiner Königsherrschaft war er wieder und immer wieder in diese tiefere, untere Welt hinabgestiegen.

Und nun und hier in der Nachwelt, in der gar nichts vertraut war und alles voller Rätsel, stieg Gilgamesch wieder einmal in die Welt unter der Welt hinab.

Schon vor langem hatte er herausgefunden, daß es auch hier eine unterirdische Region gab, ein unermeßlich weites Land voller Gänge und Stollen und alles höchst verwirrend. In den frühen Jahren seines Totenlebens war er stöbernd durch diese Niederwelt gezogen, denn da hielt ihn noch diese unersättliche Neugierde im Griff, die ihn einst bis an die Grenzen der Erde getrieben hatte, aber sein Interesse an derlei Erkundungen war rasch erloschen, je stärker sein zielloses und untätiges Nachweltleben von ihm Besitz ergriff, und so war dies nun seit anderthalb Äonen oder mehr das erstemal, daß er wieder in die unterirdischen Gänge hinabstieg.

Es gab Meinungen, daß durch diese Stollen ein Weg aus der Nachwelt führe. Gilgamesch bezweifelte das. Er teilte die faszinierte Besessenheit Enkidus und zahlreicher anderer nicht, diesen Traum, den sie so lange gehegt hatten, sie könnten da einen Weg zurück ins Land der Lebenden finden. Für ihn war das ohne Bedeutung; er war sicher, soweit man hier irgendeiner Sache sicher sein konnte, daß für die hier Hausenden die Nachwelt endgültig und ewig sein mußte. Er wußte von einigen, die in die Grüfte hinabgestiegen und nie zurückgekehrt waren. Aber das war für ihn kein Beweis, daß sie einen Weg nach draußen gefunden hätten, sondern er vermutete eher, daß sie durch eine zwiefache Unterwelt irrten, vielleicht gar das Haus des Staubes und der Finsternis selbst, jenen Schreckensort, von dem die Priester in Uruk erzählten, wo die Gestorbenen wie Vögel gekleidet umherirrten und traurig ihr Gefieder durch den Staub schleppen müßten. Es reizte Gilgamesch gar nicht, in dieses ewig nächtliche Land ohne Hoffnung zu gelangen.

Doch jetzt – um zu erfahren, wohin sein Enkidu diesmal entschwunden war ...

Und hinab und hinunter. Die Fackel des Herodes zuckte und spuckte. Die Luft war dick und bedrückend. Sie schmeckte brandig. Im trüben Schein erkannte Gilgamesch an den Stollenwänden gräßliche Skulpturen, von denen ihm die Augen zu pulsieren und zu beben begannen. Er mußte den Blick von diesen Scheußlichkeiten abwenden.

Die Gänge wanden, bogen sich, manchmal fast gerade abwärts, dann über schräge steile Rampen. Die Stollen durchkreuzten einander, schienen ineinander zu münden, trennten sich erneut, so daß es nahezu unmöglich war zu erkennen, welchen Weg sie ursprünglich eingeschlagen hatten. Doch Herodes schien sich auszukennen, obwohl auch er hin und wieder sich verwirrt und ratsuchend an den Haarigen Mann wandte, der nur grob mit einem überlangen dolchartigen Fingernagel in diese oder jene Richtung wies. Keiner sprach. Sie trafen auf kaum jemand sonst in den Stollen. Ab und zu hallte Dämonenlärm aus der Ferne zu ihnen: Keckern, Kreischen, Zischen, Gestöhn.

Und dann Musik, ein schreckliches barbarisches Trommeln und die schneidenden Töne von Flöten oder Pfeifen schrillten darüber.

»Das Haus Calandolas liegt gleich dort hinten«, sagte Herodes.

»Was muß ich beim Eintreten tun?« fragte Gilgamesch.

»Steh du aufrecht. Zeig keine Furcht. Blick ihm in die Augen.«

Gilgamesch lachte. »Das wird mir nicht schwerfallen.«

»Warte es ab«, sagte Herodes. »Und sag mir das gleiche dann noch einmal!«

Der Gang bog plötzlich scharf nach rechts ab, und Gilgamesch blickte in einen langen, engen Seitengang, in dem nur ein schwacher flimmernder Lichtschein zu erkennen war. Die einzige Öffnung dorthin schien ein Loch zu sein, das kaum groß genug war für einen Zwerg. »Hier durch«, sagte Herodes und kletterte durch die Öffnung. Gilgamesch mußte auf den Knien sich erst mit der einen, dann mit der anderen Schulter hindurchzwängen. Der Behaarte folgte ihm.

Abgesehen von dem einen Lichtpunkt in der Öffnung, herrschte dahinter absolute finsterste Nachtschwärze, so dicht und schwer, daß sie wie Fäuste auf die Augen schlug. Gilgamesch war von der tiefen Schwärze wie betäubt. Zum erstenmal bekam er nun ein Gefühl dafür, was es bedeuten mußte, blind zu sein.

»Hier herüber«, sagte Herodes munter. »Folgt mir!«

Und was war, wenn vor ihnen auf dem Weg eine bodenlose Fallgrube gähnte, voller kochenden Öls oder gewaltiger Schlangen auf dem Grund? Und wenn scharfe Sicheln von den Wänden des Stollens herausstießen, um Vorbeikommende zu zerstückeln? Wenn an Stolperstricken Schwerter hingen, bereit niederzusausen und zu zersäbeln? Aber er sah nichts. Er war ganz und gar auf blindes gläubiges Vertrauen angewiesen.

Aber in dieser erzwungenen Blindheit erwachten andere Sinne...

Er hörte das Rauschen des schweren römischen Gewandes, das Herodes trug, in der stickigen Luft, das Patschen seiner Sandalen auf dem Boden. Die Haut auf der Stirn und den Wangen spürten den Luftzug, den die Bewegungen Herodes' bewirkten. Wie ein nächtlicher Jäger bei der Verfolgung seiner Beute las Gilgamesch diese und weitere Signale und folgte furchtlos und ohne Zaudern.

Der Gang verengte sich, bis er wie eine schweißfeuchte Faust sich von allen Seiten heranpreßte. Dann weitete sich der Gang wieder und wurde zu einer weiten hallenden Höhle. Und er verengte sich erneut. Er fiel abwärts, stieg wieder an, wand sich hierhin und dorthin. Und dann entließ er sie plötzlich in einen gewaltigen von Schatten erfüllten Raum, der unregelmäßig von qualmenden Fackeln in Messinghaltern beleuchtet wurde, ein Raum voller Winkel und Ecken, wo Wände und die Decke bedrückend und verwirrend ineinander übergingen. Und in der Raumesmitte thronte ein Mann von derart beeindruckender Würde und Autorität, daß er nur der Großmagier Imbe Calandola in Person sein konnte, von dem man in der Nachwelt munkelte, er sei der Erzfeind, der Herr Alles Bösen, der Wahre Luzifer, der Beherrscher der Finsternis.

Gilgamesch erkannte sogleich, daß dies nicht so war. Er sah auf einen Blick, daß dieser Calandola weder göttlich war, noch ein Dämon oder Teufel, sondern ein Mensch aus Fleisch und Blut, wie er selbst, jedenfalls als er noch gelebt hatte. Doch im gleichen Augenblick erkannte er auch, daß der Mann, vor dem er hier stand, etwas höchst Außergewöhnliches war. Daß er, obwohl vielleicht ein Sterblicher, sehr wohl Götterblut in sich tragen mochte.

Genau wie Gilgamesch selbst, der seit seinen Kindertagen wußte, daß er zu zwei Teilen göttlich und nur zu einem Teil sterblich sei, woher seine gewaltige Statur und seine tiefe Erkenntnis rührten. Obwohl ihn auch dies nicht davor bewahrt hatte, sterben zu müssen und seit so langen Jahren hier in der Nachwelt zu hausen.

»Haltet inne und erweist eure Ehrerbietung!« dröhnte eine dunkle Stimme aus den Schatten hinter dem Thron. »Werft euch nieder, Fremdlinge, denn ihr steht vor dem großen Jaqqa, dem Imbe Calandola!«

Gilgamesch schaute wie erstarrt hin und spürte etwas, das einem Gefühl von Ehrfurcht nahekam, wie er es seit fünftausend Jahren nicht mehr gekannt hätte.

Calandola war so schwarz wie Calandolas Stollengänge: eine abgrundtiefe absolute Schwärze, das Schwarz einer sonnenlosen Leere, so tief, daß alles umgebende Licht hineingesogen zu werden schien. In seinem vorherigen Leben waren schwarze Menschen Gilgamesch nicht unbekannt gewesen. Auf seinen Wanderzügen zu fernen Orten hatte er die plattnasigen, dicklippigen kraushaarigen Matrosen aus dem Königreich Punt gesehen, die aus einem Land kamen, in dem die Luft war wie Feuer, so daß die Haut der dort Lebenden verbrannte. Und aus dem weit entfernten Meluhha kamen andere schwarzhäutige Leute, mit schmalen Nasen und Lippen und langem glatten Haar, so dunkel, daß es beinahe blau war. Und hier in der Nachwelt selbst war er vielen begegnet, die auf die eine oder andere Art schwarz waren und aus Ländern kamen, deren Namen ihm nichts sagten – Nigeria, Äthiopien, Nubien, Mali, Quiloa, Indien, Socotra, Sansibar und viele andere Namen mehr. Vielleicht gab es ja in jedem Teil der früheren Welt schwarzhäutige Menschen und gelbe und rote und braune und – was wußte denn er, Gilgamesch, schon – vielleicht solche mit blauer oder grüner Haut oder mit gescheckter. Aber in beiden Welten hatte er noch nie einen wie Calandola gesehen.

Seine Haut hatte die Schwärze der Leute aus Punt, doch seine Nase war gerade, die Lippen schmal und scharf geschnitten, ähnlich wie die Gesichtszüge der Männer aus Meluhha und Indien, obwohl diese Leute klein waren, dieser Galandola hingegen war gewaltig, ein Riese, der beinahe an Gilgameschs Größe heranreichte. Seine Haare waren dicht, lang und gelockt, und Meeresmuscheln waren dareingeflochten, und um den Hals trug er einen Kragen aus großen Muscheln einer anderen Art, die wie gezwirbelte Türmchen hervorragten. In der Nase trug er eine blitzende Kupfernadel, so lang wie der kleine Finger eines Mannes, und zwei andere ähnliche Kupferstücke baumelten von seinen Ohren. Um die Lenden geschlungen war ein grell-scharlachnes Tuch, sonst war sein wuchtiger Körper nackt. Seine Flanken waren von roten und weißen Malereien bedeckt, und wo er nicht bemalt war, war die Haut zerschnitten und gekerbt oder sonstwie zu verblüffenden vortretenden Wülsten und Narben verzerrt, zu monströsen Schmuckverzierungen in der Gestalt von Blüten und Knoten und Linien. Auch war die Haut stark geölt und spiegelte den Schein der Fackeln wider.

Und diese Augen!

Ihr Götter! Enlil und Enki und Inanna – was waren das für Augen!

Schwarz waren sie und glänzend und tief. Unergründliche schwarze Teiche, umgeben von strahlendem Weiß. Gilgamesch erkannte es sofort, es waren die Augen eines wahren Königs. Es waren Augen, die ergreifen und bannen, die peitschen und niederschmettern konnten. Augen, die verzaubern konnten, wenn nötig, oder töten.

Wer war dieser Mann? Wo hatte er geherrscht, als er lebte? Weshalb hauste er jetzt in dieser Höhle in den Abgründen der Nachwelt unterhalb der Insel Brasil?

Galandola erhob sich. Trat ein paar Stufen vom Thron herab und ein paar Schritte auf Gilgamesch zu. Ein merkwürdiger dunkler Geruch umgab ihn, ein säuerlicher Gestank, von dem Gilgamesch vermutete, daß er von dem Öl ausgehe, das den Körper so glänzen ließ. Er bewegte sich mit höchster Bestimmtheit, gelassen, gemessen, sicher. Nun wurde sichtbar, daß Calandola um eine halbe Haupteslänge kleiner war als Gilgamesch. Aber nur sehr wenige Männer waren so groß wie Gilgamesch. Den Eindruck massiver Größe verdankte er dem mächtigen Nacken, den enorm breiten Schultern und der Wucht seiner Oberarme, die so wuchtig waren wie Schenkel.

Er nickte dem Haarmenschen schnaubend zu und bedachte den unterwürfig zitternden Herodes mit einem Achselzucken. Und zu Gilgamesch sprach er mit einer gewaltigen dunklen Stimme, die wie aus einem noch weiter hinten liegenden Höhlengang zu dringen schien: »Weshalb bist du zu mir gekommen?«

»Ich habe Fragen, und sie sagten mir, du wissest Antwort.«

»Ich weiß, wo man die Antwort finden kann, ja. Gib mir deine Hand.«

Er streckte eine nach oben geöffnete Hand aus. Die Handfläche war rosa in der Innenseite und so groß, daß er damit leicht den Schädel eines Menschen hätte packen und wie einen Klumpen Lehm zerdrücken können. Nach kurzem Zögern legte Gilgamesch seine Hand flach auf die von Calandola und wartete. Dann schlossen sich die beiden äußeren mächtigen schwarzen Finger um Gilgameschs Hand und bohrten sich tief ein, und noch tiefer, bis Gilgamesch ein leichtes Schmerzgefühl verspürte und seine Handknochen sich gegeneinander zu bewegen begannen. Ein Härtetest? Nun gut. Es war zwar kindisch, aber er würde mitspielen. Er hielt dem schrecklichen Druck der zwei Finger stand, als streichelten ihn Federn, und als der Schmerz zu heftig wurde, verscheuchte er ihn wie eine lästige Fliege.

Auf der schimmernden Stirn von Calandola trat eine Ader hervor. Die seltsamen Muster der Schmuckornamente auf seiner Haut traten irgendwie noch stärker hervor und schienen zu beben und zu schwingen. Die beiden Finger preßten noch heftiger. Ohne mit der Wimper zu zucken, blickte Gilgamesch gleichmütig auf seine und Calandolas Hände, dann ließ er zwei seiner Finger um das Handgelenk des anderen gleiten und erwiderte den Druck mit ebenso großer Kraft.

Calandola reagierte darauf nicht. Es war, als verspürte er keinen Schmerz, oder aber er wußte – wie Gilgamesch –, wie man Schmerz als unwichtige, unwürdige Nebensächlichkeit aus dem Bewußtsein verbannt.

Während sie so aneinander geklammert standen und sich die Finger in die Hände gruben, sagte Calandola: »Du bist zu groß für einen Portugaller und zu dunkelhäutig für einen Ingleser. Aber nicht dunkel genug, um Afrikaner zu sein.«

»Nein. Ich bin weder das eine noch das andere.«

»Was bist du dann also?«

Gilgamesch erhöhte den Fingerdruck. Aber Calandola ließ nicht erkennen, daß es ihn schmerzte. Wie es schien, waren sie beide nicht fähig, einander durch Schmerz zu überwinden.

»Als ich am anderen Ufer lebte«, sagte Gilgamesch, »in dem Land, das als das Land zwischen den Zwei Strömen bekannt war, nannten wir es Sumer.«

»In Afrika?«

»Nein, nicht Afrika.« Hin und wieder hatte Gilgamesch Landkarten gesehen. Er hegte geringes Vertrauen zu ihnen, aber andere Menschen richteten sich anscheinend danach, und auf diesen Karten war Afrika der Name des großen buckeligen Landes weit südlich von seinem Land, und die Luft dort war wie Feuer. »Einige nannten mein Land Mesopotamien.«

»Ich weiß nichts von einer solchen Gegend.«

»Sehr wenige tun das heutzutage. Doch einst war dort der Mittelpunkt der Welt.«

»Zweifellos«, entgegnete Calandola unbeeindruckt. Er ließ Gilgameschs Hand wie beiläufig los, keineswegs als Eingeständnis einer Niederlage, sondern anscheinend nur, als habe ihm irgendeine Prüfung die erwünschten Ergebnisse gebracht. »Deine beiden Flüsse, welche waren das?«

»Der kürzere hieß Euphrates, so nannten ihn manche später. Der andere Tigris. Bei uns hießen sie Buranunu und Idigna.«

Calandola nickte erhaben. Es war deutlich, daß diese bedeutenden Namen für ihn nichts weiter waren als Geräusche. Er schien ganz in irgendwelche geheimen Berechnungen versunken.

»Bringt Wein!« rief er plötzlich mit einer Handbewegung zu jemandem im Hintergrund der Höhle.

Gilgamesch erkannte, daß im Dunkel hinter Calandola ein beträchtlicher Hofstaat wartete: ein halbes Dutzend schwarzer Männer, die fast so massig waren wie ihr Herr, und etwa ein Dutzend entsprechender Weiber, allesamt mit kaum mehr als mit Perlen und Muscheln und ihrer ölglänzenden dunklen Haut bekleidet. Einer kam nun mit einer hölzernen Schüssel nach vorn, die randvoll war von irgendeinem dicken süßduftenden Wein. Calandola tauchte die Fingerspitzen hinein und beträufelte damit Gilgameschs Haupt, als wolle er ihn salben, und rieb ihm dann den Wein fest in die Haut des Schädels, wobei er langsam in einer unbekannten Zunge etwas murmelte. Gilgamesch unterzog sich widerstandslos diesem Ritual. Danach bot ihm der schwarze Riese die Schale dar. Einen Augenblick lang fragte er sich, ob er nun seinerseits Calandola das Haupt salben müsse, doch nein, er sollte einfach nur daraus trinken. Er nippte, fand das Getränk schwer und ekelhaft süß. Calandola ließ ihn nicht aus den Augen. Und nach kurzem Zögern griff Gilgamesch erneut nach der Schüssel und trank, diesmal einen großen Zug.

Calandola warf den Kopf zurück und lachte. Sein Mund war riesig, ein großes weltverschlingendes Loch mit gewaltigen weißen Hauerzähnen. Vier von ihnen fehlten, zwei oben und zwei unten, so symmetrisch waren die Lücken, daß Gilgamesch es für wahrscheinlich hielt, daß sie absichtlich entfernt worden waren, vielleicht aus Eitelkeit oder für einen dunklen Ritualzauber. Und als das Lachen ihres Herrn die Männer und Weiber seines Volkes gleichfalls zum Lachen ermunterte, sah Gilgamesch, daß auch ihnen allen in gleicher Weise zwei obere und zwei untere Zähne fehlten.

»Du trinkst wie ein König«, sagte Calandola. »Hast du einen Namen?«

»Ich bin der Sumerer Gilgamesch, der König war in Uruk.«

»Aha. Ich bin Calandola-der-Jaqqa, der König war der Welt.« Er klatschte in die Hände. »Öl für den König Gilgamesch!« dröhnte er.

Zwei der schwarzen Weiber kamen nach vorn und schleppten einen hölzernen Bottich heran, der ein dunkles schmieriges Fett enthielt. Calandola tunkte die Pranken hinein, hob einen großen Klumpen heraus und klatschte ihn Gilgamesch auf die nackte Brust; dann verrieb er die Salbe mit erstaunlich sanften Fingern über die Brust und den Rücken, die Schultern und den Nacken und das Rückgrat, bis der Sumerer ebenso schimmerte wie alle diese Jaqqa. Die Salbe verströmte den selben scharfen säuerlichen Geruch wie Clandola selbst. Gilgamesch fühlte, wie sie tief in seine Haut eindrang.

Als die Salbung beendet war, schloß Calandola Gilgamesch kurz und heftig in die Arme. Gilgamesch fühlte die bullenhafte Kraft dieses Berges von einem Mann.

Dann gab der Schwarze ihn frei und trat von ihm zurück. »Wenn du zurückkehrst, König Gilgamesch, werden wir vielleicht die Antworten auf deine Fragen suchen können.«

Calandola ließ seine Augen funkeln, grinste ihm zahnlückig zu, wandte sich in eindeutig verabschiedender Weise um und stapfte in das Schattendunkel, und sein Hofstaat scharte sich hinter ihm, so daß Gilgamesch ihn nicht länger sehen konnte.

Lange stand Gilgamesch da und starrte vor sich hin.

Er spürte den schweren süßen Wein in seinem Leib, und er fühlte die Glätte des Salböls, mit dem Calandola ihn bestrichen hatte. Dann blickte er umher, was mit seinen Gefährten geschehen sein mochte. Der Behaarte Mann lehnte an der Wand, die Arme über der zottigen Brust verschlungen, die schmalen Lippen in heftiger Mißbilligung zusammengepreßt. Und Herodes, der lag als verschwitztes Häuflein auf den Knien und stierte mit hängenden Armen irgendwohin ins Leere. Er wirkte benommen. Es war fast der gleiche Ausdruck wie neulich, als er aus dem Fenster in Gilgameschs Suite im Palast auf die wütenden Flammenkaskaden bei dem Ausbruch des Vesuv gestarrt hatte.

Gilgamesch stupste ihn mit der großen Zehe an.

»Komm«, sagte er. »Steh auf! Ich glaube, wir sollen uns jetzt entfernen.«

Herodes nickte dumpf. Seine Augen waren weit aufgerissen. »Er hat dir den Wein gereicht!« murmelte er. »Er hat dich mit dem Öl gesalbt! Wie außergewöhnlich! Wie erstaunlich! Bei deiner ersten Audienz – der Wein – das Öl!«

»Ist das so ungewöhnlich?« fragte Gilgamesch.

Herodes bebte vor Erregung. »Die Macht dieses Mannes! Seine schrecklich beeindruckende Größe! Ich kann es einfach nicht fassen, daß er dir gleich beim erstenmal den Wein gereicht hat. Und die Salbung! Es war, wie wenn er dich angeschaut und auf den ersten Blick richtig erkannt und eingeschätzt hätte, wie wenn er dann zu sich sagte: Ja, der Mann da und ich, wir sind vom selben Geist. Himmel, wie ich dich beneide! So einfach gleich von Calandola in die Arme geschlossen zu werden…« Er wandte sich zu Gilgamesch um, und dieser erblickte in dem Gesicht von Herodes einen Ausdruck krankhaften Hingerissenseins.

Auf seltsame Weise war auch er selbst von Calandola stark beeindruckt. Aber doch nicht so! Nicht auf diese Art!

Aus einem Schattenwinkel schnaubte der Haarmensch verächtlich: »Und das nach einer halben Million Jahren der Evolution! Ihr legt euch zu Wilden ins Bett, und es dauert nicht lang, dann seid ihr selber Wilde.«

»Und was bist denn du?« fauchte Herodes, der in einem plötzlichen Anfall von Wut herumfuhr. »Du Tier! Du Affe! Du wandelnder Bettvorleger! Du halbmenschliches Ding! Du wickelst dir eine Toga um und glaubst, damit bist du ein Römer. Aber ich weiß, was du in Wahrheit bist!«

»Kommt!« sagte Gilgamesch.

»Lange bevor es Adam gab«, fauchte Herodes weiter auf den Behaarten los, »seid ihr nackend durch die Wälder gerannt, habt in Löchern in der Erde gehaust und habt weder Götter gekannt noch eine Zivilisation, noch hattet ihr eine Sprache, und ihr habt Würmer gefressen und Wurzeln und Blätter. Rede du mir von Wilden! Wir wissen, was ihr wart! Wilde ist ein zu höfliches Wort. Laß mich dir sagen, du Ding, du Irgendwas: Ihr Leute seid nur auf Grund einer technischen Formalität hier. Die Nachwelt ist den Menschen vorbehalten. Und wenn wir uns ein paar von euch grunzenden Affenmenschen hier noch leisten, schön, das heißt nichts weiter, als daß da jemand die Vorschriften ein bißchen großzügig auslegt. Vielleicht gaben sich gewisse blauäugige Idealisten unter den Später Toten blödsinnigerweise eingeredet, ihr wäret unsere Urvorfahren, aber wir beide wissen, daß das nicht möglich sein kann. Und wenn ihr dann noch anfangt, euch aufzuspielen und so zu tun, als wäret ihr wirklich menschliche Wesen ...«

»Das reicht, Herodes!« sagte Gilgamesch etwas strenger. »Hoch. Und raus! Bring mich in die Oberstadt zurück.« Und zu dem Haarigen Mann sagte er entschuldigend: »Er ist einfach bloß etwas überdreht. Ich vermute, die Luft hier unten ...«

»Er möchte seine Seele verkaufen«, sagte der Behaarte. »Aber sein Problem ist, daß er nicht weiß, wo er die finden könnte. Aber ich bin nicht gekränkt. Ich bin es ebenso gewohnt, daß man mich einen Affen heißt, wie du, den Leuten zu erklären, wo das Land deiner Herkunft einmal war. Wenn er es unbedingt nötig hat, sich selbst für die absolute Krone der Schöpfung zu halten, was bedeutet das schon für mich? Er weiß nichts über das Leben, das wir führten, als seine und eure Götter noch nicht einmal auf den Gedanken gekommen waren, euch zu erschaffen.« Der Behaarte kratzte sich lachend an der pelzigen Brust. »Frag ihn, später, was das für ein Öl war, mit dem dich der schwarze Zauberer gesalbt hat. Nicht jetzt. Aber frag ihn danach.«

10

MENSCHENFETT?« sagte Gilgamesch und fühlte, wie seine Haut sich zusammenzog.

Herodes nickte hastig eine Bestätigung. Sie befanden sich wieder in Simons Palast und standen beim Brunnen im Hof.

»Aber woher bekommt er das denn?«

»Es stehen genügend Leichen zur Verfügung. Das Leben in der Nachwelt ist nicht nur billig, weißt du. Jeder kann sich bedienen, und wer sagt da schon nein dazu?«

Das war Gilgamesch nur allzu bekannt. In dieser Welt herrschten keine Götter, und Gesetz und Ordnung waren reine Glückssache und von örtlicher Willkür bestimmt. Überall streiften marodierende Truppen umher und unabhängige Banden und freche Brutalos und Leute, die willkürlich töteten; und der Tod war etwas Alltägliches. Aber der Tod hier war nur eine ärgerliche Störung, eine unangenehme, doch gewöhnlich nur kurze Unterbrechung in dem unendlichen Weiterlaufen des Daseins in der Nachwelt. Es gab Leute, die in einer einzigen Woche dreimal gestorben und jedesmal wieder – anscheinend unverändert – wieder aufgetaucht waren. Unbekannte und wahrscheinlich unerforschliche Kräfte irgendwo hinter den Kulissen setzten deinen Körper aus den Stückchen und Fetzchen, die man finden konnte, wieder zusammen, stopften die Seele wieder hinein und entließen die Person dann wieder ins Weiterleben. Nicht daß er selbst so etwas schon erfahren hätte, soweit er sich erinnerte, war er in seinen Tausenden Jahren nur ein einziges Mal gestorben, und dies zu der erwarteten Stunde, als seine ihm zugemessene

Erdenspanne ihr vorbestimmtes Ende fand. Aber es war nur eine Frage des persönlichen Stolzes, sich in der Nachwelt nicht umbringen zu lassen. Enkidu hatte das einst über Gilgamesch gesagt, es ihm wütend wie eine Anklage ins Gesicht geschleudert, damals, als sie sich zerwarfen und stritten. »Zu stolz, um zu sterben – zu stolz, den Beschluß der Götter hinzunehmen...« Und Gilgamesch mußte sich eingestehen, daß dies die Wahrheit war. Weil er eben der war, der er war, war er beständig auf der Hut vor irgendwelchen Angriffen in dieser Nachwelt, und wenn er schon einmal angegriffen wurde, sorgte er dafür, daß seine Stärke oder seine List obsiegen mußten. Er konnte nicht gestatten, daß irgendein Mann sich damit brüsten konnte, den gewaltigen Gilgamesch niedergestreckt und erschlagen zu haben. Doch sollte es durch ein Mißgeschick dazu kommen, daß er erneut sterben würde, dann, das wußte er, würde es nicht für lange sein.

Dennoch und überhaupt – Menschen abzuschlachten und sie, oder die Körper der von anderen Getöteten, auszubraten, um den eigenen Körper mit Leichenfett zu salben!

»Es ekelt dich?« fragte Herodes.

Gilgamesch zuckte die Achseln. »Es ist eklig, ja. Wer ist dieser Calandola? Er sagt, er war ein König in Afrika. Aber das sagt mir nicht viel.«

»Mir auch nicht. Das Afrika, das wir Römer kannten, war ein Landstrich, in dem hellhäutige Menschen lebten, und es lag direkt auf der anderen Seite unseres Meeres. Er muß von tiefer im Mittag sein, aus dem dunklen Teil des Erdteils. Und man sagt, aus einer viel späteren Zeit. Er lebte an einem Fluß namens Zaire in dem Land, das Kongo hieß, in einer Zeit, als die Spanier und die Engländer und die Portugiesen anfingen, sich über den Meeren Weltreiche aufzubauen.«

»Also sozusagen vorvorgestern, um es so zu bezeichnen.«

»Ja. Sein Volk waren die Jaqqas. Sie waren Nomaden. Kriegerische Nomaden, die alles vernichteten, was auf ihrem Weg lag, aus purer Zerstörungslust. Das Ganze hatte fast einen Anflug von religiösem Wahnsinn, diese Lust an der Zerstörung von Dingen. Sie nannten es, die Erde reinfegen.«

»Und wenn seine Krieger mit der Säuberungsaktion fertig waren, dann salbte er sich glorreich mit dem Fett der Erschlagenen, ist das so? Eine Jubelzeremonie, die er vergnüglich auch in der Nachwelt weiterpraktiziert?«

»Oh, er tut Schlimmeres als das.«

Gilgamesch zog eine Braue hoch. »Ja?«

»Viel schlimmere Sachen.«

»Zum Beispiel?«

»Verlange nicht, daß ich es dir sage. Das übrige mußt du selbst herausfinden. Ich bin zur Verschwiegenheit verpflichtet. Wenn ich meinen Eid breche, wird er es sofort wissen. Und mich hinauswerfen, mich verstoßen.«

»Verstoßen, wie und wohin?«

Herodes wirkte verblüfft. »Aus seiner Nähe! Aus seiner Glaubensgemeinschaft! Aus … aus seinem Licht!«

Licht? Das war ein merkwürdiger Ausdruck, fand Gilgamesch, bei einem, der in solchem Dunkel herrschte und der selbst die Verkörperung der Schwärze zu sein schien. Er sah Herodes angewidert an. »Du betest ihn an, wie?«

Herodes lächelte schief und nervös. »Ich würde es ungern so drastisch ausdrücken.«

»Wie du willst.«

»Ich würde sagen, er fasziniert mich, mehr nicht.«

»Nur so rein wissenschaftlich?«

»Nein, schon ein wenig mehr«, sagte Herodes. »Das kann ich nicht bestreiten. Er flößt mir Ehrfurcht ein. Ich bin von ihm fasziniert und verspüre Ehrfurcht, das ja. Aber dir geht es ja nicht anders. Gestehe es ein, Gilgamesch! Ich habe dich beobachtet. Er ist beinahe so groß wie du und vielleicht ebenso stark, und es ist etwas um ihn, eine geheimnisvolle Stärke und Kraft, die dich anzieht, genau wie sie alle anzog, die je in seine Nähe gerieten. Gib es schon zu! Gestehe es ein, Gilgamesch!«

Die helle Tenorstimme hatte wieder diesen intensiven sirrenden Ton, und Gilgamesch brauchte einen Augenblick, um sich zu beherrschen und ihn nicht mit der flachen Hand zum Schweigen zu bringen. Er hatte sich sagen lassen, daß es in der Nachwelt gewisse arme Seelen gab, denen man die Gestalt seltsamer Kerbtiere verpaßt hatte, als sie hier wiedergeboren wurden, und nicht ihre eigenen früheren Leiber. Schön, körperlich sah Herodes leidlich menschlich aus, aber dennoch hatte er auch irgendwie etwas Insektenhaftes an sich. Von einer Wespe, einer Fliege, einer Stechmücke. Und er war zweifellos ärgerlich.

Diese Faszination, die er angeblich Calandola gegenüber fühlte. Diese Ehrfurcht. Irgend etwas daran war kränklich, war schwächlich, hündchenhaft unterwürfig und faul. Gewiß ging von dem Schwarzen Menschen eine magische Kraft aus, von der Herodes sich völlig hatte in Besitz nehmen lassen. Und nun begriff Gilgamesch, weshalb er so rasch eine Abneigung gegen Herodes entwickelt hatte. Der Mann suchte nach etwas, nach einer Kraft, größer als er selbst, der er alles überantworten konnte: seine Persönlichkeit, seine Seele, alles. Wenn es nicht Simon war, dann war es der Vulkan. Und wenn nicht der, dann Calandola. Gilgamesch hatte noch nie verstehen können, was es einem Mann brachte, wenn er sich irgendwie selber aufgab; und ganz bestimmt hatte er auch keine sehr hohe Wertschätzung für Menschen, die nach so etwas lechzten.

»Er mag die Fähigkeit besitzen, durch die Nebel zu blicken«, sagte Gilgamesch, »und kann mir vielleicht sagen, wohin Enkidu verschwunden ist. Das ist das einzige Interesse, das ich an deinem Lord Calandola habe, sonst nichts.«

»Das ist nicht wahr! Nicht wahr! Aber du willst es einfach nicht zugeben.«

»Du strapazierst meine Geduld beträchtlich, Herodes.«

»Du findest ihn also nicht – anziehend?«

»Anziehend? Nicht im geringsten. Ich würde eher sagen abstoßend.«

»Ich wollte, ich könnte dir das glauben.«

»Sagst du mir ins Gesicht, ich lüge?« fragte Gilgamesch drohend.

»Ich sage dir, daß du manches verbirgst, sogar vor dir selber«, sagte Herodes. »Ach, vielleicht auch nicht! Vielleicht nicht«, setzte er hastig hinzu, als er Gilgameschs Zorn sah.

»Gesalbt im Öl der Toten! Ich habe noch in keinem Land so etwas gehört, nicht einmal in den unzivilisiertesten. Es ist monströs, so etwas zu tun, Herodes.«

»Gut, gut, also ist er ein Monster. Aber würdest du mir nicht wenigstens darin zustimmen, daß er ein grandioses Monster ist? Ein überlebensgroßes, ein Supermonster? Ach, mein Großvater Herodes hätte ihn geliebt! So gewaltig groß, so dunkel. Diese diabolisch zwingenden Augen. Und wie seine ganze Haut zerschlitzt und mit Knoten und Narben verziert ist. Und die vier herausgeschlagenen Zähne, um ihm noch größere Schönheit zu verleihen – und wie er im Finstern leuchtet, dieser Schimmer über ihm ...«

Dieser Schimmer, dachte Gilgamesch bedrückt. Ja, der Glanz des Todes.

»Ein Ungeheuer, das bestimmt. Ich bin mir nicht so sicher, was die Grandiosität angeht. Der Behaarte Mann spricht die Wahrheit, dein Calandola ist ein unzivilisierter Wilder.«

»Aber selbstverständlich ist er das«, sagte Herodes sofort. »Das ist ja das Wunderbare an ihm! Er ist ein wundervoller, überwältigender, gräßlicher, erschreckender, häßlicher Wilder! Aber er ist ebenfalls ein Sehender.

Du solltest nicht ignorieren, daß seine Macht tatsächlich wirksam ist. Du wirst das noch erfahren. Er kann die Dunkelheit für dich öffnen. Er wird mit dir den Ritus der Erkenntnis vollziehen. Und alle deine Fragen werden beantwortet werden.«

»Ach ja? Wirklich?«

»Zweifele nicht daran, Gilgamesch. Alles wird dir gesagt, nichts verheimlicht. Und alles Geheime wird aufgedeckt.«

Gilgamesch dachte darüber nach. Die Dunkelheit öffnen? Durch ein Erkenntnisritual? Ein halbnackter Wilder mit einem Stück Kupferblech in der Nase sollte ihm alle Geheimnisse offenbaren? Schön, schön. Vielleicht, vielleicht. Hier in der Nachwelt war nur eines sicher: Sie war ganz seltsam absolut anders. Was auf der Erde unsichtbar gewesen war, oder doch fast kaum sichtbar, wurde hier deutlich und handgreiflich. Auf der Erde erhaschte man zuweilen einen flüchtigen Blick aus dem Augenwinkel auf Dämonen; hier hockten sie sich zum Würfelspiel zu einem an den Tisch, oder sie lagen vor dem Kaminfeuer in den Kneipen und sangen seltsame Lieder. Zauberei fand man überall. Gilgamesch sah keinen Grund, an den übernatürlichen Kräften dieses Calandola zu zweifeln. Und wenn er, um den Weg zu Enkidu zu finden, sich die Haut mit abscheulichem Fett beschmieren mußte, nun gut, dann war ihm auch der Preis nicht zu hoch. Kein Preis war dafür zu hoch.

Auf der anderen Seite des Hofes erschien nun Simon mit seinem Behaarten Mann. Er winkte.

»Gilgamesch! Wo hast du gesteckt?«

Der Sumerer reagierte nur mit einem Achselzucken.

»Aber du kommst doch zu dem Fest heute abend?« rief Simon herüber.

»Ein Fest?«

»Ja. Nach den Spielen! Weiber, Gilgamesch! Wein! Ströme von Wein! Vergiß es nicht!«

»Nein«, erwiderte Gilgamesch ohne Begeisterung.

»Natürlich nicht.« Ströme von Wein? Wein bedeutete ihm derzeit überhaupt nichts mehr. Und Weiber auch nicht. Schon lange nicht mehr.

Das Bild des Jaqqa Imbe Calandola tauchte in seinem Geist auf, wie ein geschwollener Koloß, der ihn überragte, und dann erblickte er bestürzt sich selbst, wie er gegen eine heftige Strömung anzuschwimmen versuchte, eine Flut nicht von Wein, sondern von Blut.

»Nimm das«, befahl Calandola. »Trink!«

Zum zweiten Mal und wieder geführt von dem aufgeregt-ängstlichen Herodes Agrippa, war Gilgamesch in die Stollengründe unterhalb von Brasil gestiegen. Zum zweiten Mal waren sie in die von Fackeln beleuchtete Höhlenkammer vorgedrungen, in der Imbe Calandola und seine Jaqqa-Gemeinde hausten. Und wieder hatte der schwarze Zaubererkönig Gilgamesch den süßlichen Wein dargeboten und ihm den Leib mit diesem Öl von so scheußlicher Herkunft gesalbt.

Und nun sollte ein weiteres, noch dunkleres Ritual beginnen. Es waren mehr Menschen anwesend als beim erstenmal. Anscheinend auch mehr Jaqqa, eine ganze dunkle Schar, dreißig, vierzig, vielleicht noch mehr, stelzten wie langbeinige Kobolde durch die rauchige Düsternis der Höhlenwinkel und vollzogen Dinge, die nicht einmal Gilgamesch mit seinen scharfen Augen erkennen konnte. Aber da waren auch acht, zehn oder zwölf Gestalten in der weißen Kleidung Brasils, Männer und Weiber, die mitten im Raum, die auf den Knien lagen wie Zeremonialdiener, wie Eingeweihte. Manche waren mit schwarzen Stoffbinden maskiert, andere trugen das Gesicht frei. Genau wie Herodes wirkten sie unsicher, die bleichen Gesichter waren schweißbedeckt, die Augen zuckten unablässig her und hin. Während des Trank- und Salbungs-Rituals sahen sie oft höchst gespannt zu Gilgamesch her, manchmal auch mit einem merkwürdigen Ausdruck wie von Abscheu und Furcht, oder vielleicht auch von Mitleid und Bekümmerung; er vermochte es nicht zu sagen. Es hätte sogar Neid sein können. Neid? Weshalb sollte jemand ihn beneiden? Er kam sich vor wie einer, der gleich einer unbekannten Gottheit zum Opfer dargebracht werden soll.

Aus dem Hintergrund der Kammer drang Musik. Die Jaqqa bliesen auf Pfeifen, die ein ohrenbetäubendes Kreischen von sich gaben, und hieben auf Trommeln ein, die aus der schuppigen Haut von Tierdämonen gefertigt waren, und sie schlugen auch mit den Fingern auf dünne Brettchen, die auf Holzstangen lagen. Vier der Weiber kamen tanzend durch den Raum heran, in wilden mächtigen hohen Sprüngen, die gesalbten Brüste schaukelten, die zahnlückigen Münder zu starren Grimassen aufgerissen. Calandola selbst hockte schimmernd und riesig auf einem dreibeinigen Schemel, der mit den geschnitzten Gesichtern von Dämonen verziert war, und schaukelte vor und zurück und röhrte vor Lust.

Dann erhob er sich und gab ein Zeichen, und zwei der brasilianisch gekleideten Diener, ein Mann und ein Weib, sprangen auf die Füße. Aus einem der Winkel der verschachtelten Höhle trug der Mann eine krummhalsige Flasche heran, und die Frau holte ein flaches quastenbesetztes rotes Kissen, auf dem eine breite flache seltsam geformte Schale ruhte.

Der Musiklärm steigerte sich zu hektischem Getöse. Für Gilgameschs Ohren klang es wie alle Musik hier nur wie ein ärgerliches Gelärme. Die einzige Musik, die er jemals gemocht hatte, war die zarte Flötenmusik und das sanfte leise Trommeln in Sumer gewesen, und beides hatte er seit fünftausend Jahren nicht mehr genießen dürfen. Aber diese Jaqqa-Musik war einfach ein unerträglicher Lärm: ein Gequäle und Getöse, das sich in dich stürzt und dich bis in den letzten Winkel in Besitz nimmt und dir die eigene Seele aus ihrem Gehäuse zu treiben droht.

»Dies ist der königliche Wein«, intonierte Calandola mit dunkel brummender Bärenstimme. »Er schenkt dir die Erste Öffnung, die Eröffnung, die vor der Erkenntnis kommt. Bist du bereit, König Gilgamesch?«

»Gib mir den Wein.«

»Zuerst dein Hund, dann du.«

»Der Hund?«

»Zuerst der Hund«, wiederholte Calandola.

»Na schön«, sagte Gilgamesch. Das alles war recht absurd für ihn; aber es war auch nicht verrückter als alles übrige. Der Hund? Ja, warum nicht der Hund? »Wenn der Hund es mag, so gebt ihm den königlichen Wein.«

Mit drei Fingern der linken Hand vollzog Calandola eine Befehlsgeste. Die Frau mit dem Kissen und der Schale kniete nieder, der Mann goß den Königswein aus dem krummhalsigen Gefäß.

Als die Schale gefüllt war, wandte sich die Frau Ajax zu. Der Hund stieß einen kehligen Laut aus, aber anscheinend nicht irgendwie in feindseliger Absicht. Er blickte zu Gilgamesch herauf, und seine Augen stellten unverkennbar eine Frage.

Achselzuckend sagte Gilgamesch: »Du sollst den Vortritt haben. So sagt man mir. Also, trink, Ajax, wenn du magst.«

Es wurde still. Ajax schlabberte gierig. Schwanzwedelnd gab er ein leises lustvolles Schnaufen von sich. Der Königswein schien ihm zu schmecken. Gilgamesch hatte noch nie einen Hund gesehen, der Wein mochte. Doch Ajax war ein Nachwelthund; und es gab keinen Grund, weshalb in der Nachwelt die Hunde keinen Wein trinken sollten, oder weshalb sie nicht durch die Luft fliegen oder sonst alle erdenklichen unnatürlichen Akte vollziehen sollten. Hier war doch nichts natürlich.

Dann gab Calandola erneut ein Zeichen, und die Frau nahm dem Hund Ajax die Schale fort. Der Hund bewegte sich nicht. Seine Augen wirkten seltsam starr und schienen zu glühen.

Nun griff Gilgamesch nach der Schale.

»Nein!« sagte Calandola. »Noch nicht. Zuerst dein anderer Hund.«

»Aber ich habe nur einen Hund.«

»Dieser da«, sagte der Jaqqafürst und wies mit der Fußspitze zu Herodes.

Der hebräische Fürst sah bestürzt aus. Er hatte neben den übrigen Akolythen auf den Knien gelegen; nun erhob er sich, wackelte ungläubig mit dem Kopf und schlug sich auf die Brust, als wollte er fragen: *Ich? Wirklich ich?* Calandola deutete erneut auf ihn und machte mit dem ausgestreckten Fuß eine verächtliche fegende Bewegung, um Herodes näher heran zu befehlen. Gilgamesch dachte schon, daß der kleine Mann zusammenbrechen würde, ehe er noch fünf Schritte getan hatte. Doch irgendwie hielt er sich auf den Beinen und näherte sich der Weinschalenträgerin. Sie hielt ihm das Kissen mit dem Trank entgegen. Herodes nahm die Schale mit beiden Händen, neigte den Kopf und vergrub ihn fast in der Schale und trank sie in heftigen schmatzenden Zügen leer. Dann schwankte er und schüttelte sich; die Schalenschenkin ergriff das Gefäß, bevor es ihm aus den Händen fiel; Herodes wich zurück, und in seinen Augen war nun der gleiche glasige Ausdruck wie vorher bei Ajax, dann fiel er wieder devot auf die Knie.

Gilgamesch wartete diesmal, ob es noch weitere ›Hunde‹ zu bedienen gäbe. Nein, endlich war es an ihm, den Königswein zu kosten.

Der Mann goß aus der krummhalsigen Karaffe ein. Die Frau brachte die Schale auf dem Kissen zu Gilgamesch.

»Nimm und trink«, sagte Calandola.

Gilgamesch hob die Schale mit beiden Händen. Das Gefäß war glatt und kühl wie Elfenbein feinster Art, doch die Unterseite fühlte sich irgendwie unregelmäßig an. Während er in den Trank schaute, ließ er die Finger um die Schale tasten und begriff, was er da in den Händen hielt: unzweifelhaft eine menschliche Schädeldecke, und die Knochen unterhalb der Augenhöhlen waren weggeschnitten. Na ja, denn also, dachte Gilgamesch. Hier trinkt man aus einem polierten Schädel. Wieso auch nicht? Er begann das Prinzip zu begreifen, das hinter dem Theater Calandolas steckte. Eine Schädeldecke eignet sich vorzüglich als Trinkschale. Warum denn auch nicht?

Der Wein war dunkel, nicht honigfarben wie beim ersten Mal, und hatte einen rötlichen Schimmer. Er trank vorsichtig. Die Flüssigkeit war überwältigend süß, so süß wie der süßeste Nektar, vielleicht sogar noch stärker. Sie lag merkwürdig auf der Zunge, ein schwerer dickflüssiger Wein. Er schluckte und trank einen zweiten Schluck, und plötzlich wußte er, woher die Süße und die rötliche Färbung kamen. Der königliche Wein des Imbe Calandola war mit Blut gemacht. Bei dieser Erkenntnis fürchtete er, sein Magen würde sich dagegen auflehnen und ihn auswürgen. Doch nein. Nein, er glitt ziemlich glatt die Kehle hinab. Er trank weiter.

Und er trank, bis die Schale geleert war, blickte auf, lächelte und reichte sie der Schenkin zurück.

Dann wartete er.

Dies war die ›Öffnung‹. Die vor der ›Erkenntnis‹ kommt.

Schön. Aber wieso geschah nichts weiter? Weshalb hatte er nicht wie Ajax oder wie Herodes glasige Augen bekommen? Und weshalb schwankte er nicht, war nicht benommen? War er gegen Calandolas scheußlichen Wein gefeit und immun? War er so tief hinter den Mauern seines Wesens vergraben, daß es für ihn keine Öffnung geben konnte?

Er blickte zu Calandola. »Ich fühle nichts«, sagte er. »Vielleicht wenn ich noch eine Schale voll, Lord Calandola ...«

Calandola lachte – ein merkwürdiges langgezogenes Gelächter, dünn und wie aus weiter Ferne, und es rieselte auf Gilgamesch nieder wie fallendes Wasser. Eine andere Antwort erfolgte nicht.

Dann erklang eine summende Stimme irgendwo von links: »Ssschade, ssschade, du gehst in die Irre, Weltenwanderer Gilgamesch! Nicht weiterer Wein ist dir vonnöten! Die Mauern sind gestürzt! Die Öffnung ist vor dir!«

»Was? Wie?«

»Sieh mich in meiner Offenbarung! Und was du schaust, ist mein früheres Selbst.«

Gilgamesch blieb der Mund offen stehen. Ajax war verschwunden und an seiner Stelle schwebte ein bizarres Wesen auf halber Höhe zwischen dem Boden und Gilgameschs Schulter. Es war irgendwie wespenhaft, aber größer als irgendein Insekt, das er je gesehen hatte, und bedeckt von einer schimmernden blauen Kruste, fast wie aus edlen Steinen. Aus dem Hinterteil ragte ein scharfer grüner Stachel, und das kleine Gesicht war das Gesicht einer Menschenfrau. Sirrend und flügelschlagend schwebte das Tier neben ihm.

»Siehst du?« sirrte das Wespenweib. »In der Öffnung wird vieles sichtbar! In meinem letzten Leben war ich dies, nun, in der Nachwelt kam ich als der Hund Ajax zurück.«

»Deinem *letzten* Leben …«

»Als ein Insekt, ja. Obwohl ich zuvor ein Mensch von Fleisch und Blut war, genau wie du. Doch ich gab mich der Sünde hin, und hinabzusteigen war ich gezwungen. Zur Strafe wurde ich in ein Insekt verwandelt, und gewaltig litt ich. Doch dann zu späterer Zeit erhielt ich die Vergünstigung, ein Hund werden zu dürfen. Verstehst du? Es geht die Stufenleiter hinab und dann, manchmal, wieder hinauf. Ich habe noch immer Hoffnungen, über den Hund hinaus aufzusteigen. Ich steige weiter, werde mehr sein als ein Hund. Obwohl Hund gar nicht so schlecht ist. Wer einmal Insekt war, für den ist Hundsein schon sehr erstrebenswert.«

Aha. So war das also. Gilgamesch begriff. Sein Hund Ajax war also eines jener unglücklichen Geschöpfe, deren Schicksal es war, von einem Körper in den anderen, von einer Gestalt in die andere zu wandern bei dem nie endenden Aufenthalt in der Nachwelt. Also bewirkte Calandolas Wein doch irgend etwas, wenn er ihn befähigte, derlei Dinge zu erkennen. Doch, er war sich nun sicher, eine Öffnung war sozusagen erreicht worden, und er nahm Dinge wahr, die außerhalb der gewöhnlichen Begriffe lagen.

»Nein, wirklich, Hund ist gut«, summte das Wespenweib weiter. »Es ist schön, den König Gilgamesch als Herrn zu haben. Ich folge und gehorche dem mächtigen Helden Gilgamesch, und eines Tages wird er sich meiner erbarmen und mir wieder den Körper eines Weibes geben. Oder vielleicht auch den eines Mannes. Was macht das schon für einen Unterschied, ob weiblich oder männlich, wenn es menschlich ist? Ein Mensch würde ich gern wieder sein, und wer wollte das nicht?«

Lächelnd sagte Gilgamesch: »Wenn ich das tun kann, so will ich es tun.«

Und sogleich war die Wespe wieder der Hund Ajax, lag auf dem Bauch und schnüffelte an seinen Füßen.

Gilgamesch bückte sich und streichelte das Tier liebevoll. Dann wandte er sich Herodes zu.

»Und was ist mit dir?« fragte er. »Du Wespe in menschlicher Gestalt, wie zeigst du dich jetzt?«

Doch Calandolas Trunk hatte bei Herodes keinerlei äußere Veränderungen hervorgerufen. Herodes war immer noch Herodes, der kleine Wuschelkopf mit den huschenden Augen, und er trug eine zerknautschte weiße Toga und kniete demütig fast auf der anderen Seite des Raumes. Und dennoch war etwas nun anders. Der Herodes, den Gilgamesch während seiner paar Tage in Brasil kennenlernte, war voller Geschwätz und Tricks gewesen, mit einem blitzschnellen springenden Verstand, und immer ein ganzes Netz von Worten um sich herumgesponnen, um mögliche größere und dümmere Gegner und Feinde in Schach zu halten. Ein Schutzmechanismus, der ihm während seiner Jahrhunderte in der Nachwelt recht nützlich gewesen war; doch nun schien der ›königliche Wein‹ des Jaqqa-Herrschers ihm seine ganze Attitüde genommen zu haben.

Herodes hatte völlig die Kontrolle verloren, war ein furchtsamer, ängstlicher Mann, der seine Todesjahre genau so verbrachte wie seine Lebenszeit, auf der Suche nach einem Herrn und Meister. Einst war es der römische Kaiser Caligula gewesen, der kurzfristig aus ihm einen König machte. Und später – viel später und hier in der Nachwelt – war es eben Simon der Zauberer. Und nun war es dieses monströse Geschöpf der Finsternis, Calandola. Als nächster Herr konnte sehr wohl Gilgamesch in Frage kommen. Oder Lenin, oder Mao Tsetung, der Priester Johannes – oder sonst einer aus der Horde von Kaisern, Fürsten, Halbgöttern und Kriegshelden, die sich hier in der Nachwelt in irgendeinem Winkel als Herrscher etabliert hatten. Herodes lechzte nach einem Herrn. Wahrscheinlich würde er viel glücklicher in der Inkarnation eines Hündchens sein. Wenn doch nur irgendwie Ajax und er ihren Leib austauschen könnten! Man sehe sich ihn nur an, wie er dahockt, halb in sich verkrochen! Wünscht sich wahrscheinlich einen Schwanz, um damit zu wedeln. Wünscht sich feuchte braune Augen, die er hingebungsvoll auf seinen Herrn fixieren könnte, statt der gescheiten schwarzen Knopfaugen, die er jetzt hat.

Gilgamesch spürte, wie Verachtung gegenüber diesem Herodes, diesem kläglichen und höchst unköniglichen König in ihm hochwallte.

Aber seine Verachtung schmolz dahin und machte einem tiefen Mitgefühl Platz, das ihn unerwartet heftig überkam, und er fühlte sich durcheinander und unsicher. Wie konnte er Sympathie hegen für den Hund, der eine Wespe gewesen war und sich danach sehnte, wieder menschlich zu werden, nicht aber für diesen Menschen, der mit der Seele eines Hundes umherlief? Herodes verächtlich zu finden, weil er kein Held war, das war an sich eigentlich ebenfalls verächtlich. Es gab keinen Mangel an Helden in der Nachwelt. Zu Tausenden und Zehntausenden stampften sie herum und käuten noch als Tote die Heldentaten wieder. Und wenn Herodes – der arme kleine Herodes – eben keine größere Lust in seinem Leben finden konnte als in knallenden Vulkanausbrüchen oder in den barbarischen Blutritualen eines obskuren Alptraumhaften Wilden, nun gut, dann war das eben so, und war so, weil er der war, der er war. Er hatte ja keine Wahl. Niemand hatte eine Wahl. Der Ratschluß der Götter bestimmte alles.

Du, Gilgamesch, du willst ein Superheld vor allen Helden sein, ein gottähnlicher Mann, ein König der Könige. Und es soll dein Geschick sein, daß du dennoch sterben wirst und auf ewig in der Nachwelt leben mußt.

Du, Enkidu, du willst der kühne Jäger und Krieger sein, der Freund des großen Königs. Und es soll dein Geschick sein, immer wieder zu sterben und zu sterben, auf daß dein königlicher Freund in allen Hallen der Ewigkeit nach dir sucht.

Du, Herodes, wirst schlau sein und vorsichtig, eine Maus in einer Löwenwelt. Und du willst über genug Witz und Wissen gebieten, sie alle zu täuschen, um deinen Thron zu bewahren und am Leben zu bleiben, so schrecklich und gefährlich dir die Macht auch erscheint.

Wir sind allesamt, was wir sind. Das ist die Entscheidung der Götter. Und wir spielen die uns angewiesene Rolle. Weshalb also jene verächtlich finden, die eine andere Rolle spielen müssen? Herodes, Simon, Calandola, der Behaarte Mann, auch diese ganzen kleinen zanksüchtigen hinterhältigen Ränke schmiedenden Späte Toten und der ganze Rest – jeder spielte die ihm zugewiesene Rolle und vollzog nur, was die Götter beschlossen hatten. Und ein jeder war auf seine Weise der Hauptheld in seinem eigenen Drama und tat das Erforderliche. Wieso sollte man jemand deshalb verachten und verurteilen?

Gilgamesch trat neben Herodes, beugte sich hinab und ergriff seinen Arm.

»Auf«, sagte er sanft. »Schluß mit dieser Unterwürfigkeit. Du bist ein Mann. Also steh aufrecht wie ein Mann!«

»Gilgamesch ...«

»Du brauchst nichts zu fürchten. Ich bin dein Freund. Ich will dich vor allem beschützen, was dir Angst macht.«

Aber während er noch so sprach, erkannte Gilgamesch, daß der Zauber zerbrach, daß die Kraft des Weines ihm entglitt. Und gleich danach war das Gefühl zärtlicher brüderlicher Wärme Herodes gegenüber im Schwinden begriffen. Die verächtliche Verärgerung war wieder da. Dieser klägliche Schwächling von einem Mann – wie konnte er es nur über sich bringen und ihm anbieten, ihn zu beschützen? Was bedeutete ihm schon dieser Herodes? Laß ihn doch selbst gegen seine Dämonen kämpfen. Soll er sich doch vor Calandola prosternieren. Auf dem Kraterrand des Vesuvs tanzen und sich in den kochenden Schlund stürzen, wenn er glaubte, dabei seine höchste Glückseligkeit zu finden. Gilgamesch blickte zu Herodes hinab, schüttelte den Kopf, ließ seinen Arm los und wandte sich von ihm.

»Nun, also wie es scheint, ist es vorbei.« Calandolas Stimme kam wie aus weiter Ferne.

Gilgamesch stand da und blinzelte wie einer, der aus mitternächtlichem Dunkel plötzlich in den Glast der Mittagssonne tritt.

»Das war's schon?« fragte er. »Die Öffnung?«

»Wenn andere Seelen nackt vor dir erscheinen, ja, das ist die Offenbarung, König Gilgamesch.«

»Und jetzt? Kommt jetzt die Erkenntnis?«

»Nein«, sagte Calandola. »Ein andermal. Du hast dich dem Wein widersetzt und so nur eine Teilöffnung erreicht. Deine Seele ist eine besonders störrische. Sie gibt sich äußeren Kräften einfach nicht hin. Komm ein andermal wieder, König Gilgamesch, dann wollen wir sehen, ob du stark genug bist, die Erkenntnis zu erlangen.«

»Was habe ich falsch gemacht?« fragte Gilgamesch. »Wo habe ich versagt?«

»Du hast dich nicht losgelassen«, sagte Herodes. »Du warst schon fast da, aber im letzten Moment hast du dich wieder zurückgenommen. Wenn die Offenbarung einsetzt, muß man sich dem vollkommen preisgeben. Du hast dich dagegen gewehrt.«

»Kämpfen liegt in meiner Natur. Hingabe nicht.«

»Willst du die Erkenntnis, oder willst du sie nicht?«

»Ich glaubte, ich glaubte, es sei der Einfluß des Weines«, sagte Gilgamesch. »Ich trat in die Seele des Hundes ein. Ich sah, was er in seinem letzten Leben war. Ein Wespentier, weißt du? Mit dem Gesicht eines Weibes und einem gräßlichen Insektenleib. Und dann wandte ich mich dir zu – und ich habe deine Seele gesehen, Herodes, ich sah, wer du tief innen wirklich bist, ich ...«

»Schon gut. Du brauchst es mir nicht zu erzählen.«

»Ich habe nichts gesehen, dessen du dich schämen müßtest.«

»Trotzdem, vielen Dank. Ich möchte es lieber nicht wissen.«

»Aber es war, als wären die Trennwände zwischen uns plötzlich zusammengebrochen. Und dann – dann waren sie fast sofort wieder da. Der Wein hatte seine Kraft verloren. Wenn ich vielleicht ein bißchen mehr davon getrunken hätte ...«

»Möglich«, sagte Herodes. »Du bist so verdammt groß. Vielleicht hat Calandola sich in der Dosierung vertan. Andererseits betreibt er den Job seit Jahrhunderten. Er weiß bestimmt, welche Menge richtig ist. Ich denke, es liegt an dir, Gilgamesch. Du hast dich nicht preisgegeben, du hast ein Stück von dir zurückgehalten, in Reserve sozusagen. Ich kann das verstehen. Aber wenn du Antwort auf deine Fragen haben willst – wenn du herausfinden willst, wohin Enkidu verschwunden ist …«

»Ja. Ich verstehe.«

»Calandola wird dich vielleicht erst wieder in einer Woche vor sich lassen, oder in einem Monat. Doch wenn er dich rufen läßt, dann geh! Und was immer er dir zu tun aufträgt, tu es! Oder du wirst nichts erfahren. Ja, Gilgamesch?«

»Worüber plaudert ihr zwei denn so angeregt?« fragte Simon, der auf einmal neben ihnen auftauchte. »Brütet ihr eine hübsche kleine Verschwörung aus?« Er klopfte mit einer Hand auf den breiten Rücken Gilgameschs, mit der anderen auf den von Herodes. »Es nützt euch nichts, wißt ihr. Ich habe Weise, die alles sehen und mir alles sagen. Das Vergangene, die Gegenwart und die Zukunft liegen offen für ihre Weisheit da. Der winzigste Verdacht auf ein umstürzlerisches Unterfangen, erscheint sofort als Punkt auf ihren Zauberschirmen.«

»Es besteht kein Anlaß zu Befürchtungen«, sagte Gilgamesch. »Ich glaube, Herodes zieht es vor, hier dein Premierminister zu sein, als höhere Verantwortlichkeiten zu übernehmen. Und es dürfte dir ja einsichtig sein, Simon, daß ich nicht danach lechze, über Brasil zu herrschen.«

»Ich weiß, wonach du dich sehnst, Gilgamesch. Suche doch zur Abwechslung mal du mich in zwei Tagen auf, dann können wir gemeinsam die Uruk-Karte studieren. Wir sollten uns bald auf den Weg machen. Was sagst du dazu, Gilgamesch? König von Uruk im Ruhestand, bald König des wiederauferstandenen Uruk? Wie klingt dir das in den Ohren?«

»Wie Musik«, sagte Gilgamesch.

Simon lachte und ging davon.

Als der Tyrann außer Hörweite war, sagte Herodes beunruhigt: »Ist das etwa wahr? Also willst du schließlich doch wieder König in Uruk werden?«

»Ich sagte nur, daß Simons Worte in meinen Ohren klingen wie Musik.«

»Das sagtest du, ja.«

Gilgamesch lachte. »Aber ich habe nun mal gar nichts für Musik übrig.«

»Aha? Ach so!«

»Und was diese Expedition nach Uruk angeht – schön, schauen wir doch erst einmal, was mir dein großer Calandola an Weisheit zu bieten hat. Bei der *echten* Öffnungszeremonie. Und der Erkenntnis, die darauf folgen soll. Und dann werde ich begreifen und wissen, ob ich diese Reise unternehmen soll oder nicht. Warten wir es doch einfach ab, König Herodes.«

11

WIEDER DIE verwinkelte Kammer in der Stollenhöhle. Die schwelenden Fackeln in den Messinghaltern. Die Trommeln, die Pfeifen, die Masken, die Tänzerinnen. Die langbeinigen schwarzen Männer bei unerklärlichen Riten im Schattendunkel. Der Honigwein, das schimmernde Salböl. Es war Gilgameschs dritter Besuch im Hause des Imbe Calandola. Wieder würde er die Öffnung erfahren, wieder diesen anderen stärkeren, den dicken süßen roten Wein trinken. Wieder würde er über die Trennwände hinwegschauen, die Seele von Seele abgrenzen; und diesmal, vielleicht, würden alle geheimnisvollen Schleier fortgenommen, und er würde erfahren dürfen, was zu erfahren er gekommen war.

»Ich glaube, du bist nun bereit«, erklärte Calandola. »Für das profundere Fest. Für die volle Erkenntnis.«

»Ja, reicht mir den Wein«, bat Gilgamesch.

»Heute wird es nicht nur Wein sein«, erklärte Calandola.

Aus dem Dunkel Gesang und Trommeln. Feuer flakkerten hinter dem Thron des Imbe-Jaqqa. Ein Geräusch wie von Wasser, das in einem großen Kessel brodelt.

Ein Zeichen von Calandola.

Der Mundschenk trat vor, ebenso die Schüsselträgerin. Wieder trank der Hund Ajax zuerst, danach Herodes, dann Gilgamesch selbst. Doch diesmal trank auch Calandola und trank tief und gebot immer aufs neue, die Schale zu füllen, bis seine Lippen und die Kehle ganz vom Rot beschmiert waren.

»Belial und Beelzebub«, flüsterte Herodes. »Moloch und Luzifer!«

Gilgamesch spürte wieder, wie ihn das seltsame Gefühl der Öffnung überkam. Er kannte die Anzeichen inzwischen: eine unheimliche Gedämpftheit der Geräusche bei gesteigertem Bewußtsein. Unsichtbares streifte ihn in der Luft. Er vernahm ein tiefes Summen, das wie aus dem Herzen der Welt zu dringen schien. Er konnte die Seele des Hundes Ajax und die des Hebräers Herodes berühren; und nun enthüllte sich ihm auch die schreckliche Gegenwart des schwarzen Calandola. Enthüllte sich und blieb dennoch verschlossen, denn obwohl Gilgamesch Calandolas Inneres sah, war da nur eine riesige schwarze Felswand, die vor ihm aufragte, undurchdringlich, unbezwingbar.

»Nun sollst du teilhaben an unserem Fest«, sagte Calandola. »Und die Erkenntnis wird auf dich niederfahren, König Gilgamesch.«

Er warf den Kopf in den Nacken, lachte und ließ seine mächtigen Arme niedersausen wie zwei dicke Keulen. Die Musikanten vollführten ein schmetterndes Getöse mit Donner und schrillem Kreischen. Der Thron ward zur Seite gerückt, und da stand ein gewaltiger metallener Kessel, in dem etwas über einem Feuer aus Scheiten brodelte.

Die Jünger Calandolas bereiteten offenbar eine dicke kräftige Suppe.

Zwiebeln kamen in den Kessel und Lauch und Pfefferschoten, Bohnen und Gurkenkürbisse, Granatäpfel und alle anderen erdenklichen Gemüse und Früchte. Das dampfende Gefäß schien bodenlos zu sein. Maiskolben, Säcke voll Feigen, dicke knollenartige Wurzeln verschiedener Art, und das meiste darunter Gilgamesch unbekannt. Händevoll Knoblauch und noch größere Mengen Rettich, ganze Ingwerstücke. Ein Faß voll eines dunklen Weins, über dessen Herkunft Gilgamesch lieber nicht nachdenken wollte. Fünfzigerlei Gewürze. Und Fleisch. Gewaltige Stücke bleiches rohes Fleisch, das mitsamt der Knochen ganz in den Kessel geworfen wurde.

Eine leichte Beunruhigung regte sich in Gilgamesch. Er sagte zu Herodes: »Was ist das für Fleisch, was denkst du?«

Herodes starrte fest auf den Kessel, ohne zu blinzeln. Er lachte auf seine merkwürdig schartige Art. »Eines, das nicht koscher ist, möchte ich wetten.«

»Nicht koscher? Was heißt das?«

Doch Herodes gab keine Antwort. Ein Schauder überlief ihn und ließ ihn am ganzen Leib zittern wie ein vom Herbststurm gepeitschtes Bäumchen. Sein Gesicht glühte wie damals, als er ihn bei dem Vulkanausbruch gesehen hatte. Er sah aus wie einer, den ein starker Zauber gebannt hält.

Dank des gemeinsam getrunkenen Weines sah Gilgamesch in die Seele Herodes'. Und was er sah, ließ ihn erstaunt und entsetzt zurückfahren.

»*Solches* Fleisch?«

»Es heißt, es gibt kein besseres für diesen Zweck, König Gilgamesch.«

Sein Magen krampfte sich zusammen, und er würgte.

Er hatte in vielen fremden Landen viele seltsame Sachen gegessen. Aber niemals *dies*. Das Fleisch der eigenen Artgenossen zu verzehren?

Nein. Nein. Nicht einmal hier in der Nachwelt!

Hie und da hatte er Geschichten gehört über bestimmte Rassen in fernen Weltgegenden, die so etwas taten. Nicht aus Hunger, sondern aus religiös-magischen Gründen. Um die Kraft, das Wissen oder die geheimnisvollen Tugenden anderer in sich aufzunehmen. Er hatte das nur schwer glauben können, daß Menschen so etwas taten.

Doch aufgefordert zu werden, das auch noch selbst zu tun...?

»Unvorstellbar. Abscheulich! Verboten!«

»Verboten von wem?« wisperte Herodes.

»Also... von...« Er konnte nicht weitersprechen.

»Wir leben in der Nachwelt, König Gilgamesch. Hier ist nichts verboten. Hast du das vergessen?«

Gilgamesch sah ihn starr an. »Und du hast allen Ernstes vor, diese Scheußlichkeit mitzumachen? Du willst, daß ich es gemeinsam mit dir tue?«

»Ich will gar nichts von dir«, erwiderte Herodes. »Aber *du* bist hergekommen, weil du Wissen suchst.«

»Und das bekommt man *dadurch?*«

Herodes lächelte. »So heißt es. Es ist das Tor, der Zugang zur Großen Offenbarung, die zur Erkenntnis führt.«

»Und du glaubst diesen wahnsinnigen Quatsch?«

Der judäische Fürst wandte sich zu ihm und sah ihn mit einem erschreckend glaubensfiebrigen Blick an.

»Tu, wie es dir beliebt, König Gilgamesch. Doch wenn du Erkenntnis willst, dann nimm und iß davon. Nimm und iß!«

»Nimm und iß!« dröhnte Calandolas Stimme. »Nehmt euch und esset!«

Die Kannibalen hüpften und tanzten. Eine Frau, vom Schädel bis zu den Zehen mit weißem Kalk bemalt, trug einen Rock aus Stroh, anscheinend eine Art Kostüm für Hexer. Sie eilte zum Zauberkessel, zog ein Stück Fleisch mit bloßen Händen aus der brodelnden Brühe und hielt es in die Höhe.

»Ayayya! Ayayya!« brüllten die Jaqqa. *»Ayayya!«*

Die Strohhexe trug das Fleisch zu Calandola und hielt es ihm zur Begutachtung hin. Er grunzte zustimmend, packte das Fleisch mit beiden Händen und grub die Zähne hinein.

»Ayayya! Ayayya!« brüllten die Jaqqa.

Gilgamesch merkte, wie der Wein der Wilden von seiner Seele Besitz ergriff. Er schaukelte im Rhythmus der gellenden mißtönenden Musik. Herodes neben ihm schien inzwischen gänzlich entrückt, völlig verloren zu sein in faszinierter Hingabe an die abscheuliche Zeremonie. Als hätte er sein Leben lang und sogar in seinem Leben nach dem Leben darauf gewartet, sich den krankhaften Mysterien Calandolas auszuliefern. Oder aber, als könnte er nicht anders, als sich dem hinzugeben, wohin immer es ihn bringen würde.

Und ich selbst spüre es auch, wie es mich mitreißt, dachte Gilgamesch bestürzt und erstaunt.

»Nimm«, sagte Calandola. »Iß!«

Genüßlich hielt er Gilgamesch das dampfende Stück Fleisch hin.

Ihr Götter! Enlil und Enki und Himmelsvater An, was tue ich denn da?

Aber die Götter wohnten weit von hier. Gilgamesch sah starr auf den Klumpen Fleisch.

»Dies ist der Weg zur Erkenntnis«, sagte Calandola.

Dies?

Nein. Nein. Nein und NEIN!

Er schüttelte den Kopf. »Es gibt Dinge, die zu tun ich nicht bereit bin, nicht einmal, um Erkenntnis zu gewinnen.«

Der Duft aus dem Kessel mischte sich mit dem Geruch eines unbekannten Weihrauchs, der in großen Schalen daneben schwelte, und Gilgamesch fühlte, daß er mehr benommen wurde und zu schwanken begann. Er drehte sich um und taumelte drei Schritte auf den Ausgang zu. Die Gläubigen und Ritualdiener wichen beiseite und machten ihm Platz, als er davonstolperte. In seinem Rücken hörte er das kollernde Gelächter Calandolas, der ihn wegen seiner Feigheit verhöhnte.

Dann trat Herodes ihm in den Weg und hielt ihn auf. Der kleine Mann wirkte wie ein Bogen mit gespannter Sehne, er zitterte und bebte.

Heiser rief er: »Geh nicht fort, Gilgamesch!«

»Das hier ist kein Ort für mich.«

»Aber die Erkenntnis – was ist mit der Erkenntnis?«

»Nein.«

»Wenn du versuchst, hier wegzugehen, wirst du ohne mich nie durch diese Stollen hinausfinden.«

»Ich werde es eben darauf ankommen lassen.«

»Ich bitte dich«, sagte Herodes. »*Bitte!* Bleib. Warte. Empfange mit mir das *Sacramentum*, die Heiligung!«

»Das Sakrament? Die Heiligung? So nennst du das da?«

»Es ist der Weg zur Erkenntnis. Geh ihn mit mir. Tu es für mich. Weise mich nicht zurück. Weise mich nicht ab. Wir sind schon beinahe dort, Gilgamesch; der Wein ist in unseren Seelen, unser Geist öffnet sich bereits füreinander. Nun folgt die Erkenntnis. Bitte! *Bitte!*«

Noch nie hatte Gilgamesch im Gesicht eines Menschen einen derart flehentlichen Ausdruck gesehen. Nicht einmal in der Schlacht, wenn er die Streitaxt hob, um einem Feind den Todesstreich zu versetzen. Herodes streckte Gilgamesch die Hände entgegen. Gilgamesch zögerte.

»Auch ich bitte dich«, ertönte eine Stimme links von ihm. »Geh nicht fort von hier. Laß nicht treue Freunde im Stich!«

Es war Ajax.

Der Hund schwankte flackernd wie Schatten, die vom Feuer auf eine Wand geworfen werden: einmal war es der große gescheckte Hund, dann das fremdartige kleine Wespenweib, dann, für einen kurzen Augenblick, flüchtig eine menschliche Gestalt, eine Frau mit traurigen Augen, die scheu und hilflos lächelte.

»Wenn du von dem Fleisch ißt, kannst du mich befreien«, sagte der Hund. »In die Seele vordringen, Hund und Geist trennen. Du hättest die Kraft. Die arme leidende Seele in den nächsten Grad zu senden, den Hund als Hund fortbestehen zu lassen. Ich flehe dich an, mächtiger König.«

Gilgamesch sah den Hund unschlüssig an. Sein jammerndes Flehen rührte ihm tief ans Herz.

»Deine Freunde, gewaltiger Held. Vergiß nicht deiner Freunde in der Stunde der Erlösung. Die lange Versklavung soll enden! Und du allein vermagst die Freiheit zu schenken!«

»Ist dies die Wahrheit?« fragte Gilgamesch Herodes.

»Möglich. Das Ritual verleiht denen große Macht, die bereits Kraft in sich tragen.«

»Vergiß nicht deiner Freunde!« jammerte die Wespenfrau laut, in einem Versuch, das wahnsinnige Getöse um ihn zu durchdringen. Und eine innere Stimme befahl ihm: *Tu es. Tu es!*

Und warum nicht? Warum nicht? Warum denn nicht?

Dies ist die Nachwelt, und es gibt auch keinen Weg von hier fort.

Er ging zu Calandola hinüber, der ihm noch immer das Fleisch entgegenhielt. Der Kannibalenhäuptling grinste ihn zähnefletschend an, doch er begegnete dem grimmigen Ausdruck mit Gelassenheit und ergriff das Stück Fleisch. Dann wog er es einen Augenblick in der Hand. Es war warm und zart, ein vorzügliches, saftiges Stück. Aus den verschütteten Tiefen seiner Erinnerung kamen ihm Worte in den Sinn, die man ihn vor fünftausend Jahren gelehrt hatte, als er jung war und der neue König und bei der nächtlichen Zeremonie der Heiligen Hochzeit vor den Priestern Uruks kniete:

Was gut dir selbst erscheint
Verbrechen ist es vor dem Gott.
Was deinem Herzen böse scheint
Gut ist es vor deinem Gott.
Wer könnte begreifen, was die Götter sinnen
In den Tiefen ihres Himmels?

»Nimm es schon«, keuchte Herodes. »Iß!«

Ja, dachte Gilgamesch. Das ist der Weg. Er hob den Fleischbrocken an die Lippen.

»Ayayya! Ayayya! Ayayya!«

Er biß kräftig hinein, schmeckte und schluckte, und von dem nahen Vulkan erklang ein schreckliches Getöse, und die Erde erbebte, und als er das verbotene Fleisch kostete, drang im gleichen Augenblick die Erkenntnis in ihn.

Es war, als werde er zum Gott. Alle Dinge lagen offen vor ihm da, oder so kam es ihm jedenfalls vor. Nichts war mehr verborgen. Seine Seele wurde emporgetragen, und er blickte hinab auf allen Raum und alle Zeit.

»Deine Freunde, Gilgamesch«, flüsterte eine Stimme von hoch oben. »Vergiß nicht – deine Freunde!«

Nein, er wollte sie nicht vergessen.

Er schickte seine Seele hinüber in den Hund, der das Wespenweib war, das einst eine Sünderin und ein Mensch gewesen war. Ohne Schwierigkeit unterschied er die menschliche Seele von der des Hundes und des Insekts und trennte sie von ihnen, hielt sie einen Augenblick lang fest und entließ sie dann wie einen Vogel, den man von der Hand in den Himmel fliegen läßt. Es kam ein langes dankbares Seufzen, dann war die verirrte Seele verschwunden, und Ajax lag zusammengerollt zu Gilgameschs Füßen und schlief, und von dem Wespenwesen war nichts mehr zu sehen.

Sodann wandte er sich Herodes zu. Schaute die Traurigkeit in ihm, die Schwäche, das Verlangen. Sah auch den raschen beweglichen Geist, die Wärme, die sich danach sehnte, anderen angenehm zu sein. Und er berührte Herodes tief innerlich, nur einen Augenblick lang, und ließ etwas von sich über die kleine Entfernung von Seele zu Seele hinüberfließen. Einen Hauch von Stärke; einen Hauch von Unverwüstlichkeit. *Hier,* dachte er, *nimm das von mir; und behalte etwas von mir in dir, für die Zeiten, wenn es dir nicht genügt, du selbst zu sein.*

Herodes schien zu glühen. Er lächelte, er weinte, er neigte den Kopf. Und er fiel auf die Knie und sprach ein Dankgebet.

Gilgamesch fühlte die Gegenwart Calandolas, der furchtbar auf ihn eindrang wie ein Titan. Wie ein Gott. Aber dennoch nicht länger bösartig. Kühl, leidenschaftslos, erhaben, diente er nun nur noch als Brennpunkt für das fremdartige Ritual der Seelenverschmelzung.

»Suche du nun nach dem, was du wissen willst, Gilgamesch«, sagte der Jaqqa. »Die Zeit ist gekommen.«

Ja. Ja. Die Zeit ist da. Also – Enkidu?

Wo?

Ah, da. Da war er, in der engen hochwandigen Schlucht, unter den Karawanenleuten, die gestohlene Juwelen transportierten. Da war der umgestürzte Wagen, und jetzt stand er wieder. Van der Heyden fuchtelte Befehle gebend herum. Und dann – dann verdunkelten plötzlich zwei von diesen knatternden wirbelnden Flugmaschinen der Später Toten, Helikopter, Schraubflieger, hießen sie, den Himmel, stiegen aus dem Nichts herab und fügten sich mit gespenstischer Genauigkeit zwischen die Wände der Schlucht. Die Leute im Treck brüllten, rannten, um Waffen zu holen. Die Flugmaschinen schwebten in doppelter Mannshöhe über dem Boden – aus den Seiten ragten Waffenläufe – das brutale Knallen von Geschoßsalven aus Maschinengewehren – rennende, schreiende, zu Boden stürzende Menschen …

Geduckt hinter einem der Wagen, Enkidu, der irgendwoher eine Automatikwaffe mit beiden Händen hielt und zurückfeuerte.

Eine Gestalt, die sich aus dem näheren Schmetterflieger beugte, warf etwas hinunter – es war eine Splitterbombe – schwarzer Qualm, Schreie, überall lagen scheußlich verstümmelte Menschen.

Und Enkidu schoß immer noch weiter …

»Nein!« brüllte Gilgamesch. »Enkidu! Nicht!«

Aber es war, als schrie er in einem Traum. Er war machtlos. Er war kein Gott; und er wußte, daß seine Vision bereits heillos und unrettbar in der Vergangenheit verkapselt war. Enkidu stürzte wie rasend auf den näheren Flugkörper zu, als wollte er ihn mit den Händen in Stücke brechen – einer der Später Toten, ein Mann mit kurzgeschorenen blonden Haaren und kalten blauen Augen, sah verblüfft heraus, griff nach hinten, brachte eine Granate zum Vorschein und entschärfte sie und warf sie – ein plötzlicher greller Feuerschein wie von einer kleinen Sonne – Enkidu mitten darin, kurz sichtbar, taumelnd, niederstürzend …

Niederstürzend …

Und dann war da, wo Enkidu gewesen war, nichts mehr. Wieder einmal war sein Geist fortgerissen worden an jenen rätselhaften Ort des Totentodes, wohin die gesandt werden, die in der Nachwelt zugrunde gegangen waren. Und dort würde er bleiben und warten, im Limbus, ein Jahr vielleicht, eintausend Jahre, vielleicht eine halbe Ewigkeit, man konnte es nie vorhersagen, bis es wieder soweit war, daß er einen atmenden Körper zugeteilt erhielt und in das nachweltliche Totenleben entlassen wurde.

»Wo soll ich ihn suchen? Ihn finden?« fragte Gilgamesch, ganz benommen von Trennungsweh.

Und eine Stimme gab Antwort: »Du mußt ihn suchen in Uruk, der an Schätzen reichen Stadt!«

Gilgamesch schüttelte heftig den Kopf. »Es gibt kein Uruk!«

»Nein? Bist du sicher, König Gilgamesch? Wurde dir das an Wissen offenbart?«

»Aber …«

Er schaute. Und sah. Und die Schleier über seiner Erinnerung verzogen sich.

Uruk!

Da lag es, schimmernd über einer weiten dunklen Ebene, eine weiße Stadt, strahlend wie ein Juwel. Da war die Stufenplattform mit den Tempeln, die heiligen Gebäude, die Prozessionsstraßen. Uruk. Nicht das Uruk, in dem er geboren wurde, König war und starb, sondern jenes zweite Uruk, Neu-Uruk, das der Nachwelt, dieses große Uruk, das er …

– gegründet hatte …

– hundert Jahre lang regierte, oder waren es tausend …

– er – *er*, ein König in der Nachwelt …

Er erblickte sich selbst auf dem Thron. Umringt von Hofbeamten, Bittsteller mit Gesuchen, Abgesandte aus anderen Fürstentümern der Nachwelt. Er sah sich Edikte erlassen, Pläne begutachten, die Feldherrn seiner siegreichen Armeen begrüßen. Sah sich als König in der Nachwelt wie in der Welt vor dieser. Sah und erkannte, daß es eine wahre Vision sei.

Die Erkenntnis brach über ihn herein wie ein Sturzbach und wusch alle eingebildeten Gewißheiten fort, nach denen er sein Leben so lange eingerichtet hatte. Wie hatte er glauben können, er sei ausgenommen von der allgemeinen Regel, daß in der Nachwelt die Helden die Mühsal und Kämpfe ihres Lebens wiederholen müssen? Wie konnte er sich so täuschen und glauben, er und Enkidu hätten während ihrer vielen tausend Jahre in der Nachwelt weiter nichts getan, als umherzustreifen, zu jagen, weiterzuwandern und sich hochnäsig einen Dreck um die Ehrsucht zu kümmern, die in allen anderen glutheiß zu brennen schien? Natürlich hatte er auch in der Nachwelt nach Herrschaft gestrebt. Natürlich hatte er auch hier einst Anhänger um sich geschart, hatte eine Stadt erbaut und sie prächtig gemacht und gut gesichert gegen alle Angreifer. Wie hätte es auch anders sein können? War er denn nicht der König Gilgamesch?

Und dann ... dann ...

Dann das alles zu vergessen ...

Er verstand nun. In der Nachwelt war niemals Verlaß auf Erinnerung. Wie oft hatte er das schon gesehen! Ganze Jahrhunderte konnten in einem flüchtigen Augenblick zusammenfallen und waren vergessen. Ganze Reiche konnten entstehen und blühen und ohne Erinnerung untergehen. Hier gab es keine Geschichte. Es gab auch wirklich keine Vergangenheit, sondern nur einen Brei aus zusammenhanglosen Ereignissen, und es gab auch keine Zukunft; und auch kaum eine Gegenwart.

In der Nachwelt war alles Fluktuation und Veränderung, obgleich sich unter dem oberflächlichen Schein nie etwas wirklich veränderte. Gilgamesch hatte ehrlichen Herzens geglaubt, die Zeit hätte die Lust an der Macht in ihm erlöschen lassen. Vielleicht war es ja so. Aber es war ihm jetzt nicht mehr möglich, all das zu leugnen, was er so lange auch vor sich selber hatte verbergen können. Nun wußte er, warum alle diese kleinen Leute hier in der Nachwelt so versessen waren auf Verschwörungen und Revolutionen und die sonstigen Machttrips. Was außer solchem Streben konnte einen sonst davor bewahren, in dieser Ewigkeit verrückt zu werden? Aber er hatte das hinter sich gelassen, hatte er jedenfalls geglaubt. Vielleicht. Vielleicht. Doch vielleicht war er auch noch nicht völlig darüber hinausgewachsen.

Und so stand er, benommen und staunend, mitten im Wirbel von Calandolas Orgie. In ihm loderte die verbotene Speise, die ihm die Augen geöffnet hatte.

Enkidu war erneut gestorben. Uruk Wirklichkeit geworden. Er selbst noch nicht gänzlich gefeit gegen die Gier nach Macht.

Nun habe ich also die Erkenntnis, dachte Gilgamesch.

Er sank auf die Knie, bedeckte das Gesicht mit den Händen, und schwere Seufzer der Trauer und Bekümmernis schossen ihm durch den Leib. Aber ob er um Enkidu trauerte – oder um sich selbst, das hätte er nicht sagen können.

»So bald schon?« fragte Simon. »Wozu deine Eile? Wir benötigen Zeit, um alles richtig zu planen.«

»Ich gedenke, in spätestens fünf Tagen, oder eher, nach Uruk aufzubrechen«, sagte Gilgamesch. »Du magst mit mir ziehen oder nicht, wie es dir gefällt. Ich habe meinen Bogen. Ich habe meinen Hund. Ich bin es durchaus gewohnt, allein durch die Wildnis zu ziehen.«

Simon wirkte verwundert. »Noch vor ein, zwei Tagen hatte ich den Eindruck, es sei höchst zweifelhaft, ob du überhaupt nach Uruk ziehen willst. Es sah nicht einmal so aus, als glaubtest du daran, daß es diese Stadt gibt. Und nun – nun kannst du es kaum erwarten aufzubrechen. Was hat dich denn so plötzlich umgestimmt?«

»Spielt das eine Rolle?« fragte Gilgamesch.

»Es ist wegen deinem Freund, wegen Enkidu, ja? Irgendeiner von unseren Zauberern hat dir geweissagt, daß er in Uruk auf dich wartet. Habe ich recht?«

»Enkidu ist tot.«

»Aber seine Wiedererweckung findet in Uruk statt. Und bis du dort ankommst, ist er dort und wartet auf dich? Richtig?«

»Es könnte so sein.«

»Dann besteht kein Grund zur Eile. Er wird dort warten, bis du kommst. Wann immer das sein mag. Entspanne dich, Gilgamesch. Wir wollen die Sache doch anständig organisieren. Mit ausgesuchten Männern, vernünftiger Ausrüstung, die Landrover müssen gründlich durchgecheckt werden …«

»Dann mach du das alles, bitte. Ich habe nicht vor, hier länger herumzuwarten.«

Simon seufzte. »Hast. Überstürzung. Einfach lospreschen, ohne es vorher einen Moment lang zu durchdenken! Das ist nicht meine Art. Und ich hätte es auch nicht von dir gedacht. Ich glaubte, du bist anders als alle die übrigen hirnlosen Helden.«

»Das glaubte ich auch«, entgegnete Gilgamesch.

»Zehn Tage?« sagte Simon.

»Fünf!«

»Hab Erbarmen, Gilgamesch! Frühestens in acht Tagen. Ich habe hier Verpflichtungen. Ich muß einen Geschäftsplan für meinen Vizekönig aufstellen. Und es gibt Erlässe zu unterzeichnen. Requirierungen anzuordnen …«

»Also gut, acht Tage«, sagte Gilgamesch. »Keine neun!«

»Acht Tage«, sagte Simon.

Gilgamesch nickte und ging. An der Tür im Vorzimmer kauerte Herodes, der wahrscheinlich gelauscht hatte. Nein, der ziemlich sicher gelauscht hatte. Er hob den Blick, schaute aber Gilgamesch nicht in die Augen. Seit ihrem letzten Besuch in Calandolas Höhle war Herodes zurückhaltender geworden, scheu, in sich gekehrt, als könne er die Erinnerung an das erschreckende Ritual nicht ertragen, in das er Gilgamesch verführt hatte.

»Du hast es gehört?« fragte Gilgamesch.

»Was gehört?«

»In acht Tagen brechen wir nach Uruk auf, Simon und ich.«

»Ja. Ich weiß.«

»Und du wirst Vizekönig, glaube ich. Das tut mir leid für dich.«

»Nicht nötig.«

»Aber du wolltest doch das nicht.«

»Nein, ich wollte nicht Vizekönig werden. Aber das werde ich auch gar nicht. Es gibt also kein Problem.«

»Ja, wenn nicht du, wer denn dann?«

Herodes zuckte die Achseln. »Ich habe keine Ahnung. Von mir aus Calandola.« Zögernd streckte er die Hand nach Gilgamesch aus, unsicher, berührte ihn beinahe am Arm. »Laß mich mit dir gehen!« sagte er hastig.

»Was?«

»Nach Uruk. Ich kann nicht länger hier bleiben. Ich gehe mit dir. Überallhin.«

»Sprichst du im Ernst?«

»Es ist mir so ernst wie noch nichts in meinem Leben.«

Gilgamesch betrachtete den kleinen Mann eindringlich und lange. Ja, er schien es wirklich ehrlich zu meinen. War anscheinend ehrlich willens, die Annehmlichkeiten und schalen Gruselschauder in Brasil aufzugeben, um auf gut Glück durch das Hinterland der Nachwelt zu streifen? Doch, ja, er schien es wirklich und wahrhaftig zu wünschen. Vielleicht hatte ihn das Erlebnis in der Höhle tief unter der Stadt verändert. Es war ja auch schwer vorstellbar, daß einer so etwas mitmachte und unverändert daraus hervorging. Doch vielleicht lag die Wahrheit ganz woanders, und der klägliche kleine Herodes hatte sich bloß wieder in eine neue Klammerbindung verstiegen, die er nicht durchbrechen konnte.

»Nimm mich mit dir«, sagte Herodes noch einmal.

»Es wird eine anstrengende Tour, Herodes. Du hast dich hier an ein leichtes bequemes Leben gewöhnt.«

»Ich kann mich auch an etwas anderes gewöhnen. Laß mich mit dir gehen.«

»Ich halte das nicht für gut.«

»Du brauchst mich, Gilgamesch.«

Gilgamesch hatte Mühe, darüber nicht laut zu lachen. »Ich brauche dich?«

»Du wirst wieder König sein, wenn du in Uruk ankommst, nicht? Du wirst es sein wollen. Du kannst es vor mir nicht verheimlichen, Gilgamesch. Ich war bei dir, als du die Erkenntnis empfingst. Und ich habe sie ebenfalls empfangen.«

»Und falls ich wirklich wieder König werde?«

»Dann brauchst du einen Narren«, sagte Herodes. »Jeder König braucht einen Hofnarren. Auch ich hatte einen, als ich ein König war. Doch irgendwie finde ich, daß ich mich für die Rolle des Narren besser eigne. Nimm mich mit. Ich mag nicht hier in Brasil bleiben. Und ich will nicht noch einmal in Calandolas Höhle hinabsteigen. Es wäre möglich, dort noch einmal an einem Festschmaus teilzunehmen. Oder ich würde vielleicht *selbst* als Essen im Kessel landen dort unten. Willst du mich nicht mit dir gehen lassen, Gilgamesch?«

Gilgamesch zögerte, zog die Brauen zusammen. Schwieg.

»Warum nicht?« drängte Herodes. »Warum?«

»Tja«, sagte Gilgamesch. »Warum nicht?« Sein eigener Lieblingsausspruch wehte ihn hier wieder an. Dieses große *Warum nicht?* der nicht endenwollenden Nachwelt.

»Und? Wirst du?« fragte Herodes.

»Tja«, sagte Gilgamesch noch einmal. Die Vorstellung war nicht ganz ohne Reiz, fand er. Seit dem Aufenthalt in Calandolas Höhle hatte er den kleinen Hebräerkönig eigentlich irgendwie liebgewonnen. Sicher, er steckte voll Schwächen, aber da war auch diese starke Menschlichkeit und Toleranz. Und Herodes war intelligent und zugleich klug, eine gute, nicht übermäßig verbreitete Mischung. Er konnte ein anregender Gefährte werden, wenn er nicht gerade säuselte und quasselte. Höchstwahrscheinlich ein besserer Weggefährte als dieser alte Weinsäufer Simon. Und möglicherweise würde Herodes ja nicht dermaßen viel schnattern und summen und quatschen, wenn sie erst einmal draußen im Outback durch die rauhe Wildnis zögen. Es war eigentlich gar nicht so unsinnig. Doch. Ja. Gilgamesch lächelte und nickte zustimmend.

»Warum nicht, Herodes? Warum nicht?«

12

BRAUN UND GELB schien sich die westliche Schotterwüste der Nachwelt Millionen Meilen weit vor Gilgamesch und seinen Reisegefährten zu dehnen, über den Horizont hinaus und zu beiden Seiten bis in den Himmel. Vielleicht war das ja wirklich so. Die enge bröckelige Landstraße, auf der sie dahinzogen, schien hinter ihnen zu verschwinden, sobald sie ein Stück weiterfuhren, als verschluckten hinter ihnen gierige Dämonen die brüchigen Pflastersteine, und vor ihnen schien die Straße in mehrere verschiedene Richtungen gleichzeitig zu führen.

»... aber zweifellos wirst du mir doch zustimmen, Gilgamesch«, sagte Simon der Magier, »daß es besser ist, in der Nachwelt ein Herrscher zu sein, als Sklavendienste zu tun.«

»Ich fürchte, du zitierst nicht ganz korrekt«, erwiderte Gilgamesch ruhig. »Aber das macht nichts. Wir haben in unserem Diskurs den Faden verloren, sofern es da je einen gab. Habe ich mich über dich lustig gemacht? Schön, wenn ja, dann ersuche ich dich, mir zu vergeben, Simon. Ich tat es nicht absichtlich.«

»Geredet wie ein König. Es gibt keine Ranküne zwischen uns. Magst du noch einen Schluck Wein?«

»Ja, warum nicht?« sagte Gilgamesch.

Tag und Nacht war die Karawane ohne Unterbrechung über das öde unfruchtbare Land dahingerollt. Die Küste über der Inselstadt Brasil hinauf, in der Hoffnung, eine Stadt zu entdecken, deren Existenz bislang nur bloße Vermutung und Spekulation war.

Gilgamesch trank schweigend. Der Wein war in Ordnung. Er hatte schon Übleres getrunken. Doch nach tausenden Jahren konnte er sich noch immer lustvoll an den Geschmack des süßen kräftigen Weins und des dicken schäumenden Biers im Sumer-Land erinnern. Ach, besonders der Wein! Wie viele Krüge dieses dunklen purpurnen Getränks hatte er gemeinsam mit Enkidu in ihrem alten Leben geleert! Wahrlich, der Wein erhob des Mannes Seele und Herz. Doch hier in der Nachwelt war wenig Gelegenheit zur Erhebung, und der Wein brachte nur flüchtige Freude. Ein kurzes Prickeln auf der Zunge, und dann war es vorbei. Aber hier erwartete man ja auch nicht mehr. Einst, anfangs hatte er das anders gesehen. Er hatte geglaubt, hier sei eine Art zweites Leben, in dem man echte Leistung erringen, wirkliche Ziele durchsetzen konnte, echte Lust erfahren, große Reiche gründen konnte. Nun ja, es war ein Sekundärleben, ein Über-Leben, das war nicht zu bezweifeln. Aber der Wein, der hatte hier nur einen sehr blassen Geschmack. Genau wie die Leiber der Frauen oder ein warmes duftendes Stück Bratenfleisch. Hier war nicht der Ort, an dem echte Freude, wirklicher Genuß zu finden war, wie er sie in Erinnerung hatte. Hier lebte man einfach weiter und weiter und weiter. Diese Nachwelt war in sich selber sinnlos, und deshalb war auch jegliches Streben hier sinnlos. Zu diesem kühlen, trostlosen Schluß war Gilgamesch schon vor langer Zeit gekommen. Und er fand es reichlich verwirrend, daß so wenige dieser großen Heroen, dieser Sultane, Kaiser und Pharaonen und wie sie sonst hießen, während ihrer langen Aufenthaltsdauer hier diese Wahrheit nicht begriffen hatten.

Er wackelte mit dem Kopf, um diese Gedanken, die nicht mehr zu ihm passen wollten, wegzuschütteln. Er hatte kein Recht mehr, den Ehrgeiz anderer Männer verachtungswürdig zu finden, seitdem er durch die Hände Imbe Calandolas in Brasil das Wissen empfangen hatte.

Und er erinnerte sich, daß auch er in der Nachwelt mit Königtum herumgespielt hatte, sogar er, der ernüchterte und abgeklärte Gilgamesch. Er hatte an diesem Ort des Chaos nach Macht gestrebt, und er hatte sie gewonnen, und hatte eine große Stadt gegründet und daselbst in großer Herrlichkeit geherrscht. Und dann hatte er das alles vergessen und war brav und fromm durch die Nachwelt getrabt und hatte fest und überzeugt behauptet, daß er über derlei irdisches Wunschverlangen hinaus sei.

Es stand ihm schlecht an, andere für ihren Ehrgeiz und ihren Stolz auf Errungenschaften zu schmähen. Er hatte einfach vergessen, daß er auch so war, da lag der Fehler. In der Nachwelt konnte einer alles vergessen. Das verstand er nun. Erinnerung war hier etwas Zufälliges. Ganze Erlebnissegmente versackten einfach, tausend Jahre turbulente Geschehnisse. Um dann unerwartet wiederzukommen und einen Mann in tiefste Seelenwidersprüche zu verstricken.

Gilgamesch fragte sich, ob die fiebernde Machtgier, die er derart verächtlich gefunden hatte, ihn nicht über kurz oder lang erneut packen würde. Die Nachwelt konnte einem geschickt gegensätzliche Feuer in der Brust entfachen, das wußte er: Wovon einer zutiefst überzeugt war, daß er so etwas nie tun würde, dabei ertappte man sich hier dann mit hoher Wahrscheinlichkeit.

»Nun *sieh* dir bloß diese Gegend an!« murrte Simon. »Es wird immer scheußlicher. Immer schlimmer!«

»Ja«, antwortete Gilgamesch. »Wir sind an den Rand des Nichts gelangt.«

Anfangs hatte die Expeditionskarawane aus sieben Geländefahrzeugen bestanden – Simons vergoldetem kugelsicheren Palankin; zwei weniger prunkvollen Sänften für Gilgamesch und Herodes; und vier weiteren Vehikeln für das Gepäck und die Sklaven. Doch am dritten Tage war ganz plötzlich die Straßendecke unter den letzten Wagen des Bagagetrosses eingebrochen, und in purpurnen Flammen und mißtönendem Geheul unsichtbarer Geister war der letzte Landrover verschluckt worden. Dann, zwei Tage später, hatte Simons grandiose Motorkutsche plötzlich Pestbeulen an der schimmernden Panzerung entwickelt, war wie von scheußlichen Pockennarben bedeckt, und das Fahrgestell hatte begonnen zu schmelzen und zu zerfließen, wie wenn es von einer Säure zerfressen würde. Also blieben ihnen nur fünf Landrover. Simon reiste verstimmt und genervt mit Gilgamesch im vordersten Wagen und tröstete sich mit gewaltigen Mengen des süßen dunklen Weins.

Dieses angebliche Uruk, das sie suchten, dachte Gilgamesch, konnte irgendwo im Norden liegen, im Süden, Osten oder Westen. Oder auch ganz woanders. Oder nirgendwo. Vielleicht war Uruk ja überhaupt nur ein Gerücht, eine Vision, ein phantastischer Wunschtraum, die Ausgeburt der überhitzten Einbildung irgendeines Lügners vielleicht, dunstverhangene mündliche Überlieferung. Vielleicht würden sie hundert Jahre danach suchen, oder tausend, und es niemals finden.

Also war diese Queste möglicherweise ein törichtes Unternehmen. Doch nicht zu suchen, das wäre wohl ebenso beschränkt und dumm. Selbst für den Fall, daß Uruk nur ein Trugbild und Traum war, was würden sie schon verlieren, wenn sie danach suchten! »Zeit ist Geld«, hatte einst jemand Gilgamesch gesagt – dieser seltsame alte Knabe Ben Franklin? Oder Sennacgerib aus Assyrien? *Time is Money?* Ganz falsch, dachte Gilgamesch. In der Nachwelt ist Zeit nichts wert, gar nichts. Und wenn ich auch nur die kleinste Chance habe, auf diese Weise Enkidu zu finden – und Simon die Juwelen, nach denen er lechzt –, schön, warum denn dann nicht? Die einzigen Alternativen dazu wären Nichtstun, Stagnation, Hoffnungslosigkeit. Und schlimmstenfalls würden sie eine Enttäuschung erfahren; aber wenn man gar nichts tut, kann man nicht damit rechnen, je irgend etwas zu erreichen.

Simon rutschte unruhig auf seinem Sitz neben Gilgamesch hin und her und sagte besorgt: »Ich glaubte, wir würden durch ein Gelände voller Marschen und Seen ziehen, nicht durch eine Wüste. Das da sieht aber ganz und gar nicht so aus wie auf der Landkarte, die der Karthager mir verkauft hat.«

Gilgamesch zuckte die Achseln. »Warum sollte es denn? Diese Karte war ein Traum, Simon. Diese Wüste ist ein Traum. Und die Stadt, nach der wir suchen, ist wahrscheinlich ebenfalls nur ein Traum.«

»Aber wieso hattest du es dann so eilig, von Brasil aufzubrechen?«

»Auch wenn es nicht existieren sollte, ist das kein Grund, nicht danach zu suchen«, erwiderte Gilgamesch. »Und sobald wir uns einmal für die Queste entschieden haben, ist es einfach besser, je früher wir damit beginnen, statt es hinauszuschieben.«

»Kein Römer würde solch einen Unsinn reden, Gilgamesch.«

»Möglich. Aber ich bin kein Römer.«

»Manchmal habe ich so meine Zweifel, ob du überhaupt ein menschliches Wesen bist.«

»Ich bin eine arme verdammte Seele, genau wie du.«

Simon schniefte verächtlich und reichte einem Sklaven eine neue Flasche Wein zum Entkorken. »Hört euch den an! Eine arme verdammte Seele, sagt er! Seit wann glaubst du denn an Gericht und Verdammung und dieses ganze hohle Blech der Spät-Toten? Und willst du mich etwa täuschen mit diesem schniefenden Selbstmitleid? Eine arme verdammte Seele! Welche arrogante Heuchelei! Du könntest nicht einmal überzeugend zerknirscht sein, wenn dein Leben davon abhinge! Oder dich ernstlich selber auch nur eine halbe Minute lang bemitleiden! Du bist dafür einfach zu verdammt vornehm!« Damit ergriff Simon die geöffnete Flasche, trank einen tiefen bedächtigen Schluck und nickte, dann rülpste er und bot Gilgamesch die Flasche an. Dieser trank gleichgültig, ohne den Geschmack des Getränks richtig zu bemerken.

»Aber ich meinte es wirklich ganz im Ernst«, sagte er nach einiger Zeit. »Wir alle hier an diesem Ort sind Verdammte, auch wenn das wohl jeweils für verschiedene Leute etwas ganz Verschiedenes bedeutet. Und arm sind wir alle, ungeachtet der Truhen voller Schätze, die wir horten, denn hier ist alles Dämonenwerk und Truggold, ohne Substanz und Gehalt, und nur ein Narr sieht das nicht ein.«

Simons fleischiges Gesicht wurde dunkelrot, und die Flecken und Schwellungen traten deutlicher und zornig hervor. »Mach dich nicht lustig über mich, Gilgamesch. Ich bin durchaus willens, mir eine Menge von deiner Überheblichkeit gefallen zu lassen, weil ich weiß, daß du zu deiner Zeit etwas ganze Besonderes gewesen bist, und weil du viele Eigenschaften besitzt, die ich bewundere. Aber treib keinen Spott mit mir! Und behandle mich nicht so von oben herab!«

»Tu ich das denn, Simon?«

»Unablässig. Du überheblicher aufgeblasener sumerischer Bastard!«

»Wieso verspotte ich dich, indem ich dir sage, ich nehme die Tatsache hin, daß die launischen Götter mich mit einem Fingerschnippen an diesen Ort hier geschickt haben – ebenso wie dich oder Herodes oder jedermann, der jemals auf Erden atmete? Wieso verspotte ich dich, wenn ich zugebe, daß ich nichts weiter bin und niemals etwas anderes war als ein Spielzeug in ihrer Hand – genau wie du?«

»Du, Gilgamesch? Ein Spielzeug in der Hand der Götter?«

»Du glaubst also, daß wir hier einen freien Willen haben?«

»Nur ein Schwachkopf könnte etwas anderes glauben. Versteh doch, Gilgamesch, es gibt nun einmal Herrschertypen und Sklavennaturen«, sagte Simon. »Auch hier in der späten Nachwelt wohne ich in einem mit Rubinen und Smaragden geschmückten Palast und habe Hunderte von Dienern, die mir das Badewasser bereiten, meine Karossen fahren und mir das Mahl zurichten. Und es ist ein verdammt viel angenehmeres Leben als das, was ich in Samaria hatte, oder sogar in Rom. Ich bin hier – wie seinerzeit in der anderen Welt – eine Führerpersönlichkeit für die Leute. Drüben hatte ich eine Sektengemeinde, hier herrsche ich über eine reiche Insel. Bloßer Zufall? Oder freier Wille, Gilgamesch? – Nein! Weil ich es so möchte. Weil ich mich so entschieden und hartnäckig und ehrlich darum bemüht habe.«

»Die Speisen, die du verzehrst, schmecken sie dir?«

»Man sagt mir nach, daß ich die feinste Tafel dieser ganzen Nachweltregion führe.«

»Die feinste, zweifellos. Aber genießt du, schmeckt es dir, was du ißt? Oder ist nicht das Feinste nur eine winzige Spanne von vulgärer Gemeinheit entfernt, Simon?«

»Jupiter und Isis, Mann! Sei doch kein Esel! Das hier ist das Leben nach dem Leben! Wir sind allesamt *tot*, Gilgamesch. Wer erwartet denn da schon, daß das Essen besonders gut schmeckt!«

»Tot? Aber das ist doch nur ein Wort. Wir sind gestorben; und aus irgendwelchen, nur den Göttern plausiblen Gründen leben wir erneut. Wir atmen, wir haben Hunger, wir fühlen Schmerz, wir empfinden Hitze oder Kälte, Nässe und trockene Geborgenheit. Das hier ist kein gespenstisches Schattendasein, in dem wir stecken. Es ist von anderer Art als unser vorheriges Leben, doch es ist ein ganz eigenes Leben. Und kein sehr angenehmes.«

»Vielleicht nicht für dich, Gilgamesch. Sicher, es gibt da gewisse Nachteile und nicht gerade ideale Besonderheiten. Aber dennoch, ich nutze meine Möglichkeiten, so gut es geht. Wie das jeder leidlich intelligente Mensch tun würde.«

»Richtig«, erwiderte Gilgamesch beißend. »Wie du so

hartnäckig betonst, besitzt du ja einen freien Willen. Verwässert nur durch ein paar belanglose Unannehmlichkeiten.«

»Die Nachteile dieses Ortes hier haben mit dem Problem der freien Willensentscheidung keinen Dämonenfurz zu tun; im übrigen ist es eine törichte Streitfrage, ein Haufen pfeifende Luft, ausgedacht von Später Toten, die nichts zu tun hatten. Wieso sind manche Männer hier Könige und andere Sklaven, außer deshalb, weil wir uns unser Schicksal selbst schmieden?«

»Wir haben darüber bereits debattiert, glaube ich«, sagte Gilgamesch achselzuckend. Er wendete sich ab und blickte starr ins Land hinaus.

Zu beiden Seiten ragten üble zerklüftete Kliffs auf wie schartige Zähne. Die Luft hatte die Färbung von Dung angenommen. Der Boden zitterte wie eine über einen windigen Abgrund gespannte Decke. Ab und zu platzten gasartige schwarze Blasen auf. Alles schien zitternd in gespannter Bewegung. Ein blutfarbener Regen hatte eingesetzt, doch wie es hier oft geschah, kein Tropfen erreichte den ausgedörrten Boden. Magere hundeähnliche Tiere, die ganz aus Mäulern und Reißzähnen und Augen zu bestehen schienen, rannten neben der Straße her und sprangen hoch und jaulten und kläfften. In weiter Ferne erblickte Gilgamesch einen dunklen See, der auf die Seite gekippt zu sein schien. Die Straße vor ihnen verlief in irren Windungen zugleich nach rechts und links, ohne sich zu gabeln, und nun sah es so aus, als krümmte sie sich in den Himmel hinauf. Eine Teufelsstraße, dachte Gilgamesch, angelegt, um die zu quälen, die sie befahren. Ein Land der Dämonen.

»Die Karte des Karthagers ...« sagte Simon.

»War der reine Schwindel und Betrug«, warf Gilgamesch ein. »Sie wurde unter deinen Händen ganz leer, nicht wahr? Damit solltest du nur reingelegt werden. Vergiß die Karte, Simon. Wir sind, wo wir sind.«

»Und wo ist das?«

Gilgamesch breitete die Hände aus, beugte sich vor und versuchte mit zusammengekniffenen Augen eine Orientierung zu finden.

Doch da draußen war alles nur verwirrend und widerwärtig. Und er begriff, es war töricht, wenn er versuchte, es zu begreifen.

In der Nachwelt durfte man niemals hoffen, Entfernungen oder räumliche Bezüge zu verstehen, oder den Ablauf der Zeit, die Ausmaße von Dingen – oder sonst etwas. Wenn einer weise war, nahm er alles so hin, wie es kam, und stellte keine Fragen. Das, dachte er, war das Grundprinzip in der Nachwelt, die alles andere hier bestimmende Haupteigenschaft der Nachwelt. *Man nimmt es, wie es kommt.* Und was immer Simon Magus behauptete: Keiner war hier der Schmied seines eigenen Geschicks. Wer so etwas glaubte, betrog sich nur selbst.

Plötzlich verschwand draußen der ganze Wahnsinn, wie von einer Hand weggewischt. Aus Rissen im Boden wuchs dicker grauer Dunst herauf und klebte wie ein Baumwolltuch über allem und hüllte alles in dichte Düsternis. Der Landrover bockte und hielt an. Der nachfolgende, in dem Herodes aus Judäa saß, konnte nicht so rasch halten und krachte dröhnend gegen das Heck des vorderen Wagens.

Dann griffen unsichtbare Hände nach Simons Karosse und begannen sie auf und nieder zu schaukeln.

»Was ist denn jetzt schon wieder?« grunzte Simon. »Sind es Dämonen?«

Gilgamesch hatte bereits seinen Bogen von hinten geholt, den Pfeilköcher, seinen Bronzedolch.

»Räuber, glaube ich. Es sieht mir ganz nach einem Hinterhalt aus.«

Aus dem Dunst tauchten Gesichter auf und spähten durch die beschlagenen Fensterscheiben herein. Verwirrt blickte Gilgamesch zu ihnen hinaus. Glattes dunkles Haar, dunkle Augen, bräunliche Haut – unverkennbar vertraute Gesichtszüge …

Sumerer! Männer seines eigenen Blutes! Diese Gesichter hätte er überall erkannt!

Eine Meute aufgeregter Sumerer umringte den Zug, sprang herum, rüttelte an den Stoßstangen, brüllte!

Simon, entflammt von Zorn und trunkener Tollkühnheit, zog sein römisches Kurzschwert und fummelte am Türgriff herum.

»Warte!« sagte Gilgamesch, packte ihn am Ellbogen und zog ihn zurück. »Bevor du uns in ein Gemetzel stürzt, laß mich erst mal mit den Männern reden. Ich glaube, ich weiß, wer sie sind. Und ich glaube, wir wurden soeben von der Grenzpolizei der Stadt Uruk angehalten.«

In einem weiträumigen dumpfigen Kellerraum in der Straße der Gerber und Färber saß der Mann, der sich Ruiz nannte, unter knisternden, spuckenden Flutlampen an seiner Staffelei und arbeitete unentwegt in der totenstillen Nacht weiter. Sein Oberkörper war nackt. Er war ein untersetzter, kräftiger Mann, über seine Lebensmitte hinaus, mit tiefliegenden durchdringenden Augen und einem runden Schädel, den nur noch ein weißer Haarkranz zierte.

Die Arbeit ging beinahe gut voran. Beinahe. Doch es war schwer, verdammt schwer. Er konnte sich nicht daran gewöhnen, wie schwer ihm die Arbeit fiel. Droben war es immer ganz leicht gewesen, so natürlich wie das Atmen. Aber hier tauchten nervende Komplikationen auf, wie er sie im früheren Leben nicht gekannt hatte.

Er betrachtete angestrengt die vor ihm stehende Frau, dann die halb vollendete Leinwand, dann wieder die Frau. Er ließ ihre Eigentümlichkeit in sein Bewußtsein eindringen und sich dort ausbreiten und schwellen, bis sie seine Seele ganz erfüllten.

Was war sie für ein prachtvolles Geschöpf! Siehst du, wie sie da steht, wie eine Priesterin, wie eine Königin, wie eine Göttin!

Er wußte nicht einmal ihren Namen. Sie war eine von diesen uralten Frauen, von der die Stadt übervoll war, eine von diesen Babyloniern, Assyrern oder Sumerern, wie sie leicht direkt einem der alten Sandsteinreliefs aus Ninive gestiegen sein konnten, die sie im Louvre hatten. Schimmernde dunkle Augen, starke edle Nase, schimmerndes schwarzes Haar, im Nacken unter einem zierlichen Silberkrönchen mit Karneolen und Lapislazuli zusammengerafft. Die Frau trug ein prachtvolles Kleid, scharlachroter Stoff, von Silberfäden durchwirkt, an der Schulter mit einer langen geschwungenen Goldagraffe gehalten. Es fiel dem Mann, der seinen Namen als Ruiz angab, nicht schwer, sich vorzustellen, was sich unter der Robe verbarg, und wahrscheinlich würde sie, wenn er darum bat, die Hülle nur zu bereitwillig abstreifen. Vielleicht würde er sie bitten … Später. Jetzt aber brauchte er den Stoff für sein Bild. Die stark gemeißelten Linien waren wesentlich. Sie trugen dazu bei, der Frau diesen wundersam vorzeitlichen Ausdruck zu geben. Sie war Aphrodite, Eva, Ishtar, Mutter und Hure in einem, eine Göttin, eine Königin.

Sie war grandios! Aber das Bild … das Bild …

Mierda! Es ging schief, wie alle die anderen.

Zorn und Verzweiflung wühlten in ihm. Er konnte nicht abbrechen – er würde weitermachen, bis er schließlich ein Bild richtig hinbekam –, aber es war eine unablässige Qual für ihn, diese ungewohnten Fehlschläge, diese bestürzende Unfähigkeit, sich zum Herrn über die eigene Vision zu machen, wie ihm dies so triumphal in den über neunzig Jahren seines früheren Lebens gelungen war.

Überall im Raum stapelten sich Bilder, mitten zwischen gräßlichem Trödel, zerknüllten Hemden, schmutzigen Tellern, zerfetzten Hosen, alten Socken, wachsbetrauften Kerzenleuchtern, geleerten Weinflaschen, fortgeschleuderten Sandalen, Teilen verrosteter Maschinen, Treibholztrümmern, Scherben von Tongefäßen, ausgebleichten Decken, überquellenden Aschenbechern, Werkzeug, Pinseln, Gitarren ohne Saiten, Farbtiegeln, gebleichten Knochen, ausgestopften Tieren, Zeitungen, Büchern, Zeitschriften. Er malte die ganze Nacht hindurch, jede Nacht, und inzwischen – auch wenn er seine Arbeiten meistens wieder vernichtete, indem er die Leinwände neu bemalte – hatte er genügend Stücke zusammengebracht, um ein halbes Museum zu füllen. Aber es war alles falsch, alles, wertlos, Abfall. Schales, nutzloses Zeug, Imitationen seiner selbst, ja sogar Selbstparodien. Worin lag ein Sinn, wenn er die Harlekine und Gaukler noch einmal malte, oder die drei Musikanten? Das hatte er doch alles bereits geschaffen. Sich selbst wiederholen zu müssen, das war schlimmer als der Tod. Das Mädchen vor dem Spiegel? Die kubistischen Sachen? Die Demoiselles? Auch wenn sein jetziges neues Leben ewig währen sollte, was für eine Verschwendung, es damit hinzubringen, daß er sich mit Problemen herumschlug, die er längst gelöst hatte! Aber anscheinend konnte er nicht anders. Es war ihm fast, als liege ein Fluch auf ihm.

Aber dieses neue Modell – diese mesopotamische Göttin mit den funkelnden Augen – vielleicht würde sie ihn inspirieren und das Bild würde diesmal endlich gelingen.

Der Ansatz war kühn gewesen. Vertrau deinen Augen, vertrau deiner Hand, vertrau auf deine *cojones*, und male einfach, was du siehst. Schön. Sie posierte wie ein Berufsmodell, stolz und aufrecht, ohne die geringste Verlegenheit. Eine schöne Frau, etwa vierzig, in voller Reife. Er arbeitete mit der vollen früheren Sicherheit, er dachte, daß er vielleicht diesmal die Sache im Griff behalten würde, daß er vielleicht diesmal etwas wirklich Neues schaffen könnte, anstatt sich zu wiederholen. Ihre mythische Großartigkeit einfangen, diese urzeithafte weibliche Göttlichkeit dieser Frau aus Sumer oder Babylon, oder woher sie stammen mochte.

Doch das Bild veränderte sich ihm unter der Hand, wie dies immer der Fall war. Als hätte ein Dämon sich des Pinsels bemächtigt. Er mühte sich zu malen, was er sah, und es wurde wieder nur kubistisch, lauter Flächen und Kanten, dieses sinnwidrige Zeug, das zu malen er schon fünfzig Jahre vor seinem Tod aufgegeben hatte. *Mierda! Carajo! Me cago en la mar!* Er biß die Zähne zusammen und brachte das Bild wieder in den Zustand, den er haben wollte, doch nein, nein, es wurde ganz sanft und glatt und rötlichblau, Zeug aus seiner Rosa Periode, und wenn er es wütend übermalte, bekam das Bild wieder die scharfen Konturen seiner ›Demoiselles d'Avignon‹.

Abgestanden, schal und alt. Alt und schal geworden. Alt, alt, alt.

»*Me cago en Dios!*« sagte er laut.

»Wie bitte?« fragte die Frau. Die Stimme klang dunkel, rätselhaft und fremdartig. »Was bedeuten diese Worte?«

»Es ist Spanisch«, antwortete er. »Wenn ich fluche, fluche ich immer spanisch.« Jetzt sprach er englisch. Fast alle redeten sie so hier, sogar er, der in seinem anderen Leben diese Sprache so merkwürdig haßerfüllt verabscheut hatte. Aber man hatte nur die Wahl zwischen Englisch und Altlatein – und das fand er noch scheußlicher. Es erstaunte ihn, daß er jetzt tatsächlich englisch redete. Aber hier mußte man eben viele Konzessionen machen. Mit seinen Freunden sprach er noch immer französisch und mit seinen ältesten Freunden unterhielt er sich in Spanisch oder manchmal katalanisch. Mit Fremden war es dieses Englisch. Aber wenn er fluchte, dann immer spanisch. Immer.

»Du bist erzürnt?« fragte sie. »Auf mich?«

»Nein, nicht auf dich. Ich bin wütend auf mich selbst. Auf diese Pinsel. Auf den Teufel. Was für eine Hölle, diese Nachwelt!«

»Du bist drollig«, sagte sie.

»Drollig? Ja, stimmt. Genau das bin ich. Drollig.« Er legte einen Finger auf die Lippen. »Laß mich weiterarbeiten. Ich glaube, ich hab's jetzt.«

Das tat er dann auch wirklich für ein paar kurze Momente. Tief in die Leinwand hineingebeugt, konzentrierte er sich ganz auf seine Arbeit. Er verzog die Stirn, kaute an seiner Zigarette, kratzte sich am Schädel und malte mit raschen, sicheren Strichen. Die wunderbare Weibsgöttin wuchs ihm aus der Leinwand entgegen. In ihren Augen glühte ein seltsames uraltes Wissen. Doch er war machtlos. Das Bild kippte, es ging wieder schief, es machte sich immer wieder selbständig und entzog sich ihm: Knochen und Zähne zeigten sich, wo er Stoff und Fleisch haben wollte, und wenn er damit kämpfte, rutschte es in Neoklassizismus ab, mit schrillen Farben der Spätperiode und wieder Anflügen von Kubismus, die sich in der linken unteren Hälfte vorzudrängen versuchten. Es war ein unsäglicher Mischmasch, das war es, sämtliche seiner alten Stilrichtungen auf einmal. Dem Bild fehlte jegliches Leben. Ein Anfänger der Kunstakademie hätte so etwas malen können, wenn er genug getrunken hatte. Vielleicht brauchte er einfach ein neues Atelier. Oder Ferien, irgendwo. Aber, überlegte er, dies geht ja schon so, seit er hierher gekommen war, seit dem Tag – er zögerte, die Scheußlichkeit zu denken …

… seit dem Tag seines Todes …

»Also gut«, sagte er. »Genug für heute nacht. Du kannst es dir bequem machen. Wie heißt du?«

»Ninsun.«

»Hm. Ein wundervoller Name. Wunderbare Frau. Wunderbarer Name. Du kommst aus Babylon?«

»Aus Sumer«, sagte sie.

Er nickte. Da gab es einen Unterschied, aber er hatte vergessen, was es war. Morgen wollte er jemand bitten, es ihm zu erklären. Babylonier, Sumerer, Assyrer – alle diese Völker in Mesopotamien, er konnte sie einfach nicht auseinanderhalten. Die ganze Stadt hier wimmelte von Mesopotamiern aller Arten, aber in den ganzen fünf Jahren, die er hier nun hauste, war er nicht dazu gekommen, viel über sie in Erfahrung zu bringen. Fünf Jahre? Oder waren es fünfzig Jahre? Oder fünf Wochen? Irgendwie war es hier unmöglich, das genau zu sagen. Aber das spielte weiter keine Rolle. Überhaupt nicht. Vielleicht war aber nun der richtige Augenblick gekommen, die Frau zu bitten, aus ihrem bezaubernden Kleid zu schlüpfen.

Es klopfte an der Tür, das vertraute dreifache Klopfzeichen, und noch einmal: das Zeichen von Sabartés. Nein, es war also nicht der rechte Moment, dieser Priesterin, dieser Göttin, dieser sumerischen Zauberin solche Dinge anzudienen.

Nun, es würde andere Gelegenheiten geben.

Grunzend gab er das Zeichen, daß Sabartés eintreten könne.

Knarrend ging die Tür auf. Und da stand Sabartés und blinzelte. Sein langjähriger Freund, sein Vertrauter, mehr oder weniger auch Sekretär, Schutzwall gegen Störungen und Zudringlichkeiten – und in diesem Moment ärgerlicherweise selbst ein Störfaktor. Derzeit sah er aus wie ein junger Mann mit gesunden fleischigen Wangen und massenhaft wilden schwarzen Haaren auf dem Kopf, der Sabartés der tollen frühen Barcelona-Tage, damals 1902 oder so, als sie einander erstmals begegneten. Wären da nicht die Augen gewesen, das Kinn, die lange schmale Nase, man hätte ihn nicht wiedererkennen können, so vertraut war der Sabartés der späteren Jahre geworden. Es war eine der beiläufigen Perversitäten hier in der Nachwelt, daß die Menschen irgendwie alterslos zurückkehrten. Man gewöhnte sich nicht leicht daran. Der Mann namens Ruiz sah wie etwa sechzig aus. Sabartés knapp über zwanzig, dennoch kannten sie sich seit beinahe siebzig Jahren drüben im Leben, und noch ein paar Jahre mehr – waren es zehn? Zwanzig? Tausend? Hier im Leben nach dem Leben.

Sabartés erfaßte alles mit einem schweifenden Blick: die Frau, die Staffelei, die finstere Stirn seines Freundes. Scheu fragte er: »Pablo, störe ich?«

»Nur bei einem weiteren wertlosen Bild.«

»Ach, Picasso, du bist zu streng mit dir selber!«

Er schaute mit wütend funkelnden Augen hoch. »*Ruiz.* Du mußt immer daran denken, mich Ruiz zu nennen. Niemals Picasso!«

Sabartés lächelte. »Ruiz. Ruiz. Picasso, *nó.* Ruiz. Ach, ich werde mich nie daran gewöhnen!« Er machte eine Wendung und betrachtete bewundernd und mit einem kaum merklichen Anflug von verstecktem Neid die prachtvolle Sumerische Frau. Dann blickte er verstohlen zu der Leinwand auf der Staffelei, und über sein Gesicht huschten flüchtig die verschiedensten komplexen Gefühlsregungen, die der Mann Ruiz nach den vielen Jahren ihrer Freundschaft ebenso leicht zu entziffern vermochte, als läse er etwas von einem steinernen Epitaph ab: Mit Neid vermischte Bewunderung, wieder einmal, für das handwerkliche Können, Ehrfurcht und Unterordnung und Demut, für das Genie, und dann dunkler etwas, das Sabartés vergeblich zu verhehlen bemüht war, ein Ausdruck von Traurigkeit, von Mitleid, fast von herablassender Bekümmerung, nicht ganz ohne einen Anflug von perverser Schadenfreude darüber, daß das Bild mißlungen war. Einen solchen Gesichtsausdruck hatte Ruiz-Picasso in all ihren gemeinsamen Jahren im Leben niemals bei Sabartés gesehen; aber hier in der Nachwelt zuckte so etwas beinahe automatisch auf, sobald Sabartés sich eines der neuen Bilder betrachtete. Wenn dies so weiterging, dachte Ruiz-Picasso, würde er Sabartes das Privileg entziehen müssen, jederzeit zu ihm ins Atelier zu kommen. Es war unerträglich, derart von oben herab behandelt zu werden, besonders von ihm.

»Nun?« fragte Picasso. »Bin ich zu kritisch mit mir?«

»Das Bild steckt voller wunderbarer Sachen, Pablo.«

»Ja. Wundervolle Sachen, die ich vor ewiger Zeit schon hinter mir gelassen habe. Und da kommen sie wieder. Der Pinsel rutscht mir aus der Hand, Sabartés! Ich male *das* und herauskommt *das da.*« Er knurrte und spuckte aus. »*A la chingada!* Aber was überrascht uns da so? Hier ist so etwas wie eine Art Hölle, nicht? Und wer sagt, daß die Hölle ein gemütlicher Ort ist.«

»Niemand weiß, ob das hier die Hölle ist, Pablo«, sagte Sabartés sanft. »Wir wissen bloß, daß es die Nachwelt ist.«

»Worte!« schnaubte Picasso. »Nennt es doch, wie ihr wollt! Mir kommt es vor wie die Hölle, und hier regiert der Teufel! Früher mußte ich mich bloß mit den Kunsthändlern herumschlagen, und mit den Kritikern, aber hier und jetzt ist es der Teufel. Aber ich habe die aufs Kreuz gelegt, oder? Und ihn werde ich auch noch unterkriegen!«

»Das wirst du, ganz bestimmt«, sagte Sabartés. »Wie heißt denn dein neues Modell?«

»Ishtar«, sagte Picasso unbedacht. »Nein. Nein, das stimmt ja gar nicht.« Er hatte den Namen vergessen. Er sah zu der Frau hin. »*Como se llama, amiga?*«

»Ich verstehe nicht.«

Englisch, ach ja, erinnerte er sich. Wir reden hier ja englisch miteinander.

»Deinen Namen, sage ihn mir noch einmal, *guapa.*«

»Ninsun, ehemals Priesterin des Himmlischen Vaters An.«

»Eine Priesterin, Sabartés!« sagte Picasso triumphierend. »Verstehst du? Ich erkannte es sofort. Wir haben uns auf dem Markt getroffen, und ich sagte zu ihr: Komm und laß dich von mir malen, und dann wirst du ewig leben. Und sie sagte zu mir: Ich lebe auch jetzt schon ewig, aber du darfst mich trotzdem malen. Was für eine Frau, eh, Sabartés? Ninsun, die Priesterin.« Wieder wandte er sich zu der Frau. »Woher kommst du, Ninsun?«

»Aus Uruk«, sagte sie.

»Uruk, ja, natürlich. Wir sind hier alle aus Uruk. Aber vorher? Im alten Leben? Eh, *comprende?*«

»Das Uruk, das ich meine, war das alte Uruk, in Sumer, dem Land. Dem auf der Erde, als wir alle noch lebendig waren. Ich war die Gemahlin Lugalbandas, des Königs. Auch mein Sohn war ...«

»Siehst du?« krächzte Picasso. »Eine Priesterin und eine Königin!«

»Und Göttin«, sagte Ninsun. »Jedenfalls glaubte ich das. Als ich alt war, sagte mein Sohn, der König, zu mir, daß er mich zu den Göttern senden werde, damit ich unter ihnen lebe. Es gab in Uruk einen Tempel, der mir geweiht war, direkt am Fluß. Aber statt dessen erwachte ich hier an diesem Nachwelt genannten Ort, und der erscheint mir ganz und gar nicht wie eine Wohnstatt der Götter – und dabei bin ich schon so lange hier, seit so vielen Jahren, und alles immer noch so fremd ...«

»Aber du bist ebenfalls eine Göttin«, versicherte ihr Picasso. »Eine Göttin, eine Priesterin, eine Königin.«

»Darf ich das Bild einmal sehen, das du von mir gemalt hast?«

»Später.« Er verdeckte die Leinwand und stellte sie beiseite. Zu Sabartés gewandt, fragte er: »Was gibt's Neues?«

»Erfreuliche Neuigkeiten. Wir haben den Matador gefunden.«

»Es verdad?«

»Absolut.« Sabartés grinste breit. »Wir haben genau den richtigen Mann.«

»Esplendido!« Picasso spürte plötzlich eine hochschießende lustvolle Freude, die jene Stunden des elenden Kämpfens über dem Bild sofort zunichte machte. »Wer ist es?«

»Joaquin Blasco y Velez«, sagte Sabartés. »Ehemals Barcelona.«

Picasso sah ihn starr an. Er hatte den Namen nie gehört.

»Nicht Belmonte? Joselito? Manolete? Ihr habt Domingo Ortega nicht finden können?«

»Keinen, Pablo. Die Nachwelt ist ziemlich groß.«

»Wer ist dieser Blasco y Velez?«

»Ein außerordentlich großer Matador, sagt man mir. Er lebte in der Zeit von Karl IV. Das war vor unserer Geburt«, setzte er hinzu.

»*Gracias!* Das hätte ich auch gewußt, Sabartés. Und dein Matador, weiß er, was er zu tun hat?«

»Sie sagen, ja.«

»Wer sind sie?«

»Sportsmänner hier aus der Stadt. Ein Grieche, ein gewisser Polykrates, der sagt, er sah die Stiertänzer in Knossos, und ein Portugiese, Duarte Lopes, und ein Engländer namens ...«

»Ein Grieche, ein Portugiese und ein *Inglés*«, brummte Picasso düster. »Was versteht ein Portugiese vom Stierkampf? Und was versteht ein *Engländer* schon von irgendwas? Und dieser Grieche, der kennt vielleicht den Stiertanz, aber was bedeutet ihm schon *la corrida?* Die Sache bedrückt mich, Sabartés!«

»Soll ich warten, vielleicht kann ich Manolete ausfindig machen?«

»Wie du gerade gesagt hast, die Nachwelt ist ziemlich groß.«

»So ist es.«

»Und du versuchst schon so sehr lange, diesen Stierkampf zu organisieren.«

»So ist es, Pablo.«

»Dann versuchen wir es doch mit deinem Blasco y Velez«, sagte Picasso.

Er schloß die Augen und sah wieder die Arena vor sich, kochend von Farben, von Lärm, von Leben. Die vor und zurücktänzelnden Banderilleros, die Picadores, die geschickt ihre Spieße setzten, den Matador, der still in der sengenden Sonne allein dasteht. Und den Stier, den Stier, den Stier, schwarz, schnaubend, den hohen Rücken von Blut bedeckt, die Hörner gereckt wie drohende Lanzen! Wie er das vermißt hatte, seit er in der Nachwelt lebte! Sabartés hatte vor der Stadt Uruk ein altes römisches Stadium entdeckt, das sich zu einer *Plaza de Toros* umbauen ließ, und er hatte drei, vier Stiere aufgetrieben – dämonische Stiere, nicht so ganz das Wahre, grün-purpurne Kreaturen mit doppelten Rükkenwirbeln und Ohren wie Elefanten, doch *por diós*, wenigstens die Hörner saßen am richtigen Platz –, und Sabartés hatte in der Stadt ein paar Spanier und Mexikaner aufgetrieben, die wenigstens einige oberflächliche Kenntnis der Kunst der *Corrida* besaßen und die verschiedenen Zweiten Rollen übernehmen konnten. Aber es waren hier einfach keine *Matadores* zu finden. Massenhaft angeberische Kriegshelden in der Stadt, Assyrer und Byzantiner und Römer und Mongolen und Türken, die sich bereit erklärten, in den Ring zu springen und jedes Tier abzuschlachten, das man ihnen entgegenschickte. Aber wenn er, Picasso, den Wunsch hätte, Metzger an der Arbeit zu sehen, dann konnte er ja gleich in den Schlachthof gehen. Der Stierkampf war ein Schauspiel, ein Ritual, ein religiöser Akt. Ein Tanz. Eine Form von Kunst, und der Matador war der Künstler dabei. Ohne einen echten guten Matador war das Ganze nichts wert. Was konnten irgendwelche grobschlächtigen schwertschwingenden Haudegen schon von der ›Stunde der Wahrheit‹ wissen, davon, wie der Degen gehalten werden, die *Capa* geschwungen werden mußten, was von den Schritten, von der Technik des Todesstoßes? Nein, es war schon besser, man wartete, bis die Sache anständig getan werden konnte. Aber die Monate vergingen, oder mehr als Monate, denn wer vermochte schon den Fluß der Zeit in diesem Irrenhaus vernünftig zu messen? Die Stiere wurden auf dem Hof, auf dem sie untergebracht waren, feist und träge. Picasso fand es empörend, daß sich kein qualifizierter Kämpfer finden ließ, wo doch jeder, der je gelebt hatte, sich bereits irgendwo hier in der Nachwelt herumtrieb. Man konnte hier El Greco finden, oder Julius Caesar, man konnte hier Agamemnon finden, Beethoven, Toulouse-Lautrec, Alexander den Großen, Velazquez, Goya, Michelangelo, Picasso. Man konnte sogar Jaime Sabartés finden! Aber wo steckten alle die großen Stierkämpfer? Nicht in Uruk, anscheinend, und auch nicht in den benachbarten Landstrichen. Möglich, daß sie in der Nachwelt eine abgesonderte Ecke nur für sich hatten, wo alle, die je eine *muleta* und den *estoque* getragen hatten, sich zu einer *Corrida* versammelt hatten, die Tag und Nacht und Nacht und Tag weltendlos ablief.

Aber nun hatte sich endlich jemand gezeigt, der behauptete, etwas von der Kunst zu verstehen. Hier in Uruk. Also, so sei's denn! Zwar bedeutete eine Corrida mit nur einem einzigen Matador, daß es ein kurzer Nachmittag werden würde, aber das war immer noch besser als gar kein Stierkampf, und vielleicht würde sich die Nachricht ja verbreiten, und Belmonte oder Manolete würden rechtzeitig in die Stadt kommen und der Fiesta anständigen Glanz verleihen. Er, der sich hier Ruiz nannte, mochte nicht länger warten! Es war schon viel zu lange her, daß er keine *Fiesta brava* mehr miterlebt hatte. Vielleicht war ein guter Stierkampf ja das Zaubermittel, das er brauchte, damit seine Bilder wieder gut wurden.

»Ja«, sagte er zu Sabartés. »Versuchen wir es mit deinem Blasco y Velez. Wie wär's mit nächster Woche, heh? Am Sonntag? Oder ist das zu früh?«

»Am nächsten Sonntag, ja, Pablo. Falls es nächste Woche einen Sonntag gibt.«

»Sehr gut. Das hast du gut gemacht, Sabartés. Aber jetzt …«

Sabartés wußte, wann er entlassen war. Er lächelte, er verneigte sich anmutig wie ein Höfling vor Ninsun, streifte die verdeckte Leinwand auf der Staffelei mit einem bedeutsamen Blick und schlüpfte dann aus der Tür.

»Soll ich jetzt die Stellung wieder einnehmen?« fragte die sumerische Frau.

»In einer kleinen Weile vielleicht«, sagte Picasso.

13

DIE STADT war genau so, wie Gilgamesch sie in seiner Vision in Brasil gesehen hatte, als Calandola ihm den Weg geöffnet und ihm die Erkenntnis gegeben hatte. Weiße schimmernde würfelförmige Gebäude, die sich weit über eine dunkle Ebene hin ausbreiteten, die von hochgetürmten Hügeln begrenzt war. Ein hoher Wall aus sonnengetrockneten Ziegeln, von glasierten Reliefs mit Drachen und Göttern in leuchtenden Farben verziert, umgab die Stadt. Von der ziegelgepflasterten Straße aus, die sich durch die Hügel hinabwand, konnte Gilgamesch mitten ins Herz der Stadt blicken, wo sich allerlei Bauten im vertrauten Sumer-Stil drängten: Tempel, Paläste und Zeremonialplattformen.

Ihm war, als wären die endlosen Jahre seines Aufenthalts in der Nachwelt in einem Nu von ihm abgefallen, als sei er heimgekehrt nach Sumer, in das Land, an den geliebten Ort seiner Geburt, wo er die Wege der Götter und der Menschen gelernt hatte, durch Widrigkeiten zum Königtum emporgestiegen war und die geheimen Dinge erkennen lernte, die Wahrheiten über Leben und Tod.

Doch natürlich war hier nicht dieses Uruk. Die Stadt da gehörte in die Nachwelt, war ein völlig anderer Ort, hundertmal größer als in seinem untergegangenen Sumer, tausendfach fremdartiger. Und dennoch auch wieder vertraut und ebenfalls irgendwie heimatlich; denn hier war ja sein Zuhause, sein zweites, das seines zweiten Lebens.

Er hatte diese Stadt gegründet, war hier König gewesen.

Daran konnte er sich nicht erinnern – es war alles

versunken in dem trüben Brei, als den sich das Vergangene hier in der Nachwelt darstellte. Doch die Erkenntnis, die Calandola ihm geschenkt hatte, verlieh ihm ein klares Gefühl für seine Leistungen in diesem zweiten Uruk, die er vergessen hatte; und als er nun die Stadt genau so da in der Ebene vor sich liegen sah wie in seiner Vision, wußte er, daß auch alles übrige an der Vision wahr sein müsse, daß er tatsächlich einst König in diesem Uruk war, ehe ihn der reißende Strom der Zeit zu anderen Orten und anderen Abenteuern hinwegriß.

Herodes sagte: »Es ist der rechte Ort, ja?«

»Ohne Frage. Genau der richtige.«

Sie fuhren jetzt alle drei zusammen in dem ersten Landrover, Simon und Gilgamesch und Herodes, ihr Bagagewagen dicht hinter ihnen und ein halbes Dutzend der niederen, stumpfnasigen Fahrzeuge der urukanischen Grenzschutztruppe geleitete sie. Herodes wurde wieder lebhafter, mehr seine gewohnte quirlige Person, mit rasch laufender Zunge, neugierig, zappelig und nervös. Er war ganz schön erschrocken gewesen, als der plötzliche Nebel den Zug zum Halten brachte und diese wild aussehenden schreienden Gestalten sie umringten. Er war überzeugt gewesen, daß eine Horde Dämonen sich über sie hermachen und sie zerfleischen würde. Doch als er sah, wie Gilgamesch gelassen aus dem Wagen stieg und wie sich die Wilden alle mit dem Gesicht auf den Boden warfen, als wäre er der Messias beim Einzug in die Stadt, gewann er wieder Zuversicht. Und nun wirkte er ganz entspannt und lehnte sich mit gekreuzten Armen und Beinen zurück.

»Sehr beeindruckend, dein Uruk«, sagte Herodes. »Meinst du nicht auch, Simon? Warum sagst du Gilgamesch nicht, was du von seiner Stadt hältst?«

Simon bedachte den judäischen Fürsten mit einem kalten abweisenden Blick. »Ich habe die Stadt noch nicht gesehen, Herodes.«

»Aber du siehst sie doch jetzt vor dir.«

»Die Mauerwälle. Die Dächer.«

»Aber es sind doch höchst majestätische Wälle? Und schau nur, wie weit sich die Stadt ausdehnt! Ziemlich viel gewaltiger als Brasil, findest du nicht?«

»Brasil liegt auf einer Insel«, erwiderte Simon eisig. »Seine Ausdehnung wird dadurch begrenzt, wie du nur zu genau weißt. Aber doch, ja, dies ist eine sehr prächtige Stadt, dieses Uruk. Und ich freue mich schon darauf, seine zahlreichen Wunder zu genießen.«

»Und deine Finger auf seine Schätze zu legen«, sagte Herodes. »Und die sind sicherlich üppig. Ist das die Schatzkammer, Gilgamesch, das große Gebäude dort unten auf der Terrasse?«

»Es ist der Tempel Enlils, glaube ich«, antwortete Gilgamesch.

»Aber er steckt doch gewiß voll von Rubinen und Smaragden. Mein Herr Simon, weißt du, liebt Rubine und Smaragde sehr. Meinst du, sie werden an diesem Ort etwas einzuwenden haben, wenn er sich mit ein paar Preziosen aus dem Schatz bedient, Gilgamesch?«

Simon Magus sagte finster: »Weshalb reizt du mich, Jude? Du bringst mich dazu, daß ich es bedauere, dich mit auf die Reise genommen zu haben.«

»Ich versuche doch nur, dich zu amüsieren, Simon.«

»Wenn du so weitermachst, könnte es mich leicht amüsieren, dich zum zweitenmal beschneiden zu lassen«, sagte Simon. »Oder Schlimmeres.« Und zu Gilgamesch sagte er: »Kommt dir wieder irgendeine Erinnerung zurück? An dein früheres Leben in Uruk?«

»Nichts. Gar nichts.«

»Aber du bist trotzdem sicher, daß du einmal hier gelebt hast?«

»Ich habe diese Stadt erbaut, Simon. Das glaube ich wahr und ehrlich. Ich führte Leute meiner Art an diesem Ort zusammen, ich gab ihnen Gesetze und herrschte über sie, wie ich es einst in dem anderen

Uruk auf der Erde tat. Überall ringsum finde ich Anzeichen dafür, die ich weder ignorieren noch abstreiten kann. Aber jegliches feste Wissen darüber, die Erinnerung an Arbeiten und Tage, an das wirkliche Gefühl für das, was ich in jenen Tagen getan haben muß, die Festigkeit und Wirklichkeit, soweit sie Geschehnisse und Ereignisse betrifft, all das ist mir entschwunden.« Gilgamesch lachte. »Kannst *du* dich an alles erinnern, was dir seit dem ersten Tag in der Nachwelt zustieß?«

»Wäre ich vor Brasil König in irgendeiner Stadt gewesen, ich denke, ich würde mich daran erinnern.«

»Wie lange bist du schon hier, Simon?«

»Wer könnte das sagen? Du weißt doch, wie das mit der Zeit geht hier. Aber ich habe mir sagen lassen, daß so an die zweitausend Jahre auf der Erde vergangen sein müssen, seit meinem Aufenthalt dort. Vielleicht ein wenig mehr.«

»In zweitausend Jahren«, sagte Gilgamesch, »hättest du in der Nachwelt fünfmal König sein können und es völlig vergessen haben. Du könntest hundert Königinnen umarmt und sie allesamt vergessen haben.«

Herodes lachte glucksend. »Helena von Troja – Kleopatra – Nefertiti – alles weg und vergessen, Simon, die Form ihrer Brüste, der Geschmack ihrer Lippen, die Laute, die sie in der Lust von sich gaben ...«

Simon griff nach seinem Wein. »Glaubst du das auch?« fragte er Gilgamesch. »Kann das so sein?«

»Die Jahre fließen vorbei und zerlaufen ineinander. Die Dämonen spielen mit unseren Erinnerungen. Es gibt hier keine geraden Linien, auch keine durchgehenden ungebrochenen. Und wie sollten wir unseren Verstand bewahren, Simon, wenn wir alles im Gedächtnis behielten, was uns in diesem Nachweltleben widerfährt? Zweitausend Jahre, sagst du? Bei mir sind es fünftausend, oder mehr. Hundert Lebenszeiten. Ach nein, Simon, ich bin zu der Überzeugung gelangt, daß wir hier wieder und immer wieder geboren werden, daß unser Bewußtsein leergefegt wird, und die Tortur besteht darin, daß wir nicht einmal wissen, daß es so ist. Wir bilden uns ein, wir wären der, der wir immer waren. Wir glauben, daß wir uns selber begreifen, aber in Wirklichkeit erfassen wir nur die äußerste Oberfläche der Wahrheit. Der unwandelbare Essenzkern unserer Seele, der bleibt stets der gleiche, ja – ich bin immer Gilgamesch, er Herodes, du bleibst Simon, und wir treffen wieder und wieder die gleichen Entscheidungen, die einer mit unserer Natur treffen wird und muß – doch die Bedingungen in unserem Leben sind fließend und veränderlich, wir werden von den heißen Winden der Nachwelt herumgeschleudert, und das meiste von allem, was uns geschieht, versinkt schließlich in Vergessen. Dies ist die Weisheit, die ich bei der Offenbarung durch Calandola erfahren habe.«

»Dieser Wilde! Dieser Teufel!«

»Und wenn schon. Er schaut hinter die flache Realität der Nachwelt. Und ich nehme seine Offenbarung als wahr an.«

»Du hast vielleicht Uruk vergessen«, sagte Herodes, »aber Uruk scheint dich nicht vergessen zu haben, Gilgamesch.«

»Ja, es sieht fast so aus«, sagte Gilgamesch.

In der Tat war er zutiefst bestürzt gewesen, als die sumerischen Grenzwachen ihn sofort als Gilgamesch, ihren König, gegrüßt hatten. Er war noch nicht ganz aus dem Landrover gestiegen, da knieten sie schon vor ihm, schlugen mit den Händen die heiligen Zeichen und jubelten ihm in der alten Sprache des Landes zu, die er so lange Zeit nicht mehr gehört hatte, daß sie ihm fremdartig und grob in den Ohren klang. Es war ihm, als hätte er diese Stadt erst vor ganz kurzer Zeit verlassen – während er doch wußte, daß es selbst angesichts der unergründlichen Zeitabläufe in der Nachwelt bereits eine lange Ewigkeit her sein mußte, seit er zuletzt in dieser Stadt gewohnt haben konnte. In diesem Punkt war seine Erinnerung deutlich, denn er wußte, daß er die letzte Phase seiner Zeit hier großenteils mit Enkidu durch das Hinterland gestreift war und die seltsamen Tiere im Outback, der Wildnis, gejagt hatte, sich aus den Intrigen und dem üblen Treiben in den Städten heraushielt – und diese Zeitperiode in der Wildnis mußte gewiß Jahrzehnte gedauert haben, wenn nicht Jahrhunderte. Und dennoch schienen sein Gesicht und seine Gestalt jedermann in Uruk bekannt zu sein.

Nun gut, er würde darüber in Kürze mehr erfahren. Vielleicht verehrten ihn die Einwohner hier wie eine ehrwürdige Legende und erflehten beständig seine Wiederkehr. Oder, noch wahrscheinlicher, es handelte sich nur um eine weitere Manifestation des Hexenspuks der Nachwelt, der solche Verwirrungen erzeugte.

Inzwischen waren sie fast in Uruk angelangt. Die Straße war flach geworden. Vor ihnen ragte eine feste Mauer aus rotem Backstein auf, und in der Mitte war ein breites Bronzetor, beschrieben mit den Symbolen von Schlangen und anderen Ungeheuern. Als sie herankamen, flog das Tor auf und der ganze Zug rollte hindurch.

Simon, inzwischen ziemlich weinbeduselt, drosch fröhlich auf Gilgameschs Schulter ein. »Uruk, Gilgamesch, wir sind tatsächlich da! Hättest du geglaubt, daß wir wirklich herfinden?«

»Uruk hat uns gefunden«, erwiderte Gilgamesch gelassen. »Wir hatten uns verfahren, in einer Gegend, wo überall Nichts war, und plötzlich lag Uruk vor uns. Also sind wir jetzt da, Simon. Aber *wo* sind wir?«

»Ach, Gilgamesch, Gilgamesch, was bist du doch für ein nüchterner Klotz! Wir sind in Uruk, egal wo das ist! Freu dich doch, Mann! Lache! Sei fröhlich! Diese Stadt ist deine Heimatstadt! Dein Freund wird da sein – wie heißt er noch? Inkibu? Tinkibu?«

»Enkidu!«

»Enkidu, ach ja. Und deine Verwandten, deine Brüder, dein Vater vielleicht...«

»Wir sind hier in der Nachwelt, Simon. Hier wird dir Genuß zu Asche auf der Zunge. Ich erwarte mir gar nichts von hier.«

»Du wirst wieder König sein. Ist das nichts?«

»Habe ich etwa gesagt, daß ich den geringsten Wunsch verspüre, hier zu herrschen?« fragte Gilgamesch und funkelte Simon an.

Dieser blinzelte überrascht. »Also, Herodes sagt es.«

»Ach, sagt er das?« Gilgamesch durchbohrte den kleinen Hebräerkönig mit einem scharfen Blick. »Wer glaubst du denn, wer du bist, Herodes, daß du dir anmaßen darfst, zu verkünden, was in meinem Kopf vorgeht? Woher nimmst du die Kühnheit zu glauben, du weißt, was in meinem Innersten ist?«

Als fürchtete er, geschlagen zu werden, sank Herodes in sich zusammen und sagte ganz leise: »Es ist, weil ich doch bei dir war, als du die Erkenntnis bekamst, Gilgamesch. Und ich empfing sie mit dir. Hast du das so rasch schon wieder vergessen?«

Gilgamesch dachte darüber nach. Er konnte die Tatsache nicht leugnen. Ruhig sagte er: »Es muß hier in dieser Stadt schon einen König geben. Ich gedenke nicht, ihn zu vertreiben. Aber wenn die Götter mir dieses Geschick bereitet haben, dann...«

»Nicht die Götter, Gilgamesch. Die Dämonen! Wir sind hier in der Nachwelt«, ermahnte ihn Herodes.

»Ja, die Dämonen«, gab Gilgamesch zu.

Inzwischen waren sie weit nach Uruk hineingefahren und hielten nun mitten auf einem weiten Platz. Aus der Nähe erkannte Gilgamesch nun, daß dieses Uruk nur scheinbar eine sumerische Stadt war: Gewiß, viele Gebäude waren im alten Stil, doch es gab auch alle erdenklichen anderen Stilrichtungen und Perioden, diese scheußlichen Bauwerke, die man als Bürohäuser bezeichnet, und der düster brütende Koloß eines Kraftwerks, das giftige Fäulnis in die Luft spuckte, und ein unheimlich wirkender schmutzig-roter Backstein-Barackenkomplex ohne Fenster, und dann an einer Ecke drüben etwas, das aussah wie ein Gerichtshaus oder wie ein Palast in römischem Stil. Vor dem Landrover drängte sich eine Menschenmenge, viele in sumerischer Kleidung, aber keineswegs alle, es war die gewöhnliche Mischung, Früh-Tote und Spätere, in allen den Moden ihrer Zeiten kostümiert. Alle starrten auf ihn. Alle waren stumm.

»Du steigst zuerst aus«, sagte Simon zu Gilgamesch.

Der nickte. Ein Haufen von offensichtlich offiziellen und ihrer Erscheinung nach eindeutig sumerischen Stadthonoratioren hatte sich vor dem Landrover in einer Reihe aufgebaut und schaute erwartungsvoll zu ihm herein. Seine Ankunft hier schien sie einigermaßen zu beunruhigen oder doch zu verblüffen.

Er stieg aus. Er überragte sie alle durch seine gewaltige Größe.

Ein Mann mit einem dichten schwarzen Krausbart und kahlgeschorenem Schädel, gekleidet in den Wollkittel des Sumer-Landes, trat vor und sagte – auf englisch: »Wir grüßen Gilgamesch, den Sohn des Lugalbanda, in der Stadt Uruk und heißen ihn willkommen, und ebenso seine Freunde. Ich bin der Erzvezier Urninmarka, Diener des Königs Dumuzi, dessen Gäste ihr seid.«

»Dumuzi?« fragte Gilgamesch erstaunt.

»Ja, des Königs in Uruk.«

»Jener, der vor mir herrschte, als wir noch auf der Erde lebten?«

Ur-ninmarka hob bedauernd die Schultern. »Davon weiß ich nichts. Ich war ein Mann aus Lagash im einstigen Land, und Uruk war weit entfernt. Aber Dumuzi ist hier der König, und er hat mich ausgeschickt, dich zu begrüßen und zu deinen Gemächern zu geleiten. Heute abend wirst du mit ihm und den Großen der Stadt dinieren.«

Dumuzi, dachte Gilgamesch und wunderte sich. Erinnerungen aus seinem ersten Leben strömten viel klarer als die an seine Geschicke in der Nachwelt in ihn zurück.

Dumuzi! Dieser bedauernswerte Schwächling! Dieses mörderische Schwein! Es ist bestimmt der gleiche, dachte er, denn hier geschieht immer wieder, was bereits geschehen ist. Also war Dumuzi wieder einmal König in Uruk, jener gleiche Dumuzi, der im alten Leben aus Furcht vor Gilgamesch, dem Sohn des Lugalbanda, den er für seinen Rivalen hielt, obwohl er erst ein vierzehnjähriger Junge war, Mordbuben gegen ihn ausgesandt hatte, die ihn töten sollten. Doch dieser Anschlag schlug fehl, und am Ende war es Dumuzi, der aus der Welt verschwand, und Gilgamesch bekam den Thron. Zweifellos, vermutete Gilgamesch, fürchtet er mich immer noch. Und wird ein zweites Mal seine Hinterlist an mir versuchen. Manche Dinge ändern sich eben niemals, dachte er. So ist das in der Nachwelt. Wie Dumuzi schmerzlich erfahren wird, falls er wieder üble Pläne hegte.

Laut sagte er: »Ich bin entzückt, die Gastfreundschaft eures Königs zu genießen. Bitte sagt ihm das.«

»Das werde ich.«

»Und sagt ihm auch, daß er noch zwei weitere Gäste hat: Simon, den Herrscher der großen Stadt Brasil, und seinen Premierminister, Herodes von Judäa, die meine Reisegefährten sind.«

Ur-ninmarka verneigte sich.

»Noch eins«, fuhr Gilgamesch fort. »Ich nehme doch an, daß in dieser Stadt viele Bürger des Landes Sumer leben.«

»Sehr viele, edler Herr.«

»Kannst du mir sagen, gibt es hier einen gewissen Enkidu, einen Mann von meiner Körpergröße und sehr kräftig und ganz behaart am Leibe wie ein Tier der Wildnis? Ein Mann, von dem man weiß, er ist mein Freund, den zu suchen ich hergekommen bin?«

Die nackte Stirn des Erzveziers furchte sich. »Das kann ich dir nicht sagen, edler Herr. Aber ich will Erkundungen einholen, und du wirst heute noch einen Bericht erhalten, wenn du im Palast speisen wirst.«

»Ich danke dir«, sagte Gilgamesch.

Doch sein Herz wurde schwer. Enkidu war also wohl doch nicht hier; denn wieso sollte Ur-ninmarka es nicht erfahren haben, wenn ein gewaltiger kraftstrotzender behaarter Riese wie Enkidu in die Stadt gekommen war? In der ganzen Nachwelt gibt es keine Stadt, die so groß wäre, daß Enkidu daselbst kein Aufsehen erregen würde, dachte er, und mehr als nur neugieriges Aufsehen!

Doch er behielt dies für sich. Er winkte Simon und Herodes aus dem Landrover und sagte weiter nichts zu ihnen als: »Alles steht zum besten. Heute abend sind wir Gäste auf einem Bankett von Uruks König.«

Jedenfalls schien Dumuzi die Dinge mit Stil zu tun. Für seine Besucher hatte er luxuriöse Suiten in einer prächtigen Herberge hinter dem Haupttempel angeordnet, einem massigen Gebäude, das aussah, als sei es aus einem einzigen schwarzen Granitblock gehauen. Im Innern gab es Fontänen, Arkaden, derart viele Standbildnisse, daß man sich kaum bewegen konnte, ohne gegen irgend etwas zu stoßen, riesenhafte Götterfiguren mit starr blickenden Augen in gefältelten Kleidern nach dem Alten Stil, und gigantische purpurbelaubte Palmbäume, die in großen vielseitigen Pflanzkübeln aus einem schimmernden rötlichen Stein wuchsen, der wie Rubin leuchtete. Vielleicht waren es ja Rubine. Gilgamesch sah, wie Simon einen der Kübel liebevoll begrapschte, als berechnete er bereits, wie viele hundert eigroße Steine daraus zu brechen sein könnten.

Die Reisenden bekamen separate palastwürdige Räume angewiesen, mit einem seidenbezogenen breiten Bett, einer im Boden eingelassenen alabasternen Badewanne und einem Spiegel, der leuchtete wie ein Fenster zum Paradies. Selbstverständlich stimmten in der ganzen Perfektion ein paar Kleinigkeiten nicht, es kam kein heißes Wasser aus den Hähnen, und ein Trupp unangenehm aussehender dickbäuchiger pelziger Insekten mit smaragdenen Augen zog beständig über die Decke in Gilgameschs Gemach, und als er sich auf seinem Bett ausstreckte, gab dieses endlose Jammerlaute von sich, als hätte er sich auf lebendige Wesen gelegt, die dagegen protestierten. Nun ja, es war hier die Nachwelt. Hier rechnete man sowieso bei allem und überall mit Unvollkommenheiten, und man bekam sie prompt serviert. Aber alles in allem war ihre Unterbringung kaum zu überbieten.

Wie aus dem Nichts erschien ein Halbdutzend Diener und half Gilgamesch bei seinem Bad und salbte ihn mit Duftölen und kleidete ihn in einen weißen Rock aus Baumwollplissé im sumerischen Stil, der seinen Oberkörper unbedeckt ließ. Nach einer Weile pochte Herodes an seine Tür, und auch er war sumerisch gekleidet, allerdings trug er noch immer die schimmernden italischen Lederschuhe, statt der Sandalen, und auf dem Kopf die kleine jüdische Yarmulke-Kappe. Die dunklen Kraushaare schimmerten von Pomade.

»Na?« fragte er und stolzierte auf und ab. »Sehe ich aus wie ein Prinz aus dem Lande Sumer, Gilgamesch?«

»Du siehst aus wie ein Gockel wie immer. Und außerdem noch dazu ein ziemlich spilleriger. Deine Toga verdeckte wenigstens die Schwabbelarme und die dürre Brust.«

»Ach, Gilgamesch, wozu brauche ich Muskeln, wenn ich *hier* was habe?« Er klopfte sich auf den Kopf. »Und solange ich den kühnen König Gilgamesch habe, der mich gegen Übeltäter beschützt?«

»Aber werde ich dich schützen?«

»Aber gewißlich wirst du das.« Herodes lächelte. »Ich tue dir leid, weil ich die ganze Zeit auf meinen klugen Verstand angewiesen bin und mich nur damit verteidigen kann. Nein, du wirst dich schon um mich kümmern. Es liegt nicht in deinem Charakter, jemanden wie mich in Gefahr kommen zu lassen. Außerdem, du brauchst mich.«

»Ach ja?«

»Ja. Du hast zu lange im wilden Outback gelebt. Dir hängen Strohhalme im Haar.«

Automatisch griff sich Gilgamesch tastend an den Kopf.

»Nein. Doch nicht wörtlich, du dummer Affe!« Herodes lachte. »Ich meinte bloß, daß du zu lange von allem weggewesen bist. Du hast mich nötig, damit ich dir die Realität klarmache. Du begreifst die moderne Welt nicht mehr. Du streunst durch die Wildnis und spielst den edlen genügsamen Helden, wogegen an sich nichts einzuwenden wäre, aber du hast dich einfach nicht darum gekümmert, was in der Nachwelt in der letzten Zeit so vorgegangen ist. In den Moden, der Musik, der Kunst, in der neuen Technik.«

»Das alles ist für mich unwichtig. Mode? Und Musik? Musik ist in meinen Ohren nichts weiter als scheppernder Lärm. Bestenfalls banales Zeug, meistens sogar noch schlimmer. Kunst, das ist hier Dekoration, bedeutungslos. Und was diese neue Technik angeht, von der du sprichst, die ist eine Schande und ein Frevel. Ich verabscheue sie alle, diese Erfindungen der Später Toten.«

»Verachte sie, soviel du magst, aber sie sind da und werden bleiben. Diese Neuen Toten sind uns zahlenmäßig tausend zu eins überlegen, und jeden Tag kommen mehr von ihnen her. Man kann sie nicht einfach ignorieren. Auch nicht ihre Technik.«

»Ich kann.«

»Das denkst du vielleicht. Ein Bogen und eine Handvoll Pfeile, das genügt dir, ja? Aber du schreckst vor Dingen zurück, die du nicht erfassen kannst. Du preschst einfach weiter und immer weiter so, und meistens wirst du auch ziemlich gut mit Schwierigkeiten fertig, aber im Grunde hast du keine Ahnung, worum es geht, und früher oder später rennst du einmal in eine Sache hinein, die sogar für dich zu gewaltig ist. Ich dagegen habe mich auf dem laufenden gehalten, was die moderne Entwicklung betrifft. Ich kann dich durch alle Fährnisse und Fallgruben führen. Ich bin auf der Hut, Gilgamesch, ich weiß, was vorgeht. Ich halte Verbindung zu allem. Zur politischen Entwicklung, beispielsweise. Hast du mehr als einen nebelhaften Schimmer von der augenblicklichen Lage? Von den wahrhaft spektakulären Umwälzungen, die sich gerade jetzt ereignen?«

»Ich gebe mir alle Mühe, nicht daran zu denken.«

»Hältst du es für sicher, so den Kopf in den Sand zu stecken? Was da drüben am anderen Ende der Nachwelt sich ereignet, kann schreckliche Auswirkungen auf die hiesigen Abläufe haben. Das hier ist nicht mehr die uralte Welt, in der es ewig und einen halben Monat dauerte, bis Nachrichten aus Rom bis nach Syrien gelangten. Weißt du, was ein Radio ist? Ein Telefon? Ein Mikrowellenrelais? Ob es dir paßt oder nicht, wir sind jetzt allesamt Später Tote. Möglich, daß es dir gelingt, weiterhin wie ein alter Sumerer zu leben, aber der Rest der Menschen steckt bis zum Hals in der Moderne.«

»Sie haben mein tiefes Mitgefühl«, sagte Gilgamesch.

»Du hast nicht die geringste Ahnung davon, was für revolutionäre Bewegungen in einem halben Dutzend Städten hinten im Osten brodeln, nicht wahr? Die Aufstände? Die Volksrevolte gegen die Regierung in Nova Roma? Die jüngsten Großtaten von Tiglath-Pileser? Der momentane Standpunkt Metternichs? Nein, Gilgamesch, nein, du bist nicht auf dem laufenden. Und dazu noch sträflich stolz auf deine Uninformiertheit. Ich dagegen, ich kümmere mich um das, was an Neuem passiert, und ich …«

»Ich habe in Nova Roma gelebt, Herodes. Ich habe Cromwell erlebt und Bismarck und Lenin und Tiglath-Pileser und Sennacherib und den Rest dieser Mistkerle, wie sie ihre erbärmlichen kleinen Intrigen schmiedeten. Weshalb, denkst du, bin ich sonst ins Outback gezogen? Nach einer halben Stunde in ihrer Gesellschaft kamen mir Tränen der Langeweile vom Gähnen. Ihre Intrigen kamen mir vor wie das Gequieke von Mäusen. Was immer diese Typen planen mögen, es wird hinweggewaschen werden wie Sandburgen am Gestade des Meeres, und die Nachwelt wird weitergehen und weiter, wie sie es immer tat. Und genau das werde auch ich tun. Die dämonischen Unsichtbaren, die hier die wahren Herrscher sind, lachen über die Anmaßung solcher Aufmüpflinge. Ich übrigens lache darüber auch. Nein, nein, Herodes, ich brauche deine Führung nicht. Wenn ich beschlossen habe, dich vor Schaden zu schützen, dann aus Mitgefühl, und nicht aus Eigensucht.« Er warf einen Blick auf die Armbanduhr an seinem Gelenk, ein Geschenk von Simon Magus. »Es wird spät. Wir sollten zu dem Fest aufbrechen.«

»Diese Uhr, die du da trägst, ist eine der verächtlichsten Erfindungen der Später Toten.«

»Ich nehme mir, was mir gefällt, von ihrem Zeug«, sagte Gilgamesch. »Aber nur sehr wenig davon gefällt mir. Und du bist auch nicht der erste, der mich wegen meiner Inkonsequenz zu necken versucht. Aber ich weiß, wer ich bin, Herodes, und ich weiß, woran ich glaube.«

»Gewiß«, sagte Herodes in einem Ton, der sich selber Lügen strafte. »Wie dürfte jemand daran zweifeln?«

Gilgamesch hätte ihn gern zum Fenster hinausgeworfen, doch in diesem Moment kehrten die Diener zurück, um sie zum Festsaal zu geleiten. Simon erwartete sie bereits in der prunkvollen Vorhalle und strahlte sie mit weingerötetem Gesicht an. Er hatte es abgelehnt, sich sumerisch zu kleiden, und trug eine purpurne Toga und hohe vergoldete griechische Kothurne.

Auf dem Weg zur Tür ergriff Simon Gilgamesch am Arm und sagte leise: »Einen Moment. Sag mir etwas über diesen König, den wir da treffen sollen, diesen Dumuzi.«

»Wenn es der gleiche Mann ist, folgte er meinem Vater, Lugalbanda, auf dem Thron in Uruk nach – dem ersten Uruk –, als ich ein Knabe war, und trieb mich ins Exil. Er war feige und dumm, er mißachtete Recht und Riten und vergeudete die öffentlichen Gelder für lachhafte Abenteuerlichkeiten, und die Götter nahmen das Königtum von ihm, und er starb. Und damit war für mich der Weg zum Thron frei, und ich wurde König.«

Simon der Magier nickte. »Du hast ihn ermorden lassen, meinst du?«

Gilgameschs Augen wurden groß. Dann lachte er. Der Mann mochte zwar ein Säufer sein, aber sein Verstand klickte immer noch scharf genug.

»Nicht ich, Simon. Damit hatte ich nichts zu schaffen. Ich war damals im Exil; es waren die großen Männer der Stadt, die erkannten, daß Dumuzi verschwinden mußte, und die Priesterin Inanna, die ihm dann das Gift verabreichte. Sie sagte ihm, es sei eine Medizin gegen eine Krankheit, an der er litt.«

»Hmmm«, machte Simon. »Du und der, ihr wechselt euch also in der Königsherrschaft von Uruk ab, hier und im früheren Leben. Und jetzt ist gerade wieder mal er an der Reihe und herrscht. Und dann bist vielleicht bald wieder du dran. Alles bewegt sich endlos weiter im Kreise.«

»So ist es nun einmal hier an diesem Ort. Ich bin inzwischen daran gewöhnt.«

»Und er hat dich einst gefürchtet. Also wird er dich auch jetzt immer noch fürchten. Es werden also heute abend eventuelle alte Schwären aufbrechen. Vielleicht gibt es einen Versuch, alte Rechnungen zu begleichen.«

»Dumuzi hat mir noch nie Furcht eingejagt«, sagte Gilgamesch und machte eine Handbewegung, als verscheuchte er eine aufdringliche Fliege.

14

SABARTÉS FRAGTE: »Was ist es, Pablo, weshalb bist du in der letzten Zeit so aufgeregt? Ist es deine neue Geliebte? Oder weil wir endlich einen Stierkampf veranstalten können?«

»Du findest, ich wirke aufgeregt, Bruder?«

Mit einer schweifenden Handbewegung deutete Sabartés auf die im ganzen Atelier verstreuten Skizzenblätter, die sechs, sieben neuen, halbfertigen Leinwände, die an der Wand lehnten, die leuchtenden Farbflecken überall, wo Picasso Farbbüchsen umgeworfen hatte, ohne sich in seiner Schöpfereile darum zu kümmern, sie aufzuwischen. »Du bist wie einer, der brennt. Du arbeitest ohne Unterbrechung, Pablo.«

»Ach? Und das ist etwas Neues?« Picasso wühlte achtlos in einem Stapel amtlich áussehender Papiere, fand ein Blatt, dessen Rückseite leer war, und zeichnete rasch eine Karikatur seines Freundes, die hohe Stirn, die dicken Brillengläser, den weichen fleischigen Hals. Zu seinem Erstaunen sah er, daß er den alten pedantischen Sabartés der letzten Erdenjahre skizzierte, nicht den absurd jugendlichen Bohemien, der da vor ihm stand. Und dann verwandelten ein paar unbedachte hastige Striche die Zeichnung, und es wurde ein Dämon mit feurigem Rachen und Hauerzähnen daraus. Picasso zerknüllte das Blatt und warf es weg. Er sagte: »Sie wird bald erscheinen. Wolltest du mir etwas sagen?«

»Aha. Dann ist es also die Frau, Pablo.«

»Sie ist grandios, nicht wahr?«

»Sie waren alle grandios. La Belle Chelita war grandios, die aus dem Stripteaselokal. Fernande war grandios. Eva war grandios. Marie-Thérèse war grandios. Dora Maar war auch …«

»Basta, Sabartés!«

»Ist nicht bös gemeint, Pablo. Mir ist nur eben klar geworden, daß Picasso sich eine neue Frau erwählt hat, eine Frau, die ebenso wundervoll ist wie die vor ihr, und …«

»Du sollst mich Ruiz nennen, Bruder!«

»Es fällt mir schwer«, sagte Sabartés. »Sehr schwer.«

»Ruiz war der Name meines Vaters. Ein durchaus ehrenwerter Name für mich.«

»Die Welt kannte dich als Picasso. Die ganze Nachwelt wird dich auch als Picasso kennen im Laufe der Zeit.«

Picasso schnitt eine Grimasse und begann eine neue Skizze von Sabartés, die sich ohne sein Zutun fast sogleich und ohne daß er etwas dagegen tun konnte, in ein Porträt von El Greco verwandelte, das langgezogene Gesicht, die tiefliegenden sorgenvollen Augen, und dann, zu seinem Ärger, in ein Bocksgesicht. Wieder schleuderte er das Blatt beiseite. Diese Metamorphosen hätten ihn nicht gestört, wenn er sie beabsichtigt hätte. Aber so, das war unerträglich, daß er keine Kontrolle darüber besaß. In seinem vorherigen Leben hatte er gern zu Leuten gesagt: *Das Malen ist stärker als ich. Das Bild zwingt mich, zu machen, was es will.* Jetzt wurde ihm bewußt, daß er damals nicht die Wahrheit gesagt haben konnte; denn jetzt geschah ihm das wirklich, haargenau das, und es paßte ihm überhaupt nicht.

Er sagte: »Ich ziehe es jetzt vor, hier als Ruiz bekannt zu sein. Damit mich hier keiner meiner Erben ausfindig machen kann. Sie sind sehr zornig auf mich, Bruder, daß ich kein Testament hinterlassen habe, so daß sie jahrelang vor Gerichten herumstreiten müssen. Ich möchte lieber keinen von denen treffen. Auch keine von diesen Weibern, die nach mir suchen. Wir schreiten weiter, Sabartés. Wir dürfen uns nicht von der Vergangenheit verfolgen lassen. Ich bin jetzt Ruiz.«

»Und du glaubst, wenn du dich anders als Picasso nennst, kannst du deiner Vergangenheit entrinnen, obwohl du immer noch aussiehst wie er, dich wie er verhältst und Tag und Nacht malst? Pablo, Pablo, du betrügst dich selber! Du könntest dich Mozart nennen, aber du würdest immer noch Picasso bleiben.«

Das Telefon klingelte.

»Geh du ran!« befahl Picasso scharf.

Sabartés gehorchte. Nach einer Weile legte er die Hand über die Muschel und blickte auf.

»Es ist deine Sumer-Priesterin.«

Picasso beugte sich vor, gespannt, besorgt und bereits grimmig. »Sie sagt die Sitzung ab?«

»Nein, nichts dergleichen. Sie wird in Kürze hier sein. Doch sie sagt, König Dumuzi hat sie für heute abend zu seinem Bankett im Königssaal befohlen und du bist als ihr Tischherr geladen.«

»Was habe ich mit König Dumuzi zu schaffen?«

»Sie bittet dich, sie zu begleiten.«

»Ich habe zu arbeiten. Ihr wißt doch, daß ich kein Mann bin, der sich auf den Festen von Königen herumtreibt.«

»Soll ich ihr das sagen, Pablo?«

»Sag ihr – nein, warte! Warte! Laß mich überlegen. Rede mit ihr, Sabartés. Sag ihr – bitte sie – nein, sag ihr, der König und sein Fest interessierten mich nicht, und ich will, daß sie sofort hier erscheint, daß ... daß ...«

Sabartés hob die Hand und bedeutete ihm zu schweigen. Dann sprach er ins Telefon, lauschte und blickte wieder auf.

»Sie sagt, das Fest findet zu Ehren ihres Sohnes statt, der heute in Uruk eingetroffen ist.«

»Ihr *Sohn*? Was für ein Sohn?« Picassos Augen loderten. »Sie hat kein Wort von einem Sohn gesagt! Wie alt ist er? Wie heißt dieser Sohn? Wer ist sein Vater? Frag sie das, Sabartés! Frag sie schon!«

Wieder sprach Sabartés in den Apparat. »Er heißt Gilgamesch«, berichtete er dann. »Sie hat ihn seit ihrem irdischen Leben nicht mehr gesehen, also vor sehr langer Zeit. Ich finde, du solltest sie nicht bitten, die Einladung des Königs abzulehnen, Pablo. Und ich denke, auch du selbst solltest hingehen.«

»Gilgamesch?« fragte Picasso verwundert. *»Gilgamesch?«*

Buntbemalte Motorkutschen beförderten sie das kurze Stück Weg von der Herberge zum königlichen Festsaal am anderen Ende des Tempelplatzes. Der Bau verwirrte Gilgamesch, denn er war keineswegs im sumerischen Stil; es war ein großes hochragendes Ding aus aschgrauem Stein, mit zwei schmalen Spitzen, die sich höher in den Himmel reckten als irgendeiner der üppigen skurrilen Türme auf Brasil, und mit Spitzbögen über den schweren Bronzetüren und riesenhaften Fenstern aus Buntglas in allen Regenbogenfarben und ein paar mehr dazu. Die Fassade war von dämonischen Steinungeheuern geschmückt. Und manche davon schienen sich langsam zu bewegen. Der Palast war sehr beeindruckend und riesig und kompakt, aber zugleich wirkte er irgendwie merkwürdig zerbrechlich, und Gilgamesch überlegte sich, was ihn vor dem Einstürzen bewahrte, bis er die gewaltigen Strebepfeiler an den Seiten sah. Es paßte so recht zu Dumuzi, sich einen Palast bauen zu lassen, der solche verzweifelten improvisierten Stützen nötig hatte, dachte Gilgamesch. Er fand den Anblick scheußlich. Das Gebäude brach schrill aus der urukanischen Klassik der umliegenden Bauten aus. Sollte ich in dieser Stadt je wieder König werden, schwor er sich, wird meine erste Amtshandlung der Befehl zum Abbruch dieses scheußlichen Steinhaufens sein.

Herodes schien den Bau zu bewundern. »Die vollendete Nachbildung einer gotischen Kathedrale«, erklärte er, als sie hineingingen. »Vielleicht nach der Notre Dame, oder der in Chartres, ich bin nicht sicher. Ich beginne allmählich manches zu vergessen, was ich einst über Baukunst lernte. Ich genoß da einigen Unterricht, mußt du wissen, von einem Mann namens Speer, einem Germanen, der vor einiger Zeit durch Brasil kam und ein paar Sachen für Simon entwarf – ein merkwürdiger Kerl, er fragte mich immer wieder, ob er mir nicht eine Synagoge bauen könnte – wozu hätten wir in der Nachwelt eine Synagoge brauchen können? Aber er verstand etwas von der Sache, und er brachte mir allerlei über die baulichen Stilrichtungen der Später Toten bei. Du wärest erstaunt, Gilgamesch, was für Bauten diese Leute ...«

»Kannst du mal eine Weile den Mund halten?« fragte Gilgamesch.

Im Innern besaß das Gebäude tatsächlich eine gewisse Schönheit, fand er. Zu dieser Stunde glühte die Sonne noch rötlich am Himmel, und ihr weiches Licht fiel durch die farbigen Glasfenster und tauchte die hallenhaft weiten offenen Räume des Palasts in ein feierlich-geheimnisvolles Dämmerlicht. In der Höhe schwangen sich, atemberaubend in ihrer Erhabenheit, Reihen von Galerien zu der kaum sichtbaren Spitzbogendecke hinauf. Dennoch besaß das Ganze etwas Bedrückendes, etwas Unheimliches. Gilgamesch zog den Tempel, den er zu Ehren Enlils erbauen ließ, bei weitem vor. Er konnte sich noch gut an ihn erinnern, wie er sich über der Weißen Plattform im Zentrum des alten Uruk erhob. Dieser Bau hatte *Grandeur* besessen und *Würde*! Diese Später Toten verstanden nichts von Schönheit.

Dumuzis Diener geleiteten sie ans andere Ende des Palastes, wo am Ende eine weite abgerundete Kammer sich auftat, die an einer Seite Buntglasfenster hatte, an der anderen offen war. Dort war eine festliche Tafel aufgestellt, und Dutzende von Gästen waren bereits versammelt.

Gilgamesch erblickte Dumuzi sogleich. Er stand in prachtvoller Kleidung am Kopfende der gewaltigen Steintafel.

Er hatte sich überhaupt nicht verändert. Er sah gut aus, richtig königlich in seiner Haltung, ein lebensvoll wirkender Mann mit vollem, schwerem Bart und dichtem, welligem Haar, das so dunkel war, daß es beinahe blau wirkte. Doch die Lippen seines Mundes waren zu voll, die Wangen zu weich; die Augen waren zu klein und sahen gleichzeitig verschlagen und stumpf aus. Er wirkte weichlich, unangenehm, unzuverlässig, von niederer Gesinnung.

Doch als er Gilgamesch erspähte, trat er von seinem erhabenen Platz herab, als wäre nicht er, sondern Gilgamesch der König, trat neben ihn und sah mit gebogener Kehle zu ihm auf, schief und ohne das Unbehagen zu verhehlen, das ihm Gilgameschs Körpergröße verursachte, und er grüßte ihn freudig mit lauter Stimme wie einen Bruder, der nach langer Abwesenheit aus der Ferne zurückgekehrt ist.

»Gilgamesch – endlich! Hier bei Uns in Unserem Uruk! Heil dir, Gilgamesch! Heil!«

»Dumuzi, Heil«, antwortete dieser mit so großer Begeisterung, wie er über sich brachte, was nicht übermäßig viel war, und vollzog eine Geste der Ehrerbietung wie man sie im alten Land Sumer wohl gegenüber einem König bezeugt hätte. »Großer König, König der Könige…« Er entdeckte flüchtiges Erstaunen bei Dumuzi. Aber Dumuzi war König in dieser Stadt, und einem König stand die gebührende Höflichkeit zu; jedem König. Auch Dumuzi.

»Komm, mach mich mit deinen Freunden bekannt, Gilgamesch. Und dann mußt du neben mir auf dem Ehrenplatz sitzen und mir alles berichten, was dir in der Nachwelt begegnete und widerfuhr, und von den Städten, die du besuchtest, den Königen, die du trafst, den Taten, die du vollbrachtest. Ich will alle deine Neuigkeiten hören – wir sind hier dermaßen isoliert zwischen der Wüste und dem Meer –, doch einen Augenblick, da sind Leute, die du kennenlernen mußt…«

Dumuzi schob den Arm unter den Gilgameschs, wandte Simon und Herodes den Rücken, die mit offenem Mund verärgert dastanden, und schleppte ihn mit beinahe krankhafter Hast an die Tafel. Gilgamesch hatte Mühe, den Mann nicht mit einem Hieb für diese unverschämte Übervertraulichkeit zu Boden zu strecken. Aber er ist ein König, mahnte er sich selbst. Er ist König.

Es war allzu leicht, hinter diese verzweifelte Großspurigkeit des Mannes zu schauen. Der Mann bebte vor Furcht. Der Mann zappelte sich heftig ab, um die Kontrolle über eine Situation zu erlangen, die ihm als unendlich bedrohlich erscheinen mußte.

Tausende von Jahren in der Nachwelt hatte er Zeit und Muße gehabt, um über die beschämende Wahrheit nachzudenken, daß er in seinem früheren Leben nichts weiter gewesen war als der kraftlose, entscheidungsunfähige Lückenbüßer zwischen dem Auftreten zweier großer Heroen, Lugalbanda und Gilgamesch, weiter nichts als ein historischer Gedankenstrich. Und nun war er erneut König, war dank eines rätselhaften Gesetzes des Unvermögens erneut zu seiner vormaligen Höhe emporgekommen. Und da war jetzt erneut dieser bedrohliche Brocken Gilgamesch, zu dessen Gunsten er bereits einmal früher verworfen worden war, und kam hierher nach New Uruk wie ein ungebetenes Gespenst und verlangte Gastfreundschaft.

Selbstverständlich würde Dumuzi Herzlichkeit demonstrieren, überschwengliche Herzlichkeit. Dennoch, dachte Gilgamesch, war es vielleicht keine schlechte Idee, sich, solange man in Dumuzis Stadt war, den Rücken bedeckt zu halten. Feiglinge sind gefährlicher als Helden, denn sie greifen ohne faire Warnung an; ein Dumuzi in seiner Ängstlichkeit und seinem Groll konnte eventuell mehr Schaden anrichten, als Achilles in seinem rasenden Zorn es je zuwegebrachte.

Einen Augenblick später verflogen diese trübseligen Überlegungen aber vollkommen, denn eine Stimme, die er seit mehr Jahrhunderten, als er noch zählen konnte, nicht mehr gehört hatte, die aber so anders war als die irgendeines anderen Mannes, daß man sie nicht einmal hier je hätte vergessen können, drang von der anderen Seite des Raumes zu ihm und rief ihn bei seinem Namen.

»Gilgamesch! Gilgamesch! Bei der Mutter, du bist es wirklich? Beim Reißzahn! Bei den Hörnern Gottes! Gilgamesch! Hier!«

Gilgamesch spähte. Nahe dem oberen Ende der Tafel war ein Mann aufgestanden und breitete ihm weit die Arme zur Begrüßung entgegen.

Zuerst dachte er, das müsse ein Später Toter sein, denn in der ganzen weiten Halle trug dieser Mann als einziger die befremdliche offizielle Abendkleidung der zuletzt hier eingetroffenen Zugezogenen, eine Kleidungsart, die als ›Geschäftsanzug‹ bezeichnet wurde: Enge graue Beinkleider, die sich dicht an die Schenkel schmiegten, und ein steif wirkender breitschulteriger halblanger Mantel, nicht regelrecht eine Tunika aus dem gleichen dichtgewobenen grauen Wollstoff, darunter ein weißes Kleidungsstück und ein schmaler blauer Stoffstreifen, den er um den Hals geknotet hatte und der ihm auf die Brust herabhing. Und der Mann war außerdem groß, wie dies bei den Später Toten oft der Fall war – weit größer als irgendeiner der Sumerer im Saal, außer Gilgamesch selbst.

Doch diese Stimme war unverkennbar. Es war eine Stimme, die aus der grauen Dämmerung der Zeit heraufkam, aus der verschwundenen Welt vor der Großen Flut, und die Stimme drang scharf und klar durch den weiten Saal wie eine Messingtrompete. Keiner der Später Toten hatte je über eine solche Stimme verfügt.

Auch das magere Gesicht, obschon glattrasiert, war nicht das eines Später Toten. Die Haut hatte jenen polierten Ton, den man in einer Welt voll Wind und Schnee ohne Wärme bekommt. Die Wangenknochen waren breit und kräftig, die Lippen voll, die Nase gerade und stark vortretend, der Mund ungewöhnlich breit. Auch die Augen saßen weit auseinander, und eine Augenhöhle war leer: Eine alte Narbe bedeckte kreuzweise die linke Gesichtshälfte.

Der Mann war König des in Höhlen lebenden Eisjägervolkes gewesen, in der Zeit vor der Zeit, da sogar die Götter noch jung waren; und einst in der Nachwelt hatte Gilgamesch ihn gut gekannt.

Gilgamesch spürte ein fröstelndes Erstaunen. Wie lange lag das zurück, daß sie höchst vergnüglich in der weiten zugigen Festhalle der Eismänner droben im Norden der Nachwelt geschmaust – der weiten Höhle, die von wolligen Tierfellen behangen war und wo die riesigen krummen Stoßzähne der behaarten Elefanten wie Stroh auf dem Boden lagen, wo der dicke Met in Strömen floß und die rauchenden Feuer hoch brannten? Tausend Nachweltjahre? Dreitausend? Es war in seiner frühen Zeit, jener schlichteren, einfacheren Zeit, die nun für immer verloren schien.

»Vy-otin!« rief Gilgamesch laut. Mit einem Jubelschrei stürzte er vor, sprang auf das Podium, auf dem die Festtafel stand, und breitete die Arme zu einer herzlichen Umarmung aus.

»Du hast also nicht vergessen«, sagte der Eisjäger. »Ich glaubte für einen Moment, du kennst mich nicht mehr.«

»Nein, bei den Brüsten der Inanna, wie könnte ich dich jemals vergessen! Die alten Erinnerungen sind heller als alle späteren. Das verflossene Jahr ist mir ganz verschwommen im Gedächtnis, aber diese alten Tage, Vy-otin, du und ich und Enkidu und Minos und Agamemnon …«

»Ach ja. Aber einen Augenblick lang sahst du zweifelnd drein, Gilgamesch.«

»Deine Kleidung, dieses Zeug der Später Toten, hat mich verwirrt«, sagte Gilgamesch vorwurfsvoll. »Du, der lebte, als die Welt jung war und die gewaltigen Zotteltiere umherzogen, als sogar Sumer nichts weiter war als sumpfiges Marschland – du bedeckst deinen Leib mit der geschmacklosen Kleidung der Kreaturen des zwanzigsten Jahrhunderts, wie einer von diesen Typen – wie bezeichnen sie das? – A. D.?« Er sprach es aus, als wäre es ein Schimpfwort. »Ich erinnere mich an einen Mann in Pelzkleidern, Vy-otin, mit einer Halskette aus Eberhauern und mit Armreifen von schimmernden Knochen, nicht aber an dies – an diese Verkleidung als *Businessman*!«

Vy-otin lachte. »Das ist eine lange Geschichte, Gilgamesch. Außerdem heiße ich jetzt nicht mehr Vy-otin, sondern Smith. Hier im Saal kannst du mich bei meinem wirklichen Namen nennen. Aber in den Straßen von Uruk heiße ich Smith.«

»Smith?«

»Ja, Henry Smith.«

»Ist das ein Name bei den Später Toten? Wie häßlich er klingt!«

»Es ist ein Name, den sich keiner länger als fünf Minuten lang merken kann, nicht einmal ich selber. Henry Smith. Setz dich her zu mir, und wir trinken zusammen ein paar Fläschchen von Dumuzis Wein, und ich erzähle dir, weshalb ich mich so verkleide und mich Smith nenne.«

»Ich ersuche dich, Vy-otin, mit deiner Geschichte noch ein Weilchen zu warten«, sagte Dumuzi, der neben sie getreten war. »Da ist noch jemand, den Gilgamesch zuerst begrüßen muß.«

Er faßte Gilgamesch am Ellbogen und deutete zur anderen Seite der Tafel. Dort hatte sich eine Frau von ihrem Sitz erhoben, eine wunderschöne dunkelhaarige Frau von prachtvoller Gestalt und königlicher Haltung, die ihnen ruhig entgegenlächelte.

Ein wunderbares Geschöpf, strahlend, schön, mit leuchtenden Augen und dem Gehabe einer Göttin. Es war, als verströmte sie Licht um sich. Sie war eindeutig sumerisch, ihr Gesicht und auch ihre Kleidung verrieten es. Sie trug das Gewand einer Priesterin des Himmelsvaters An. Sie war etwa in Gilgameschs Alter, schien es, vielleicht ein, zwei Jahre jünger als er. Ihr Gesicht kam ihm vertraut vor, doch er vermochte es nicht unterzubringen. Nach ihrer Größe und majestätischen Haltung war sie sicherlich von königlichem Blut, und ihr Gesichtsschnitt sagte ihm, daß sie sogar eine Verwandte von ihm selbst sein konnte. Vielleicht eine seiner leiblichen Töchter? Aber er hatte so viele davon gezeugt. Oder die Enkeltochter einer Urenkeltochter aus der zehnten Generation? Denn hier im Uruk der Nachwelt lebten wie überall hier Leute der unterschiedlichsten Zeitabschnitte ganz durcheinander, und man konnte an jeder Wegbiegung auf irgendwelche entfernte Verwandte stoßen, uralte Ahnen, die hier nur wie kleine Knaben wirkten, und Enkelkinder, die aussahen, als verdämmerten sie in ihrer Senilität.

Dumuzi sagte: »Magst du nicht zu ihr gehen und ihr deine Aufwartung machen, Gilgamesch?«

»Aber gewiß doch. Nur ...«

»Du zauderst?«

»Ich kenne sie irgendwie, Dumuzi. Aber ihr Name fällt meiner Zunge nicht ein, und es beschämt mich, daß ich mich nicht an ihn erinnere.«

»Und mit Recht schämst du dich, Gilgamesch, daß du deiner eigenen Mutter vergessen hast!«

»Meine Mutter?« Gilgamesch flüsterte es heiser.

»Die große Königin Ninsun. Sie ist es, keine andere. Bist du nicht bei Sinnen, Mann? Geh zu ihr! So geh doch zu ihr!«

Gilgamesch sah benommen und ehrfürchtig zu der Frau hin. Und natürlich war es jetzt klar. Natürlich. Die Jahre zerfielen und verschwanden, als wären sie nie gewesen, und er erblickte das Gesicht seiner Mutter – unverkennbar das Gesicht der göttingleichen Gattin Lugalbandas, des Königs von Uruk – das Antlitz dieser großartigen Frau, die den Helden Gilgamesch in die Welt geboren hatte.

Und dennoch ... dennoch ...

Was uns doch die Nachwelt für Tricks zu bieten hat, dachte er. In den hundert Lebensperioden seines Zweiten Lebens hatten sich ihrer beider Wege nie gekreuzt. Soweit er sich zu erinnern vermochte, hatte er seine Mutter seit jener Zeit in jener langvergangenen anderen Welt nicht mehr gesehen; und er erinnerte sich an sie, wie sie in ihren späten Jahren war, immer noch majestätisch, königlich, doch die Haare weiß wie der Sand, das Gesicht gezeichnet und voller Falten, und hier war sie nun wieder in ganzer kraftvoller Schönheit, nicht jugendlich, aber durchaus nicht alt, sondern eine Frau in voller Lebensreife. Als er sie zuletzt so sah, war er noch ein Kind gewesen. Kein Wunder, daß er sie nicht erkannte.

Aber nun eilte er zu ihr und sank vor ihr auf die Knie, und es kümmerte ihn nicht, was die anderen sahen oder denken mochten. Er hob den Saum ihres Kleides und preßte die Lippen darauf. Die Tausende Jahre seiner Wanderungen durch dieses miserable grausame Land schrumpften ihm zu einem Nichts, und er war wieder der Knabe, der aus seinem ersten Leben, und die Mutter-Göttin war ihm zurückgeschenkt und stand vor ihm, strahlend und voll Wärme und Liebe.

Weich und leise sprach sie seinen geheimen Namen, seinen Geburtsnamen, den niemand außer ihr sagen durfte. Dann befahl sie ihm, sich zu erheben, und er ragte in seiner ganzen Länge auf und schlang die Arme um sie und drückte sie an seine Brust, denn so groß gewachsen sie war, neben ihm wirkte sie wie ein Kind. Nach einiger Zeit gab er sie frei, und sie trat zurück und betrachtete ihn.

»Ich war schon fast verzweifelt, daß ich dich nie wiedersehen würde«, sagte sie. »An jedem Ort, an dem ich in der Nachwelt gelebt habe, hörte ich Geschichten über den großen Gilgamesch, doch nie, niemals, kein einzigmal war ich gerade dort, wo du warst, es sei denn daß mich mein Bewußtsein trog, und in diesem Augenblick glaube ich nicht, daß dem so war. Einmal habe ich Enkidu gesehen, aus der Ferne, in einer gewaltigen tobenden Menschenmenge, ich glaube es war in New Albion, oder im Reich Logres, oder vielleicht der Ort namens Phlegethon, glaube ich. Ich habe es vergessen. Doch wir wurden getrennt, bevor ich ihn rufen konnte. Und als ich mich nach Gilgamesch erkundigte, wußte dort keiner etwas über ihn.«

»Mutter…«

»Und dann kam ich hierher in dieses Neue Uruk, da ich wußte, du warst hier König und säßest vielleicht auf dem Thron. Aber sie sagten mir, du hättest das alte Uruk vor langem verlassen und seiest mit Enkidu auf die Jagd gezogen und niemals zurückgekehrt. Vor mehr Jahren, als irgendeiner sich erinnern konnte. Und ich dachte bei mir, die Götter wünschen offenbar nicht, daß ich meinen Sohn wiedersehen soll, denn hier ist die Nachwelt, und hier gehen nur wenige Wünsche in Erfüllung. Aber dann kam das Gerücht auf, daß du dich der Stadt nähertest. Ach, Gilgamesch! Welche Wonne, dich wieder anschauen zu dürfen!«

»Und mein Vater?« fragte er. »Was ist mit dem göttlichen Lugalbanda? Er kann ja unmöglich auch hier sein, da er ein Gott ist, und wie könnte es in der Nachwelt Götter geben? Aber weißt du etwas von ihm?«

Ninsuns Augen überwölkten sich flüchtig. »Auch er ist hier, dessen bin ich gewiß. Denn jene, die in Sumer nach ihrem Leben vergöttlicht wurden, sind nicht länger Götter und hausen hier wie alle anderen. Mich hast du einst zur Göttin gemacht, erinnerst du dich nicht?«

»Ja.« Es war nur ein Murmeln.

»Und du selbst – einst wurdest auch du zu den Göttern gezählt. Es ist unwichtig. Wer als Sterblicher lebt, der stirbt wie die Sterblichen und kommt an diesen Ort.«

»Dann weißt du also mit Sicherheit, daß Lugalbanda hier ist?«

»Nicht mit Sicherheit, nein. Aber ich glaube es. Von ihm habe ich in all der Zeit hier kein Wort gehört. Doch eines Tages werden wir uns wiederfinden, dessen bin ich mir ganz sicher.«

»Ja«, sagte Gilgamesch wieder nur und nickte. Der Gedanke war ihm niemals gekommen, daß auch sein Vater hier irgendwo in der Nachwelt sein könnte, doch die Möglichkeit erregte ihm freudig überrascht die Brust. »In der Nachwelt geschieht alles mögliche, früher oder später. Du wirst mit deinem königlichen Gemahl wieder vereint werden und an seiner Seite leben, wie der Himmelsvater es bestimmte, denn ihr wurdet einander für alle Zeit verbunden, und dieser zeitliche Abschnitt in der Nachwelt bedeutet nur eine kurze Trennung, und ich ...«

Ninsuns Gesicht bekam einen seltsamen Ausdruck. Sie schlug kurz die Augen nieder, als schämte sie sich. Die königliche Würde, der Göttinnenglanz wichen von ihr, und sie war kurz nur eine gewöhnliche sterbliche Frau.

»Hab' ich was Falsches gesagt?« fragte er.

Und sie antwortete: »Du hast nichts gesagt, was nicht richtig wäre. Doch ich möchte dich mit meinem Freund bekannt machen, Gilgamesch.«

»Deinem – *Freund?*«

Auf seltsam mädchenhafte Weise errötete sie, und Gilgamesch konnte das nicht mit seinen Erinnerungen an die königliche Haltung seiner Mutter in Übereinstimmung bringen. Sie wies mit dem Kopf zu einem Mann von beträchtlichen Jahren, der auf dem Platz neben dem ihren saß und sich nun erhob.

Er reichte Gilgamesch nicht einmal bis zur Brust. Ein kleiner. fast kahlköpfiger Mann, sehr klein, einen halben

Kopf kleiner als Ninsun selbst; und dennoch – als Gilgamesch ihn genauer betrachtete, erkannte er, daß der Mann, trotz seines hohen Alters, eine seltsame ursprüngliche elementare Kraft ausstrahlte, eine ungewöhnliche beherrschende Stärke und Macht, und so sah er bei weitem nicht so klein und alt aus, wie er war, sondern wahrhaftig von königlichem Kaliber und königlicher Haltung und Würde. Es war sein breiter massiver Oberkörper, der dieses Gefühl von Kraft vermittelt, dachte Gilgamesch. Dies und seine Augen, und diese Augen waren die bohrendsten, intensivsten Augen, die ihn jemals angeblickt hatten. Sogar noch durchdringender, als es die Augen des Zauberers Imbe Calandola gewesen waren. Bestürzende Augen waren das, dunkel, funkelnd, die Augen eines Habichts, eines Adlers – nein, es waren die Augen eines Gottes, mitleidlose, alles sehende Augen, die wie schwarze Edelsteine aus dem Gesicht lohten.

Mit Bestürzung begriff Gilgamesch, daß dieser seltsame kleine mächtige Mann der Geliebte seiner Mutter sein mußte; eine wahrlich beunruhigende Vorstellung.

Es war schon schwer genug gewesen, daß er sie als eine jugendliche, wunderschöne und, soweit er sah, fröhliche Frau wiedersah; noch tiefer traf es ihn, daß er in ihr nun eine Frau mit ganz irdischer Natur akzeptieren sollte, die mit Männern ins Bett stieg, mit *diesem* Mann, diesem *alten* kahlköpfigen Mann, der sie in die Arme nehmen durfte und dessen Hände die geheimen Stellen ihres Leibes erforschen durften, die nur Lugalbanda, der König, gekannt hatte …

Du Tor, schalt er sich. Sie ist deine Mutter, aber sie ist auch ein Weib, und sie war Weib, bevor sie deine Mutter wurde. Sie war seit fünftausend Jahren nicht mehr mit Lugalbanda zusammen. Und hier an diesem Ort sind sowieso sämtliche Gelöbnisse obsolet. Hast du etwa erwartet, daß sie die ganzen fünftausend Jahre, die sie bisher hier zugebracht hat, keusch wie eine Nonne geblieben ist? Und glaubst du, sie hätte dies tun müssen?

Dennoch. Warum ausgerechnet *dieser* Mann? Dieser *alte* Mann, so klein, kaum noch ein Haar auf dem Schädel, mit einer Haut wie tiefgefurchtes altes Leder …

»Man nennt mich Ruiz«, sagte der kleine Mann. »Sie ist deine Mutter? Gut. Du paßt zu ihr. Sie muß die Mutter von Giganten sein, diese Frau. Die Mutter von Göttern, was? Und du bist also der berühmte Gilgamesch. *Mucho gusto en conocerlo, Senhor Gilgamesch.*« Ruiz lächelte ihn breit und offen an und streckte ihm ungeniert die Hand hin, als wären sie von gleichem Rang, als stünden sie einander Auge in Auge wie zwei Giganten gegenüber. Der Mann war der gewaltigste kleine Mann, dem Gilgamesch jemals begegnet war.

Beim Klang der Stimme und als er die Hand des Mannes berührte, begann Gilgamesch zu verstehen, weshalb seine Mutter diesen Mann erwählt hatte, oder genauer, warum sie sich von ihm hatte erwählen lassen. Die Wahl schien dabei von keinerlei Bedeutung zu sein. Der Mann war unwiderstehlich, eine Naturkraft, ein Fluß, der unaufhaltsam der See zuströmte.

»Pablo ist Künstler«, sagte Ninsun. »Maler, ein Bildermacher. Er macht gerade ein Bild von mir.« Sie lachte leise. »Er will es mich nicht ansehen lassen. Aber ich weiß, es wird ein sehr bedeutendes Bild.«

»Es gibt Schwierigkeiten«, sagte Ruiz. »Aber ich werde mit ihnen fertig werden. Deine Mutter ist etwas Außergewöhnliches – ihr Gesicht, ihre Ausstrahlung … Ich will ein Bild von ihr malen, das so gut ist, daß es der Teufel höchstpersönlich wird kaufen wollen. Aber ich werde es ihm nicht verkaufen! Und nach ihrem Bild – das deine, was meinst du dazu, Gilgamesch?«

»Mein Bild?«

»Ich möchte dich als Modell. Ich werde dir eine Maske aufsetzen, einen Stierkopf, und du wirst mein Minotauros sein. Der grandioseste Minotauros aller Zeiten, das authentische echte Menschentier, das Geschöpf im Labyrinth. Nun? Was sagst du dazu, Gilgamesch? Na? Du gefällst mir. Weißt du was, am kommenden Sonntag, *el domingo que viene,* haben wir hier in Uruk einen Stierkampf, ja? *La corrida.* Ja? Du weißt, was das ist, ein Stierkampf?«

»Ja, ich weiß, was das ist«, sagte Gilgamesch.

»Schön. Natürlich weißt du es. Du sollst an dem Tag neben mir sitzen. Wir zwei werden uns die Feinheiten anschauen. Wie findest du das? Ein Ehrenplatz an meiner Seite.« Die Augen des erstaunlichen kleinen Mannes funkelten. »Und morgen kommst du in mein Atelier, und wir fangen mit den Stellungen an, ja? Wir müssen sofort beginnen. Mein Bild wird dich berühmt machen.«

»Er ist auch jetzt schon berühmt und groß«, sagte Ninsun gelassen.

»Por supuesto! Selbstverständlich. Er ist ein König, er ist eine Legende, wir alle wissen das. Doch es gibt Größe und Größe, nicht wahr, Gilgamesch? Du wirst mein Minotauros. Ja? Der Sohn des Minos, aber nicht wirklich sein Sohn, sondern *en realidad,* in Wahrheit, der Sohn des Stieres aus der See, der – denke ich – der Poseidon war. Na? Wirst du mir Modell stehen?«

Es war kaum eine Bitte. Gilgamesch begriff, daß dieser Mann eine Bitte nicht als solche auffaßte, sondern als einen Befehl. Die eigenartige Dringlichkeit, dieses Verlangen, ihn zu malen, war amüsant und in ihrer Art geradezu unwiderstehlich. Bloß ein Maler, ein Handwerker, ein Wändedekorierer, mehr war der Mann nicht, und dennoch glaubte er, daß es von höchster Wichtigkeit sei, daß er ein Bild von Gilgamesch in einer Stiermaske anfertigte. Nun, möglicherweise war das ja so. Es war jedenfalls ebenso wichtig wie alles andere, das hier geschah. Verblüfft stellte Gilgamesch fest, daß er den kleinen Mann mochte, daß er sogar Achtung für ihn empfand. Er spürte in sich nicht einmal Groll gegen ihn, weil er sich Ninsans bemächtigt hatte, wie dies offenbar der Fall war. Er fühlte in sich eine innerliche Verwandtschaft zu ihm, eine Nähe, wie er sie zu kaum sonst jemandem unter den Später Toten verspürt hatte. Dieser Ruiz war jemand aus einer älteren Zeit, sogar noch vor der Zeit von Gilgamesch selbst, einer Zeit, in der die Abstände und Unterschiede zwischen Göttern und Menschen noch nicht so gewaltig waren, wie sie es später wurden. Der Mann besaß unbedingt die Qualitäten eines Halbgottes. So etwas sah man auf den ersten Blick.

»Ja«, sagte Gilgamesch also. »Ich werde dir Modell sein, Ruiz. Ich komme morgen zu dir, ja?«

Und dann sagte Dumuzi: »So, jetzt setzt euch alle! Jetzt wollen wir den Wein trinken und essen!«

15

Es war die Stunde des ersten Frühlichts. Sie hatten die ganze Nacht lang durchgezecht. Simon Magus hing schnarchend in seinem Sessel. Der alte Zauberer war das ganze Festbankett hindurch unruhig und gelangweilt gewesen und hatte sich irgendwie vernachlässigt gefühlt und fehl am Platze. Herodes hockte über seiner Flasche goldenen Weins, es war noch dieselbe Flasche, an der er bereits den halben Abend lang genippt hatte; er wirkte zerfranst und abgeschlafft, am Ende seines Durchhaltevermögens, doch fest entschlossen, durchzuhalten. Er war in ein ernsthaftes Gespräch vertieft mit einem mageren dunklen Mann mit gewaltigem Bart in einem weißen weiten Gewand. Und Dumuzi, der verquollene Augen hatte und ganz bleich war, schien sich ebenfalls sichtlich gegen das Einschlafen zu wehren, obwohl ihm immer wieder der Kopf vornüber sank. Ninsun, gegenüber, sah müde aus, hielt sich aber tapfer, und der kleine alte Mann Ruiz an ihrer Seite zeigte keinerlei Anzeichen von Müdigkeit; seine Augen waren noch immer funkelnd-scharf, und er bekritzelte die Tischdecke, benutzte Teller, jede glatte Oberfläche für Dutzende von Zeichnungen.

Vy-otin, der sich in seiner scharfgebügelten makellosen Spättoten-Kleidung zweifellos entsetzlich unwohl fühlte, trat zu Gilgamesch und sagte leise: »Komm, verschwinden wir hier und gehen wir ein paar Schritte. Die Luft draußen ist frischer, und ich muß dir einiges sagen. Dir vielleicht ein paar Ratschläge geben.«

»Klar, sicher«, sagte Gilgamesch.

Er stand auf, verneigte sich vor Dumuzi – es kam ihn ziemlich hart an, seinen Stolz zu überwinden und sich vor dem Kerl zu neigen und um die Erlaubnis zu bitten, sich vom Tisch zu entfernen. Der König wedelte schwächlich mit der Hand. Dann gingen er und der Häuptling der Eisjäger durch die hohe Festhalle zu dem fernen Ausgang.

Im frühen Morgenlicht hatte alles einen rötlichen Schimmer. Die Sonne hing tief am Firmament, ein fetter aufgeblähter Kloß, als würde sie bis zum Mittag brauchen, um bis zu den Gipfelspitzen der Berge der Nachwelt zu klimmen.

Gilgamesch sagte: »Wie friedlich ist es doch um diese Stunde. Sogar hier in der Nachwelt findet man ab und zu Frieden.«

Das windgegerbte Gesicht Vy-otins erstarrte, das eine Auge funkelte scharf. »Frieden? Anderwärts vielleicht, aber nicht hier. Der einzige Frieden, den du hier in Uruk finden wirst, ist der Frieden des Todes. Hau ab aus dieser Stadt, alter Freund, so rasch es geht!«

»Aber ich bin doch gerade erst angekommen, Vyotan. Es würde einfach von schlechten Manieren zeugen, wenn ich so rasch wieder abreiste.«

»Schön, dann bleib hier. Aber nur, wenn dir dein derzeitiges Leben eine Last ist.«

»Du denkst, ich bin hier in Gefahr?«

»Sag du mir das eine, und was du mir sagen wirst, es soll verschwiegen sein zwischen uns nach unserem uralten Bruderschwur: Bist du nach Uruk gekommen, um den Thron zurückzugewinnen, Gilgamesch?«

Bestürzt blieb dieser stehen. »Ja, glaubst du denn, daß ich deswegen hier bin?«

»Dumuzi glaubt es.«

»Ach? Wirklich? Er steckte schon immer voller Angst.«

»Und er wird dich ermorden lassen, wenn du hierbleibst«, sagte Vy-otin.

»Er wird es versuchen, ja. Damit rechne ich. Aber er wird feststellen, daß es nicht so leicht ist, mich zu beseitigen.«

»Er ist König in der Stadt, Gilgamesch.«

»Und ich, ich bin Gilgamesch. Ich werde hier verweilen, solange es mir beliebt. Niemand von sumerischem Blut wird es wagen, die Hand wider mich zu erheben.«

»Aber nicht alle in Uruk sind Sumerer«, sagte Vy-otin. »Höchstens einer unter zehnen ist es, vielleicht. Es gibt viele hier, die sich gern mit dem Ruhm schmücken möchten, den berühmten Gilgamesch erschlagen zu haben. Dumuzi wird keinen Mangel an Mordbuben haben.«

»Sollen sie kommen, ich kann mich verteidigen.«

»Zweifellos. Aber dann ist es doch wahr, daß du gekommen bist, um ihm den Thron zu nehmen?«

»Nein!« sagte Gilgamesch grimmig. »Weshalb unterstellt ihr mir alle so etwas? Ich will weder seinen Thron noch irgendeinen anderen. Glaube mir, Vy-otin, mir ist die Lust auf Macht schon vor langer Zeit abhanden gekommen. Und das ist die reine Wahrheit. Glaub mir. So glaub mir doch!«

Vy-otin lachte. »In einem Atemzug verlangst du gleich dreimal, daß ich dir glauben soll. Ich fand immer, daß nur jemand, der an seinen eigenen Worten zweifelt, so heftig fordert, daß man ihm glaube.«

Das traf Gilgamesch hart, und er warf dem Eisjäger einen wütenden Blick zu. »Du glaubst also, ich belüge dich?«

»Ich denke, du belügst dich vielleicht selbst.«

»Ach was!« Gilgameschs Hände zuckten. Er fühlte, wie die Wut in ihm hochwallte – und sich wieder legte. Er sagte lange nichts und zwang sich völlig reglos dazustehen. Dann sprach er: »Jeden anderen, Vy-otin, hätte ich wegen solcher Worte niedergeschlagen. Dich nicht. Nein, dich nicht.« Er wurde wieder ruhig und sagte dann mit ganz leiser Stimme: »Ich will dir die Wahrheit bekennen: Ich kenne meine eigene Seele nicht mehr! Ich sage mir, daß ich Macht scheue, Ehrsucht verabscheue und nur Verachtung für jene übrig habe, die in diesem Land der Nachwelt nach Vorzügen streben. Und dennoch, dennoch, Vy-otin, es gibt Momente, wo ich das alte Feuer in mir aufflammen fühle und erkenne, daß ich nicht so sehr anders bin als andere Männer, wie ich mir das gern vorstelle, daß auch mich dieser gleiche eitle Zwang antreibt, auf den Gipfel zu gelangen.« Er schüttelte den Kopf. »Die Wahrheit ist, ich bin mir nicht länger sicher, was ich will. Möglich, daß Dumuzi wirklich einigen Grund hat, mich zu fürchten. Aber ich sage es zu dir, Vy-otin, ich hatte einen anderen Grund, nach Uruk zu kommen. Jedenfalls nicht, um mich hier auf den Thron zu setzen.«

»Und was ist das für ein Grund?«

»Von einem Magier in der Stadt Brasil erfuhr ich, daß Enkidu vielleicht hier weilt. Mein liebster Freund, der Bruder meines Herzens, von dem ich viel zu oft und viel zu lange getrennt gewesen bin.«

»Ja, ich erinnere mich an Enkidu. Ein gewaltiger, von Haaren bedeckter Mann, ungestüm wie ein wilder Stier.«

»Ich bin hergekommen, um ihn hier zu suchen. Weiter nichts. Und das ist die Wahrheit. Ich schwöre dir, es ist die Wahrheit. Soweit ich sie kenne.«

»Und weißt du mit Bestimmtheit, daß er sich hier in Uruk aufhält?«

»Nein. Nur durch eine Vision, die ein schwarzer Magier mit seinen Künsten in mir hervorgebracht hat. Doch ich glaube nun eben, es ist eine wahre Vision.«

»Dann wünsche ich dir, daß du Erfolg hast in deiner Suche und auch sonst alles erdenkliche Glück.« Vy-otin ergriff Gilgamesch an beiden Händen und drückte sie fest. »Bei den Hörnern des Gottes, ich will dir auf jede mir mögliche Weise helfen! Doch sei auf der Hut in dieser Stadt, Gilgamesch! Dumuzi ist gerissen und hinterhältig, und er haßt dich mehr, als du dir vorstellen kannst. Er würde dich mit Wonne tausendfach in die Nachwelt schicken, wenn du nicht bereits hier wärst.«

»Ich werde mich vor ihm hüten«, versprach Gilgamesch. »Ich kenne seine Methoden aus der anderen Welt.«

Dann schritten sie lange auf und ab, ohne daß einer von ihnen etwas sprach. Das trübe Licht der Sonne verstärkte sich und kroch den Himmel hinauf, und der frühe Morgen erwärmte sich. In den Häusern und Geschäften der Stadt Uruk erwachte das Leben.

Nach einiger Zeit sagte Gilgamesch: »Lieber Freund, du hast mir nicht gesagt, weshalb du diese absurde Verkleidung trägst.«

»Ach, ich habe mich daran gewöhnt und mag sie sogar«, antwortete Vy-otin leichthin.

»Möglich. Aber es ist schon ein komisches Kostüm für einen, der von den Anfängen der Zeit kommt.«

»Wirke ich auf dich dermaßen alt, Gilgamesch? Denk doch an die Haarmenschen, die fast wie Affen aussehen. *Sie* sind wirklich aus uralter Zeit. Wer weiß, wann die gelebt haben? Es muß schon sehr lange her sein, denn sie sind so gar nicht wie wir, auch wenn sie uns sagen, sie sind unsere Vettern. Meine Zeit lag nur zehntausend Jahre vor der deinigen. Na, vielleicht auch fünfzehntausend, wer kann das schon so genau sagen. Aber ich bin ein Mensch – wie du.«

»Aber zehntausend Jahre sind kein Klacks, kein Räuspern, Vy-otin. Deine Zeit war lang vor der meinen. Über die Haarmenschen kann ich dir nichts sagen. Aber du stammst aus einer Welt, die ich nie gekannt habe, und sie war lange vor meiner Welt. Das war doch schon vor der Großen Flut!«

»Wenn du es so sagen willst.« Vy-otin zuckte die Achseln. »Kann sein. Ich habe keine Ahnung von deiner Flut. In meiner Zeit lag die Welt tief im Eis. Die Sonne war hell, die Luft war kalt, der Wind schnitt wie ein Messer. Die großen zottigen Tiere zogen über das Land. Es war die allergrößte aller Zeiten, Gilgamesch. Wir waren nicht sehr viele, weißt du, doch wir waren großartig! Du hättest uns sehen müssen, wenn wir auf die Jagd zogen und wie Geister durch die dunklen blattlosen Bäume streiften! Bei den Hörnern, ich wünschte, du wärst damals mit uns gewesen!« Und mit veränderter, dunklerer Stimme setzte er hinzu: »Ich wollte, ich wäre noch dort.«

»Du hast mir das alles so geschildert, als wäre es noch immer wahr, diese Zeit des Eises und der gewaltigen Tiere, damals in deinem Palast im Norden«, sagte Gilgamesch. »Und da lagerten die gewaltigen Hauerzähne auf dem Boden, und an den Wänden hingen die zottigen Häute, und dein Volk scharte sich um dich. Ich erinnere mich noch sehr gut, obwohl es schon sehr lange her ist, daß ich dort mit dir zusammen war. Warum bist du fortgegangen?«

»Du warst einmal König in dieser Stadt hier. Warum bist du fortgegangen?«

»Wie könnte ich das sagen? Wir treiben in der Nachwelt umher, ohne das Geringste zu verstehen. Ich war in diesem Uruk, und dann war ich nicht in Uruk, und ich erinnerte mich an nichts von Uruk. Vielleicht wurde ich niedergeschlagen und wachte anderwärts auf. Vielleicht in Nova Roma oder einer anderen weit entfernten Stadt. Ich kann mich nicht daran erinnern. Es hätte *alles* geschehen sein können. Ich kann nur sagen, ich war hier und auf einmal war ich nicht mehr hier. Die Erinnerung daran, wie und weshalb ich fortzog, ist aus meinem Gedächtnis gestohlen worden.«

»Bei mir ist das anders«, sagte Vy-otin. »Ich wurde getötet. Ein blödsinniger Streit, ein paar betrunkene Ägypter – ich beging den Fehler, dazwischengehen zu wollen. Es war das übliche. Ich trat in die Finsternis, die zwischen den Leben kommt, und ich war tausend oder vielleicht zweitausend Jahre lang weg, und als ich zurückkam, war ich an einem ganz anderen Ort, weit weg von allem, was ich gekannt habe. Kennst du die Stadt Dis, Gilgamesch?«

»Dis? Nein.«

»Am anderen Ufer des Weißen Meeres.«

»Ich habe nicht gewußt, daß es da drüben überhaupt etwas gibt am anderen Ufer.«

»Die Nachwelt ist unbestimmt, meine Freund, und ohne Grenzen. Ich lebte eine lange Zeit in Dis, dann überquerte ich das Meer, und nun bin ich in Uruk. Mein Volk hat sich zerstreut, und keiner erinnert sich noch an das Schloß im Norden. Alles verändert sich, Gilgamesch, und nicht zum Besseren.«

»Und du hast dich in der Stadt Dis dazu entschlossen, dich wie ein Später Toter zu kleiden? Warum?«

»Damit sie nicht merkten, daß ich prähistorisch bin; denn so haben sie mich bezeichnet – *vorgeschichtlich,* als wäre ich irgendein Tier.«

»Sie? Wer?«

»Die Gelehrten«, sagte Vy-otin. »Die Philosophen. Die Archäologen. Die dumpfdummen langweiligen neugierigen Spätlinge. Ich will dir berichten, was geschehen ist. In Dis geriet ich an einen dieser Später Toten, kurzbeinig und häßlich, aber stark, sehr stark. Ein Musiker, Wagner war sein Name. Und da war sein Freund, der Nietzsche hieß, sofern du das als Namen gelten lassen willst, und da war noch einer, ein Jude wie dein Freund Herodes, aber älter, mit einem weißen Bart und scharfen durchdringenden Augen. Der hieß Freud. Und wir vier saßen zusammen und tranken die ganze Nacht lang, genau wie wir das heute taten, und als die Morgendämmerung heraufzog, fragten sie mich nach meinem Namen, und so sagte ich ihnen, ich heiße Vy-otin und sei von dem alten Volk der Eisjäger, habe in der kalten Zeit in einer Höhle gelebt, und mein Auge habe ich bei einem Kampf mit einem Schneetiger verloren. Und ich erzählte ihnen noch das eine und andere mehr aus meinem ersten Leben. Und da brüllte auf einmal dieser Mann Wagner: Wotan! Du bist Wotan! Und der Nietzsche hieß, der sagte: Ja, er ist es in Person. Und der alte

Mann Freud begann zu lachen und sagte, daß das durchaus möglich sei, da es außer Zweifel stehe, daß der Mythos aus einer Realität erwächst, und ich deshalb durchaus der fleischgewordene Mythos sein könnte.«

»Es fällt mir schwer, dir zu folgen«, sagte Gilgamesch.

»Also, dieser Wotan, der auch Odin genannt wird, war ein Gott, lange nach meiner und deiner Zeit, ein einäugiger Gott in den kalten Nordlanden. Und die drei waren überzeugt, daß ich das Modell bin, nach dem dieser uralte Odin oder Wotan geschaffen wurde. Verstehst du? Daß ich in den Jahren nach meinem Tod immer mehr zur Legende wurde, zum klugen einäugigen König im Schneeland, und dann begannen mich die Leute im Norden im Verlauf von Tausenden von Jahren als Göttervater zu verehren.«

»Und wenn das so ist? Die Zeit hat viele Könige und Krieger zu Göttern gemacht. Was bedeutet dir das schon? Wieso sollte es dich bekümmern?«

»Aber diese drei närrischen Männer hüpften vor Freude bei dem Gedanken, daß sie mit dem Original eines großen Mythos an einem Tisch saßen. Für sie war das eine tolle Sache, aber wo blieb ich, mein wirkliches Selbst, das jetzt da saß und lebte? Mich fegte das einfach weg, Gilgamesch, es raubte mir alles, was meine Wirklichkeit war. Ich sagte ihnen, ich bin kein Mythos, sondern der, der ich bin, aber das wischten sie einfach beiseite. Wer ich bin, bedeutete ihnen überhaupt nichts. Sie fanden mich kurios, ich war ein Primitiver für sie, ein Wilder. Ein Tier. Ich glaube, sie waren erstaunt, daß ich überhaupt sprechen konnte. Was sie erregte, war ich in ihrer Vorstellung, der Archetyp, sonst nichts. So nannten sie mich: der Archetyp. Ich fragte, was das ist, ein Archetyp, und sie erklärten es mir stundenlang, wo ein Satz genügt hätte. Es bedeutet das Original. Ich bin er erste, originale, echte Wotan, sofern man den drei Leuten da glauben kann. Alle großen Mythen, sagten sie, kommen aus der vorgeschichtlichen Menschheitsdämmerung herüber, sagten sie, und da sitze nun ein Mann direkt aus diesem Dunkel leibhaftig mit ihnen an einem Tisch in einer Kneipe. Und davon bekamen sie ein hitziges Hirnfieber und wurden ganz verrückt. *Wotan!* krächzte Wagner und wollte wissen, ob ich Töchter gehabt habe. Und Freud, der fragte, ob ich Söhne hätte. Und dieser Nietzsche, der wollte wissen, ob ich an Gott glaube... Ach, Gilgamesch, diese drei Typen! Einer hatte Opern über diesen Wotan geschrieben. Weißt du, was eine Oper ist? Gesinge und Lärm und Kostüme. Und der andere hatte philosophische Bücher geschrieben. Und der dritte behauptete, daß er mehr über die Lebenszustände in meiner Zeit wüßte als ich selbst. Alle drei sahen in mir nur eine Widerspiegelung von sich selbst. Und sie stellten mir zehnmal tausend Fragen, und sie holten andere herbei, die mich betrachten mußten, andere Wissenschaftler und Denker, und sie veranstalteten ein solches Getue und Ärgernis mit mir, daß ich ihnen gern mein einziges Auge drangegeben hätte, um meine Ruhe vor all diesen Klugscheißern zu haben. Bei der Mutter! Sie haben mich fast zum Wahnsinn getrieben! Am Ende floh ich vor ihnen. Ich bin kein Gott, Gilgamesch, und ich bin auch kein Archetyp. Ich bin nichts weiter als ein schlichter Mann aus dem Pleistozän und...«

»Dem *was*?«

»So nennen die Gelehrten die Zeit, in der ich lebte. Als noch alles vom Eis bedeckt war und die großen Zotteltiere noch lebten.« Vy-otin lachte. »*Pleistozän*. Du merkst es? Ihre törichten Bezeichnungen haben mich angesteckt. *Prähistorisch*. Glaubst du, daß wir uns für *vor* der Geschichte lebend gehalten haben, für Nicht-Geschehene hielten? Für bloße grunzende Tiermenschen? Nun, so war es nicht. Wir hatten Gedichte, wir hatten Musik. Wir hatten Götter. Sie nennen uns den *Aurignac-Typ*. Mir sagt das gar nichts. *Archetyp*.« Vy-otin schüttelte den Kopf. »Also bin ich geflohen und habe mich vor ihnen versteckt. Und nun heiße ich Henry Smith, und ich tue so, als wäre ich ein Später Toter, damit mir die Gelehrten nicht weiter auf die Nerven gehen können – diese wichtigtuerischen Eierköpfe und Weisheitsfurzer, die mir erzählen wollen, was ich bin. Sollen sie sich einen anderen als Studienobjekt suchen, der für sie das prähistorische Fossil und Aurignac und Archetyp spielt.«

»Du siehst aber nicht aus wie ein Später Toter, Vy-otin.«

»Nicht?«

Gilgamesch lächelte. »Nicht für mich. Für mich siehst du aus wie ein einäugiger Eisjägerhäuptling, der sich als Spättoter verkleidet hat. Ein Barbar wie ich selbst. Du siehst aus wie aus dem – Pleistozän. Wie ein – wie war das Wort? – ein Aurignac-Mensch. Eindeutig aus dem Aurignac. Ein Archetyp, Vy-otin. Habe ich die Wörter korrekt ausgesprochen?«

Auch Vy-otin lächelte nun, doch ohne Heiterkeit. »Mag das sein, wie es will«, sagte er, ein wenig gereizt. »Ich spiele jedenfalls das Spiel dieser Leute nicht mit. Und wehe dir, mein Freund, solltest du eines Tages einem Haufen von Gelehrten in die Hände geraten. Sie werden dich peinigen und dir keine Ruhe lassen, und wenn sie mit dir fertig sind, weißt du nicht mehr genau, wie dein wirklicher Name lautet.«

»Schon möglich«, sagte Gilgamesch. »Im Outback bin ich einmal einem armen Verrückten von den Später Toten begegnet, der mich mit einem gewissen Conan verwechselte, irgend so einem alten Krieger, der sowas wie ein Mann aus dem Land der Kimmerier war, und der wollte mich anbeten oder noch Schlimmeres mit mir. Was für ein trauriger Tor der Mann war! Wahrscheinlich auch wieder so eine archetypische Sache, denke ich.«

»Sie sind alle solche Narren, diese modernen Männer«, sagte Vy-otin.

»Aber die Dummheit ist nicht erst gestern erfunden worden«, sagte Gilgamesch. »Wir hatten zu meiner Zeit davon auch schon einen ganzen Haufen. Und du wahrscheinlich auch.«

»Wahrhaftig«, gab Vy-otin zu.

Gilgamesch betrachtete seinen alten Freund nachdenklich, und auf einmal überkamen ihn Zweifel an seinen eigenen Göttern, dem Himmelsvater An und Enlil, dem Herrn der Stürme, und Enki, dem Barmherzigen, und all den übrigen. Waren auch sie einst nur Menschen gewesen – Krieger, Priester, Könige – und durch die Zeit hindurch und dank der blöden Leichtgläubigkeit der Menschen in derart ferne, erhabene Wesen umgeformt worden, in diese – Archetypen? Wenn er lange genug durch die Nachwelt zog, würde er dann die echten, die echten Urbilder, die Originale der Götter aus Sumer-dem-Land in einer Kaschemme versammelt finden, in der Stadt Dis, wo sie heftig zechten und herzlich lachten und sich Geschichten über die guten alten Zeiten vor der Flut erzählten?

Die Vorstellung behagte ihm nicht sonderlich.

Schweigend gingen die zwei dann wieder zum Festsaal zurück.

Gilgamesch sagte: »Das war also der Rat, den du mir zu geben hattest? Daß ich mich von sogenannten Philosophen fernhalten soll?«

»Ja. Und daß du auf der Hut sein sollst vor Dumuzi.«

»Natürlich. Das auch. Aber die Philosophen sollte ich doch wohl mehr fürchten, wenn deine Erfahrungen einigermaßen verbindliche Anhaltspunkte bieten. Mit Schwertern und Dolchen werde ich leicht fertig. Aber zudringliche Wörterschwätzer? Pfui! Sie machen mich ebenso rasend wie dich!« Und gerade da erblickte er Herodes, der aus dem Festsaal kam und ziemlich angeschlagen von den Ausschweifungen der Nacht wirkte. Der kleine jüdische Fürst stützte sich schwankend gegen die dunkle Reliefffläche des Gebäudes, atmete mehrmals nacheinander heftig, rieb sich die Augen und fuhr sich mit dem Handrücken über die Lippen. Seine weiße sumerische Robe war voll Weinflecken, das Schädelkäppchen saß schief. »Siehst du den Mann da?« fragte Gilgamesch. »Er ist mit mir von Brasil hergereist. Er besteht aus nichts weiter als aus Worten, Worten, Worten. Leih ihm dein Ohr, und er sabbert es dir stundenlang voll. Er ist so kühn wie ein Floh. Und dennoch behauptet er, daß auch er einst ein König war.«

»Gilgamesch?« rief Herodes und beschattete die Augen gegen den Sonnenglast. »Da bist du ja, Gilgamesch!« Unsicher, als fürchtete er, seine Fußknöchel könnten unter ihm wegknicken, kam er heran und sagte: »Ich hab' dich gesucht. Kann ich mit dir reden?«

»Rede.«

Herodes warf Vy-otin einen scheuen Blick zu und schwieg.

»Also? Was gibt es?« sagte Gilgamesch.

Immer noch zögernd sprach Herodes: »Es ist mir gelungen, heute nacht ein paar Informationen aufzuschnappen. Und ein paar davon dürften dich interessieren.«

»So rede schon!«

»Der Freund deiner Mutter? Der Mann, der dich auf einem Bild malen will?«

Mit wachsender Ungeduld sagte Gilgamesch: »Nun, was ist mit dem?«

»Er benutzt hier den Namen Ruiz. Aber weißt du, wer er in Wirklichkeit ist, Gilgamesch? Er ist Picasso!«

»Wer?«

»Picasso! Pablo Picasso!« Mit seinem vom Wein geröteten stoppelbärtigen Gesicht sah er so aufgeregt aus, als bekäme er gleich einen Schlaganfall. »Er versucht sich hier zu verstecken, vor einer Ex-Gemahlin oder einer Ex-Geliebten, deshalb hat er sich einen anderen Namen zugelegt. Aber einer von Dumuzis Höflingen hat mir gesagt, wer er in Wahrheit ist. Es ist einfach sagenhaft! Und natürlich wirst du dich von ihm malen lassen, ja? Er wird dich zu einem Meisterwerk machen, wie es die Nachwelt noch nie...« Herodes brach ab. »Du bist nicht beeindruckt. Nein, ganz und gar nicht. Du weißt nicht einmal, wer Picasso ist, ja? Er ist bloß der größte Künstler der Nachwelt, der je gelebt hat! Ich habe das studiert, weißt du nicht? Die Kunst der Später Toten, die Musik, die Architektur...«

»Nun, ist es nicht, wie ich dir sagte?« fragte Gilgamesch Vy-otin. »Ein endloses Gesäusele, ein Gewäsch von Wörtern.«

»Ist ja schon gut, dir liegt nichts daran«, sagte Herodes kläglich. »Aber laß dich doch trotzdem von ihm malen. Ich dachte, es freut dich, wenn du erfährst, wer er ist. Aber das war nicht die wichtigste Sache, über die ich mit dir sprechen wollte.«

»Bestimmt nicht. Das Wichtige hebst du dir immer bis zuletzt auf. Wie taktvoll. Schön, dann sprich jetzt.«

Aber Herodes schwieg wieder und sah unsicher zu Vy-otin hinüber.

»Der Mann ist mein lieber Freund und Bruder Henry Smith«, sagte Gilgamesch. »Ich habe vor ihm keine Geheimnisse. Also sprich jetzt, Herodes, oder – bei Enlil! – ich schmeiße dich...«

»Enkidu ist in Uruk, genau wie es dir vorhergesagt wurde«, sprudelte Herodes eilig hervor.

»Was?«

»Der große grobschlächtige Mann, nach dem du suchst. Dein Freund, den du deinen Bruder nennst. Ist das nicht Enkidu?«

»Aber ja, ja!«

»Dieser Höfling erzählte mir – er ist ein Assyrer und heißt Tukulti-Sharrukin und war sehr betrunken. Enkidu ist vor etwa einer Woche hier aufgetaucht. Jedenfalls ging er direkt zum Palast, weil er ein Gerücht gehört hatte, daß du dort sein würdest, oder er hatte einen

Traum oder – nun, irgend etwas. Er glaubte jedenfalls, du könntest im Palast sein. Aber da warst du natürlich nicht. Er fragte immer weiter: Wo ist Gilgamesch? Wo ist Gilgamesch? Er soll hier in der Stadt sein. Dumuzi wurde sehr besorgt. Das gefiel ihm gar nicht, daß du irgendwo in der Nähe sein könntest.«

Gilgamesch fühlte ein Tosen in seiner Brust. »Zur Hölle mit Dumuzi. Wo ist Enkidu jetzt?«

»Der Assyrer wußte es nicht genau. Immer noch irgendwo hier in Uruk, glaubt er jedenfalls. Er versprach mir, es herauszufinden und mich wissen zu lassen. Morgen.«

»Er ist Gefangener?« fragte Gilgamesch.

»Beim Stoßzahn!« röhrte Vy-otin. »Wir finden ihn! Wir befreien ihn! Bei der Mutter! Bei den Hörnern des Gottes! Ein Gefangener? Enkidu? Wir reißen die Mauern nieder, hinter denen er festgehalten wird!«

»Sachte!« Gilgamesch legte Vy-otin die Hand auf die Schulter. »Bleib ruhig. Es gibt verschiedene Methoden, die Sache anzugehen, Vy-otin, mein Freund.«

»Du sagtest doch, sein Name ist Henry Smith«, bemerkte Herodes leise.

»Das braucht dich jetzt nicht zu kümmern«, sagte Gilgamesch scharf. Und zu dem Eisjäger: »Hast wäre falsch. Zunächst müssen wir herausfinden, ob Enkidu wahrhaftig hier ist und wo er ist und wer ihn bewacht. Dann wenden wir uns an Dumuzi, behutsam, ganz vorsichtig. Er ist ein Schwächling. Und du weißt ja, wie man mit schwachen Männern umgehen muß, Vy-otin: Fest und direkt, aber darauf bedacht, sie nicht in Panik zu versetzen, denn dann wären sie zu allem fähig. Falls er Enkidu aus Furcht vor mir umbringen läßt, dauert es möglicherweise wieder tausend Jahre, ehe ich ihn wiederfinden kann. Deshalb müssen wir behutsam vorgehen. Was meinst du dazu, Vy-otin, heh?«

»Ich glaube, du hast recht«, gab der Eisjäger zu.

Gilgamesch wandte sich wieder Herodes zu. Ein kläglicher kleiner Mensch, dachte er. Aber klug und brauchbar.

Er lächelte ihn warm an. »Eine gute Nachtarbeit! Gut gemacht, König Herodes! Gut gemacht!«

»Und dies wird deine Maske sein«, sagte Picasso. »Hier. Nimm und setze sie mal auf.«

Er fuhr durch den weiten häßlichen Kellerraum wie eine schnaufende kleine Maschine, räumte Haufen von Zeug um, stieß Gegenstände aus dem Weg. Gilgamesch betrachtete sich die Maske, die er ihm in die Hände gedrückt hatte. Er war verwundert. Sie war so häßlich wie alles übrige in dem Raum. Ein breiter Stierkopf aus *Papiermâché* mit gewaltigen schwarzen Nüstern und großen klobigen Zähnen. An der linken Seite war ein starres rotes Auge und obenauf ein zweites. Kurze scharfgekrümmte Hörner aus Wachs ragten in groteskem Winkel hervor. Fetzen von krausem schwarzen Fell waren überall aufgeklebt. Das Ding verbreitete einen säuerlichen scharfen Geruch. Anscheinend sollte Gilgamesch es mittels der herabbaumelnden Schnur am Hals befestigen.

»Du willst, daß ich *das* da trage?« fragte er.

»Natürlich! Setz es auf, setz es dir auf! Du wirst mein Minotauros sein!« Picasso fuchtelte ungeduldig mit der Hand. »Ich habe die Maske heute speziell für dich gemacht.«

Seit dem Fest bei Dumuzi war erst ein Tag vergangen. So häßlich diese Stiermaske war, sie war höchst raffiniert gearbeitet, mußte bestimmt das Werk mehrerer Tage sein. »Wie ist das möglich?« fragte Gilgamesch. »Daß du das so schnell hast machen können?«

»Schnell?« Picasso spuckte das Wort fast aus. »*Cagarruta!* Ich habe mehr als eine Stunde dafür gebraucht!«

»Dann mußt du ein Zauberer sein.«

Picasso lachte und räumte weiter auf, um Platz in dem Atelier zu schaffen.

Gilgamesch legte die Maske weg und wanderte durch den Raum und betrachtete die Bilder, die an jeder Wand gestapelt standen. Es waren erschreckende Bilder. Da war eine Frau mit zwei Gesichtern an einem Kopf, und man konnte nicht sagen, ob sie einen direkt anblickte, oder ob man ihr Gesicht seitlich sah. Und dort stand ein Bild, auf dem lauter kleine Schachteln waren, so daß die Augen herumspringen mußten, bis einem fast die Tränen kamen. Und dort waren drei Ungeheuer mit höhnischen Gesichtern. Eine Frau mit drei Brüsten und Zähnen zwischen den Beinen.

Die Formen! Die Farben! Noch nie hatte jemand solche Szenen gesehen, nicht einmal in der Nachwelt. Ganz gewiß wurde hier irgendeine Art Zauberwerk praktiziert. Gilgamesch dachte: Im alten Uruk hätte ich befohlen, diese Bilder zu verbrennen und den Maler aus der Stadt zu peitschen. Und trotzdem, jetzt fühlte er sich von diesen Arbeiten wie betört. Er spürte in ihnen den starken und spielerischen Geist des kleinen Mannes und seine bestürzende Willenskraft.

»Bist du ein Zauberer?« fragte er.

»*Por favor.* Die Maske. Bitte setz sie auf.«

»Irgendein Dämon?«

»Ja«, antwortete Picasso. »Ich bin ein Dämon. Die Maske. Bitte?«

»Zeig mir das Bild, das du von meiner Mutter gemalt hast.«

»Es ist nicht fertig. Es verändert sich ständig. Alles verändert sich unablässig. Ich werde dir die Maske selber aufsetzen.« Picasso kam durch das Atelier und griff nach der Maske. Doch er war zu klein. Gilgamesch ragte vor ihm auf wie eine Mauer. »*Dios!* Was bist du für ein *cojonado* Prachtbulle! Weshalb mußt du dermaßen groß sein?« Und er schob Gilgamesch die Maske bis ans Kinn. »Also, setz sie schon auf!« befahl er. »*Ahora atrabajar.* Zeit, daß wir jetzt mit der Arbeit beginnen.«

Er sagte es ruhig, aber mit großem Nachdruck. Gilgamesch stülpte sich die Maske übers Gesicht, und zuerst wäre er an dem Gestank von Klebeleim und anderen Dingen beinahe erstickt. Er band sich die Schnur im Genick zu. Durch zwei Schlitze konnte er etwas sehen, aber nicht besonders gut. Picasso winkte ihn zu einer Stelle unter den grellen starken elektrischen Lampen und zeigte ihm, welche Position er von ihm haben wollte: die Arme erhoben, wie bereit, einen heranstürmenden Angreifer zu packen.

»Bei all diesen anderen Bildern, hast du dafür beim Malen auch Modelle benutzt?« fragte Gilgamesch mit dumpfer und hohler Stimme hinter der Maske. »Es sind Dinge, die du wirklich gesehen hast?«

»Ich sehe sie hier drin.« Picasso klopfte sich gegen die Stirn. Dann zündete er sich eine Zigarette an, trat zurück und starrte Gilgamesch so fest und stetig an, daß dieser die Kraft und Intensität der Augen wie kalte Messerklingen auf der Haut fühlte. »Manchmal arbeite ich mit einem Modell, manchmal nicht. In der letzten Zeit meist mit, wegen der Schwierigkeiten. Ich sage mir, die Modelle helfen, obwohl das nicht der Fall ist, nicht viel jedenfalls. Diese Nachwelt hier, die ist Scheiße, weißt du? Sie ist *mierda,* sie ist *cagada,* der ganze Ort hier ist *un gran cagadero.* Aber wir tun, was wir können, was, König Gilgamesch? Das ist jetzt unser Leben. Und es ist immer noch besser als das große *nada,* was? Ist's nicht so, König? Halte die Arme oben! Die Beine auseinander, nur ein bißchen! Stoß mit den Hüften nach vorn, wie wenn du ihn ihr reinstoßen willst, ja, wie du da stehst!« Und er malte bereits drauflos, mit breiten hastigen Pinselstrichen. Gilgamesch empfand einen leichten Schauder der Unsicherheit. Wie wenn das da wirklich eine Art Zauberei war? Wenn Picasso seine Seele einfangen und auf die Leinwand bannen konnte und wenn er beabsichtigte, ihn dort auf ewig eingesperrt zu halten?

Nein, sagte er sich dann. Das ist Unsinn. Der kleine Mann war genau das, was er gesagt hatte: ein Maler.

Wenn man Herodes trauen durfte, sogar ein sehr großer Maler. Vielleicht saß ein Dämon in ihm, aber wenn, dann war es einer von der Art, wie auch Gilgamesch ihn in sich gehabt hatte, der ihn getrieben hatte, überall hin zu gehen, alles zu schauen, alles zu lernen, alles in sich hineinzuschlingen. Ich verstehe diesen Mann, dachte er. Er und ich, wir sind uns sehr ähnlich. Der Unterschied ist, daß ich in der Nachwelt gelassen und unkompliziert geworden bin, während der da immer noch von brennender Ruhelosigkeit und Hunger getrieben ist.

»Du warst immer ein Maler?« fragte er.

»Immer. Von der Wiege an. Sprich jetzt nicht, ja?«

Mit welcher Selbstverständlichkeit er einen König herumkommandiert, dachte Gilgamesch. Dieser kleine Kahlkopf, der nichts weiter anhat als eine zerfetzte zu weite kurze Hose, dem der Schweiß aus den weißen Haaren auf der Brust troff, der in einer Wolke von Zigarettenqualm stand, und er fürchtet niemanden und nichts. Nun war es nicht mehr schwer zu verstehen, daß er Ninsun eingefangen hatte. Dieser Mann, dachte Gilgamesch, konnte wahrscheinlich jedes Weib bekommen, das er haben wollte. Sogar eine Königin. Sogar eine Göttin.

»Weißt du was?« sagte Picasso nach langer Zeit. »Ich glaube, diesmal wird es hinhauen. Das Bild vergeht nicht. Die anderen, die haben sich mir unter der Hand verändert. Aber das da, das steht. Das ist die Magie des Minotauros, glaube ich. Der Stier regiert in der Nachwelt! Ich bin ein Stier. Du bist ein Stier. Wir sind die ganze Zeit in der Arena. Ich konnte nicht Matador werden, also wurde ich Stier. Bei dir ist es das gleiche. Glaube ich. Es spielt keine Rolle: Die Kraft des Stieres ist in uns beiden. Hast du in deiner Stadt mit dem Stier gekämpft?«

»Einmal habe ich mit einem gekämpft«, sagte Gilgamesch. »Enkidu und ich zusammen. Es war der Himmelsstier, in dem die Kraft des Vaters Enlil steckte. Die

Priesterin Inanna hatte ihn freigelassen in der Stadt, und er raste ungehemmt und wild umher und tötete ein Kind; aber Enkidu und ich, wir fingen ihn ein, wir tanzten mit ihm, wir spielten mit ihm und erledigten ihn. Enkidu ermüdete ihn, und ich gab ihm den Schwertstoß.«

»Bravo!«

»Doch das erzürnte die Götter. Sie nahmen zur Vergeltung Enkidu das Leben. Er kümmerte dahin und starb. Dies war das erstemal, daß ich ihn verlor, aber dann habe ich ihn hier in der Nachwelt wieder und immer wieder verloren. Ich bin dazu verdammt, ewiglich nach ihm zu suchen. Es ist unser Schicksal, daß wir nie lange beisammen sein dürfen. Dieser Mann ist mein Bruder; er ist mein zweites Selbst. Aber ich werde ihn wiederfinden, und bald. Man sagt, er ist hier in Uruk, als Gefangener. Vielleicht hast du ihn gesehen – er ist genauso groß wie ich, und ...«

Aber Picasso hörte nicht zu. Er schien ganz in seine Arbeit und in einen persönlichen fernen Traum versunken zu sein.

»Der Stierkampf am Sonntag«, sagte er, als hätte Gilgamesch überhaupt nicht gesprochen. »Das wird dir gefallen! Wir zwei werden in der Ehrenloge sitzen. Sabartés hat einen Matador ausfindig gemacht, von dem ich noch nie gehört habe, aber vielleicht taugt er ja was, nicht? Es ist sehr wichtig, daß der Matador gut ist. Die bloße Abschlachterei ist eine Schande! Die *corrida* ist Kunst. Die Arme höher, ja?«

Er hat nicht ein Wort von dem gehört, was ich zu ihm über Enkidu sagte, dachte Gilgamesch. Seine Gedanken schweiften ab, als ich von der Tötung des Himmelsstiers sprach. Er hört nur, was er hören will. Und wenn er zuhören will, hört er zu, und wenn er sprechen will, so spricht er. Doch in seiner Seele ist er allein König. Macht nichts, dachte Gilgamesch. Er ist ein großer Mensch. Seine Größe leuchtet und strahlt von ihm, wie das Licht von einem polierten Schild sich spiegelt. Und Herodes hat wahrscheinlich recht, daß er auch ein großer Maler ist. Auch wenn er nichts als Ungeheuerlichkeiten malt.

»Es geht gut voran«, sagte Picasso dann. »Das Bild bleibt, weißt du? Die Kraft des Stieres! Heute mal kein Kubismus; kein Blau, kein Rosa.« Und nun bewegte sich sein Arm so rasch, daß es aussah, als wäre es nicht einer, sondern drei Arme. Die Augen glühten. Und dennoch, er erweckte nicht den Eindruck der Hast. Das Gesicht war starr, bewegungslos, ausdrucklos. Der Körper schien – bis auf diesen rastlos werkenden Arm – vollkommen entspannt zu sein. Gilgamesch brannte darauf, zu sehen, was sich auf der Leinwand tat.

Die Maske war inzwischen erstickend heiß geworden. Er merkte, wenn er sie noch viel länger tragen mußte, würde er keine Luft mehr bekommen. Doch er wagte es nicht, sich zu bewegen. Er war ganz unter dem Bann dieses kleinen Mannes. Ein Zauber, ja, ganz bestimmt, es war Hexerei, dachte er.

»Weißt du, warum ich male?« fragte Picasso. »Ich sage mir jedesmal: Was kann ich heute über mich lernen, was ich noch nicht weiß? Die Bilder sind meine Lehrmeister. Wenn nicht mehr ich in ihnen spreche, sondern sie selber, die Bilder, die ich male, und wenn sie sich mir entziehen und mich verspotten, dann weiß ich, ich habe mein Ziel erreicht. Begreifst du? Verstehst du das? Nein?« Er zuckte die Achseln. »Ach, macht auch nichts. So. Ja. Wir können jetzt abbrechen. Genug für heute. Es läuft gut. *Por dios,* es läuft gut!«

Gilgamesch verlor keine Zeit, sich von der Maske zu befreien. Er rang nach frischer Luft, aber die gab es hier unten nicht. Der Raum war drückend schwer von Schweißgeruch erfüllt.

»Ist es fertig?« fragte er. Er hatte keine Ahnung, wie lange er Modell gestanden hatte, zehn Minuten oder einen halben Tag lang.

»Vorläufig«, sagte Picasso. »Komm und schau es dir an.«

Er drehte die Staffelei herum. Gilgamesch sah gebannt auf die Leinwand.

Was hatte er zu sehen erwartet? Das Abbild eines hochgewachsenen muskulösen Mannes mit einem häßlichen Stiergesicht, mit weit aufgerissenem Maul, geschwollener Zunge, wütenden roten Augen, die in verschiedene Richtungen blickten, das Gesicht der Stiermaske. Aber in dem Bild waren zwei nackte Männer, die einander gegenüber hockten, Gesicht an Gesicht, wie Ringer zum Angriff bereit. Der eine war riesenhaft, schwarzbärtig, hatte starke herrscherliche Gesichtszüge. Gilgamesch erkannte sich selbst in dem Porträt sofort: es sah ihm erstaunlich ähnlich. Der andere Mann war viel kleiner, untersetzt, breitschulterig, breitbrüstig. Eindeutig Picasso selbst. Doch sein Gesicht war nicht sichtbar. Es war der kleinere Mann, der die Stiermaske trug.

Als er hinaus auf die Straße der Gerber und Färber trat, lauerten dort drei Mordgesellen auf Gilgamesch. Er war weder überrascht noch erschrocken. Sie warteten so offensichtlich auf ihn, daß klar war, was sie vorhatten, bevor sie ihre Waffen herausholten.

Sie waren ziemlich ungeschickt als urukanische Polizisten verkleidet und trugen schlechtsitzende Khaki-Uniformen mit dunklen Schweißflecken in den Achselhöhlen. Einer davon hatte eine große breite Nase und schwamm in einer dicken Wolke von Knoblauch, und er mochte leicht ein Hittiter sein; die anderen zwei waren Später Tote und hatten diese seltsam gelben Haare, wie manche davon sie haben, und kümmerliche ungepflegte Kinn- und Lippenbärte. Sie trugen Schußwaffen.

Gilgamesch vergeudete keine Zeit. Er hieb einem der Später Toten mit der Handkante gegen den Hals und schleuderte ihn in eine schmale Seitengasse, wo er taumelnd auf das Gesicht fiel und zuckend, röchelnd und spuckend auf dem Boden lag. Beim Zurückschwingen rammte Gilgamesch dem Hittiter scharf den Ellbogen in die breite Nase, und gleichzeitig packte er den dritten Kerl am Handgelenk und drehte ihm die Pistole aus dem Griff und kickte sie auf die andere Straßenseite.

Der dritte Mann schrie auf und rannte mit heftig rudernden Armen rasch davon, und Gilgamesch zog seinen Dolch und wandte sich wieder dem Hittiter, der beide Hände aufs Gesicht gepreßt hatte, zu. Zwischen den Fingern lief das Blut hervor.

Gilgamesch setzte die Dolchspitze an den Bauch des Mannes. »Wer hat euch geschickt?«

»Du hast mir das Nasenbein gebrochen!«

»Höchstwahrscheinlich. Nächstesmal solltest du deine Nase nicht gegen meinen Ellbogen rammen«, sagte Gilgamesch und drückte die Dolchspitze ein wenig fester. »Hast du einen Namen?«

»Tudhaliyash.«

»Das ist kein Name. Das ist ein Rülpser. Du bist Hittiter?«

Tudhaliyash nickte kläglich. Das Blut floß nun schon etwas weniger üppig.

»Für wen arbeitest du, Hittiter?«

»Für die Stadtregierung von Uruk«, schniefte der Mann dumpf. »Amt für Maße und Gewichte.«

»Und ihr seid gekommen, um mich zu wiegen oder um mich zu messen?«

»Ich war mit meinen Freunden auf dem Weg ins Wirtshaus, als du uns angegriffen hast.«

»Genau. Ich greife oft Fremde auf der Straße einfach so an, besonders wenn sie zu dritt daherkommen. Wer hat euch nach mir ausgesandt?«

»Es würde mich das Leben kosten, wenn ich das sagte.«

»Es *kostet* dich dein Leben, wenn du schweigst«, sagte Gilgamesch und drückte die Dolchspitze ein bißchen härter gegen den Leib des Mannes. »Ein Stoß damit, und ich expediere dich in dein künftiges Leben. Aber du wirst dort nicht schnell ankommen. Es dauert lange, bis man an aufgeschlitzten Därmen krepiert.«

»Ur-ninmarka hat mich geschickt«, murmelte der Mann.

»Wer?«

»Der königliche Erzvesir.«

»Ah ja, ich erinnere mich. Dumuzis rechte Hand. Und wen solltet ihr töten?«

»G-G-G-Gil ...«

»Sprich es aus!«

»Gilgamesch.«

»Und wer ist das?«

»Der frühere K-könig.«

»Und bin ich Gilgamesch?«

»Ja.«

»Ich bin der Mann, den ihr töten solltet?«

»Ja. Ja. Erledige es rasch, Gilgamesch! Ins Herz, nicht in den Bauch!«

»Es ist die Mühe nicht wert, hinterher die Klinge von dir säubern zu müssen«, sagte Gilgamesch kalt. »Ich will gnädig sein. Du sollst leben und noch eine Weile weiterrülpsen dürfen.«

»Tausendfachen Segen über dich! Millionenfachen Segen!«

Gilgamesch verzog das Gesicht. »Es reicht! Verzieh dich aus meiner Nähe. Zeig mir, wie gut du rennen kannst. Und nimm deinen kotzenden Freund da drüben mit. Ich will diese ganze Begegnung vergessen. Ich erinnere mich nicht, etwas von dir erfahren zu haben, und weiß nichts darüber, daß euch jemand auf mich angesetzt hat. Hast du kapiert? Ja, ich denke, du hast kapiert. Also los jetzt. Verpiß dich!«

Die beiden waren wirklich ganz passable Läufer. Gilgamesch lehnte sich gegen die Mauer von Picassos Haus und blickte ihnen nach, bis sie verschwunden waren. Wie lästig, dachte er, einfach so auf der Straße überfallen zu werden. Dumuzi hätte sich etwas Phantasievolleres einfallen lassen können. Hätte ein paar Dämonen dazu überreden können, daß sich die Straße unter mir auftut und mich verschlingt, oder mir einen Kessel brennendes Öl von einem Dach aus auf den Kopf gießen, oder etwas in der Art.

Er sah sich sorgfältig um, ob noch jemand auf ihn lauerte. Das Haus auf der anderen Seite war von einem schwachen Ektoplasmaschimmer umgeben, als dringe eine diabolische Wesenheit durch die Mauern, doch war dies nicht ungewöhnlich. Sonst schien alles ruhig zu sein. Rasch ging er ans Ende der Straße und bog dort links in eine andere, die Straße der Kamele hieß, und ging da weiter über den Gang der Seufzer und den Platz des Geflüsters zu der großen Plaza, an der seine Herberge lag.

Dort wartete Herodes bereits auf ihn und sprudelte über von Neuigkeiten.

»Dein Freund sitzt tatsächlich als Gefangener in Uruk«, sagte er. »Wir haben herausbekommen, wo sie ihn festhalten.«

Gilgamesch riß weit die Augen auf. »Wo ist er? Was haben sie mit ihm gemacht? Woher weißt du es?«

»Tukulti-Sharrukin ist unsere Informationsquelle, der assyrische Höfling, der so gern zuviel trinkt. Deinem Freund geht es gut. Der Assyrer sagte, es ist ihm in keiner Weise ein Leid geschehen. Er befindet sich an einem Ort, der das Haus des Staubes und der Finsternis heißt, am Nordende der Stadt. Haus des Staubes und der Finsternis, was für ein lustiger Name, wie?«

»Du Idiot!« Gilgamesch vermochte kaum seinen Zorn zu beherrschen.

Herodes wich erschrocken zurück. »Was ist denn?«

»Dein assyrischer Freund hat sich einen Scherz mit dir gemacht, du Narr! Jeder, der von den Zwei Strömen kommt, würde wissen, was das ist, das Haus des Staubes und der Finsternis. Es ist einfach die Bezeichnung, die wir im alten Sumer für den Ort hatten, an den die Toten gehen. Begreifst du denn nicht? Wir sind *alle* hier im Haus des Staubes und der Finsternis!«

»Nein«, sagte Herodes und wich noch weiter zurück, da Gilgamesch bedrohliche Handbewegungen machte. »Ich habe keine Ahnung von Sumer, aber dieses Gebäude heißt hier und jetzt tatsächlich so. Ich habe es gesehen. Der Name steht über dem Eingang. Es ist einfach bloß ein Gefängnis, Gilgamesch. Dumuzis spezielles Ersterklasse-Gefängnis für seine politischen Häftlinge, sehr hübsch, sehr komfortabel. Sieht aus wie ein Hotel.«

»Du sagst, du warst dort?«

»Tukulti-Sharrukin brachte mich hin.«

»Und Enkidu? Du hast mit ihm gesprochen?«

»Nein. Ich bin nicht hineingegangen. *So* sehr gleicht es einem Hotel auch wieder nicht. Doch Tukulti-Sharrukin sagt...«

»Wer ist dieser Assyrer? Weshalb verläßt du dich so auf das, was er dir sagt?«

»Vertraue mir. Er haßt Dumuzi – irgendwas Geschäftliches, das schiefging, eine echte Gaunerei, er und der König hatten eine Partnerschaft bei einem Bebauungsprojekt, und der König hat ihn beganefft und die Gewinne allein eingesackt. Und deshalb will er jetzt alles tun, um es Dumuzi heimzuzahlen. Er hat mir alles darüber erzählt, in der Nacht bei dem Fest. Er und ich, wir sind da *so dicke* Freunde geworden, Gilgamesch, *so* dick. Er ist einer von meinem Volk, mußt du wissen.«

»Er ist *was?*«

»Jude. Wie ich.«

Gilgamesch runzelte die Stirn. »Ich dachte, er ist Assyrer.«

»Ein assyrischer Jude. Sein Großvater war der assyrische Gesandte in Israel, zur Zeit König Davids, und der verliebte sich in eine von Davids Nichten und mußte zum Judentum konvertieren, um sie heiraten zu können. Die Sache muß ein verdammt saftiger Skandal gewesen sein: eine Nichte des Königs heiratet nicht bloß einen *Goi*, sondern auch noch einen *assyrischen*. David wollte ihn ermorden lassen, aber der Mann genoß ja diplomatische Immunität, also ließ König David ihn zur *Persona non grata* erklären, und er wurde heim nach Ninive geschickt. Aber irgendwie schaffte er es, die Frau mitzunehmen, und nachdem sie zurück in Assyrien waren, blieb die Familie weiter koscher. Also, du hättest mich mit 'nem Strohhalm umwerfen können, als der mir erklärt hat, er ist auch ein *Jid*, weil er doch so ein gemeines Assyriergesicht hat, wo die Nase gleich aus der Stirn springt, weißt du, und diesen absurden Kräuselbart, den die alle tragen, mit diesen kleinen Kringeln, aber wenn du ihm erst einmal eine Weile zugehört hast, wie der redet, dann zweifelst du überhaupt nicht mehr, daß ...«

»Wenn ich dir noch eine Weile zuhöre, wie *du* redest«, sagte Gilgamesch, »dann überkommt mich das Verlangen, dich zu erwürgen! Kannst du denn nie bei der Sache bleiben? Es ist mir gleichgültig, wen dein komischer Stammesgenosse geheiratet oder nicht geheiratet hat. Ich will wissen, ob er uns helfen wird, Enkidu zu befreien, oder nicht?«

»Spiel nicht den Antisemiten, Gilgamesch. Es steht dir nicht besonders. Tukulti-Sharrukin hat versprochen, für uns zu tun, was er kann. Er kennt den Typ, der im Haus des Staubes und der Finsternis den Zentralcomputer bedient. Der wird versuchen, die Software durcheinander zu bringen, so daß Enkidus Name von der Insassenliste verschwindet, und dann können wir ihn vielleicht hinten rausholen. Aber das ist natürlich nicht garantiert. Und es wird nicht einfach werden. In ein, zwei Tagen wissen wir, ob es klappen kann. Ich tue wirklich mein Bestes für dich, weißt du.«

Gilgamesch schloß die Augen und atmete kräftig durch. Herodes war zwar so etwas wie ein Pickel am Po, doch er brachte etwas zuwege.

»Gut. Verzeih mir meine Ungeduld, Herodes.«

»Es beglückt mich immer, wenn du dich entschuldigst. Noch vor einer Minute hattest du diesen Schimmer im Auge, der sagt: Ich hab' keine Geduld mit Narren. Und ich fürchtete schon, du schmeißt mich gleich von hier bis Nova Roma.«

»Weshalb *sollte* ich Geduld mit Narren haben?«

»Stimmt. Aber ich bin wirklich nur ein kleinerer Narr.« Herodes grinste breit. »Also, zu anderen Sachen. Du weißt, daß Dumuzi einen Kontrakt auf dich ausgesetzt hat, oder?«

»Einen Kontrakt?« Gilgamesch war aufs neue verblüfft.

»Jupiter! Wo hast du denn dein Englisch gelernt? Dumuzi will, daß du getötet wirst, meine ich. Tukulti-Sharrukin hat mir auch das gesagt. Dumuzi macht sich in die Höschen vor Angst, daß du die Macht ergreifen könntest in seiner Stadt, und deshalb ...«

»Ja, ich weiß. Es haben schon drei Komiker versucht, mich anzugreifen, als ich aus dem Haus von Picasso wegging. Einer hat zugegeben, daß er für Dumuzi arbeitet.«

»Du hast sie getötet?«

»Nein. Ich habe sie bloß ein wenig angekratzt. Wahrscheinlich sind sie inzwischen schon halb in Brasil. Aber ich nehme an, es wird weitere Versuche geben. Das wird mich aber nicht meinen Schlaf kosten. Wo ist Simon?«

»Im Badehaus. Er versucht, nüchtern zu werden. Er und ich sind in Kürze zu einer Audienz beim König fällig. Simon möchte ein Handelsabkommen rüberbringen, er möchte Dumuzi ein paar Dutzend seiner überschüssigen Nekromanten, Thaumaturgen und Schamanen als Tausch gegen einige Barrels der Diamanten, Rubine und Smaragde anbieten, die – wie er glaubt – tonnenweise in Dumuzis Schatzkammer liegen.«

»Sogar ein Blödian muß doch sehen, daß diese Stadt hier nicht gerade von Diamanten und Rubinen überquillt!«

»Das sage mal du dem Simon. Ich bin ja nur ein Angestellter. Er ist vierhundertprozentig davon überzeugt, daß diese Stadt überquillt von kostbaren Edelsteinen, und du weißt doch, wie ihm das Maul wässert nach sowas. Er würde für sechs Pfund Saphire seine Schwester verkaufen, der *meschuggene goische kup*. Na, der Scheißkerl wird's merken. Wie hat es mit dir und Picasso geklappt?«

»Er ließ mich eine merkwürdige Maske aufsetzen, mit einem Stiergesicht. Aber als er mich gemalt hatte, war er auch mit in dem Bild, und er hatte selber die Maske auf. Ich habe das nicht verstanden, Herodes.«

»Das ist Kunst. Du mußt nicht versuchen, das zu verstehen.«

»Aber …«

»Glaub es mir. Der Mann ist ein Genie. Vertraue dich ihm an. Er wird ein Meisterwerk machen, und wen kümmert es dann noch, wer von euch beiden die Maske aufhat? Aber davon verstehst du wohl nichts, von diesen Dingen, Gilgamesch, wie? In deiner Zeit warst du was Großes, sagen sie mir jedenfalls alle, ein grandioser Kämpfer und sogar ein bemerkenswerter Baumeister, aber auch du hast deine Grenzen. Schließlich, auch du hast deine *goische kup*. Allerdings muß ich zugeben, daß du dich ganz gut hältst, wenn man dein Handicap bedenkt.«

»Du hast zu viele mir unbekannte Wörter benutzt. Was ist das *goische kup?*«

»Es bedeutet, du hast das Hirn eines Heiden.«

»Eines *Heiden?*«

»Es bedeutet weiter nichts als *nicht-jüdisch*. Sei nicht beleidigt, du weißt doch, wie sehr ich dich bewundere. Kommt ihr gut zurecht, Picasso und du?«

»Wir finden uns gegenseitig amüsant. Er hat mich eingeladen, am Sonntag bei einem Stierkampf bei ihm in seiner Loge zu sitzen.«

»Ah. Ja, dieser Stierkampf. Seine große Leidenschaft.

Zuzuschauen, wie schmale, junge spanische Männer ihren Degen in große wütende Tiere stechen. Auch so ein *meschuggener* Typ, dieser Picasso. Er und seine Stierkämpfe. Sicher, ein Genie, aber trotzdem ein *Meschuggener.*«

»Und ein *goischer kup?*« fragte Gilgamesch.

Herodes wirkte überrascht. »Er? Nun je, möglich, schon möglich. Aber trotzdem ein Genie. Wenigstens macht er aus seinen Stierkämpfen großartige Bilder. Und jeder Mensch hat das Recht auf sein besonderes Hobby, denke ich. Sogar auf eine fixe Idee.«

»Und was ist es bei dir?« fragte Gilgamesch.

Herodes kniff ein Auge zu. »Überleben.«

16

Es war eine von jenen Nächten, die im Nu verflogen, wie in einem Augenblick. Das geschah oft in der Nachwelt, doch zum Ausgleich gab es Tage, die eine, zwei Wochen, ja einen Monat zu dauern schienen. Gilgamesch war nun schon so lange hier, daß er diese kleineren Unregelmäßigkeiten kaum noch bemerkte. Er vermochte sich noch deutlich zu erinnern, wie das auf der Erde gewesen war, wo die Tage in vorhersehbaren Zeitintervallen aufeinander folgten. Doch hier kam ihm das nun unwirklich vor und schmerzlich bedrückend. Schlaf bedeutete hier wenig, Mahlzeiten waren bedeutungslos, weshalb also sollten die Tage gleich lang sein? Was machte es schon aus?

Und nun war nach allgemeiner Übereinkunft Sonntag. Der Tag des Stierkampfes. Auch der Kalender flatterte und sprang ohne Sinn und Verstand her und hin. Aber die Corrida sollte am Sonntag stattfinden, und da sie heute stattfand, war demzufolge Sonntag. Morgen konnte ein Donnerstag sein. Was machte es schon? Heute war der Tag, an dem er mit Enkidu wiedervereint sein würde, wenn alles gut verlief. Das war es, was zählte.

Die Nacht, so kurz sie war, bekam ein besonderes Glanzlicht aufgesteckt durch einen zweiten Mordanschlag gegen Gilgamesch. Diesmal nicht grob und direkt durch einen Schlägertrupp, aber dennoch ziemlich einfältig geplant: die alte abgedroschene Methode mit der Schlange im Lüftungsschacht. Das Gitter, entdeckte er, war losgemacht worden, möglicherweise von einem Zimmermädchen, das das Bett aufdecken sollte. Er hörte ein gleitendes Schaben hinter der Wand.

Er stieß das Gitter ganz auf und trat mit gezogenem Schwert schlagbereit seitlich daneben. Es war eine ganz prachtvolle Schlange, schwarz und schimmernd und mit grellroter Zeichnung und gelben Feueraugen. Die Zähne blitzten wie Chromstahl. Gilgamesch bedauerte, daß er sie in zwei Stücke hauen mußte, doch was blieb ihm anderes übrig? Hätte er sie in ein Bettlaken verpacken und den Zimmerkellner rufen sollen, damit der sie wegbrachte?

Die gleichen Motorkutschen, die ihn und seine Begleiter vor etlichen Nächten zur Festhalle des Königs gefahren hatten, warteten an diesem Morgen draußen, um sie zur Kampfstätte zu bringen. Anscheinend war der Stierkampf der Höhepunkt der Saison in Uruk: Die halbe Stadt schien daran teilzunehmen, wenn man nach der Zahl der Fahrzeuge ging, die in Richtung der Arena fuhren.

Herodes saß bei Gilgamesch. Der Lenker war ein Sumerer, der vor ihm aufs Knie fiel und den zitternde Ehrfurcht schüttelte; kein Mordbube, der Mann, außer er war einer der besten Schauspieler in der Nachwelt.

Der Stierkampf fand ziemlich weit vor den Mauern statt, in den Sandhügeln im Osten. Der Tag war heiß und wolkenverhangen. Etliche langschnäuzige Flugdämonen mit Fledermausschwingen, purpurn und rot und grün, trieben träge im dunstigen Himmel.

Herodes kam nahe an Gilgamesch heran und sagte mit gedämpfter Stimme: »Es ist alles arrangiert.« Sie waren schon nahe am Stadion. Gilgamesch konnte den Bau sehen, die zahlreichen Steinarkaden übereinander, die sich aus der flachen Wüste erhoben. »Tukulti-Sharrukin will versuchen, Enkidu aus dem Gefängnis zu befreien, genau dann, wenn der Kampf anfängt. Wir haben in der Nähe ein halbes Dutzend von Simons Leuten postiert und drei der Landrover. Jeder weiß, was er zu tun hat. Sobald Enkidu aus dem Gebäude kommt, steigt er in einen der Rover, und alle drei fahren in verschiedene Richtungen los, aber alle kommen sie hierher.«

»Und Vy-otin?«

»Du meinst *Smith.*«

»Natürlich, Smith.«

»Der wartet direkt vor der Arena, wie du es gewollt hast. Sobald die Landrover auftauchen, tritt Smith zu dem mit Enkidu und bringt dann diesen herein und direkt zu der Loge, in der du und Picasso sitzen werdet. Die liegt gleich neben der Königsloge. Dumuzi wird der Schlag treffen, wenn er ihn sieht.«

»Wenn nicht bei seinem Anblick, dann bestimmt, wenn er sieht, wie ich Enkidu vor der gesamten Stadtbevölkerung in die Arme schließe«, sagte Gilgamesch. »Der Held Gilgamesch wieder vereint mit seinem geliebten Enkidu! Was könnte Dumuzi dazu sagen? Was könnte er tun? Alle werden jubeln. Und nach dem Stierkampf ...«

»Ja?« fragte Herodes. »Danach, was?«

»Werde ich König Dumuzi meine Visite abstatten«, sagte Gilgamesch. »Ich werde zu ihm von diesem bedauerlichen Irrtum sprechen, der seine Beamten dazu veranlaßte, meinen Freund in Haft zu nehmen. Ich werde das sehr höflich erledigen. Möglicherweise spreche ich mit ihm auch über den betrüblichen Mangel an Sicherheit und Polizeischutz in den Straßen seiner Stadt und über die ärgerliche schlampige Wartung der Belüftungssysteme in seiner Staatsherberge. Doch das kommt später. Zuerst wollen wir uns das Vergnügen dieses Stierkampf-Schauspiels gönnen, nicht?«

»Ja.« Herodes klang sehr bedrückt. »Der Stierkampf.«

»Du siehst nicht gerade begeistert drein.«

»Ich bin noch nicht einmal gern zu den Gladiatorenkämpfen gegangen. Und die verdienten immerhin, was sie miteinander anstellen. Aber so ein armer dummer unschuldiger Stier? Dieses Blutvergießen, diese ganze Qual!«

»Der Stierkampf ist eine Kunst«, erwiderte Gilgamesch. »Dein großes Genie, der Maler Picasso, hat mir das selber gesagt. Und du, Herodes, du bist doch ein Mann von Kultur. Betrachte es doch einfach als ein Kulturerlebnis.«

»Ich bin ein jüdischer Liberaler, Gilgamesch. Ich kann bei Tierquälerei keine Freude empfinden.«

»Ein jüdischer *was?*«

»Ach, unwichtig«, sagte Herodes.

Der Wagen glitt auf einen Parkplatz vor dem Stadion. Aus der Nähe wirkte der Bau gigantisch, wie ein echtes überdimensionales römisches Amphitheater, mit fünf Rängen übereinander. Das oberste Geschoß war zum Teil zerfallen, zahlreiche der großen Steinbögen waren eingestürzt, doch der restliche Bau wirkte fest und stabil und grandios. In jedem Stockwerk wanderten Massen von Menschen in bunter Festkleidung umher.

Als Gilgamesch aus dem Wagen stieg, erblickte er Vy-otin/Smith in langen Hosen und einem losen kurzärmeligen Hemd, der ihm aus der Nähe eines Kartenschalters zuwinkte. Der langbeinige Häuptling der Eisjäger hob sich deutlich ab gegen die restlichen kleineren, plumpen vorwiegend sumerischen Massen, die sich ringsum drängelten.

Er kam sofort herüber. »Es gibt Ärger«, sagte er.

»Enkidu?«

»Nein, du«, sagte Vy-otin. »Einer von meinen Männern hat in der Toilette etwas aufgeschnappt. Dumuzi hat auf dem obersten Rang Scharfschützen postiert. Und wenn es aufregend wird und die Masse brüllt, sollen die das Feuer auf die Loge von Picasso eröffnen. Du bist das Hauptziel, aber es ist wahrscheinlich, daß sie dabei auch Picasso treffen und deine Mutter und jeden, der sonst in eurer Nähe sitzt. Du mußt hier abhauen!«

»Nein! Das ist unmöglich!«

»Bist du wahnsinnig? Wie willst du dich gegen Schüsse von oben schützen? Bei deiner Größe bist du doch das leichteste Ziel der Welt!«

»Wieviele Leute hast du hier?« fragte Gilgamesch.

»Neun.«

»Das sollte doch reichen. Schicke sie nach oben, sie sollen die Scharfschützen ausschalten.«

»Es bleibt aber dennoch das Risiko, daß ...«

»Ja, vielleicht. Wo ist dein Kampfgeist geblieben, Vy-otin? Bist du schon völlig Henry Smith geworden? Dumuzi kann da droben keine hundert Scharfschützen postiert haben. Es werden zwei oder drei sein, schätze ich. Höchstens fünf. Ihr habt ausreichend Zeit, sie zu entdecken. Es dürfte nicht schwer sein. Es sind bestimmt keine Sumerer, und sie werden sich durch ihre Nervosität verraten, und außerdem werden sie Gewehre oder sonst irgendwelche von diesen Feiglingswaffen der Später Toten benutzen. Deine Männer werden sie einen nach dem andern festnageln und sie hinabstürzen. Das ist doch kein Problem.«

Vy-otin nickte. »Genau. Bis später dann.«

Picasso schloß die Augen und ließ die Erinnerungen in sich wieder aufquellen: das alte Leben, die thymiangeschwängerte trockene Sommerluft am Mittelmeer, die Hitze, die drängenden Menschenmassen, die Geräusche. Wenn er nicht hinsah, konnte er sich beinahe einbilden, daß er acht, neun Jahre alt sei, wieder neben seinem sandbärtigen Vater in der Arena in Malaga sitze, wo die Kämpfe die feinsten und elegantesten der ganzen Stierkampfwelt waren. Er skizzierte, schon damals zeichnete er unablässig, den Picador auf seinem kleinen dürren Klepper mit den verbundenen Augen; den nobel überheblichen Matador; den Bürgermeister in der Ehrenloge. Oder er konnte sich vorstellen, daß es die Arena von La Corunha sei, oder die in Barcelona, oder die in Arles – eine uralte römische Arena, genau wie diese hier, die er jedes Jahr zu besuchen pflegte, als er alt geworden war – mit seiner Frau Jacqueline und mit seinem Sohn Paul, mit Sabartés.

Aber das lag alles weit zurück und in einer anderen Welt. Das hier war die Nachwelt, und der Himmel war neblig-düster und die Luft schwer und stechend, und das Volk um ihn herum schnatterte und kreischte englisch, griechisch, in irgendeinem mesopotamischen Kauderwelsch, in beinahe jeder erdenklichen Sprache, nur nicht in seinem guten alten ehrlichen Spanisch. Reglos saß er mitten in dem Getöse und wartete, die Hände an den Flanken, schweigend, einsam. Es hätte ebenso gut niemand ringsumher sein können. Er war sich bewußt, daß die Priesterfrau Ninsun an seiner Seite saß, prachtvoller als je, in einem dunkelpurpurnen Kleid, das mit Goldfäden durchwirkt war; auch daß ihr riesenhafter Sohn, Gilgamesch, neben ihm saß, und der getreue Sabartés und dieser kleine römische Judäer Herodes, und dieser andere Römer, der feiste alte Diktator Simon. Aber sie alle waren für ihn jetzt zu bloßen Gespenstern verblichen. Während er darauf wartete, daß die *Corrida* beginne, sah er nur noch die Arena, das Tor, hinter dem die *Toros* warteten, und die Schatten, die der bevorstehende Wettkampf vorauswarf.

»Es dauert nicht mehr lange, Don Pablo«, murmelte Sabartés. »Man hat nur auf den König gewartet. Aber, siehst du, jetzt sitzt er in seiner Loge. *El Rey.*« Sabertés deutete nach links zur Königsloge gleich nebenan. Mit einem flüchtigen Blick aus dem Augenwinkel sah Picasso den blöde wirkenden König, wie er breit lächelnd der Menge zuwinkte, während seine Höflinge durch Handzeichen alle aufforderten, ihm zuzujubeln. Picasso nickte. Sicher, man mußte warten, bis der König erschienen war, ja. Aber er hatte keine Lust, noch länger zu warten. Er hatte sich extra formell gekleidet, trug einen dunkelblauen Anzug, ein weißes Hemd und sogar eine Krawatte, schließlich war die *Corrida* eine ernste Angelegenheit und erforderte den gebührenden Respekt. Doch in dieser feuchten Hitze fühlte er sich alles andere als bequem. Wenn der Kampf erst einmal begonnen hatte, würde er das Klima nicht mehr wahrnehmen, nicht den Würgedruck an seinem Hals und auch nicht die klebrige Verschwitztheit auf seinem Rücken. Wenn sie doch endlich beginnen würden, dachte er. Wenn sie endlich anfingen!

Doch was war das? Eine erneute Verzögerung, eine Unterbrechung, eine Störung nebenan?

Der gewaltige Sumerer war aufgesprungen, tanzte herum und brüllte wie ein Wahnsinniger: »Enkidu! Enkidu!«

»Gilgamesch!« brüllte einer, der gerade in die Loge gekommen war, ein Kerl, genauso gigantisch groß, aber doppelt so erschreckend wie Gilgamesch, hatte sich hereingedrängt. »Mein geliebter wahrer Bruder! Mein Freund!«

Auch dieser Mann war ein Sumerer seinem Aussehen nach. Aber er wirkte fremdartig, zottig, fast wie ein wildes Tier, hatte etwas Loderndes an sich, schwarze Haare, die ihm über die Augen fielen und einen so dichten Bart, daß er fast das ganze Gesicht verdeckte. Noch ein Minotauros, dachte Picasso, und noch echter als der erste. Und jetzt stürzten die zwei sich aufeinander wie zwei Berge, Gilgamesch und dieser Enkidu. Und Gilgamesch war wie ein Kind in seiner Erregtheit. Er schlug Enkidu so kräftig auf den Rücken, daß es einen Drachen zu Boden gestreckt hätte, und dann zog er ihn hinüber und stellte ihn Ninsun vor, und Enkidu fiel wie anbetend vor ihr auf die Knie und küßte den Saum ihres Kleides, und dann wies Gilgamesch mit dem Kinn zu Dumuzis Loge, und die beiden Männer brachen in ein Lachen aus. »Und dies«, sagte dann Gilgamesch, »ist der Maler Picasso, der ein gewaltiges Genie ist. Er malt wie ein Dämon. Vielleicht ist er auch ein Dämon. Aber er ist ein sehr großer Mann. Das heute ist sein Stierkampf.«

»Der kleine Mann? Er wird mit Stieren kämpfen?«

»Nein, er wird zuschauen«, sagte Gilgamesch. »Das liebt er mehr als alles andere, glaube ich, außer zu malen, dabei zu sein, wie sie mit den Stieren kämpfen. So, wie sie das in seiner Heimat taten.«

»Aber morgen«, sagte Picasso, »werde ich dich malen, Wilder Mann. Aber das ist morgen. Jetzt kommen erst die Stiere.« Und aus dem Mundwinkel fragte er Sabartés: »Also? Wann fangen die endlich an?«

»Ja, wahrhaftig, Don Pablo. Sofort. Jetzt, jetzt!«

Es erfolgte ein grelles Trompetenschmettern. Und dann begann die große Einmarschparade: Die *Cuadrillas* kamen, angeführt von zwei *Alguaciles* zu Pferd und in augenbetörenden Kostümen. Alle durchquerten die weite Arena, die *Banderilleros,* die *Picadores* auf Dämonenpferden, die beinahe so aussahen wie die Pferde in der anderen Welt, nur daß sie hier rotglitzernde Augen und steife eidechsenhafte Schweife hatten. Und dann kam endlich der *Matador,* dieser Blasco y Velez, dieser Spanier aus den Tagen des Vierten Karls.

Er hat alles recht gut organisiert, der Sabartés, dachte Picasso. Es sah alles so aus, wie es sich gehört. Die Leute, das Staffagepersonal, bewegten sich mit Würde und Eleganz. Sie begriffen, was für ein grandioses Ereignis dies war. Auch der Matador sah vielversprechend aus. Er besaß Allüre. War zwar um die Leibesmitte etwas fülliger, als Picasso gehofft hatte – vielleicht war er ein bißchen außer Form geraten, oder vielleicht war der Stil unter dem Vierten Carlos ja anders und die Matadores waren da nicht ganz so schlank –, aber sein Kostüm stimmte, die hautengen Seidenhosen, die reichbestickte Jacke und die Seidenweste mit Gold- und Silberstickerei, die Kopfbedeckung, der Umhang, das spitzenbesetzte leinene Vorhemd.

Der Zug hielt vor den zwei Ehrenlogen. Der Matador salutierte vor dem König, dann vor Picasso, der an diesem Tag das Präsidium für den Stierkampf innehatte. Der König, der den plötzlich erschienenen Enkidu angestarrt hatte, als wäre dieser irgendein Spukdämon, der sich plötzlich in Picassos Loge materialisiert hatte, und dessen Gesicht nun verkniffen war und wie giftige Galle aussah, erwiderte die Ehrbezeigung mit einer beiläufigen Handbewegung, deren würdelose Unhöflichkeit Picasso in Wut versetzte. Er knirschte zwischen den Zähnen: *»Puerco! Hijo de puta!«*

Dann stand Picasso auf. Als Präsident der Corrida hielt er die Schlüssel zu den Ställen der Stiere in Händen. Und mit großer Geste warf er sie zu einem der *Alguaciles* hinab, der sie geschickt auffing und hinüberritt, um den ersten Stier in die Arena zu lassen.

»Also fangen wir an«, sagte Picasso leise zu Sabartés. »*Al fin!* Endlich geht es los!«

Er fühlte, wie er sich in jenen unverletzbaren Kokon von Konzentriertheit verschloß, der ihn stets bei der Corrida umgab. Gleich würde er das Gefühl haben, daß er ganz allein sei im Stadion.

Der Stier kam herangaloppiert.

Madre de dios! Was für eine Scheußlichkeit! Das war kein Stier, es war ein Ungeheuer!

Sabartés hatte ihm zwar gesagt, was er zu erwarten hatte, aber anscheinend war ihm das nie so ganz klar geworden. Das Tier hätte aus einem seiner Bilder entsprungen sein können. Es besaß sechs Beine mit mehreren Gelenken wie ein Rieseninsekt, eine Doppelreihe schrecklicher Rückenwirbel, aus denen eine üble Flüssigkeit abgesondert wurde, und große Schlappohren. Die Haut war grün, mit purpurnen Flecken, und dick wie bei einem Reptil. Es hatte Hörner, kurz, gekrümmt, scharf, denen eines Stiers recht ähnlich, aber davon abgesehen, war es eine echte Ausgeburt der Hölle.

Picasso warf Sabartés einen Giftblick zu. »Was hast du da angerichtet? Sowas nennst du einen Stier?«

»Wir sind hier in der Nachwelt, Pablo«, sagte Sabartés schleppend. »Sie schicken keine Stiere in die Nachwelt, nur Menschen. Aber der da wird's schon tun. In seiner Weise ist er ja so ziemlich wie ein Stier.«

»*Chingada!*« Picasso spuckte aus.

Aber drunten in der Arena unternahmen sie jetzt einen kühnen Versuch. Die Banderilleros umtanzten den ›Stier‹ und versuchten, ihre bändergeschmückten Lanzetten in seinen Nacken zu stoßen. Und ab und zu hatten sie Glück dabei. Der Höllenstier wurde nun gereizt und griff da und dort an, fuhr auf die Pferde der Picadores los; die Reiter wehrten ihn mit Stößen ihrer Spieße ab. Picasso erkannte, daß dies da unten Leute mit Erfahrung waren, die wußten, was sie taten und taten es möglichst gut, obwohl der Höllenstier sie sichtlich verwirrte. Sie versuchten ihn zu ermüden und für die Stunde der Wahrheit bereit zu machen, und im großen und ganzen gelang ihnen dies auch. Picasso fühlte, wie sich der Stierkampf um ihn schloß wie ein Mantel. Er war jetzt völlig davon vereinnahmt; er sah nichts als den Stier und die Männer in der Arena.

Dann schaute er zu dem Matador hin, der auf der Seite auf seinen Einsatz wartete, und plötzlich wurde alles schal und sauer.

Dieser Matador hatte Angst! Man konnte es an seinen Nasenflügeln erkennen, an der Stellung des Kinns. Vielleicht war er ja früher, zur Zeit des Vierten Karls, ein Meister in seiner Kunst gewesen, aber er hatte bestimmt nie mit so einer Bestie gekämpft, und deshalb würde er seine Sache verpatzen. Das war klar. Er würde es versauen.

Die Trompeten schmetterten. Der Augenblick war da.

Blasco y Velez trat vor, die *muleta*, das kleine rote Seidencape, und den *capote*, den weiten Arbeitsmantel, vor sich haltend. Doch er bewegte sich steif, und es war die falsche steife Gestelztheit der Furcht, nicht die abgezirkelte spröde Eleganz mutiger Kampfbereitschaft. Die Picadores und Banderilleros erkannten es, und anstatt die Arena zu verlassen, zogen sie sich auf die eine Seite zurück und tauschten besorgte Blicke miteinander. Und Picasso sah es. Und der Höllenstier erkannte es auch. Der Matador bewegte sich linkisch und zögernd. Er schien nicht zu wissen, wie er mit seinen Gapas umgehen mußte – war denn zu Zeiten des Vierten Karl die Kunst noch nicht so weit gediehen gewesen? Und dem Mann fehlte es an Grazie, er bewegte sich mit kurzen trippelnden Schrittchen. Er führte den Stier im Bogen um sich herum, ließ ihn näher und näher an sich herankommen, aber das hätte in Schönheit geschehen sollen. So wie jetzt war es nur einfach deprimierend.

»Nein!« zischte Picasso zwischen den Zähnen. »Schafft den Kerl raus!«

»Aber, Pablo, er ist unser einziger Matador«, sagte Sabartés.

»Er wird sterben. Dumm und unwürdig.«

»Gestern, als ich ihn sah, hat er sich besser gehalten. Aber das war mit einem *noveno*, einem Jungtier.«

Picasso stöhnte. »Er stirbt jetzt. Schau!«

In der Arena hatten sich die Gewichtungen verändert. Blasco y Velez tanzte nicht mehr mit dem Stier, der Stier führte ihn. Herum und herum, herum und herum – und der Stier wirkte nun überhaupt nicht mehr wütend, sondern belustigt, spielte mit dem Mann, umtanzte ihn, immer schneller – die Picadores versuchten einzugreifen, Blasco y Velez wich zurück, versuchte aber endlich, sich tapfer zu zeigen, versuchte es mit einer verzweifelten *veronica*, einem *farol*, einer *mariposa*, einer *serpentina*, einer *media-veronica* – doch ja, ja, der Mann verstand etwas von seiner Kunst, abgesehen davon, daß er alles gleichzeitig zu bringen versuchte, und wo blieb seine Kontrolle, wo blieb das Moment der Stille, wo seine Kunst? Der Stier schoß schnaubend an ihm vorbei und schlitzte ihm die Schulter auf. Blut floß. Blasco y Velez sprang zurück und griff nach seinem Degen – es war regelwidrig, diesen zur bloßen Selbstverteidigung einzusetzen –, doch der Stier wirbelte ihn ihm mit einem verächtlichen Drehen des Kopfes aus der Hand, schoß an ihm vorbei, rammte einem Picador das Pferd unterm Sattel zu Boden, rammte die Hörner hinein und raste dann wieder auf den Matador zu …

»Nein!« brüllte der zottige Gilgamesch-Freund, der riesenhafte Enkidu.

Und dann schwang er sich von der Steinbank über die Brüstung in die Arena.

»Enkidu!« schrie Gilgamesch.

Picasso keuchte erregt. Jetzt wurde es irre. Die Sache schlug um und wurde ein Schreckenstraum. Der große Sumerer hob den glücklosen Matador wie eine Puppe hoch und warf ihn beiseite und in Sicherheit. Dann ging er den Stier an, faßte ihn an den Doppelknorpeln des Rückgrats, schwang sich auf den Nacken der Bestie und begann sie zu würgen.

»Nein, nein, nein!« brummte Picasso. »Tölpel! Metzger! Sabartés, sorg dafür, daß dieser Blödsinn ein Ende hat! Was treibt der denn? *Reitet* auf dem Stier? Erwürgt den Stier?« Tränen der Wut trübten ihm die Augen. Seine erste *Corrida* seit unendlich langer Zeit, wer weiß, seit wann, und sie war von Beginn an eine gräßliche Scheußlichkeit gewesen und nun verwandelte sie sich zu einem irren Chaos! Er war aufgesprungen, auf seinen Sitz gestiegen und brüllte: »Metzelei! Wahnsinn! Eine Schande! Eine Schande!«

Enkidu steckte in Schwierigkeiten. Er ritt auf dem Stier und hatte zunächst auch recht kühn zu kämpfen begonnen, doch jetzt wallte die Wut des Tieres wieder hoch und seine Kräfte spannten sich mehr und mehr, und in der nächsten Sekunde konnte sich die Bestie zu Boden wälzen und ihn mit ihrer Masse erdrücken, oder sie konnte ihn abschütteln und mit den Hufen zertrampeln. Enkidu war in großer und unmittelbarer Gefahr. Und das erkannte Gilgamesch, und nichts sonst zählte für ihn. Nachdem er ihn endlich wiedergefunden hatte, sollte er ihn so schnell wieder verlieren, bei einem aberwitzigen Stierkampf – nein, das durfte nicht geschehen!

Es war wieder wie damals in jenem anderen Leben, als der Himmelsstier wild durch das alte Uruk raste, und Enkidu hatte das Tier bestiegen und sein Gehörn gepackt und es zu Boden zu ringen versucht. Damals waren ihrer beider Kräfte nötig gewesen, den Stier zu töten. Und hier würde es wieder so sein.

Gilgamesch griff nach seinem Schwert. Herodes sah es und faßte ihn am Arm und jammerte: »Nein! Gilgamesch, geh nicht da hin!« Aber dieser schob ihn weg und kletterte über die Logenbrüstung. Enkidu, der sich nun nur noch mühsam auf dem tobenden bockenden Ungetüm halten konnte, grinste ihm entgegen.

Das ganze Stadion schien wahnsinnig zu werden.

Die Leute waren aufgesprungen, viele brüllten, andere schubsten und drängten sich nur einfach durcheinander vor Erregung. Da und dort brachen Faustkämpfe aus. Dumuzi war aufgestanden, seine Augen rollten wild, das Gesicht war blau angelaufen, er fuchtelte heftig mit den Armen. Gilgamesch warf einen raschen Blick in die Höhe und sah kämpfende Gestalten auf der obersten Galerie. Dumuzis Scharfschützen und Vy-otins Männer? Und noch weiter oben kreiste ein Schwarm von Flugdämonen im Himmel, gräßliche Bestien mit weit aufgerissenen Schnäbeln und langen glitzernden Flügeln.

Der Stier warf sich von einer Seite zur anderen, um Enkidu abzuschütteln. Gilgamesch stürzte vorwärts und bekam eine Ladung vom schaumigen Schweiß des Stiers mitten ins Gesicht. Es ätzte wie Säure. Er zog das Schwert, aber der Stier wich außer Reichweite und bäumte sich so gewaltig, daß er Enkidu beinahe abgeworfen hätte.

Aber der ließ sich nicht die geringste Furcht anmerken. Er hielt sich, seine Schenkel umklammerten den Nacken des Stieres, knapp vor den Rückenwirbelzacken, und er umklammerte die teuflischen Hörner mit festem Griff. Und mit seiner ganzen großen Stärke rang er, um den Stierschädel nach unten zu drükken.

»Stoß zu, Bruder, stoß zu!« rief Enkidu.

Doch es war noch zu früh. Der Stier hatte noch gewaltige Kampfreserven. Er schoß wild umher und im Kreis, und die scharfe Schuppenhaut seiner Flanke streifte Gilgameschs Rippen, so daß er zu bluten begann. Der Stier sprang und bockte, wieder und wieder, hämmerte die Hufe in den Boden. Und Enkidu taumelte obenauf wie eine Fahne im Sturm. Er schien fast den Halt zu verlieren, dann rief er laut mit seiner stärksten selbstsicheren Stimme und saß wieder obenauf und schwankte hoch über dem messerscharfen Rücken der Bestie. Er packte die Hörner erneut und drehte dem Tier den Kopf herum, und der Stier gab nach, wurde schwächer, senkte das Haupt zur Seite, so daß der Nacken Gilgamesch zugewandt war.

»Stoß zu!« rief Enkidu wieder.

Und diesmal stieß Gilgamesch die Klinge hinein.

Er fühlte ein Beben, ein Schaudern, eine heftige Bewegung im Körper des Tieres. Es wehrte sich sichtlich lange gegen den Tod, doch der Stoß hatte genau gesessen, und plötzlich knickten die Beine ein. Gilgamesch reichte Enkidu die Hand, und dieser sprang von dem Tier und stand neben ihm.

»Ach, Bruder«, sagte Enkidu. »Ganz wie in den alten Tagen, nicht?«

Gilgamesch nickte. Er blickte nach oben. Auf sämtlichen Rängen tobten die Zuschauer jetzt. Verblüfft sah er, daß Dumuzi aus der Königsloge in die von Picasso geklettert war. Als bangte er um seine Sicherheit, hatte der König einen Arm fest um Ninsuns Hüfte, die andere um Picassos Hals geklammert, zerrte sie aus der Loge und zwang die sich wehrenden Geiseln auf den Ausgang zu.

»Deine Mutter«, sagte Enkidu. »Und dein kleiner Maler.«

»Ja. Los. Komm!«

Sie stürzten zu den Tribünen zurück. Dort hatte Ninsun sich aus Dumuzis Griff entwunden, nach einem der Wächter in der Nebenloge gegriffen, und als sie wieder herumfuhr, schwang sie einen Dolch in der Hand. Verzweifelt versuchte Dumuzi, Picasso gegen die Waffe zu schleudern, doch während Gilgamesch noch erschrocken hinschaute, wirbelte seine Mutter mit der Geschicklichkeit eines Kämpfers herum und rammte den Dolch tief in Dumuzis Flanke. Im gleichen Augenblick kam Simon von hinten und stieß dem König sein Schwert in den Leib. Dumuzi stürzte zu Boden. Picasso stand reglos, die Augen in die Ferne gerichtet, wie in einem Traum verloren. Ninsun blickte auf die Hand, die den Dolch geführt hatte, als hätte sie diese Hand noch nie gesehen.

»Hier herauf!« brüllte Vy-otin Gilgamesch zu; nicht aus Picassos Loge, sondern aus der Königsloge. »Rasch!«

Der Eisjäger streckte ihm die Hand hin. Gilgamesch sprang hinauf neben ihn. Vy-otin machte eine Geste mit dem Arm.

»Auf den königlichen Sessel. Schnell!«

»Was?«

»Dumuzi ist tot. Er verlor die Nerven, als seine Scharfschützen nicht das Feuer eröffneten, und versuchte, mit deiner Mutter und Picasso als Geiseln zu fliehen, und …«

»Ja. Ich hab' es gesehen.«

»Du bist jetzt hier König. Also steig da rauf und benimm dich wie ein König!«

»König?« Gilgamesch schien nur mühsam zu begreifen.

Vy-otin schob ihn, und Gilgamesch ergriff die Kante des Königssitzes, zog sich hinauf und wandte sich um und blickte über die vielen Ränge des Stadions hinauf. Der Himmel hatte sich verdüstert und wimmelte von kreischenden geflügelten Dämonen. Überall kochte und brodelte es in der Menge der Zuschauer. Alle schienen außer Rand und Band zu sein.

Er breitete die Arme weit aus. »Volk von Uruk!« dröhnte er mit einer Stimme wie ein ausbrechender Vulkan. »Hört mich! Ich bin Gilgamesch! Hört meine Stimme!«

Und »Gilgamesch!« antwortete sofort ein tosendes Gebrüll. »Gilgamesch! Der König! Gilgamesch! Gilgamesch!«

»Du machst deine Sache gut«, sagte Vy-otin.

Er fühlte andere Gestalten um sich herum. Herodes, Simon Magus. Vy-otin – Enkidu – Ninsun – Picasso …

Er wandte sich zu ihnen.

»Bei Enlil, ich schwöre euch, ich bin nicht hergekommen, um mich zum König zu machen«, sagte er verärgert.

»Aber das verstehen wir doch«, besänftigte Herodes.

»Selbstverständlich«, sagte Simon.

»Schwing weiter die Arme«, sagte Vy-otin. »Sie beruhigen sich schon ein bißchen. Befiehl ihnen einfach, sie sollen sich wieder setzen und ruhig bleiben.«

Und wieder ertönte das gewaltige Volksgebrüll. »Gilgamesch! Der König Gilgamesch!«

»Siehst du?« sagte Vy-otin. »Du machst deine Sache ganz großartig, Majestät! Ganz hervorragend!«

Und ja. Ja. Gegen seinen Willen verspürte er jetzt das Anschwellen der Macht in sich, dieses Gefühl der Kraft und gerechten Stärke, wie sie in dem Wort ›Majestät‹ enthalten sind. Er war vielleicht nicht in der Absicht hierher gekommen, sich zum König zu machen, doch nun *war* er dennoch der König, Uruks König in der Nachwelt, so wie er einst der König von Uruk in Sumer, dem Land, gewesen war. Er gestikulierte, und er fühlte, wie sich die Menge in seinen Griff schmiegte. »Volk von Uruk! Ich bin euer König! So setzt euch wieder hin! Ihr alle, setzt euch!«

Und nun gehorchten sie ihm. Erst standen sie wie erstarrt da, dann begannen sie wieder zu ihren Plätzen zurückzukehren. Das Schreien und Tosen schwoll ab und wurde zu einem dumpfen Gemurmel und verstummte dann ganz. Im Stadion herrschte eine unheimliche Stille.

Enkidu sagte: »Befiehl ihnen, sie sollen noch einen von diesen Stieren hereinlassen. Und wir zwei werden mit ihm kämpfen, Gilgamesch. Wir werden sämtliche Stiere besiegen, die sie uns entgegenschmeißen können. Ja? Ja?«

Gilgamesch warf Picasso einen Blick zu. »Was sagst du dazu? Sollen wir die Corrida fortsetzen?«

»Ah, *Compañero*, das ist kein Stierkampf, wie ihr zwei das anstellt. Ich bin nicht hergekommen, mir sowas anzusehen, dieses Herumgehüpfe auf dem Rükken des *Toro.*« Doch dann lachte er. »Aber es ist ja auch kein Stier, was, König Gilgamesch, nicht wahr? Also, weshalb sollte man dann nach dem spanischen Reglement mit ihm kämpfen? Geht! Geht nur! Beginne deine neue Herrschaft mit einer *Corrida à la Uruk!* Zeig uns, was du drauf hast, Freund! Ich werde zeichnen, während du am Werk bist.«

Gilgamesch nickte. Leise sagte er zu Herodes:

»Schafft den toten König von hier fort, ja? Und laßt den Erzkanzler und auch die anderen Höheren Hofchargen festnehmen!« Und mit einer auffordernden Handbewegung zu Enkidu sprang er wieder in die Stierkampfarena hinab. Er rief den *Aguaciles* auf der anderen Seite der Arena Befehle zu, und das Tor wurde geöffnet und heraus stürmte ein zweiter Höllenstier. Und gelassen erwartete ihn der neue König von Uruk. Und Enkidu stand an seiner Seite.

17

ALLES IN ALLEM erledigten sie fünf Stiere an diesem Tag. Und jeder Kampf begann in Schweigen, die Zuschauer waren unsicher und beklommen und über den neuen seltsamen Sport wohl ebenso erstaunt, so schien es, wie über den gleichzeitigen Machtwechsel, der sich vor ihren Augen abgespielt hatte. Doch sobald die Banderilleros und Picadores sich an ihr Werk begaben und der gereizte Stier schnaubte und bockte und mit den Hufen scharrte, wuchsen die Erregung und der Lärm gewaltig an, und als die beiden starken Helden zum fünftenmal in die Arena schritten, um die Corrida zum triumphalen Ende zu führen, bebte das Stadion von anhaltendem gewaltigen Gebrüll, von einem wilden Durcheinander von Rufen und Schreien, und es verebbte nicht, bis der letzte Stoß getan war und das groteske Stierungeheuer im Sand der staubigen Arena zusammenbrach.

Picasso zeichnete wie besessen, forderte Gilgamesch durch Gesten immer wieder zu einem neuen Kampf auf und konnte nicht genug kriegen. Und Ninsun, die nun majestätisch in der verwaisten Königsloge thronte, sah mit lächelndem Stolz zu und nickte jedesmal befriedigt, wenn ihr Sohn ein Tier mit dem Schwert tötete.

Nach dem dritten Stier begannen Herodes und Simon Magus unbehaglich dreinzublicken, als fänden sie es unpassend, daß ein König zum Spaß vor seinen Untertanen fremdartige Geschöpfe abschlachtete, oder – wahrscheinlicher – weil sie fürchteten, Gilgamesch könnte sein Leben verlieren, falls er es weiter so in der Arena aufs Spiel setzte, und dann würde die Stadt in ein Chaos versinken, bevor sie selbst sich in Sicherheit bringen konnten. Aber Gilgamesch tat ihre besorgten Gesten ab, und als Herodes ihm einen gefalteten Zettel überbringen ließ, warf er ihn ungelesen weg. Es war eine lustige Arbeit, dieser Kampf mit den Stieren, es kam dem noch am nächsten, was er unter hoher Lust verstand und was er seit mehr Ewigkeiten, als er sich erinnern konnte, nicht mehr erlebt hatte, und er beabsichtigte, dieses Gefühl ganz auszukosten. Sobald er die Arena verlassen würde, war es zu Ende mit der Freude, und die Verantwortung begann, und damit hatte er es gar nicht eilig. Er raffte sich zusammen und verlangte nach dem nächsten Stier.

Doch schließlich waren die Ställe leer, und den Himmel bedeckten die dunklen violetten und roten Streifen der aufziehenden Nacht. Der wundervolle Kampftag war vorbei. Seite an Seite standen Gilgamesch und Enkidu in der blutbeschmierten Arena, schwitzend, selbst ein wenig blutbedeckt, doch unverletzt.

»Komm, Bruder«, sagte Enkidu. »Auf in den Palast.«

»Ja, auf in den Palast«, sagte Gilgamesch.

Nachher, als sie durch die Menschenmasse schritten, schien es ihm, als wären Enkidu und er inmitten der Menge wie eingeschlossen in eine undurchdringliche Kugel aus Stille. Die Soldaten der königlichen Garde, die noch am Morgen die Person König Dumuzis beschützt hatten, zogen vor und hinter ihnen her, schwangen reichgeschmückte Amtsknüppel, doch schien eine derartige Machtdemonstration kaum nötig. Das Volk von Uruk hielt sich scheu und mit ängstlich geweiteten Augen zurück, während sein neuer Herrscher daherkam, und erst als er vorbeigeschritten war, erhoben sich hinter ihnen die Jubelrufe nach »Gilgamesch!« und hie und da »Enkidu!«.

In Dumuzis altem weiten und düsteren Palast hielt Gilgamesch an diesem Abend seine erste Audienz; er saß auf dem pompösen hohen Thron Dumuzis und hatte das wuchtige kostbar gearbeitete goldene Szepter Uruks achtlos auf dem Schoß liegen. Zu seiner Linken stand Enkidu, Ninsun stand rechts, Herodes und Simon Magus im Schatten an der Wand, neben ihnen Vy-otin in seinem drolligen Geschäftsanzug vom Schnitt der Später Toten, als die Minister und Beamten des verstorbenen Königs einzeln vortraten, um ihm zu huldigen. Auch der kleine Picasso war da und kritzelte Skizzen von allem und jedem, so schnell seine Hand zeichnen konnte.

Gilgamesch empfand dies alles, als wäre er in einem Traum, der viel lebhafter und intensiver war als die Wirklichkeit selbst. Es war ihm, als wären Tausende von Jahren in einem Nu zunichte geworden und als befände er sich wieder mitten in seinem Erstleben. Wieder war er ganz frisch aus dem Exil nach Uruk gekommen, nach langer Wanderschaft. Wieder hatte er dem schwachen und verhaßten Dumuzi die Krone entrissen, genau wie damals, als er jung war. Und wieder kam die Prozession der Vizekönige Dumuzis, der Kämmerer, der Oberaufseher und Verwalter, der Steuereintreiber und Gouverneure, um vor dem König Gilgamesch das Knie zu beugen.

Damals, beim erstenmal, war es ihm als unvermeidlich erschienen, König zu sein. Er war dazu geboren. Doch mit dem hier hatte er nie gerechnet. Wie oft hatte der Gilgamesch der Nachwelt nachdrücklich gegenüber allen, die ihm zuhören wollten, betont, daß er das nicht wolle, diese Grandeur, den Pomp, das Gepränge! Wie würde Caesar jetzt spotten! Wie würde Bismarck lachen, oder Lenin! »Mich verlangt nicht nach dem Königtum«, hatte er so oft behauptet. »Das Streben nach Macht in der Nachwelt ist Torheit und Irrsinn.«

Und nun saß er in der Schlinge. Ein Ding hatte zum nächsten geführt und immer weiter und weiter, und hier saß er wieder auf einem Thron und fühlte, wie die Königswürde über ihn hereinbrach wie ein unaufhaltsamer Sturzbach und wie sie eine Einsamkeit mit sich brachte, die brennender war als je das Gefühl in seinen einsamen Jahren im Outback.

»Der Kammerherr der Schärpe Enlils! Der Proviantmeister! Der Vorsteher des Ubshikkinakku-Heiligtums! Der Pfleger der Königlichen Pracht! Der Gouverneur von ...«

Sie defilierten vorbei, endlos, bedrückt-feierliche Gesichter von kleinen Potentaten, gekleidet in Prunkgewänder, und schielten verzweifelt zum König auf, ob dieser sie auch ja in ihrem bisherigen Rang bestätigen mochte. Und er nickte mit glasig starrem Blick und nickte mit seinem bekrönten Haupt diesem zu und jenem und diesem, und ihm schien, als zöge sich die Schlinge des Königseins mit jedem Augenblick fester um seine Kehle zu.

Würde diese Prozession denn nie ein Ende finden?

Enkidu berührte seinen Arm und zwinkerte ihm zu. »Sieh ein bißchen freudiger drein, Bruder Gilgamesch! Zeig, daß du dich freust! Danach kommt das Fest! Und danach ...«

Enkidu grinste lüstern, griff sich zwischen die Beine, rollte wollüstig die Hüften und stieß sie drei-, viermal nach vorn.

Trotz seiner wachsenden Umdüsterung rang Gilgamesch sich ein Grinsen ab. Enkidu hatte schon immer die Gabe besessen, ihn aus seiner hervorstechendsten Sündhaftigkeit, dem übermäßigen Ernst, herauszulokken. Er machte eine Handbewegung hinab zu den Honoratioren in der Schlange, sie sollten sich rascher bewegen. Von der dunklen Seitennische her nickte Herodes beifällig und schlug einen kleinen Kreis mit der Hand, wie um anzudeuten, daß Gilgamesch die Prozedur sogar noch mehr beschleunigen könnte. Simon Magus neben ihm schien im Stehen zu schlafen.

Zu Enkidu sprach Gilgamesch: »Wieviele sind's denn jetzt noch?«

»Die Schlange erstreckt sich aus dem Palasttor und über die halbe Plaza.«

»Da«, sagte Gilgamesch und drückte Enkidu das

Szepter in die Hand. »Geh runter zu ihnen, halte ihnen das da über die Köpfe und erkläre ihnen, daß sie alle in ihren Ämtern bestätigt sind, sonst kommen wir nie zu unserm Fest. Wir können die meisten dieser Leute später abservieren, wenn wir herausgefunden haben, wie der Laden hier wirklich läuft.« Und kopfschüttelnd setzte er hinzu: »Ihr Götter! Wozu hat Dumuzi bloß diesen ganzen Haufen von Beamten gebraucht?«

Doch später, als die endlose Zeremonie endlich vorbei war und er sich aus dem Thronsaal in den Festsaal begab, dachte er zu seiner Überraschung, daß möglicherweise die meisten dieser Männer irgendwelche echten Funktionen erfüllten und ihm nützlich sein konnten. So chaotisch die Nachwelt sein mochte, die Städte brauchten trotzdem immer noch Behörden und Verwaltung, und es waren nicht die Könige, die eine Stadt in Gang hielten, sondern jene Leute, die unter dem König die tägliche mühevolle Verwaltungsarbeit leisteten. Soviel erinnerte er sich noch aus den früheren Perioden als Machthaber, sowohl in der anderen Welt als auch an seine ersten Tage der Herrschaft in diesem Uruk der Nachwelt, woran er sich mit wachsender Deutlichkeit nun wieder zu erinnern begann.

»Ist sie dir zu schwer, Bruder, die Krone?« fragte ihn Enkidu.

»Sie sitzt ziemlich eng. Aber, nein, nein, ich will sie einigermaßen fröhlich tragen.«

»Ich hätte nie gedacht, daß ich dich wieder auf dem Thron sehen würde.«

»Ich auch nicht. Ich hatte geglaubt, ich hätte davon für ein ganzes Leben lang genug, vielleicht sogar für zwei Leben. Aber ich kann anscheinend den Kronen nicht auf Dauer entrinnen, dann finden sie mich wieder, was?«

»Scheint so, Bruder. Du mußt eben einfach ein König sein«, rief Enkidu. »Aber ich glaube, es ist nicht so übel. Soviel Wein, wie wir trinken können, und die Weiber, die wir besteigen werden, und gute Kleider, und ein warmes Fleckchen zum Schlafen – nicht so übel, Bruder, gar nicht so übel!« Und er schlug Gilgamesch ausgelassen auf die Schulter und lachend zogen sie nebeneinander in die weite Festhalle ein, wo feiste Fässer voll Wein bereitstanden und an einem halben Dutzend Spießen gewaltige Fleischstücke brieten. »Gar nicht so übel!«

Nein, nicht so übel. Doch Gilgamesch begann sich nun ebenfalls zu erinnern, daß König sein mehr bedeutete als Pracht und Pomp und Prassen. Einst – in jenem kurzen Augenblick seines ersten Lebens – hatte er in einer Zeit der Bedrängnis Heil in dem Wissen gefunden, daß in der klugen Ausübung von Verantwortung die wahre Befriedigung für den Herrscher liege. Was sonst mit dem Königtum einherging, die schönen Paläste und die willfährigen Frauen und feinen Kleider und guten Weine und blitzenden Juwelen und derlei, das war weiter nichts als bedeutungsloser Zierat, flüchtig wie ein Lufthauch. Nur Narren strebten nach Macht, um so etwas zu bekommen, und solche Narren, auch wenn sie gekrönt sein und auf einem Thron sitzen mochten, besaßen keine königlichen Qualitäten. Ein Tor konnte eine dreifache Krone auf dem Kopf tragen, er blieb trotzdem ein Tor. Königtum lag in etwas anderem begründet als in äußerem Gepränge und privatem Vergnügen. Das wußte Gilgamesch. Die Sicherheit und Stabilität des Landes zu erhalten und zu mehren, das war die eigentliche Aufgabe für den König und seine höchste Befriedigung und sein ganzes Heil.

Vielleicht, dachte er, konnte er ja dieses Heil wieder erlangen, selbst in dieser verrückten Nachwelt.

Und unter solchen Gedanken fühlte er sich von der königlichen Größe nicht mehr so stark bedrängt, die auf scheinbar so zufällige Weise ihn überrumpelt hatte. Denn ein Zufall, ein Mißgeschick war es nicht gewesen, daß er wieder König sein mußte. Es gibt keine Zufälle, das wußte er. Es war sein Schicksal, und wie könnte der

Mensch sein Schicksal als Falle oder als einen Zufall oder Unfall ansehen, da es doch der Wille der Götter ist? Obschon er sich bemüht hatte, diesem Geschick zu entkommen, es gab kein Entrinnen, also sei es denn! Dies war seine Bestimmung: zu herrschen – und klug und weise zu herrschen. Indem er sich dieser Aufgabe in der Nachwelt zu entziehen versucht hatte, hatte er sich die ganze Zeit um die Verwirklichung seiner wahren Natur gedrückt. Aber nun hatte er sich selbst wiedergefunden.

Im Morgengrauen, als das Festgelage zu Ende ging und überall im Festsaal satte und des Weines volle schlafende Gäste umherlagen wie achtlos hingeworfene Mäntel, durchstreiften Gilgamesch und Enkidu, die noch immer keine Ruhe fanden, zusammen die dunklen Gänge von Dumuzis Palast. Die ganze Länge des Palastes schritten sie ab, spähten in etliche der vielen Gemächer, die sich seitlich auftaten – die meisten davon waren leer, doch einige enthielten kleine Statuen und andere Ritualgegenstände –, dann stiegen sie über eine schmale steinerne Wendeltreppe zu den oberen Galerien, wo sie in den durchbrochenen Wänden des gewaltigen Gebäudes weitere Kammern wie die Zellen in einer Honigwabe entdeckten.

»Das ist ein wundervoll häßlicher Ort«, sagte Enkidu nach einiger Zeit. »Wieso drängte es ihn, eine solche Scheußlichkeit zu bauen?«

»Es gibt manche, die das schön finden«, entgegnete Gilgamesch. »Der Judäer Herodes erklärte mir, daß es sich um die Kopie eines Doms, eines berühmten heiligen Tempels der Spät-Toten handelt.«

Enkidu schüttelte sich. »Das hier? Ein Tempel? Die Götter mögen uns bewahren!«

»Als ich das zum erstenmal sah, sagte ich mir, wenn ich je wieder König in dieser Stadt werden sollte, dann würde es meine erste Regierungshandlung sein, das

Ding abreißen zu lassen. Doch jetzt, wo ich die Königschaft wieder trage, fange ich an, darüber anders zu denken.«

»Du willst das Ding *behalten?*«

»Das Licht ist sehr schön, wenn es durch diese Buntglasfenster fällt. Und die hohen Decken – die merkwürdigen Spitzbögen – die Skulpturen an der Fassade – die mächtigen äußeren Stützbögen, die das Mauerwerk halten...« Gilgamesch schüttelte den Kopf. »Nach und nach beginne ich zu bewundern, was ich beim ersten Anblick scheußlich fand. Ja, ich glaube, ich werde es behalten. Vielleicht baue ich mir einen eigenen Palast, etwas, das mehr dem gemäß wird, was wir gewöhnt waren, doch ich glaube, es wäre falsch, den hier zu zerstören.«

Enkidu lachte. »Kannst du dich erinnern, Gilgamesch. Als ich damals nach Uruk kam – in das andere, das alte Uruk – und du mich zum Enmerkar-Tempel führtest, den dein Großvater errichten ließ, und du glaubtest, daß ich ehrfürchtig und erschüttert sein würde? Und ich hatte noch nie irgendeinen Tempel gesehen und war also ganz und gar nicht beeindruckt, weil ich mir weit mehr davon erwartet hatte...«

»Ja – aber ja.«

»... also habe ich mir das angeschaut, die Achseln gezuckt und gesagt: Ziemlich klein und ziemlich häßlich, nicht? Und du warst ganz schön beleidigt. Aber dann hast du das Ding abbrechen lassen und an seiner Stelle deinen eigenen Großen Tempel gebaut.«

»Der Tempel Enmerkars war alt und stark restaurationsbedürftig. Aber das erkannte ich erst, als du das sagtest.«

»Aber der Tempel, den du dann bautest, Bruder, der war wunderbar.«

»Willst du damit sagen, ich sollte das hier niederreißen lassen wie den Enmerkar-Tempel damals, nur weil es dir nicht gefällt?«

»Ganz und gar nicht«, antwortete Enkidu. »Ich sage nur, daß ich möglicherweise diesen Ort hier durch deine Augen sehen lernen werde und ihn vielleicht bewundern werde wie du, genau wie du einst den Tempel Enmerkars durch meine Augen sahst und erkanntest, wie er in Wirklichkeit war.«

»Ja«, sagte Gilgamesch. »Jetzt verstehe ich dich.«

Sie gingen weiter, bis sie die oberste Galerie erreicht hatten. Gilgamesch blickte über die Brüstung und sah den Boden der Festhalle weit unten, wo sich ein paar der betäubten Schläfer endlich zu regen begannen, als das heraufsteigende Morgenlicht durch die Palastfenster drang.

Nach einer Weile fragte er: »Sag mir, wie war das damals an jenem Tag in der Schlucht, als ich auf der Jagd war und die Karawane angegriffen wurde?«

»Ich wurde erschlagen«, sagte Enkidu.

»Das weiß ich. Ich hatte eine Vision davon, die ein schwarzer Zauberer in der Stadt Brasil für mich heraufbeschworen hat – durch Praktiken, über die ich selbst mit dir nur ungern sprechen möchte. Der Angriff durch die Hubschraubflieger, die Räuber, die Granate …«

»Dann weißt du ja Bescheid«, sagte Enkidu barsch.

»Ich weiß, was geschah. Aber willst du mir etwas über den Augenblick deines Sterbens sagen, Bruder? Denn das ist etwas, das zu erfahren mich große Neugier plagt.«

Enkidu blickte Gilgamesch seltsam an. Er wirkte mit einemmal düster und bedrückt, so wie er es selten, ja eigentlich nie an ihm gesehen hatte; denn Enkidu war ein unkomplizierter, ein erdgebundener Mensch, stets bereit zu lachen, von keinerlei Anflügen seelischer Verdüsterung geplagt, und dies war eine der Eigenschaften, deretwegen Gilgamesch ihn so liebte. Aber jetzt … jetzt …

»Es war weiter nichts«, sagte Enkidu schließlich. »Wie immer, wenn wir hier sterben. Ein Ende, und dann irgendwann später ein neues Beginnen. Es gab Hitze, Lärm und, glaube ich, einen kurzen heftigen Schmerz, und dann war alles vorbei. Und das nächste, was ich wahrnahm, ich war wieder ganz und heil und in dieser Stadt Uruk hier, die ich seit unzähligen Jahren nicht mehr gesehen hatte. Nun, es war nicht das Schlimmste, was mir hätte passieren können, hier in Uruk aufzuwachen, also ließ ich es mir gern gefallen. Ich dachte mir, vielleicht bist auch du hier, und so zog ich los und fragte nach dir, bis Dumuzi nervös wurde und mich einlochen ließ. Und dann bist du gekommen. Und das übrige weißt du ja.«

Gilgamesch starrte ihn an. »Also wußtest du von diesem Uruk in der Nachwelt?«

»Aber sicher doch.«

»Ich meine *dieses* hier, nicht das Uruk aus unserem ersten Leben.«

»Das da, klar. Das Nachwelt-Uruk, das du selbst vor langer Zeit gegründet hast, über das du, ich weiß nicht wieviele hundert Jahre, geherrscht hast. Und ich war genau hier, an diesem Ort die ganze Zeit bei dir, Gilgamesch.«

Gilgamesch fühlte ein Brausen im Kopf. »Die ganze Zeit, in der wir zusammen durchs Outback streiften, konntest du dich daran erinnern, daß wir einmal hier gelebt haben und daß ich hier König war?«

»Aber natürlich doch. Sicher.«

»Und hast nie ein Wort darüber zu mir gesagt?«

Enkidu sah ihn verwirrt an. »Aber das habe ich doch. Oft. Wie oft haben wir uns gegenseitig von den guten alten Tagen im Nachwelt-Uruk erzählt, Gilgamesch, wenn wir nach einer langen Jagd spät am Lagerfeuer saßen. Oft und oft.«

»Wäre das möglich? Ich kann mich überhaupt nicht daran erinnern.«

»Willst du damit sagen, wir hätten nie so miteinander gesprochen?«

»Ich sage nur, ich habe keine Erinnerung daran.«

»Aber das bedeutet nicht, daß es nicht so war, Bruder.«

»Vielleicht hast du aber nie mit mir darüber geredet.«

»Aber das habe ich! Ich habe es!« In Enkidus Augen glomm nun Verärgerung auf. »Was sollen diese ganzen Fragen bedeuten, Gilgamesch? Was beunruhigt dich? Ich sage dir, wir haben oft über das Nachwelt-Uruk gesprochen und uns gefragt, wer dort an der Macht sein mochte, und ob er ein gerechter Herrscher sein würde, und vielerlei in dieser Richtung.«

»Ich habe das alles vergessen.«

»Was?«

»Ich sage es dir doch. Ich konnte mich an nichts aus diesem Uruk hier erinnern, oder daran, daß ich hier König war, bis vor einer ganz kleinen Weile«, sagte Gilgamesch und drückte die Hand seitlich gegen den Kopf, wo er auf einmal Schmerzen verspürte. »Auch nicht daran, daß wir jemals in unseren Jahren im Outback darüber gesprochen hätten. Simon Magus in Brasil forderte mich auf, mit ihm nach Uruk zu suchen, und ich fragte, was für ein Uruk, es gibt kein Uruk in der Nachwelt! Und nach einiger Zeit bekam ich einige Beweise, daß ich mich da geirrt hatte, aber ich zweifelte immer noch daran, und ich zweifelte, bis ich tatsächlich hier eintraf. Und nun kehrt mir alles mehr und mehr zurück. Ja. Aber in all den Jahren fern von hier war mir das alles aus der Erinnerung entschwunden.«

»Aus deiner Erinnerung entschwunden, Bruder? Nun ja, so geht das eben oft zu in der Nachwelt«, sagte Enkidu und zuckte die Achseln. »Es ist ein Ort voll höllischer Tricks.«

»Ja, wahrhaftig.«

»Ich stelle mir vor, daß es dich enorm beunruhigt haben muß, nicht, als dieser Simon dir gegenüber anfing, von dieser Stadt zu sprechen, und du hattest gar keine Ahnung.« Enkidu sah ihn eindringlicher an. »Bruder, könnte das der Grund sein, weshalb du mich fragtest, wie das bei meinem Tod war? Hast du denn auch vergessen, wie der Tod hier an diesem Ort ist?«

»Wie könnte ich etwas vergessen, das ich nicht erfahren habe? Ich bin nie …«

Er sah das Funkeln in Enkidus dunklen Augen und brach ab.

»Du meinst, daß auch ich in der Nachwelt gestorben bin?« fragte Gilgamesch nach einer langen gewichtigen Pause.

»Da du fragst, kennst du die Antwort nicht.«

Scharf und fest sagte Gilgamesch: »Ich bin nur einmal gestorben, Bruder, und das war in der anderen Welt, als ich alt war und schwer an Jahren und mein Königtum um mich herum groß, und da kam die Dunkelheit zu mir in meinem Schlaf. Aber hier – nein, Enkidu, hier nicht, niemals, nicht ein einziges Mal.«

Enkidu sah belustigt drein. »Nicht ein einziges Mal? In Tausenden von Jahren, die du inmitten all der Gefahren hier zugebracht hast?«

»Willst du sagen, ich bin gestorben?«

Gilgamesch zitterte jetzt.

»Ja, Bruder«, sagte Enkidu leise.

»Wann?«

»Wann? Wie sollte ich das wissen? Wer könnte hier schon die Jahre zählen? Aber laß mich mal nachdenken. Da war die Sache damals in Santo Domingo, als die Erde um dich herum zu Treibsand wurde und dich verschlang, das war das eine Mal. Und das andere Mal, als der Berg aus Eis einstürzte in der Großen Borealis. Und auf der Estotiland-Insel, als das Ungeheuer aus dem Meer auftauchte …«

Gilgamesch schwindelte es. Die Bodenplatten schienen ihm unter den Füßen zu schmelzen. Es gab nichts Festes in dieser Welt, keine Realität, auf die man sich verlassen konnte.

»Götter! Was sagst du mir da? Wie oft hat mich hier schon der Tod geholt?«

Enkidu hob die Handflächen nach oben. »Kann ich nur schwer sagen. Fünfmal? Zehnmal? Ich konnte es nicht zählen. Ich konnte noch nie gut zählen, Bruder. Aber oft genug war es. Du weißt doch, es geschieht uns allen immer wieder und wieder.«

»Ich erinnere mich nicht an derlei«, sagte Gilgamesch mit einer Stimme, die kaum lauter als ein Flüstern war.

»Auch ich muß wohl vieles vergessen haben, Bruder. Da kann es keinen Zweifel geben. Die Tafel wird immer wieder saubergewischt. Und was macht das schon? Wir leben, wir sterben, wir leben und sterben wieder – so geht das hier nun einmal. Wenn wir alle unsere Erinnerungen gleichzeitig im Gedächtnis behalten müßten, wir würden verrückt werden. Allerdings glaube ich manchmal sowieso, daß wir alle verrückt sind.«

»Tode – so viele Tode zu sterben ...« murmelte Gilgamesch.

Er starrte blicklos geradeaus und sah sich dabei selbst stürzen und immer wieder stürzen, wie einen großen Baum, der irgendwie immer erneut gefällt werden konnte. Er sah sich leblos auf einer kahlen Ebene liegen, sah sich am Rand einer stürmischen See, auf dem Kamm eines von Wölfen durchheulten Berges. Und jedesmal erwachte er wieder und begann neu und erinnerte sich an nichts mehr. Daß er so viel vergessen konnte, daß die trügerische Nachwelt ihn so umfassend beeinflussen konnte, das traf ihn hart. Sein Gesicht brannte vor Scham. Und auch vor Selbstverachtung wegen seines erbärmlichen Stolzes, der ihn veranlaßt hatte, so zu tun, als sei er hierorts unangreifbar und unverletzlich, und weil er selbst an seine Angeberei geglaubt hatte.

»Gilgamesch?« fragte Enkidu.

»Einen Augenblick, bitte. Das verwirrt mich alles.«

»Nicht, Bruder! Laß es leicht von dir abgleiten.«

»Wenn ich das nur könnte!«

»Ach ja. Die Vorstellung vom Sterben bedrückte dich schon immer. Immer noch?« sagte Enkidu. »Aber der Tod kommt doch so leicht. Und man sollte ihn ebenso leicht nehmen.«

»Ja. Da sagst du was Wahres.«

»Dann streife die Gedanken daran ab. Laß los!«

Gilgamesch nickte und wandte das Gesicht ab.

Aber es gelang ihm nicht, die Düsternis abzuschütteln, in die ihn Enkidus Erklärung eingesponnen hatte. Eine Illusion nach der anderen war ihm fortgerissen worden, seit jenen unschuldsvollen Tagen, als er im Outback umherzog, und es fiel ihm schmerzlich schwer, dies auszuhalten. Er stand reglos da und klammerte sich an die steinerne Brüstung der hohen Galerie, als fürchtete er, auf den Boden hinabzustürzen, wenn er den Griff lockerte. Verzweifelt mühte er sich um Fassung.

»Ach, komm schon, Bruder!« Enkidu neigte sich zu ihm und knuffte ihn lachend sanft mit den Fäusten, als wollte er ihn so aus seiner brütenden Trübsal locken. »Was bedeutet schon ein kleiner Tod oder zwei? Das passiert uns doch allen. Aber jetzt leben wir, oder leben wir etwa nicht, und du bist wieder ein König, und alles steht gut, Bruder. Alles steht bestens!«

Einige Tage später fand sich Simon der Magier vor Gilgamesch in dessen Audienzzimmer ein; er roch nach Wein und sah mitgenommener aus denn je. Er sagte: »Ich gedenke in Kürze wieder nach Brasil aufzubrechen.«

»Du weißt, du bist mir als Gast herzlich willkommen, solange du bleiben möchtest, Simon.«

»Ich danke dir für deine Großzügigkeit. Doch ich war lange genug von meiner eigenen Stadt weg. Wer weiß, was sich dort alles getan hat, während ich hier in Uruk weile?«

»Gewiß haben doch deine Weisen und Zauberer in Brasil alles sorgfältig unter Kontrolle«, sagte Gilgamesch.

»Ja. Hoffe ich jedenfalls.«

Es folgte ein unbehagliches Schweigen. Gilgamesch hatte den Eindruck, daß Simon mehr auf dem Herzen hatte, als nur sich zu verabschieden, etwas von beträchtlicher Wichtigkeit, doch Simon wartete einfach stumm, mit kalten zusammengekniffenen Äuglein, und die Flecken und Verfärbungen in dem weichen Schwabbelgesicht traten feuriger hervor als gewöhnlich.

»Möchtest du einen Becher Wein?« fragte Gilgamesch schließlich.

»Wein ist mir stets willkommen. Ja, danke.«

Gilgamesch winkte. Ein Diener brachte einen Krug voll des schweren dunklen Uruk-Weins.

Simon trank kräftig, verschüttete ein wenig davon auf seine bereits von dunkelpurpurnen Flecken besudelte Toga und sagte: »Nun hast du also dein Königtum zurück, Gilgamesch.«

»So ist es.«

»Die Königsherrschaft, die du so hartnäckig nicht hast haben wollen.«

»Sie ist mir zugefallen. Es wäre falsch gewesen, sie abzulehnen.«

»Ja, wahrlich falsch«, sagte Simon. »Es gibt so etwas wie eine fundamentale Richtigkeit, der man sich fügen muß, und wir erkennen sie, wenn wir auf sie stoßen. Es ist eine Kraft, geteilt zwischen Oben und Unten, sich selber erschaffend, selbst vergrößernd, eigensüchtig, selbstzufrieden, sie ist ihre eigene Mutter, ihr eigener Vater, ihre eigene Schwester, ihr eigener Gemahl, ihr eigner Sohn, Mutter, Vater, der Ursprung aller Dinge.«

Gilgamesch blinzelte, zog die Brauen zusammen und sah ihn starr an.

»Was du da sagst, ist schwer zu verstehen, Simon.«

»Ich finde es recht klar.«

»Daran zweifle ich nicht«, sagte Gilgamesch. »Aber du bist ein Weiser und ein Zauberer. Du steckst voll von seltsamen Weisheiten und Rätselworten. Ich aber bin nur ein einfacher Krieger.«

»Und ein König.«

»Ja, und ein König.«

»Ein sehr großzügiger König.«

Gilgamesch winkte, daß Simons Glas erneut gefüllt werde. Ungeduld stieg in ihm auf.

»Genug von dem Getänzle, Simon. Was möchtest du von mir erbitten?«

»Ich erinnere dich daran, daß wir als Partner hierher gekommen sind. Du, um dein Uruk und deinen Enkidu wiederzufinden, und ich ...«

»... um die Schätze Uruks zu plündern, ja.«

»Ja.«

Gilgamesch lächelte. »Aber es gibt hier keine Edelsteine, Simon.«

»Wie willst du das wissen?«

»Es sind in den Wänden deines Palastes in Brasil auf einer Elle mehr Edelsteine angebracht, als ich in ganz Uruk gesehen habe.«

»Ah. Aber da irrst du dich.«

»Irre ich mich? Dann klär mich auf.«

Simon kam näher und sagte mit gedämpfter Stimme: »Hier gibt es Schätze im Überfluß. Ich habe meine Methoden, Informationen zu bekommen. Ich habe nicht mein ganzes Zauberhandwerk vergessen, Gilgamesch. Rufe deine Hofbeamten zusammen und befrage sie, was sie von Dumuzis Schatz wissen, und du wirst höchst erstaunt sein.«

»Ich gewöhne mich allmählich an große Überraschungen«, sagte Gilgamesch.

»Nun, du wirst eine weitere erleben. Es gibt hier Schätze, genau wie es die Erzählungen behaupten.« Seine Gesichtsfarbe wurde dunkler. Die Lippen und Kiefer mahlten lüstern wie die eines hungrigen Vielfraßes. »Wir hatten eine Abmachung, Gilgamesch! Wir kamen als Partner hierher. Ich erinnere dich daran, Gilgamesch – ich erinnere dich daran, daß ...«

Der Sumerer hob die Hand und nickte. Doch Simon gab sich damit nicht zufrieden.

»Ich will meinen Anteil! Ohne mich hättest du nie auch nur eine Ahnung von diesem Ort hier gehabt! Ich mahne dich, Gilgamesch – ich flehe dich an, verweigere mir nicht, was ich suche. Ich bitte dich sehr.«

»Du brauchst keine Befürchtungen zu haben, Simon«, sagte Gilgamesch ruhig. »Ich schlage dir nichts ab, soweit es im Rahmen meiner Möglichkeiten liegt, es dir zu gewähren. Aber erst laß mich mal diesen Schatz finden, den es, wie du behauptest, hier gibt. Bisher habe ich nur deine Behauptung, daß er existiert, deshalb kann auch ich dir heute nur Worte geben. Aber wenn ich die Schätze habe, ach, Simon, dann sollst du deinen vollen Anteil davon haben. Das schwöre ich dir hiermit.«

»Ehrlich?«

»Bei der Seele meiner Mutter schwöre ich es.«

»Sehr gut, Gilgamesch. Aber bald, ja? Bald.«

»Ja. Bald.«

Dann ging Simon, scheinbar beruhigt, nach einem weiteren Schluck Wein und einem eindringlichen fragenden Blick, den er Gilgamesch zuwarf. Dieser schaute ihm nach, verwundert darüber, daß Simon von einer so tiefen Gier beherrscht war. Und wonach? Nach lächerlichen Glitzersteinen? Das erschien Gilgamesch als noch sinnloser als Gier nach Macht, von der so viele Männer und nicht wenige Frauen in wüste und fruchtlose Mühen getrieben worden waren. Da war dieser Simon, ein gescheiter Mensch, sogar ein Philosoph, und der gierte und geiferte mit kindischer Sucht nach hübschen Klunkern, was so abstoßend wirkte bei einer Person, die so weit über das Kindesalter hinaus war. So vor ihm herumzuhängen, Andeutungen zu machen, sich zu winden und am Ende einfach um die Kinkerlitzchen zu betteln, nach denen er gierte.

Schön, sollte es hier für Simon Edelsteine geben, so sollte er sie bekommen. Gilgamesch hatte keine Verwendung für so etwas. Er ließ den Oberaufseher der Königlichen Truhen rufen, einen eunuchenhaft feisten sumerischen Glatzkopf namens Akurgal, und sagte: »Gehört die Pflege des Reichsschatzes zu deinem Aufgabenbereich?«

»Dem ist nicht so, Majestät.«

»Gehört der Reichsschatz nicht zur Königlichen Truhe?«

»Meiner Fürsorge sind die Kleider und persönlichen Gegenstände der Majestät, Euer Majestät...«

»Aber es gibt hier doch einen Reichsschatz? Juwelen und dergleichen?«

»So ist es, Majestät.«

»Wer besorgt den?«

Akurgal überdachte das. »Der Hüter des Ereshkigal-Tempels vielleicht. Nein, möglicherweise ist es der Waffenmeister der Inanna. Aber nein, nein – das ergibt ja kaum einen Sinn – etwas von solcher Wichtigkeit würde man bestimmt nicht *dem* anvertrauen – erlaube, daß ich noch einen Augenblick nachdenke, Majestät, nur noch ein Augenblickchen...«

»Von einem Wurstkranz bekäme ich rascher Antwort«, sagte Gilgamesch, und sein Gesicht verfinsterte sich.

»Ich denke nach, Euer Majestät, ich denke...«

»Du wirst bald selber ein Strang von Würsten sein, wenn du mir nicht sofort sagst, was ich wissen will.«

»Der Kammerherr der Enlil-Schärpe!« keuchte Akurgal verzweifelt.

»Ach ja?«

»Ja, der Kammerherr der Enlil-Schärpe. Ja, wahrhaftig, Majestät. Er ist der Mann!«

»Bring ihn her zu mir!«

»Sofort, Majestät. Sogleich.«

Mit rudernden Armen und flatternden Kleidern trabte Akurgal davon. Gilgamesch lachte. Wenige Minuten später erschien ein weiterer Funktionär vor ihm, ein hagerer Mann mit einem Gesicht wie ein Hackmesser, deutlich assyrischem Aussehens, trotz des sumerischen Namens: Ur-Namhani. Als Gilgamesch ihm seinen Willen kundtat, sah ihn Ur-Namhani lange fest an, als disputierte er innerlich, ob er dem Befehl gehorchen sollte. Nach geraumer Zeit sprach er mit großer Würde und einer unverhohlenen Verärgerung: »Der Schatz befindet sich im Tempel Enlils. Soll ich ihn herbeischaffen lassen, oder wollt Ihr mich hinbegleiten?«

»Wir begeben uns dorthin.«

Keine von Simons wilden Wunschphantasien hatte ihn angemessen auf das vorbereitet, was ihn in den dunklen, dumpfkalten Gewölben unter dem Tempel des Göttervaters erwartete. Ur-Namhani holte einen Schlüsselring hervor und schloß gewichtig Tor um Tor auf, während sie durch eine Reihe enger Gänge schritten, bis sie die innerste Kammer erreichten, und als dort Licht gemacht worden war, sah Gilgamesch vor sich ein Übermaß an Reichtum, das jegliche Vorstellung überstieg. Wo immer sein Auge hinfiel, waren Säcke, Truhen, Kästen, Beutel, Kassetten, die von allen erdenklichen Kostbarkeiten überflossen, und im Schatten dahinter deuteten sich weitere Schätze an und so weiter und so fort in ein unausmeßbares Gewirr von Höhlen.

Über Mannshöhe waren da Goldziegel gestapelt, fässerweise Schmuckstücke, Halsketten, Armreifen, Ringe, Spangen, Broschen, Manschetten, alles von feinstem Goldschimmer. Da gab es Lavallièren, Halsringe, Gehänge, Ketten, Anstecknadeln, Diademe, Solitäre. Säcke voll Perlen. Es gab große Haufen Goldmünzen. Gilgamesch hob eine Handvoll auf und sah die Köpfe von Kaisern und Königen und auf der Rückseite wilde Greife und Drachen. Er sah Hufeisen aus Gold und Dolche und Gürtelschnallen und Zierat in Gestalt von Türmen, Brücken, Karossen und Burgen. Es gab goldene Zahnstocher und Goldkästchen, die funkelnde Diamanten enthielten, und auf Goldschnüre aufgezogene Diamantenketten. Aus übervollen geborstenen Leinensäcken ergossen sich Edelsteine; sie leuchteten in allen Farben, rot und grün und gelb und blau und strahlend weiß und noch einem Dutzend weiterer Färbungen, und Gilgamesch tauchte die Hände hinein und ließ funkelnde Ströme durch die Finger rieseln: Rubine, Smaragde, Saphire, Opale, Amethyste, Jaspis, Karneole, Chrysoberylle und Mondsteine, Türkise, Bernstein, Korallen, Jade. Es nahm kein Ende. Kein Wunder, daß Simon Magus so gierig darauf war, die Stadt zu erobern. Lange durchforschte Gilgamesch schweigend diese Wunderkammern. Dann wandte er sich dem wartenden Ur-Namhani zu.

»Sind diese Dinge wirklich? Echt?«

»Echt?«

»Zauberschwindel oder echte Juwelen?«

»Oh, sie sind echt, Euer Majestät, höchst definitiv echt«, sagte Ur-Namhani in hochnäsig-herablassendem Ton. »Zusammengetragen von Dumuzi aus jedem Winkel der Welt – zum Ruhme Enlils. Es verging nicht ein Jahr, ohne daß in diesen Verliesen ein weiteres Vermögen an Schätzen eingelagert wurde, das gereicht hätte, um das Lösegeld für jeden König zu bezahlen.«

Gilgamesch nickte. »Ich hätte mir nicht gedacht, daß es in dieser Stadt genügend Gauner gibt, um eine solche Menge Plunder zusammenzustehlen, nicht einmal in tausend Jahren. Eine sehr beeindruckende Ausbeute. Sehr beeindruckend.« Er erhob sich und warf zwei Handvoll blitzender Kostbarkeiten zurück in das nächste Faß. In seinem Kopf hämmerte es. Das Ausmaß der gehorteten Schätze war betäubend, sogar für ihn, dem derart plumper grober Reichtum wahrlich kein Vergnügen bereitete. Allein schon das Übermaß war bedrückend, und dennoch ließ sich nicht leugnen, daß die Masse Macht ausübte. »Also schön. Ich werde dir Simon Magus schicken – meinen Gast, den fetten zechfreudigen Alleinherrscher der Insel Brasil. Du weißt, welchen ich meine?«

Ur-Namhani neigte kurz bejahend den Kopf.

»Du gibst ihm alles aus dieser Kammer hier, was er haben möchte«, sagte Gilgamesch.

Der Kämmerer der Schärpe Enlils keuchte: *»Alles?«*

»Laß ihn sich vollstopfen.«

Die Augen des Schatzhüters quollen bestürzend vor. »Aber – Euer Majestät – verstehe ich Euch richtig? – Ich ersuche Euch zu bedenken...« Ur-Namhani holte tief Luft. »Was, wenn er alles fordert?«

»Dann wird seine Rückreise nach Brasil ziemlich langsam vonstatten gehen, wenn er mit nur fünf Wagen so viel und sein sonstiges Gepäck transportieren will.«

»Majestät... Majestät...«

Gilgamesch lächelte. »Ich bezweifle irgendwie, daß sogar Simon soviel Frechheit besitzt, alles zu verlangen. Aber händige ihm aus, was er haben will. Wahrscheinlich werden ihn nur die Edelsteine interessieren, denke ich mir. Er kann auch das Gold haben, wenn ihn danach gelüstet. Wir brauchen derlei Zeug hier nicht.«

»Aber Euer Majestät, das sind heilige Dinge! Es ist der Schatz Enlils!«

»Und Enlil ist unser aller Vater«, erwiderte Gilgamesch. »Wenn er die Welt erschaffen kann und die Nachwelt dazu, dann kann er sich doch bestimmt sechs weitere Schatzhäuser erschaffen, die ebenso reich wie dies hier sind. Hier unten im Keller eingeschlossen, tut das ganze Zeug keinem etwas Gutes. Simon liebt immerhin diese Steine wenigstens und wird seinen Palast damit schmücken, oder vielleicht seine ganze Stadt. Mich kümmert das nicht. Gib ihm, soviel er will, Ur-Namhani. Hast du verstanden? Gib ihm reichlich!«

18

Der Vezier Herodes wartet auf Audienz, Majestät«, sagte der Haushofmeister.

Gilgamesch seufzte. »Er soll eintreten.«

Herodes kam mit einem großen Bogen Papier, den er vor dem Thron entfaltete, als handelte es sich um eine kostbare Schriftrolle aus dem fernen Cathay. Gilgamesch warf einen säuerlichen Blick darauf.

»Was? Noch mehr Daten, Herodes?« Er ließ das Wort *Daten* wie ein scheußliches Schimpfwort klingen.

»Die Namensliste der Zivilbeamten«, sagte Herodes. »Nach Abteilungen und Seniorität geordnet.«

»Seniorität? Seniorität?«

»Das ist hier sehr wichtig, das Dienstalter, der Rang, mußt zu wissen. Sie haben hier starke Interessenverbände und eine Reihe von strammen Arbeitsbestimmungen, länger als dein… also, als dein Arm. Soll ich das jetzt mit dir durchgehen, oder wollen wir es auf später verschieben?«

»Auf später, glaube ich«, sagte Gilgamesch. Doch dann schüttelte er den Kopf. »Nein. Nein, bei den Augen Enlils, erledigen wir es gleich!« Und mit soviel Geduld, wie es ihm möglich war, ging er an die Arbeit.

Gilgamesch überraschte es – obschon das eigentlich nicht hatte der Fall sein dürfen –, daß die Herrschaft über Uruk sich als derart komplex und zeitaufwendig erwies. Es galt, an Ritualen teilzunehmen, Bestallungen zu bestätigen, verzwickte Entscheidungen zu treffen, Bauprojekte einzuweihen und zu kontrollieren, Gesandte zu empfangen, sogar den einen und anderen Aufruhr zu ersticken – denn die Nachwelt war kein wohl geordneter Ort, und selbsternannte Könige waren hier so gemein wie Echsen und erhoben Anspruch auf den nächsten besten Thron. Auch war die persönliche Anwesenheit des Königs erforderlich bei theatralischen Ereignissen und bei Sportspielen, besonders bei den Stierkämpfen, die nun, unter der enthusiastischen Ägide Picassos, in Uruk zu einer regulären sonntäglichen Einrichtung geworden waren. Gilgamesch selbst beteiligte sich nicht mehr aktiv an der *Corrida* – hin und wieder wurde dabei ein Matador getötet, und seit er nun um seine eigene Verwundbarkeit wußte, hätte er es als Verletzung seiner geheiligten königlichen Pflichten betrachtet, wenn er das Risiko einging, auf derart leichtfertige Art weitergesandt zu werden. Doch er nahm fast an jedem Sonntag teil. Enkidu war stets die Hauptattraktion und erlegte zwei, manchmal drei Stiere, ehe der Nachmittag vorbei war.

Im alten Sumer, dem Land, dachte Gilgamesch, war es bei weitem nicht so beschwerlich und mühsam gewesen, König zu sein, wahrscheinlich auch nicht, vermutete er, während seiner ersten Regierungszeit im nachweltlichen Uruk; allerdings war es durchaus möglich, daß er sich darin irrte. Er wußte inzwischen nur zu gut, wie wenig Verlaß auf sein Erinnerungsvermögen in dieser Hinsicht war.

Aber obwohl er jetzt mehr Arbeit hatte als jemals früher, erledigte er sie doch nicht ernsthaft nur mit Widerwillen. Er hatte zunächst einmal genug von dem Leben als einsamer Wanderer, und es brachte große Befriedigung, als König seinen Job zu tun – und ihn gut zu tun. Es war offensichtlich, daß unter Dumuzi in diesem Uruk hier Mißherrschaft bestanden hatte, genau wie damals im ersten Uruk in der anderen Welt, und es bereitete Gilgamesch großes Vergnügen, Dumuzis unsinnige bürokratische Selbstzweck-Verordnungen rückgängig zu machen und wiederherzustellen, was Dumuzi hatte verkommen lassen.

Er machte seinen alten Freund, Vy-otin, den Eisjäger,

zu seinem Obersten Minister. Herodes erwies sich ebenfalls als nützlicher Berater. Er hatte es vorgezogen, bei Gilgamesch in Uruk zu bleiben, als Simon Magus, vollgepackt mit den Edelsteinen, nach Brasil abgereist war. Auch Ninsun, in ihrer liebevollen Klugheit, war ebenfalls eine wertvolle Ratgeberin. Und immer war Enkidu da für ihn, brachte ihm Entspannung und brüderlich nahe Vertrautheit und seine ehrliche, bodenständige, gesunde, von Herzen kommende Weisheit. Und nach einiger Zeit seiner Herrschaft gewann Gilgamesch einen weiteren Berater, einen seltsamen und unerwarteten: es war kein anderer als der aus der vorgeschichtlichen Urzeit kommende Haarmensch, der in Brasil Simons Chefmagier gewesen war.

Er kam unangemeldet, erschien einfach eines Tages zu Fuß vor den Toren Uruks, zu einer Zeit drückender schwarzer Witterung, brüllender vernichtender Stürme und reißender Überschwemmungen. Gilgamesch schuftete an der Stadtmauer, kämpfte unter einem erbarmungslosen stahlgrauen Himmel und stapelte Sandsäcke vor den Wällen aus gebrannten Ziegeln auf, die an einem Halbdutzend verschiedener Punkte unterspült zu werden drohten, als der Mann ankam. An diesem Tag war so ziemlich jeder, der nur ein bißchen etwas schleppen konnte, da draußen am Werk; und der König persönlich gab das beste Beispiel. Dämonische Geschöpfe mit langen gelben Schuppenhälsen und giftiggrünen Flügeln kreischten höhnend in der Höhe über ihnen. Und weiter oben im Himmel zitterten zuckende Elmsfeuer, blutige Streifen, feurige Kometen. Der Regen prasselte unerbittlich herab, ein ganzes Meer fiel in armdicken Strängen auf die Stadt nieder. Der König stand bis zu den Schenkeln im Schlamm, oder doch fast, fing die Sandsäcke auf, die Enkidu ihm von oben her zuwarf, und packte sie mit wilder Hast an den Fuß der Mauer, als eine seltsam vertraute krächzende Stimme aus dem Sturmgetöse zu ihm drang, die in gutturalen, eisverkrusteten, kaum verständlichen Wortbrocken zu ihm sprach.

»Was?« brüllte Gilgamesch. »Wer ist das denn? Was sagst du?«

»Daß das da vielleicht die Große Flut ist, von der du immer so viel geredet hast, die jetzt wiederkehrt, um dein Land erneut zu ertränken«, sagte der andere nun langsamer und um deutlichere Aussprache bemüht.

Gilgamesch blickte sich um. Im Donnergetöse und den Dämonenblitzen erkannte er den Haarigen Mann, der klein, untersetzt und mit seinem Tiergesicht ganz gemütlich in dem Sturm dastand, als wehte weiter nichts als ein sanfter Frühlingszephyr. Er trug eine Römertoga, weiß mit rotem Ziersaum, und man sah darunter den schweren rötlichen Pelz, der vom Regen dicht und verfilzt an ihm klebte. Die dunklen Augen unter den massigen Stirnbögen leuchteten in einem seltsam urtümlichen Feuer. Hier war ein Geschöpf, das wußte Gilgamesch, das auf der Welt gelebt hatte, als auch die Götter noch jung waren.

»Die Flut, sagst du?« grunzte Gilgamesch.

»Ja, die Flut. Die nach meiner Zeit kam und vor der deinen, jedenfalls hast du mir das so gesagt, König Gilgamesch. Die kam, um diese Welt wieder einmal zu beenden und eine frischere zu beginnen. Aber, komm, laß mich dir helfen.« Und er watete in den driftenden Schlamm, hob einen Sandsack hoch, den Enkidu von der Mauerkrone so weit geworfen hatte, daß Gilgamesch ihn nicht erreichen konnte, und stopfte ihn sorgfältig an den rechten Platz.

Gilgamesch starrte ihn an. »Wer bist denn du?«

»Nun, in Brasil kanntest du mich.«

»Simons Erzweiser?«

»Genau dieser. Frieden und Freude dir, König von Uruk.«

Von weit oben spähte Enkidu mit gerunzelter Stirn zu ihnen herab. Er rief etwas, das der heulende Sturmwind verwehte, und warf einen weiteren Sandsack herunter, der viel zu weit weg aufzutreffen drohte. Der Haarmensch faßte zu und fing ihn und stopfte ihn an die richtige Stelle. Und winkte nach einem weiteren Sack. Gilgamesch besah ihn sich aus dem Augenwinkel. Nun, möglicherweise war es ja derselbe wie früher. Sie sahen einander alle so ähnlich, diese Haar-Männer. Kein Wunder, daß keiner von ihnen einen Namen trug. Wie zottige Gespenster wanderten sie auf ihren eigenen Pfaden durch die Nachwelt, diese rätselhaften Geschöpfe aus der Morgendämmerung der Zeiten, und einer ähnelte so sehr dem anderen, daß sie sehr wohl nur ein und dasselbe Individuum sein mochten. Doch je genauer Gilgamesch nun diesen Behaarten ansah, desto mehr glaubte er, etwas ihm Vertrautes zu entdecken, aber er wußte nicht, was das sein könnte. Es war wohl tatsächlich jener Mann, dem er zuvor in Brasil begegnet war, der Mann, der ihn durch die verteufelten Straßen der Stadt und zu Calandola geführt hatte.

»Und was bringt dich hierher?« fragte er den Mann.

»Simon sandte mich her. Ich bin sein Geschenk, ich soll bei dir an deinem Hof leben und dir dienen.«

»Sagtest du ein *Geschenk?*«

»Ich soll dir als dein Erzzauberer dienen. Simon war der Ansicht, du würdest mich brauchen.«

Augenblicklich kam so etwas wie ein stechender Argwohn in Gilgamesch auf. Konnte Simon seinen Zauberer vielleicht geschickt haben, um zu spionieren? Nein. Nein, entschied er dann. Das wäre zu plump, zu offenkundig gewesen.

Wieder brüllte Enkidu von oben, und wieder kam ein Sandsack herunter. Diesmal fing Gilgamesch ihn und setzte ihn an Ort und Stelle.

Aber der Haarige sprach weiter: »Ich bin aber auch zu dir gesandt worden als Gegengabe für deine Großzügigkeit. Simon meinte, er sollte dir etwas Gutes tun, als Gegenleistung für die Edelsteine von Uruk, und seine

Dankbarkeit für die großen Schätze, die du ihm geschenkt hast, so ausdrücken. Als ich ihn zuletzt sah, badete er in deinen Schätzen: Er lag in seiner Alabasterwanne und ließ sich mit einer Kaskade von Smaragden und Rubinen übergießen.«

»Er liebt simple Vergnügen«, sagte Gilgamesch trocken. Wieder erschallte der Donner, laut und dröhnend wie die Posaune des Jüngsten Gerichts. Es war so ungeheuer laut, daß die Luft Ungeheuer gebar, einen Schwarm von Wesen mit vielen Köpfen und Heuschreckenflügeln und gelben Krötenaugen. Vielleicht hatte der Haarmensch recht, und dies war von neuem die Große Flut, in welchem Falle es klüger wäre, eine neue Arche zu bauen, als Zeit darauf zu verschwenden, diese einstürzende Mauer zu flicken. Doch keiner hatte je eine Sintflut für die Nachwelt vorhergesagt. Und so rief Gilgamesch dem Haarmann zu. »Meinst du das im Ernst? Glaubst du, das ist ein neuer Weltuntergang?«

Der Behaarte stieß einen Laut hervor, der wie ein Lachen klang, und schüttelte den schweren breitnackigen Kopf; dann äußerte er pelzige Laute, die vom Sturm verweht wurden. Gilgamesch hoffte, daß er gesagt hätte, er habe nur einen Scherz machen wollen, daß es sich nicht um die Sintflut handelte, sondern nur wieder um einen neuen üblen Trick der Nachwelt, um einen Sturm, der weiterziehen würde, ohne alles auf seinem Weg zu zerstören.

Dann schufteten sie schweigend weiter, stapelten die Sandsäcke auf. Hunderte andere arbeiteten an diesem Abschnitt der Mauer, Scharen von körperlich kräftigen Männern, aber auch viele Frauen. Der Regen schien nun ein wenig nachzulassen. Aber noch immer krachten diese lauten furchteinflößenden Donnerschläge, regneten die Blitze, brummten die Schwärme der Flugungeheuer. Die Ebene vor der Stadt war jetzt keine Wüste mehr, sondern ein schimmerndes Meer. In weiter Ferne hatte es den Anschein, als driftete ein gewaltiger glitzernder blau-weißer Gletscher im Himmel, dessen schroffe Kanten von einem inneren Licht leuchteten, und auf dessen Flanken Hirsche mit Menschengesichtern tanzten, Männer mit Stierköpfen und andere, seltsame und furchteinflößende ungeschlachte Tierungetüme. Der kleine Mann Picasso, dachte Gilgamesch, sollte das sehen und aufzeichnen. Aber Picasso befand sich im Moment sicher und geschützt unter einem Dach; er hatte erklärt, daß er keine große Lust zu derart stürmischer Plackerei habe und lieber im Haus bleiben wolle. Aber schließlich kann Picasso ja ausreichende Mengen von Monstern aus seinem eigenen brodelnden Hirn produzieren, sagte sich Gilgamesch. Er braucht die da gar nicht zu sehen.

»Wenn du ein echter Zauberer bist«, sagte er zu dem Haarigen Mann, »weißt du dann kein Mittel, um diese elende Pisse abzustellen?«

»Viel mächtigere Zauberer als ich haben uns das gesandt, König. Es gibt keine Zaubersprüche, dem zu gebieten.«

»Und werden wir allesamt ersaufen? Sag, werden wir?«

»Wir werden den neuen Tag erleben, glaube ich«, sagte der Behaarte.

Tatsächlich legte sich der Regen einige Stunden später, was der Behaarte nicht auf sein Zutun zurückführte, aber die Mauern der Stadt blieben verschont. Als sich die Sonne wieder zeigte, inspizierte Gilgamesch mit Enkidu und Vy-otin von der Mauerkrone aus alles und blickte verwundert hinaus auf die überschwemmte Ebene, das Gewirr umgestürzter Bäume, die Trümmer zerstörter Dörfer und die Kadaver der ertrunkenen Tiere, die aus den Marschlanden herangespült worden waren. Aber Uruk selbst war heil geblieben, wenn es auch ein bißchen aufgeweicht aussah. Es würde also diesmal keine zweite Sintflut sein. Und vielleicht handelte es sich nur um einen Krieg der Dämonen hoch droben, dachte Gilgamesch, was diesen teuflischen katastrophalen Regen über die Stadt brachte.

Daß Simon ihm seinen Haarmenschen gesandt hatte, überraschte ihn, und es gefiel ihm. In diesen uralten Geschöpfen, die lebten, bevor es Menschen gab, lag große Weisheit, und ihre Hilfe war etwas höchst Wertvolles. Gewiß zog Simon bei dieser Transaktion den kürzeren, wenn er diesen uralten Zauberer und ehrenwerten Weisen eintauschte gegen nichts als ein paar Säcke voll bunter Steine. Aber als Geste war das wahrhaft königlich, und es bewies, daß Simon mehr war als ein ausschweifender Gierhals. Vielleicht war es dem alten Weinschlauch von einem Tyrannen auch nicht mehr wichtig gewesen, vielleicht sah er schon seinen nächsten Tod vor Augen, und es kümmerte ihn nichts mehr, und er wollte sich nur noch in den schimmernden schönen Steinen suhlen, die er so liebte. Aus welchem Grunde immer – und Gilgamesch bezweifelte, daß hinter dem Ganzen irgend etwas Bösartiges steckte –, er war dankbar, dieses seltsame Geschöpf an seinem Hof zu haben.

Er wies dem Haarmenschen im Palast erlesene Gemächer an, an einem geschlossenen Innenhof, in dem er im Freien schlafen konnte, wenn ihm der Sinn danach stand; Geschöpfe seiner Gattung zogen es vor, nachts keine Dächer über dem Kopf zu haben. Bei den Tagesgeschäften am Hof behielt er ihn in seiner Nähe, sowohl als Zauberer und Beschwörer, wie auch zum Zwecke schlichter Beratung in Fragen der Diplomatie und der Staatskunst, denn er war ein höchst nützlicher Ratgeber.

Das Leben am Hof verlief in unerbittlicher Routine. Tag um Tag trafen neue Gesandtschaften aus anderen Fürstentümern der Nachwelt ein, seitdem sich die Nachricht verbreitete, daß der starke Held Gilgamesch in Uruk erneut an die Macht gekommen war, und man mußte die Emissäre offiziell mit gebührendem Gepränge empfangen. Die Gesandten kamen hereingestolpert, oft wirkten sie abgerissen und entnervt durch die Un- und Zufälle ihrer Reise durch die weite Ödnis der Nachwelt; sie brachten Geschenke und Lobsprüche und sonstiges Brimborium, sein Wohlwollen zu erlangen, vor Gilgamesch. Alle erstrebten sie das eine: Bündnisse mit dem Sumererkönig gegen tatsächliche oder mögliche Feinde, oder aber Gilgameschs Mitwirkung bei irgendwelchen verzwickten und kostspieligen Plänen, ihre eigene Größe auf Kosten ihrer Nachbarn zu steigern.

Die Stapel der Gesandtschaftsstäbe wuchsen wie Sanddünen im Wind. Gilgamesch schüttelte ärgerlich den Kopf angesichts der unordentlichen Haufen, die sich in seinem Thronsaal mehrten. »Die Vollkommene Aryanische Republik – das Neue Ottomanische Sultanat – das Ruhmreiche Proletarische Königreich – das Reich der Freien Geister – das Unbezwingbare Amazonenreich – das Großdionysische Königreich – der Rolling Acres Country Club ...« Gilgamesch hob den Blick und fragte Vy-otin: »Ist das etwa auch ein Volk? Der Rolling Acres Country Club?«

»Ein höchst wohlhabendes Land, habe ich mir sagen lassen, mit prächtigem grünen Rasen und schönen Häusern, von einem königlichen Komitee von achtzehn Männern regiert.«

»Einem Komitee von Königen? Reiner Wahnsinn!«

»Sie behaupten, daß es ihnen dabei sehr gut geht.«

»Und dieses Portefeuille da – von der Erhabenen Großfürstin, der Artemis von Neu-Kreta – und hier, von Seiner Transsylvanischen Exzellenz Vlad dem Fünften – und da noch eins, auf kostbarem Velin, Himmel, von – was steht da? Soll das eine Schrift sein? Jigme Phakpa Chenrezi, der Allerbarmende Großlama von ...« Gereizt schob Gilgamesch den Haufen beiseite. »Wer sind denn alle diese Könige und Königinnen und Sultane und Lamas überhaupt? Wo ist ihr Land? Kann sich denn ein jeglicher, der fünf Narren findet, die ihm nachhinken, heutzutage bereits als Herrscher aufführen? Ich glaube einfach nicht, daß es diese ganzen Länder wirklich gibt! Laßt mir eine Karte bringen! Zeigt mir, woher diese Gesandten kommen!«

»Du hast doch zweifellos nicht vergessen, König Gilgamesch, daß es mit einigen Schwierigkeiten verbunden ist, wenn man sich auf Landkarten stützt«, bemerkte Herodes. »Sie bieten nur sehr unzuverlässige Informationen, um es gelinde auszudrücken.«

Gilgameschs Gesicht rötete sich. In seinem wilden Eifer hatte er das ganz vergessen.

»Gut, ja, manche vielleicht«, knurrte er. »Aber es muß doch Karten geben, die zuverlässiger sind. Außerdem, eine Karte, auch wenn sie nicht stimmt, ist besser als gar keine. Sucht mir diesen Mercator. Er soll mir eine Karte machen!«

»Wen?«

»Er wurde Mercator genannt. Ich kannte ihn vor hundert etlichen Jahren, oder vor zweihundert, in Persepolis Khaikosru, wo er im Dienst des Schah stand und den ganzen Tag, in irgendwelchen Kneipen herumhing und auf Lederstreifen Karten zeichnete. Aber da war auch noch ein anderer, Herodot, ein Grieche, der quasselte auch von früh morgens bis in die Nacht, ohne aufzuhören, aber wenigstens erzählte er wunderbare Geschichten, und er war in jedes Land gereist, das es gibt. Vielleicht könnt ihr den finden. Und wenn ihr die zwei nicht findet, dann vielleicht jemand anderen. Laßt in Uruk verkünden, daß ich einen Kartographen suche!«

Aber Mercator war nicht auffindbar, ebensowenig Herodot, doch einige Tage später schleppte Herodes ein gewisses wenig vertrauenerweckendes Subjekt an, einen dunklen kleinen Mann mit einem lahmen Bein und ausdruckslosen, aber wilden Augen, einer von den Später Toten, aber dafür recht altmodisch gekleidet, sehr düster. Er sagte, sein Name sei Fernão de Magalhaes, Portugiese, sagte er, für die Spanier sei er unter dem

Namen Magellanes bekannt, und, sagte er, er verstehe einiges von Geographie.

»Du bist also ein Kartograph?« fragte Gilgamesch.

Magalhaes warf ihm einen lodernden Blick zu. »Ich habe Karten benutzt, aber ich fertige keine an. Ich bin Seemann, Seefahrer, Kapitän. Ich segelte einst um die ganze Welt, oder doch beinahe.«

»Um diese ganze Welt?« Gilgamesch hob die Augenbrauen.

»Um diese Welt kann man nicht segeln, denn sie hat nirgendwo ein Ende. Ich spreche von der wahren Welt«, sagte Magalhaes. »Über den Leib der Welt, von einem Ende zum anderen, auch wenn Gott mir nicht gestattete, das ganz zu vollenden; allerdings konnten andere meine Reise vollenden, nachdem ich ermordet worden war, doch den Ruhm trug ich davon. Ich hatte die Idee, ich plante die Fahrt, ich führte sie durch, ich leitete alles. Es war meine Leistung.«

Die Augen loderten. Vielleicht ist er ein bißchen aus dem Gleichgewicht, dachte Gilgamesch. Aber es konnte ja wohl jeden durcheinanderbringen, so kurz vor der Erreichung eines so gewaltigen Ziels ausgeschaltet zu werden. Die ganze Welt zu umsegeln! Der Mann besaß echte Stärke, ohne Zweifel. Und außerdem, fast alle Leute, denen er in der Nachwelt begegnete, erschienen Gilgamesch als ›aus dem Gleichgewicht‹. Aber er verstand noch immer nicht so recht, wie man es anstellen sollte, rund um die Welt zu segeln, wenn man die Schwierigkeiten bedachte, auf die man stoßen mußte, wenn man an den Rand der Welt kam; doch wenn dieser Mann hier behauptete, er hätte es geschafft, schön, dann hatte er das höchstwahrscheinlich tatsächlich getan.

»Kannst du mir eine Karte machen?« fragte er.

»Von der wirklichen Welt?«

»Von dieser hier«, sagte Gilgamesch.

Magalhaes verzog finster das Gesicht. »Das wird dir

nicht viel bringen. Hier ist es verdammt bescheuert, keine Breitenmessung bleibt stabil, und der Kompaß ist weiter nichts als ein Spielzeug.«

»Das weiß ich. Trotzdem, ich brauche eine Landkarte. Mit den allgemeinen Umrissen der Welt und den vielen Königreichen, die es da gibt, auch wenn die genauen Details nicht stimmen oder sich mir unter den Augen verändern.«

»Du könntest ebenso gut nach den Linien in deiner Hand navigieren«, sagte Magalhaes. »Aber ja, schön, ich werde dir eine Weltkarte zeichnen, wenn du das wünschst. Jetzt gleich. Gebt mir eine Feder, gebt mir eine Pergamentrolle!«

Vor sich hinbrummend, machte er sich rasch über der aufgespannten Haut ans Werk, zeichnete weite krause Bögen, die sich weit nach rechts und links dehnten. »Hier«, sagte er, »hier haben wir das Weiße Meer, das da ist das Schwarze, und hier drüben liegt das Land Dis. Das bezeichnen wir als die Große Unendliche, hier unten, wo einer ewig weitersegeln kann und niemals Land sichtet. Viele mutige Männer gingen dort zugrunde und viele Toren. Allerdings ist es zuweilen schwer, die einen von den anderen zu unterscheiden. Und das da« – ein kühner Federzug – »ist der Zentralkontinent, auf dem wir uns hier befinden. Manchmal hat er eine andere Gestalt, aber ich kannte ihn so, als ich vor langen Jahren mit Harald dem Norsen die ganze Länge seiner Küsten befuhr. Das da ist Nova Roma, hier an der anderen Küste. Dies ist die Kristallene Halbinsel, und hier, dies ist die Meerenge der Gespenster, und sie ist ebenso schmal und kalt und übel wie jene Meerenge, die ich einst in der anderen Welt im Südozean entdeckte. Und da – da – da...« Magalhaes zeichnete Berge ein, Flüsse und gewaltige Seen. Er gab die Umrisse des öden trockenen Outback an, die Insel Brasil, das Land um Uruk selbst in der oberen Ecke jenseits des Westrandes des Outback. Er schrieb die

Namen anderer Städte auf: Cambaluc, Nova Lisboa, Niemals Nunca, Tintagel, New South Brooklyn, Ciudad Meshugah, Walhalla.

»Die Vollkommene Aryanische Republik?« fragte Gilgamesch. »Wo liegt die?«

»Hier. Glaube ich.«

Gilgamesch nickte. Endlich bekam er einen gewissen Eindruck von der Gestalt der anderen Landgebiete der Welt, mit denen er es zu tun haben würde.

»Und das Neue Ottomanische Sultanat?«

Magalhaes wies auf den Südrand des Outback. »Da. Höchtswahrscheinlich.«

Gilgamesch sah in dem Stapel von Gesandtschaftsakkreditionen nach. »Und der Rolling Acres Country Club?«

Magalhaes schwieg. Nach längerem Überlegen tippte er mit dem Finger auf die Karte. »Hier, soweit ich mich erinnere. In der Nähe von Adonai Elohim, aber liegt er nun östlich davon? Nein, westlich – ja, bestimmt westlich – laß mich nachdenken, ich reiste von der Küste heran und gelangte zunächst nach Adonai Elohim, und dann ...« Er schloß die Augen. »Die Orte wandern so. Es gibt keine Gewißheit.« Plötzlich flammte Wut in dem Mann auf. »Die Karte, die ich dir gezeichnet habe, ist wertlos, König Gilgamesch!«

»Nein«, sagte Gilgamesch. »Sie hat vielleicht ein paar Schwachstellen, aber sie liefert mir ein weit besseres Bild ...«

»Wertlos! Wertlos!« beharrte Magalhaes. Er zitterte, vermochte seinen Zorn kaum zu bändigen. »Hast du eine Vorstellung davon, was für ein Fluch es für einen Mann wie mich bedeutet, auf der Welt herumzureisen und nie beim zweitenmal sicher zu wissen, wo ich schon war oder wohin ich fahre? Wenn ich versuche, meinen Kurs nach den Sternen zu richten, und immer wieder erleben muß, wie sie sich über mir verändern und mich verhöhnen? Wenn die Sonne am einen Tag hier aufgeht und auf der anderen Seite am nächsten Tag? Das ist alles sinnlos. Es ist würdelos!«

Ruhig fragte Herodes: »Möchtest du einen Schluck Wein?«

»Ja, vielleicht hilft es mir«, antwortete Magalhaes.

Nachdem er getrunken hatte, wirkte er ruhiger. Er sagte, alles in allem erscheine ihm seine Karte nicht gar so schlecht. Sie sei ganz brauchbar. Es gebe zwar etliche zweifelhafte Sachen darauf und einige ihn rasend machende Ungenauigkeiten, und Sachen, die er einst als wahr erfahren hatte, die aber seiner Vermutung nach nun nicht mehr zutrafen; doch alles in allem, sagte er, habe er sein Bestes getan, so gut es eben gegangen sei, bei den ganzen Widerständen, und er zweifle, daß Gilgamesch von anderer Seite besser bedient werden könne.

»Das ist auch mein Eindruck«, sagte Gilgamesch. »Es ist eine prächtige Karte, guter Freund. Und wenn du mir nun liebenswürdigerweise noch markieren könntest, wo Neu-Kreta liegt und das Großdionysische Königreich ...«

Nach den Regenstürmen trat eine lange Trockenperiode mit sengender Hitze ein, in der die Sonne fast überhaupt nicht unterzugehen schien, und die Felder um Uruk verdorrten und wurden braun. Die Luft selbst schien zu brennen, und wenn Gilgamesch mit Enkidu vor die Mauern auf die Jagd ritt, fanden sie draußen keine anständige Jagdbeute, nur klägliche dürre, sich dahinschleppende räudige Knochengerippe. Doch die Kornspeicher Uruks waren für eine derartige Notzeit gut gefüllt, und niemand mußte Hunger leiden; allerdings berichtete Vy-otin, daß das Volk ein bißchen murrte, weil Gilgamesch die Nahrungsverteilung recht strikt rationiert hatte.

»Sollen sie doch murren«, sagte Gilgamesch. »Wer glaubt, er bekommt hier den Bauch nicht voll genug, kann zu saftigeren Weiden ziehen, wenn er welche findet. Laßt sie zu den Amazonen gehen. Oder nach Rolling Acres.«

»Oder sie sollen Kuchen essen«, bemerkte Herodes.

»Was? Aber wir haben doch keinen Kuchen für das Volk! Woher sollten wir Kuchen nehmen, wo wir kaum anständiges Brot haben?«

»Ach, nichts weiter«, sagte der Hebräer. »War nur ein kleiner Scherz.«

Gilgamesch schüttelte den Kopf. »Ein ziemlich törichter. Kuchen? Was soll an Kuchen komisch sein?«

»Ich könnte es dir später erklären«, erbot sich Vy-otin.

»Du? Woher solltest du wissen, was der meint? Ist es etwas, das ihr beide von euren Freunden unter den Später Toten aufgeschnappt habt? Bei Herodes rechne ich ja mit so etwas, aber du, Vy-otin, wie kannst du ...?«

Herodes stotterte: »Beim Heiligen Altarsakrament, Gilgamesch, ich sage dir doch, es war nur ein ...«

In eben diesem Augenblick trat Enkidu in das Gemach des Königs. Mit einer herrischen Geste, gebot Gilgamesch Herodes Schweigen und sprach: »Kuchen, Enkidu. Sie sollen Kuchen essen.«

»Was?«

»Es ist der neueste Witz. Herodes hat ihn mir gerade erzählt.«

Enkidu blinzelte verdutzt. »Habe ich was nicht mitbekommen? Sie sollen Kuchen essen? Das finde ich nicht besonders witzig.«

»Es stammt von den Später Toten und ist zu subtil für so jemand wie uns beide.«

»Bei Allahs Liebe, Gilgamesch«, flehte Herodes. »Darf ich dir die Geschichte erzählen, damit du es verstehst? Es gab da mal eine Königin in Frankreich – Frankreich ist ein Königreich aus der Zeit der Später Toten, in Europa, irgendwo in der Nähe von Germanien und Hispanien – und zur Zeit dieser Königin standen die Dinge in

Frankreich sehr schlecht, ein Großteil des Volkes hungerte, und ...«

Enkidu sagte: »Erzähl uns das später, Herodes. Ich habe Kunde für den König. Dicht vor der Stadt hält ein Heerestrupp.«

»Ein Heerestrupp?« Gilgameschs Augen wurden groß. »Was für ein Heer?«

»Ein sehr zerlumptes müdes Heer, Bruder. Vier-, fünfhundert Mann stark, darunter auch Frauen, und wie es aussieht, können sie kaum noch kriechen. Ein paar Bauern, die nach Wasser bohren wollten, entdeckten sie vor einigen Stunden, halb verhungert und verdurstet. Jetzt lagern sie einige Meilen draußen in der Wüste, und sie ersuchen um deine Erlaubnis, hereinkommen zu dürfen.«

»Das ist kein Heer«, sagte Gilgamesch. »Das ist bloß ein Haufen harmloser erbarmungswürdiger Versprengter, denke ich.«

»Es sei denn, sie führen ein Trojanisches Pferd mit«, sagte Herodes.

»Ein was? Ist das schon wieder einer von deinen Spätzeit-Witzen?«

»Nein, nicht aus der Zeit der Später Toten, Gilgamesch«, sagte Vy-otin. »Herodes spielt auf eine viel ältere Sache an – diesmal ist es eine von den Geschichten bei – Homer. Als die Griechen einst die Stadt Troja belagerten, merkten sie, daß sie nur durch eine List in die Stadt gelangen konnten, also erbauten sie ein gewaltiges Roß aus Holz, das ...«

Gilgamesch bedachte den Einäugigen mit einem merkwürdigen Blick »Moment mal! Du bist doch angeblich – wie lautete das Wort noch? – *prähistorisch*! Du kommst, wenn ich mich nicht irre, aus dem *Pleistozän*, ja? Woher weißt du dann so viel über die Griechen und ihren Krieg gegen Troja? Das Ganze war doch lange nach *meiner* Zeit, ganz zu schweigen von der deinen!«

»Aber hier ist die Welt, in der ich jetzt lebe. Die andere war nur ein Augenblick, vor langer Zeit, und hier ist *für immer*. Und darum ist dies hier die für mich wirkliche Welt und die andere war wie ein Traum. Ich habe mich auf dem laufenden gehalten. Sollte ich denn nicht Bescheid wissen über die Geschichte der Menschen, mit denen ich Tag für Tag zu tun habe, Gilgamesch? Solltest nicht auch du das?«

»Geh nicht so hart mit ihm um«, murmelte Herodes. »Geschichte kommt und geht bei uns allen wie ein Hirnfieber. Und er steckt gerade in einer Phase der Vergeßlichkeit.«

»Ach so«, sagte Vy-otin. »Ja, dann. Natürlich.«

Ärgerlich bemerkte Gilgamesch: »Geht es bei dem ganzen Gerede darum, daß wir von diesem zerlumpten Haufen von Fremdlingen eine Hinterlist fürchten sollen?«

»Das ist die Meinung von Herodes, nicht meine«, sagte Enkidu. »Nach meinen Informationen geht es den Leuten sehr schlecht, und so ist es kaum wahrscheinlich, daß sie uns größere Schwierigkeiten machen könnten.«

»Abgesehen davon, daß sie in eine Stadt kommen wollen, die sowieso schon mitten in einer Dürre- und Hungerperiode ist«, sagte Herodes. »Müssen wir auch noch die aufnehmen? Fünfhundert weitere durstige Kehlen? Fünfhundert weitere leere Mägen?«

»Wir sind ein zivilisiertes Volk hier«, sagte Gilgamesch kalt. Er nickte Enkidu zu. »Nimm dir hundert Mann von der Grenzpatrouille und finde heraus, wer diese Leute sind und was sie wollen. Und natürlich auch, ob sie irgendwelche hölzernen Rösser mitführen.«

»Sir Walter?« flüsterte Hakluyt. »Bist du vielleicht wach, Sir Walter?«

Raleigh öffnete vorsichtig die Augen. Das war ziemlich schmerzhaft, denn seine Lider waren empfindlich wie bei einem kleinen Kind, voll Blasen von der Sonne und dem Glast, der von der endlosen Weite des Sandes strahlte. Seine Rüstung lag weggeworfen neben ihm, er hatte nur ein Wams und filzbesetzte Beinkleider an. Er hob den Kopf. Auch das kostete Mühe und war schmerzhaft. Diese ganze Expedition, dachte er, war eine einzige Qual und Plage.

»Was ist denn, Richard, du verfluchter Hurensohn von einem Pavian?«

Der kleine Geograph glühte vor Erregung. Er zappelte und hüpfte nervös umher und fuchtelte heftig mit etwas in seiner Hand. »Die Karte, Sir Walter! Sie ist wieder lesbar!«

»Was?« Raleigh setzte sich unvermittelt hellwach und energiegeladen auf. »Dein Wort in Gottes Ohr, Hakluyt, wenn du mich narrst ...«

»Aber sieh doch! Hier!« Hakluyt hob das Ding, mit dem er herumgefuchtelt hatte, eine abgenutzte fleckige und nur allzu vertraute Lederrolle, und löste die Verschnürung. Zitternd schob er Raleigh die Karte fast bis auf die Nase. »Ich glaube, es kommt davon, daß wir so nahe an Uruk sind. Die Karte hat aus der Nähe zu der Stadt ihre frühere Kraft wiedergewonnen, vielleicht durch irgendeinen Zauber, den Doktor Dee auf sie legte, ehe wir aufbrachen, und ...«

»Dee?« rief Raleigh und spuckte aus. »Seine Lungen sollen zu Wasser werden! Der Bart soll ihm einwärts durch die Lippen wachsen, dem heimtückischen Zaubergaukler! Der mir geschworen hat, daß die Karte vollendet ist und er sie mit solchem Zauber belegt hat, daß wir damit nie in die Irre gehen könnten ...«

»Aber sieh doch nur«, sagte Hakluyt.

Raleigh sah mit der Hand über den verkniffenen Augen auf die Karte und versuchte, die Markierungen auszumachen, die sie enthielt. Es überraschte ihn, daß Hakluyt das hinterhältige Ding überhaupt behalten hatte, in all den Monaten – oder waren es Jahre? –, seit es plötzlich verblaßte und vollkommen leer wurde.

Aber wahrhaftig, jetzt schien es wieder mit irgendeiner Art Schriftzeichen bedeckt zu sein. Ein erneuter teuflischer Trug? Oder war es die echte ursprüngliche Karte? Es sah so aus, ja, das echte Original, soweit er sich daran erinnern konnte. Ja, da war alles wieder vorhanden, auf wundersame Weise wiederhergestellt, blaßrote Tusche auf dunkelbraunem Leder, die ganze Route ihres waghalsigen Abenteuers, bei dem sie Jahr um Jahr im Kreis gezogen waren, länger, als er die Jahre mitgezählt hatte, auf der Suche nach etwas, das vielleicht gar nicht existierte. Da, im Norden, war in kühnen Umrissen das Reich ihrer Majestät, und nicht weit davon entfernt das Gebiet ihres Vaters, des harten alten Königs Heinrich, die schreckliche Weite des Outback, das Königreich des Priesters Johannes, das des Mao Tse-tung und die ganzen übrigen Herrschaftsbereiche der närrischen Kleinfürsten der Wüste, und weit drüben am westlichen Rand, in einem gespenstischen roten Glühen, das aus dem Leder aufstieg, die Insel Brasil, von der aus, wie dieser verräterische Schuft, der Zauberdoktor Dee, behauptet hatte, man den Weg ins Land der Lebenden finden könne.

In seiner Brust wühlte Zorn. Die wiedergeschenkte Karte bereitete ihm keine Freude. Sie bedeutete ihm nur eine erneute Mahnung daran, wie ungeheuerlich und herzzerfressend unberechenbar alles hier in dieser Welt war.

Schlimm genug, daß er schon in seinem alten Leben eine so endlose Serie von herzzerreißenden Widrigkeiten hatte einstecken müssen, die Roanoke-Katastrophe und diesen erniedrigenden Angriff auf Cadiz, wo er so töricht gekämpft hatte, und sein katastrophaler Irrsinn, El Dorado in Guiana zu suchen, was ihn seinen Sohn gekostet hatte und seine Gesundheit und sein Vermögen, und am Ende sogar den Kopf. Man konnte diese Mißgeschicke auf einen Unstern zurückführen, vielleicht, oder auf ein Übermaß an Begeisterung, die zu kühnen unausgereiften Abenteuern verleitete, die mit mehr Erfolg später von weniger wagemutigen Männern durchgeführt werden würden, aber das waren doch wirklich keine Todsünden, wenn einer Pech hatte, wenn einer übereifrig war. Hier dagegen, wo er dazu verdammt war, durch ein Land hin und her zu ziehen, das jegliche Vernunft verhöhnte, wo sich seine Karten über ihn lustig machten, wenn er sie studierte – nein, nein, es war einfach zu viel. Aus Liebe zur Königin war es soweit mit ihm gekommen, war er so weit vorgedrungen und hatte dies alles erduldet, doch allmählich gewann Raleigh den Eindruck, daß er um Elizabeths willen genug gelitten hätte, und eigentlich auch genug für sein eigenes unersättliches Wesen. Wohin hatte es ihn geführt, dieser ganze hochfliegende Ehrgeiz, sein ganzer Wagemut, sein ungebärdiger und unbezähmbarer Wille? In Länder voller Menschenfresser und Ungeheuer, und zu Menschen, denen der Kopf unterhalb der Schultern hervorwuchs, und an Orte, an denen es nur Sand zu trinken und nur blattlose Zweige zu essen gab. Düster sah er zu den drei zusammengebrochenen Jeeps hinüber, die letzten erbärmlichen verrosteten Reste der einhundertundfünfzig Fahrzeuge, mit denen seine Expedition vor – wie ihm schien – einem Jahrhundert – so grandios aufgebrochen war.

Wenn ich aus diesem unfruchtbaren Land jemals wieder lebend herauskommen sollte, schwor er sich, dann will ich mich zur Ruhe setzen und nie wieder in die Ferne ziehen! Beim Rood, ich will nicht mehr wandern, nicht um der Queen zu gefallen, noch um meinetwillen und für keinen andern Menschen! Jesu Cristo, ich will es nicht tun, ich schwöre es!

»Na, also haben wir unsere Karte wieder«, sagte er säuerlich. »Vergebt mir, Hakluyt, doch was bringt uns das Gutes? Können wir die Karte trinken? Können wir sie essen? Wir sitzen in dieser Wüste schon fünfzigmal länger als Moses, und nimmt sie je ein Ende? Du sagtest, hinter dem Outback liegen grüne Felder und ein Meer und dort ist auch ein Weg ins Land der Lebenden…«

»Das war der Doktor Dee, der das sagte, Sir Walter.«

»Nun, du oder der Dee, wer immer, was nutzt uns das jetzt? Jenseits von diesem Outback lag wieder nur eine neue Wüste, und es sieht nicht so aus, als wären wir die los, Karte hin, Karte her! Bei den Wundmalen des Herrn, meinst du, ich hätte noch die Kraft, um weiterzuziehen? Glaubst du das wahrhaftig?«

»Aber wir sind nicht mehr weit von der Stadt Uruk entfernt, und wenn sie uns dort aufnehmen und uns Wasser geben, könnten wir von dort weiterziehen zur Insel Brasil, wo mit gutem Glück…«

Raleigh hob die Hände zum Himmel. »Mit gutem Glück, ja, aber wie's mein Glück will, mit Hunger und Durst und die ganze Zeit mit wunden Füßen. Und der äußersten Gewißheit auf Kummer und Mühsal. Und was ist das überhaupt für ein Ort, dieses… dieses Uruk?«

»Eine große Stadt der Sumerer, Sir Walter. Berühmt für seinen Reichtum und seine Macht.«

»Und wer sind die, deine Sumerer? Sarazenen, willst du wohl sagen? Muselmanische Heidenschurken?«

»Es ist eine babylonische Rasse«, sagte Hakluyt, »eine sehr alte, und sie schreiben mit kleinen Sticheln auf weiche Tontafeln. Sie erbauten den Turm in Babel in Nimrods Tagen, und das war noch vor Abrahams Zeit.«

»Es sind also keine Sarazenen? Und sie kennen Mohammed nicht?«

»Ich glaube, sie sehen aus wie Sarazenen, Sir Walter, sind es aber nicht.«

»Aber auch keine Christenmenschen. Und sie werden mit Freude sehen, wie unsere Knochen im Sand bleichen, möchte ich meinen.«

»Jene, mit denen wir sprachen, waren freundliche Leute. Bauersleute waren die, harmlos, ohne Arglist. Sie werden binnen einer Stunde mit Hilfe für uns zurückkehren, möchte ich wetten, und dann haben unsere Leiden ein Ende.«

»Und was willst du als Einsatz geben, Richard? Deine Lesegläser? Deine löcherigen Stiefel, aus denen die Zehen hervorschauen? Oder vielleicht eins von deinen geographischen Manuskripten? Ja, und ich setze dagegen meinen zinnernen Trinkbecher oder meine Pfeife, in der kein Toback mehr ist, oder mein…«

»Sir Walter? Sir Walter?« Eine Stimme von ferne.

»Wer ist denn das?« fragte Raleigh und blinzelte gegen die Sonne.

»Helena, glaube ich«, murmelte Hakluyt.

»Ach ja, diese Schlampe! Was hat sie denn jetzt wieder zu keifen, möchte ich wissen?«

»Sir Walter! Sir Walter!«

»Ich kann dich hören, Mädchen«, sagte Raleigh. »Was gibt es?«

Sie kam auf ihn zugerannt, weißgekleidet, mit dunklem Haar, glatter Haut, makellos. Sie wirkte von den Strapazen der Wüstenwanderung so unberührt, als hätte sie die ganze Zeit in Moschus und den Salbölen Arabiens gebadet.

»Mädchen?« Sie kicherte leichthin. »Nennst du mich ein Mädchen? Mich, die ein dreitausendjähriges Leben voller Wollust hinter sich hat? Also, wirklich, Sir Walter!«

»Komm nicht auf schiefe Gedanken. Ich habe weiter nichts damit gemeint.« Raleigh klang gereizt. Sie sah ebenso aufgeregt aus, wie Hakluyt es wegen der Landkarte gewesen war, und sie glühte und gibberte förmlich. Und sah sehr schön aus überdies, auf ihre dunkle türkische Weise. Ihre berühmte Schönheit hatte ihn eigentlich stets kaltgelassen – für seinen Geschmack war sie zu dunkel; man führe ihm eine bleiche, blonde keusche britische Maid zu, nicht eine von diesen schwülhitzigen Muschis aus dem Osten; außerdem hatte diese

Frau etwas Unwirkliches, Ungreifbares an sich, war zu vollkommen, wie ein Wachspuppenweib, ohne Leben im Leib – doch jetzt erweckte es den Anschein, als sei der Funke in ihr wieder entzündet worden, und sie strahlte geradezu wie eine Kaiserin. Das Antlitz, das tausend Schiffe aufs Meer trieb, dachte Raleigh, und nicht zum erstenmal, schön, wenn sie es nur jetzt fertigbrächte, ein Schiff segeln zu lassen, das uns an einen leidlich angenehmeren Ort bringt! »Was setzt dich denn so in Flammen, Helena?« fragte er.

»Die Sumerer! Sie sind gekommen, um uns zu retten. Mit einer ganzen Flotte von Landrovern!«

»Was? Die sind hier?« Raleigh rappelte sich auf die Beine, schwankte benommen, sah sich nach seiner Rüstung um. »Wieviel? Wo?«

»Fünfzig oder vielleicht hundert. Alle bis an die Zähne bewaffnet wie Achilles, jeder einzelne Mann. Aber sie wirken nicht feindlich.«

»Habe ich es dir nicht gesagt«, sagte Hakluyt.

Und Helena sagte: »Sie führen uns in ihre Stadt. Und sie geben uns zu essen und zu trinken. Und alles auf den Befehl ihres Königs, der Gilgamesch heißt.«

Raleigh sagte achselzuckend: »Nie von dem Kerl gehört. Ist der auch da?«

»Er hat seinen Stellvertreter gesandt«, sagte Helena. »Ein prachtvoller Riese von einem Mann, mit dem Namen Enkidu, und ganz erstaunlich kräftig und bildschön.«

»Bildschön?«

»Aber ja!« gurrte Helena. »Ja! Ein wahrer Herkules. Achilles war im Vergleich mit ihm ein Wicht. Und Paris, Menelaos, Agamemnon, sogar Hektor – die waren alle im Vergleich zu ihm – nichts! Nichtse! Ach, Sir Walter, wir sind gerettet! Gerettet! Gerettet!« Aber dann sah sie zu Hakluyt, der sie auf seine trockene, unpersönliche Gelehrtenart studierte, aber trotz allem auf eine irgendwie blutlose Art fasziniert, als wäre sie nicht die berühmteste Erz-Verführerin, die es je gab, sondern eine selten kostbare Handschrift oder sonst irgendein derartiger Schatz, auf den Gelehrte so gern und geil abfahren. Und so sprach sie zu ihm: »Es müßte doch etwas in eurem Archiv darüber geben, Doktor Hakluyt, nicht wahr? Über diesen Mann Enkidu? Sag mir, was du über ihn herausfindest! Sag mir alles. Ich will alles wissen, was es über diesen Mann an Unterlagen gibt. Und ich… ich möchte es sogleich wissen!«

19

Ich habe vernommen«, Gilgamesch lehnte sich bequem auf seinem Thron zurück, »daß euch nichts Geringeres in diese Gegend geführt hat als die Suche nach dem Tor zum Land der Lebendigen.«

Über Raleighs Gesicht huschte ein flüchtiger, aber wirklich nur sehr flüchtiger Hauch von Überraschung. Dann sagte er bemerkenswert ruhig: »Man erzählt sich vielerlei seltsame und erfundene Geschichten über mich, Majestät. Ich wünschte, ich besäße einen Shilling für jede.«

»Es sind also alles Lügen?«

»Nicht alles. Ich habe in der Tat einiges von dem vollbracht, was man mir zuschreibt. Aber nicht sehr viel.«

Gilgamesch lachte. »Das kenne ich. Sobald einen die Dichter und Romanschreiberlinge in die Finger bekommen haben, gibt es kein Ende, was?«

»Und die Neider, Majestät. Vergiß nicht die Neider. Diese kleinen kläglichen Nichtse, deren Leben nur aus Lug und Trug besteht und deren Zungen Tag und Nacht schnattern und die sich Taten für Größere, als sie es sind, aus den Fingern saugen, und sich dabei wünschen, sie brächten selber den Mut zur Größe auf – sie münzen alle Wahrheit in Falschgeld um durch ihre bloße Berührung.«

»So ist es«, bestätigte Gilgamesch.

Der Sumerer schwieg eine Weile und betrachtete in dem rauchigen Kerzenschein des Thronsaals diesen kühnen, selbstsicheren Mann, den Enkidu – sonnenverbrannt und ausgetrocknet und mehr als halb verhungert – aus der Wüstenödnis vor einiger Zeit angeschleppt hatte. Hinter Raleigh stand der zweite englische Mann, Hakluyt, der sanfte Bücherwurm, und dahinter stand das dunkle, schlanke Weib Helena, die Griechin, die von sich behauptete, sie sei die Trojanische Helena. Allem Anschein nach hatte sie nur Augen für Enkidu. Und der nur für sie. Zwischen den beiden knisterte eine heiße erotische Spannung in der Luft wie ein gespenstisches Feuer, und man brauchte kein Magier zu sein, um das zu spüren. Die Augen des Weibes waren zu Schlitzen geschlossen, die Nüstern blähten sich, die Zunge zuckte über die Lippen wie die einer Schlange; und was Enkidu anging, der stand steif da, die Hände zu festen Schalen geformt, als lägen ihre Brüste bereits darin. Gilgamesch zwinkerte ihm zu, doch er schien es nicht zu bemerken. Als Enkidu mit der Nachricht gekommen, war, daß der Anführer dieser zerlumpten Wanderer der Engländer Sir Walter Raleigh sei, und als Gilgamesch ihm sagte, daß Raleigh bekanntlich für seine Königin, die englische Elizabeth, nach einem Weg ins Land der Lebenden suchte, brannte Enkidu vor Neugierde, ob er da schon irgendwie Glück gehabt habe. »Befrage ihn, Bruder, frag ihn und bring ihn dazu, es dir preiszugeben«, sagte Enkidu. Doch von dem Augenblick an, da diese Helena ihre Klauen in ihn geschlagen hatte, schienen interessante Fragen wie der Weg ins Land der Lebenden und alles übrige für Enkidu ganz und gar nicht mehr so dringlich zu sein. In seinen Augen sah man jetzt nichts mehr als nur den Abglanz von Helena, Helena, Helena. Und sie glühte und schimmerte und leuchtete nur noch von Enkidu. Gilgamesch dachte: Vielleicht hat Enkidu diesmal endlich eine Frau gefunden, die seinem Appetit gewachsen ist. Es müßte interessant werden, das zu beobachten.

Jedoch, er hatte Enkidu versprochen, Raleigh zu befragen. Also würde er dies tun.

Nach einiger Zeit sagte er zu dem Engländer: »Und das Tor zum Land der Lebenden, Sir Walter, nach dem du, wie man sagt, gesucht hast? Ist dies auch eine von diesen merkwürdigen Lügengeschichten, oder steckt da etwas Wahres dahinter?«

»Oh!« Raleigh lächelte breit. »Dazu kann ich dir etwas Brauchbares sagen: Nach allem, was ich über dieses angebliche Tor wirklich weiß, Majestät, handelt es sich da um etwas ebenso wenig Greifbares wie die Mythen und Fabeln der alten Griechen oder die Geschichten der Table Ronde.«

Auch Gilgamesch lächelte nun. Raleigh hatte der Unterhaltung bewundernswert geschickt eine andere Wendung gegeben. Indem er sagte, er kenne keinen Weg ins Land der Lebenden, habe keinen Beweis, daß es einen solchen gebe, sagte er nämlich nicht aus, daß er nicht nach einem solchen Weg gesucht hatte. Auch nicht, ob er kurz davor gestanden war, ihn zu finden, als ihm der Proviant ausging und seine Kraft ihn verließ. Es war unverkennbar, der Mann hatte lange Zeit in vertrauter Nähe zu Menschen verbracht, die über große Macht verfügten, und beherrschte die Kunst, Informationen vorzuenthalten, ohne direkt zu lügen. Es kann gefährlich sein, einen König zu belügen. Aber ebenso gefährlich kann es sein, ihm die Wahrheit zu sagen.

Es war offensichtlich, daß Raleigh nicht die Absicht hatte, über den Zweck seiner Expedition zu sprechen, auch nicht über das Land der Lebenden oder irgendwelche Tore, die dahin führen mochten. Nun, also sei es so, dachte Gilgamesch. Die Sache begann ihn zu langweilen. Er hatte keine Lust, den Mann darüber ernstlich zu befragen, jedenfalls nicht zu diesem Zeitpunkt. Noch ein bißchen Bohren, ein Versuch, vielleicht, dann wollte er es sein lassen. Das alles hatte weit weniger Bedeutung für ihn selbst als für Enkidu, wenn er es recht bedachte, und Enkidu schien im Moment wirklich ganz andere heftige Interessen zu haben.

Eines war deutlich, dieser englische Mann zeigte Mut, jedenfalls für jemand, der noch vor so kurzer Zeit so scheußlich im Dreck gesteckt hatte. Ein bemerkenswerter Mann, mit Hirn und Höflichkeit, mit einer hohen klugen Stirn, intelligenten Augen, einem sorgsam gestutzten Spitzbart. Er trug feinste Kleidungsstücke, elegante seidene und samtene Gewänder, verziert mit etlichen prächtigen silbern schimmernden Pailetten. Doch zeigten sich am Stoff unübersehbare Flecken und Fehler an dem feinen Gewebe, wo die Mühsal im Outback Spuren hinterlassen hatte, und der Spitzenbesatz hing ihm beklagenswert um den hager gewordenen Körper, das Gesicht war ausgemergelt und sonnengeschwärzt, und in den tiefliegenden Augen hing eine Düsternis und Bitterkeit, die von großem ausgestandenen Ungemach Zeugnis ablegten – und von der heimlichen Befürchtung von Schlimmerem. Gilgamesch fühlte sich zu diesem Mann auf seltsame Weise hingezogen. Raleigh war kein gewöhnlicher Mensch.

»Weißt du, ich habe schon von dir gehört«, sagte Gilgamesch.

»Oh, hast du?«

»Unsere Wege hätten sich einmal fast gekreuzt. Einst war ich am Hof des Priesterkönigs Johannes, und damals ging das Gerücht, daß du mit einem Heer auf einer Forschungsexpedition die südlichen Grenzen seines Reichs überschritten hättest.«

»Aber das war vor sehr langer Zeit, Majestät, als ich im Gebiet des Priesters Johannes war.«

»Ja, das stimmt. Aber es erstaunte mich doch sehr, zu erfahren, daß du und deine Leute seither euren Marsch unbeirrt fortgesetzt habt.«

»Das lag nicht in unserer Absicht«, sagte Raleigh und warf dem kleinen Gelehrten Hakluyt einen eisigen Blick zu, als wollte er zu verstehen geben, daß dieser bei der Expedition als Führer gedient habe und seine Arbeit nicht besonders gut erledigt hätte. »Wir zogen in die Irre und verloren den Weg. Unsere Landkarte erwies sich als unbrauchbar.«

»Tatsächlich? Ja, das ist oft so.«

»Dies war eine schwere Reise für uns. Mir sind beschwerliche Fahrten nichts Fremdes, doch diesmal war es eine ungewöhnlich schwere Bürde für mich. Wir sind euch zu tieferem Dank verpflichtet, als es sich in Worten ausdrücken läßt, für all eure Freundlichkeit. Aber ich versichere euch, wir werden eure Gastfreundschaft nicht ungebührlich lange beanspruchen. Ein paar Tage der Erholung, wenn es uns verstattet ist, und dann ...«

»Bleibt, solange ihr wollt«, sagte Gilgamesch mit einer großzügigen Handbewegung. »Es wäre ein recht schäbiges Ding, wollten wir euch wieder weiterschicken, ehe ihr euch von eurer Mühsal erholen konntet.« Hinter sich hörte er Herodes sich räuspern und in sich hineinmurmeln. Er dachte zweifellos an den Schwund in den Kornspeichern. Gilgamesch funkelte ihn zornig an. Und zu Raleigh sprach er – um endlich einen letzten persönlichen Versuch zu machen, wieder auf das Thema zurückzukommen, das Enkidu ihm so ans Herz gelegt hatte: »Als ich am Hofe des Priesters Johannes war, gab es da auch zwei Männer aus dem Lande von König Henry, Gesandte an den Hof von Johannes, die sagten, daß eure Königin – wie war doch noch ihr Name?«

»Elizabeth, Majestät.«

»Richtig, ja. Also, eure Königin Elizabeth, sagten sie, die eine leibliche Tochter des Königs Heinrich sei, und sie sehne sich gewaltig danach, das Tor zum Land der Lebenden zu finden. Und die Gesandten waren überzeugt, daß sie dortselbst eine englische Niederlassung zu errichten trachtete, sofern es den Ort gab, um Zollgebühren von denen einzuziehen, die dort hindurchzuziehen wünschten, in das, was immer dahinter liegen mag.«

»Ja, sie bildeten sich solche Sachen ein, wie?« sagte Raleigh beiläufig, als handelte es sich um bloße wilde Phantastereien.

Um Haltung bemüht, sagte Gilgamesch: »So habe ich es jedenfalls in Erinnerung, allerdings hörte ich es nur zufällig. Am Hof gab es darüber in meiner Gegenwart ein Gespräch zwischen den Gesandten und Priester Johannes. Ihr König Henry hatte von ihm die Aufstellung eines Heeres verlangt, das euch abfangen sollte, ehe ihr finden konntet, wonach ihr suchtet.«

Raleigh blickte zu Hakluyt zurück. »Hast du das gehört, Richard? Dieser heimtückische gemeine alte Schurke!«

»Aber Sir Walter!«

»Ich kann ihn heißen, was immer mir beliebt, Richard. Er war im anderen Leben niemals mein König, und ich schulde ihm hier keine Liebe, denn hier ist nicht England, und wenn hier England wäre, dann wäre es das Elizabethanische England, nicht das Heinrichs VIII. Jedenfalls für mich.« Und zu Gilgamesch sprach er: »Nun, du siehst, der Plan schlug fehl. Wir wurden nie von einem Heer des Priesterkönigs Johannes belästigt.«

»Stimmt«, sagte Gilgamesch. »Priester Johannes hatte damals gerade andere Sorgen, eine Bedrohung von anderer Seite, von einem ihn befehdenden Fürsten des Outback, irgendeinem chinesischen König.«

»Ja. Mao Tse-tung«, sagte Raleigh. »Von der Himmlischen Volksrepublik.«

»Genau der, ja.«

»Ein teuflischer Schlaukopf, dieser Mao. Meine Königin hält große Stücke auf ihn. Er schickt ihr Geschenke, Seidenstoffe und Schnitzereien aus Elfenbein, und Rollen mit seinen Gedichten, und zahlreiche Bände seiner Schrift über die Regierungskunst – ich selbst las einst einen Band davon, konnte aber nichts Sinnvolles darin finden, doch das kann an meiner Dummheit gelegen haben …« Raleigh sagte es kopfschüttelnd. »Nun, hat dann Maos Heer das des Priesters Johannes vernichtet?«

»Ich habe keine Ahnung. Ich verließ den Hof, als die Schlacht bevorstand, und ich habe seither kein Wort mehr darüber gehört. Mein Weg führte mich weit weg von diesem Ort, bis zur Insel Brasil …«

Als dieser Name fiel, atmete Raleigh hastig ein und hielt die Luft an, als hätte man ihn mit einer Nadel gestochen.

»Du weißt von Brasil?« fragte Gilgamesch.

»Ich habe davon gehört«, antwortete Raleigh, merkwürdig unbestimmt und ausweichend. »Ein Ort voll Zauberei und Hexenkunst und allem möglichen anderen in der Art, habe ich gehört.«

»Ja, ziemlich. Und ein seltsamer Anblick für die Augen, wie ich noch keine andere Stadt gesehen habe.«

»Ich hoffe, sie eines Tages zu besuchen«, sagte Raleigh. »Vielleicht nach meinem Aufbruch von hier. Sie hat mich schon lange sehr stark interessiert, diese Insel Brasil.«

»Der Haarmensch, mein Chefmagier, lebte dort viele Jahre lang«, sagte Gilgamesch. »Ebenso mein Erzkanzler hier, Herodes von Judäa. Vielleicht, können sie dir behilflich sein, den Weg zu finden.«

»Dafür wäre ich wahrlich äußerst dankbar«, versicherte Raleigh.

Als die Audienz endete und das wartende Volk sich aus dem Saal zu zerstreuen begann, fühlte Enkidu, wie das Weib Helena seinen Arm packte und ihm scharf die Nägel ihrer Finger ins Fleisch trieb. Leise und heiser keuchte sie ihm zu: »Komm mit mir!«

»Aber der König ...«

»Der König kann warten. Komm!«

Er nickte nur. Ihr gegenüber war er willenlos. Seine Kehle war wie ausgedörrt, sein Herz hämmerte ihm wild in der Brust. Weit weg sah er in einer Düsternis Gilgamesch, der noch auf seinem Thron saß, im Gespräch mit Vy-otin und Herodes, und war es nicht vielleicht seine Pflicht, ebenfalls dort zu sein. Doch er war machtlos gegen Helena. Ihr Gesicht glühte in hitziger Lust, und Enkidu sah, wie sich die Spitzen ihrer Brüste unter dem dünnen Stoff ihres Gewandes aufrichteten.

Gilgamesch würde ihm vergeben. Sie zerrte heftig an seinem Arm, und obschon sie ihm nur knapp bis ans Brustbein reichte und nicht mehr zu wiegen schien als ein Federmantel, ließ er sich von ihr abschleppen und in den Strom der Leute ziehen, die den Audienzsaal verließen.

Draußen zog sie ihn hastig in einen dunklen leeren Gang, der mit glattem Mosaikpflaster und einem Spitzbogengewölbe versehen war, und drückte ihn gegen die Wand. Ihre Augen glitzerten wie Edelsteine. Ihr Atem war süß und heiß. Sollte er sie jetzt gleich nehmen, fragte er sich. Gleich hier in diesem Gang, ihr das Kleid heben, die Glätte ihres Unterleibes streicheln, sie unter den Schenkeln packen und sie einfach so über sich stülpen? Er zögerte, obwohl es ihn stark danach drängte. In früheren Tagen hätte er nicht gezaudert, an der Wand, auf den Steinen des Bodens, auf einem Fenstersims, oder wo immer sonst, er hätte sich genommen, was ihm geboten wurde, und ohne Zögern und schnell. Doch man hatte ihn im Lauf der Jahrhunderte zu sehr mit Zivilisiertheit vollgepumpt. Aber war es nicht dennoch dumm und töricht, wenn er nicht auf sie einging? Da war sie, heiß und hitzig bereit.

Und wenn das so war …

Doch nein, er hatte sie mißverstanden, sie schien es darauf angelegt zu haben, mit ihm zu sprechen. Sobald seine Hände sie zu greifen versuchten, verwandelte sich etwas an der Frau: Der Glanz glühte immer verführerisch, aber es war keine Wärme mehr da, als könnte sie die Glut ihres Ofens an- und abstellen, wie es ihr gerade gefiel, und als wäre das nun nicht der Augenblick der Glut. Das Weib verwirrte ihn. Er kam sich klobig-unbeholfen vor, unmöglich und plump und verwirrt, als hätte die Frau ihn in Schlaftrunkenheit versetzt.

»Bist du des Königs Bruder?« fragte sie.

»Nein, nur sein Freund.«

»Und doch nennt ihr einander Bruder.«

»Das ist, weil unsere Freundschaft so eng ist.«

»Ach so«, sagte sie.

Das Funkeln in ihren Augen trieb ihn zum Wahnsinn. Die Aufforderung in ihnen war unmißverständlich, aber zugleich las er etwas darin, das ihn auf Distanz halten wollte, jedenfalls noch ein Weilchen. Seine Finger bewegten sich zitternd um ihre Gestalt, doch noch immer wagte er es nicht, sie zu berühren. Und es wäre so leicht gewesen, sie zu packen und zu nehmen. Nein, begriff er, es war gar nicht leicht: Sie zwang ihn mit einem Blick, mit einem Lächeln, Abstand zu wahren. Sie zwang ihn zu warten. Das war neu für ihn, dieses Wartenmüssen, dieses Hinausschieben, bis zum richtigen Augenblick. Aber er hatte auch noch nie zuvor ein Weib wie sie getroffen.

Es muß Zauberei dabei sein, dachte Enkidu. Wie sonst konnte sie eine solche Macht über ihn haben? Sie mußte ihn verhext haben.

Sie sagte: »Ich war einst die Gemahlin eines Königs, dessen Bruder ein noch mächtigerer König war, und daraus erwuchs ein unendlicher Ärger. Aber das ist schon recht lange her. Weißt du, wer ich bin?«

»Dein Name ist Helena.«

»Ja. Die Helena von Troja.«

»Ich bitte um Vergebung. Vielleicht müßte ich deinen Namen kennen, aber ich muß gestehen …«

»Ah, du bist einer von den Frühen Toten?«

»Selbstverständlich.«

»Aus Ägypten? Assyrien?«

»Aus Sumer-dem-Land, Herrin. Zwischen den Strömen Idigna und Buranunun gelegen.«

»Sprichst du die griechische Sprache?«

»Ich konnte es einst, glaube ich. Aber es ist lange her seitdem.«

»Macht nichts«, sagte sie. »Du mußt schon sehr alt sein. Du weißt vom Trojanischen Krieg, ja?«

Enkidu überlegte kurz. »Alles weht so durcheinander.

Aber ja, richtig, der Krieg Homers, meinst du den damals? Achilles, Agamemnon ...«

»Ich war die Frau von Agamemnons Bruder, Menelaos. Und der Anlaß zum Krieg war ich. Jedenfalls behaupten das die Leute oft genug, aber andere sagen, es ging dabei um Handelsinteressen und Handelswege. Aber ich weiß, daß es natürlich meinetwegen war, weil ich meinen Mann, den König, sitzen gelassen hatte, um im Land der Trojaner zu leben, wohin mich Paris, der damals mein Geliebter war, entführt hatte, und Menelaos wollte diese Schmach nicht auf sich sitzen lassen, und sein Bruder, Agamemnon, ebenfalls nicht.«

»Ach wirklich? Hm«, sagte Enkidu.

O ja, das konnte er schon verstehen, daß einer wegen der Frau da einen Krieg anzettelte. Diese Augen, diese Haut, das Haar, schwarz wie eine mondlose Nacht, ihr Glühen, das er so dicht an seinem Leib fühlte – aber ja, die Frau konnte einen Mann zum Wahnsinn treiben! Zum Wahnsinn! Da stand sie, dicht vor ihm, fast in seinen Armen. In seinem Griff, wenn er es wollte. Und eben doch nicht. Er glaubte noch immer zu spüren, daß das gleiche Verlangen sie erfüllte wie ihn, doch schien sie irgendwie dieses Verlangen in Schach halten zu können und ihn ebenfalls.

Er dachte an all die Weiber, die er in all den Jahren in dieser und in der anderen Welt gekannt hatte, und versuchte sich zu erinnern, ob eine darunter so duftiges Haar gehabt hatte wie Helena, so weiße verführerische Glieder – doch er merkte, daß er, sich an keine von diesen Frauen besonders erinnern konnte; sie waren nur noch ein verwehter Rauch und ein dunkler verschwommener Fleck in seiner Erinnerung. Und diese Frau da, so nahe und doch so weit aus seiner zufassenden Sehnsucht gerückt, war hell und leuchtend und heiß brennend wie ein feuriger Diamant, klar und glitzernd und vollkommen.

»Und nun bist du die Frau von diesem Raleigh?« fragte Enkidu.

Sie lachte. Es klang wie das gefährliche, amüsierte Schnurren einer Löwin. »Der? Aber nein, obwohl es Schlimmeres gäbe! Nein, wir reisen nur gemeinsam. Er hält mich für unkeusch, für unrein. Für noch Übleres. Er nennt mich einen weiblichen Sukkubus. Die Babylonische Hure nennt er mich, dabei war ich nie in meinem ganzen Leben in Babylon. Ich bin eben leider nicht englisch, das ist das ganze Problem. Er mag eben nur englische Frauen, dieser Raleigh.«

»Und dennoch läßt er dich mit ihm ziehen?«

»Ich war eine Maid in Bedrängnis. Er fand mich verlassen im Outback – ich zog damals mit einem anderen Engländer herum, einem Lord, recht süß, aber ein bißchen seltsam – Byron hieß er, ein Dichter, der schrieb gerade an einer neuen *Ilias* über mich, sagte er, aber eine Bande von Derwischen hat ihn niedergemetzelt. Unsere ganze Gruppe wurde ermordet. Nur ich entkam, und Raleigh fand mich und nahm sich meiner an, weil er ein dermaßen galanter Mann ist, auch wenn er mich verachtet. Und dann bin ich eben bei ihm geblieben, weil ich hoffte, daß er den Weg ins Land der Lebenden finden würde, den er sucht.«

»Das Land der Lebenden?«

»Ich habe diese Nachwelt satt, Enkidu! Ich möchte so gern wieder wirklich sein.«

»Aber wir sind doch hier und wirklich, Herrin.«

»Ach, du weißt schon, was ich meine. Ich möchte an einem Ort leben, wo alles einen gewissen Sinn hat, wo die Flüsse nicht bergauf fließen, wenn ihnen gerade danach zumute ist, und wo die Städte nicht herumziehen wie Kähne auf einem See.«

»Ja, ich weiß, was du meinst«, sagte Enkidu. »Und ich habe ebenfalls diesen Wunsch. Ich würde selbst ins Land der Lebenden ziehen, wenn ich den Weg finden könnte.«

»Wir könnten ihn gemeinsam finden, Enkidu.«

»Was? Wie?«

»Weißt du, wo Brasil liegt? Die Zauberinsel?«

Er nickte nicht ganz überzeugt. »Eine ziemliche Strecke die Küste abwärts, glaube ich.«

»Ah, du warst nicht dort?«

»Ich selbst nicht, obschon ich einmal dort ganz in der Nähe war. Aber Gilgamesch war da.«

»Der Weg ins Land der Lebenden ist in Brasil.«

Enkidu starrte sie an. »Weißt du das bestimmt?«

»Jemand hat es Raleigh glaubwürdig versichert. Ein Mann, der es zu wissen schien. Ich habe es auf seiner Landkarte mit einem flammenden Zeichen eingezeichnet gesehen. Und er zog in diese Richtung, als uns die Vorräte ausgingen. Und nun ist ihm das Verlangen abhanden gekommen, dort hinzugehen. Mir aber nicht. Du und ich, Enkidu, du und ich, wir könnten Brasil erreichen, wir könnten das Geheimnis durchdringen, wir könnten durch dieses Tor gehen …«

»Das glaubst du?«

»Ich weiß es.« Sie bog sich zu ihm herauf und züngelte verführerisch über ihre Lippen, und sie lachte, und diesmal war es nicht das Knurren eines Löwenweibchens, sondern eher ein Schnurren. »Wir könnten hinfinden, du und ich, das weiß ich.« Wieder fühlte er ihre Hitzigkeit. Sie hatte den Glutofen wieder entzündet. »Nun, Enkidu?«

Und diesmal zauderte er nicht. Seine Hände legten sich auf ihre Brust. Und sie bedeckte sie mit ihren eigenen Händen. Das gurrende Schnurren wurde stärker in seinen Ohren, bis es ihm wie ein Dröhnen war, und dann brach sie über ihn herein wie ein Strom feuriger Lava.

Keiner war noch bei Gilgamesch im Audienzsaal, außer Vy-otin und Herodes und einigen Wachen. Er hätte gern Enkidu ebenfalls bei sich behalten, doch dieser war an der Seite von Helena davongeeilt, ehe Gilgamesch ihm ein Zeichen hatte geben können, und er war nicht herzlos genug, ihn zurückzurufen. Aber er ließ nach Magalhaes senden und nach dem Haarmenschen.

»Also?« fragte er, während er darauf wartete, bis sie kamen. »Was haltet ihr von diesem Raleigh?«

»Ein außergewöhnlicher Mann«, sagte Herodes. »Gescheit und voll von Ränken. Ein großer Führer und ein großer Verführer und Schwindler, das ist es, was ich glaube.«

»Er lügt nicht mehr, als er unbedingt muß«, sagte Vy-otin. »Ich sprach mit ihm, ehe er hier hereinkam. Es lag in der Natur seines Landes, daß große Männer Gefahr liefen, außer wenn sie eine glatte sanfte Zunge führten. Diese Elizabeth, die er so zu verehren scheint, war in ihrem Erstleben ein gefährliches Weib und ließ andauernd ihren bevorzugtesten Höflingen die Köpfe abschneiden, aber diesem Raleigh gelang es, den seinen zu behalten. Doch der König, der nach dieser Frau auf den Thron kam, steckte ihn für ein Dutzend Jahre oder so ins Gefängnis und ließ ihn dann schließlich *trotzdem* umbringen.«

Gilgamesch runzelte die Stirn. »Weshalb tat er das? Mir erscheint das ein schrecklich unnötiger Aufwand zu sein.«

»Der Grund war irgendeine Expedition, die fehlschlug und die Nation teuer zu stehen kam, und Gerüchte, daß er mit dem König eines anderen Landes konspiriert haben soll, was dieser Raleigh mir gegenüber bestritt. Aber in Wahrheit, glaube ich, hat der König ihn aus purer Ranküne beseitigen lassen, weil er ein zu gescheiter und zu aufmüpfiger Kopf war.«

»Aber einen Mann von solchen Qualitäten deswegen ermorden zu lassen – sie müssen ein recht barbarischer Volksstamm gewesen sein, diese Englischen«, sagte Gilgamesch.

»Wir Leute aus dem Pleistozän«, sagte Vy-otin mit einem schiefen Grinsen, »waren wirklich die echten letzten Zivilisierten. Wir aus dem Aurignac, wir Archetypen. Es hat etwas recht Positives, zwischen Gletschern in einer Eiszeit zu leben und zwischen den wollzottigen Mammuts, die aus dir einen anständigen Menschen machen und dich mit Kleidung versorgen. Aber seit damals ging es die ganze Zeit nur bergab mit dem Menschengeschlecht. Die Menschenrasse begann zu verderben wie eine Frucht, die zu faulen beginnt, als die Welt sich erwärmte, versteht ihr?«

Herodes lachte. »Wie könnten wir dir da etwas dagegen halten? Du verfügst über eine Perspektive von zwanzigtausend Jahren. Aber vielleicht könnte uns unser Freund, der Haarige Mann, sagen, daß *sein* Volk den Gipfel der Schöpfung darstellt, und das deinige war nur ein Haufen von zottelfellbedeckten, Hackbeile schwingenden Kerlen mit verrotzten Nasen. Was sagst du dazu, Henry Smith? Heh, was sagst du dazu?«

Vy-otin nickte ihm höflich zu. »Natürlich waren sie zivilisiert, die Haarigen. Genau wie wir. Beim Stoßzahn und den Hörnern Gottes, es seid doch ihr Spätlinge allesamt, ihr Sumerer und Babylonier und Griechen und Römer, die es nicht verdienen, daß man sie ...«

»Und Juden«, sagte Herodes. »Vergiß mir nicht die Juden. Wir sind die allerschlimmsten Missetäter. Wir sind so üble Barbaren, daß du uns nie hättest dazu bringen können, Mammutfleisch zu essen.«

»Weshalb nicht? Hast du es je versucht?«

»Buddha behüte mich!« rief Herodes und bekreuzigte sich. »Mammutfleisch? Das ist nicht koscher! Unser Gott verbietet uns, dieses Zeug jemals zu berühren!«

»Nun, dann erklärt das, weshalb ich im Pleistozän keinen Juden begegnet bin«, sagte Vy-otin. »Die müssen alle im Zustand großer Heiligkeit verhungert sein. Es gab damals nämlich sonst nichts zu essen, mußt du wissen. Hin und wieder einen seltenen Säbelzahntiger oder ein vereinzeltes Nashorn, aber das Mammut, das war unser Ding, mein Junge, die prachtvollen alten kollernden Kerle mit ihrem roten wolligen Fell...« Er lachte und sah zu Gilgamesch hinüber. »Was hast du mit diesem Raleigh vor? Willst du ihn hierbehalten?«

»Für ein Weilchen. Um Enkidus willen.«

»Wegen Enkidu?«

»Das Tor zum Land der Lebenden, das dieser Raleigh angeblich sucht, fasziniert Enkidu tief, dieser Zugang. Vielleicht kann Raleigh uns etwas darüber sagen.«

»Gibt es denn sowas?« fragte Vy-otin. »Seit hundert etlichen Jahren habe ich hier immer wieder Geschichten davon gehört. Aber keinem schien es je gelungen zu sein, es zu finden, dieses Tor, und ich habe auch nie einen getroffen, der einen klaren Begriff gehabt hätte, wo es sein könnte.«

»Ich auch nicht«, sagte Gilgamesch. »Doch will ich wenigstens versuchen, in Erfahrung zu bringen, was Raleigh möglicherweise weiß. Allerdings wird es nicht gerade leicht werden, etwas aus ihm herauszuholen.«

»Ist das wirklich die Helena aus Troja, mit der er herumzieht, was meinst du?« fragte Vy-otin.

»Sie behauptet es. Ich bin geneigt, ihr zu glauben.«

»Sie ist unerträglich schön«, sagte Herodes. »Sie sieht einfach nicht echt aus.«

Vy-otin lachte. »Enkidu hält sie für echt genug.«

»Er ist von ihr besessen, ja«, sagte Gilgamesch. »Ich habe es in Tausenden von Jahren nicht erlebt, daß er sich wegen eines Weibes so aufführt. Doch es wird ihm guttun. Er ist immer so voll Unruhe, wenn er ohne eine Frau ist, und wenn Enkidu unruhig ist, führt das oft zu Schwierigkeiten. Vielleicht kann diese Helena ihn für ein Weilchen besänftigen.«

»Eher das genaue Gegenteil, möchte ich vermuten«, bemerkte Herodes trocken. »Doch du kennst ihn ja besser.«

Am anderen Ende des Saales öffnete sich eine Tür. »Da kommt Magalhaes«, sagte Vy-otin.

Der Seefahrer trat hinkend vor den Thron. »Du hast nach mir verlangt, Majestät?«

»Ja. So ist es. Du kennst doch sämtliche Abenteurer und Seefahrer, Magalhaes. Was kannst du mir über diesen Walter Raleigh berichten, der nun unter uns weilt? Hattest du in der anderen Welt je mit ihm zu tun?«

»Nach meiner Zeit kam der. Fünfzig Jahre oder mehr.«

Gilgamesch lachte. »Fünfzig Jahre? Was ist das schon?«

»In der anderen Welt, Majestät, bedeutet es alles. Ich war längst dahin, ehe er geboren wurde. Doch ich habe hier von ihm gehört. Draco hat mir Geschichten über ihn erzählt.«

»Draco?«

»Francisco Draco, der Seeräuber. Ebenfalls ein Engländer, ein guter Bekannter von Raleigh in der anderen Welt.«

»Er meint Sir Francis Drake«, erklärte Vy-otin.

Gilgamesch nickte. »Danke. Was bist du doch für ein Experte für die Einzelheiten dieser Spät-Totenwelt, alter Freund.« Und zu Magalhaes: »Schön also. Und was hat dein Drake, dein Draco, dir über Raleigh erzählt?«

»Ein Genie, sagte er. Aber unstet und unzuverlässig, wie eben die meisten Genies. Stets voller wunderbarer Vorhaben, die er nie ganz zur Vollendung bringen konnte.«

»Wie etwa einen Weg ins Land der Lebenden zu suchen?«

»Ja, das würde durchaus zur Art dieses Raleigh passen.«

Gilgamesch beugte sich zu dem kleinen Portugiesen nieder und fragte leise: »Und was weißt du von diesem Plan? Glaubst du, es gibt einen solchen Durchgang, ein solches Tor?«

»Es ist nur ein Märchen«, sagte Magalhaes sofort. »Das Land der Lebenden kann niemand erreichen. Ich bin davon überzeugt, und Draco ist davon überzeugt, und Cook ebenfalls, der auch ein bedeutender Seefahrer ist. Und das sind Männer, die ich kenne und denen ich vertraue, Draco und Cook, sie haben beide die Welt umsegelt, genau wie ich, und wer einmal eine solche Reise getan hat, der kann nie wieder sein wie gewöhnliche Menschen. Was er sieht, das sieht er mit wachen Augen und in Wahrheit.«

»Möglich.«

»Draco hat danach gesucht, so sagte er mir. Und Cook auch. Sie sind zu den fernsten Winkeln der Nachwelt gefahren, sogar hinein in die Große Unendliche See. Würden sie denn noch hier sein, wenn sie das Tor zum Land der Lebenden gefunden hätten? Aber ich habe Draco erst letzten Monat getroffen und Cook vor knapp fünf Jahren, und sie sagten nichts zu mir über Tore oder andere Welten, obwohl sie mir bestimmt etwas darüber gesagt hätten. Wenn sie es nicht gefunden haben, dann deshalb, weil es nicht existiert. Du kannst dich auf mein Wort verlassen.«

»In diesem Fall…« Doch Gilgamesch wurde von einem Lärm im Gang vor dem Thronsaal gestört; ein Stampfen, lautes mißtönendes Singen, herzhaftes Gelächter, schallendes Händeklatschen – die gewöhnlichen Signale, die Enkidus Nahen verkündeten –, und dann kam Enkidu selbst voll Übermut hereingetollt, ganz erhitzt und schweißtriefend, das lange feuchte Haar hing in zerzausten Zotteln herab, das Kleid war zerknittert. Der Geruch von Helenas Parfüm wehte mit ihm herein.

»Gilgamesch!« brüllte er. »Ich hab' es! Das große Geheimnis – ich habe es herausgefunden!«

»Ach du liebe Zeit, ich hätte es ihm sagen können«, murmelte Herodes, »dabei habe ich noch kein Wort mit dem Weib gewechselt. Es ist ganz einfach: auf jeder Seite eine Brustkugel, so ist sie gebaut, und weiter unten ein Pölsterchen von dunklen Haaren, wo sich die Beine treffen, und sie stößt kleine sanfte Laute aus, wenn man sie da berührt…«

Gilgamesch gebot ihm mit einem scharfen Zischen, er solle schweigen.

»Was für ein Geheimnis ist es denn, Bruder?« rief er, während Enkidu schwankend wie ein Matrose auf Deck herankam.

»Der Weg ins Land der Lebenden! Ich weiß, wie man ihn finden kann!«

Gilgamesch blickte stirnrunzelnd zu Magalhaes, der nur die Achseln zuckte.

»Dieser Seefahrer hier hat uns gerade erklärt, daß es in der ganzen Nachwelt kein derartiges Tor gibt.«

»Dieser Seefahrer irrt sich. Ich habe es aus vertrauenswürdiger Quelle, und wenn ein Mann das bestreitet, so will ich ihn dafür zur Rechenschaft ziehen, daß er mich einen Lügner heißt.«

Magalhaes blickte unbeeindruckt zu Enkidu empor, der fast doppelt so groß wie er über ihm aufragte. »Ich erklärte nur, daß ich glaube, dieses Tor gehört in das Reich der Fabeln, bevor du hier hereingekommen bist. Wer dennoch an seine Existenz glauben möchte, kann dies gern weiterhin tun, es wird mich nicht stören, auch werde ich sie nicht der Lüge bezichtigen. Es gibt Menschen, die behaupten, daß die Welt flach ist, und die sind ebenfalls keine Lügner. Sie sagen nur die Wahrheit, an die sie glauben. Man braucht nicht zu lügen, um etwas zu sagen, was nicht wahr ist.«

»Wer ist dieser kleine Kerl?« brüllte Enkidu und hob beide geballten Fäuste. »Wieso ist er hier, und wieso erlaubst du ihm, mich zu verspotten? Bei Enlil, ich werde …«

»Frieden, ihr beiden«, gebot Gilgamesch und gab Vy-otin ein Zeichen, zwischen die beiden zu treten. Er wartete ein wenig, bis Enkidu sich etwas beruhigt hatte, dann sprach er: »Also, Bruder. berichte uns, was du erfahren hast.«

Enkidu schaute sich mürrisch um. »Vor diesen …«

»Vor Herodes, Vy-otin, ja. Weshalb nicht?«

»Und *dem da?*« Er wies auf Magalhaes.

»Er ist ein großer Seefahrer, ein Mann mit großem Wissen von den Straßen dieser Welt und der anderen. Er steht jetzt in unseren Diensten. Wir vertrauen ihm. Du kannst vor ihm sprechen, Enkidu.«

»Also ...« Enkidu schüttelte den Kopf. »Es war die Frau, Helena, die mir das gesagt hat, sie, die mit Raleigh herkam.«

Herodes kicherte.

»Werden sie mich heute alle verspotten?« rief Enkidu.

»Sei still, Herodes! Weiter, was hat Helena dir gesagt über ...«

»Sie und Raleigh zogen, wie wir wissen, durch das Outback im Auftrag von Raleighs Königin, die Elizabeth heißt und die den Weg ins Land der Lebenden sucht. Raleigh hat eine Landkarte, oder vielmehr der kleine Kerl Hakluyt hat eine, der ihm als Führer dient, und Helena hat sie gesehen. Da steht ganz deutlich, wo die Öffnung in die andere Welt sich befindet.«

»Und wo ist dieser Ort?« fragte Gilgamesch.

Erneut zögerte Enkidu und schaute Magalhaes düster an.

»Raus damit, Enkidu! Wo ist es?«

»Auf Brasil«, sagte Enkidu.

»Brasil?«

»Ja, die Insel Brasil. Simons Stadt, in der dir die Erkenntnis zuteil wurde, die dich hierher geführt hat, Bruder.«

Gilgamesch war verblüfft. »Ja, ich fand wirklich, daß Raleigh erstaunt aussah, als ich erwähnte, daß ich früher einmal in Brasil gewesen bin. Ich erwähnte den Namen kaum, da wurde er kurzatmig und riß die Augen weit auf. Aber nein, Enkidu, nein, wie könnte so etwas sein? Ich war doch dort. Ich hätte doch gewiß etwas davon gehört.«

»Hast du danach gefragt?«

»Wieso hätte ich so etwas fragen sollen? Solange ich

in Brasil weilte, kam mir kaum je ein Gedanke an ein Land der Lebenden.«

»Siehst du? Siehst du?«

Gilgamesch sah Herodes an. »Du hast viele Jahre in Brasil gelebt. Was kannst du dazu sagen? Gibt es dort diesen Weg, oder nicht?«

»Also, ja, es gab da so Geschichten«, sagte Herodes ausweichend. »Daß die Tunnelgänge unter der Stadt dorthin führten, vielleicht, und allerlei ähnliche Märchen. Ich habe nie besonders darauf geachtet. Ich habe nie auch nur ein Zehntel von den phantastisch klingenden Sachen geglaubt, die man sich in dieser Stadt herumerzählte. Vielleicht nicht einmal den hundertsten Teil.«

Gilgameschs Blick verlor sich in der Ferne. Bei den Worten Herodes' erwachte wieder das Bild der dunklen Schächte im Bauch der Insel Brasil, in denen Calandola und seine Menschenfresserhorde lauerten. Ja doch, auch er hatte es vernommen, mehr als nur einmal, daß sich irgendwo in diesen Tunnelgängen der Weg ins Land der Lebenden finden lasse. Nun fiel es ihm wieder ein. Doch es gab uralte Gänge unter vielen der Städte der Nachwelt, unter Nova Roma, unter Elektrograd, unter Nibelheim, vielleicht gar unter Uruk, wer konnte das schon wissen. Und in diesen Städten hörte man oft hinter vorgehaltener Hand flüstern, daß man durch einen der unterirdischen Gänge aus der Nachwelt entrinnen könne. Aber geflüsterte Gerüchte bedeuten schließlich nicht, daß sie wahr sind. Niemand wußte mehr, wer diese Gänge gegraben hatte und aus welchem Grund. Es waren nichts weiter als dumpfe Höhlungen, staubig, unheimlich, widerlich, vor langer Zeit bereits verlassen. Gilgamesch sah keinen Grund, ihnen eine besondere magische Bedeutung zuzuschreiben. Es hat immer schon Leute gegeben, die das Licht das Tages scheuten, dachte er, und sich lieber in den Eingeweiden der Erde vergruben. Aber weshalb sollte er dann glauben, daß diese Irrgänge, die von vergessenen Mineuren vor langer Zeit in der Nachwelt gegraben wurden, irgendwohin führen sollten als nutzlos im Kreise?

Er sagte, nach geraumer Zeit: »Wo ist mein Haariger Mann? Wir wollen ihn dazu befragen.«

»Er wartet in der Vorhalle«, berichtete Herodes.

Enkidu sagte: »Wäre es nicht großartig, das Land der Lebenden zu sehen, Bruder? Du und ich – und Helena?«

»Aha, und Helena, ja?«

»Ja, sie würde mit uns kommen. Sie wird uns führen auf dem Weg, und alle Hindernisse werden vor ihr zunichte werden.« Enkidus Augen leuchteten. »Ach, Gilgamesch, mein Bruder, du hast nie ein Weib wie sie gesehen! Sie ist ein Wunder! Eine Göttin!«

»Ich habe Göttinnen in meinen Armen gehalten, Bruder«, erklärte Gilgamesch trocken; er erinnerte sich an sein erstes Leben, als er König gewesen war im echten, wirklichen Uruk und jedes Jahr mit der göttlichen Inanna pflichtgemäß die rituelle Heilige Hochzeit zu vollziehen hatte. Es war eine recht heftige Sache gewesen, das mit der Inanna, deren mißgünstiger Eifer und Machtgier ihn beinahe vorzeitig das Leben gekostet hatten. »Sie sind nicht immer sehr angenehme Bettgefährtinnen, wenn ich dir das warnend in Erinnerung rufen darf. Aber sieh, schau, da kommt mein Haariger Mann.«

»Du hast mich herbefohlen, hier bin ich, König Gilgamesch«, sagte das uralte Geschöpf.

»Wir reden gerade über den Pfad ins Land der Lebenden«, sagte Gilgamesch.

»Ach.« Die Bernsteinaugen des Behaarten glommen wie Laternen in dem unergründlichen fellbedeckten Gesicht.

Gilgamesch sprach weiter: »Gerade erreichte uns eine Information, daß der Zugang zu diesem Land bekannt ist und daß er sich auf der Insel Brasil befindet.«

»Warum sagst du das zu mir?« fragte der Behaarte

ruhig mit seiner pelzigen schwerfälligen Stimme, die Gilgamesch zwang, sich vornüber zu neigen, um jedes Wort zu verstehen.

»Weil alles, was es in Brasil gibt, droben in der Stadt und in den Erdgängen darunter, dir bekannt ist, glaube ich. Also solltest du in der Lage sein, uns zu sagen, ob das so ist, daß es in dieser Stadt das Tor zum Land der Lebenden gibt.«

Der Haarmensch schwieg geraume Zeit.

»Nein«, sagte er dann. »Nein, einen solchen Durchgang kann man da nicht finden. Nicht in der Stadt. Nicht in den Gängen darunter.«

Enkidu stieß ein wütendes Zischen der Enttäuschung aus.

»Und du bist dir da ganz sicher?« fragte Gilgamesch.

»Dieser dein Palast hier, König Gilgamesch, ist ein Haus aus Steinen, und um ihn zu betreten, mußt du durch ein Tor gehen. Diese Stadt Uruk ist umgürtet von einer Wallmauer aus Ziegelsteinen, und um nach Uruk zu gelangen, mußt du ebenfalls durch ein Tor gehen. Doch das Land der Lebenden betritt man nicht, wie man in deinen Palast gelangt, oder in die Stadt Uruk, also nicht durch eine Öffnung, durch die du hindurchgehen kannst, von dem einen Ort an einen anderen, von außen nach innen, von einer Seite zur anderen. Du kannst über die ganze Weite der Nachwelt wandern, aufwärts und hinab, aber du wirst kein solches Tor finden.«

Wieder zischte Enkidu zwischen den Zähnen, lauter als zuvor, dann wandte er sich weg, verkrampfte seine mächtigen Fäuste und schlug sie wieder und wieder gegeneinander.

Gilgamesch sprach: »Dann ist es also nur ein dummes Ammenmärchen, daß wir von dieser Welt aus ins Land der Lebenden gelangen können? Ein Traum, eine Erfindung, leere Phantasie?«

Wieder schwieg der Haarmensch lange, und dann

sprach er so undeutlich, daß Gilgamesch nur die eine oder andere abgerissene Silbe verstand, der Rest der Rede ging im Bart des Behaarten verloren.

»Was sagtest du da?« bat Gilgamesch. »Sag es mir noch einmal, sei so gut.«

»Ich sagte, o König, daß man das Land der Lebenden wirklich erreichen kann. Doch der Weg dahin ist kein Pfad, wie du ihn verstehst, und man gelangt auf ihn nicht durch ein Tor. Der Pfad ist nirgendwo und überall, in Brasil und nicht in Brasil, in Uruk und nicht in Uruk, in der Wüste und nicht in der Wüste.«

Stirnrunzelnd sagte Gilgamesch: »Solche Worte sind für mich ohne Sinn. Ein Ding ist entweder da oder es ist nicht da. Man kann an einen Ort gelangen – oder nicht. Und du sagst, nein. Du sagst, es gibt einen Weg dorthin, tatsächlich, aber man muß einen Weg einschlagen, der kein Weg ist, und der Weg ist da und auch wieder nicht da, und ...« Gilgamesch schüttelte den Kopf. »Ich verstehe dich ganz und gar nicht.«

Der Behaarte Mann sagte: »Diese Dinge sind auch nicht leicht zu verstehen. Und es ist nicht leicht, den Weg zu finden. Ohne die Hilfe eines Wegkundigen findest du ihn nie.«

»Und wo finde ich einen, der den Weg kennt?«

»Du hast ihn bereits gefunden, o König. Ich kann dir den Weg weisen, den du suchst.«

»Du? Wie kannst du das?«

»Wenn du aufrichtig dieses Land zu besuchen begehrst, kann ich dich hinsenden. Du glaubst mir nicht? Es gibt eine Möglichkeit, den Weg aufzutun, und ich kenne sie.«

Enkidu stieß ein Keuchen aus und wandte sich plötzlich wieder um. Er schien auf einmal doppelt so groß wie sonst. Seine Augen loderten wild.

»Da, hörst du es?« fuhr er Magalhaes wütend an. »Hörst du es?« Und zu Gilgamesch sagte er mit bebender Stimme: »Bruder, bewege ihn dazu, uns das Geheimnis sogleich zu sagen! Wir müssen dort hingehen, du und ich! Wir müssen den Weg finden und ihn bis zu seinem Ende gehen! Oder willst du lieber noch einmal zehntausend Jahre in Uruk herumsitzen und feist werden? Was, Bruder? Heh?«

Gilgamesch starrte den Behaarten Mann verwirrt an. »Du hast mir nie ein Wort über dies gesagt. Wie kommt es, daß du nie davon gesprochen hast?«

Über das tierhafte Gesicht huschte beinahe so etwas wie ein Lächeln.

»Ach, König Gilgamesch! Du hast mich nie gefragt!«

20

Es war eine lange finstere Nacht, unterbrochen von hastigen, kümmerlichen Sonnenaufgängen und dem Tanz unvertrauter gelber Monde am Himmel. Gilgamesch strich durch die Straßen von Uruk. Es wehte ein beißender, ätzender Wind. Zeitweilig trug er Schauer von etwas Schneeähnlichem heran, das die Dächer mit kurzlebigen weißen Flecken bestäubte; als er eine Handvoll davon aufhob, brannte es auf der Haut wie feine Asche aus dem Schlund eines Vulkans oder wie weicher gemahlener Bimsstein.

Zerbrechliche, aber scheußliche Nachtgeschöpfe, so durchsichtig wie Träume, schwirrten in Schwärmen um ihn und fletschten lange blitzende Zähne, von denen fahles Gift troff. Er scheuchte sie fort, als wären sie Mücken. Ein kurzstämmiger stoppeliger Baum mit Blättern wie lange fettverschmierte Federn schien ihn auszulachen. Mitten in der Luft taten sich Toreingänge vor ihm auf, doch hinter ihnen war nichts. Die gepflasterten Straßen wogten wie die Oberfläche einer stürmischen See.

Während er durch die dunkle Stadt schweifte, beherrschte ihn ein Gedanke, ein einziger.

Du wirst erneut von Enkidu getrennt werden, oder aber du mußt den Thron in Uruk aufgeben. Und wenn du ihn aufgibst, wirst du ihn niemals wiedergewinnen. Und wenn du Enkidu auch diesmal verlierst, wirst du ihn niemals wieder finden können.

Er erinnerte sich an eine Zeit, damals im alten Leben, da Enkidu kränklich geworden war und düster und bedrückt den ganzen Tag lang dasaß, und Gilgamesch ging hin und trat zu ihm und sagte, daß er wüßte, was ihn bedrückte, und dieses sei, daß er unruhig und des verweichlichten bequemen Stadtlebens überdrüssig und es leid sei, müßig in Uruk herumzuhängen, daß er sich nach Abenteuern sehnte, nach Gefahren und gewaltigen Taten, die seinen Namen leuchten lassen würden vor allen Menschen.

»Ja, genau das ist es, Bruder«, sagte Enkidu.

Und Gilgamesch gestand, daß es auch ihm so gehe, daß auch in ihm etwas nicht zur Ruhe komme, das ihn zu immer weiterem Suchen und Fragen antrieb, ein nie zu stillendes Sehnen. Die Götter hatten sich einen Jux mit ihm erlaubt, sagte Gilgamesch, daß sie ihn so schufen, daß er sich unablässig nach einem geruhsamen friedlichen Leben sehnen müsse, aber sobald er es gefunden hatte, niemals davon befriedigt sein durfte.

Da lachte Enkidu und sprach: »Wir sind wie zwei große Jungen, die ständig auf der Suche nach neuem Spaß sind.«

Das war die Zeit, als sie gemeinsam ins Land der Zedern zogen, um das kostbare Holz heimzuführen, daß dort im Wald wuchs, und wo sie dem Dämon Huwawa begegneten, den sie in seiner Feuerhöhle erschlugen, und von wo sie im Triumph nach Uruk heimkehrten, so lustig und froh, als hätten sie sechs Königreiche erobert.

Doch das alles war ja im anderen Leben gewesen, dem alten, vor langer, langer Zeit, vor dem ersten der vielen Tode, die zu sterben ihnen bestimmt war. Und jetzt war Enkidu wieder ruhelos und lechzte nach neuen Abenteuern, und da war er selbst, Gilgamesch, und war König in Uruk und saß in seinen Regierungsgeschäften fest. Was hatte Enkidu gesagt, als er ihn drängte, sich mit ihm auf dieses Abenteuer einzulassen? *Oder willst du lieber wieder einmal zehntausend Jahre in Uruk hocken und feist werden?* Aber diesmal war sich Gilgamesch seines Weges nicht sicher. Eine Seite in ihm sehnte sich danach, mit Enkidu auf die Suche nach dem Land der Lebenden zu gehen – jener Teil von ihm, der ewig unruhig, unablässig strebend blieb und der noch immer nicht gänzlich in ihm abgestorben war – aber da war auch noch eine andere Seite in ihm, die während seines Aufenthaltes in der Nachwelt herangewachsen war und die zu ihm sagte: *Bleib du, bleib! Und herrsche über deine Stadt, erfülle deine Aufgaben, die zu tun dir einzig bestimmt sind.* Und diese Stimme tönte in ihm so stark wie die andere, oder doch beinahe so stark.

Aber dennoch …

Ausharren? Wozu, fragte er sich. Um wieder und noch einmal all das durchzuspielen, was früher schon geschehen war, in dieser Welt und jener, die ihr vorherging? Bestand seine Existenz denn nur daraus, daß er in unendlichem Kreislauf Macht ausüben und dann auf sie verzichten sollte, herrschen sollte und dann wieder umherwandern, immer und immer wieder? Gab es denn für nichts ein Ende? Hatte nichts einen wirklichen Zweck? Wann würde er sich je einmal einfach nur ausruhen dürfen?

Er hörte das heftige Knattern mächtiger Flügel über sich, doch da war nichts. Er sah den mächtigen Hügel hinter der nördlichen Stadtmauer sich regen und langsam zu erheben wie den Höckerrücken eines erwachenden Drachen. Die Luft wurde blutigrot und sehr schwer, und aus ihr tönte ein aufdringliches massives Summen wie von Abermillionen Fliegen. Eine Stimme, die zu ihm ohne Laut sprach, sagte: »Hier ist dein Königreich, Gilgamesch von Uruk. Wie tief ist deine Liebe dafür?«

Und aus der sirrenden Luft kam das Echo: »Liebst du es? Liebst du? Liebst du?«

Ninsun sagte. »Also wirst du gehen.«

»Ich muß, Mutter! Er läßt mir keine andere Wahl.«

Sie schüttelte den Kopf. »Ich halte es für einen großen Fehler, diese Reise.«

»Und ich auch«, dröhnte Vy-otin mit lauter Stimme vom anderen Ende des Saales herüber. »Wie kannst du behaupten, daß du keine andere Wahl hast? Seid ihr zwei etwa wie Zwillingliche, die am Leib durch ein fleischliches Band verknüpft sind, daß du ihm überall hin folgen mußt, wohin er geht?«

Gilgamesch betrachtete den Eisjäger-Häuptling lange mit stumpfem Ausdruck im Gesicht.

»So ist es, Vy-otin. Genau das sind wir, Zwillinge.«

»Dann sag ihm doch, du willst nicht mitgehen. Er wird die Sache aufgeben müssen.«

»Er würde dennoch gehen«, sagte Gilgamesch.

»Ha«, sagte Herodes. »Dann bist also du der an ihn vernabelte Zwilling, und er ist es nicht? Wie merkwürdig.«

»Nein«, sagte Gilgamesch. »Ins Land der Lebenden zu gelangen, das ersehnt er sich mehr als irgend etwas anderes. Und ein solches Verlangen zerbricht alle Bindungen. Er starb seinen ersten Tod, als er hinabstieg in das Haus des Staubes und der Finsternis, um mir die Trommel wiederzubringen, die ich verloren hatte, die Trommel, die der Kunstmeister Ur-nangar aus dem Holz des Huluppu-Baums gefertigt hatte – erinnerst du dich, Mutter? Es war die Trommel, die ich schlug, um meine Seele frei durch fremde Götter- und Dämonenreiche schweifen zu lassen, und als ich das Instrument verlor, gab Enkidu sein Leben, damit ich es zurückbekäme. Und seit jenem Tag, glaube ich, hat er unablässig danach getrachtet, das wiederzugewinnen, was er damals verlor. Und nun ist er sicher, daß die Zaubermacht des Haarigen Mannes ihm helfen wird, das zu finden.«

»Dann soll er gehen und es suchen«, sagte Vy-otin. »Aber wieso mußt du?«

»Weil ich muß«, erwiderte Gilgamesch.

Herodes lachte. »Es geht doch nichts über ein Argumentieren im Kreis, was?«

Gilgamesch fuhr den kleinen Hebräer mit einem derartigen Zorn an, daß dieser erschrocken fünf Schritte zurückhüpfte. »Du begreifst nichts davon! Gar nichts!«

»Vergib mir, Gilgamesch«, bat Herodes zerknirscht. »Aber könntest du es Enkidu nicht einfach verbieten, das zu tun, wenn dir das solch großen Gram bereitet?«

»Ich könnte es wohl.«

»Und er würde dir gehorchen?«

»Er würde gehorchen, ja. Wenn ich ihm erklärte, daß ich wegen meiner Pflichten hierorts nicht mit ihm ziehen kann, es aber auch nicht ertragen könnte, ihn allein gehen zu lassen. Wie könnte ich so etwas von ihm verlangen, Herodes? Daß er auf etwas verzichten soll, wonach er sich so lange gesehnt hat, nur weil ich ...«

»Jedoch *er* verlangt das von dir«, sagte Herodes.

»Nein. Inwiefern täte er das?«

»Indem er dich in eine Lage versetzt, in der du zwischen deinem Freund und deiner Stadt die Wahl treffen mußt, deiner ganzen Welt.«

»Er hat nichts dergleichen getan«, sagte Gilgamesch, doch es klang nicht sehr überzeugt.

»Wenn du aber den Übertritt ins Land der Lebenden tust«, fragte Ninsun, »wirst du danach je wieder in die Nachwelt zurückkehren können?«

»Das kann ich nicht wissen. Vielleicht kann der Behaarte Mann etwas darüber sagen. Aber ich bin bereits einmal von dort hierher gekommen. Es sollte mir wieder möglich sein, wenn ich es wünsche.«

»Indem du wieder dein Leben aufgibst, meinst du?« sagte Ninsun.

»Ja.«

»Doch wenn du zum zweitenmal herkommst, glaubst du, du würdest dann jemals nach Uruk zurückfinden?«

»Ich denke, es wäre möglich. Vielleicht auch nicht. Woher soll ich das sagen können?«

»Also kann man es nicht sicher wissen?« sagte Ninsun. »Wenn du zurückkehrtest, könntest du irgendwo in der Nachwelt landen. Tausend Jahre weit weg von jetzt und tausendmal tausend Meilen fern von diesem Ort. Alle, die du hier vordem gekannt hast, würden in alle sieben Ecken der Welt zerstreut sein. Du wärest allein, Gilgamesch.«

Er betrachtete sie lange und sorgenvoll. Aber als er dann sprach, besaß seine Stimme eine wiedererwachte Bestimmtheit.

»Ich war auch früher schon allein und wurde irgendwie mit denen, die ich liebte, wieder zusammengeführt. Du und ich, Mutter, wir waren Tausende von Jahren getrennt und haben uns doch wiedergefunden, nicht wahr?«

»Und jetzt hast du vor, weiß der Himmel wohin loszuziehen, obwohl du weißt, daß du sie vielleicht niemals wiedersehen wirst!« rief Vy-otin laut. »Deine Mutter verlassen, deine Freunde, alles, was du hier in Uruk aufgebaut hast, alles zurücklassen, was du kennst und liebst – nein, Gilgamesch! Das ist nicht recht!«

»Laß ihn, Vy-otin«, sprach Ninsun. »Er hat seinen Entschluß doch bereits gefaßt, siehst du das nicht?«

»Der Haarmensch«, murmelte Herodes.

»Frieden und Freude, König von Uruk«, sagte der Uralte, der eben den Thronsaal betrat. Er vollzog eine hastige beiläufige Ehrbezeugung. »Ich habe die benötigten Dinge aus Brasil kommen lassen«, sagte er. »Hast du dich entschieden?«

»Du hast alles bereits zusammen?«

»Ja, alles, was ich brauche.«

Gilgamesch sah ihn mit offenem Mund an. »Wie kannst du von dort so rasch etwas besorgen? In einem, in zwei Tagen? Es dauert Wochen, Monate, um nach Brasil zu gelangen und zurück...«

»Manchmal geht es schneller, König Gilgamesch. Ich sage dir, ich habe alles, was nötig ist.«

Noch mehr Zauberkraft, dachte Gilgamesch. Dieses Geschöpf aus der Zeitendämmerung entzog sich seinem Begreifen.

»Also, so sei es denn«, sprach er achselzuckend.

»Du willst die Reise unternehmen?«

»Ich will. Und Enkidu. Und das Weib, Helena von Troja.«

»Auch Helena?«

»Es ist Enkidus Wunsch.«

Der Behaarte Mensch schwieg einen Moment lang. »Simon der Magier hat Kenntnis davon, daß sie sich hier befindet«, sagte er dann. »Und es ist sein Wunsch, daß Helena von Troja ihm zugeführt werde, o König.«

»Ach? Wahrhaftig?«

»Ja, sein starker Wunsch.«

»Ja, glaubt denn Simon, sie gehörte mir und ich könnte sie nach Belieben verschenken – wie einen Sack voll Rubine?«

»Sie waren einst ein Liebespaar. Und er will sie wiedersehen.«

»Wenn man Helena zu jedem zurückschaffen müßte, der jemals ihr Geliebter war, dann müßte sie durch die Nachwelt sausen wie ein Komet«, sagte Herodes lachend.

Gilgamesch gab ihm ärgerlich ein Zeichen, den Mund zu halten. Und zu dem Behaarten sprach er: »Ich bedaure sehr, daß ich einem so bedeutenden Magier und Weisen wie Simon eine Enttäuschung bereiten muß.«

»Du wirst sie ihm also nicht senden?«

»Nein!« sagte Gilgamesch. »Sie wünscht mit Enkidu zu gehen. Und Enkidu wünscht, daß sie mit ihm geht. Weshalb sollte ich die beiden trennen? Simon hat seine Edelsteine von mir erhalten. Das sollte ihm doch genügen.«

Der Behaarte Mensch wirkte unbeeindruckt. »Wie du wünschst, o König. Doch sollst du wissen, daß keiner von hier ins Land der Lebenden mit einem anderen zusammen gelangen kann. Wer dorthin geht, der geht allein.«

»Was soll das heißen?«

»Was es sagt.«

»Es kann nur einer von uns gehen?«

»Ihr alle könnt gehen. Aber jeder geht allein und kommt allein an. Es ist der einzige Weg.«

»Und Enkidu und ich werden nicht beieinander sein, wenn wir dahin gehen?«

»Ihr macht die Reise allein, und ihr werdet allein ankommen.«

»Doch sobald wir dort sind, werden wir uns wiederfinden können?«

»Vielleicht.«

Gilgamesch atmete lange und schwer. »Aber du bist da nicht sicher?«

»Ich war nicht mehr im Land der Lebenden, König Gilgamesch, seit mehr Jahren, als du Haare auf dem Kopf hast. Wie soll ich sagen können, was dort geschehen wird? Doch jetzt komm, komm! Alles ist für die Reise bereit.«

»Einen Augenblick noch!« Gilgamesch spähte in dem weiten dunklen Saal umher. »Wo ist Enkidu?«

»Ich gehe ihn holen«, sagte Herodes und verschwand aus dem Raum.

Kurz darauf kehrte er zurück, mit Enkidu im Schlepptau wie ein Felsen auf Beinen und einer strahlenden Helena neben Enkidu. Gilgamesch sagte sofort: »Der Haarmann war bereits in Brasil und ist wieder zurück, aber fragt mich nicht, wie. Er hat die Sachen, die nötig sind, den Weg ins Land der Lebenden zu öffnen.«

Enkidu lächelte breit, doch rasch wurde sein Gesicht sehr ernst. »Und du wirst mit uns kommen auf die Überfahrt, Bruder?«

Auf einmal war es sehr still im Saal.

»Ich gehe mit«, sagte Gilgamesch ruhig.

»Bei Enlil! Beim Himmelsvater An! Ich wußte doch, du wirst es tun! Immer habe ich es gewußt ...«

»Warte«, unterbrach ihn Gilgamesch. »Eins wisse, Enkidu. Der Mann sagt, Simon wünscht, daß wir ihm Helena als Geschenk senden.«

»Er sagt *was?*« brüllte Enkidu. Und aus seiner Brust

drang ein Grollen, und er wollte sich auf den Haarigen Mann stürzen.

Aber Helena beschwichtigte ihn mit einer ganz leichten flüchtigen Berührung an seinem Handgelenk und sagte leichthin: »Bleib ganz ruhig. Es wird nicht geschehen.«

»Besser nicht!« knurrte Enkidu.

Sie lächelte. »Simon ist ein lieber Kerl, auf seine Weise. Doch wenn er wirklich an mir interessiert gewesen wäre, dann hätte er seine Chance nützen sollen, als wir uns vor langer Zeit in der Abtei von Theleme begegneten.« Und zu dem Haarmenschen sprach sie: »Sag ihm, er kommt tausend Jahre zu spät. Ich gehe, wohin immer Enkidu geht.«

Gilgamesch sprach weiter: »Dann wisse auch dies: Der Behaarte Mann sagte, daß wir getrennt werden, wenn wir den Übergang beschreiten, und daß wir uns möglicherweise danach nicht unbedingt wiederfinden könnten.«

Enkidus Augen loderten. »Was soll das heißen?« brüllte er. »Bist du sicher, du hast ihn richtig verstanden?«

»Ohne Zweifel hat er das jedenfalls gesagt.«

Enkidu fuhr herum und ging auf den Behaarten Mann los, der die Handgelenke in einer Bewegung überkreuz legte, die seltsam unbeteiligt wirkte, und in eine ferne Leere starrte.

Helena wandte sich an Enkidu: »Ist das wahr? Daß wir einander verlieren beim Übergang?«

»Gedenkt ihr euch anders zu entscheiden, was diesen Übergangsversuch betrifft?« fragte der Behaarte Mensch sanft. »Wenn das so ist, sagt es mir jetzt gleich, damit ich die Zubereitungen anhalten kann, ehe …«

»Nein!« rief Enkidu. »Das ist nur ein trügerischer Trick, weiter nichts. Etwas, das Simon ihm zu sagen befohlen hat, um uns abzuschrecken, falls Helena sich weigert, zu ihm zu gehen. Der Mann war in Simons

Diensten, Bruder, bevor er dir diente. Und er ist immer noch Simons Mann.«

»Was sagst du dazu?« fragte Gilgamesch.

Völlig unbeeindruckt und ruhig sagte der Uralte: »Die Reise wird so sein, wie die Reise sein muß. Die Bedingungen sind so. Ich besitze nicht die Kraft, sie zu ändern.«

»Aber das ist doch überhaupt keine Antwort«, sagte Gilgamesch.

Helena sagte bebend, und sie wirkte auf einmal sehr klein: »Das macht mir Angst! So ins Unbekannte zu gehen, ohne zu wissen, ob wir uns auch bestimmt drüben wiedersehen werden …«

»Wir werden uns wiedersehen«, versprach Enkidu trotzig. »Irgendwie werden wir es, das weiß ich! Du mußt es nur glauben!« Er schaute auf sie hinab. »Wir sind uns einmal begegnet, und wir werden uns immer nahe sein. Das mußt du glauben. Du mußt einfach!« Und er zog sie dicht an sich. »Sag etwas, ja?«

»Ja«, murmelte Helena. Ihre Augen strahlten wieder, ihr Gesicht strahlte wieder. »Ja, ich glaube, das werden wir. Ganz gewiß, Enkidu.«

»Und du, Bruder? Was meinst du? Kommst du mit uns?«

Gilgamesch blickte umher. Enkidu, Helena, der Behaarte Mann. Hinter ihnen Herodes. Weiter weg Vy-otin und Ninsun. Alle stumm. Ihr Schweigen brandete ihm entgegen wie die Wogen einer wütenden See. Eine seltsame Entschlußunfähigkeit bemächtigte sich seiner und lähmte ihn, so daß er wie erstarrt vor Kälte war.

Er hatte sich für diese Fahrt entschieden, so gefahrvoll und voller Geheimnisse sie sein mochte, einzig um an Enkidus Seite bleiben zu können. Der Behaarte aber bot ihm dafür keine Sicherheit. Und wenn Enkidu wahr sprach und der Behaarte in Simons Auftrag Unheil wider sie wirken sollte, um dessen Zorn über die Weigerung, Helena auszuliefern, zu verdeutlichen – aber nein, das paßte einfach nicht zu Simon, und auch der Behaarte hatte noch nie ein Zeichen von Arglist erkennen lassen.

»Nun, Bruder?« fragte Enkidu.

Gilgamesch blickte den Haarigen Mann fest an. Aber das eisgraue Zottelgesicht verriet nichts. Er blickte zu Herodes hin, doch der zuckte nur die Achseln und wandte die Augen ab. Er blickte zu Vy-otin und bekam auch von dessen einem brennenden Eisjägerauge keine Antwort. Und dann sah er zu Ninsun, und sie lächelte.

Sie nickte.

»Mutter?« sagte er.

»Wann wärest du je vor einer Gefahr zurückgeschreckt, mein Sohn?«

»Du willst, daß ich mitgehe?«

»*Du* willst es«, sagte Ninsun. »Also, was zögerst du?«

»Aber du sagtest doch …«

»Natürlich möchte ich, daß du hierbleibst. Ich würde lügen, wenn ich dir etwas anderes sagte. Aber ich sehe auch, daß du dich für diesen Weg entschieden hast, und niemand könnte dich aufhalten, noch sollte das einer. Du bist Gilgamesch, und du wirst tun, was Gilgamesch will. Außerdem, Enkidu hat recht. Ihr werdet einander finden. Irgendwie.«

»Ja«, sagte Gilgamesch, und ihm war, als bräche ein Damm in seinem Herzen. »Du hast mir stets nur die Wahrheit gesagt, Mutter. Wie sollte ich jetzt an dir zweifeln?«

Der Behaarte Mann sagte: »Hier ist die Salbe. Reibt euch damit die Wangen ein und den Hals und über den Augen. Dann laßt Stille in euer Herz einziehen und wartet.«

»So ist es also eine Zauberdroge, die uns hinbringt?« fragte Gilgamesch. »Die gleiche, die Calandola benutzte bei der Offenbarung der Erkenntnis?«

»Nichts dergleichen«, antwortete der Behaarte.

Er setzte drei Schalen aus weißem Porzellan vor sie hin. Sie befanden sich in einem der obersten Räume des Palasts, einem kahlen leeren Gemach mit schmalen Schlitzen als Fenstern, durch die nur ein höchst schwacher Lichtschimmer drang und ein Hauch glutheißer Luft. Gilgamesch warf einen Blick zu Enkidu hinüber, der bereits die Schale genommen hatte und sich das Zeug eifrig ins Gesicht rieb. Auch Helena begann sich damit einzureiben. Doch er selbst zögerte, nach seinem Salbentigel zu greifen. Es überraschte ihn, daß er in einem so späten Augenblick noch zaudern sollte. Er wußte, das hing mit den Veränderungen zusammen, die sein Geist in seinem jüngsten Leben durchgemacht hatte: Er, der einstmals vor nichts gezögert hatte, starrte nun beklommen auf den kleinen weißen Porzellantigel, als enthielte er ein scharfes Gift, das ihm das Fleisch von den Knochen brennen würde.

Also sprach er zu dem Behaarten: »Sag du mir nur eines noch ...«

»Sag mir, sag mir, immer nur sag mir! Genug der Fragen, König Gilgamesch! Tu es einfach! Geh!«

»Genau, Bruder!« rief Enkidu. »Wir müssen alle gemeinsam aufbrechen!«

»Ja«, stammelte Gilgamesch. »Das müssen wir.«

Und er nahm den Salbtopf. Dieser war warm, und aus ihm stieg ein starker Duft auf, der war wie Honig und Wein und Rosenöl, aber dazu auch noch scharfe brennende Gewürze, die ihm in die Nase stachen, und noch etwas anderes, ein schweres, beklemmendes Aroma, dunkel, dumpf und fremdartig. Die beiden anderen hatten ihre Salbung inzwischen beinahe beendet. Gilgamesch tauchte die Finger in den Topf und hob die Salbe an sein Gesicht. Kurz dachte er an jene andere Salbung, die Calandola mit jenem seltsamen Öl an ihm vorgenommen hatte, als er ihm einen fremdartigen Wein zu trinken gab und dann ein gräßliches Fleisch zu essen, und er erinnerte sich wieder an alles, was aus diesem unheimlichen Ritual entstanden war. Nun, so sei es denn, und komme, was da wolle: Er hatte sich auf dieses Abenteuer eingelassen, also wollte er nicht länger zaudern. Er rieb sich die Salbe auf die Wangen und fühlte ein Brennen, jedoch es war nicht schmerzhaft, und er rieb sich davon den Hals ein und die Stirn, bis das Töpfchen leer war, und der Duft der Salbe stieg ihm in die Nüstern und zog tief hinab in seine Lunge.

Beinahe sogleich fühlte er sich benommen, spürte, daß ihm die Kehle eng wurde. Er wankte, fing sich wieder, wankte erneut. Die Stille ringsum war gewaltig. Er hatte mit Rascheln, Zischen und Brummen gerechnet, mit Traumgeräuschen, Hexenlärm, mit unheimlicher Musik in der Luft, dem Klatschen von Fledermausflügeln, dem Kreischen und Heulen von Ungeheuern. Aber da war nichts. Nichts. Nur bestürzend klare Wahrnehmung und eine gewaltige Stille, die das Schweigen des Mondes hätte sein können.

Er sah zu Enkidu und Helena hinüber. Sie standen entfernt voneinander und hatten starre Augen, als schauten sie in ein endloses Nichts. Der Behaarte Mensch war nirgendwo zu sehen.

»Bruder!« rief Gilgamesch. »Ich spüre, daß ich fortgehe, Bruder. Wirst du mitgehen?«

Doch er konnte nicht einmal den Klang der eigenen Stimme hören, und von Enkidu kam keine Antwort.

Und dann sah er plötzlich die beiden nicht mehr. Er befand sich allein und auf einer großen kahlen Fläche unter einem leeren Himmel. Hinter ihm ragte ein vereinzelter gewaltiger Felsen auf, hoch wie ein Gebirge. Vor ihm gähnte der Abgrund, der gewaltige Riß, der zwischen den Welten liegt. Und am Rand dieses Abgrunds ragte ein ungeheuer hoher Baum unermeßlich weit empor, ein blattloser Baum, nur mit kahlen starren Ästen, die ihrerseits gleichfalls so dick waren wie gewaltige Bäume, die wie Leitersprossen von ihm ausgingen.

Und er wußte, was für ein Baum das war. Es war die *Axis Mundi*, die Spindel der Welt, der Baum des Lebens, um den alles andere sich dreht, dessen Wurzel im Kern der Schöpfung ankert, und seine Zweige ragen über das Dach des Himmels hinaus. Und er mußte da hinaufsteigen, um das Land der Lebenden zu erreichen.

Er griff nach dem untersten Ast und schwang sich hinauf.

Anfangs ging das ziemlich leicht. Greif nach oben, pack dir den nächsthöheren Ast, zieh dich hinauf, mach eine kurze Pause, klammere dich mit beiden Armen fest, dann recke dich hoch, stemm dich, ein Bein hinauf, dann das andere, mach eine Pause, und dann mach weiter. Aufwärts, aufwärts und weiter aufwärts. Steige auf und klettere und krieche nach oben, bis du aus dieser Welt hinausgeklettert bist und die erreicht hast, die direkt an sie grenzt.

Hinauf! Hinauf! Nach oben …

Doch während er hinaufstieg, merkte er, daß er zugleich nach unten geriet. Der Baum schien gleichzeitig in beide Richtungen zu wachsen, so daß jeder Fortschritt nach oben – und jetzt sah er bereits weit über seinem Kopf den Nordstern in kaltem Licht funkeln – ihn ebenfalls nach unten brachte, in den finsteren luftlosen Abgrund, in die große Mutterhöhle des Kosmos. Er versuchte nicht, das zu verstehen. Am Angelpunkt, an der Achse der Welt, wer konnte da schon irgend etwas verstehen? Wenn der Weg nach außen auch gleichzeitig der nach innen war, nun gut. Nun gut so. Er stieg weiter, Sprosse um Sprosse um Sprosse auf der Baumleiter. Das Holz fühlte sich glatt und kalt unter seinen Händen an. Und dann wußte er nicht mehr in welche Richtung er sich bewegte, er steckte in einer Erdkluft, einem gewundenen unterirdischen Durchgang, aber ebenso war er zugleich weit über dem Boden, weit droben in einem von Sternenfunken wimmelnden Bereich mit eisigen Winden und ewiger Nacht. Es war eine Zeit jenseits der

Zeit, ein Raum außerhalb allen Raums. Er befand sich tief im Mutterschoß der Welt. Dem Dach des Himmels nahe.

Und nun wußte er, daß er den Übergang von einer Welt in eine andere machte.

Vor ihm erhellte es sich. Der Baum war hier nicht länger blattlos und kahl: Er stand in wilder Blüte, barst vor blutroten Blüten, und als Gilgamesch nach hinten blickte, sah er, daß der Boden rings um den Baum von einem Teppich roter Blütenblätter bedeckt war, wie wenn dort ein Blutopfer stattgefunden hätte. Er stieg hier rascher durch diesen Teil des Baumes, da hier die Äste nicht mehr so dick waren, sondern er sie leicht mit einer Hand umspannen konnte. überall um ihn her rieselten scharlachrote Blütenblätter, fingen sich in seinen Haaren, klebten an seinem Gesicht, an seinen Schultern, bedeckten ihn wie ein Mantel.

Und nun konnte er nicht höher steigen. Er konnte nicht tiefer hinabtauchen.

Für einen kurzen Augenblick, der sich dehnte, bis er die ganze Ewigkeit umfaßte, erstarrte die Welt in einem Zustand der Stasis, der das Nichts-Sein des Todes selbst übertraf.

Da plötzlich brach die Stille auf, und um ihn tobte ein Sturm aus Lärm und Licht und Bewegung und Schwingung. Von der Wucht des Ganzen war er dermaßen betäubt, nachdem er aus dieser unheimlichen Stille gekommen war, daß seine erste Regung war, sich zusammenzukauern, sich Ohren und Augen zu bedecken und abzuwarten, bis der Ansturm von Sinneswahrnehmungen über ihn hinweg und vorbeigezogen wäre. Doch er zwang sich, aufrecht dazustehen, und er sah und schaute starr und in blödem Erstaunen.

Zuerst, noch ganz benommen, glaubte er, daß er irgendwie in Nova Roma gelandet wäre, der hektischen Stadt der Verrückten, die für ihn die Verkörperung aller schlimmsten Übel war, welche die Später Gestorbenen in die Nachwelt mitgebracht hatten. Aber nein. Nein, dieser Ort war weit gräßlicher als sogar Nova Roma. Im Vergleich zu dem hier war Nova Roma eine Insel des Friedens. Er war in einem Land der Alpträume gelandet. Er hatte die Pforte zwischen Welten durchquert, nur um an einen Ort voller entsetzlicher Hektik und scheußlichen lärmenden Wirrwarrs zu gelangen, über alle Maßen unbegreiflich häßlich, ein Höllenort wie keine andere Stätte, die er je gesehen hatte.

21

Rings um ihn ragten kolossale gezackte Bauwerke, von denen nicht zwei einander glichen, wie mächtige Palisadenpfähle in den Himmel. Sie waren so hoch, daß Gilgamesch nicht begreifen konnte, wie sie aufrecht stehen konnten, ohne umzupurzeln, und während er noch ungläubig zu ihren fernen Spitzen hinaufstarrte, schien ihm, daß sie im nächsten Augenblick krachend einstürzen müßten.

Die Luft war dünn und scharf, schneidend wie eine Messerklinge, und die ersten paar Atemzüge verursachten ihm Übelkeit, bis er sich an den Geschmack gewöhnt hatte. Der Himmel war ein fahles trübes Eisengrau, so wenig man von ihm zwischen den hohen Spitzen der Gebäude sehen konnte. Gilgamesch befand sich auf einem breiten geraden Boulevard, auf dem sich in erstickender Dichte rasch eilende Fahrzeuge drängten. Rechts und links sah er weniger breite Straßen, die rechtwinklig von links und rechts auf den großen Boulevard trafen, abgezirkelt und unnatürlich starr, wie von einem verrückten Mathematiker angelegt. Der Boden bebte, möglicherweise von der Wucht der lauten stinkenden Heerscharen von Fahrzeugen, die unablässig dröhnend vorbeizogen. Gilgamesch trug irgendein Kleidungsstück der Später Toten, es war eng, kniff und war unbequem.

Massen von Leuten in grotesken Spättotenkleidern ähnlich dem seinen drängten an ihm vorbei wie verzweifelte Soldaten, die in eine Schlacht eilen, sie brüllten heiser, fuchtelten wütend mit den Armen, schubsten ihn und stießen ihn und bahnten sich ihren Weg um ihn herum, der wie erstarrt mitten in dem Menschenstrom stand.

Er sah sich um. Das Gebäude direkt hinter ihm, es war eines der höchsten, schien ganz aus den Platten eines weißlichen stumpfen Metalls gemacht und stieg, Turm über Turm sich erhebend, in Stufen nach oben. An und für sich schon seltsam: ein Gebäude aus Metall. Die stumpfen bleichen Platten, welche die Außenhülle des Bauwerks bildeten, wirkten dermaßen dünn, daß er seinen Finger hätte hindurchstoßen können, und sie waren mit ständig sich wiederholenden ornamentalen Basreliefs geschmückt, die ganz und gar und überhaupt nicht ästhetisch angenehm waren, eher eigentlich vulgär wirkten. Und es gab kein richtiges Tor, nur eine gähnende Öffnung in eine weite Halle. Und dort stürzten sich wilde Menschenhorden mit eisigen Augen hindurch und zu kleineren Öffnungen im Innern oder in ebenerdige Ladengeschäfte mit gläsernen Wänden, wo irgendwelche glatte, unbegreifliche Produkte der Spättoten zum Verkauf standen.

Hinter diesem Gebäude standen weitere, aus Metall in jeglicher Tönung, aus Stein, aus Glas. Ein paar Straßen weiter sah er eins, das war breit und nicht so hoch wie die anderen, das ein Tempel hätte sein können, oder ein Palast: Es war aus bleichem grauen Stein und nicht ganz unähnlich dem Bau, den Dumuzi sich im Nachwelt-Uruk hatte errichten lassen, mit großen gewölbten Portalen und Doppeltürmen, die sich über der reichgegliederten Fassade erhoben. Dahinter stand ein weiterer Turm aus mattschimmernder dunkler Bronze, so schien ihm jedenfalls, der so hoch war, daß er gewißlich durch seine Höhe sogar die Götter hätte erzürnen müssen. Und dahinter noch ein Turm, beinahe ebenso gewaltig, und noch einer und mehr und mehr …

In seinem Kopf war ein wildes Brüllen.

Weshalb mußten sie alles so eng bauen und so hoch? Nie hätte er sich eine Stadtlandschaft von derart beeindruckender Brutalität vorstellen können. Kein einziger Flecken Gras in Sicht, nicht ein Baum. Und der Lärm, die wahnsinnige Hektik, die leeren gehetzten Gesichter, die er überall ringsum sah…

War es wirklich denkbar, daß das hier der Ort der Lebenden war? Oder war er getäuscht und betrogen worden, und hier war die Grube, die Tiefe, der Unterste Schlund, in die er geraten war?

– »Jesus! Schau dir den Brocken an!«

– »Kannst du mir sagen, wie spät es ist, Mister? He, Mister? Du da, Mister?«

– »Um Himmels willen, steh doch nicht so blöd da und versperr die ganze verdammte Straße!«

– »Brauchst du 'nen Walkman? Zum halben Preis? Brandneu, noch in der Originalpackung. Wir haben Armbanduhren, echte Rolex, du glaubst es nicht, wenn du den Preis hörst, gleich zum Mitnehmen – oder vielleicht einen TV-Portable? Sony, Zweizollbildschirm?«

– »Mammi? Mammi?«

– »Eine Kleinigkeit für die Obdachlosen?«

– »Tschuldigung…«

– »Tschuldigung…«

– »He, du Brocken, beweg deinen Arsch!«

– »Koschere Dogs? Krakauer? Falafel?«

– »Bitte nimm es und lies. Das Allerneueste über die Ankunft des Messias, und der HERR segne dich…«

– »Mammiiii?«

– »Ich brauch' man bloß 'n paar Kröten für 'nen U-Bahnfahrschein, könntest du mir vielleicht 'n bißchen aushelfen?«

– »Jesus Christus! *Steh* doch nicht so blöd da rum!«

Wenn es ihm möglich gewesen wäre, er hätte nach dem Baum gesucht, der zwischen den Welten wächst, und wäre wieder in den Bereich zurück geklettert, den er so überstürzt hinter sich gelassen hatte. Doch dieser Baum war nirgendwo zu sehen – und ebenso wenig irgendein anderer Baum. Was immer dies für ein Ort war, Gilgamesch sah keine unmittelbare Fluchtmöglichkeit. Und er sah auch keinen seiner beiden Begleiter, mit denen er den Übertritt gemacht hatte.

Er starrte in das wilde Gewühl um sich herum.

»Enkidu?«

Keine Antwort.

»Enkidu? Hörst du mich? – Enkidu? – Enkidu?«

Daß er sich hier in einer anderen Welt befand, daran zweifelte er nicht. Ziemlich wahrscheinlich handelte es sich dabei tatsächlich um das Land der Lebenden, aber in den Tausenden von Jahren seit seinem letzten Besuch zur Unkenntlichkeit verändert, und nicht nur durch eine alptraumhafte Vision, die irgendwie durch die Salbe des Haarmenschen hervorgerufen worden war. Die Sonne war gelb, so wie er sie aus der Welt seiner ersten Geburt in Erinnerung hatte, nicht rötlich. Die Fahrzeuge in den Straßen waren denen der Später Toten aus der Nachwelt recht ähnlich, mit geringfügigen subtilen Formvarianten, womit aber natürlich zu rechnen gewesen war. Alle Leute waren hier mehr oder weniger gleich gekleidet; keine Spur von der breiten Vielfalt von Kleidung, Erscheinungsbild und Gehaben, von der zufälligen ungezwungenen Vermischung aller Zeitstile und Völker, wie man sie in allen großen Städten der Nachwelt sehen konnte. Aber vor allem: Jedes und alles, das sich nicht in Bewegung befand, wirkte starr, fest, bleiern, festgenagelt an seinem Ort. Die Fassaden der Gebäude verschoben sich nicht mit jener traumhaften Beweglichkeit, wie Gilgamesch sie mit der Nachwelt verband, die Straßen vermittelten ihm nicht den Eindruck, sie könnten ihre Richtung ändern, alles war fest, starr, steif und regelmäßig.

Und er sah auch keine Dämonenwesen, weder kleine noch große, wie sie überall in der Nachwelt umherfliegen und -gleiten und -kriechen und -hüpfen und -tanzen, in den Städten und auf dem Lande. Die einzigen

Tiere hier waren anscheinend Hunde – Hunde von seltsamer Rasse, denen gar nicht sehr ähnlich, die er kannte, und sie waren an Leinen gebunden und begleiteten die Passanten in den Straßen. Ein großer dunkler Hund mit steif nach oben ragenden Ohren blieb stehen, knurrte Gilgamesch an und scharrte in plötzlicher grundloser Hast auf dem Pflaster, und es kostete Gilgamesch einige Zurückhaltung, sich nicht auf die Bestie zu stürzen und ihr mit dem Dolch die Kehle aufzuschlitzen.

Doch er trug ja gar keinen Dolch bei sich. Und er hatte auch seinen Bogen nicht. Er war gänzlich waffenlos, merkte er, und das war ein Gefühl, schlimmer als nackt zu sein.

Es war leichter geworden, als sie erwartet hätte, auf diesen großen merkwürdigen Baum zu steigen. Als sie nach oben blickte, dachte Helena, es werde ihre Kräfte übersteigen, von einem der riesigen Äste zum anderen zu klettern, doch sobald sie damit begonnen hatte, erschien es ihr beinahe so mühelos wie sich im Wasser treiben zu lassen.

Sehr merkwürdig, höher und höher zu schweben und dabei scheinbar wie in einem gewaltigen Treppenhaus abwärts zu steigen.

Nun, das war getan. Hier war sie. Kein Enkidu, kein Gilgamesch – nur Horden von häßlichen kleinen Später Toten, die wie besessen durch die überfüllte Straße drängten. Und die Luft war kalt, und es blies ein schneidender Wind. Es war hier sogar noch windiger als in Troja, und außerdem stank die Luft, war schwerbeladen von Staub und Rauch, so daß sie fürchtete, es würde ihr die Haut wundscheuern, wenn sie noch länger in dieser Luft verweilte. Die hohen Häuser waren allerdings wirklich beeindruckend, mächtige schimmernde Türme, die aussahen, als wohnten dort Götter. Aber sie fand den Ort erregend, sein Tempo, den harten heftigen Pulsschlag. Sie wußte, sie würde hier zurechtkommen.

Doch zunächst mußte sie irgendwie Enkidu finden...

Das Haus gleich vor ihr schien eine Art Regierungsgebäude zu sein, oder vielleicht ein sakraler Ort. Es erhob sich als breiter niedriger Bau aus grauem Stein an der Kreuzung zweier großer Durchgangsstraßen auf einem hohen platzähnlichen Postament mit breiten Stufen. Auf der Treppe saßen, trotz der Kälte, Menschen und lasen oder redeten, oder sie begafften einfach nur die anderen, die drunten auf der Straße vorübergingen. An den Flanken der erhöhten Plaza sah sie die steinernen Bilder zweier Idole, Löwengottheiten, die auf eigenen niedrigen Piedestalen ruhten.

Dort drin fand sie vielleicht zuständige Ortsbeamte, konnte ihre Bedrängnis erklären, sich eine Unterkunft besorgen lassen...

Von den Stufen her rief sie jemand an.

»He, Baby! Meinste nicht, du brauchst 'nen Mantel bei dem Wetter?«

Sie streifte den Mann mit einem raschen Blick. Schlecht gekleidet, noch jung, strähnige gelbe Haare, blasse blaue Augen, traurig hängender Schnurrbart. Ein Niemand. Doch er wirkte wenigstens freundlich.

Sie sagte: »Könntest du mir sagen – wie heißt dieses Gebäude hier?«

»Du machst wohl Witze! Du kennst die Bibliothek an der Zweiundvierzigsten nicht?« Er stand auf und kam langsam auf sie zu. »Von welchem Planeten kommst denn du?«

Helena lächelte. »Ich bin gerade erst angekommen – hier in dieser Stadt...«

»Na, dann laß dir mal von dem ollen Georgie weiterhelfen.« Der junge Mann starrte sie lüstern an. Die Augen waren eisig und blitzten. Er pfiff leise durch die Zähne und murmelte: »He, du bist 'ne richtige Superbiene. Mann. Du solltest beim Film sein, weißt du? Wie heißt'n du?«

»Helena, ich...«

»Helena. Fein. Komm doch her, ja? Ich will dir bloß meine Jacke leihen, okay? Komm schon, wir gehen wohin, wo's warm ist und wo wir uns ein bißchen näher kennenlernen können.«

Er umfaßte ihre Hüfte. Niemand ringsum schien ihnen die geringste Aufmerksamkeit zu schenken.

»Laß mich in Ruhe!« sagte sie mit jener Stimme, die sie benutzt hatte, als sie noch Königin in Sparta war.

Der Mann starrte sie an. »Ah! Feuer, was? Das mag ich. Komm schon, Komm mit!«

»Bleib mir vom Leib!«

Er umfaßte sie, zog sie an sich, sein Arm glitt um ihre Schultern und dann zu ihrer Brust. In der anderen Hand hielt er ein Messer, dessen Spitze kaum sichtbar war. Die Menschen, die auf den Stufen saßen, wandten einfach nur die Köpfe weg. Das konnte sie nicht verstehen, daß es sie so gleichgültig ließ, was ihr geschah.

»Laß – mich – los!«

»Ah, Baby. Baby, Baby, Baby!«

Nach einiger Zeit wurde Gilgamesch es leid, sich von den Massen anrempeln zu lassen, während er da so vor dem metallverkleideten Gebäude stand, und er setzte sich in Bewegung. Vor sich hatte er sichtbar die Sonne, eine bleiche Sonne tief über dem Horizont in der Schneise, welche die Straße durch die Häuser schnitt. Dies und die eisige Luft verrieten ihm, daß es Spätherbst sein müsse oder Winter, und so bewegte er sich also gewißlich in südlicher Richtung, doch davon abgesehen wußte er nicht, wohin er ging, noch weshalb.

So voll die Straße war, die Leute wichen ihm aus, sobald er sich ihnen näherte. Vielleicht weil ich so groß bin, dachte er. Oder vielleicht weil ich für sie ebenso fremdartig und beunruhigend wirke wie sie in ihrer andersartigen wilden Hektik auf ihn.

Nach einer Weile wurde ihm bewußt, daß er Hunger hatte. Auf den Straßen standen immer wieder Metallwägelchen, und er blieb bei einem stehen und zeigte auf einen Behälter aus Metall, in dem über einem Rost Würste dampften.

»Eine davon«, sagte er.

»Mit Senf und Sauerkraut?«

»Ich verstehe nicht?«

»Welche Sprache soll ich denn reden? *Senf, Sauerkraut, Zwiebeln,* sag mir einfach was du haben willst, okay?«

»Gib es mir einfach«, bat Gilgamesch.

»Aber klar, mein Freund. Was du willst.« Der Verkäufer steckte die Wurst in ein zusammengeklapptes längliches Brot und reichte dies dem Sumerer, der sofort zu essen begann. Nach vier Bissen war er damit fertig.

»Noch eins«, sagte er.

»Das macht einsfünfundneunzig«, sagte der Mann.

»Ja. Noch eins«, sagte Gilgamesch.

Der Verkäufer sah ihn starr an. »Hörst du nicht? Einsfünfundneunzig!«

»Das verstehe ich nicht. Aber ich bin sehr hungrig.«

»Ist mir klar, Freundchen. Aber erst mal zahlst du für die eine.«

»Bezahlen – dich?«

»Mich bezahlen, genau. Du verstehen? Du schpiekie die Ihnglisch recht gut.« Und er streckte ihm die Hand hin. »Rück schon rüber damit, du Schwanz! Eins-fünfundneunzig, und hör auf, so rumzufurzen, oder ich rufe 'nen Bullen!«

Und nun begann Gilgamesch zu begreifen.

»Ach? Du willst Bezahlung? Aber ich habe kein Geld!«

»Jesus-Hilfmir-Christus! Was bist'n du für einer? Aus dem Zirkus davongelaufen? He, Polizei! Der Kerl da will nicht für seinen Hotdog bezahlen!«

Es war nicht zu verkennen, hier drohte Ärger. Gilgamesch sah einen Mann mit einem spitzen Kopfhut, in einem grob wirkenden dunkelblauen Bekleidungsstück, das anders aussah als alle die Kleider, die sonst jemand in der Nähe trug, von weiter oben in der Straße zu ihnen hersehen. Höchtswahrscheinlich so eine Art Straßenwärter. Er begann sich mit ruhigen gleichmäßigen Schritten zu entfernen, ohne sich noch einmal umzuwenden.

Der Wursthändler aber schrie weiter laut, und der Wachmann rief ebenfalls etwas. Manche der Menschen starrten her. Nach zwanzig Schritten warf Gilgamesch über die Schulter einen Blick über die dichten Menschenmassen hinter sich und sah, daß der blaugekleidete Mann hinten irgendwie eine winkende heftige Handbewegung machte, dann die Faust wider ihn hob und schüttelte, und sich mit einem Achselzucken abwandte. Dann hörte er das wütende Schreien des Wurstverkäufers noch eine Weile, dann nicht mehr.

Wahrscheinlich war es eine zu große Mühe für den Mann, ihn in der Menschenmenge wegen der Summe für ein Würstchen zu verfolgen. Aber während Gilgamesch rasch weiter die Straße hinunterschritt, begriff er, daß er vorsichtig sein mußte. Selbstverständlich mußten die Menschen hier Geld für Nahrung fordern. Aber in seinem Beutel befand sich nichts, was aussah, als wäre es ein ortsübliches Zahlungsmittel. Anscheinend hatte ihn der Behaarte Mann hierher geschickt, ohne ihn ausreichend vorzubereiten, wie man sich in dieser anderen Welt zu verhalten hatte, und ihn so gezwungen, auf alle Reste von persönlichem Einfallsreichtum zurückzugreifen, über die er verfügte.

Er überlegte sich, ob er eine Chance hatte, mit diesem verwirrenden, komplizierten Ort zurechtzukommen. Er hatte zu lange abgesondert gelebt, war seinen einsamen Pfad durch die Wildnis gezogen, und als er sich wieder zwischen die anderen Menschen, die Männer und Weiber, begeben hatte, war er König gewesen. Von einem König wurde nicht verlangt, daß er die Kunst beherrschte, wie man auf der Straße Würstchen kauft. Sein Enkidu, ungeschliffen, direkt und ungehemmt, wie er war, Enkidu war wahrscheinlich weit besser darauf vorbereitet, sich hier zurechtzufinden, als er.

Doch wo sollte er in diesen Massen von Fremden Enkidu finden können?

Er wanderte weiter. An jeder Straßenecke standen Signalmaste mit Lampen, die angaben, zu welcher Zeit die Fahrzeuge sich bewegen durften und wann die Fußgänger. Rotes Licht – Warten. Grünes Licht – Gehen. Eine vernünftige Einrichtung, jedenfalls für hier. Doch Gilgamesch bezweifelte stark, daß so etwas in dem Zufallsdurcheinander der Nachwelt funktionieren würde, wo die Signale höchstwahrscheinlich gleichzeitig rot und grün leuchten würden, oder grün für alle, oder in einer gänzlich anderen Farbzusammenstellung.

Überall standen Verkäufer, die auf Wagen Essen feilboten. Die Düfte, die davon aufstiegen, lösten in ihm einen qualvollen Hunger aus. Ihm war ganz schwach vor Hunger, doch er zwang sich weiterzugehen. Bis er herausfand, wie man hier auf anständige Weise an Nahrung kam, wollte er mit diesem schwierigen Volk mit der ordinären Sprechweise nichts zu schaffen haben.

Vor ihm lag nun eine bedeutende Kreuzung, wo eine zweite breite Straße jene kreuzte, die er entlangging. Auf der anderen Seite erblickte er ein beeindruckendes Bauwerk, das dem recht ähnlich sah, das er ungefähr ein Dutzend Straßen weiter hinten gesehen hatte, ein Stück von der Straße abgesetzt, steinern grau, von weit geringerer Höhe als die es umgebenden Bauten, jedoch ebenfalls groß in Masse und Weite, und man gelangte von einer Plaza aus über eine weite Steintreppe hinauf. Das Gebäude hatte keine Türme, und seine Fassade war nicht mit so reichen Steinschnitzereien versehen wie die des anderen Hauses, das, wie er sich überlegte, ein heiliges Haus gewesen sein mußte, eine – wie hatte Herodes das genannt? – eine Kathedrale. Davor befanden sich zwei Statuen von Löwen, nicht besonders furchteinflößende Löwen, vielleicht Symbolfiguren für die Kraft und Güte des Ortskönigs.

Hier konnte recht gut der Regierungspalast sein, dachte Gilgamesch. Dann war es wohl angebracht, dort einzutreten, einem der Wesire zu bedeuten, daß er der König eines fernen Landes sei, durch plötzlichen Zauber hierher versetzt, und daß er seinen Bruder, den Herrscher dieses Ortes, um Gastfreundschaft bitte. Zweifellos würden sie hier nichts von Uruk gehört haben, dennoch war er zuversichtlich, daß die Beamten des Hofes ihn freundlich empfangen würden. Sie würden ihn ganz sicher ernstnehmen müssen, so königlich wie seine Haltung und sein Gehaben waren, so selbstsicher. Und gewiß würden sie ihn auch mit wärmerer Kleidung ausstatten, ihn mit einigen Münzen aus der königlichen Schatulle versehen, und der König würde ihm bei der Suche nach Enkidu helfen ...

Ja. So mußte es sein. Ja.

Er begann die Treppe hinaufzusteigen.

Auf noch nicht halber Höhe fiel ihm etwas Ungewöhnliches nur ein paar Stufen weiter oben auf. Eine dunkelhaarige Frau, die für einen derart kalten Tag viel zu dünn bekleidet war, rang dort mit einem schäbig angezogenen Mann, der sie mit sich fortzuzerren versuchte, wie es aussah. Das Gewand der Frau war zerrissen, und sie fluchte und kreischte. Mit dem einen freien Arm schlug sie wütend auf den Mann ein, doch es nutzte wenig, denn dieser lachte nur und redete die ganze Zeit weiter, während er sie über die Stufen zerrte.

Am seltsamsten fand Gilgamesch, daß da zwar zahllose Leute auf den Stufen saßen, davon einige ganz in der Nähe des Mannes und der Frau, daß aber keiner dem Kampf die geringste Aufmerksamkeit schenkte. Vielleicht war es Brauch in diesem Land, daß Männer den Frauen auf den Stufen vor öffentlichen Gebäuden Gewalt antun mußten. Aber verlangte dieser Brauch auch, daß niemand dem Opfer zu Hilfe kommen durfte? Seltsam, seltsam. Gilgamesch zögerte kurz, sah empört hin, wußte aber nicht, wie er angemessen reagieren sollte.

Doch dann hörte er das Weib laut schreien: »Enkidu! Wo immer du bist, hilf mir! Hilfe, Enkidu!«

Bei allen Göttern! Die Frau war Helena!

Gilgamesch setzte sich sofort in Bewegung, war im Nu die Stufen hinaufgeeilt, packte den Mann am Arm, hebelte ihn herum und verdrehte ihn ihm und zerrte ihn mit einem raschen Ruck von Helena fort.

Der Mann wirbelte herum und fauchte Gilgamesch wütend an: »He, Mann, was soll'n der Scheiß?«

»Gilgamesch! Er hat ein Messer!«

»Ich habe es gesehen.«

Die Klinge blitzte. Gilgamesch sah den Stoß kommen, der aufwärts zur Mitte seiner Brust zielte, und faßte das Handgelenk des Mannes, bevor die Waffe ihn treffen konnte. Er bog die Hand des Angreifers nach hinten. Es gab ein scharfes knackendes Geräusch, und das Messer entfiel seinen Fingern. Helena hob es auf und schleuderte es die Treppe hinab. Der Mann führte vor Gilgamesch einen grotesken Tanz auf, er brabbelte und zischte vor Schmerz und Verblüffung und stieß einen Strom unverständlicher Obszönitäten aus. Voll Verachtung schlug Gilgamesch ihn, wie man nach einem lästigen Insekt schlägt. Die Ohrfeige riß den Kerl in die Luft und schickte ihn taumelnd und mit Armen und Beinen wedelnd die gesamte Treppe bis zur untersten Stufe hinab. Vor dem linken Löwenstandbild schlug er mit dem Kopf gegen die Stufenkante und landete wie ein Haufen fortgeworfener Lumpen am Sockel des Bildnisses. Er wimmerte noch ein Weilchen, dann wurde er still.

Gilgamesch wandte sich zu Helena, die mit bleichem Antlitz, geweiteten Augen und zitternd dastand.

»Bist du verletzt?« fragte er. »Hat er dir etwas getan?«

»Nein, er hat mir nur einen Schrecken eingejagt. Der dreckige anmaßende Tölpel wagte es, mich anzufassen, mich, die einst eine Königin war, deretwegen der größte Krieg aller Zeiten angezettelt wurde …« Sie schüttelte den Kopf. »Ich habe keine Ahnung, was er mit mir vorhatte. Mich in seine Hütte zerren, nehme ich an. Glaubst du, du hast ihn umgebracht?«

»Ich bezweifle es. Nicht daß es besonders schade wäre um ihn. Ist Enkidu mit dir da?«

»Nein. Ich dachte, vielleicht ist er mit dir zusammen.« Plötzlich schien die ganze königliche Empörung von ihr abzufallen, und sie war nur noch eine zierliche fröstelnde Frau in einem zerknitterten und zerrissenen Kleid. »Wo sind wir hier gelandet, Gilgamesch? Was sollen wir tun?«

»Wir sind im Land der Lebenden. Und Enkidu muß sich hier irgendwo ganz in der Nähe aufhalten. Wenn wir einfach hier stehenbleiben und warten, vielleicht kommt er dann vorbei. Und sobald wir wieder zu dritt sind, können wir …«

»Oh. Schau mal, Gilgamesch! Da unten.«

Am Fuß der Treppe, wo Helenas Angreifer immer noch lag, begann sich eine Gruppe von Menschen zu sammeln. Gilgamesch sah, daß einer von diesen blaugewandeten Straßenwächtern neben dem Mann kniete, und daß ein zweiter mit den dort versammelten Leuten sprach. Sie zeigten zu ihnen herauf. Einer der Wächter winkte Gilgamesch zu.

»Was willst du jetzt machen?« fragte Helena.

»Ich denke, ich gehe hinunter und spreche mit ihm. Ich habe nichts Übles getan. Und diese Staatsbediensteten können uns vielleicht helfen, eine Bleibe und etwas zu essen zu finden.«

»Er hat eine Schußwaffe, Gilgamesch!«

Der Sumererkönig nickte. »Ich sehe es. Aber ich will ihm ja nichts tun. Ich bin unbewaffnet, das kann er kaum übersehen.«

»Sei vorsichtig, sei; vorsichtig!«

Gilgamesch nickte.

Als er ihm nahe gekommen war, deutete der Wächter auf den dort liegenden Mann und sprach: »Hast du ihn die Treppe runtergeschmissen?«

»Der Mann hat mich angegriffen!« sagte Helena wild. »Ich bin fremd in dieser Stadt und bat um Auskunft, da packte mich plötzlich dieser Mann – seht doch, wie er mir das Kleid zerrissen hat! – Und wenn nicht mein Freund im rechten Moment vorbeigekommen wäre …«

»Mal ruhig, Lady, nur Ruhe! Lassen wir erst mal den da sprechen. Du kannst dann gleich hinterher deine Aussage machen.« Und zu Gilgamesch sprach der Wächter: »Also? Hast du den da runtergeworfen?«

Gilgamesch mühte sich um Gelassenheit. Die schneidenden schrillen Stimmen dieser unkultivierten kleinen Spättoten, ihre Überheblichkeit und Unverschämtheit, ja selbst die Art, wie sie Worte aussprachen, reizten ihn arg. Sie hingen um ihn herum, nölend und näselnd, ohne Ehrerbietung, belästigten ihn mit ihrem unverständlichen Brei von Kauderwelsch. »Ich gab ihm eine Ohrfeige, ja, als er anfing, mich anzuschreien, und er stürzte die Stufen hinab. Ich hatte nicht die Absicht – es lag mir völlig fern –, ihr müßt mir das glauben, daß ich nicht wollte – bei Enlil, der Kerl ist doch Abschaum! Einfach ein Dreckskerl! Laßt mich zufrieden. Ich habe nichts Unrechtes getan. Ich habe doch nur …«

»He, Mann! He! Bleib cool, du Brocken!«

»Cool?« sagte Gilgamesch. »Cool?«

Der Wächter nickte. »Genau! Bleib cool, dann geht das alles für dich schon okay. Wir werden dich nicht einbuchten. Wir haben hier 'ne Menge Augenzeugen für den Vorfall, und die sagen alle aus, daß du der Lady geholfen hast und daß er dich mit dem Messer bedrohte. Trotzdem müssen wir nach Protokoll vorgehen, verstehst du?«

Gilgamesch runzelte die Stirn. »Protokoll?«

»Also, zuerst brauche ich mal deinen Namen, okay?«

»Aber selbstverständlich«, sagte Gilgamesch großmütig. Er richtete sich zu seiner ganzen hohen Heldenhaftigkeit auf. »So wisset also, ich bin Gilgamesch, Sohn des Lugalbanda, König von Uruk. Das Weib mit mir ist Helena, Königin von Sparta, ehemals Gemahlin von Menelaos, die überall in dieser Welt und der anderen unter dem Namen Helena von Troja berühmt ist...«

»Hinky?« rief Gallagher. »He, Hinky! Da ist jemand für dich. Telefon.«

»Ich komme«, sagte Enkidu.

Er entrollte sich auf dem schmalen Sofa, auf dem er erfolglos ein Nickerchen zu machen versucht hatte, und ging zur Tür des Umkleideraums auf der Hinterseite des Clubs, wo Gallagher ihn untergebracht hatte. Draußen im Gang lehnte Gallagher, mit einem Drink in der Hand, direkt gegenüber der Tür.

»Der Apparat ist gleich da unten«, sagte er.

»Ist es die Polizei?«

»Wer weiß sonst noch, daß du hier bist?«

»Niemand«, antwortete Enkidu.

»Dann muß es die Polizei sein.«

»Haben sie meine Freunde gefunden?«

»Hör mal«, sagte Gallagher, »*ich* weiß das nicht. Der Anruf ist für dich. Also geh und rede mit den Leuten, dann erfährste schon, was los ist.«

»Genau«, sagte Enkidu. »Genau.« Und er begann den Flur hinunter zu gehen. Doch nach ein paar Schritten zögerte er und sagte: »Willst du vielleicht an den anderen Apparat gehen, so wie vorher, Bill? Wenn mir nicht die richtigen Wörter einfallen, die ich sagen muß. Du könntest dich einschalten, du könntest verhindern, daß ich blöd wirke.«

»Ja«, sagte Gallagher. »Ja, das mach ich dann wohl besser.«

Zusammen gingen sie den Gang hinunter ans Telefon.

Es war der dritte Tag, den Enkidu hier verbracht hatte; in der kleinen Kammer hinten im Club Ultra Ultra in der West 54th Street. Gallagher hatte ihn auf einem Platz entdeckt, wo er umherirrte, den sie Times Square nannten, wo er nach Helena und Gilgamesch suchte. Gallagher war ein kleiner betriebsam wirkender Mensch mit dichtem, krausem sandfarbenen Haar, das dicht an seiner Schädeldecke klebte, und er besaß die härtesten und kältesten blauen Augen, die Enkidu je gesehen hatte. Er hatte nicht lange gebraucht, Enkidu in ein Gespräch zu ziehen.

»Fremd in der Stadt, was?«

Enkidu hatte ihn angelächelt. »Wie kannst du das wissen?«

»Ach, gar nicht so schwer, das zu sehen. Bist du 'n Ringer? Vielleicht ein Ex-Footballspieler? Du suchst nicht zufällig 'nen Job?« Die eisigen Augen glitzerten wie geschliffene Marmorkugeln. »Ein toller Brocken wie du. Ich hätte da vielleicht Arbeit für dich, wenn's dich interessiert.«

Etwas in der direkten Art von Gallagher sprach Enkidu an. Außerdem, er war allein und viel stärker durcheinander, als er sogar sich selber gern eingestanden hätte, in dieser unvertrauten wirbelnden großen Stadt.

Vorsichtig fragte er: »Was wäre das für Arbeit?«

»Portier. Nachtclub. Rausschmeißer, meine ich.«

»Rausschmeißer«, wiederholte Enkidu, der nichts verstand. »Nachtclub. Aha.«

»Sechsfuffzig die Woche. Bar, wenn du das vorziehst. Sonntag- und Montagnacht frei. Getränke kostenlos, in gewissen Grenzen. Bei deinem Schwengel kannste dir wahrscheinlich soviel Weiberärsche schnappen, wie du magst, wenn du darauf stehst.« Gallagher grinste. »Das interessiert dich, was? Ja, ich seh' schon, da biste echt interessiert. Wie heißt'n du?«

»Enkidu.«

»Hinkadoo? Was issen das für 'n Name? Pakistanisch? Israel? Nee, wart mal, ich hab's; du bist aussem Iran. Stimmt's? Die dichten schwarzen Haare, der dichte schwarze Bart. Jesus! Ich hab' gar nicht gewußt, daß sie bei euch im Iran Leute von deinem Kaliber produzieren. Wie groß bist'n du? Sechs Fuß sieben, sechs-acht? Sowas in der Preislage bestimmt. Also, jetzt komm, gehen wir rüber zum Club, okay? Zehn Blocks weit, aber verdammt, wer kriegt schon in der Gegend hier um diese Zeit 'n Taxi? Aber du kannst ja laufen. Ich weiß, du kannst laufen. Also komm! Ich heiße Gallagher, Bill Gallagher. Bloß halb irisch, aber es ist die Hälfte, die was man sieht. Der Rest ist polnisch, ob du's glaubst oder nicht. 'ne tolle Mischung, was? Ein Mick und ein Polacke. Ich hab' mal einen Iranier gekannt, Khalili hieß der, Aziz Khalili. Vielleicht kennst du den ja auch, 'n kleiner Kerl, halb so groß wie du, dichter Bart, ganz traurige Augen, handelte mit gefälschten Antiquitäten, hatte 'nen Laden drüben in der Siebenundfünfzigsten, und der sagte immer ›Ich bin kein Iraner, ich bin Perser‹ – ich glaub', den haben sie dann zurückgeschickt, irgend so ein Trabbel mit seinem Visum …«

Enkidu starrte stumm vor sich hin.

Er hatte vor langer Zeit und in einer völlig anderen Welt gelernt, je weniger man sagte, desto besser an einem unbekannten Ort, wo man sowieso kaum verstand, wovon die Leute redeten. Hier redeten sie Englisch, oder so etwas in der Art, aber mit einem Akzent, der sich drastisch von allem unterschied, woran er sich aus der Nachwelt erinnerte, und sie schnatterten und quäkten so rasch, daß es fast unmöglich war, ihren Worten zu folgen. Doch auch wenn er sie verstand, verstand er sie doch nicht, nicht wirklich. Es hätte ebenso gut eine ganz fremde Sprache sein können. Dieser Gallagher hatte innerhalb zweier Minuten fünfzig oder hundert Sachen gesagt, die für Enkidu keinen Sinn ergaben. Es war also klug, den Mund zu halten, viel zu nicken, die

Achseln zu zucken, und Gallagher die ganze Rederei zu überlassen.

Der ›Club Ultra Ultra‹ erwies sich als ein düsterer verrauchter Ort, an dem sich Menschen einfanden, um zu trinken und zu tanzen, und wo in etwa stündlichen Abständen Weiber erschienen, die zu Musik ihre Kleider auszogen. Es war Enkidus Aufgabe, an der Tür zu stehen und dafür zu sorgen, daß keine betrunkene oder unordentlich gekleidete Person ins Innere Eintritt erhielt, und wenn jemand betrunken oder unordentlich wurde, *nachdem* er oder sie bereits Einlaß gefunden hatte, mußte Enkidu zu der Person gehen und sie ermuntern, den Ort ohne Aufsehen zu verlassen. Als Arbeit schien dies nicht übermäßig schwer zu sein. Und er hatte eine Bleibe gefunden und einen nützlichen Verbündeten, der sich in dieser rätselhaften Welt auskannte, in der Enkidu gelandet war.

Ehe er an seinem ersten Abend seinen Dienst antrat, kam Gallagher zu ihm mit einen Stoß von Papieren, die es auszufüllen galt. Es seien Formulare, sagte er, für das Finanzamt, das Arbeitsamt und andere offizielle Sachen, der übliche Kram bei Neueinstellungen, eben der reine Vorschriftenkram. Doch als er Enkidu fragte, wo er wohnte, antwortete dieser, daß er derzeit nirgendwo wohnte; und als Gallagher ihn nach seinem Familiennamen fragte, schwieg Enkidu lange und sagte schließlich, sein Name sei Enkidu. Gallagher sah ihn merkwürdig an. »Hinkadoo Hinkadoo, so heißt du? Und du wohnst nirgendwo. Und natürlich bist du auch nicht amerikanischer Staatsbürger, nein, also hast du auch keinen amerikanischen Führerschein oder 'ne Versicherungskarte oder 'nen Paß – oder sonst irgendwie 'n verdammtes offizielles Ausweispapier, stimmt's? Hab' ich mir doch irgendwie fast gedacht. Eine Grüne Karte? Ach, das kann ich mir sparen, dich danach zu fragen. Und auch keinerlei andere Papiere, aus dem Land, wo du herkommst, wo immer das sein mag. Stimmt's?«

»Stimmt.«

Und er schüttelte den Kopf. »Weißt du, Hinky, ich könnte mich in die tiefste Scheiße reinreiten – beim Gewerbeamt, bei der Einwanderungsbehörde, bei der Steuer, und Jesus allein weiß, wo sonst noch! Ein Kerl fällt da vom Mars runter, und ich gable ihn so ganz einfach auf der Straße auf und heure ihn als Türsteher an, einfach so, ganz ohne Papiere, mit nicht dem winzigsten Fetzen von Ausweis. Und er will mir nicht mal seinen verdammten Familiennamen sagen, was?« Enkidu starrte ihn nur an, denn er begriff nahezu nichts von dem Ganzen. Und Gallagher redete auch gleich weiter. »Die könnten mir glatt den Laden dichtmachen. Ich muß verrückt geworden sein. Aber du gefällst mir. Du gefällst mir echt. Und ich brauche jemand, der die verdammten Besoffenen unter Kontrolle halten kann. Ich hab dich an Land gezogen, also kann ich dich jetzt auch genausogut gleich behalten. Also, du kriegst den Job, aber ohne offiziellen Vertrag, klar? Sobald irgendwer, der offiziell aussieht, hier auftaucht und dich fragt, ob du hier arbeitest, sagst du dem, nein, nein, du bist bloß zu 'nem kurzen Besuch vorbeigekommen. Und du schaust besser, daß du nicht in irgendwelchen Trabbel kommst, ja? Und wenn doch, schön, dann hab' ich dich in meinem ganzen Leben noch nie gesehen. *Capisce? Farstehn?* Haste mich?« Gallagher holte tief Luft. »Mich muß 'n wahnsinniger Affe gebissen haben, daß ich sowas mache. Aber sag mir eins, nur ein ganz kleines Bißchen, Hinky, ja? Machst du das? Sag mir bloß, was willste eigentlich überhaupt hier in New York?«

»Ich versuche, meine Freunde zu finden«, antwortete Enkidu. »Gilgamesch, der mir wie ein Bruder ist. Und Helena. Sie sind irgendwo hier in dieser Stadt. Irgendwo.«

»Irgendwo? Aber das ist 'ne ziemlich große Stadt. Weißt du denn nicht, wo?«

»Wir wurden getrennt, als wir herkamen. Das war

gestern, glaube ich. Er ist sehr groß, genau wie ich. Sie ist sehr schön und hat dunkles Haar. Ich muß sie finden.«

»Hast du's schon bei der Polizei versucht?« Dann lachte Gallagher. »Nein, bestimmt nicht bei der Polizei. Schön, hör mal, wir versuchen es jetzt einfach mal. Wie heißt dein Freund?«

»Gilgamesch.«

»Ist der auch aus dem Iran?«

Achselzuckend sagte Enkidu: »Wir sind Sumerer.«

»Ist mir neu. Sumerer. Aber schön. Versuchen wir's mal. Wir brauchen eine Auskunft von der Stelle für vermißte Personen über einen großen männlichen Sumerer namens Gilgamesch. Du kennst dich mit dem Telefon aus?«

»Ich weiß nicht so recht. Da, wo ich herkomme, sind sie anders.«

»Gut. Ich werd's dir zeigen. Du rufst da an, fragst nach der Vermißtenabteilung, vielleicht funktioniert's ja – jedenfalls machen sie's im Fernsehen immer so. Und da wirst du erst mal rumgeschaltet, bis du in der richtigen Abteilung landest. Denen sagst du, du bist sein Bruder – Freund reicht nicht, das interessiert die keinen Furz, aber ein Bruder, vielleicht –, und was das Mädchen angeht, da sagst du, sie ist deine Verlobte, klar? Hast du kapiert, was ich sagte? Du kannst die Typen nicht einfach auffordern, irgendein Weib für dich zu suchen, das du finden willst, aber wenn's deine Anverlobte ist, da werden sie dir helfen, besonders wenn du so ausländisch klingst, wie du das tust, und wenn du ein bißchen durcheinander wirkst, was du ja ebenfalls bist. Also, komm. Machen wir den Anruf, okay? Okay?«

Dies war vor zwei Tagen geschehen, und Enkidu hatte der Polizei gegenüber gesagt, daß er von seinem Bruder und seiner Verlobten getrennt worden sei, am Tag ihrer Ankunft in New York – und Gallagher hörte am Nebenapparat mit und soufflierte ihm, wenn er das richtige Wort nicht fand… und hier war Enkidu nun, zwei Tage später, hing wieder an diesem Telefon und hörte einer verquälten New Yorker Stimme zu, die ihm entgegenkrächzte: »Hörst du? Grad kommt der Bericht über deinen Bruder rüber, ja? Laut Bericht aus dem Bellevue, männliche Person, die ihren Namen als Gilgamesch angibt, paßt zu der Suchbeschreibung, Bart, extrem groß und kräftig, fremdländischer Akzent, zur Beobachtung eingeliefert; junge Frau namens Helena; beide ohne jeden Identitätsausweis; verwickelt in einen Zwischenfall auf der Treppe zur Bibliothek in der Zweiundvierzigsten – nichtidentifizierter Stadtstreicher, schwere Verletzung, Vergewaltigungsversuch an der Frau, Gil verhinderte das und verletzte den Typ, keine offizielle Anklage, sieht aber so aus, als wäre es ein Psycho-Fall, sagen sie…«

Enkidu begriff überhaupt nichts und fuchtelte heftig mit der Hand. Gallagher schaltete sich ein: »Ich bin ein Freund von Mister Hinkadoo und vertrete ihn. William Gallagher. Wie wollen wir verfahren, damit wir Mr. Hinkadoos Bruder und seine Verlobte in unsere Obhut übernehmen könnten?«

»Also, zuerst solltet ihr mal versuchen, runter zum Bellevue zu kommen.«

»Unter welcher Fall-Nummer können wir nachfragen?«

Es kam ein Klicken in der Leitung. Gallagher kniff die Brauen zusammen und legte den Hörer auf. Zu Enkidu sagte er: »Hast du irgendwas davon mitgekriegt?«

»Man hat sie gefunden, ja?«

»Ja. Irgendwie ein Knatsch vor der Bibliothek, die Bullen, die Polizei haben sie im Bellevue eingelagert, weil sie keine Personalausweise hatten, und wegen allgemein exzentrischer Verhaltensweise, nehme ich mal an.«

»Was ist denn das, dieser Persönlichkeitsnachweis, von dem ihr alle redet, die wir nicht haben?«

»Es bedeutet den Nachweis, daß du existierst.«
»Ach. Und Bellevue?«
»Das ist die hiesige Klapsmühle.«
»Klapsmühle?«
»Du weißt schon. Wo sie die Spinner einbuchten.«
»Was? Ein Haus voll Spinnen? Aber wieso wollen sie Gilgamesch in ein Haus voll Spinnen bringen?«
»Weil...« Gallagher preßte sich die Hände auf die Augen. »*Mich* sollten sie ins Spinnerhaus stecken, weißt du? Aber das würdest du nicht kapieren. Natürlich nicht.« Er sah durch die Finger Enkidu an. »Es ist eine Anstalt für Psychos, für Irre, für Geisteskranke. Kannst du irgendwas davon verstehen? Ja? Nein. Macht nichts. Wir gehen da eben einfach hin und holen sie da raus, klar? Vergiß nicht, er ist dein Bruder, und nicht etwa dein Freund. Und dein Name ist Hinkadoo Khalili, und du kommst aus dem Iran, und er ebenfalls, und auch das Mädchen, und falls sie dich danach fragen, seid ihr hierher gekommen, um politisches Asyl zu bekommen, aber hoffen wir, daß sie danach nicht fragen, und deinen Paß hast du in deinem Hotel gelassen, und wenn sie dich fragen, in welchem Hotel, dann überlaß es mir zu antworten, und überhaupt sagst du am besten nicht mehr, als unbedingt nötig, ja?«
»Sie ist Griechin«, sagte Enkidu.
»Also, jetzt hör mir mal zu: Für heute ist sie aus dem Iran, okay? Es vereinfacht die Sache, wenn ihr alle drei aus dem gleichen Land kommen würdet, auch wenn's nicht stimmt.« Er rieb sich nachdenklich und behutsam den Schädel. »Ich sollte mir wirklich mal meinen Kopf untersuchen lassen. Ich müßte wirklich mal zu 'nem Psychiater und meinen Kopf durchchecken lassen! Ach, komm, zieh deine Latschen an. Ziehen wir rüber.«

Gilgamesch blickte erstaunt von Enkidu zu Helena und zu dem kleinen Mann mit dem harten Gesicht und den blauen Augen und danach wieder zu Enkidu zurück.

Dieser gab ihm ein rasches, kaum sichtbares Zeichen, das bedeutete: *Bleib einfach still und laß den Mann da alles erledigen.*

Schön, dachte Gilgamesch. In der Nachwelt war er ja wohl ein Held unter Helden, doch in diesem üblen erbärmlichen Sumpfloch von Welt hier war er ganz verloren und hilflos. Dieser Mann, den Enkidu irgendwo gefunden hatte, schien zu wissen, wie man es hier richtig machte und was man sagen mußte. Schön. Gut so. Nur bringt mich raus von hier, mehr will ich nicht.

Der andere kleine Mann, der in dem schmuddeligen weißen Mantel, der ihm während der letzten zwei Tage so viele absurde Fragen gestellt hatte, sagte gerade zu dem anderen Mann, der mit Enkidu gekommen war: »William Gallagher?«

»Richtig, Doktor.«

»In welcher Beziehung stehst du zu diesen Leuten?«

»Also eigentlich ist es ja meine Schwester Marie. Sie arbeitet für die Iranian-American Friendship League, wissen Sie, die mit dem Büro droben in Morningside Heights, und sie hat mich gebeten, diese drei Leute in Empfang zu nehmen und sie zu einer Adresse irgendwo in der Hundertzwölften West abzuliefern, wo man sich um sie kümmern wird. Es sind politische Flüchtlinge. Unglücklicherweise passierte am Flughafen eine Panne, und sie wurden getrennt, als sie in den Bus stiegen, der sie zum Westside Terminal bringen sollte, wo ich auf sie wartete, um sie aufzunehmen, und dann ...«

»Allright«, sagte der Mann in dem weißen Mantel. »Ich nehme an, du bist von deiner Schwester ermächtigt, in ihrem Namen für die Entlassung zu unterschreiben, oder muß sie selber dafür noch vorbeikommen?«

»Ich kann unterschreiben. Mein Gott, sie wird so froh sein, wenn die endlich auftauchen! Sie war praktisch außer sich, seitdem Gil und Helen verschwunden waren. Marie ist eine so *wundervoll mitfühlende* Frau, wissen Sie.

Dermaßen hingebungsvoll in ihrer Hilfe für die Unglücklichen ...«

Der Arzt kritzelte etwas in ein Notizbuch. Dann blickte er auf und wies mit dem Kinn zu Gilgamesch. »Da wir von Hilfe sprechen, gibt es bei eurer Iranischen Freundschaftsliga psychotherapeutische Einrichtungen, Programme? Dieser Mann da hat dringend eine Therapie nötig.«

»Im Ernst, Doktor?« sagte der Mann Gallagher mit ernster Stimme. »Meine Schwester wird das genauer wissen wollen. Könnten wir was Genaueres erfahren, Doktor?«

»Ich gebe euch sein Printout mit. Aber es wird euch alles ganz klar, nachdem ihr nur ein paar Minuten lang zugehört habt, wenn er redet, wie tief gestört er ist. Diese Trojanische-Helena-Phantasien, der Gilgamesch-Wahn, ganz massiv und in wahrhaft zwanghaften Einzelheiten ausgearbeitet... Heißt er tatsächlich Gilgamesch, übrigens? Ja? Nun, das spielte offenbar dann eine gewisse Rolle für die Art seiner Störung. Im Grunde handelt es sich um eine Psychose mit Wahnvorstellungen, ein geradezu klassischer Fall, sehr tief verwurzelt. Er scheint ganz in einer fremden Welt zu leben, die er sich – soweit ich das in den zwei Tagen feststellen konnte, die ich ihn hier unter Beobachtung hatte – anscheinend ungewöhnlich tief und überzeugend entwickelt hat. Wenn ich nicht so höllisch überlastet wäre, würde ich gern eine Fallstudie über ihn schreiben. Aber natürlich, der alltägliche Arbeitsdruck hier, die Routine ...« Er lutschte kurz an seinem Schreibstift. »Eigentlich frage ich mich schon auch, wie er überhaupt ins Land gekommen ist, so schwer gestört, wie der Mann ist. Flüchtling oder nicht, man müßte doch annehmen, daß er gewisse Schwierigkeiten gehabt haben müßte, überhaupt ein Visum zu bekommen, wenn man an die Vorschriften des Einwanderungsgesetzes von ...«

»Man machte aus Mitgefühl eine Ausnahme«, sagte

Gallagher rasch. »Soweit ich informiert bin, waren diese Männer bedeutende Helden des Widerstands im Untergrund und in Anerkennung ihrer außergewöhnlichen Verdienste erhielten beide die Einreisebewilligung. Hier in Gil sehen Sie einen Mann, der die schlimmsten Folterungen durchgemacht hat, die die Henkersknechte des Ayatollah sich für ihn ausdenken konnten, und da haben wir das unvermeidliche tragische Ergebnis. Eigentlich soll er ständig in der Obhut seines Bruders Hinkadoo bleiben, verstehen Sie? Aber weil es diese blöde Verzögerung am John-Eff-Ka gab …«

»Ich verstehe, verstehe.« Der Arzt kritzelte wieder in sein Papier.

Gilgamesch schaute mit gerunzelter Stirn zu Helena hinüber, die sich an Enkidu schmiegte. Sie schien Mühe zu haben, ein Lachen zu unterdrücken. Er spürte, wie der Ärger in ihm wuchs. Erst hatte er stundenlang die Befragungen durch diese Zwerge über sich ergehen lassen müssen, diese kleinen ärgerlichen summenden Insekten – und jetzt auch noch dies, alle diese Lügen und Schwindeleien, diese langwierige und langweilige Diskussion über seine Person, als wäre er nichts weiter als ein erbarmenswürdiger Verrückter …

Natürlich, das Ganze war weiter nichts als ein Manöver, um ihn hier herauszuholen, das sah er ganz klar, aber dennoch – dennoch – wie entwürdigend, dabeisitzen zu müssen wie ein geduldiges Schaf, während dieser ganze dünne Quark über ihn verrührt wurde …

Bleib still! befahl er sich. Laß diesen Gallagher sagen, was hier nötig ist.

Doch es war einfach zuviel. Weshalb sollte er gezwungen sein, den Verrückten zu spielen, um seine Freiheit wiederzugewinnen? Er konnte nicht länger schweigen. So sehr er sich bemühte, die Worte brachen einfach aus ihm heraus: »Dieses Geschnatter beginnt mein Ohr zu beleidigen. Ich wünsche, daß das aufhört, und daß man uns sofort und ohne weitere Torheiten entläßt!«

»Aber, Bruder, Bruder!« sagte Enkidu mit einer honigsüßen Stimme, wie man sie Kindern gegenüber benutzt. »Es ist schon alles in Ordnung, Bruder! Du kannst schon sehr bald von hier fort.« Und Gilgamesch verspürte einen kurzen heftigen Kick gegen seinen Fußknöchel. »Es geht nur noch um ein paar unbedeutende Formalitäten, um die sich Mister Gallagher kümmern wird – und danach bringen wir dich hier weg und an einen höchst angenehmen Ort, wo es dir richtig gutgehen wird, und Mister Gallaghers Schwester wird dir dort alles geben, was du nötig brauchst, und wo du Hilfe erhalten wirst für alles, was dich quält – und ein weiches Bett, ein ruhiges Zimmer und Medizin, die dein verwirrtes Gemüt besänftigen wird ...«

Du verdammter schäbiger Hund! dachte Gilgamesch rasend vor Zorn. Das werde ich dir heimzahlen!

Doch dann sah er das lustige Funkeln in Enkidus Augen, und sein Zorn schmolz dahin, und sein Herz floß über vor Liebe für seinen Freund, der zu ihm hierher geeilt war, um ihn zu retten, und in ihm stieg ein Lachen mit solcher Heftigkeit auf, daß er zu kämpfen hatte, es zu unterdrücken.

Die Nacht begann schon hereinzubrechen, als sie endlich aus diesem Haus waren. Vom Fluß hinter ihnen blies ein kalter Wind herüber, und Lichter blitzten wie Millionen von kleinen Sonnen an den turmhohen Gebäuden ringsum. Lärm dröhnte von allen Seiten, eine unglaubliche Kakophonie, ein Mißgetön und Brüllen und Kreischen und Hupen. Gilgamesch fühlte ein wildes Pochen hinter der Stirn. Diese Welt, in die Enkidu ihn gebracht hatte, war ihm wie ein Witz, ein sehr schlechter Witz, der sich fort und weiterspinnt und kein Ende zu finden droht.

Wenn dies hier das Land der Lebenden ist, dachte Gilgamesch, dann ist mir doch sogar die Nachwelt lieber. Er überlegte sich, was geschehen würde, wenn er sich vor eines dieser heranbrausenden Fahrzeuge stürzte. Vielleicht würde er sofort sterben und an den Ort zurückkehren, an den er gehörte. Vielleicht aber auch nicht. Vielleicht konnte einer nie wieder zurück, sobald er die Nachwelt einmal verlassen hatte, und er war wegen seines Frevels dazu verdammt, die restliche Ewigkeit hier an diesem Ort zuzubringen. Aber das würde wirklich die Hölle sein. Sie würden ihn zusammenflicken und ihn erneut hinausstoßen in dieses abscheuliche Lebendenland, und wieder und wieder und noch einmal und immer wieder in dieses endlose Leben.

Ist es denn mein Schicksal, dachte er, immer und allerwege ruhelos zu sein und unbefriedigt, in welcher Welt ich auch landen mag? Werde ich denn nie wieder Ruhe und Frieden finden?

Gallagher sagte dann: »Also, schön, da sind wir, frei wie die Vögel des Himmels, vogelfrei. Allerdings hat es leider fünfmal länger gedauert, als nötig gewesen wäre, um euch Burschen loszueisen.« Er schüttelte den Kopf. »Verdammt, schon halb fünf, und wir sind hier am Arsch des Teufels in der First Avenue, und ich muß bald den Club aufmachen ...«

Wer ist dieser Mensch, überlegte Gilgamesch, den Enkidu gefunden hat?

Gallagher redete die ganze Zeit weiter, und es schien ihn nicht zu kümmern, ob sie ihm zuhörten oder irgend etwas verstanden. »Ach, dann machen wir eben heute 'n bißchen später auf. Wenigstens haben wir deine Freunde losgeeist, Hinky, und das ist erst mal am wichtigsten. Ich hab mich fast vollgepißt, als dieser Psychiaterbubi am Ende, als ich schon dachte, wir hätten's geschafft, nach der Telefonnummer meiner Schwester und der Adresse der Iranian-American Friendship League fragte ...«

»Aber du hast ihm doch die Telefonnummer genannt«, sagte Enkidu.

»Meine Schwester lebt in Los Angeles. Die Nummer,

die ich ihm gab, ist die von 'nem Mädchen, das ich mal kannte, hat an der Columbia Examen gemacht.«

»Und die Adresse, die du ihm genannt hast?«

»Von der Iranisch-Amerikanischen Freundschaftsliga? Jesus! Ich weiß nicht mal, ob es sowas überhaupt gibt. Ich hab' mir das einfach ausgedacht. Aber, was soll's, Gil, du bist da raus, und das zählt.« Gallagher streckte Gilgamesch die Hand hin. »Es freut mich, daß ich helfen konnte. Jeder Freund von Hinkadoo ist auch mein Freund. Ich bin Bill Gallagher, Manager vom Club Ultra Ultra in der Vierundfünfzig-West.«

Gilgamesch ergriff die Hand und schüttelte sie.

»Gilgamesch, Sohn des Lugalbanda«, sagte er. »Ehemals König von Uruk.«

»Freut mich enorm, dich kennenzulernen, Gil. Und das ist Helena von Troja?«

»Ich heiße Helena, ja.«

»Ich bin wirklich entzückt, Helena. So, jetzt biegen wir westlich ab in die Vierunddreißigste. Um die Zeit kriegen wir bestimmt nie ein Taxi, aber vielleicht sind die Chancen hier besser als in den kleinen Straßen.« Gallagher lachte. »Bloß so'n illegaler Fremder, das hat mir nicht gereicht, nehm' ich an. Ach, was soll's, zum Teufel. Hört mal, ihr könnt alle drei für 'ne Weile im Club bleiben, wenn ihr das wollt, aber ich habe da bloß das eine Zimmer für euch alle, also müßt ihr euch verdammt schnell um ein Hotel kümmern oder sonstwas, okay? Und um irgend sowas wie 'nen Job. Im Club brauchen wir eigentlich keine zwei Rausschmeißer, aber vielleicht könnt ihr zwei beiden euch ja abwechseln, einen Tag Hinky, dann Gil, und der andre kann vielleicht hinten aushelfen. Bei zwei solchen Brocken, wie ihr es seid, kommt bestimmt kein Kunde auf dumme Gedanken. Paßt dir das, Gil, he? Nummer Zwei Rausschmeißer im Ultra Ultra?«

»Spricht der Mann zu mir?« fragte Gilgamesch.

»Sie reden alle sehr hastig hier«, erklärte Enkidu.

»Doch ich beg zu verstehen, was sie sagen.« Er wandte sich zu lagher. »Er freut sich über den Job, Bill. Ja. Sehr.«

»Fein. Und du, n? Du brauchst auch 'ne Art Arbeit. Meinst du, du ntest oben-ohne?«

»Oben ohne …?«

»Du weißt schon. S pen. Haut zeigen. Die Kugeln kullern lassen.«

Helena blickte ihn fes . »Habe ich das richtig verstanden? Du meinst, ich mich vor anderen Leuten ausziehen? Meinst du das ›oben-ohne‹?« Sie lachte. »In dem Gedicht, das sie mich schrieben, waren die Türme oben ohne, nicht «

»Was?«

»Die Türme. Die nackten Tü Ilions.«

Gallagher sagte: »Hilf mir au ie Sprünge, Hinkadoo. Was redet sie da?«

Helena antwortete: »Aber du we doch: Das Angesicht, das tausend Schiffe in Bewegu setzte …«

»Aha. Ein Gedicht«, sagte Gallaghe weifelnd. »Über dich, meinst du?« Er überlegte. »›Wa ies das Angesicht, das tausend Schiffe in Bewegun setzte‹ – Und das handelt von Helena von Troja?«

»Ja.«

»Und du bist …?«

»Es ist ein Witz«, mischte Enkidu sich ei »Sie tut gern so, als wäre sie die Trojanische Helena. G nau wie mein Gilgamesch gern so tut, als ob er Gilgamesch ist, der König, der vor langer Zeit in Sumer herrsch . Ein Witz, ein Scherz, verstehst du, Bill? Bloß ein Witz.«

»In Ordnung«, sagte Gallagher.

Wie leicht Enkidu die Ortssprache angenommen hat, dachte Gilgamesch. Wie glatt ihm die Lügen von der Zunge gehen!

Es ist bloßer Lärm, dachte er. Alles in dieser Welt Gesagte und Getane ist sinnleerer Lärm, gewichtloses Getöse ohne Bedeutung. Und der Lärm wurde von Augenblick zu Augenblick unerträglicher. Brüllen, das Dröhnen, das Hupen, das Geschrei glaubte, das Herz müßte ihm vor soviel Wahnsin springen. Und doch kümmerte Enkidu sich gar ht darum, und Helena ebenfalls nicht. Sie plaud fröhlich immer weiter, redeten so rasch mit diese lann Gallagher für Gilgamesch unverständliche W so daß es ihm vorkam, als wären auch ihre Wo n verschwommener Lärm. Er blickte Enkidu verzv lt an, doch Enkidu lächelte nur und plapperte we Gilgamesch zitterte. Er hatte jetzt ein Dröhnen in d hren, in seinem Kopf, in der Brust. Die Lichter der ßen Häuser blinkten irre, wie außer Kontrolle ger e Leuchtfeuer. Überall um ihn herum stiegen Stim auf und erloschen wieder, bald donnernd wie serfälle, bald ersterbend zu einem unheimlichen stern. Völlig fremde Menschen auf der Straße zeigt auf ihn, stießen sich mit den Ellbogen an und lacht

Ich werde verrü t, dachte Gilgamesch.

Götter, gibt e keinen Weg, um von hier zu verschwinden? Ich n es überdrüssig! Es ist Zeit, weiterzuziehen, ich mu von diesem Ort entkommen, oder ich gehe zugrund Ich will mich niederwerfen, mich unterwerfen – ja, n will um Erlösung flehen …

Einst hat er sich gewünscht, ewig zu leben, und das war ihm v rsagt worden, denn am Ende seiner Tage im ersten Uruk war er gestorben, hoch an Jahren und geliebt von seinem Volk; aber dieser Tod hatte nur zu einer neuen Geburt geführt, in einer Welt, in der es den Anschein hatte, als werde er wirklich ewig leben; aber als er das so heftig ersehnte Ewige Leben erlangt hatte, schien es ihm ohne Saft und Geschmack, und er konnte sich nicht damit zufriedengeben. Und darauf beschloß er, in das Land der Lebenden zurückzukehren. Und hier war er nun. Ach, dachte er, wenn ich doch nur von meiner Fahrt entbunden werden könnte, ich würde nicht länger ruhelos sein, ich würde mich mit Freuden zur

Ruhe setzen und ablassen von meinem Fragen und Suchen. Ja! Ja, das würde ich!

Und nun schwoll ein Gebet in ihm an wie ein Fluß. Er, der in den Tausenden Jahren seines Lebens nach dem Leben nicht mehr gebetet hatte, demütigte sich nun vor den Göttern, die er einst verehrt hatte.

Enki, verschone mich! Enlil, Gewaltiger, befreie mich! Lugalbanda, Vater – gewähre mir Frieden!

Aber als Antwort kam ihm nur das mißtönende Getöse der Straße entgegen und die üblen Dünste, die erstickend in der Luft hingen, und das summende Geschnatter von Gallagher und Enkidu und Helena.

Und wieder schloß er die Augen und richtete sein Flehen zu den Großen Göttern Sumers und zu seinem Göttlichen Vater Lugalbanda. Und er öffnete die Augen wieder und schaute ohne Hoffnung wieder hinaus in den häßlichen Haufen von Schmutz und Unflat, der das ›Land der Lebenden‹ hieß.

Aber dann erblickte er etwas vor sich, das in seinem Innern eine große Fremdheit bewirkte, als wollte die Erde aufbrechen und explodieren, und um ihn herum begann alles wirbelnd zu kreisen. Er blinzelte heftig. Er hielt die Luft an. Und während er mit dem Arm die Straße hinab deutete, sagte er. »Enkidu? Siehst du den Mann dort?«

»Welchen, Bruder? Da sind so viele.«

»Den dort mit dem roten Gesicht und der breiten Brust, da drüben. Gewiß haben wir den schon einmal getroffen – in der Nachwelt …«

»Ich bin nicht sicher, welchen du …«

»Da! Dort drüben! Er war am Hof des Priesterkönigs Johannes, erinnerst du dich nicht? Er war der Gesandte von König Heinrich. Er und der andere Mann, der mit dem merkwürdigen langen Gesicht – der trug den Namen Howard, ich erinnere mich nun, Robert Howard …«

»Hier an diesem Ort? Wie wäre das möglich? Hier ist das Land der Lebenden, Bruder.«

»Aber ich sage dir, es ist der Mann!« beharrte Gilgamesch. »Oder sein Zwillingsbruder.«

Erschüttert schaute er in die wachsende Dämmerung. War es möglich? Vielleicht spielten ihm seine Augen einen Streich. Wie konnte der Mann Robert Howard denn an diesem Ort sein, wie sollte es möglich sein, daß er sich genau in der selben Straße befand wie er, in dieser einen unter den Tausenden chaotisch vollgestopften Straßen dieser Stadt in dieser chaotischen übervölkerten Welt? Es muß ein Trugbild der anbrechenden Nacht sein, dachte er. Oder mein Erinnerungsvermögen täuscht mich.

Aber nein – nein! –, auch der rotgesichtige Mann wies mit dem Arm auf ihn, auch er starrte, wie vom Schlag gerührt, zu Gilgamesch herüber – dann kam er wild auf Gilgamesch zugerannt, stieß die anderen Passanten beiseite …

»Conan!« schrie der Mann. »Bei Crom! Du bist es, Lord Conan! Hier bin ich – ich komme, ich komme!«

22

GILGAMESCH blieb ganz still stehen, er atmete kaum. Auf einmal war plötzlich alles irgendwie anders. Die Straße um ihn herum wurde nebeltrüb und unwirklich. Die turmhohen Gebäude zuckten und schwankten wie zarte Pflanzen, die unter der Wasserfläche leben und sich in der Strömung winden. Das hektische Brüllen des Verkehrs erstarb mehr und mehr. Er konnte den Mann Gallagher kaum noch sehen, und sogar Helena und Enkidu erschienen ihm irgendwie fern und blaß.

Der seltsame Mann mit dem roten Gesicht, Howard, kniete vor ihm, wie bereits einmal, vor langer Zeit, im Outback, und schluchzte und stammelte vor sich hin.

Dann tauchte der andere Mann auf, der mit dem hageren bleichen Knochengesicht – der hieß Lovecraft, erinnerte sich Gilgamesch, und war der andere Gesandte des Achten Heinrich gewesen. Er legte Howard die Hand auf die Schulter und sagte freundlich: »Steh auf, Bob. Du weißt doch, daß er nicht dein Conan ist. Er ist König Gilgamesch.«

»Das ist er. Ja. Ja.«

»Komm weiter. Laß ihn in Ruhe.«

»Weshalb seid ihr hier?« fragte Gilgamesch. »Ist hier nicht das Land der Lebenden?«

»Wir sind alle erschienen, um dich zu besuchen«, sagte eine andere vertraute Stimme. Gilgamesch sah aus dem Augenwinkel Herodes von Judäa, nicht mehr in seiner römischen Toga, sondern in einem Anzug der Später Toten. Vy-otin war neben ihm und sah majestätisch aus in einem mächtigen Mantelumhang und einem schmalkrempigen Hut, der tief über die Stirn gezogen war und das fehlende Auge verdeckte. Sie lächelten ihm zu. Die Gebäude waren inzwischen fast nicht mehr zu sehen. Die Fahrzeuge, die über die Straße rasten, waren auf rätselhafte Weise zu lautlosen Geisterwagen geworden. Herodes schob ihm den Arm unter, und Vy-otin ergriff Gilgamesch am anderen Arm.

»Aber ihr zwei müßtet doch in Uruk sein«, stammelte Gilgamesch unsicher. »Ihr solltet euch doch um die Regierungsgeschäfte in der Stadt kümmern.«

»Die Stadt kommt auch eine Weile ohne uns aus«, sagte Vy-otin. »Das hier war wichtiger. Also, gehen wir, Gilgamesch.«

»Wartet!« sagte er. »Enkidu … Helena …«

»Komm nur«, sagte Herodes. »Hier ist New York! Das müssen wir doch ausnützen! Zuerst zum Natural History Museum. Vy-otin will uns dort die Mammutknochen zeigen und Malereien, die Freunde von ihm vor langer Zeit machten – und dann sollte ich vielleicht eigentlich mal kurz in der Synagoge vorbeischauen – es ist nämlich Freitagabend, müßt ihr wissen – aber ihr könnt gern mitkommen, die werden nichts dagegen haben …«

»Und das Museum of Modern Art«, sagte Picasso, der aus dem Dunst auftauchte. »Das Metropolitan. Das dürft ihr auch nicht vergessen. Er hat eine Menge zu lernen über die großen Maler. Er soll sich Cézanne anschauen. Und Velazquez. *Y pues,* verdammt, soll er sich Picasso anschauen!«

»Seid ihr denn alle hier?« fragte Gilgamesch leise. »Ihr alle? Jeder?«

Ja. Sie waren alle da. Da war der freundliche alte elsässische Doktor – wieso hieß der Schweitzer? – und lächelte ihm zu und zwirbelte an den Spitzen seines gewaltigen Schnauzbartes. Und da war Simon Magus, der ihm eine Weinflasche entgegenschwenkte. Und da? War das Caesar? Ja. Und Walter Raleigh, in voller schimmernder Rüstung, der eine höfische Verbeugung versuchte? Ja, er war es. Ja. Benommen, verwirrt, machte

Gilgamesch ein paar schwankende Schritte auf sie zu. Die Stadt um ihn herum war nun beinahe völlig verschwunden, um sie her war nur noch ein fahles Glühen, das sich bis weit zum Horizont erstreckte. Dann kam es ihm so vor, als befände er sich nun in der ehrwürdigen Festhalle Vy-otins, dem Höhlenpalast der Eisjäger, wo die Knochen der gewaltigen Tiere umherlagen wie in den nebelhaften Frühzeiten. Und überall rings um ihn herum waren unerwartete Gestalten, die aus der anderen Welt zu ihm kamen, sich näherdrängten – nun begrüßte ihn der Priester Johannes, dann der hinkende kleine Magalhaes, und dann Belshazzar, Amenhotep, Kublai Khan, Bismarck, Lenin…

Und da war Calandola, der etwas entfernt von den anderen stand wie eine starre, schwarze, steinerne Säule; er grinste, die Augen flammten wie Feuer – und der Behaarte Mann – und Dumuzi – Ninsun – Minos – Varuna von Meluhha…

Sie waren allesamt da, alle, die er jemals gekannt hatte. Ein unabsehbarer Reigen von Gesichtern umkreiste ihn, sie nickten ihm zu, lächelten, winkten, grinsten, kniffen ein Auge zu, lachten…

»Was soll das?« fragte Gilgamesch. »Was geschieht mit mir?«

Er dachte daran, daß er nun vielleicht endlich sterben würde. Seinen dritten und endlich endgültigen Tod, den wahren Tod, nachdem er von dieser in jene Welt gestorben war und von jener dort wieder zurück in diese, und daß er nun weitergehen dürfe in das Vergessen, in die Auslöschung, den letzten Schlaf. Konnte es das sein? Dann also, endlich – war es endlich der Friede? Schlaf? Ewige Ruhe? Ein Ende der Wanderschaft. Ein Ende des Königtums. Ein Ende für Gilgamesch?

Er begriff nichts. Gar nichts.

»Herodes? Mutter? Ich flehe euch an – sagt mir doch – bitte, sagt mir…?«

Es wurde noch dunkler. Das Glühen im Himmel

verblich, und die Gestalten um ihn herum waren nur noch Schatten, gesichtslos, nicht mehr voneinander zu unterscheiden. Er sah die Halle der Eisjäger nicht mehr. Und dann kam es ihm so vor, als ob er wieder in Uruk sei, dem ersten Uruk, der Stadt, in der er geboren wurde – im großen königlichen Palast, dem grandiosen Ort mit den wehrhaften Tortürmen, den raffiniert gegliederten Fassaden und hohen Säulen, wo alle Mauern in strahlendem Weiß leuchteten und die Decken aus kostbarem schwarzen Holz aus fernen Ländern waren.

»Enkidu? Enkidu, wo bist du? Vy-otin? Simon, bist du da? Oder du, Behaarter Mann?«

»Komm zu mir, Gilgamesch!« rief eine gewaltige Stimme in der Dunkelheit. Eine Stimme, die er nicht kannte.

»Ich sehe dich nicht. Wer bist du?«

»Komm her zu mir, Gilgamesch!« Und dann sprach die Stimme einen anderen Namen, diesen geheimen Namen, seinen Geburtsnamen, den keiner jemals aussprechen durfte, und beschwor ihn damit und zwang ihn zu sich.

Die mächtigen rollenden Töne brachen über Gilgamesch herein wie das Dröhnen einer riesigen Glocke. Er tat unsicher einen Schritt voran, dann noch einen und einen weiteren. Und dann umfing ihn äußerste Finsternis und Schwärze. »Komm zu mir!« befahl die Stimme. »Komm! Komm! Komm!«

Und dann war da plötzlich Helle, wie wenn in eben diesem Augenblick eine neue Sonne geboren worden wäre.

Vor ihm ragte in der großen Leere eine mächtige Gestalt auf, ein Mann, der so groß war wie der Höchste Turm und vor dem Gilgamesch klein wirkte wie vor einem Gott. An Kleidung trug er weiter nichts als ein gefälteltes wollenes Gewand, wie es im Lande Sumer die Männer getragen hatten, so daß er über den Hüften nackend war. Seine Schultern waren so breit wie ein

Berg, seine Brust so weit wie der Himmel. Seine Haut war glatt und gedunkelt von der Sonne, und sein Kopf war glattgeschoren, und sein Bart war dicht und schwarz und fiel in gekrausten Locken nieder.

Am erstaunlichsten aber waren die Augen: dunkel, glänzend und riesig groß, so groß, daß sie beinahe die ganze obere Gesichtshälfte einnahmen. Diese Augen kannte Gilgamesch. Er hatte sie früher gesehen – und sie niemals vergessen können.

»Vater?«

»Ja. Ich bin Lugalbanda.«

Gilgamesch ließ sich auf beide Knie nieder. Und dennoch hatte er das Gefühl, als saugte ihn eine Strömung hinein in diese weiten dunklen Augenteiche, so daß er auf ewig in der Seele seines Vaters untergehen müßte.

»Wie großartig du bist, mein Sohn«, sagte Lugalbanda. »Komm zu mir. Näher. Näher.«

»Vater ...«

Lugalbanda lächelte. Seine Stimme kam polternd von sehr weit oben. »Ach, Gilgamesch, Gilgamesch, du warst ja noch ein kleiner Junge, als ich fortging. Trotzdem habe ich schon damals erkannt, daß du eines Tages ein König sein würdest. Ich hätte so gern um dich sein wollen, um zu sehen, wie du zu deiner Mannheit heranwächst. Aber die Götter nahmen mich zu früh zu sich.«

»Ja. Ich war sechs Jahre alt.«

»Sechs, ja. Aber auch bevor ich starb, sah ich dich so selten. Es gab so viele Kriege, in denen ich kämpfen mußte. Und die Sühnepilgerfahrten danach, die heiligen Tempel, die besucht werden mußten ...«

»Du hattest mir versprochen, daß du später Zeit haben würdest für mich«, sagte Gilgamesch. »Dann wollten wir zusammen den Löwen jagen, versprachst du, und du wolltest mich alle die Dinge der Mannheit lehren.«

»Aber es konnte nicht geschehen«, erwiderte ihm Lugalbanda.

»Auch nach deinem Tod glaubte ich immer noch weiter, daß du zurückkehren würdest«, sagte Gilgamesch. »Vielleicht habe ich das mein ganzes Leben lang geglaubt, daß ich dich eines Tages wiederfinden würde.«

»Und hier bin ich.«

»Bin ich tot, Vater?«

»Tot? Ja. Ja, natürlich. Wir sind alle Tote.«

»Ich meine, werde ich nun Schlaf finden und Ruhe? Werde ich eingehen in die große Dunkelheit und niemals mehr erwachen müssen?«

»Ach«, sagte Lugalbanda, »aber unsere Seelen sind ewig lebendig. Hast du denn dies nicht gelernt auf deiner langen Suche?«

Gilgamesch schwieg und starrte zu der unermeßlich hohen Gestalt hinauf, die den Abgrund vor ihm ausfüllte. Nach einiger Zeit sprach er: »Manchmal glaube ich, daß ich überhaupt nichts begriffen habe, Vater.«

Lugalbanda lächelte und streckte ihm eine riesenhafte Hand entgegen.

»Komm näher, Gilgamesch. Und leg deine Hand in meine.«

»Ja, Vater.«

»So. Ja, so.« Ihre Hände berührten sich. Und ein so gewaltiger Kraftstrom durchfloß Gilgamesch, daß er beinahe zum zweitenmal auf die Knie gefallen wäre, doch er hielt sich aufrecht, nahm die Kraft entgegen und in sich auf. Die Größe und Majestät Lugalbandas waren überwältigend. Die Augen Lugalbandas waren wie Sonnen über ihm. Endlich begegne ich meinem Vater, dachte Gilgamesch. Und er ist ein Gott.

Gelassen sprach dann Lugalbanda: »Ich sage dir nur dies eine, mein Sohn Gilgamesch, und das weißt du bereits, obwohl du glaubst, du hättest es vergessen: Es gibt keinen Tod. ES GIBT DEN TOD NICHT. Es gibt nur die Verwandlung, und die Verwandlung führt nur zu erneuter Geburt und erneutem Leben. Deine Seele wandert immer weiter, voll Freude und Erstaunen, durch alles, was da kommen will; und wenn alles geschehen ist, so wird es wieder und wieder und immer wieder geschehen, ohne Ende und ohne zu verblassen. Wir sind unzerstörbar, auch wenn wir sterben und wie Asche zerstreut werden im Zeitenwind, denn wir werden immer wieder zusammengeführt und neugeboren. Und dies ist die Wahrheit über die Welt, Gilgamesch. Und es ist die einzige Wahrheit: Es gibt keinen Tod! Verstehst du mich, Gilgamesch? Verstehst du, begreifst du das?«

»Doch, ich glaube, ich verstehe es. Ja, Vater.«

»Das ist gut. Dann geh nun. Geh. Und nimm meinen Segen mit dir.«

Und dann bekam Gilgamesch den Eindruck, als beginne die Gestalt Lugalbandas zu schwanken und immer mehr zu verblassen.

»Vater? Vater, werde ich dich denn wiedersehen?«

»Aber gewiß.«

»Vater! Vater!«

»Geh nun«, befahl Lugalbanda. »Alles ist bereit und wartet auf dich.«

Gilgamesch versuchte, die Hand seines Vaters festzuhalten, doch es ging nicht, die Hand besaß keine Festigkeit mehr, sie war nur noch eine Schattenhand, und dann war sie ganz verschwunden, und da war nichts mehr, und er stand allein und mußte blinzeln gegen die plötzliche Helligkeit, die über ihn hereinbrach. Über dem Horizont zuckten Blitze. Aus dem Osten fuhr ein Wind herein, scharf wie eine Klinge, fegte das flache Land kahl und wirbelte Wolken graubraunen Staubes auf. Und er trug einen Bogen in der Hand, seinen eigenen Bogen aus mehreren edlen Hölzern gefügt, seinen Bogen, den kein anderer Mann zu spannen stark genug war, außer ihm – ihm und Enkidu. Er kannte diesen Ort hier wieder. Ja, wirklich, er war früher schon hier gewesen. Es war die Nachwelt. Es war das Outback, das öde

Hinterland, in dem er so lange Zeit auf Jagd gegangen war. Er kniff die Augen zusammen und spähte in die Ferne. Über die weite Ebene her bewegte sich eine Gestalt auf ihn zu. Es war ein Mann, ein starker, von Leben strotzender Mann, ein Mann, den er so gut kannte, wie er sich selber kannte. Es war Enkidu, sein Enkidu, und er lächelte und winkte ihm zu. »Bruder!« rief er laut. »Heil dir, Bruder!« Und auch Gilgamesch lächelte und winkte zurück und rief ihm freudig einen Gruß entgegen und ging auf ihn zu.

Anne McCaffrey

Der Drachenreiter (von Pern)-Zyklus

Pern ist ein von den Menschen besiedelter Planet, der in einem periodischen Zyklus immer wieder von einer Katastrophe heimgesucht wird, welche nur für die Drachen und ihre Reiter ungefährlich ist, für alle anderen Kolonisten jedoch eine tödliche Gefahr bedeutet. So helfen die Drachenreiter den Bewohnern von Pern in dieser schlimmen Zeit. Doch sobald die Katastrophe überstanden ist, sind diese heldenhaften Einsätze schnell vergessen, und die Drachenreiter ernten wenig Dank.

Die Welt der Drachen
06/3291

Die Suche der Drachen
06/3330

Drachengesang
06/3791

Drachensinger
06/3849

Der weiße Drachen
06/3918

Drachentrommeln
06/3996

Moreta - Die Drachenherrin von Pern
06/4196

Nerilkas Abenteuer
06/4548

Drachendämmerung
06/4666

Die Renegaten von Pern
06/5007

Die Weyr von Pern
06/5135

Wilhelm Heyne Verlag
München